韩兆若 著
INSURANCE
COMPANY

当代世界出版社

图书在版编目（CIP）数据

保险公司/韩兆若著．—北京：当代世界出版社，2012.2
　ISBN 978-7-5090-0806-5

　Ⅰ.①保… Ⅱ.①韩… Ⅲ.①长篇小说—中国—当代 Ⅳ.①I247.5

中国版本图书馆 CIP 数据核字（2012）第 001240 号

书　　名：	保险公司
出版发行：	当代世界出版社
地　　址：	北京市复兴路4号（100860）
网　　址：	http：//www.worldpress.com.cn
编务电话：	（010）83908456
发行电话：	（010）83908410（传真）
	（010）83908408
	（010）83908409
经　　销：	全国新华书店
印　　刷：	三河市祥达印装厂
开　　本：	710 毫米×1000 毫米　1/16
印　　张：	25
字　　数：	390 千字
版　　次：	2012 年 2 月第 1 版
印　　次：	2012 年 2 月第 1 次
书　　号：	ISBN 978-7-5090-0806-5
定　　价：	38.00 元

如发现印装质量问题，请与承印厂联系调换。
版权所有，翻印必究；未经许可，不得转载！

一

　　王宪管一进办公室，第一件事必先浏览一下办公室准备的当日工作安排。自两年前从市人民银行副行长位置上调任市保险公司担任主要负责人以来，就一直保持着这一工作习惯。

　　"还好，今天事情不多。"王宪管自言自语地说。

　　王宪管拿起内线电话刚拨了一个号码，就看见办公室主任牛山歌推门进来。

　　"来来来，我正想打电话找你。"王宪管放下手中的电话，对牛山歌说。

　　"王总，今天下午市里组织召开的夏粮收购工作会议，让哪位领导参加？"牛山歌一边往王宪管的茶杯里倒着水，一边请示道。

　　"如果市政府没特别要求的话，就让刘总参加吧。"王宪管说。

　　"那我就通知刘总参加了？"牛山歌进一步落实道。

　　王宪管一边点着头，一边问道："与新分配来公司四名员工的见面会安排在几点召开？都通知各部门了没有？"

　　"刚才我问过人事科马科长了，见面会定在十点钟在四楼会议室举行，刘总、宋总和各部门负责人都通知了。"牛山歌说。

　　"你去通知一下总经理室两位老总和人事科马自力，让他们到我办公室开一个碰头会，让马自力把四个人的档案材料顺便也带过来。"王宪管吩咐道。

　　牛山歌出去没多久，刘明副总经理、宋珂总经理助理和人事科长马自力拿着笔记本走了进来。

　　"关于新入司四个人的工作安排，上次党委会上我们研究过一次，今天再碰一下头，让自力同志把四个人的情况跟大家再介绍介绍，看看对这几个人的工作安排是不是合适。"王宪管说。

　　"新入司四名员工的基本情况，上次党委会上我简单汇报过一次，想必各位领导还有印象。"马自力扶了扶眼镜，汇报道："新入司的四个人中，杨山坡学历最高，东南经济学院管理系应届本科毕业，年龄二十三岁，籍贯是滨城市天王县天王镇。据说他父亲是放羊的，所以就给他起了个杨山坡的名字。李冬冬，年龄二十一岁，前年从滨城一中毕业后考入省银行学校，是滨城一中李校长的独生女，人长得不错。"

马自力笑了笑，接着介绍道："其他两位人员的情况是这样的。付晓滨，二十八岁，十年从军经历，转业前在部队任副连职后勤管理员，曾荣立二等功一次。魏经纶，男，二十四岁，滨城劳动技校毕业，调我公司前在市外运公司宣传科工作，据说曾在《滨城日报》等报刊杂志上发表过多篇稿件，不过我本人没有看到过，估计也就是三言两语的'豆腐块'。"

听完马自力的情况介绍后，王宪管从口袋里掏出一盒石林烟，抽出一支点燃，深深地吸了两口，说道："都谈谈吧。"

刘明放下手中的笔，从王宪管刚才放在茶几上的烟盒中抽出两支烟，一支递给了马自力，一支放在嘴里点燃："对四个人的工作安排，我同意上次党委会确定的原则，人尽其才。滨城是沿海港口城市，水险、企财险业务相对较多，财产险科人手少，现有的四个人连 ABCD 都认不全，急需补充综合素质高一些的人才。杨山坡学历高，我看到财产险科工作比较合适。承保是公司的门面，跟客户打交道多，李冬冬是不是也到财产险科先实习一段时间？"

"刘总，不要把优秀的人才都弄到你分管的科室里了，也给我留一个呀！"还没等刘明讲完，宋珂就打断了他，半开玩笑半认真地说："杨山坡给你留下，李冬冬还是让她到客户服务科吧，那么漂亮的小姑娘，不做客户服务太可惜了！"

按照总经理室成员分工，刘明副总经理兼工会主席，分管财产险科和团委工作；宋珂分管客户服务工作，人身险业务管理工作本来是由另一名班子成员薛大寨人称"学大寨"分管的，自从两年前薛大寨生病休养后，人身险业务就由宋珂分管了。其他如办公室、财务科、人事科等科室，王宪管自己分管。

"我看这样吧，杨山坡去财产险科，李冬冬去人身险科，在这两个岗位上，两个人也算是专业对口。付晓滨转业前在部队里从事后勤管理工作，有驾驶技术，跟外界打交道有一定的经验，去客户服务科比较合适。至于魏经纶同志，调我们公司前就从事文秘工作，有一定的文学素养，分管金融的赵明副市长又跟我打过招呼，我看就留在办公室继续从事文秘工作吧。"

王宪管把烟蒂按在烟灰缸里，继续说道："魏经纶同志在市外运公司工作时就是宣传股长，虽然外运公司从哪个方面讲都无法跟我们保险公司相比较，但职务我看还是给人家保留着吧，这样咱们在赵市长那里也好有个交代，大家看合不合适？"

三个人都说没意见，挺合适的。

见面会十点钟正式开始，总经理室成员，办公室、人事科、财务科、财产险科、人身险科、客户服务科等科室的主要负责人都参加了会议。

"大家静一静，现在开始开会。"主持会议的刘明用手敲了敲面前的麦克风后说道："今天的会议说是见面会，其实是一个欢迎会。为什么这样讲呢？因为上级人事部门给咱们公司新分配来四个人才，这四个人或者是学有所成，或者是有一技之长。比如说魏经纶同志吧，年纪轻轻的就在咱们《滨城日报》等报刊杂志上发表过好几篇文章，可以说是满腹经纶。人如其名，人如其名哪！再比方说杨山坡，二十多岁就大学毕业了，没有一定的能力，能考上省重点大学吗？他们四个人的情况我就不一一介绍了，过会儿，人事科马科长还要给大家介绍。"

马自力把四个人的情况一一作了介绍后，刘明请魏经纶、付晓滨等四人发言，四个人你看看我、我看看你，都没有主动先发言的意思。

"自今天开始，我们就是一个公司的人了，当着自己公司的人还有什么不好意思的？都说说吧。"刘明笑着催促道。

"这样吧，付晓滨，你在部队里当过连长，发言的机会肯定不少，你先说说？"看到还是没有人先主动讲，刘明直接点名道。

付晓滨从椅子上站起来，"啪"的一声给参加会议的人员行了一个标准化的军礼，博得大家一阵掌声。

"当兵十年，在部队养成了良好的军纪和较强的执行能力，来公司后，我一定服从领导，认真工作，尽快适应新的工作岗位，不给部队丢脸。"付晓滨讲完，又"啪"的行了一个军礼。

魏经纶站起来向参加会议的人员深深地鞠了一躬后，用带着浓浓滨城味的普通话说道："三年前，当我走出校门走向社会的时候，我最大的愿望就是有朝一日能够成为咱们滨城保险公司的一员，今天这个梦想终于实现了。在此，我向组织和各位领导表个态：我是一块砖，哪里需要哪里搬。"

与付晓滨、魏经纶两位参加工作多年的"过来人"相比较，杨山坡、李冬冬就显得稚嫩多了，不仅神情紧张，语言表达基本上也没有什么逻辑性，但大家还是鼓掌给予鼓励，毕竟刚走出校门，学生气未脱。

"刚才，四位同志都做了表态发言，讲得很好、很真诚。希望四位同志入司以后，认真学习业务，努力提高技能，及早进入角色，尽快融入我们这个大集体。下面，让我们以热烈地掌声，请王总讲话。"刘明继续主持道。

王宪管端起茶杯喝了一口水，讲道："今天有四位同志加入我们这个集体，这是自公司正式恢复发展业务以来，一次性增添有生力量最多的一次。作为全市唯一一家保险公司，我们在国民经济和社会发展中的作用是有目共睹的，地位在市内各部委办局中也是名列前茅的，员工的收入水平我不敢说是最高的，但起码应该算是全市比较高的，所以，大家能在这里工作应该说是幸运的，用当地老百姓的话说，就是掉进'福囤子'里了。希望刚入司的四位同志，珍惜机会，虚心学习，努力工作，早日成才。同时也希望在座的各科室负责人，对刚进入公司的四位同志，生活上关心，工作上照顾，为他们更好更快地融入我们这个光荣的集体，提供有利的环境。"

掌声过后，王宪管继续说道："借此机会，我先向大家透个底。上半年，公司经营状况不错，保费收入与去年同期相比增幅不小，总经理室虽然还没有最终开会研究，但我想半年核算完成后，公司会拿出部分资金对公司全体干部员工进行一次普奖，数额应该不会少于去年，刚来的四位同志也有份。"

王宪管的话音刚落，会场上就响起了热烈的掌声。

刘明把刚才拿到王宪管面前的麦克又拿回自己面前："刚才王总发表了热情洋溢的讲话，特别是给大家带来的好消息，很振奋人心。鉴于上半年经营形势很好，大家工作又很辛苦，总经理室的领导们准备上午请大家一起吃顿饭，也算是给新来的四位同志接接风，地点在好运来大酒店。"

刘明看了一眼手表，说道："现在是十一点十分，二十分钟后楼下集合。散会后，办公室、人事科、财产险科、人身险科、客户服务科的负责人和新来的四位同志再留一留，其他人散会。"

其他科室的负责人走后，人事科长马自力分别把魏经纶、付晓滨等人一一介绍给所要报到的科室负责人，各科室负责人带魏经纶等人到各自的科室转了一圈后，就一起到楼下集合。

楼下排着三辆崭新的轿车和一辆后面带半截货箱的小型货车，牛山歌正在招呼大家上车出发。

不一会儿，王宪管和刘明、宋珂三位领导有说有笑地从楼上走下来，上了一辆黑色轿车后，四辆车就一起朝好运来大酒店方向驶去。

魏经纶、杨山坡等四人坐在后面那辆带半截货箱的车上。从未见过这么多好车的杨山坡忍不住地问旁边的付晓滨："付哥，这辆车货箱这么小，一次能拉多少东西呢？"

还没等付晓滨开口，驾驶员小王就把话茬接过去了："这辆车叫马自达，在国外是工具车，纯进口货，二三十万呢！"

杨山坡伸了伸舌头，接着问道："王师傅，前面那几辆是什么车？"

"领导坐的那辆车是公爵王，小日本产的，全市就三四辆，市政府有重要外事活动或接待任务时，经常打电话调去使用。"小王不无炫耀地说，"那两辆车是桑塔纳，公司刚买回没几个月，每辆车也都二十多万元。"

车子穿过几条马路，又拐了两个弯，就到了好运来大酒店，酒店的服务员笑容可掬地把王宪管、牛山歌等众人迎了进去。看得出来，他们是酒店的常客。

"乖乖，这酒店好气派啊！在部队干了这么多年，还从没见过这么好的饭店！"付晓滨感慨地说。

"这是咱们滨城市规模最大的酒店，美国人投资建的。去年刚开业时，我跟我们外运公司的领导们一起来过，设施一流，就是价格太贵，最低标准可能也得四五十块钱。"魏经纶一边走着，一边跟三位伙伴介绍道。

王宪管等人刚一落座，两位穿着叉开得很高旗袍的服务小姐微笑着问道："王总，今天咱们来个什么标准的？"

王宪管跟坐在对面副陪位置上的刘明商量道："刘总，今天再按前天那个标准上？"

刘明说："行啊。"

"先上四盒石林烟，搬一箱滨城特曲过来。"牛山歌跟服务员吩咐道。

第一道热菜上桌，王宪管发表完热情洋溢的祝酒辞后，十几个盛满滨城特曲的酒杯碰到了一起。

刚开始，魏经纶、付晓滨、杨山坡、李冬冬四个人还有点拘谨，都说酒量不行，不能喝。

"保险公司的人说不能喝酒，其他单位的人还不笑掉大牙？我们的原则是宁愿丢了里子,也不能丢了面子。"牛山歌起哄道。

"老牛说得对,里子坏了可以补,面子丢了可就补不回来了。"财产险科科长姚东风附和道。

"科长,什么是里子?"李冬冬怯怯地问。

"不懂了吧?里子就是指这里。"姚东风拍了拍有些发福的肚子,洋洋得意地说:"山坡,我们财产险科可没有一个孬种,你可不能丢了我们财产险科的脸面。"

杨山坡有些为难地说:"科长,我酒量不行,我能不能少喝点?"

"俗话说:酒品如人品,酒量看能量。冬冬,干一个,让财产险科见识见识咱们巾帼英雄的风采!"人身险科科长于红梅挑战性地说道。

"于科长,你可不能欺负人家一个小姑娘,你要陪着一起喝。"宋珂瞅着于红梅说道。

"既然领导下了指示,那我就让各位领导见识一下人身险科的水平。"于红梅爽快地答应道。

一轮没进行完,魏经纶、杨山坡、李冬冬就喝高了,喝了多少酒,自己是怎么回去的,全然不记得了。

第二天,杨山坡早早来到办公室,把卫生收拾得干干净净,因为他家不在城里,单位在办公楼上给他腾出了一间房子作为宿舍。

在洗涮间洗刷拖布时,杨山坡遇上正在洗杯子的付晓滨。

"付哥,昨天喝多了,下午没上班,领导们不会生气吧?"杨山坡怯怯地问道。

"很生气。从酒店里出来的时候,我看见几位领导狠狠地瞪了你一眼。兄弟,这次可能麻烦大了!"付晓滨故意逗杨山坡道。

"那怎么办呀?"杨山坡焦急地搓着手,脸都吓黄了。

看着杨山坡狼狈的样子,付晓滨忍不住笑了:"跟你开玩笑的,你还当真了?从酒店出来的时候,王总特别交代,上午参加活动的人,下午可以不用去单位上班了。"

看看四周没人,付晓滨压低声音说:"王总和其他几位领导从酒店出来后,就直接回家睡觉去了。"

"付哥,你真行,咱四个人就你没喝多。"杨山坡晃着大拇指,赞叹道。

"这叫千锤百炼终成钢啊!你以为这十年解放军白当了?兄弟,以后学着点。"付晓滨自豪地说。

第一天正式上班,自行车就在半路上断了链子,气得李冬冬差点把自行车搬起来摔了。

李冬冬急匆匆地跑进办公室,科室的其他四个人都到齐了,正围坐在一起嘻嘻哈哈地说笑着。

"哎哟,这就是咱科里新来的美女吧?"一位年龄稍大、穿着一件红色小碎花上衣的人站起来问道。

"昨天你们三个人都没在办公室,没见上,这位就是咱科里新来的李冬冬。"于红梅指着李冬冬跟其他三个人介绍道。

"来来来,冬冬,我给你介绍一下。"于红梅指着刚才说话的那个人说,"这是姚美,姚大姐。这是小吴,吴秀丽。"

于红梅最后指着一位有些腼腆的小伙子介绍道:"梅胜利,咱科里唯一的异类,也是咱科里的'国宝'。"于红梅说完,四个人都哈哈大笑起来。

"刚来公司,请多多关照!"李冬冬紧握着每一个人的手,重复着同一句话。

"于科长,昨天喝多了,一下午没上班。今天上班的路上,自行车又坏了,没能按时上班,很对不起啊!"李冬冬惴惴不安地检讨道。

"没事,没事,时间长了你就明白了。"于红梅安慰道。

入司第三天,马自力就把魏经纶、付晓滨等四人组织起来,进行集体培训。

"今天是周三,从今天开始一直到周五,公司安排我和我们人事科的吉波科长给大家组织一次培训,以便大家对保险公司的性质和发展历程有一个系统的了解。"马自力指了指身边坐着的一位大约三十五六岁的人介绍道:"这位是吉波,我们人事科的副科长。"

吉波礼貌地站起来跟大家打了个招呼。

"下面,我先把公司的基本情况跟大家简要地介绍一下。"马自力扶了扶大宽边眼镜,说道,"咱们公司是县级单位,王总的级别相当于滨城下面各县的县长、书记,也就是县官,职务跟领导的名字差不多。"马自力说完,自己先笑了。

"市公司本部设有人事科、办公室、财务科、财产险科、人身险科、客户服务科以及工会、团委等科室。五个县区中,下面的四个县都有分支机构。

在四位未来公司之前，公司有干部员工五十八人，其中，副科级以上干部十二人。去年公司业务收入一千五百多万元，上缴利润三百多万元……"

休息过后，吉波滔滔不绝地讲了几乎一整天，从一八六五年五月华商德盛号在上海设立"义和公司保险行"，标志着中国民族保险业诞生，讲到一九四九年十月成立中国人民保险公司；从一九五八年停办国内保险业务，讲到一九七九年十一月全国保险工作会议决定从一九八〇年起恢复已停办二十多年的国内保险业务，同时大力发展涉外保险业务，哪年到哪年隶属于财政部，哪年到哪年由中国人民银行领导，什么时间又独立建制，直讲得四个人云山雾罩的。

"吉科长，您刚才讲，建国初期的国营保险公司在国民经济恢复与发展中特别在防灾、减灾和保障国家、人民经济利益以及为国家积累建设资金中发挥了那么巨大的作用，为什么在发展形势正好的时候停办业务了呢？"杨山坡有些不解地问道。

"这个问题问得好！这是当时中国特殊政治背景下一种不合情理的反映。"吉波解释道，"按照当时的观点，人民公社规模大、人口多、劳动力集中调配、资金雄厚、后备力量强，抵抗和抑制自然灾害的能力好，人民公社有能力弥补灾害造成的损失，人民公社保险完全可以代替国家保险，在人民公社化和当时供给制的大趋势下，国内保险的作用已经消失。"

"吉科长，我们公司把那么多保险资金收集起来后，除了用于支付赔款，其余的资金都干什么去了？"李冬冬好奇地问道。

"不愧是银行学校毕业的，对资金问题就是比别人敏感！"吉波赞叹道，"以前保险资金基本上进入了银行，形成了银行存款，现在各家公司都根据自己的需要，对收集起来的保费进行资本运作。"

培训最后一天，魏经纶跟其他三人商量："明天是周六，上午下班后，咱们是不是约马科长、吉科长一起吃顿饭？这几天几位领导给咱们讲课挺辛苦的。"

"应该请几位领导一起吃顿饭，但不知道领导们赏不赏脸。"付晓滨不无担心地说。

"如果马科和吉科同意的话，咱们是不是连牛主任、于科、姚科还有我们客服科的韩科一起请了？"付晓滨补充道。

杨山坡说："我和冬冬刚出校门，没社会经验，这件事就请两位老大哥决定吧。"

"如果领导们同意的话,咱们准备到哪里去吃呢?"杨山坡接着又问了一句。

"咱们也请他们去好运来大酒店吧,我看那地方挺好的。"李冬冬建议道。

"好是好,可咱请不起!你知道上次王总请咱们吃的那一顿花了多少钱?"魏经纶带着神秘的表情问道。

"多少钱?"李冬冬和杨山坡几乎异口同声地问道。

"我问过我们主任了,他说那顿饭花了接近一千五百块钱!"魏经纶说。

"啊!不会吧?怎么能花那么多钱呢?"杨山坡惊讶得嘴很长时间没能合上。

"怎么不可能?你算算,咱们那天连驾驶员一共十八个人,每个人标准六十元,光菜钱就接近一千一百块钱,十六七瓶滨城特曲和两箱多啤酒少说也得二三百块钱吧?"魏经纶扳着手指算计道。

"那天你说最低标准四五十块钱,我还以为每桌四五十呢,闹了半天是每个人四五十啊?"李冬冬傻傻地问道。

魏经纶和付晓滨哈哈大笑,羞得李冬冬脸一下红了。

"那么贵的地方咱们可不敢去!王总在大会上不是说半年奖金咱们也有份吗,等奖金发下来以后咱们再请他们不行吗?"杨山坡以商量的口气问道。

"谁知道奖金什么时候能发下来?就是发下来了,我估计也就是给咱们意思意思。你还真把自己当人才了?"付晓滨说。

"要不这样,咱们四个人分头请请看看,万一领导们有事,咱们就往后拖一拖。"魏经纶提议道。

四个人商定后,各人负责去请各自的科长,马自力和吉波,由魏经纶请牛山歌帮助邀请。

十一点左右,邀请的情况很快汇总起来了:其他人都没问题,只有李冬冬的科长于红梅说家里有急事参加不了。

杨山坡一阵窃喜,他想于红梅家里有事参加不了,这事肯定得往后推一推了,因为他来公司报到的时候,从家里就带了六十块钱,那是他父亲卖了两只羊的钱。

那天,父亲赶集卖羊回来,把钱交到杨山坡的手上,嘱咐道:"山坡,刚到一个新单位,人生地不熟的,该花钱的时候千万别心痛。我本来想多卖几只,但觉着现在草正肥,正是羊上膘的时候,没舍得多卖,如果不够的话,你捎个信回来,我赶集再卖几只,千万别让城里人小瞧了咱们乡下人。"

杨山坡颤抖抖地从父亲粗糙的手里接过钱,连声说道:"够了,够了。除了吃饭,应该没什么花钱的地方了。"

"红梅没时间,咱们去。人家四个小青年真心实意地请咱们,咱们不能不赏光!是不是牛主任?"韩东洋嘶哑着声音说道。

"都喝成酒糟鼻子了,还那么馋酒,真不是东西!"杨山坡心里暗暗骂道。

"这样吧,牛主任,你找个驾驶员跟我回家一趟,我回家取几瓶酒,酒店里的酒太贵了!"姚东风说。

"我让小王跟你回家趟。老姚,回家多拿几瓶好酒让弟兄们分享分享,省得客户再送的时候家里没地方放。"牛山歌笑着说。

"哪有什么好酒,就是还有几瓶山西汾酒,放家里好几年了,不知道味道还行不行。"姚东风说。

"哎,老姚,拿着酒后别回单位了,直接去海鲜城吧。"牛山歌建议道。

到了海鲜城,牛山歌对两个驾驶员说:"你们回家休息吧,吃完饭后我们自己想办法回去。"

说是海鲜城,其实就是一个只有七八个包房的中小型饭店,老板是个女的,长得白白净净的,挺性感的。

牛山歌跟女老板说笑着,很熟练地把菜点好了,菜谱也没看一眼。实际上服务员根本也没有拿菜谱过来。

"我来安排一下。"牛山歌自告奋勇道,"老姚,你是大哥,你坐主宾。老马这几天上课很辛苦,坐副宾位置,其他人随便坐。"

"我说牛主任,你是大内总管,主宾还是你来坐吧?"姚东风一边说着,一边把牛山歌往主宾位置上让。

"你快坐好吧,别磨叽了!"牛山歌故作生气地说。

"那我就恭敬不如从命了,反正是在你老牛的地盘上!"姚东风嘿嘿笑着说。

"老姚,再胡说八道小心我废了你。"牛山歌端起一茶杯水,做出往姚东风身上泼的动作。

"你们怎么坐?"牛山歌看着魏经纶等人问道。

四个人你看看我,我看看你,互相谦让着。

"这样吧，付连长，你年龄最大，坐主陪位置。小魏，你坐副陪。"牛山歌说完，指了指还空着的两个座位，示意杨山坡和李冬冬坐下。

付晓滨三杯酒刚敬完，韩东洋就端起酒杯跟姚东风说："姚科，我先敬你一杯？"

"哎，韩科，人家副陪还没讲话，'规定动作'还没进行完，你怎么就带头破坏规矩了？先自罚一杯吧？"牛山歌首先起来反对道。

"别说罚，先奖励一杯吧。"马自力马上响应道。

"不是说三杯过后尽开颜吗？"韩东洋争辩道。

"谁告诉过你三杯过后尽开颜了？东洋人就是不按规矩出牌。"牛山歌、马自力等众人起哄道。

正在大家非逼着韩东洋自罚一杯的时候，女老板笑嘻嘻地从外面走进房间："几位大哥喝得这么热闹？"

一看见女老板进来，韩东洋立刻打着手势说："来来来，肖红，肖老板，牛主任正找你呢！"

"别听东洋鬼子胡说。"牛山歌眼珠子瞪得老大，质问道："我什么时候说找她了？"

"不承认了吧。刚才不还在念叨嘛！是不是，吉科？"韩东洋看着吉波说。

吉波不作答，只是嘿嘿地傻笑。

"怪不得人家都说人事科不干人事，关键时刻也不主持一下公道。"牛山歌装出一副很委屈的样子说道。

肖红一只手扶在牛山歌的肩膀上，另一只手端着一杯啤酒："各位大哥，感谢一年来对我肖红的关照，我敬各位大哥一杯。"

"要说关照，那你应该先敬我们敬爱的牛主任一杯。"韩东洋不怀好意地说。

"对，先敬牛主任一杯，让他多安排安排。"姚东风一语双关地附和道。

肖红拗不过大家，只好跟牛山歌、姚东风、韩东洋、吉波和付晓滨等四个人每人各喝了一杯啤酒，脸红扑扑地走出了房间。

"别只顾着喝酒了，咱们也得说点正经事了。四位同志刚进公司，你们几位要多帮助、多提醒，别把几个小青年带坏了啊。"马自力打着哈哈说。

"马科大可不必担心。四位都是才子，咱们那点事人家一看就明白个八九不离十。"姚东风纠正道。

韩东洋说："客服的事简单，把钱赔好就行了，关键是掌握好火候。"

大家你一言我一语地教诲着刚入司的四个人，感动得魏经纶、杨山坡等人一杯接一杯地敬酒。

酒一直喝到下午三点多，大家才歪歪扭扭地走出了海鲜城。

"牛主任怎么还没出来？上洗手间了？"杨山坡问魏经纶道。

"咱们就别等牛主任了，他肯定又忙活去了。"韩东洋语气有点怪怪地说。

看着几位科长远去了，魏经纶回过头来问付晓滨："付哥，花了多少钱？"

"正好四百八十块钱。比好运来便宜多了！"付晓滨回答道。

"付哥，钱你先帮我垫上，周一我再还你行吗？"杨山坡跟付晓滨商量道。

"付哥，我也下周一还您。"李冬冬也说道。

"不用着急，这么几个钱我还拿得起。"付晓滨爽快地答应道。

"没事，付哥有钱。"魏经纶笑着问，"付哥，转业时部队发了多少转业费？"

"没几个鸟钱，也就三千两千的。"付晓滨应道。

回到宿舍，杨山坡背上包，骑上刚买的那辆"永久"牌自行车就往四十公里以外的天王镇奔去。杨山坡一边拼命地蹬着自行车，一边盘算着如何开口问父亲要那每个人都要均摊的一百二十块钱。

"城里花销太大了，一顿酒就喝掉上大学时一年的花销。唉！"杨山坡暗暗叹息道。

杨山坡的爹是个瘸子，这毛病是农业学大寨年代修水库放炮时炸伤的，从此就得了个杨瘸子的外号。杨瘸子自从伤了左腿后，重活干不了，联产承包责任制实施前，生产队为了照顾他，就让他在生产队的饲养院里养养猪、喂喂牛这些在当时看来比较轻松的活。生产队解散后，杨瘸子别的活干不了，只好借钱买了几只羊，当上了羊倌。杨山坡从小就是个懂事的孩子，吃饭穿衣从不挑剔，学习一直是班里的前两名。在经济学院上学的四年里，除了买点学习必需品、每月二十多块钱的生活费外，从不乱花一分钱，他知道，家里供他上大学很不容易，每分钱都是父母汗珠子摔八瓣挣来的，况且弟弟上学也需要花钱。

杨山坡一回到家，母亲就唠唠叨叨个没完没了："刚上班，一分钱还没挣，就流水似的花钱。你以为钱是土坷垃，拿起来就能用？你爹瘸着腿风里来雨里去的放了一年羊，到头来也不过卖个五百六百的，你倒好，五六天就花掉全家人一年的口粮钱！"

"你就别再叨叨了。孩子刚进一个新单位，该办的事不办能行吗？山坡，别听你娘的，该办的事一定要办，不能让人说着不是。我让东庄羊贩子'钱老鬼'拉走三只羊就够了，谁家的钱都不是从天上掉下来的，抓紧还给人家，别欠人家的。"杨瘸子一边抽着旱烟袋，一边说道。

"唉！一顿酒喝掉了我爹三只羊！"杨山坡又长长叹了一口气。

二

周一早晨七点刚过，四个人好像约好了似的几乎同时到达了公司。

杨山坡一到公司，第一件事就是去找付晓滨还钱："付哥，上周喝酒的钱我带来了，还给你。"

"你先用着吧，那么着急干什么？"付晓滨客气道。

"我已经带来了，以后需要的话，我再找你借。"杨山坡说着就把钱塞进了付晓滨的口袋里。

魏经纶收拾好卫生没多久，牛山歌就夹着一个黑色公文包走进了办公室。

"科长怎么来得这么早？"魏经纶讨好地问道。

"习惯了，办公室工作本来就是个早来晚走的工作。"牛山歌说道。

"科长，我刚给您沏好了茶，您喝吧。"牛山歌一坐下，魏经纶就把茶杯端到了牛山歌的面前。

"小魏，别这么客气，以后我自己沏就行了。"牛山歌满意地说道。

从王宪管办公室出来，牛山歌跟魏经纶说："小魏，你通知办公室的其他人员一会儿到我办公室集合，咱们开一个短会，有些事我再跟大家交代交代。"

没多大工夫，办公室的人员全部到齐了。牛山歌扫了大家一眼后说道："今天开个短会，有几件事跟大家再强调一下。一是关于车辆维护与安全问题。去年以来，上级公司相继给咱们配备了四辆新车，极大地缓解了公司办公用车紧张问题，大家要本着高度负责任的态度，务必把车辆维护好，保证车辆整洁，绝对不能出现故障问题。二是大家具体分工问题。宣传和文秘方面的工作，以后主要由魏经纶同志负责，林琳主要负责收发、文印、接待等方面的工作。三位领导的车辆使用问题，在这里我再重申一下。王总在人民银行工作的时候，刘大奎就在领导身边工作，给领导服务已有好几年了，具有较丰富的行政管理和服务经验，除了对三位新来的同志有传帮带的义务外，还要协助我做好公司车辆的管理工作。刘征、吴小小两位同志入司时间不长，对刘总、宋总两位领导的特点、习惯可能还没完全掌握，在如何为领导提供好服务方面要多向刘大奎同志请教，同时还要承担起公司的安全保卫、日常行政事务和领导办公室的卫生工作。王绪言的马自达车作为办公室机动车辆，主要任务是保证办公室及业务科室正常用车，但不管哪个科室用车，都必须经过我批准。"

大家散去后，牛山歌又把魏经纶单独留下："小魏，王总对宣传工作一向很重视，你要发挥好你的特长，在报刊杂志上多做些宣传公司的报道。另外，省公司半年工作会议下周要召开，在全省半年工作会议上，王总有一个典型发言，过会儿领导们要开会专题研究，你跟我一起列席会议。"

进入公司刚一周，就有机会参加总经理办公扩大会议，魏经纶既激动，又有些忐忑不安，感觉心怦怦直跳。

"今天这个会议是一个专题会议，议题只有一个，研究即将召开的省公司半年工作会议上我的典型发言提纲。魏经纶同志因为第一次参加公司最高规格的会议，这里我有必要多说几句。能够参加总经理办公会议，这应该算是一种荣誉，因为并不是所有的人都有这个机会，尤其是像你这样一位刚入司不久的员工来说，更应该是一种莫大的信任和奖励。对每次会议上领导们说的话、做出的决定，起码要做到三点：一是要吃透精神；二是要融会贯通；三是要守口如瓶，否则就不是一名合格的干部。"王宪管说道。

听到"干部"这个词，而且这个词是从公司最高领导嘴里说出来的，魏经纶心里一阵狂喜，但他很快又恢复了平静，因为他马上想起舅舅赵明的教诲：轻易不露，学会矜持，急而不躁，遇事不惊，方能成器。

王宪管说："省公司的半年工作会议，确定了三个典型发言单位，其中就包括我们滨城公司。省公司给我们定的发言方向是'如何发挥保险的保障功能，为当地经济社会发展服务'。据说，这次会议省政府有关领导也要参加。因此，发言稿写得好不好，不仅关系到我们的工作成绩能不能反映出来，更重要的是保险在经济社会发展中的作用能不能得到省政府领导的认可。办公室要把这件事情当作当前的一件头等大事来抓，稿子一定要写得有高度、有新意、有内容。初稿形成后，我要亲自把关。"

王宪管喝了一口水，继续说道："以前，在材料写作和典型经验的总结上报方面，我们做得不够，很多好的经验没有总结出来，主要原因还是因为缺少'笔杆子'。魏经纶同志来公司后，希望在宣传报道和经验总结上报方面有所改进。山歌，关于公司的具体情况，你多找些材料让小魏同志看一看，让他对公司的情况尽量多了解掌握一些，这样写出的材料才能更生动全面，周五前我们再开会研究一次。"

接到任务后，魏经纶既激动又担心。激动的是，领导把这么重要的任务交给自己，说明领导对自己是信任的。担心害怕的是，自己虽然一直从事文秘工作，但以前都是以写宣传报道为主，领导讲话稿写得很少，况且自己初来乍到，对公司情况不熟悉，万一材料写砸了，一旦在领导心目中留下个"庸才"的印象，那无论如何是难以改变的，如此，岂不悲哉！

魏经纶拿着笔记本敲开了牛山歌的办公室："主任，王总的发言稿应该从何入手，请您给我指点指点？"

牛山歌有些难为情地说："在材料写作方面，我确实是个外行，指点更是谈不上了。"

"咱们公司的材料以前都是谁负责？"魏经纶有些着急地问道。

"公文处理由林琳负责，每年市政府和省公司要的工作总结基本上也是她写个初稿，王总有时间就自己改改，没时间也就凑合着交上去了，这么多年，我看我们的工作总结基本上都是千篇一律，只是数据换了换。要不你找林琳商量商量？"

望着魏经纶走出去的背影，牛山歌轻轻地且带有轻蔑地语气说："不是说挺有才的吗？看来脑子里也没有多少东西！"

魏经纶找到林琳，想请她提供一些帮助，哪怕是一两条建议也行，却碰了一鼻子灰。

"哎哟，魏大才子，你是不是搞错了？我哪会写什么材料？请教更承受不起了！"林琳连讽带刺地说。

林琳不友好的态度，使魏经纶顿感到了压力和公司人际关系的复杂。

这几天，杨山坡感觉很空虚，每天除了听科里的几位同事聊天、吹牛外，基本上没什么事可做。

那天，杨山坡悄悄地问坐对面办公的闫利："闫哥，咱们科平时也这样吗？"

闫利神情怪怪地问："哪样？"

杨山坡感觉自己问得有些突兀，不好意思地笑了笑："我是说咱们科平时也这么清闲吗？怎么整天没客户来投保？"

"现在是业务淡季，一周有三五个客户投保就不错了！"闫利回答道。

"那业务旺季一般是在什么时候？"杨山坡虚心地问道。

"大多数企业一般在年初或者年终快结束时才投保。年初投保，时间上好把握；年底投保，全年预算支出好掌握。"闫利摆出一副明白人的样子，跟杨山坡介绍道。

"咱们平时不需要去客户那里调研调研，或者了解了解客户有什么需求吗？"杨山坡问道。

"就那么点事，有什么好了解的？"看着杨山坡有些不解的样子，闫利接着说，"实际上，大多数企业是没有保险需求的。大企业有实力，不缺钱，但他们认为，自己公司制度健全，管理有经验，风险自己完全可以排除。规模较小的企业，有些有保险需求，但我们不一定愿意给他们保险。"

"人家有需求，咱们为什么不愿意给人家承保呢？"杨山坡不解地问道。

"有些企业风险又大，保费又少，不够整天麻烦的！"闫利说。

杨山坡与闫利正聊得起劲，姚东风走了进来，把手里的包裹往桌子上一扔："闫利，这东西每人发上一份，剩下的都放到我橱子里吧。"

"科长，您又给大家讨弄来什么好东西了？"闫利笑嘻嘻地问道。

"陈老七那个傻子，从韩国捎回来了一批领带，给咱们科送过来几条。"稍停了一会儿，姚东风接着说，"抽空你给他算算，看看他那两条破船能收多少保费，实在不行的话就给他保了算了，省得他天天在屁股后面跟来跟去的！"

"行啊，一会儿我给他算算。"闫利答应道。

"你可以把费率提得高一点。那傻子这几年可能赚了不少钱，'万元户'整天挂在嘴上，这次一定要狠狠地敲他一下子。"姚东风恶狠狠地说。

姚东风出去后，闫利打开包裹，自己挑选了一条红色领带，又找了一条蓝色的扔给杨山坡："这条给你，蓝底白点，挺好的！"

"我没用过这玩艺，还是留给别人吧。"杨山坡说着，又把闫利递过来的那条领带递了回去。

"不会用是不是？不会用说一声，我教教你不就完了！"闫利说着，就把领带套在杨山坡的脖子上，一边教杨山坡怎么系领带，一边开导说，"保险公司的人，哪有连领带都不会用的呢？"

杨山坡把闫利教的系领带的几种方法反复练习了几遍，可效果一直不理想："你说我怎么这么笨呢！学了这么多遍还学不会，难道咱天生就不是穿西服系领带的命？"

"慢慢来，多系几次就会了。"闫利安慰杨山坡道。

滨城第二印刷厂的两间仓库起火了，韩东洋带领客服科的人去了现场，只留下付晓滨一个人在家值班。

闲来无事，付晓滨把科里订的《中国青年报》翻来覆去地看了好几遍，又摸起电话跟一起转业回滨城的战友东一句西一句地聊着天，看到李冬冬从门前走过，扣下电话喊道："冬冬，冬冬，过来玩玩吗？"

"怎么就你一个人在家？你们科的其他人都干什么去了？"李冬冬走进付晓滨的办公室问道。

"都到市第二印刷厂看现场去了，听说工厂起火了，烧得不轻！"付晓滨回答道。

"这几天你们都干了些什么？昨天怎么没看到你？"付晓滨盯着李冬冬问道。

"哪里也没去，整天在办公室里聊天。"李冬冬一边说着，一边摸起了付晓滨办公桌上的电话，"妈，我上午不回去吃饭了，我们办公室的几个同事约我一起去海边玩。"

"妈，我都二十多岁的人了，还能掉进海里去？您就别操那瞎心了！"说着，李冬冬把电话挂了。

"老太太也不嫌累，整天就是爱瞎操心！"李冬冬嘟嘟囔囔道。

"老人都那样，要不怎么说可怜天下父母心呢！再说你爸妈就你一个宝贝疙瘩，不操心你，操心谁？"付晓滨笑着说。

"哎，老付，我听我们科的人说，咱公司就数客服科好。她们说咱四个一起分配来公司的，就数你最幸运。"李冬冬不无羡慕地说。

"我听其他科的人也有这么说的，但不知客服科好在哪里。"付晓滨说道。

"我们科里的人都说客服科最实惠，吃喝不用愁。"李冬冬说。

"反正到现在为止咱没感觉到有什么实惠。不过大家都这么讲的话，肯定有大家的道理。"付晓滨说。

"好了，不跟你磨牙了，我得回去了。"李冬冬说着，蹦蹦跳跳地出了客服科。

望着李冬冬远去的背影，付晓滨心中涌出一种异样的感觉，不自觉地又想起了来公司报到那天遇到李冬冬的情景。

那天，李冬冬穿了一件粉红色的连衣裙，背着一个褐色的小皮包，在公司大门口正好遇见了付晓滨："师傅，人事科在几楼？"

付晓滨上下打量着李冬冬，问道："你也去人事科？"

"是啊。我是刚分配来的学生，公司通知我去人事科报到。"李冬冬回答道。

"我也是新分配来的，今天也是来报到的。"付晓滨说。

李冬冬眼睛一亮，高兴地问道："是吗？怎么这么有缘分？你是哪个学校毕业的？"

付晓滨支支吾吾地说："军事学院的。"

"啊！这么厉害？你怎么也分到这里来了？怎么不去部队？"李冬冬不解地问道。

"革命需要嘛！哪里不是为'四化'建设服务？"付晓滨哈哈笑着说。

自从见到李冬冬的第一天起，付晓滨就对李冬冬有一种莫名其妙的感觉。

三

四个驾驶员都到其他房间玩纸牌去了,办公室里只剩下魏经纶一个人。

魏经纶眼睛紧盯着桌子上的稿纸,笔不停地在手中转来转去。两天了,领导交代的材料连一页纸也没有写满。

看着满满一纸篓子废纸团,魏经纶无奈地摸起了桌子上的电话。

"郭哥,晚上你有没有活动?"魏经纶压低声音问道。

被魏经纶称为郭哥的人叫郭浩,市政府办公室秘书二科的科长,也是赵明的秘书。此人年龄虽然不大,材料在市政府几十号秘书中是数一数二的,被称为滨城市政府办公室的"一支笔"。

"经纶啊,到了一个好单位是不是把你哥给忘了?听说你们单位漂亮姑娘不少,你可要把持住,不要犯错误啊!"电话那头传来郭浩开玩笑的声音。

"郭哥,你别开玩笑了,我有正事找你,我都快急死了!"魏经纶继续压低声音说道。

"什么事把你急成这样?不会是招惹姑娘让人家给赖上了吧?"郭浩仍然开玩笑道。

"下班后你在办公室等我,晚上我请你吃海鲜。"看着牛山歌从外面进来,魏经纶急忙把电话挂了。

离下班时间还有半个多小时的时候,魏经纶跟牛山歌请假道:"主任,我想去书店查个资料,早走会儿。"

牛山歌催促道:"快走吧,再迟了书店就关门了。"

"王总的典型发言写得怎么样了?刚才王总出门的时候还问起过我呢!"牛山歌对转身朝门外走的魏经纶问了一句。

"写好一部分了。今晚上我再加加班,估计差不多。"魏经纶停住脚步回答道。

"抓抓紧，千万别耽误了。"牛山歌有些不放心地叮嘱道。

"放心吧，主任，肯定耽误不了。"魏经纶装出一副胸有成竹的样子。

出了办公室，魏经纶骑上自行车，飞快地朝市政府办公室方向冲去。

看着魏经纶上气不接下气的样子，郭浩幸灾乐祸地问道："怎么了？让狼撵了？"

"别提了，我们王总下周去省公司参加半年工作会议，有一篇典型发言，想请你'一支笔'帮着策划策划。"魏经纶着急地说。

"不会吧？一篇小小的发言稿就把我们魏大才子难为成这个样子？"郭浩连讽带刺地说。

"我的亲哥哥，你就别再说些没用的了，快帮我梳理梳理思路吧！"魏经纶哀求道。

郭浩帮魏经纶列出详细的写作提纲后叮嘱道："这篇稿子要写好，必须突出两个主题：一要突出保险价值，二是突出社会责任。"

"为什么要必须写好'两个突出'呢？"魏经纶不解地问道。

"傻瓜，还没想明白？突出保险价值，你们领导爱听；突出社会价值，省政府领导听着舒坦。"郭浩点拨道。

"高！实在是高！怪不得都说你老兄是市政府办公室的大理论家陈伯达，我看你比陈伯达都要高！"魏经纶跷着大拇指夸奖道。

"谢了，自己想办法去填饱肚子吧。"魏经纶说着咚咚咚地下了楼。

"八点多了你让我去哪儿填饱肚子？你小子不是说请我吃海鲜吗？"背后传来郭浩叫骂的声音。

第二天一早，魏经纶带着撰好的发言稿再次敲开了郭浩的宿舍门："对不起，大才子，惊了你的好梦了。"魏经纶嬉皮笑脸地说着，眼睛不停地往房间里面瞅，"未来的嫂子不会也睡在里面吧？"

"这么早又来干什么？"郭浩打着哈欠问道。

确定房间里面没有其他人后，魏经纶大胆地走了进来："哥们，对不住了，还得劳驾你帮我看看稿子写得怎么样？高度是不是够了？"

郭浩看了看有些疲惫的魏经纶，心有不忍地问道："熬了一夜？"

"差不多吧。哎呀，困死我了！"魏经纶说着扑腾一声躺在了郭浩的床上。

郭浩看了一眼发出鼾声的魏经纶，又想起了十多年前那个又爱哭，又淘气的"跟屁虫"。

郭浩和魏经纶两家是邻居，虽然郭浩比魏经纶大六岁，但小时候的魏经纶就愿意跟着郭浩玩，整日粘着郭浩不放，所以大家都叫魏经纶"跟屁虫"。小时候的魏经纶不但爱哭，还十分淘气，一点小事不顺心，就张开大嘴哭个没完没了，郭浩因此不知挨了父母多少责备。那时候的郭浩，最大的心愿就是赶快搬家，离魏经纶越远越好。谁曾想，长大以后，两个人好得像亲兄弟似的。

郭浩很快把发言稿浏览了一遍。

发言稿除了题目不够醒目，典型事例交代得不够清晰外，整体写得还不错。

"这小子，要是多历练历练，应该能成为一把好手！"郭浩暗暗叹道。

郭浩把文稿修改完后，推了一把魏经纶："别人替你干活，你倒呼呼大睡。"

郭浩把发言稿扔到魏经纶面前："对红笔提示的地方再好好修改修改，保准让你们'王县官'满意。"

郭浩一边打着哈欠，一边催促道："快回去修改去吧。不过我建议你不要把稿子写得太完美了。"

看到魏经纶有些不解，郭浩解释道："你们'王县官'在人民银行工作的时候，听说在研究室待过。上次请我们办公室几位秘书吃饭，他说他也是写材料出身的。你总不能稿子写得让领导一个字都改不了吧？那显得领导多没水平！"

"好你个'陈伯达'，太阴险了吧？有必要提醒一下赵明同志，让他小心提防着点。"魏经纶装出一副严肃的样子说道。

"这一招还是你舅当秘书长的时候教给我的，算起来他应该是你的'祖师爷'。"郭浩摔掉鞋子，又躺回了床上。

一连几天，杨山坡都抱着姚东风不知从哪里找出来的脏兮兮、纸张都有些发黄的《保险实务》书籍看，机动车辆保险、企业财产保险、雇主责任保险、费用率、保险金额、免赔额等几百个险种、生涩难懂的条款和数不清的名词，搞得他头昏脑涨。

"这么多的条款、名词，难道他们都能记住吗？"杨山坡暗暗地想。

杨山坡找闫利请教，谁知闫利不以为然地说："没必要知道得那么多，用着！再说了，那么隐晦的条款，我们都弄不明白，客户能搞明白？"

"条款都弄不明白怎么能行呢？"杨山坡不解地问道。

"保险条款和承保险种虽然很多，但平时客户投保的险种就那么几个，科长让咱用什么费率保，咱把费率乘上保额算出保费就行了。"闫利说。

"要是客户出了险，条款我们又解释不清楚的话，出现了争议怎么办？"杨山坡有些担心地问。

"出险后怎么解释、如何处理，那是客户服务科的事。铁路警察，各管一段。"闫利说。

两个人正争论着，姚东风风风火火地冲了进来："小闫，你还记得上次跟你说的陈老七那两条破船保险的事吗？费率算好了没有？"

"基本算好了。不过他那两条船用的时间太久了，要不要把费率上浮二十个百分点？"闫利请示道。

"上午陈老七请客，你们两个一起去，费率到时候再说吧。"姚东风说。

陈老七请客也是安排在肖红的海鲜城。

一看见姚东风三个人到了，陈老七满面笑容地迎了上来："啊呀，兄弟，我可是恭候多时了。怎么没多叫几个朋友一起来？"

"商业机密哪能让外人来跟着掺和？再说人多了你陈老板不还得多破费？"姚东风打着哈哈说。

"多一个朋友多一条路嘛！再说咱还差那点钱？"陈老七纠正道。

"姚科，你去点菜，想吃什么就点什么，别客气。"陈老七大方地说。

"今天我们是来谈业务的，不是为了吃饭来的，随便点几个菜就行了。"姚东风一本正经地说。

几杯啤酒下肚，陈老七试探着问道："姚科，您能不能把我渔船保险的事抓紧安排一下？"

"陈老板，关于您渔船保险的事，我们已经商量过好几次了，也跟公司领导汇报过，可公司领导对这笔业务不太感兴趣，风险太大。但从维护人民群众的利益、保障社会稳定的角度讲，我们公司好像又有义务为你的渔船保险，国有企业，就应该为国家、为社会承担责任嘛！"姚东风装出一副诚恳的样子说道。

"姚科，您讲得太好了！就凭您刚才这番话，我老陈就应该再敬您一杯。"陈老七一只手端着自己的酒杯，另一只手替姚东风把酒杯端了起来。

"陈老板，你是应该好好敬敬我们姚科，为了你渔船保险的事，我们姚科可没少费心思。"闫利说。

"那是一定的，谁让我们是好兄弟呢！哥不会忘记你们的，不会忘记的。"陈老七忙不迭地应承道。

"老姚你太不够意思了！有酒场怎么不喊我一声？"牛山歌一进门就大喊大嚷。

"你堂堂大主任，日理万机，哪有时间与民同乐？"姚东风跟牛山歌打着哈哈道。

"给你介绍一下，这是我们公司办公室的牛主任，牛山歌。"姚东风指着牛山歌跟陈老七介绍完后，又指着陈老七对牛山歌说，"这是船务公司陈老板。"

"久闻大名，久闻大名。"陈老七主动把手伸向牛山歌。

两人握手相互问好后，陈老七客气道："牛主任，一起坐下喝两杯？"

"老陈，你不用客气，这是他的地盘，他应该请咱。"姚东风笑着说。

"这酒店是牛主任开的？"陈老七问道。

"差不多吧。"姚东风抢先答道。

"别听他的，是我一个朋友开的。以后陈老板要常来关照啊！"牛山歌说。

"那是应该的，那是应该的。"陈老七答应道。

"不把你的朋友请出来介绍介绍，人家陈老板怎么关照？"姚东风批评道。

"陈老板第一次来海鲜城？那我得给你介绍介绍。"牛山歌说着把肖红叫了进来。

"来来来，我给你介绍个大客户。"姚东风指着陈老七对肖红说，"这是陈老板，家里养着好几条船，是咱们滨城市数得着的大财主。"

姚东风又指着肖红说："肖红，海鲜城的老板，也是远近闻名的万元户。"

"别听姚大哥瞎说，开个小饭馆混口饭吃罢了。"肖红一边把名片递到陈老七的手上，一边说，"认识就是朋友了，以后多来小女子店里关照啊。"

"肖老板人长得漂亮，又有事业，真是年轻有为啊！"陈老七握着肖红的手，久久不愿放开。

"别那么肉麻了，一起喝杯酒吧。"姚东风率先端起了酒杯。

牛山歌和肖红走后，陈老七接着问："姚科，我保险的事就算定下了？"

"船我想办法给你保了，但费率得上浮一点。"姚东风说。

"费率就别上浮了。你们是大公司，家大业大，还差那点小钱？省下的钱，过年过节我给科里的弟兄们搞点福利就是了。"还没等姚东风开口，陈老七接着说，"就这么定了吧。"

"有钱人就是霸道。"姚东风装出不情愿的样子说道。

陈老七出去后没多会儿又回到了房间，一边用一次性手绢擦着手，一边说："这海鲜城的鱼不错，我让肖老板每人给装了一箱。那小娘们，长得真带劲！"陈老七啧啧称赞道。

三个人相视了一下，偷偷地笑了。

周五这天，魏经纶的心情特别好，因为王宪管在省公司半年工作会议的发言稿昨天晚上终于完成了，自我感觉还不错。

"除了中间和最后一段存在着两个明显的错别字外，应该不会有其他问题了。"魏经纶暗暗想。

"小魏，王总的发言稿写好了没有？王总刚才打电话又问起我了。"牛山歌站在魏经纶的办公室门口问道。

"刚改完，我正想去找您阅审呢！"魏经纶说着把发言稿往牛山歌的手里递。

"市里今天召开防汛工作会议，刘总让我替他开会，我没时间看了，你直接送给王总吧。"牛山歌说完，夹着包匆匆忙忙下了楼。

"你写的每一份材料，既不能瞒着你主任直接去找你们领导，又要想办法别让他把关，因为他哪怕只改了一个字，他也可能把功劳揽到自己身上。"想起郭浩的经验之谈，看着牛山歌远去的背影，魏经纶偷偷地笑了。

把材料送给王宪管后，魏经纶的心怦怦直跳。虽然发言稿得到郭浩的肯定，自己也感觉很满意，但心里还是有些忐忑不安。

一上午没听到王宪管的指示，魏经纶更加不自信起来："难道材料写得不符合领导意图？或者典型事例写得不够突出？"

"郭哥，材料我送过去一上午了，领导怎么一点反映也没有？是不是不符合领导意图？"魏经纶按捺不住，终于又拨通了郭浩的电话。

"一向号称'心如赤道、头如南极'的魏经纶，也有不冷静、不自信的时候？耐心等等吧，年轻人！"郭浩打着哈哈说。

下午一上班，林琳走进魏经纶的办公室："小魏，王总叫你去他的办公室。"

没等林琳把话说完，魏经纶拿起一个笔记本就冲了出去。

"去趟领导办公室至于那么激动吗？"林琳小声嘟囔着，脸上露出不屑的神情。

看到魏经纶敲门进来，王宪管热情地招呼道："来来来，小魏，快坐下。"魏经纶十分拘谨地在王宪管办公桌前的椅子上坐了下来。

"经纶，你写的稿子我认真地看了，很好！不但主题把握得准，语言也很流畅，遣词造句很到位，唯一美中不足的是稿子还有一两个错别字，我已经改好了。你来公司没多久，能在这么短的时间内对公司的情况掌握得这么全面和准确，是我没想到的。跟你一起入司的四个年轻人中，听说你表现得最好。今天没有外人，我可以给你透个底。我跟你舅舅赵市长，既是上下级关系，也是多年的朋友，就凭这两点，我就有义务关心培养你。小伙子，好好干，前途无量啊！"王宪管说话时，两只赞赏的眼睛一直没有从魏经纶的脸上挪开。

从王宪管办公室回来后，魏经纶立即拨通了郭浩的电话："郭科长，晚上有空吗？能否抽时间接见接见你老弟我呀？"

"晚上加班没时间。"郭浩态度坚决地拒绝了。

"得了吧，领导。赵明同志出国考察明天晚上才回来，你加什么班？"魏经纶不相信地问道。

"领导不在家我就不能加班了？"郭浩反驳道。

魏经纶装出恍然大悟的样子，说："噢，我知道了，是我未来的嫂子今晚上要收编你吧？"

"你小子花花肠子还不少哩！"郭浩笑着说。

"我今天得到我们'县官'大人猛烈表扬了，领导你功不可没，我怎么也得表示表示吧？"魏经纶兴奋地说。

"领导不在家，我好不容易有机会想清闲几天，全让你小子给我搅乱了，王瑞香同志都恨死你了！"郭浩装出生气的样子说。

"不能和王瑞香同志天天晚上粘在一起，是你恨死我了吧？这样吧，我给王瑞香同志打个电话，咱们三个人晚上一起吃顿饭，不耽误让王瑞香同志收编你。就这么定了。"没等郭浩同意，魏经纶就把电话挂了。

四

　　王宪管带着刘明、宋珂及马自力、姚东风、韩东洋、于红梅和财务科科长滕慧慧去省公司开会去了。刘大奎、吴小小开车跟领导们一起去了省城，刘征请假回了老家，牛山歌自领导开会走了以后，每天早晨来公司露个面，一天就见不着人影了，办公室只剩下魏经纶、林琳和王绪言了。

　　"王师傅，领导去省公司开会来回需要几天？"魏经纶问王绪言道。

　　"少说也得三四天。"王绪言回答道。

　　"就一天的会，需要那么长时间吗？"魏经纶不解地问道。

　　"到省城虽然只有三百四五十公里，但那鸟路太难走了，来回路上就得两天。到了省城，领导们不得到处逛逛、买买东西？"王绪言回答道。

　　"在省城买东西多贵啊！"魏经纶说。

　　"领导们买东西还用得着自己花钱？刘大奎、吴小小那两个小子这次肯定又沾上光了。上半年经营这么好，会上王总又能在省领导面前露个大脸，东西肯定少买不了。咱怎么就没有他们那个鳖命呢！"王绪言骂骂咧咧地走出了办公室。

　　王绪言刚出去没多久，付晓滨就进来了。

　　"领导们都开会去了，家里没有主事的，哥儿几个不聚聚？我请客。"付晓滨说。

　　"好啊，但不知道山坡和冬冬有没有事？"魏经纶说。

　　"他们能有什么事？打电话让他俩到这里集合。"付晓滨笑哈哈地说。

　　"喂，山坡啊，连长同志叫你跑步到我办公室集合。"接着，魏经纶又拨通了人身险科的电话。

　　电话是梅胜利接的，他说李冬冬跟姚美、吴秀丽一起逛街去了。

　　"手里没银子天天逛什么街，小李同志早晚得让那两个老娘们给带坏了！"

付晓滨愤愤地说。

"你怎么知道人家李冬冬手里没有银子？人家老爹是校长，家里能没钱？"魏经纶笑着问道。

"杨大学士，付哥想约咱们一起聚聚，有空吗？"魏经纶对急匆匆走进来的杨山坡说道。

"有什么好聚的？"杨山坡马上反对道。

"你看看，就四个人，一个反对，一个不在家，看来连长同志钱花不出去了。"魏经纶笑着说。

"真是菜好做客难请。要是在部队，敢反对长官，我不一枪崩了他才怪呢！"付晓滨也笑着说。

"我可没反对，我的意思是说李冬冬不在，咱们改日再商量嘛！"杨山坡言不由衷地说。

"要不这样，等李冬冬回来了，咱再商量商量。实在没时间，礼拜天也行呀！"魏经纶打圆场道。

"礼拜天更难凑了。大学士每周都回家，李冬冬礼拜天估计不会出来，看来这事没戏了。也好，省点钱留着娶老婆吧。"付晓滨自嘲地说。

"你们生在城里，吃喝无忧，礼拜天当然就是玩了。我们是农村孩子，家里的庄稼需要施肥打药、锄草拔苗，不回家能行吗？"杨山坡心里这么想，嘴上却说："没关系，付哥请客，有吃有喝，我当然懒得回去。"

"那我们说好了，周六上午一下班就集合。"付晓滨说。

"就这么定了。李冬冬我负责通知她。"魏经纶自告奋勇道。

周五一进办公室，王绪言就对魏经纶说："领导们昨晚从省城回来了，听刘大奎说，会开得不错。"

"这么快就回来了？你不是说得三四天吗？"魏经纶问道。

"周三才走的，按道理讲怎么也得三四天才能回来，谁知道这么快就回来了。"王绪言也有些奇怪地说。

王宪管经过牛山歌的办公室时，朝站在门口的牛山歌说："让魏经纶去我办公室一趟。"

接到通知后，魏经纶一路小跑地来到了王宪管的办公室。

"小魏啊，这次我们公司的发言得到了省政府和省公司领导的高度评价，连省长都对我们公司在充分发挥保险的保障功能，主动承担社会责任方面取得的成绩给予了高度评价。你给我写的发言稿很有质量，尤其是那三个小标题归纳得非常恰当，有新意！"王宪管说着，从手提包里掏出一支笔，拿在手上说，"这次去省城开会，省公司的领导送给我一支笔，就奖给你吧。"

"王总，笔是省领导送给您的，我怎么能要呢？"魏经纶一边摆着手，一边后退着。

"这可是支派克笔，你一个月的工资可能也买不到。"王宪管硬是把钢笔别在了魏经纶的上衣口袋上。

魏经纶激动得手都有些颤了。他颤颤抖抖地想把钢笔从上衣口袋里取下来还给领导。

王宪管按住魏经纶取钢笔的手说："放着吧，用它好好给我写材料。不是有句成语叫妙笔生花吗？你就用它好好地给我生花吧！"

魏经纶激动得眼泪都快流出来了，谢谢王总、谢谢王总地说了七八遍。

领导们从省公司返回的第二天，公司就举行了全体干部员工大会。会议还是由刘明主持。

刘明把麦克风往自己面前挪了挪，说道："同志们，现在开始开会了。今天会议的主要议题是传达贯彻落实省公司半年工作会议精神，安排部署公司下一步工作。现在首先请宋总传达省公司半年工作会议精神。大家欢迎！"

"同志们，这次全省半年工作会议，开得很好，很有成效，用省公司白总的话讲，是一个团结的大会，胜利的大会，朝气蓬勃的大会。会上，我们敬爱的王总代表公司党委、总经理室作了精彩发言，得到了与会省政府领导和省公司领导的充分肯定。特别是王总对保险是经济发展的'助推器'、社会发展的'稳定器'、文化发展的'传播器'的阐述，真是独具匠心、精彩至极，引到了全体与会人员的共鸣。……"宋珂滔滔不绝地把省公司的会议精神传达了一个多小时才结束，坐在一边的王宪管脸上不时露出会心的微笑。

"同志们，刚才宋总代表总经理室传达了省公司的会议精神，很全面，很具体。下面，我们请分公司党委书记、总经理王宪管同志讲话。大家热烈欢迎！"刘明带头鼓起掌来。

"同志们，刚才宋总传达了省公司半年工作会议精神。下面，我结合滨城公司的实际，再讲几点意见。上半年，在滨城市委、市政府和省公司党委、总经理室的正确领导下，公司全体干部员工紧紧团结在分公司党委、总经理室的周围，团结奋进，创造性地开展工作，取得了巨大成绩，得到了省政府领导和上级公司领导的高度评价。上半年，公司业务发展可以说是全面开花，不仅财产险业务收入完成了八百六十多万元，人身险业务收入也超过了三百五十多万元，不容易啊，同志们！希望同志们继续发挥勇于拼搏、艰苦奋斗的精神，继续发挥谦虚谨慎、戒骄戒躁的作风，在下半年的工作中取得更大的成绩，争取在全省放颗卫星，在全年工作会议上再进行经验发言。"王宪管从上半年取得的成绩、经验教训，讲到下半年的工作方向，讲到了五年后的宏伟蓝图，直讲得自己都被自己感动了。

王宪管看了看表，继续说道："时间不早了，我长话短说再讲几个具体问题。前不久，国家刚出台了《保险法》，要求公司实行产险业务和人身险业务分业经营。这次在省里开会时，听省公司的领导讲，去年在我省开始筹建的两家保险机构，今年要在我市设立分公司。"

看到台下的员工交头接耳地议论，王宪管不以为然地说："请同志们不要紧张，这两家公司刚成立没几年，规模小，竞争力弱，跟我们不在一个起跑线上。"

王宪管喝了一口水，继续说道："鉴于上半年取得的巨大的成就，在半年工作会议上省公司奖励了我们三万元钱，分公司党委、总经理室决定再追加三万元，对公司全体干部员工进行一次普奖。"王宪管话音刚落，台下爆发出热烈的掌声。

会议一结束，付晓滨就把魏经纶、杨山坡、李冬冬四个人召集在了一起："怎么样，哥几个，一会儿出去乐呵乐呵？"

"付哥肯定有好事，要不怎么这么着急上火地要请大家？是不是有了另一半了？"李冬冬咯咯笑着说。

"大家搞清楚了，今天不是我请客，是有人要请客。"付晓滨说着眼睛瞟向了魏经纶。

"付哥不请客，难道大学士要请客？"魏经纶装疯卖傻道。

"大学士又没受到领导表扬，他请什么客？"付晓滨马上纠正道。

看到杨山坡和李冬冬还是有些不解，付晓滨恼怒道："你们两人是真傻还是假傻？你们没听宋领导在会上说，我们'县官'大人在省里开会时露了个大脸，特别是在会上的精彩发言，连参加会议的省政府领导都直竖大拇指。"

"噢，我明白了。如果没有我们魏大才子的妙笔，咱们'县官'大人也生不出繁花来！魏哥，你是应该请请大家，要不大家怎么能抒发对我们魏大才子的敬佩之情呢？付哥、大学士，你们说是不是？"李冬冬恍然大悟道。

大家你一言我一语，说得魏经纶脸红一阵白一阵的。

魏经纶装出一副无辜的样子说："你们三个人是不是早就串通好了想整我呀？人家王总在会上的发言得到省政府和上级公司领导的表扬，那是人家领导有水平，要不人家怎么四十多岁就当上'县官'了呢？"魏经纶嘴上这么说，心里却想："哼，要不是我材料写得好，你能露那么大个脸？"

"咱们魏大才子真是谦虚啊！还是毛主席他老人家说得好，谦虚使人进步，骄傲使人落后。孺子可教，孺子可教啊！"付晓滨嘴上奉承着，心里暗暗想道："这小子不简单，年纪不大，诚府不浅。"

"魏哥，你真厉害，文采那么好，我就佩服你这样的人。"杨山坡由衷地说。

"你们不就是想变着法子让我请客吗？快说，想吃什么？"魏经纶爽快地答应道。

大家你一言我一语，商量了大半天也没有形成一个统一的意见。

付晓滨说："刚才山坡说去海鲜城，我看不妥，去那里十有八九会撞上牛主任，让单位的人知道了，还以为我们搞小团体主义呢。咱们四个人中，就一位女士，还是让李冬冬说吧，她说去哪里吃咱们就去哪里吃，怎么样？"

李冬冬笑眯眯地说："还是咱们部队上出来的人觉悟高，知道尊重女同志。"

李冬冬看了一眼付晓滨，接着说道："魏经纶同志受到了表扬，我们得好好给他祝贺祝贺，就让他请咱们去好运来撮一顿吧。"

魏经纶嘴张得老大："冬冬同志，太狠了点吧？你想让我破产呀？"

"大才子，咱们刚才不是说好了李冬冬说了算，她说去哪儿就去哪儿吗？反正下周就发奖金了。"付晓滨拍手拥护道。

杨山坡央求道："付哥，咱还是找个便宜点的地方吃吧，那个地方太宰人了！"

李冬冬咯咯笑着说："我刚才是说着玩的，那地方咱们怎么能吃得起？滨城一中旁边有一个豆腐店，豆腐卷做得非常好，我带你们去尝尝？"

李冬冬的提议立即得到了杨山坡的赞成。

付晓滨心有不甘地说："商量了半天，就去吃个豆腐啊！不过既然李冬冬同志改变了主意，不吃大餐改吃豆腐了，我个人表示赞成，但总感觉太便宜魏大才子了。"

魏经纶笑了笑说："大家等我一会儿，有点小事我处理一下，马上回来。"

"你小子不会逃跑吧？"付晓滨装出不信任的样子问道。

"那也说不定。三十六计走为上策。"李冬冬附和道。

魏经纶说："什么话？我魏经纶就那么点出息？"

付晓滨说："跑了和尚跑不了庙，除非你跑到月球上去。"

七八分钟后，魏经纶重新回到了付晓滨的办公室。

"下楼，去好运来。"魏经纶潇洒地说。

"不会吧？我只是开个玩笑，老魏同志你可别当真啊！"李冬冬有些不好意思地说。

"放心，破了产不会赖上你的，再说我也不会破产的。"魏经纶笑嘻嘻地说。

四个人骑着自行车，撒欢儿似的朝好运来大酒店奔去。

四个人一边喝着酒，一边谈论着来公司后的感受，谈论着公司的张三李四。

付晓滨说："来公司快一个月了，整天除了在客户那里吃吃喝喝，没什么事可干，真不如以前在部队上过得充实。"

李冬冬说："我也有同感。除了上班磨牙，下班逛街，这么多天还真没干什么事。我们科里那几个人真能侃，尤其姚美和吴秀丽，侃一天好像也不觉着累。"

"你们真幸运，找了个清闲的科，哪像我们办公室，整天打水扫地、迎来送往的，一点闲空也没有。哎，命苦啊！"魏经纶装出一副可怜兮兮的样子。

"别赚了便宜卖乖了，整天围在首长们身边，多风光啊！"付晓滨一边拍着魏经纶的肩膀，一边说道。

付晓滨转过头来问杨山坡："大学士，这几天怎么没看见你们姚科长？他又到哪里'摇东风'去了？"

"这几天我们姚科很忙，听说最近谈了几个比较大的客户。"杨山坡回答道。

"付哥，我想问你个问题，我刚才提议去海鲜城，你说弄不好会撞见牛主任，牛山歌到底跟那个女老板是什么关系？"杨山坡有些不解地问道。

"这个问题你还是问问魏大才子吧，牛山歌是他的主任，他比较清楚。"

付晓滨一脸坏笑地说。

"俗话说灯下黑，这事还得问问我们敬爱的付连长，他是老革命了，斗争经验最丰富。"魏经纶又把球踢给了付晓滨。

"今天王总在会上说，公司下一步财产险和人身险要分家，不知财产险公司好干还是人身险公司好干？"杨山坡问道。

"差不多吧。冬冬，你们科是人身险科，科室里的人估计去人身险公司的可能性比较大，不过你本人是想去财产险公司呢，还是想去人寿险公司？"付晓滨盯着李冬冬问道。

魏经纶看了两人一眼，暗想道："付晓滨是不是在打李冬冬的主意？"

两捆啤酒喝光后，李冬冬捂着红红的脸蛋说："我不行了，我可不能再喝了！"

魏经纶说："别装了，你没听人家说酒桌上有三个不可忽视吗？"

李冬冬问："哪三个不可忽视？"

魏经纶故意逗李冬冬道："想听？"

李冬冬说："哎呀，别卖关子了。快说。"

魏经纶说："酒桌上有三种人喝酒不可忽视：扎小辫的，红脸蛋的，吃药片的，你看看你占了几项？是不是应该自奖一杯？"

付晓滨制止道："大才子，你不能欺负人家一个小姑娘。来，哥敬你一杯。"

"英雄救美啊？太绅士了！"魏经纶挖苦道。

临结束时，付晓滨附在魏经纶的耳朵上小声说："上午这顿算我的吧。"

"不用，不用，你下次再请吧。"魏经纶心里嘀咕道："早干什么去了？我早让郭浩安排人帮着结了。"

杨山坡明显喝多了，大家连捶带喊才把他叫醒。

李冬冬虽没喝醉，但自行车肯定骑不了了。

魏经纶看着付晓滨说道："咱两人一人负责一个？"

付晓滨说："行啊。你负责李冬冬我负责杨山坡？"

魏经纶说："李冬冬还是你送吧。这里离公司近，我负责把山坡弄回去。"

付晓滨心中一阵窃喜："算你小子有眼力、长良心。"

李冬冬坐在好运来一楼大厅的沙发上，感觉天旋地转。"要是最后那几杯不喝就好了！"李冬冬想。

付晓滨关切地说:"咱们休息一会儿再走吧。"

李冬冬说:"付哥,你先走吧,我坐一会儿就好了。"

付晓滨说:"酒桌上喝醉了酒,相当于战场上负了伤,战场上哪有置受伤的战友而不顾的呢?"

"别逗了,酒场跟战场怎么能相提并论呢?"话没说完,李冬冬感觉又一股酒上来了。

"别说了,老实休息会儿吧,我到前台给你要杯茶水。"付晓滨说着从沙发上站起来走向酒店服务台。

付晓滨端着茶水回到李冬冬身边的时候,发现李冬冬靠在沙发上睡着了。

付晓滨如醉如痴地盯着李冬冬那张被美酒修饰过的粉红色的脸,那样的清新,那样的妩媚动人:长长的睫毛、高高的鼻梁、红红的嘴唇,还有那随着频率有些过快的呼吸,有节奏地起伏着的胸脯……付晓滨心中禁不住产生出阵阵的骚动,他感叹,造物主是如何创造出如此美妙奇迹的。

"如果她是睡美人,我就是那传说中的白马王子该有多好啊!"付晓滨暗暗地想。

付晓滨起身关掉了旁边的电风扇,又让酒店的服务员拿来一条浴巾轻轻地搭在了李冬冬的身上,然后静静地欣赏着面前这幅美丽的画卷。

不知过了多久,李冬冬从睡梦中醒了过来,发现付晓滨正盯着自己看,有些不好意思起来:"对不起,付哥,我睡着了。"

付晓滨将第二次换过来的茶水递到李冬冬的手上:"喝点茶水吧,兴许能解酒。"

李冬冬喝了两口茶水后说道:"走吧,回家再晚了,又要挨老妈骂了!"

付晓滨说:"酒喝得不少,自行车你就别骑了,回头我找人给你送到单位去。"

李冬冬说:"没事,让你等了那么长时间了,怎么好意思再麻烦你呢!"可上车蹬了几下,就感觉头昏脑涨,两腿发软,酒往上涌。

付晓滨赶紧把李冬冬的车存放到酒店的停车棚里,指了指自己的车后座说:"请首长上车检阅付连长同志的车技!"

李冬冬迟疑了一下,还是坐上了付晓滨的自行车后座。

七八公里的路程,付晓滨感觉太短了。

距一中学校门口还有三四百米远的时候,李冬冬轻轻拍了拍付晓滨的后背:"付哥,停一停,我想下来走一走,醒醒酒,这样回去,非挨老爸老妈骂不可。"

李冬冬麻利地下了车,朝付晓滨笑了笑:"付哥,下次再请你来家里坐坐吧。"

望着李冬冬远去的背影,付晓滨长长地叹了一口气。

五

九月正是鱼多蟹肥的季节,渔民们驾着满载着装满活蹦乱跳鱼虾的渔船,喊着欢快的号子,纷纷从遥远的天边靠向码头。

"喂,王小宝,你骑摩托车去冷库看看,王大傻的车怎么还不回来?一车鱼卸了多长时间了。"陈老七朝一个看样子二十五六岁的小伙子吼道。

不一会儿,那个被陈老七称为王大傻的人开着车到了渔码头,一下车就被陈老七劈头盖脸地臭骂了一顿:"大半天死哪儿去了?船到了一个多小时了,车不来怎么卸?不愿意干滚回家去!"

外号叫王大傻的人一脸无辜地说:"陈总,上一车装得太多了,还没到冷库胎就爆了,到现在我都没顾得上吃早饭呢!"

"没吃早饭活该!"陈老七黑着脸,很不讲理地吼道。

最近陈老七特别忙,除了要安排好自己的渔船做好出海捕捞作业外,还要负责水产加工企业——佳美食品有限公司的鱼货收购组织工作。

佳美食品有限公司前身是滨城市第一冷藏厂,原是市供销社的下属企业,由于经营不善,多年处于亏损状态,在八月初日本人投资盘活前,冷藏厂欠了陈老七二十多万元的债务,是企业最大的债权人。精明的日本人认识到,冷藏厂之所以经营难以为继,重要原因之一就是货源不足,在货源收购组织方面,不具备与周边小冷库竞争的优势。

"既然陈老七从事捕捞作业多年,在当地渔民中有相当大的影响力,公司又欠他二十多万元的债务，何不招他入股，让他负责货源组织呢？"日方代表一言九鼎，陈老七以原冷藏厂欠下的债务入股，成为新成立的中日合资企业——佳美食品有限公司的副总经理。

韩东洋端着杯子先到财务科找滕慧慧聊了半天，又端着杯子转悠进了姚东风的办公室。

韩东洋一进门，就大声嚷嚷开了："领导们都到市里开会'吃大盘'去了，你老姚还在这里装什么积极分子？"

看到韩东洋闯进来，姚东风慌忙把正在看的一本画报塞进抽屉里，瞪着眼睛骂道："老韩，你不敲门的习惯什么时候能改一改？当了好几年科长了，素质怎么老是提不上去？"

"我去王总办公室都不敲门，'县官'都没说让我改，你一个小小的科长还有那么多管辖？把刚才藏的东西给我拿出来。"韩东洋说着就去拉姚东风的抽屉。

姚东风用力按住抽屉："干什么？大白天来土匪了？"

韩东洋把书从抽屉里抢了出来，看了一眼后大声嚷嚷道："你老姚受党的教育多年，怎么能看这么低级趣味的书呢？你的党性哪里去了？快说，哪里来的？"

姚东风一边往回抢书，一边呵斥道："你能不能声音小一点？小声说话你就能死啊？快把书还给我！"

"这事我就不向组织报告了，但书我得没收。"韩东洋用报纸把书包起来，夹在腋下回了办公室。

不多会儿，姚东风端着韩东洋落在他办公室的茶杯走了进来："'东洋人'被中国人民赶出去快五十年了还这么牛气，杯子还得麻烦我给你送回来。"

看到韩东洋头也不抬地在翻看那本刚从他那里抢来的画报，姚东风拍着韩东洋的肩膀调侃道："小孩子是不能看这种书的，出了事我可不负责。"

韩东洋把书合死扔到抽屉里，站起来说："一本破书让我看两天怕什么？马上跟过来要。老姚，你从哪里淘弄来的？里面的娘们真浪啊！"

姚东风做出假装要抢回的样子："看看就行了，我今天还得还给人家。"

韩东洋把抽屉锁死，恐吓道："谁的？不说我可就去报告组织了。"

姚东风朝韩东洋的肩膀上捅了一拳，没好气地说："好你个假洋鬼子，抢了我的东西还要去告我。这书是陈老七那老色鬼的，听说是他们公司的日本人偷偷从国外带进来的。"

"听说这小子最近当上什么水产公司的副总了，今天咱过去敲他一下子？"韩东洋跟姚东风商量道。

姚东风说："行。看看办公室老牛在不在，喊上他一起去陈老七那里看看。"

韩东洋打电话问魏经纶牛山歌去哪儿了，魏经纶说牛主任去市政府办公室了。

韩东洋说："老牛去市政府办公室办事去了，估计去了就走不了，政府办的那些小秘书们不让他请客才怪呢！"

韩东洋跟姚东风一人骑着一辆摩托车去了佳美食品公司，公司的人说陈总在码头上。两人又骑着车去了码头，老远就听见陈老七那破锣嗓子。

陈老七一看是姚东风和韩东洋，脸上立刻堆满了笑容："啊哟，两位大科长今天怎么有时间来我这里了？臭烘烘的，两位不怕弄脏了？"

韩东洋笑着说："我们是服务行业，为客户提供高效优质服务是我们一贯的宗旨，客户至上嘛。今天我和姚科专程来，就是想听听陈总对我们的服务还有什么意见。"

"实在不好意思，我今天实在没时间陪两位，改天我请两位吃饭。"陈老七没理会韩东洋的说教，直接让王小宝装上两袋子鲜鱼放到了两人摩托车的后座上。

姚东风和韩东洋骑着摩托车往回走的路上，姚东风提议道："走，去肖红的海鲜城，咱哥俩喝两盅。"

不一会儿，两人就到了海鲜城。

"我去找肖红安排去。"韩东洋停下摩托车，径直朝肖红的办公室走去。

没多大会儿，韩东洋红着脸跑了回来："老姚，别吃了，快走吧！"韩东洋骑上摩托车飞快地出了海鲜城的大门。

姚东风追上来问道："慌里慌张地干什么？"

韩东洋红着脸对姚东风说："魏经纶那个兔崽子不是说老牛去市政府办公室了吗？他怎么会在肖红这里呢？"

姚东风说："老牛跟人家小魏说自己去政府办公室，人家怎么知道他是真去了还是假去了？老牛在肖红这里？"

韩东洋说："不仅在，两人还在房间里干那个！"

姚东风追问道："干哪个？"

"两个人正搂在一起干这个。"韩东洋做了一个十分夸张的接吻动作。

姚东风埋怨道："跟你说过多少次了，要养成敲门的习惯，你就是不听。老牛也真是的，干那种事也不分个时候。"

韩东洋附和道："谁想到他们大白天不插门就干上了呢！"

"你小子艳福不浅，看了个现场直播。"姚东风一脸坏笑地说。

韩东洋说："真他妈的窝囊。老牛非骂死我不可。"

姚东风说："抽空我得好好说说老牛，让他少跟肖红来往，那女人可不是个省油的灯，这样下去肯定没什么好果子吃。"

韩东洋说："你假装不知道就行了，你一找他，老牛还不知道我把这件事跟多少人说了呢，急眼了真能跟我拼刀子。你就别再给我添堵了。"

韩东洋回到家后，前思后想总觉着应该马上找牛山歌解释解释，否则的话，结了梁子就不好办了。

韩东洋把陈老七给的那袋子鲜鱼扔到厨房里，骑上摩托车径直回了海鲜城，他估计牛山歌这会儿应该还在肖红那里。

韩东洋在距海鲜城大约还有二三百米的地方等了一个多小时，才看见牛山歌从里面晃晃悠悠地走出来，看样子喝了不少酒。

韩东洋急忙迎上前去："老牛，上午的事，我不是故意的，请你原谅！"

牛山歌抬头望了一眼像从地里突然冒出来的韩东洋，嘴里含糊不清地说："韩东洋你他妈的不是东西，你见过谁去别人家连门都不敲的？你韩东洋当了个破科长，就可以目中无人了？你认为肖红也是你的客户爱怎么着就怎么着？"

韩东洋自知理亏，强装着笑脸说："老牛，我这不是专程给你道歉来了吗？你也不是不知道，我这个人一向大大咧咧、粗粗拉拉的。"

牛山歌看起来有些醉了，身子摇摇晃晃，嘴里嘟囔个不停："你们都想看我的热闹。魏经纶那小兔崽子想夺我的权，你老韩只想看我的笑话。"

"老牛，我看你喝多了，下午别去公司了，我直接送你回家吧。"韩东洋说着就把牛山歌扶上了摩托车。

牛山歌的妻子没在家，估计上班去了。韩东洋把牛山歌扶到床上躺下，把一块热毛巾敷在牛山歌的额头上。

约摸一个多小时，牛山歌醒了过来，看到韩东洋还没走，有些感动地说：

"老韩，你没去上班？"

韩东洋把茶水递到牛山歌的手里，说道："你刚才醉成那样，我怎么能走呢？老牛，上午那件事我真的很抱歉！"

"说实话，上午我确实很生气，现在想来，这事也不能全怪你。"牛山歌喝了几口茶水继续说道，"我也知道，我和肖红来往的事大家议论了也不是一天两天了，反正就那么回事了。"

韩东洋一边帮牛山歌往杯子里加水，一边说："老牛，我跟你都是八五年一起调来公司的，平时我们关系又不错，有句话不管你愿不愿意听，我都得说。虽然大家都拿你和肖红开玩笑，但都没有当真的，总觉着你老牛办事老成，不会拿家庭和政治前途开玩笑的。既然我今天遇上了，那我必须劝你不要再玩下去了，那样对你、对双方家庭都没有好处。当断则断啊！"

牛山歌鼻子哼了一声，骂道："什么狗屁前途！办公室就是个打杂跑腿的活，累死累活还赚不着好。不像你们搞客服的，要风得风，要雨得雨！"

韩东洋反驳道："老牛，你以为客服就是那么好干的？现在的客户不是刚恢复保险业务的时候了，精得很。企业没改制前，多赔点少赔点、服务好点服务孬点没人计较，大家都说肉烂了在锅里，反正都是国家的。现在不行了，难伺候了！"

牛山歌说："你哥我可能在办公室干不长久了，主任这个位置早晚得让给魏经纶那小子。"

韩东洋头摇得像拨浪鼓："我看你是自寻烦恼。魏经纶那小子来公司才几天呀？一个二十三四岁的毛孩子，再怎么着主任也轮不上他干呀！"

"他在原单位干得好好的，干吗非调到咱公司里来？不就是冲着办公室主任这个差事来的吗？魏经纶那小子年龄虽然不大，但脑子里鬼点子不少，再加上有一个当副市长的舅舅，取我代之那还不是一句话的事吗？"

牛山歌看了看韩东洋，继续说道："这几天，'县官'老是找我的别扭，一会儿说魏经纶的材料写得多么多么的好，处理问题的火候掌握得多么多么的到位；一会儿又说我这个事情办得不妥，那个事情办得不对，这不明摆着贬低我、打压我，为他铺路吗？"

韩东洋说："不让你干办公室主任，你这个正科还能给你抹了？我觉着你只要不犯原则性错误，谁也不能把你怎么着。目前最主要的就是先跟肖红把关系断了。"

牛山歌长叹了一口气，说："难呀！什么事都跟人家干了，说不来往就不来往了？"

"但这样发展下去肯定不是长久之计，要是让嫂子知道了，那还不闹翻了天？"韩东洋劝说道。

牛山歌叹道："要是当初我不当这个破主任，肖红不开那个海鲜城，我们也就没有现在这档子事了！"

韩东洋说："哪有做生意不找几个捧场的？你是大公司的办公室主任，公司应酬多，谁找你拉拉生意都很正常，可你老兄没把控好。可话又说回来了，那也不能全怪你，谁让肖红长得那么水灵、那么性感的？"

牛山歌说："我也知道肖红不是个善茬子，泼辣能干，家里不缺钱，可谁知他男人天生有缺陷，那玩意不争气。这几天，老婆跟我说话也是不阴不阳的，我怀疑她是不是也听到什么了。今天我去跟肖红一说，她不但不紧张，还非要跟我那个，正好让你小子撞上了。"

韩东洋若有所思地说："噢，我有点明白了，那我更要劝你快把这事了了，了得越早、越彻底越好！"

牛山歌突然拉住韩东洋的手说："老韩，这件事到目前为止你是唯一一个最知情的人，你刚才也说过，我们是一起调入公司的，如果以后哥有求于你的话，你可不能不帮我啊！"

韩东洋说："老牛，你放心，我这个人没多少文化，办事粗拉，但对哥们我还是很讲义气的。以后需要我帮忙而我又能帮得上的话，我一定不会推辞的。"

半年经营成果奖终于发放了，发奖金那天，王宪管把魏经纶叫到了办公室，神神秘秘地说："小魏，你来公司后各方面表现都不错，我跟刘总、宋总一起商量了，决定按公司老员工八百元的标准给你发放半年奖励，跟你一起入司的其他三名同志，按公司老员工标准的一半发放，多发放的部分，作为总经理室对你入司以来工作勤恳、业绩突出的一种奖励。希望你再接再厉，不要辜负我和赵市长对你的期望！"

魏经纶诚惶诚恐地说："谢谢王总，谢谢组织，我一定好好工作，不辜负王总对我的厚爱！"

王宪管说："奖金的事，你自己心里有数就行了，不要跟任何人讲了。"

魏经纶说记住了，就从王宪管的办公室里退了出来。

杨山坡领到奖金后，激动得话都说不出来了。他用颤动的手把四十张"大团结"数了一遍又一遍，然后抽出了有些破旧的三张"大团结"，小心翼翼地放进了自己那蓝色的塑料钱包里。

下班后，杨山坡直接去了滨城百货大楼，花六块钱给父亲买了两瓶滨城小烧、一条金鱼烟，给弟弟买了一双当时很时兴的白色带有两道红杠杠的运动鞋，对这两件礼物，杨山坡感到很满意。

"给母亲买点什么呢？"杨山坡从滨城百货大楼的一楼转到三楼，又从三楼转回了一楼，也没有给母亲买到感觉合适的东西。

一位跟母亲年龄、身材相仿的大妈从身边走过，杨山坡眼前一亮，急忙喊住了她："阿姨，不好意思！我想问一下，您身上穿的这件衣服是从哪里买的？我想给我妈也买一件。"

那位大妈上和蔼地问道："你妈多大年纪了？"

杨山坡说："今年虚岁五十。"

"是吗？跟我一般大？"那位大妈说。

杨山坡又仔细地打量了那位大妈一眼，说道："您看起来可比我妈年轻多了！"

那位大妈有些好奇地问道："又不过春节，怎么想起来给你妈买衣服了？你妈过生日？"

杨山坡红着脸摇了摇头，心想："农村人哪有那么讲究，还过生日？"

那位大妈一边领着杨山坡往卖布类柜台方向走，一边问："小伙子，上班几年了？在哪个单位工作？"

杨山坡回答道："大妈，我今年七月份刚从东南经济学院毕业分配到咱们滨城保险公司的。"

那位大妈停住脚步，又仔细地看了杨山坡一眼："保险公司可是个好单位啊！小伙子，你叫什么名字？"

杨山坡说："我叫杨山坡，您就叫我小杨吧。"

两个人边说边聊来到了布类柜台，那位大妈帮杨山坡选好了一块布料，然后对他说："百货大楼对面有一个裁缝店，师傅姓冯，衣服做得挺好的，我这衣服就是他给做的。抽时间让你妈过来量一量尺码，三四天就做好了。"

"她忙，肯定来不了。您能不能……"杨山坡欲言又止。

那位大妈好像看出杨山坡有话不好意思说，主动问道："孩子，有什么事跟大妈说说，看我能不能帮帮你。"

杨山坡不好意思地说："都耽误您半天时间了，实在不好意思。我能不能再耽误您点时间，去刚才您说的那个裁缝店，帮我妈量一量尺码，我觉着您跟我妈身高、胖瘦差不多。"

那位大妈笑着说："哪有那么巧的？衣服要做得合体，最好让你妈亲自过来量一量。"

杨山坡迟疑了一会儿，说道："实在不好意思再麻烦您了！"

那位大妈想了想，笑着说："那我就给你当一回妈吧。冯裁缝我熟，说不定还能少收你点手工费呢！"

杨山坡高兴地说："那太感谢您了！您帮我忙活了大半天了，我还没问您姓什么呢？"

那位大妈说："我姓夏，在城关中学教数学。你就叫我夏老师吧。"

杨山坡说："夏老师，谢谢您了！有机会的话，我去学校看您。"

夏老师说："好啊。我看你这个孩子实在，跟我以前教过的一个学生很像。有时间的话，欢迎到我们家里玩，我家就住在校园里。"

衣服很快做好了。周六一下班，杨山坡取上衣服，骑上自行车就往家里赶。

刚参加工作时，杨山坡就计划用第一个月的工资给父母买点像样的礼品，以表达自己对二老二十多年的抚育之恩，可合伙请科长们喝的一场酒，使自己的计划完全泡了汤。上班后的前两个月工资，杨山坡除留下每月伙食费外，其余的钱全部拿回了家，因为上次回家拿偿还付晓滨的借款时，杨山坡就跟父母承诺一百二十元钱算是自己借家里的，上班了绝对不能再用家里的钱了。

参加工作后终于用自己挣得的钱孝敬一下父母，杨山坡心里甭提有多高兴了。

回到家，杨山坡把礼物从自行车后座上取下来，递到父母手上："爹，娘，这么多年，你们二老辛辛苦苦、省吃俭用供我读完大学，毕业后本想第一个月就给二老买点礼物，可由于各种原因没能实现。毕业三个月了，总算了了这份心愿。"

杨瘸子接过烟和酒，高兴得两只眼睛眯成了一条缝，一个劲地说："这烟好！这酒好！"

杨山坡一边帮母亲把身上的那件补了好几个补丁的深蓝色粗布上衣脱下

来，把冯裁缝新做的那件花布上衣替母亲穿上，一边跟母亲说："娘，您这件上衣穿了多少年了？我记得我上初中时您就穿这件衣服，都已经破得不像样了，不要再穿了，快扔了吧。"

杨山坡的母亲把那件破褂子抢过来，紧紧地握在手上："你这孩子，怎么不知道过日子？这褂子布厚，结实，还能穿，扔了多可惜？"

杨瘸子看着老婆穿着新衣服，前看看后望望，脸上美滋滋的，忍不住地说："你这死老婆子，老了老了还俏起来了。这么嫩的衣服，你能穿出门去？快脱下来吧！"

杨山坡的母亲狠狠地瞪了杨瘸子一眼，说道："你个死老头子，跟了你大半辈子也没有穿过这么好的衣服，要不是摊上山坡这么个好儿子，我这辈子能穿上这么件好衣服？"

杨山坡的母亲转过身来问杨山坡："山坡，这件衣服你是从哪个商店里买的？就像照着我身子做的似的，这么合身！"

杨山坡就把自己怎么遇见夏老师，夏老师又怎么帮自己买布、请人裁缝的前前后后跟母亲说了一遍。

"回城里后，你替娘去谢谢人家那位夏老师。"杨山坡母亲嘱咐儿子道。

杨山坡回头看了一眼父亲，催促道："爹，你把那烟打开抽吗？"

杨山坡母亲一把将烟和酒从杨瘸子手里夺出来，说道："抽袋旱烟就行了，这么好的烟和酒，自己抽了、喝了多可惜！留着以后邻里邻居有事用用什么的。"

杨山坡把烟从母亲手里拿回来，又递到父亲手上："需要的时候我再买就是了。爹，你打开抽吧。"

杨山坡母亲又把烟从杨瘸子手里夺出来，杨瘸子有点生气了："你这个死老婆子，我儿子给我买的，你凭什么不让我尝尝？再说了，我也没说全抽了全喝了。"

杨山坡母亲生气地骂道："你抽，你喝。抽死你！喝死你！"

杨山坡母亲对杨山坡说："以后别再花那份子冤枉钱了，都二十三四岁的人了，不攒点钱，以后怎么娶个媳妇？我和你爹你就别指望了。"

杨山坡笑了笑，什么话也没说。

六

国庆节后，公司以正式文件下发了《关于魏经纶等同志职务任命的通知》，任命魏经纶为滨城分公司办公室副主任，付晓滨为客户服务科大案管理股股长，刘大奎为办公室行政管理股股长。

《通知》下发前，刘明和宋珂召集各科室负责人开会，通报了公司党委会关于魏经纶等三同志职务拟任决定。

刘明说："王总今天随市政府考察团外出考察学习去了，临行前委托我和宋总一起跟大家通报一下公司的一项组织人事安排。经公司党委、总经理室研究，并报上级组织部门同意，决定任命魏经纶等三名同志的职务。人事安排比较敏感，特别是魏经纶和付晓滨两位同志调来公司不久。任命通知下发后，有些同志可能想不开，或者有情绪，希望在座的各位要密切关注科室内部人员动态，切实做好各自科室内部员工的说服和引导工作，防止别有用心的人搞串联，或者消极对抗，坚决把一些不健康的东西消灭在萌芽之中。"

宋珂补充道："这次人事任命经过人事部门考察、公司党委研究、上级组织部门审批同意后才决定的，程序完整、规范。在座的各位都是经过党组织培养多年的干部，政治上成熟，思想上先进，希望各位在通知下发后，按照刘总刚才讲的几点要求，做好各自部门人员的思想工作，维护好安定团结的工作局面。"

"刚才宋总讲的几句话很有高度，这里我再补充一句，散会后，人事科马上下发文件，在文件未下发之前，请各位先不要把消息透露出去。"

通知一下发，公司内部还是引起了不小的骚动。有人说，魏经纶才来公司几天啊就当上了办公室副主任，不就是仗着自己有一个当副市长的舅舅嘛；有人说为当这个股长，付晓滨把部队发放的转业费全部用到请客送礼上了；有人说刘大奎整天跟着领导屁股后面，领导们干的什么事他都一清二楚，不提拔他能行吗？越议论大家越觉着不公平，个别性格比较急躁的人直接找到了刘明和宋珂，其中一个人就是人身险科的姚美。

姚美气呼呼地闯进刘明的办公室，质问道："刘总，我来公司六七年了，每天都是早来晚走，不迟到，不旷工，工作我不敢说干得比别人好，但我觉着绝不比别人差，在公司工作这么多年，没有功劳也应该有苦劳吧，难道我们这些老员工给公司做的贡献还不如一个刚调来公司没几个月的新员工？你们当领导的要给我们这些老百姓说道说道，领导们一碗水端平了没有？"

刘明绷着脸严肃地说："组织上任命干部，不仅要看他现在表现得怎么样，还要看他过去表现得怎么样。付晓滨同志在部队干了十年，职务是连职干部，本身就是股级，不存在提拔的问题，况且对部队转业干部，组织部门明确要求党政事业单位，政治上要关心，生活上要照顾。魏经纶同志在调入我们单位之前就是股长，来公司后表现十分突出，写得一手好文章，得到了上级领导的肯定。上半年你发的奖金中，你敢说没有人家的功劳？至于刘大奎同志，这么多年跟王总风里来雨里去的，做了很大贡献。驾驶员本身就是一种风险和技术含量都较高的工作，你好好打听打听，公司里有几个人会开车、有驾驶技术？"

姚美不服气地说："会开车有什么了不起的？我们人身险科的工作不比他开车有技术含量？"

刘明说："你这话就不负责任了，你姚美有本事，也弄辆车开开我看看，你现在能把车开到马路上跑，我马上就给王总打电话，提请重新召开党委会，也研究任命你也当股长。"

看到姚美不说话，刘明语气明显缓和了许多："你要求进步这很好，党委会支持，但前提是把工作干好。像你们整天坐在办公室里张家长李家短的，也不研究研究业务，也不分析分析市场，再干十年，也不一定比人家来公司晚的同志贡献大。"

姚美正想争辩，刘明立即制止了她："不要再说了，回去好好考虑考虑吧，老同志起码的觉悟哪里去了？"说着就把姚美连推带搡地送出了办公室。

姚美回头看了看身后重新关死的门，心里一阵酸楚："我这不是自己送上门找剋吗？"

刘明把办公室的门一关，立即摸起桌子上的电话："于科长，你到我办公室来一趟。"

不一会儿，于红梅敲门进来了。

"刚才，姚美来找过我了，刚被我轰走。"刘明开门见山地说。

于红梅问道："她找你干什么？"

刘明瞪了于红梅一眼，问道："你是真不明白还是假不明白？会上我不都布置了吗？魏经纶他们三个人提拔了职务，有人肯定不服气，让你们回去好好做好科内人员的工作，你们就是不听。你看看，文件刚发下去，你的人就找上门来了。"

于红梅生气地说："姚美那个二百五，就她那工作态度、工作水平，再提拔十个人还能挨上她？真是没有自知之明！回去后我还得找她。"

刘明摆了摆手，说："这件事就不要再提了，到此为止吧。我相信对公司的此次人事安排，心里不服的人肯定不只她姚美一个，姚美只是被人当枪使了。随市政府考察团外出学习的事，王总半个月前就接到通知了，他偏偏在这个时候下发任命文件，其用意可想而知，越是这样，我们越要慎重。"刘明有意把"我们"说得语气很重。

于红梅点了点头，一语双关地说："'县官'大人不愧是革命斗争的老手啊！"

刘明问道："上次会议上王总提起的产、寿险业务分业经营的事，你们最近有没有听到什么信息？"

于红梅笑着说："我们这个层次的干部，难道比你们当领导的信息还灵？我们知道的事，领导们肯定早就知道了。"

刘明摇了摇头，显得有些尴尬："你们知道的信息未必比当领导的少。高处不胜寒啊！"

一连几天，魏经纶都处在兴奋和不安中。高兴的是，来公司没多久，就被任命为办公室副主任，其中有舅舅的原因，也有自己努力的因素。不安的是，自当上办公室副主任后，他明显感到公司里有些人跟自己关系疏远了，有的还用一种敌视的目光看着他，好像他抢走了本该属于他们的东西似的，让他感到十分不爽，甚至胆寒。他反复思量舅舅对他的告诫：若无其事，视而不见。但他一直做不到若无其事。此时的魏经纶才深深地体会到，气质的培养并非一日之功。

下班后，魏经纶约郭浩见了面，把自己的顾虑告诉了郭浩。郭浩同样送他了两句话：低调做人，高调做事；永远不要认为自己欠了别人的。

郭浩跟魏经纶建议道:"你应该到王总家走一走,让'县官'同志感到你领他的情,不要让人家产生你背靠大树的感觉。"

吃过晚饭,王宪管和妻子刘英坐在二十一英寸的松下电视机前,聚精会神地看着电视连续剧《大时代》。门砰砰砰地响了。

刘英起身打开了房门。

"阿姨,您好!王总在家吗?"魏经纶礼貌地问候道。

刘英一看是魏经纶,热情地说:"小魏啊,来来来,快进来。"

刘英认识魏经纶,一则王宪管经常回家跟妻子提起魏经纶,时间久了,魏经纶就在刘英头脑中留下了很深的印象;二则中秋节前,魏经纶曾来过王宪管家。

刘英一边接过魏经纶手中的礼物,一边批评道:"小魏啊,以后来不要总是带这带那的,抽空过来坐坐就行了,家里什么都不缺。"

王宪管也装出生气的样子说:"是啊,现在的年轻人不像我跟你阿姨那个时代的人,以后需要花钱的地方多了。再说我跟赵市长还有那层关系,咱们之间用不着这样。"

魏经纶说:"天冷了,我给阿姨买了件外套,也不知道合适不合适。"

王宪管说:"衣柜里的衣服基本上没有别人的,全是你阿姨的,你实在没必要再给她买衣服了。"

刘英也说这几年买衣服确实花了不少钱,三四年不买也耽误不了穿,并让魏经纶走的时候再带回去,看看能不能退了。

魏经纶说:"阿姨,这是今年最流行的一个款式,您一定喜欢。"

三个人坐在沙发上,一边看着电视,一边东一句西一句地聊着。

王宪管说:"经纶啊,这次给你安排这个副主任,公司里很多人意见不小啊!别说员工有意见,领导们之间也不是一开始意见就是统一的,我是力排众议啊!还好,现在大家都接受了。"

魏经纶表现出一副十分感激的样子,说道:"是啊,为提拔我当副主任,王总确实动了不少心思,我从心里感激领导,就怕自己干不好,给领导脸上抹黑。"

王宪管对刘英说:"小魏是一个很优秀的青年,文章写得好。好好干,大有前途。"

刘英附和道:"是啊,你们王总经常回家跟我夸起你。"

坐了一会儿，魏经纶说要回去。

刘英说："再坐会儿吧，这才几点？"

魏经纶说："不了，阿姨，晚上我得回去把今天王总在中层干部会议上的讲话整理出来，争取明天让公司的全体员工都能学到王总的讲话精神。"

魏经纶走后，刘英一边试着衣服，一边夸奖道："小魏这小伙子真不错，挺机灵的。"

"你昨天不是刚换了一件新衣服吗？今天又穿上这件？你看看这是什么牌子的，红楼，名牌！"王宪管说。

刘英问："我怎么没听说红楼这个牌子？"

王宪管说："说你头发长见识短你还不服气。红楼是一个女装品牌，听说前几年在北京刚上市时，顾客把商场的柜台都挤塌了。这小子，还挺有本事呢！"

一转入十二月份，公司业务明显多了起来。杨山坡低着头聚精会神地审核着一单财产险业务，一名中年妇女走了过来："小杨，还认识我吗？"

杨山坡抬头一看，惊喜地问道："夏老师，您怎么来了？"

夏老师说："我班上的一个学生病了，好几天没上学，我去他家里看了看，顺便做了个家访，正好路过你们公司的门口。"

杨山坡一边给夏老师倒着水，一边说："本来想去学校看您，可最近公司里业务多，一直没抽出空来。"

夏老师理解地笑了笑："忙好啊，忙说明你们公司的生意兴隆呀！对了，上次给你妈做的衣服还合适吧？"

杨山坡说："甭提多合身了，就像量着我妈的身子做的似的。"

夏老师说："合适就好。看来我跟你妈身材还真有些像，要不，怎么就那么合适呢？"

杨山坡笑着说："确实是。要不那天我在商场里一看到您，就感觉很亲切呢。"

夏老师坐了一会儿，站起来说："你快忙吧，我走了，有时间的话，去家里坐坐吧。"

杨山坡亲切地拉着夏老师的手，一直把她送出公司大门。

星期天，杨山坡到附近的商店里买了一斤茉莉花茶、两斤蜜三刀点心，骑上自行车直奔城关中学。

"同志，你找谁？"杨山坡刚进学校大门，传达室的老大爷把头伸出窗外问道。

杨山坡赶紧停下自行车，礼貌地问："大爷，我想跟您打听一下，夏老师家住哪儿？"

传达室的老大爷问："哪个夏老师？是男夏老师还是女夏老师？我们学校有两个姓夏的老师呢。"

杨山坡笑着说："是教数学的女夏老师。"

"噢，你是说夏立平老师。"老大爷从传达室里走出来，指着前面的楼房说，"这楼房有三个单元，夏老师就住在中间那个单元的一楼东户。八十多平方米，前面还有个院子，可宽敞了！"

老大爷看了杨山坡一眼，接着问道："你是她的学生？"

杨山坡嘿嘿地笑了两声："也算是吧。"

老大爷说："夏老师这个人可好了，人好，学教得也好，每年送出去很多大学生。你们这些学生出息了后，可不要忘记了你们夏老师啊！"

杨山坡连忙答应道："不会的，不会的。"

杨山坡把自行车停放好后，很拘谨地敲了敲夏立平家的门。

开门的是一位二十岁左右的姑娘，长得白白静静的。

"同志，你找谁？"姑娘的声音十分悦耳。

杨山坡看了姑娘一眼，羞涩地把目光移开了："这是夏老师家吗？"

"是啊，你进来吧。"姑娘客气地说。

姑娘话音刚落，夏立平从房间里走出来："小雪，谁啊？"

看到门口站着的是杨山坡，夏立平热情地说："哎哟，是小杨啊，快进来呀！"

杨山坡使劲地在门口搓了搓鞋子，确信脚底下干净了后，才走进了夏立平家的屋子。

夏立平看着杨山坡手里提着的东西，有些生气地说："来家里坐坐就行了，还买什么东西？"

杨山坡有点不好意思地说："没买什么东西，就是给我大爷带了斤茶叶。"

夏立平一边说着，一边把杨山坡让到沙发上坐下。一会儿，那个被夏老师称为小雪的姑娘把茶水端了上来。

"你喝茶。"姑娘把茶杯放到杨山坡跟前。

夏立平指着杨山坡介绍道："小雪，这就是我跟你们说起的那个保险公司的小杨，杨山坡。"

还没等夏立平说完，姑娘哧哧地笑出了声，笑得杨山坡丈二和尚摸不着头脑。

夏立平瞪了姑娘一眼，骂道："死丫头，笑什么？"

夏立平转过身来跟杨山坡介绍道："这是我姑娘白雪，今年也刚从东南财校毕业，分配到咱滨城区财政局上班了。"

"小雪，出去看看你爸买菜买到哪里去了，这么长时间怎么还不回来？"夏立平跟白雪说完，回过头来对杨山坡说："今天中午咱们一起包饺子吃。"

杨山坡推辞道："不了，夏老师，我今天单位里还有事。"

夏立平故作生气地说："星期天单位里能有什么事？你这孩子，到家了怎么不实在？"

半个小时后，白雪和一个五十多岁的男人提着满满一篮子菜回来了，杨山坡猜想那男的一定是白雪的爸爸。

杨山坡慌忙从沙发上站起来，毕恭毕敬地说："大爷，您好！"

夏立平对刚进屋的男子说："老白，你跟小杨说说话，我和小雪去包饺子，中午你们爷俩喝一杯。"

杨山坡站起来又要走，老白一把将他按在沙发上："怎么也得吃了午饭再走。"

厨房里传出了剁肉、炒菜的声音，还不时传来夏立平和白雪的说笑声。

两个小时后，四个菜端上了桌，夏立平和老白招呼杨山坡入席。

老白一边从橱柜里拿着酒，一边说："这两瓶茅台酒是你夏阿姨的学生带来的，好几年了，我也没舍得喝，你来了，咱爷俩喝它一瓶。"

杨山坡推辞道："大爷，我不会喝酒。"

"现在的年轻人哪有不能喝酒的？"老白说着，先给杨山坡倒满了一杯，又给自己倒上了满满一杯。

夏立平不喝酒，坐在老白旁边看着两人喝，不时地劝杨山坡多吃菜。

白雪把饺子端上桌后，就在杨山坡旁边的座位坐了下来。

"厨艺不好，凑合着吃吧。"白雪头也不抬地对杨山坡说。

与一个陌生姑娘这么近距离地坐在一张桌子上吃饭，对杨山坡来说还是第一次，白雪身体散发出的那种女人特有的气息，让杨山坡既心猿意马，又有些拘谨不安。他突然意识到沾酒就脸红的人，在如此场合或环境下，是一件应该值得庆幸的事，因为酒能掩饰一个人的不安和拘束。

杨山坡装出很轻松的样子说："挺好，手艺挺好的。"当他抬头想观察一下白雪的表情时，正好与白雪的目光相遇。白雪那两只美丽如花、纯净似水、蕴含着智慧、朝气与善良的眸子，让杨山坡感到十分局促和紧张，感觉自己的心脏都要停止跳动了。

"小杨，酒量实在不行的话，就别强求自己喝了，多吃点菜、多吃些饺子吧。"夏立平一边说着，一边不停地往杨山坡的碗里夹着水饺。

"看来小杨的酒量确实不怎么样，二两酒没喝完，脸红得就像关公似的。算了，喝完这杯就吃饭吧。"老白说完把酒瓶子盖死了。

吃完饭坐了一会儿后，杨山坡说要回去，夏立平和老白把他送出了大门。

夏立平说："知道家门了，以后有时间常来家里玩吧。"

杨山坡说："就怕常来影响您和我大爷休息。"

老白说："影响不了，有空过来就是了。"

杨山坡失眠了，这是杨山坡二十多年来第一次失眠。白雪那婀娜的身姿、清秀美丽的脸庞，不停地在杨山坡眼前晃动，让他难以入睡，如百虫缠绕。

一连几天，杨山坡都是在恍惚中度过的，他感到了相思的痛苦。

下班了，公司里的人陆续走了，整个办公楼死一般的沉寂。杨山坡如一头关在笼子里的野兽，焦躁不安地从办公室走到走廊里，又从走廊里走进办公室。他一遍又一遍地拿起电话，每次按好几位数后就又把话筒重重地扣在话机上。他恨自己缺少勇气，怪自己没有出息。

杨山坡终于鼓足勇气按下了夏立平家电话的最后一位数，他多么希望电话那头传来的是白雪那婉转悠扬的声音，可又害怕听到那磁力可人的声音后自己不知该怎么办。

电话是夏立平接的，杨山坡有些失落，又有些宽慰。

"阿姨，现在天气越来越冷了，您和我大爷一定要多注意身体啊，最近我们单位里好多同事都感冒了。家里如果需要买煤球、大白菜什么的，跟我说一声，反正星期天我没什么事。"杨山坡说完，多么希望听到电话那头的夏立平说家里正好没有煤球、大白菜之类的东西，需要他帮忙的话，可他失望了。

杨山坡慢慢地扣上了电话，沮丧地坐在了椅子上。

七

盛传了很久的财险业务与寿险业务实行分业经营的指导意见终于下发了。收到省公司通知的当天下午，王宪管立即组织召开总经理办公扩大会议，研究分业经营事宜，因病两年未上班的薛大寨也参加了会议。办公室、人事科、财务科的主要负责人列席了会议。

王宪管开门见山地说："省公司的分业指导意见和基本框架已经下发了，要求各地春节前完成人员报名和分业工作，时间非常紧迫。指导意见虽然在资产分割、人员分配方面做出了较为明确的规定，但具体到每一个环节、每一个人，我们都必须认真研究，仔细论证，尽量考虑得周到细致一点。这次分家，难点和关键点在于人员安置、分配上，既要考虑现在从事的岗位，又要考虑个人的意愿，还要考虑公司未来的发展。我个人的意见是在吃透上级公司指导意见精神的同时，多听取一下群众的想法，充分尊重员工个人的意愿。"

王宪管点燃一支烟，吸了一口，继续讲道："当然了，分业最大的好处，就是专业化经营了，有利于业务发展。说实话，这几年，托关系、找门子要求来我们公司上班的人确实不少，有的还直接找到了市里的主要领导。这说明什么？说明我们公司在社会上还是很有影响力的，在老百姓的心目中还是很有地位。但受职数、编制等方面因素的制约，这几年我们的干部成长不快，成长空间较窄，沉积了不少人才。分家后，我们可以解决一大批干部或业务骨干的职务问题，最起码可以多出几个'县官'、'县丞'来。"参加会议的人哈哈大笑。

会议一直开到晚上七点多才结束。散会后，王宪管单独留下薛大寨聊了一会儿，就让牛山歌派车把他送回了家。

会议一结束，宋珂分别给于红梅、滕慧慧、牛山歌等几位科长打了电话，内容无非是薛大寨养病在家后,自己一直分管寿险业务管理工作,对寿险工作比较熟知,希望各位给予支持。言外之意,分家后,他就是新成立的寿险公司主要负责人的重要人选,你们一定要支持我。宋珂与每个人通话时,都含蓄地表达了他如果能当上寿险公司总经理的话,一定会极力推荐支持他的人进班子。

三个人中,除了滕慧慧态度有所保留外,于红梅和牛山歌的态度十分积极。在于红梅看来,自己在人身险科科长岗位上干了五六年了,与公司的其他几个中层干部相比,自己的资历算是比较老的了,这些因素上级公司应该会充分考虑的,进新分设的寿险公司的班子应该是水到渠成的事情。

对牛山歌来讲,自己虽然在办公室主任这个岗位上干的时间也不算短了,但他感觉王宪管甚至其他班子成员对自己既不满意也不放心。尤其是有人把自己跟肖红的关系跟王宪管汇报了之后,王宪管对他更是处处设防,私下里要求财务科对他经手的账目严格审核。为避嫌,几个月来,牛山歌没敢在肖红的饭店安排一顿公务招待,对此肖红还颇有微辞。为讨肖红高兴,牛山歌没少求同学、朋友甚至一些客户帮忙。魏经纶调入公司办公室工作之初,牛山歌还不以为然,认为自己资格比较老,在公司中层干部中人缘也不错,一个刚入司的小青年对自己的地位构不成什么威胁。相处一段时间后,牛山歌对魏经纶就刮目相看了,甚至感到他是一个威胁。牛山歌认为,魏经纶工作勤奋,处事灵活,尤其在全省半年工作会议上写的发言材料,让"县官"增色不少,得到了王宪管的赏识。"县官"赏识,市官保举,岂有不进步之理?牛山歌曾不止一次地这样想过。为巩固地位,摆脱危机,最近一个时期,牛山歌很少光顾肖红的海鲜城,处事尽量低调,工作上也处处表现出积极主动的样子,还利用办公室主任岗位特殊的优势,千方百计地拉近与领导的关系。同时,他还有意无意地在魏经纶与林琳和办公室几个驾驶员之间制造一点矛盾,造成魏经纶有才无德、不好相处、协调能力不强的假象。感觉到压力的魏经纶,工作上更加勤勤恳恳,处事上格外谨慎小心,做人上处处表现出低调谦卑,工作能力和个人品质得到了大多数人的认可,在公司的威信一天比一天高。魏经纶被任命为公司办公室副主任后,不仅办公室的同事都认为他是接替牛山歌的不二人选,公司的很多人更把他看作是公司未来的一颗"新星"。

"这小子猴精猴精的,后面肯定有高人指点,否则的话,年纪轻轻的不会有如此高超的斗争经验!"牛山歌不止一次地感叹道。

省公司财寿险分业经营指导意见下发后,牛山歌翻来覆去的一晚上没睡好,公司的每个人在他脑海里来回地过了一遍又一遍:一个公司变成两个公司,每个公司班子成员按最低职数四人计算,两个公司班子成员少说需要八个人,虽说现在公司班子成员已有四人,但薛大寨已病入膏肓,组织上不会再用一个只花钱、不干事的病人,这样一来,两个公司目前至少需增补五个班子成员,而现有的中层干部中,除了于红梅、姚东风当科长的时间比自己稍微长一点以外,其他几位科长的资历都不如自己,况且自己又在办公室主任这个比较重要的岗位上。下雨没打伞——淋(临)着了!想着想着,牛山歌禁不住哈哈大笑起来,嘴里自言自语地说:"老子机会来了!老子机会来了!"

睡在隔壁的妻子怒气冲冲地闯进来,大声骂道:"你这个神经病,想你的小妖精都想疯了,三更半夜叫什么春?快搬到肖红那个小骚货那里住去吧!"

牛山歌瞪了已经分居半月有余的妻子一眼,鼻子哼了一声,故意气她说:"我发春碍你什么事了?你不是说一辈子不理我了吗?这么几天就坚持不住了?你让我搬到她那里去住,你以为我不敢?"

没等牛山歌把话说完,妻子气呼呼地摔门而出。不一会儿,隔壁传来了妻子嘤嘤的哭声。

牛山歌朝隔壁的房间大声说道:"用不了多久,你就得跪下求我。"

一连几天,杨山坡和魏经纶感觉公司里的人都神神秘秘的,连付晓滨都好像有些心神不宁、神经兮兮似的。

在厕所里,付晓滨遇上了一起进来的魏经纶和杨山坡。

付晓滨问道:"你们两个准备报名去哪里?"

杨山坡抢先回答道:"这还用得着考虑吗?一进公司就干财产险科,好不容易稍微知道了点皮毛,还能报名去人寿险公司?"

魏经纶说:"我去哪里都无所谓,在哪儿反正还得干办公室,但我还是想留在财险公司。付哥,你准备报名去哪里?"

付晓滨嘻嘻哈哈地说:"我是革命一块砖,哪里需要哪里搬。"

杨山坡故作严肃地说:"没时间跟你呲哒,说正经的。"

付晓滨握起拳头,装出用力的样子朝杨山坡肩头上砸去:"跟大哥说话敢没大没小的,小心我废了你。"

过了一会儿，付晓滨又问道："你俩没听说李冬冬准备报名去哪里?"

魏经纶说："去哪里报名是一方面，现在从事的岗位也是组织分配的重要参考依据。冬冬现在在寿险科，我估计去寿险公司的可能性比较大。"

杨山坡说："去哪儿都一样，反正都在滨城市。"

付晓滨说："话虽这么讲，咱们四个人一天来的公司，我还是希望都在一个公司里，这样也可以相互有个照应。你们三个人，就跟我在部队里的战友一样。"

魏经纶看了付晓滨一眼，笑着说："对对对，一个样，一个样。"

趁办公室里的人都出去了，付晓滨偷偷地拨通了李冬冬办公室里的电话，接电话的正好是李冬冬。

付晓滨声音低低地问："冬冬，在办公室干吗呢?"

李冬冬说："没事，正跟姚姐、吴姐，还有小梅哥聊天呢。有事啊?"

付晓滨吞吞吐吐地说："也没什么事。我刚才跟经纶、山坡商量了一下报名的事，我想问问你是怎么想的，没事的话到我办公室里来一趟?"

不一会儿，李冬冬走进了客服科办公室。

"就你一个人在家?"李冬冬问。

付晓滨说："他们刚出去。这两天科里的人都心神不宁的，没有正儿八经上班的了。"

李冬冬笑着说："还是连长大哥行，不愧是革命大熔炉里锻炼出来的，遇事不慌。"

付晓滨说："哪能不慌? 我也正为报名的事发愁呢!"

李冬冬咯咯笑着说："啊哟，原来解放军同志也有过不去的坎啊?"

"还真遇上坎了，你这位小妹妹帮帮我?"没等李冬冬开口，付晓滨马上解释说，"开玩笑。我就是想问问你准备留在财险公司呢还是准备去寿险公司?"

李冬冬说："我现在就在人身险科，对人身险业务熟悉一点。现在公司的人身险业务不如财产险业务发展得好，从事人身险业务的人又少，我想留财险公司领导也不一定会让我留。"

付晓滨说："对你来说留哪儿都没问题。实在不行的话，让老爷子打个电话不就结了。"

李冬冬撇了撇嘴，说道："一个穷校长，哪有那么大的能耐? 刚才，我们科里的人也在议论这件事，大家意见还是比较一致的。"

过了一会儿，李冬冬问付晓滨："魏主任和杨山坡怎么想的？你准备去哪儿？"

付晓滨说："他们两个人都准备留在财险公司，我去哪儿都行，反正客服科财险、寿险业务都接触。"

付晓滨深情地看了李冬冬一眼，有些伤感地说："咱们四个人一天来的公司，我和你更是一个点来公司报到的，要是一直能在一个公司里工作就好了。"

正说着，韩东洋从外面回来了。看到李冬冬和付晓滨正聊得起劲，打着哈哈说："啊哟，大美女也在啊！没影响你们俩说悄悄话吧？"

李冬冬说："哪有什么悄悄话？我们正在说报名的事呢。"

付晓滨有些不自然地附和道："是啊，是啊，我们正在商量报名的事呢。"

"各报各的，有什么好商量的？"韩东洋看了看付晓滨，又望了望李冬冬，一脸坏笑地问道，"连长同志不会是看上我们冬冬了吧？"

一听这话，付晓滨的脸刷地一下子红了，结结巴巴地说："科、科、科长，你这玩笑可开得有些大了！"

李冬冬也有些紧张地说："韩科，别，别乱开玩笑啊！"说完红着脸跑了。

韩东洋望着李冬冬的背影说："看来这玩笑还真有点开大了。不过，你们两人的事还真有说的。"

付晓滨问："科长，有人说什么了？"

韩东洋笑着说："公司里有人说你们两人好像关系挺好的，不会真有那个事吧？"

付晓滨解释道："我们四个一起来公司的，有事没事的常凑在一起，有人就胡猜测开了。"

韩东洋说："不对吧？人家怎么没说其他人呢？其实你们两人有那种关系也没什么，很正常嘛！再说连长同志也老大不小了。"

付晓滨红着脸说："人家家庭条件那么好，又是中专毕业生，知识分子，哪能看得上我们这些工农兵大老粗。"

韩东洋哈哈笑着说："你这家伙还真对人家有意思啊。知识分子怎么了？咱还曾是带过一百多号人的连长呢。"

付晓滨说："领导过奖了，不是连长，是副连职干部。"

韩东洋说："那也差不多。过两天我给你们撮合撮合？"

"科长，千万别，千万别。"付晓滨嘴上虽这么讲，心里却想如果真能帮忙撮合成这门美好姻缘，那我付晓滨会感激你一辈子。

下班前，牛山歌走进了宋珂的办公室，宋珂指了指旁边的沙发，示意牛山歌坐下。

宋珂打完电话，也在沙发上坐了下来："王总去市里开会还没回来？"

牛山歌说："刚才刘大奎打电话找我有事，我顺便问了一句，刘大奎说王总散会后直接回家了。"

"今晚上没事，一起去我家喝两杯？"宋珂问牛山歌道。

"回家多麻烦。一会儿我在海鲜城订个房间，叫上几个人，一起说说话？"牛山歌请示道。

宋珂说："也行。人别叫多了，说话不方便。"

牛山歌问道："于科、韩科，咱们四个人怎么样？"

宋珂点头表示同意。

四个人在海鲜城一号房间边喝边聊。

牛山歌端起一杯酒，提议道："于科、韩科，咱们三个人共同敬未来滨城寿险公司的一把手——我们敬爱的宋珂总经理一杯酒？"

于红梅、韩东洋都应声附和道："对对对，先给宋总预祝一下。"

宋珂故作谦虚地说："你们三个人可别乱说，现在八字还没一撇哪。那个位置刘总可盯得很紧啊！"

于红梅说："刘明又没分管过人身险业务，上级公司应该不会安排一个外行去的。今天在场的都不是外人，将来我们几个人可能都得投奔到您宋总的门下，到时候您可不能不给我们说句话啊！"

韩东洋说："我和红梅一直由您分管，对我们两人您是知根知底，如果将来还能跟着您宋总干的话，那我们一定会竭尽全力维护好您老领导。"

宋珂有些激动地说："感谢各位好兄弟、好姊妹瞧得起我宋珂。估计省公司的分业正式方案很快就确定下来了，在正式方案未下发之前，拜托各位再帮忙造造势，我也想办法再到省公司和市里的有关领导那里进一步做做工作。不瞒各位说，下午我跟省公司的宋副总，我们那一家子沟通了很长时间，他说他在省公司的党委会上给我说了不少好话，私下里也帮我做了一些工作，他觉着我希望还是挺大的。"

宋珂忽然想起什么似的问牛山歌:"今天一天怎么没看到刘总？市里没开其他什么会吧？"

牛山歌说:"市里召开的民政工作会议是王总亲自参加的,听说刘总今天不太舒服,感冒了,请了两天假。"

宋珂说:"刘总那边老牛你注意盯着点,有什么动静马上告诉我。这个节骨眼上千万不能出现意外,否则的话就功亏一篑了。"

牛山歌拍着胸脯子说:"放心吧,说什么也不能让刘明把到手的果子摘了去。"

韩东洋有些担心地问宋珂:"王总那里您没跟他沟通沟通？他的意见可是很重要的呀！"

宋珂说:"谈过多次了,每次他都说一定跟省公司和市政府的领导推荐我。不过王总的话一向水分很大。"

四个人边喝边聊到接近十点钟才结束,牛山歌吩咐吴小小把宋珂、韩东洋和于红梅三个人送回了家,自己又在海鲜城里磨蹭了近一个小时才走。

第二天一上班,宋珂就打电话问牛山歌刘明今天来不来上班,如果真的病了的话,是不是需要一起去看看他。

牛山歌往刘明家里打了四五遍电话,一直没人接听。

"难道去医院了？"牛山歌自言自语地说。

牛山歌拿起电话跟宋珂报告说:"打了四五遍电话,可刘总家里一直没人接,会不会去医院了？"

宋珂说:"你没问问刘征知不知道刘总现在在哪里？"

牛山歌说:"刘征这两天一直跟着刘总没回办公室,他家里没安装电话,不好联系。"

宋珂什么话也没说就把电话挂断了。

刘明一上班,宋珂就跟着进了他的办公室。

"听牛主任说你感冒了,昨天想过去看看你,可总是联系不上。怎么样？好了？"看着有些疲惫的刘明,宋珂关心地问道。

刘明说:"输了两天液,感觉好多了。这两天公司里事不多吧？"

宋珂说:"都这个时候了,谁还有心思上班？都等着分家了。"

刘明说:"也是。没听说省公司的正式方案什么时候下来？"

宋珂说:"听说各地市报名情况已经汇总起来了,应该很快的。这次刘总应该有戏吧？"

刘明装作糊涂地问道："有什么戏？"

宋珂笑着说："听说公司分设后，刘总去寿险公司当一把手，荣升正处。这可是众望所归啊！"

刘明有些生气地说："民间组织部的那些人整天不干正事，就知道瞎琢磨！我都五十三四岁的人了，再有一两年就退居二线了，不像你宋总，年轻有为。没机会喽！"

宋珂开玩笑道："五十三四岁正是年富力强、经验丰富的时候嘛。"

从刘明办公室出来，正好碰上刘征拿着一个包朝刘明办公室走来，宋珂随便问了一句："这两天跟刘总一起外出了？"

刘征吞吞吐吐地说："没……是。"

宋珂回到办公室后越琢磨越觉着不对劲，打电话把牛山歌叫了进来："过会儿，你往省公司办公室打个电话，打听一下这两天刘总去没去省公司。注意，要讲究点方式方法。"

半个小时后，牛山歌打电话过来说："宋总，你真神，前两天刘总还真的去省公司了！"

宋珂咬着牙说："这只老狐狸，真是口是心非！"

宋珂暗暗想："刘明去省城难道是王宪管指使的？如果是那样的话，这老小子可能还真有戏了。不行，我得想办法问问王宪管知不知道这件事。"

王宪管正在收拾东西准备下班，看见宋珂进来，问道："有事？"

宋珂说："也没什么要紧的事，就是想问一下最近省公司有没有会议或者公差之类的，如果有的话，顺便把理赔的一些资料带过去。我不知道前两天刘总去省公司了，知道的话就让他一起带过去了。"

王宪管笑着说："宋总的消息很灵通呀！前两天刘总是去过一趟省公司，是我让他去的，主要是跟省公司沟通一下近期市里几个大项目保险的事。"

宋珂鼻子哼了一声，心想："骗谁啊？你不就是想给刘明创造机会好让他去寿险公司当一把手吗？我看你们未必能如愿！"心里这么想，嘴上却说："材料也不急，拖几天也没关系。"说着，两个人一起走出了总经理办公室。

一个星期后，省公司关于滨城公司财寿险分业经营的正式方案下发了，省公司副总经理宋大河和人事处王勇处长在市委组织部刘部长的陪同下，来公司宣布了滨城财产保险公司和寿险保险公司党政领导班子人员组成名单及分业具体方案。

会议由市委组织部刘部长主持,他简单作了个开场白,内容无非是公司在过去的几年里如何为当地经济社会发展做出了巨大贡献,市委、市政府如何对公司关心重视之类的客套话,讲完后,王勇宣布了新分设的两家公司党政领导班子组成人员名单。具体方案是这样的:

王宪管任分设后的滨城财产保险公司党委书记、总经理;刘明任党委副书记、副总经理,享受正处级待遇;滕慧慧和马自力任党委委员、总经理助理,姚东风任工会主席,三个人行政级别为副处级。薛大寨因病无法正常工作,其个人劳资关系保留在财险公司,副处级待遇保持不变。

滨城人寿保险公司党委书记、总经理李钢,党委副书记、副总经理宋珂,党委委员、总经理助理韩东洋、于红梅,工会主席何有才、宋珂等四个人行政级别为副处级。

王勇宣布完两个公司班子成员名单后,宋大河做了总结讲话。他说:"省公司和滨城市委、市政府对这次产寿险分业经营十分重视,省公司为此召开了两次会议,专题进行了研究。两个公司的党政领导班子人员名单,刚才王勇处长已经宣布了,对其中的两位同志,大家可能认识,也可能不熟悉。一位是新设立的滨城人寿保险公司党委书记、总经理李钢同志,他可是咱们滨城市的名人,之前曾担任滨城市委副秘书长;何有才同志在加入我们公司之前,在市政府办公室任综合科科长。两位同志来公司后,一定会给新成立的寿险公司甚至滨城市保险行业带来新气象,注入新活力。"

宋大河讲完后,王宪管、李钢分别代表新组建的财寿险公司党政领导班子作了表态发言。

组织部刘部长陪同宋大河、王勇到滨城市委、市政府拜会有关领导去了,王宪管和李钢召集公司全体干部员工继续开会。

会议由李钢主持,王宪管代表财寿险公司作了讲话。

王宪管说:"从今天开始,咱们滨城有两家保险公司了。一个是滨城财产保险公司,一个是滨城人寿保险公司。一家变成了两家,就好比两兄弟分家过日子,虽然不在一个锅里摸勺子了,但还是亲兄弟。现有人员分配问题,前期分公司上报省公司的方案,省公司已经批准了,分配原则是根据个人报名意愿,适当考虑原从事岗位的需求。"接着,王宪管把省公司批准的人员分配名单跟大家进行了通报。

按照省公司的分业方案，原公司的六十二名干部员工，三十二人留在财险公司，三十人被分配到寿险公司。在报名去寿险公司的五名副科级以上干部中，吉波被提拔为寿险公司的人事科科长，财务科副科长张萌被提拔为寿险公司财务科科长，平调去寿险公司的只有牛山歌一个人。

会议室里的人陆续走了，伤心欲绝的牛山歌坐在椅子上一支烟接一支烟地抽。想想原来跟自己平起平坐的几位科长成了自己的领导，原来职位比自己低的人跟自己平起平坐了，心里有说不出的酸楚和不满，懊恼和愤怒一起涌上心头。他骂王宪管不仗义，骂宋珂是个大骗子，骂所有得到提拔重用的人是"马屁精"。牛山歌一边骂着，一边把会议室里的椅子踢得东倒西歪的。

吴小小走进会议室，默默地把牛山歌踢翻的椅子扶好，声音低低地说："主任，宋总找您去他的办公室。"

牛山歌狠狠地瞪了吴小小一眼："找我干什么？说没看见我！"

吴小小出去没多久，宋珂走了进来，在牛山歌对面坐下，掏出一支烟独自抽了起来。

一支烟抽完后，宋珂开口道："你想不开，我还想不开呢！上级公司口口声声说要专业化，内行领导外行，他李钢算内行吗？我呸！"

宋珂看了看闷不作声的牛山歌，说道："该做的工作我都给你做了，可'县官'大人不说话，我一个副职说了顶个屁用？老牛，想开点吧，人在屋檐下，不能不低头啊！认命吧！"

宋珂抽出两支烟，自己点燃一支，另一支扔到牛山歌面前。

猛吸了一口烟后，宋珂说："老牛，李钢我虽然认识，但不了解。这些人在党政机关混了多年，都是些官痞，估计好不到哪里去，以后咱还是小心点。"

晚上，牛山歌推说家里有急事，没有出席由王宪管和李钢共同主持的团圆酒会或者说是散伙酒会，独自一个人跑到肖红的海鲜城喝得酩酊大醉。肖红安排服务员把他扶到办公室的一张三人沙发上，拿了一条破毛巾被给他盖上，自己径自回家睡觉去了。

分家后，公司的办公楼划分给了财险公司，市政府又把原来市计划委员会的一座三层楼房划拨给了寿险公司。

新成立两家公司的员工通宵达旦地收拾、搬迁，三天的工夫，寿险公司就搬了出去。

搬家的第三天下午，魏经纶找到牛山歌说："牛主任，搬完家后咱们办公室的人能不能聚一聚？我和大奎商量了一下，想给您和吴小小送个行。"

牛山歌把一摞书重重地放进纸箱里，冷冷地说："算了吧，抽空再说吧。说不定以后吃不上饭了，还得请你魏主任赏口饭吃呢！"

魏经纶尴尬地笑了笑，什么话也没说，默默地站了一会儿，静悄悄地走出了牛山歌的办公室。

魏经纶坐在办公桌前，陷入了深思："自调入公司以来，自己在工作上处处维护牛山歌，为什么牛山歌一直对自己不友好呢？难道自己工作出色还有错吗？"

魏经纶越想越想不通，越想越苦闷。

杨山坡蹑手蹑脚地走了进来，冷不防地在魏经纶的肩上拍了一下，吓了魏经纶一跳。

"你这家伙，进来怎么也不咳嗽一声？好人也让你吓出神经病来！"魏经纶有些恼怒地说。

"不做亏心事，不怕鬼叫门。主任大人一定是做了亏心事，不然的话，大白天怕什么？"杨山坡嬉皮笑脸地说。

"别废话了，有什么事快说。"魏经纶命令道。

"啊哟，刚当上主任就这么不近人情了？老付和冬冬去寿险公司了，临走了，咱们是不是给他俩送送行？"杨山坡跟魏经纶商量道。

魏经纶说："我也正想为这事找你呢。这样吧，我去安排地方，你去通知他俩。"

下班后，四个人相约来到了距公司不远的一个名叫"万家灯火"的饭馆，虽然只是一个小海鲜店，但名字听起来还不错。

魏经纶说："分家了，我跟山坡商量了商量，想请两位一起聚聚，饭店小点，但看起来还挺温馨的。"

"咱们四个人一天来公司的，想不到仅过了半年就被一分为二。"杨山坡伤感地说。

李冬冬也愤愤地说："是啊，大家刚熟悉了，说分就分了。也不知谁想出这么个馊主意来，好好的一个公司，分开它干吗？难道不分开就不能做业务了？"

付晓滨看着李冬冬伤感的样子，笑了笑说："《保险法》这么规定的，谁敢不执行?"

　　杨山坡说:"咱忙着搞财寿分业,我听说人家美国的保险公司正忙着搞财寿合业。"

　　魏经纶说:"咱刚出台了法律,你不能马上废止吧?说不定哪天突然觉着还是合起来好,就又合起来了。俗话说得好,合久必分,分久必合嘛!"

　　杨山坡说:"付哥,我就不明白了,你为什么一定要报名去寿险公司?是不是因为你们科长去寿险公司当领导了,所以你就跟着去了?要是留在财险公司的话,说不定副科长就没王明那小子的份了,他的资历哪能跟你付哥比啊!"

　　付晓滨哈哈笑着说:"你要是当领导就好了,说不定我现在就坐在科长的位置上了。说实话,我去寿险公司是为了一个人,但绝不是韩东洋。人家当领导的,哪瞧得上咱们这些当兵的。"付晓滨说完,偷偷地瞄了坐在对面的李冬冬一眼。

　　"为了谁啊?"杨山坡好奇地问。

　　"是啊,为了谁啊?"李冬冬明显带着掩饰的口吻问道。虽然李冬冬知道付晓滨可能是为了她才去寿险公司的,但她感到付晓滨对她不合适,她的心属于另外一个人,这个人也坐在自己身边。

　　"别光顾着说话了,菜都凉了。哥几个,走一个?"魏经纶说着,带头把满满一杯子酒喝完,然后看了一眼李冬冬,"冬冬喝一半。"

　　杨山坡反对道:"冬冬酒量比我都大,为什么她喝一半?不行,集体项目必须一起进行。"

　　李冬冬瞪了杨山坡一眼,说道:"不知道惜香怜玉,太没绅士风度了!"

　　付晓滨也劝解道:"咱哥仨喝,冬冬自愿吧,男女有别嘛!"

　　杨山坡坚持道:"你们两个人真是见色忘义。四个人喝酒,一个人不喝,算什么事?"

　　"要不这样,集体项目进行完了,你们俩自由。再说咱们今天主要也不是为了喝酒的,就是为了在一起聊聊天。"付晓滨打圆场道。

　　四个年轻人一边打闹着,一边谈论着来公司后发生的一些事情。

　　付晓滨说:"财寿公司分设后,财险公司还是相对好干一些。一是主要领导和部门的科长们都是公司的老人,'县官'同志对公司的情况又比较了解;二是业务发展本来就不平衡,财强寿弱。虽然我跟冬冬去了寿险公司,但我本人对寿险公司的发展信心不足。"

魏经纶说:"那也不一定,说不定以后寿险比财险好干。听说其他两家保险公司在东南省设立地市机构时,首先考虑的是当地的财产保险资源如何,下一步财产险公司的竞争可能比寿险公司的竞争要激烈。"

付晓滨说:"别的地市寿险业务做得怎么样咱不知道,咱滨城的寿险公司我看够呛。一是社会上对人身保险普遍不认识,咱滨城当地老百姓不富裕,购买力不高,业务难发展;二是宋珂是个官迷,想干一把手,跟刘明争来争去,没想到上级给派了个李钢来,心里老憋屈了。李钢又是个外行,不懂业务,宋珂能服气?两个人能不能合得来还很难说。"

魏经纶说:"老付分析的第二条最关键。拓展业务虽有难度,但不是主要问题。公司刚恢复业务的时候,听说外出做业务都得拿着上级的红头文件,几年下来,公司发展得不是很好吗?不好的话,我们这些人也不会托关系、找门子来了。问题的关键还是班子能不能团结。"

李冬冬说:"早知道这样,当初做做工作留在财险就好了!"

付晓滨说:"报名时我就跟你说财险公司可能好干,可你不听。"

李冬冬说:"我们科长让我报名去寿险公司,宋总也让我报名去寿险公司,他们都说即使我报名留在财险公司,领导肯定也不会批,我害怕报了名又没留下,以后去了寿险公司不好干。"

付晓滨反驳道:"我不是跟你说过实在不行的话,让老爷子打一个电话不就妥了吗?你还是自己愿意去寿险公司。"

李冬冬不服气地反问道:"那你为什么也报名去寿险公司呢?"

付晓滨支支吾吾了半天也没说出个理由来。

魏经纶说:"公司的科级干部大都提拔进了班子,只有我们主任没得到提拔,心里老不痛快了,我和大奎商量着科里的人一起聚聚,人家不给面子。"

付晓滨说:"这次没把他一撸到底就不错了,还想进班子。作风有问题不说,查查他的账目,不进去蹲两年就算便宜他了!"

杨山坡插话道:"是啊,科里的人经常说老牛跟那个肖老板关系不正常,他们说他在海鲜城有股份,也不知道是真的还是假的。听说他在背后经常骂王总,有时也骂老魏你。"

魏经纶说:"他骂我干什么?咱实实在在地干活,又没有招惹他。"

付晓滨说:"你工作干得比他好,领导们经常拿你跟他作比较。你干得好不就说明他干得不好吗？你对他来说就是一个威胁，不记恨你才怪呢！你不是说一段时间林琳也跟你过不去吗？十有八九也是他使的坏。"

魏经纶说："他当领导的那样做就不对了。我是他的手下，我干好了，他脸上不也有光吗？"

李冬冬咯咯笑着说："问题是你干得太出色了。木秀于林，风必摧之。你看，我就没有人嫉妒，但是咱也没能当上主任啊！"

魏经纶说："你们现在的姚副科长和那个吴秀丽也不是个省油的灯，你以后也得小心点。寿险公司女同志多，估计以后你们那里的人际关系比较复杂。"

"你魏主任好好混，等哪天也当上'县官'了，我们都来跟着你干，你可不能不收留我们呀！"李冬冬一本正经地说。

魏经纶说："你以为'县官'是那么容易当上的？王总和你们寿险公司的李总，干了多少年才混了那么个差事，咱可没人家那个本事。"

"我看你魏大才子本事就不小，来公司半年多就当上了办公室主任，我老付这辈子要是能混到你现在这个职位就知足了。"付晓滨不无羡慕地说。

魏经纶说："老付你就别作践我了，你什么时候任命我当主任了？"

付晓滨说："都主持工作了，那跟主任还有什么区别？"

四个人边喝着酒边互相攻击打闹着，不知不觉两瓶白酒就喝了出来。

魏经纶说："今天这酒怎么感觉不像五十多度的，没劲！老付，咱们再开瓶？"

杨山坡、李冬冬都说天不早了，别再喝了。付晓滨心里有事，早就想赶快结束了。

结束后，魏经纶问李冬冬自己骑车回家害不害怕？需不需要送送她？

李冬冬俏皮地问道："你领导骑自行车的技术行吗？不会把我扔到半路上吧？"

付晓滨连忙制止道："他那骑车技术你又不是不知道，不把你摔到臭水沟里才怪了。还是我送你吧，哪有人民解放军不为人民服务的？"

虽然李冬冬十分想让魏经纶送她回家，但看到魏经纶没怎么坚持，就只好坐上了付晓滨的自行车后座。

付晓滨载着李冬冬，故意把自行车骑得很慢。

快到一中学校门口时，付晓滨看到路边一个小商店还亮着灯，就停下车跟李冬冬说:"等一下,我去买点东西。"

不一会儿,付晓滨拿着一包大白兔糖回来了:"你今晚上喝了不少酒,人家都说糖能解酒,吃一块吧。"

付晓滨一边剥着糖纸,一边问李冬冬:"冬冬,你知道我为什么执意去寿险公司吗?"

李冬冬装作不懂地问:"为什么?"

付晓滨说:"为了你。"

李冬冬惊讶地问道:"为了我?"

"有首诗不知道你听没听过?"没等李冬冬回答,付晓滨动情地朗诵了起来,"自从第一天见到你,我就不能自己,无论白天还是夜里,我都时时想起你……"

李冬冬紧张地打断了付晓滨:"付哥,我知道你对我好,但我年龄还小,刚参加工作,我父母不会同意我这么早就找对象的!"

"你父母都是知识分子,明事理,他们不会反对咱们交往的,关键是你自己怎么想的。"付晓滨说着,上前拉住了李冬冬的手。

李冬冬害怕地后退了两步,声音都变了:"付哥,我很敬重你,可我感觉自己还小,也从来没有考虑过找对象这件事。"

付晓滨有些伤感地说:"冬冬,说实话,我自己也感觉有点配不上你,一没有学历,二没有一个显赫的家庭,可我自从第一次见到你,我就……"

李冬冬语无伦次地说:"付哥,我这个人头脑简单,毛病很多,不是你想象中的那种女孩子。你那么优秀,在部队里还当过连长,将来一定能找一个比我优秀的女孩的!"

付晓滨声音哽咽了:"你就是我心目中的那位优秀的女孩!为了你,我愿意付出一切!"

李冬冬猛地把糖塞到付晓滨的手里,边跑边说:"我们不可能。我们不合适。"

望着李冬冬远去的背影,付晓滨大声喊道:"我会永远等你的。"

看着女儿气喘吁吁地跑回家,李冬冬的妈妈急忙上前问道:"怎么了?谁家大姑娘像你似的,三更半夜才回家!是不是又喝酒了?"

李冬冬没理会妈妈,跑进自己的房间,砰的一声把门关上了。妈妈在门外连问了几声怎么了,李冬冬说没事没事,但门一直没给妈妈打开。

听见爸爸和妈妈房间里说话的声音停止了，李冬冬知道两位老人睡着了，就蹑手蹑脚地走到客厅，拨通了魏经纶家的电话。

魏经纶一听电话是李冬冬打来的，以为出了什么事。

"怎么了，冬冬，出什么事了？"魏经纶急促地问道。

话到嘴边，李冬冬终于没能说出口："没事，没事，我就是想问问你回家了没有。"说完，就把电话挂了。

魏经纶慢慢地放下电话，心想："这个时候打来电话，一定有什么事！"

魏经纶抬头看了看墙上的钟表，快十二点了。他两次拨上了李冬冬家的电话号码，又在电话接通之前挂死了电话。

魏经纶失眠了，这是他有生以来第一次失眠。

李冬冬也失眠了，对于从小衣食无忧、性格开朗的李冬冬来说，失眠原来是那样令人难以忍受。她骂自己没出息，一个大姑娘家深更半夜给人家打什么电话，传出去不让人家笑话才怪呢。她骂魏经纶没良心，你就不能再把电话打过来问问人家有什么事吗？天快亮的时候，李冬冬迷迷糊糊地睡着了。

第二天一早，魏经纶拨通了李冬冬家的电话。

电话是李校长接的。李校长说："冬冬还没起床，要不我叫她起来接电话？"

魏经纶说："不用了，事情也不是很急，上班以后我再跟她联系吧。"

魏经纶懒洋洋地走进了办公室，摸起电话后突然想起李冬冬她们已经搬走了，自己还没有她们公司的电话号码。此时的魏经纶才突然意识到，自己对李冬冬有一种说不清的情感和依恋。

八

　　财寿险公司分业经营后,财险公司陆续从全市各部门、单位调入了十几个人,分别充实到了各个科室,同时对科室设置和科室负责人进行了一次调整:马自力、滕慧慧总经理助理分别兼任人事科、财务科的科长;财产险科改名为业务管理科,科长由姚东风兼任;办公室由魏经纶副主任主持工作;王明任主持客户服务科工作的副科长;闫利被任命为业管科的副科长,其他几个科也进行了适当的调整。

　　财寿险分业后没多久,夏立平给杨山坡打来了电话,问他星期天有没有事,如果没什么事的话,来家里帮忙去燃料公司买些煤回来。

　　礼拜天,杨山坡早早吃过早饭,骑上自行车直奔城关中学。

　　夏立平跟杨山坡说:"你今天去燃料公司,看看能不能想办法买一千斤煤回来,春节快到了,全市燃料很紧张。昨天你大爷去了一趟燃料公司,煤没买到,人倒冻感冒了。你今天早点去,碰巧买到的话,我从学校里借个地排车,让白雪跟你一起把煤拉回来。"

　　杨山坡得令后,骑上自行车直奔市燃料公司。

　　燃料公司排队买煤的人很多,杨山坡站在队伍后面慢慢往前排着,这时一个穿中山装、身体有点发福的人从他身边走过,他感觉这个人面熟,但一时又想不起他是谁来。

　　正在这时,一个小姑娘从办公室的窗口里探出头来大喊:"刘经理,您的电话。"杨山坡一下子想起来了:"这不是燃料公司的副经理刘斌吗?"

　　杨山坡从长长的队伍中走出来,跟着刘斌直接进了他的办公室。

　　刘斌打完电话,看着跟自己一起走进办公室的杨山坡问道:"同志,你找谁?"

　　杨山坡紧紧握住刘斌的手,热情地说:"刘经理,您不认识我了?我是市保险公司的小杨，杨山坡啊。上次您去我们公司的时候，还是我陪我们姚科长一起接待您的呢，您忘了？"

刘斌用力拍了一下前额，说道："你看我这记性，你是跟姚东风一个科的是吧？我跟你们姚科是多年的好朋友了，他现在怎么样？"

杨山坡说："我们姚科现在提拔了，当工会主席了。"

"是吗？过两天得让他好好请个客。你们公司真好，环境也好，收入也高。哪像我们燃料公司，整天跟煤灰打交道，一天下来，跟非洲人似的！"刘斌说。

"刘经理谦虚了。咱们工作环境虽然差点，但干的尽是些无上光荣的事，雪中送炭嘛！大冬天哪个职工家庭离得了你们？"杨山坡讨好地说。

刘经理咧着嘴高兴地说："你说这话我愿意听。我们这里的人脸虽然黑点，但心是火热的。哪家离了煤，冬天的日子都不好过。"

谈兴正浓的刘斌好像突然想起什么似的，问道："光顾着说话了，还没问问你来我们这里干什么来了？"

杨山坡笑着说："这个时候到你这里来还能有什么事？雪中求炭嘛！"

杨山坡说着，从口袋里掏出早已准备好的石林烟，抽出一支递到刘斌的手里，顺手把刚打开的香烟丢到了办公桌上。

刘斌一边点着香烟，一边说："这么点小事还用得着你亲自跑一趟了？跟我打声招呼我安排人给你送过去不就完了？"

杨山坡说："那多不好意思，要不是今天正好碰上领导您，说不定还排不上队呢。"

刘斌看了一眼杨山坡，说道："今年冬天燃料虽然紧张，但你还有你们姚主席来了，要多少我给多少，放开让你烧一冬天你还能烧多少？"

杨山坡高兴地说："有你领导在，以后冬天烧煤我就不用愁了。"

刘斌爽快地说："明年冬天提前跟我打声招呼，我早点给你们准备点好煤，再紧张也不能紧张你和你们姚主席啊！"

刘斌打电话把销售科长叫到办公室，吩咐道："这是市保险公司的杨科长，我的朋友。你马上安排人把一千斤煤送到城关中学去。"

销售科长笑容满面地问："杨科长，煤送到城关中学几号楼？"

杨山坡满脸通红地说："别客气，叫我杨山坡吧。装好煤后，我跟送煤的车一起走。"

刘斌说:"你把地址留下,回家等着就行了,上午保证把煤给你送到家。"

"小杨,我记得你家不在城里,你是帮城关中学谁买的?"刘斌问道。

杨山坡支支吾吾了半天,也没有解释清楚跟夏立平家是什么关系。

刘斌露出诡异的神情,问道:"是未来的丈母娘吧?"

杨山坡红着脸直摇头:"不是,不是。"

"如果不是丈母娘家用,那我这煤卖不卖给你还得两说着。"刘斌说着就要打电话把销售科长叫回来。

杨山坡急忙按住电话,满脸通红地说:"就算是吧。"

刘斌哈哈大笑道:"是就是,有什么好保密的?"

杨山坡心里暗暗想道:"咱心里有人家,谁知道人家能不能看得上咱?"

夏立平和白雪一边包着水饺,一边说笑着。看到杨山坡很快就回来了,夏立平认为可能是买煤的人太多,没买到。

"没买到不要紧,反正家里还剩点,对付几天没问题。"夏立平安慰道。

杨山坡说:"买到了,一会儿燃料公司的人就给送到家里来。"

夏立平惊喜地说:"是吗?怎么这么顺利?"

夏立平转过头朝着躺在沙发上白雪的爸爸数落开了:"我说白大庆,你去排了一天队也没有把煤买回来,还冻感冒了,你看人家山坡,去了一个多小时就把事情办好了。教了一辈子历史书,把自己都教成老古董了,什么事也办不了。"

杨山坡这才知道,白雪的爸爸叫白大庆。

白大庆听了也不生气,笑嘻嘻地说:"长江后浪推前浪嘛,我不行,不还有个行的吗?"

白雪白了父亲一眼,白皙的脸上泛起了红晕。

夏立平在一边偷偷直笑,她相信,面前的这个年轻人一定错不了!

自那以后,杨山坡去夏立平家的频率越来越高,待的时间也越来越长,拘束感也越来越少了。

期盼已久的《阿甘正传》终于在滨城电影院上影了。上影的前一天,杨山坡跟闫利请了一个小时的假,早早地来到电影院销售窗口排队买了两张第二天晚上八点钟的电影票。第二天中午吃饭的时候,杨山坡往白雪家里打了个电话。

电话是夏立平接的。

杨山坡说:"夏阿姨,今天我单位同事送给我两张电影票,是《阿甘正传》,晚上我给您送过去,你和我白大爷一起去看看吧,听说这部电影拍得相当不错。"

夏立平说:"下班你直接过来吃饭吧,我们俩去不去到时候再说。"

一到下班时间,杨山坡就急忙跑到楼上的宿舍里梳洗打扮了一番,换上了新近买的西服,唱着小曲直奔城关中学。

吃过晚饭之后,杨山坡从口袋里掏出那两张电影票跟夏立平说:"我和白雪收拾桌子,您和我大爷快走吧。听说这部电影拍得很好,票很难买。"

夏立平笑着说:"电影院是你们年轻人的地方,我们两个老东西去凑什么热闹?你放心,电影院演完了,用不了多久就该轮到电视里演了,我们等着看电视就行了。"

杨山坡偷偷瞄了坐在沙发上的白雪一眼,装出很坚持的样子说:"还是去看看吧,等电视上演还不知道猴年马月呢。"

夏立平说:"我们就不去了,你跟小雪去看去吧。"

白雪嘻嘻哈哈地说:"妈,你不是整天说我爸爸年轻的时候连个电影也不舍得请您看吗?现在有人请您,您怎么又不去了?快打扮打扮跟我爸一起去吧。"

"死丫头,别贫嘴了,快走吧。"夏立平催促道。

白雪装出一副不情愿的样子说:"有什么看头?要不是怕浪费了这两张票,我才不替您和我爸去看呢!"

白雪跟杨山坡二人骑着一辆自行车,一边说笑着,一边往电影院赶。

到达电影院没多久,就开始检票入场了。杨山坡买了两串糖葫芦,递给白雪一串,自己拿着一串入了场。

第一次单独跟一个年轻姑娘看电影,杨山坡既兴奋又紧张。特别是白雪身上散发出的那种青春可人的气息,让他如醉如痴,难以抵抗。

杨山坡装着不经意间碰到了靠在座位扶手上白雪的手,他曾想白雪一定会将手迅速挪开,可白雪却没有,只是条件反射地动了一下,倒是杨山坡自己不好意思地把手又缩了回来。

杨山坡心跳得厉害,可又极力装出一副若无其事的样子,手心里的汗不住地直往外冒。

杨山坡把放在座位扶手上的手慢慢往前移动着,当他的手再次触碰到白雪的手时,白雪轻轻地将他的手握了一下,这一握立即像有一股电流传遍了杨山坡的全身,让他心潮澎湃、激动不已,杨山坡趁势紧紧握住了白雪的手。那是一双充满了青春活力、让他心仪了许久的手,那样的柔软,那样的细腻,让人陶醉,令人向往……

杨山坡头脑一片空白,他没有想到幸福会如此快地降临到自己身上,来得那样突然,那样令人难以抵挡……

电影院的灯亮了,人们纷纷从座位上站了起来,此时的杨山坡才意识到,电影已经散场了。

沿着灯光有些昏暗的马路,杨山坡跟白雪推着自行车慢慢地向前走着,谁也没有开口说话,此时一切语言好像都是多余的,只有"心语"才能够表达出心中的那份幸福。

杨山坡一只手扶着自行车,另一只手轻轻地搭在了白雪的肩膀上。

白雪停下脚步,将头慢慢扭过来,两只水灵灵的、充满了柔情和期待的大眼睛,含情脉脉地望着杨山坡。杨山坡忍不住地将身子用力向前探了探,在白雪的额头上轻轻地亲了一口。

马路上静悄悄的,只有呼啸的北风和自行车碾过的声音,还有身后那两条长长的身影。

杨山坡突然感到城市真好,滨城的夜晚真好。他真希望脚下的这条马路永无尽头,他能陪伴着心爱的姑娘沿着这条马路一直走下去……

走到家门口,白雪从口袋里掏出钥匙插入锁孔,又将钥匙从锁孔里抽了出来。白雪转过身注视着杨山坡,两只美丽的眸子黑夜中放射出诱人的光芒。

杨山坡猛地把白雪搂在怀里,两片厚重的嘴唇紧紧地贴在了白雪那红润的朱唇上,许久没有放开。

一连几天都没有听到李冬冬的消息,魏经纶有些纳闷:"那天晚上她一定有急事找我,否则的话也不会那么晚了还打电话给我。可第二天一早我就把电话打过去了,按道理讲起床后她应该给我回个电话,为什么一连几天都听不到她的消息呢?"

几经周折魏经纶终于查到了寿险公司的电话,转来转去,电话终于转到了李冬冬那里。

李冬冬有些委屈地说:"魏大主任确实忙呀!这么长时间才想起我这个小老百姓给您打过电话?"

魏经纶争辩道："第二天一早我就把电话打到你家里了，可伯父说你还没有起床，我就没敢让他叫你。伯父没告诉你我打电话给你吗？"
　　"是吗？那我错怪你啦！可你这么长时间也没再给我打过电话啊！"李冬冬嘴上这么说，心里却想："咱跟人家又没有什么特殊关系，凭什么非得要求人家给自己打电话呢？"
　　魏经纶埋怨道："你们公司的电话号码我不知道，可咱们公司的电话你又不是不知道，有事你就不能再给我打个电话？看来咱们之间的关系还不到位啊！"
　　李冬冬说："你当主任忙，不是怕影响你吗？"
　　魏经纶打断李冬冬说："你快拉倒吧。在寿险公司生活得很滋润，把老同事都忘记了吧？"
　　李冬冬有些不耐烦地说："得了吧你！下班后，在你们单位门口等我，我有事找你。"
　　魏经纶问道："几点？"
　　李冬冬说："骑车从我们公司过去最多十五分钟，五点五十以前吧。"
　　五点多一点，李冬冬跟姚美说了一声就提前走了。
　　李冬冬在距财险公司七八十米远、相对僻静的地方站了下来，两眼死死盯着进进出出公司大门的每一个人。
　　五点四十分左右，魏经纶跟几个同事有说有笑地从楼上走了下来，站在大门口张望了好大一会儿也没有看到李冬冬的影子，他以为李冬冬还没有到。
　　不断有人从楼上下来，李冬冬不好直接走过去喊魏经纶，她怕让公司的人看见后不知又会传出什么闲话，只好拼命地按自行车铃铛。
　　顺着自行车铃声传来的方向望去，魏经纶看到不远外站着一个人，估计是李冬冬，就快步走了过去。
　　看到李冬冬使劲地把头缩在大衣的站领里，知道她已经来了一会儿，很歉意地问道："来很长时间了？"
　　李冬冬声音有些颤抖地说："没多长时间，二十多分钟吧！"
　　魏经纶有些生气地说："你傻呀？来那么长时间怎么不上去坐坐？分家没几天就生分了？"
　　李冬冬说："领导要是早下来一会儿，我不就少挨一会儿冻吗？当然了，领导忙嘛，不忙那还是领导吗？"

魏经纶大度地笑了笑："几天不见，小姐怎么好像变得有些刻薄了，是不是对我老魏有意见呀？"

李冬冬说："你打算让我冻成僵尸啊？能不能找个地方暖和暖和？"

魏经纶说："要不咱先去我办公室坐坐？"

李冬冬说："你觉着咱们这个时候上去合适吗？要不我请你领导吃饭吧。"

魏经纶说："要吃饭也用不着你请啊！最近挣了点稿费，今晚上正好请你了。"

李冬冬问："又在哪里发表大作了？"

"哪有什么大作？晚上没事，闲着无聊，写了点东西，没想到在省报上发表了。"魏经纶说。

李冬冬看了魏经纶一眼，故意问道："你不用喊上杨山坡一起来？"

魏经纶说："这小子可没时间理咱哥们了，每天晚上往城关中学跑。"

李冬冬不解地问："他往城关中学跑什么？"

魏经纶说："你不知道？这小子交上女朋友了，家住城关中学。"

李冬冬惊喜地说："是吗？这么大的事怎么不早通报一声？看着人家找着女朋友了，你领导是不是也着急了？"

魏经纶开玩笑道："急啊。帮忙介绍一个？"

李冬冬说："就凭咱魏大主任的实力，还用得着别人介绍吗？"

魏经纶装出一副忧伤的样子说："我妈让一个瞎子给算了一卦，瞎子说我这辈子命里注定缺少桃花运，为这事老娘都快急疯了。"

李冬冬哈哈笑着说："瞎子的话伯母也当真？不是你命里注定缺少桃花运，是你的要求太高了。说说你的条件，我帮你参谋参谋。"

魏经纶扭头看了李冬冬一眼，嘻嘻哈哈地说："照你这样的标准找就行了。实在不行的话，条件低一点也可以。"

李冬冬说："去你的吧！我们这些丑八怪你能看得上？"

两个人一边说着一边又来到了上次他们四个人一起吃饭的那个名叫"万家灯火"的饭馆。

魏经纶把菜谱递到李冬冬面前，嬉皮笑脸地说："李小姐，请点菜。"

李冬冬把菜谱又推到了魏经纶的面前："吃喝玩乐是你办公室的强项，这点小事就别麻烦我了。"

"要两个菜就行，没什么胃口。"李冬冬又补充道。

魏经纶点了两个菜一个汤，要了两瓶啤酒。

魏经纶一边往杯子里倒着啤酒，一边问李冬冬："你们新来的两位领导怎么样？水平挺高的吧？"

李冬冬说："咱老百姓又没机会跟领导接触，水平高不高咱怎么能知道？不过听李总讲话感觉还是挺有水平的！"

魏经纶说："没有两下子也干不到市委副秘书长那个位置。"

两人端起酒杯，碰了一下。

李冬冬提醒道："今晚上咱就喝这两瓶了，喝多了半夜里说不定还得给你打电话。"

"对了，那天晚上你给我打电话有什么事？"魏经纶问道。

"其实也没什么大事。那天晚上老付可能有点喝多了。"李冬冬两眼盯着魏经纶，吞吞吐吐地说。

魏经纶摇着头说："不可能！老付酒量那么大，平时喝个斤儿八两的都没事，那天晚上他也就喝了半斤多酒，我都没事，他怎么可能会喝多了呢？"

"老付那天晚上怎么了？"魏经纶看着李冬冬，接着问道。

李冬冬两眼红红地说："他跟我提出那个事了。"

"哪个事？"话刚一说出口，魏经纶就明白了李冬冬说的"那个事"的意思了。

"噢，我明白了。"魏经纶自言自语地说。

李冬冬深情地望着魏经纶，问道："你对这件事是怎么看的？"

魏经纶沉思了半天，答非所问地说："老付这人经验比较丰富，总归在部队里锤炼了十年，还当过什么副连长。"

李冬冬打断魏经纶道："我不是问你他有没有经验，我是问你对这件事是怎么看的？你觉着他对我合适吗？"

魏经纶勉强地笑了笑，说道："从年龄、阅历以及生活习惯等方面看，你们两人之间确实存在着一定的代沟。说实话，上次咱们四个人一起吃饭的时候，我就感觉老付对你有意思，但我一直认为你们俩不太可能，他可能是一厢情愿。"

"他其实就是一厢情愿，可我有点受不了！"李冬冬哽咽着说。

魏经纶安慰道："你把你的想法跟他说清楚，别让他抱有幻想，我想老付不应该是那种不知趣的人吧？"

李冬冬有些激动地说:"该说的不该说的我都说了,可他就是不死心。最让人受不了的是,他每天有事没事的到我办公室里转几圈,下班后还在我回家的路上堵着我。你说我该怎么办?"

魏经纶说:"你不会跟他说你已经有男朋友了,让他趁早死了那份心。"

李冬冬说:"我这人天生不会撒谎,问题是我说了他也不会相信啊!"

魏经纶说:"你尽量躲着他点,时间一长兴许他能冷静下来。"

李冬冬说:"早知道有这事,说什么我也不会去寿险公司。"

魏经纶说:"你不去,他肯定也不会去的。为报名去寿险公司,听说他还专门找过宋珂和韩东洋呢!"

看到李冬冬默不作声,魏经纶想缓和一下气氛:"谁让你长得那么漂亮、那么优秀的?窈窕淑女,君子好逑嘛!"

"人家都快愁死了,你还……"李冬冬把后半句话憋了回去。

两个人半天一句半天一句地聊着,好像都有很多话想说却又都说不出来。

李冬冬抬头望着魏经纶,嘴巴动了一下,欲言又止。

魏经纶眼睛盯着两个将要喝完的啤酒瓶,问道:"再要一瓶?"

李冬冬有些恼怒地说:"算了。走吧!"

魏经纶问:"不吃饭了?"

李冬冬没有回答,背上包径直走出了房间。

魏经纶到前台结完账追出饭店门口时,已不见李冬冬的踪影。

魏经纶躺在床上翻来覆去睡不着,他心里很清楚,无论是个人条件,还是家庭背景,像李冬冬这样的女孩,别说是在公司里,就是在整个滨城市也不多见。他清楚地知道自己对李冬冬有好感,李冬冬对自己也有好感,否则的话,她也不会把付晓滨向她求婚的事情告诉自己。他恨付晓滨为什么动作那么快,恨自己为什么不抢在付晓滨前面向李冬冬表达爱意,恨公司为什么这么快就分家了……

"要是这次错过了,自己可能会后悔一辈子,要是不想错过,自己又如何面对付晓滨呢?"一筹莫展的魏经纶重新穿好衣服,坐到了写字台前。

沉思了好大一会儿,魏经纶拿出纸笔,刷刷刷地写了起来:

冬冬,你好!

今晚上你跟我谈了老付的事,我很感动,也很彷徨。感动的是,你把本该只有你们两个人才知道的事情告诉了我，说明你对我十分信任；彷徨的是，我们都是付晓滨很要好的朋友，在他抢先主动向你求婚之后，作为朋友，我确实感到很被动和无奈。我想了一个晚上，也不知道该如何回答你，因为我这个人就怕别人说我不道德、不仗义……

写满一张纸后，魏经纶又生气地把写好的信揉成一团扔到了垃圾筐里。

"魏经纶啊魏经纶，你老是认为自己是一个干大事的人，怎么连自己的感情都不敢表达？要是你当初早向李冬冬表达心意、不怕表达后被拒绝而丢面子的话，你又何必陷入现在的被动呢？人不都说爱情是自私的吗？"想到这里，魏经纶又刷刷地在稿纸上写了起来：

亲爱的冬冬同志，你好！

请允许我这样称呼你好吗？自从我们一起来到保险公司，我就深深地被你的美貌和气质所吸引。不知多少次想向你表达我对你的那份美好情感，可又害怕被你拒绝后连做朋友的资格都没有了，所以无数的话儿我一直珍藏在心底。虽然我这个人身上有不少缺点，比如说爱面子、不愿意得罪人，但我认为自己也有许多闪光点，比如说对人真诚，工作认真等等。那天，你把老付向你求爱的事情告诉了我，我完全能够明白你当时的心情，可我……你愿意跟我共同携手开创美好的未来吗？

第二页纸写满后，魏经纶又详细地看了一遍，自己也觉着很可笑："明明喜欢人家，也知道人家有那个意思，为什么不敢大胆把自己的心里话说出来呢？怪不得算命先生说你命中注定缺少桃花运呢，就你这德性，活该打一辈子光棍！"魏经纶生气地又把写满的两页稿纸揉成一团扔进了垃圾筐。

"嫁给我吧，我会永远珍惜你，无论天塌地陷、日老月失，我都会深深地爱着你，直到我生命的最后一息……"

魏经纶写完后，反复地修改了几遍，很仔细地折叠起来，小心地放进左边的上衣口袋里，心里琢磨着通过什么方式交到李冬冬的手里。

最近几天，付晓滨一直沉浸在痛苦和烦恼中。自从那天晚上大胆向李冬冬表达了自己的心迹后，他就明显感觉到李冬冬在有意躲避他：上下班、进出公司时，要么跟姚美一起走，要么跟吴秀丽或公司的其他人一起走，使自己一直没有机会与她单独接触。有一次在办公楼的走廊里遇见李冬冬,付晓滨看看四处无人,迅速将一个写有晚上约会时间、地点的小纸条塞进李冬冬的手里,可等了一晚上也没有看到李冬冬的影子。为了赢得冬冬的芳心,付晓滨到市新华书店买了许多本泰戈尔、郁达夫的诗集,模仿诗人的风格写了六七封火辣辣的爱情诗,可寄出去后,如泥牛入海,杳无音信。他不明白,自己虽不敢说是一表人才,但一米八多的个头,十年的部队历练,使自己浑身充满着阳刚之气,唯一美中不足的就是自己临时手中还缺少一份学历。他不止一次地鼓励自己:像军人一样勇敢地冲上去,阵地一定会拿下的。但也无数次地劝说自己:就此收手吧,婚姻是需要缘分的,可他无论如何又难以割舍对李冬冬的情感。苦闷至极的付晓滨想起了魏经纶和杨山坡。

"要是他俩肯帮忙从中撮合一下就好了。"付晓滨暗暗地想。

趁办公室没人的时候,付晓滨拨通了魏经纶办公室的电话。

魏经纶一听电话是付晓滨打来的,心里就有些紧张:"付哥,有什么事?"

付晓滨故作轻松地说:"没什么事,想兄弟了呗!最近忙什么呢?怎么听不到你和山坡的声音了?"

魏经纶说:"没忙什么,翻来覆去就那些事。"

付晓滨问:"昨天晚上干什么去了?我怎么打电话找不到你呢?"

一听付晓滨问昨天晚上干什么了,魏经纶心里就有些发毛:"难道李冬冬把跟自己一起吃饭的事告诉他了?"可转念一想:"李冬冬应该不会那么傻。"

魏经纶故作轻松地说:"没干什么呀!"

付晓滨有些阴阳怪气地说:"别骗我了,是不是跟一个女孩子一起吃饭去了?"

魏经纶心里嘀咕道:"他怎么知道我昨天晚上出去吃饭了?难道他看到了?"想到这里,魏经纶后悔不该跟李冬冬去万家灯火,应该换一个更隐蔽或者是付晓滨没去过的餐馆。

"是啊,昨天晚上是有个应酬。你老兄是怎么知道的?"魏经纶故作镇静地问道。

付晓滨打着哈哈说:"你什么事我不知道?我在部队里可是学过侦察学的。"

"有个熟人找我有事,一起出去吃了个便饭。付哥,最近忙吗?"魏经纶想转移一下话题。

付晓滨说:"寿险客服本来事就少,公司新成立又没有多少业务,没什么可忙的。晚上没事的话找个小店一起坐坐?"

魏经纶试探性地问道:"还约了谁?"

付晓滨说:"谁也没约,就是想跟你见面聊一聊。"

魏经纶推辞道:"今晚确实不行,我约好了人,想一起出去办点事。"

付晓滨笑着问道:"是不是找着女朋友了?晚上出去约会啊?"

魏经纶连忙否认道:"哪有什么女朋友。我跟市政府的郭科长约好了,晚上一起出去办点事。"

付晓滨说:"好吧,改天咱们再约吧。"

放下电话,魏经纶心里直犯嘀咕:"这小子是不是听到什么消息了?今天怎么感觉说话阴阳怪气的。"

魏经纶想了想,拨通了业务管理科的电话。

业务管理科的小吕说,市化工厂脱保了,邀请公司的人过去看看,上班没多久,化工厂就派车把姚东风和闫利、杨山坡接走了。

下午两点多钟,杨山坡从化工厂回来了,看样子酒喝得不少。

"听我们科的小吕说领导上午找我了?有什么指示?"杨山坡舌头都有些僵硬了。

魏经纶倒了一杯水,故意用力往桌子上一放:"别整天领导领导的,装什么蒜?"

杨山坡故意逗魏经纶道:"那我应该叫你什么?魏总?"

魏经纶生气地说:"别胡咧咧了。上午去化工厂又糟蹋了人家多少酒?你看你都喝成什么样子了!"

"我喝得是最少的了,姚总和我们闫科直接让人家给放倒了,现场直播了!"杨山坡自我感觉良好地说。

"化工厂今天怎么忽然想起请你们这些'腐败分子'了?是不是出险了?"魏经纶问道。

"滨西县纺织厂前些日子起了一把火,烧了两个车间,损失不小。因为滨西纺织厂没买保险,发生火灾后无力恢复生产,被市领导点名批评了,听说市里还要追究厂领导的责任。化工厂的头头们一听急了,害怕不投保出事后被市里追究下来丢了乌纱帽,这才着急上火地让我们帮着尽快上保险。"

"所以你们就趁机打人家的劫,到人家那里又吃又喝的?"魏经纶拍了拍杨山坡的肩膀，装出一副十分严肃的样子，说道："山坡同志，要时刻保持艰苦创业的无产阶级革命传统，不要染上安逸享乐的资产阶级恶习，那样会变修的。"

杨山坡把魏经纶搭在他左肩膀上的手使劲一甩，故作大声说道："魏大主任什么时候也学会装腔作势了？快说找我有什么吩咐，我可不像你们这些当领导的整天悠闲自在，没事可干。"

魏经纶笑着问道："最近老付有没有联系你？"

杨山坡说："昨天晚上他还给我打电话了。对了，他还问起你干什么去了。"

魏经纶说："我昨天晚上有点事，一下班就走了。他没说找我有什么事？"

杨山坡说："他没说找你有什么事。抽时间咱俩去寿险公司看看他和冬冬？"

魏经纶说："过几天再说吧。"

连续三次接到付晓滨的约请电话后，魏经纶感觉再也无法推辞了，就叫上杨山坡一起去了付晓滨订好的那个小饭馆。

一见面，魏经纶就故意问道："付哥最近是不是发财了，要不怎么会这么着急上火地请我们吃饭呢？"

杨山坡也附和道："没发财肯定也有其他好事。"

付晓滨说："哪像你小子那么有福气。听说山坡同志最近私务繁忙，天天晚上往城关中学跑，不会没买票就上车了吧？"

杨山坡装出一副委屈的样子说："我这个人从小就胆小，白雪同志又是那种正统不化的人，这么长时间了连 kiss 都没 kiss 一个，别说那个了。"

付晓滨看了看杨山坡，又看了看魏经纶，问道："什么是 kiss？"

魏经纶傻傻地笑道："洋话咱听不懂，你还是问问大学士吧。"

杨山坡装出一副领导的派头批评道："经纶同志自当上主任后，学得越来越滑头了。小心啊，同志，别在危险的道路上越滑越远啊，那样对不起人民、对不起党啊！"

付晓滨有些着急地说："你们两人就别酸了。几天不见，怎么都学得油嘴滑调的了！尤其是山坡同志，再这样下去会很危险的，白雪同志怎么敢嫁给你呢？"

杨山坡有些懊恼地说："老付，你真是狗咬吕洞宾不识好人心。我在替你出气，你怎么回过头来说我呢？你想想，要不是魏大才子天天有事，咱们还能等到今天才相会？"

付晓滨说："说得也是。魏经纶同志架子是不是太大了，三番五次才把你请出来，再这样发展下去，非脱离群众不可！"

魏经纶马上制止道："菜上来了，别说了。开喝。"

杨山坡问付晓滨："李大美女干什么去了？付连长请客她敢不来，简直是无法无天了。"

付晓滨阴沉着脸说："别说了。干一个！"

魏经纶知道付晓滨心里不痛快，但他心里也很矛盾。魏经纶明白，在付晓滨的心目中，李冬冬就是他心仪的那种女孩，为了她，他会放弃别人可能难以放弃的东西。可对李冬冬来说，她与付晓滨只是一般同事关系，只是因为同一天来的公司，相互之间比别人多了几次接触，了解得稍微多一些而已，付晓滨不是她心目中理想的人选，李冬冬心目中的人是自己，而自己对李冬冬也有好感，双方虽没有捅破那层窗户纸，但各自心里都像明镜似的。魏经纶既庆幸付晓滨和杨山坡不知道这件事，免得大家都尴尬，又害怕付晓滨提起这件事后，着实让自己为难。

"山坡，听说你小子最近过得很滋润，天天有美女陪着，把兄弟们都忘了。哪天把你那位白雪公主领出来展示一下？"付晓滨开玩笑道。

杨山坡笑着说："怎么，嫉妒了？听说你老兄最近也没闲着，有情况了？"

付晓滨心情沮丧地说："咱大老粗一个，没文化，不像你大学生，有学历，姑娘们都上赶着追你。"

杨山坡故作严肃地说："连长同志，我请你说话时要注意一下语气，对待同志不能像秋风扫落叶一样，连讽带刺，要像春天般和风细雨。"

看到付晓滨没有理会，杨山坡更来劲了："连长同志，在爱情方面有什么问题尽管咨询我，我可是过来人。"

魏经纶坐在一边干笑不说话。

付晓滨故意表现出鄙视的神情说："你听听，刚拉了拉女人的手，就好像自己什么都明白了。别在你两位哥哥面前装大人。"

杨山坡听了，哈哈大笑。

付晓滨说："虽然我在咱哥仨中年龄最大，但在谈对象这方面确实应该拜两位小弟为师。"

魏经纶连忙摆手道:"我可不敢当。咱不像人家杨山坡,都 kiss 了,咱可是连女孩子的手都没碰过。"

"别装正经了,谁信啊!"杨山坡把头从魏经纶一边扭向付晓滨一边,说道,"我是过来人,这点事我还是能看得出来的。快老实交代,你老付是不是心里也有人了?"

魏经纶用脚踢了杨山坡一下,想阻止他继续深入下去,可杨山坡话匣子一打开,想关死都难。

付晓滨有些难为情地说:"不瞒二位,我确实当面向一位姑娘提出了那事,也给人家写过很多封信,可人家不理咱,老躲着咱,你们说怎么办?"

杨山坡迫不及待地问道:"谁啊?快说说,我们给你参谋参谋。"

付晓滨看了看杨山坡,又看了看魏经纶,有些不好意思地说:"还是不说吧。要是人家不愿意,传出去影响不好。"

魏经纶马上接口道:"不想说就别说了。心底下埋藏着一份秘密,本身就是一种幸福。"

杨山坡纠正说:"此话差矣!有句话说得好,两个人分享一份幸福,就是双份幸福;两个人分担一份痛苦,就是半份痛苦。跟自己哥们还有什么秘密不能说的,快说说听听。"

魏经纶马上阻止道:"都找媳妇了,还像个小孩子似的,什么都好奇。喝酒。"

付晓滨说:"其实跟你们两人说说也没什么。不过说出来你们俩可别笑话我,要替我保守秘密,不要告诉其他人。这个人你们不仅认识,而且相当熟悉。"

杨山坡瞪大了眼睛,问道:"你说的这个人不会是李冬冬吧?"

付晓滨像是跟魏经纶和杨山坡说,又像是自言自语:"李冬冬真像我部队里的一个战友,真是太像了!"

杨山坡急切地问:"你那个战友现在在哪儿?你们两个为什么没走到一起?"

付晓滨眼含泪花地说:"走了!入伍一年多就患病走了!"

魏经纶和杨山坡都惋惜地说:"太不幸了!太不幸了!"

魏经纶试探着问道:"李冬冬不同意,你打算怎么办?"

付晓滨无奈地说:"我也不知道该怎么办。有时候也想过我们俩人可能不会有结果,可我总是控制不住自己。你们说我该怎么办?"

杨山坡说:"既然已经把窗户纸捅破了,就别轻易言弃。宜将剩勇追穷寇,不可沽名学霸王。还是毛主席他老人家说得对!"

付晓滨用求助的眼睛看着魏经纶:"经纶,你说我是该放弃呢还是一直冲下去?"

魏经纶支支吾吾地说:"这方面我没经验,我真的说不上。"

付晓滨说:"我知道无论从哪方面来讲我都配不上人家,但我确实太喜欢她了。最近我感觉自己快要疯了!"

魏经纶说:"老付,这事你再冷静考虑考虑,找对象总归是两个人的事,不能强求,否则的话,会出问题的。"

付晓滨说:"我也明白这个道理,可我就是控制不住自己。"

杨山坡说:"我看你们两个也没什么不合适的。找个时间我替你问问她,说不定能成就一份好姻缘呢。"

魏经纶瞪了杨山坡一眼,心里暗暗骂道:"真是狗拿耗子多管闲事,你跟着瞎搅和什么?"

回到家后,魏经纶犹豫再三,还是拨通了李冬冬家的电话。

电话还是李校长接的,他说李冬冬晚上跟她一个同学出去了,可能看电影去了。李校长警惕地问魏经纶是谁?找李冬冬有什么事?

魏经纶说自己是李冬冬的一个同事,叫魏经纶,想找李冬冬打听个事。

李校长说:"冬冬回来以后我告诉她你打电话找她了,她知道你的电话吧?"

魏经纶说:"应该知道吧。"

魏经纶躺在床上翻来覆去地睡不着:"这么晚了还不回家,难道是跟男同学一起出去的?"想到这里,魏经纶自己也禁不住笑了。

"会不会是付晓滨这小子把她约出去了?要是跟他一起出去的话,那可就有点麻烦了,那小子今晚上可喝了不少酒。"可转念一想,"李冬冬不可能是跟付晓滨一起出去的,要是付晓滨能约出李冬冬的话,他也不会那么痛苦了,今晚上也不可能有时间跟我们一起喝酒了。要是早知道李冬冬对自己也有那意思就好了!"魏经纶暗暗想道。

魏经纶越想心里越懊丧,越想越恨自己反应太迟钝了。

"魏经纶啊,魏经纶,你明明知道付晓滨对李冬冬有那个意思,为什么不抢先一步向李冬冬表白呢？人家付晓滨把你当朋友，把不该说的事都跟你讲了，你现在要是再去向人家李冬冬求爱的话，那是不是有点不义气？要是自己真那样做的话，付晓滨会怎么看你？杨山坡会怎么看你？周围的人会怎么说你？你在保险圈子里还有办法混吗？"

"要是付晓滨今晚上不把这事告诉我就好了！"魏经纶自言自语地说。他骂自己晚上不该去听付晓滨一把鼻涕一把眼泪的诉说，骂杨山坡不该像个傻冒似的问来问去……

"铃铃铃……"客厅里的电话铃响了。

魏经纶跳下床，赤着脚冲向客厅那部红色的电话机，他断定那电话肯定是李冬冬打过来的。

"喂，冬冬，你晚上去哪里了？"魏经纶焦急地问道。

电话那头传来的是一个男人的声音："这是不是白冰家？"

魏经纶没好气地说："不是！"

电话那头的人好像不相信："你这个电话不是866355吗？"

"这里是866455，看清楚了再打！"魏经纶"啪"的一声把电话挂了，嘴里骂骂咧咧道，"还白冰家，我看是黑冰家。"

父亲听到声音，以为出了什么事，披着棉袄从房间里出来："谁呀？深更半夜的，那么大声音干什么？"

魏经纶跟父亲没好气地说："一个神经病。没事，快睡觉去吧。"说完，砰的一声关死了自己房间的门。

父亲站在那里愣了半天："小兔崽子，吃枪药了？"

一连几天，李冬冬没有跟魏经纶联系，魏经纶也没再主动跟李冬冬联系，因为他实在不知道应该跟李冬冬说什么。

李冬冬的电话没等来，付晓滨的电话却打过来了。

魏经纶装着很关心的样子问付晓滨跟李冬冬的事进行得怎么样了，是不是有点眉目了，需不需要哥们再帮着给"烧把火"。

付晓滨没有回答魏经纶一连串的问题，只是问魏经纶什么时间有空，能不能抽时间出来见个面，谈一谈。

魏经纶说这几天公司里的事特别多，有几个会要召开，走不开，有事能不能在电话里说。

付晓滨阴阳怪气地说："兄弟，不厚道啊！哥相信你，把什么事都告诉你了，你怎么能那么办呢?"

魏经纶丈二和尚摸不着头，急切地问："怎么了？我哪里对不住哥们了?"

"算了吧，兄弟，别装了！等你领导有时间后，咱们见面再说吧。"说完付晓滨就把电话挂了。

魏经纶越想越觉着不对劲，他摸起电话，拨通了付晓滨刚才打过来的那个电话号码。

一连拨通了三次，付晓滨才接听了电话。

魏经纶气呼呼地说："老付，我怎么觉着你不太对劲？你是当过兵的人，怎么不像个军人，有什么事不能直说吗？干吗阴阳怪气的？这样吧，上午下班后咱们见个面，是我去你那里还是你来我这里?"

付晓滨可能意识到刚才话说得有点过了，嘿嘿笑着说："跟你开玩笑的，你还当真了。这样吧，下班后我去公司找你。"

魏经纶正伏案起草春节放假通知，付晓滨直接推门进来了。

"魏大主任好。"付晓滨嬉皮笑脸地说。

魏经纶看了一下表，才十点多钟："不是说下班后过来吗?"

付晓滨说："马上过春节了，公司里哪还有正儿八经上班的?"

魏经纶给付晓滨倒上一杯茶，歉意地笑了笑："你先坐一会儿，喝杯茶，我马上就起草完了。"

十多分钟后，魏经纶拿起办公桌上的内线电话："林琳，你过来一下?"

不一会儿，林琳走了进来，礼貌地跟付晓滨打了招呼后，走到魏经纶的办公桌前："主任，有什么事?"

魏经纶把刚才起草好的通知递到林琳手里："麻烦你把通知打印一下，然后送给王总征求一下意见，如果领导同意的话，今天就发下去。"

林琳出去后，魏经纶端着茶杯也坐到了沙发上："春节福利你们发的什么东西？挺肥实吧?"

付晓滨说："还行。每人发了五百块钱的现金，又发了点鱼、酒之类的东西。听说东西都是别的单位送的。"

魏经纶说："李总在市委当了那么多年副秘书长，跟各个单位的领导都熟，虽然现在离开市委办了，但说话还是管用的。"

付晓滨说："是啊。李钢上任后，单位里整天人来人往的不断，市五大班子的领导们基本上都到公司里来过。听说市里效益好的几个单位的领导都表态说要集体给单位员工办理保险。"

魏经纶说:"李总那人看来还是挺有魄力的。公司里只要有个好领导、好班子,就不愁发展不起来。保险总归还是垄断行业,吃政策饭。"

付晓滨说:"也不好说。财产保险单笔业务保额都比较大,大家都害怕出事后承担不起。人寿保险就不一定了,集体出钱买保险的总归是个别企业,寿险公司主要还得靠个人业务。现在大家对保险普遍不是很认识,很少有人每年主动拿出几百块钱买保险的。"

"慢慢干吧,相信有卖的肯定就有买的。刚才老兄在电话里火气不小啊!是不是老弟我有做得不对的地方?"魏经纶一本正经地问道。

付晓滨不好意思地说:"哪有的事?你也不是不知道我们这些当兵的人,都是'直筒子'脾气。没什么,真的没什么!"

魏经纶笑笑说:"你老付可不是那样的人,你心里肯定有事。"

付晓滨说:"实际上我不说你也能猜出来,最近为那事烦透了!"

魏经纶故意问道:"什么事让你那么烦?"

付晓滨说:"就是跟李冬冬的那件事。"

"上次你不是说你们俩发展得挺好的吗?都快那个了。"魏经纶做出接吻的动作说。

付晓滨说:"净瞎说。我什么时候说过那事了?让李冬冬知道了,不骂死你也得骂死我。"

魏经纶说:"李冬冬可是咱们公司里数一数二的美女,有多少小伙子都盯着呢,你老兄可要抓紧呀!"

"你老弟对冬冬就没有什么想法?"付晓滨眼睛盯着魏经纶问道。

魏经纶支支吾吾地说:"我能有什么想法?再说了,你老兄想拿下的阵地,别人有想法也是白搭。"

付晓滨严肃地说:"阵地谁拿下就是谁的,怎么能说是白搭呢?经纶,你跟我说句真心话,你对李冬冬到底有没有那种想法?"

魏经纶望着付晓滨,十分真诚地说:"付哥,说实话,李冬冬确实是那种让每个男人都心动的女孩:单纯,漂亮,有文化,家境又好,大家有思慕之情是再正常不过的事情,不过……"

付晓滨急切地打断魏经纶:"经纶,我说过,我是一个'直筒子',只要兄弟你说一句话,我马上就退出战场。"

魏经纶笑着问:"你让我说什么呀?你退出什么战场?"

"你们这些文化人就是喜欢绕圈子,跟你们打交道真是累!李冬冬都说了,你还跟我装什么装?"付晓滨脸红脖子粗地说。

魏经纶平静地问道:"李冬冬跟你说什么了?"

付晓滨有些生气地说:"她说你们俩的关系基本上都定下了。要是真那样的话,你告诉我一声,我不会不识时务的。"

魏经纶嘴巴张得老大,愣了半天才又问道:"李冬冬真的是那么说的?"

付晓滨伤感地说:"我还能骗你?实际上有时候我也感觉自己跟李冬冬没戏,可她确实跟我那个战友长得太像了!"

魏经纶动情地说:"付哥,既然你说到这里,我也跟你说句掏心窝子的话。我确实对李冬冬有好感,但自从知道你在追求李冬冬后,我确实后悔自己没抢在你之前向李冬冬表明自己的心意,也确实骂你为什么把这事告诉我和杨山坡,要是我们都不知道的话,那我就不能算是对朋友不义了,可你偏偏告诉了我。自从知道这件事的那天起,我就没让那想法再进一步发展下去,感觉那样做不义气,你瞧不起我,可能杨山坡也会瞧不起我。至于李冬冬跟你怎么说的,我不知道,也不想知道。"

付晓滨说:"我明白了。其实李冬冬心里装着的是你,否则的话,她也不会说出那种话来,因为她不是那种轻浮的女孩子。"

魏经纶说:"也许她是被你逼急了随便说的,也许你老兄的方法有点问题。不行的话,再换种方式试试吧!"

两个人正谈得火热,林琳推门进来了:"魏主任,王总叫你去他办公室一趟。"

付晓滨站起来说:"你赶紧忙吧,我回单位了。"

魏经纶笑着说:"马上下班了,一会儿一起出去吃点得了。"

付晓滨不好意思地说:"算了吧,你快忙吧,抽空再一起吃吧。"

魏经纶说:"要不这样,我看王总上午没什么安排的话,咱们一起出去随便吃点,你请我也行。如果有安排的话,那咱再约时间,你得给我'平反昭雪',我都做出了多大牺牲了呀!"

付晓滨说:"那也行。"

魏经纶去王宪管办公室没多会儿就回来了:"老付,今天中午还真不行了,王总让我下午跟他一起去省公司,吃完饭就走。"

付晓滨催促道:"那你赶快准备准备吧,咱们还不有的是机会?"

付晓滨握着魏经纶的手说:"兄弟,我和李冬冬可能真没什么希望,你不要因为我就……"

魏经纶立即打断了付晓滨:"老付,你放心,我魏经纶有我自己做人的原则,东西再好,心里再想要的东西,我也不会在朋友事先通知的情况下跟朋友去抢去争。你该怎么冲锋就怎么冲锋,该发动什么攻势就发动什么攻势吧!"

车子不停地颠簸着,不一会儿,坐在车后排座上的王宪管就发出了鼾声,可魏经纶怎么也睡不着,他把上午跟付晓滨说过的话又在大脑里过了一遍,自己不停地问自己:"李冬冬真的跟付晓滨那样说了吗?付晓滨为什么把她向李冬冬求爱的事事先跟我和杨山坡说了呢?……"魏经纶越想越觉着付晓滨这人老谋深算,越想越觉得自己不该在爱情这个问题上讲义气,充大气。

"魏经纶啊,魏经纶,你太幼稚了。"魏经纶心里暗暗骂着自己,也为自己上午说出的那些话感到后悔。

九

从省公司一回到滨城,魏经纶第一件事就是给郭浩打电话,说快过春节了,想请他跟王瑞香一起吃顿饭。

郭浩说:"你小子消息好灵通啊,王瑞香今天刚从北京学习回来,我们两口子还没见个面,又让你小子给截留了。有你小子在,我老郭一点表现的机会都没有了。"

魏经纶说:"我可没想跟你争功。还是老规矩,晚上你请客,我坐陪,不耽误你表现。"

郭浩笑着说:"你倒挺会安排,我请客还用得着你坐陪了?愿意请我们就去,不愿请我们还有更重要的事情要办。"

魏经纶说:"我不过是想借嫂子王瑞香请教几个问题,不会耽误你汇报工作、接受教育的。"

郭浩说:"晚上我跟王瑞香一起去领导家里玩,要不你一起去?"

魏经纶明白他说的领导是谁,就答应了。

从舅舅赵明家出来,王瑞香问魏经纶什么事非得今天说不可。魏经纶把前几天跟付晓滨说的关于李冬冬的事,跟郭浩和王瑞香一五一十地叙述了一遍。

王瑞香生气地批评魏经纶道:"如果我是李冬冬,我决不会跟你魏经纶这样的男人交朋友。你知道女人最恨的事情是什么吗?是拿感情做交易!"

郭浩说:"你这话说得有点严重了,人家经纶从没跟李冬冬谈过恋爱,也没有从付晓滨那里得到什么,不存在交易的问题。"

王瑞香说:"经纶和李冬冬两个人相互都有意,况且人家李冬冬都明示了,可经纶为了你们男人之间那种所谓的哥们义气而牺牲人家姑娘的一片痴情,这还不算是交易吗?"

魏经纶难为情地问:"那嫂子你说我应该怎么办?"

王瑞香说:"跟那个姓付的说清楚,跟李冬冬挑明了,让李冬冬自己选择。在个人感情问题上决不能谦让,谦让就是虚伪,就是对人世间最美好东西的亵渎!"

郭浩讥笑道:"真看不出来,瑞香同志还是个感情专家呢,要是开个感情咨询公司的话,说不定还能赚大钱。"

王瑞香瞪了郭浩一眼,说道:"专家谈不上,但女人对感情的态度我还是有发言权的。经纶,在李冬冬这个问题上你可要考虑好了,如果不想跟人家谈,尽量少跟着掺和,免得以后赚口舌。"

魏经纶说:"嫂子说得对,这事我再考虑考虑。"

眼看"五一"节到了,郭浩和王瑞香忙前忙后地张罗着结婚的事。一有时间魏经纶就跑去搭把手。

礼拜天,三个人一边收拾着房子,一边东一句西一句地闲聊着。

郭浩说:"小魏同志,看到我马上就当一家之主了,你有何感想?是不是很羡慕我呀?"

魏经纶说:"算了吧,还是单身好。一个人吃饱了,全家人不挨饿,多自在。"

郭浩做了个鬼脸说:"你是吃不到葡萄说葡萄酸,有本事一辈子打光棍。"

王瑞香推了郭浩一把,劝慰道:"经纶一表人才,单位又好,什么样的姑娘找不到?"

过了一会儿,王瑞香又问道:"经纶,你上次说的那个李冬冬现在怎么样了?你们俩没往前发展发展?"

魏经纶说:"我有很长时间没跟她联系了,具体情况我也不太了解。"

王瑞香说:"她跟那个当兵的成了?"

魏经纶说:"他俩人好像也没什么进展。她本人不同意,听说她家里人也反对。"

王瑞香说:"她既然没看好那个当兵的,我看你还是找她谈谈吧,咱这也不算是乘人之危。"

郭浩说:"别一口一个当兵的,人家那个付连长转业快一年了,在他们保险公司也当了点什么干部,对吧?"

魏经纶说:"是啊,老付那个人其实也挺好的,不知道李冬冬为什么老是不同意。"

王瑞香说:"人家那个李冬冬可能一直在等你,你却老躲在后面不出台。"

魏经纶说:"我往她家里打过两次电话了,都是她父亲接的,按理说她应该知道我给她打过电话,可她一直没主动给我回过电话。可能是咱自作多情了,人家压根就没把咱纳入视野之内。"

王瑞香说:"估计那个姓付的跟她说了你不少坏话,说不定李冬冬正在生你的气呢。也有可能她父亲压根就没把你给她打过电话的事情告诉她。"

魏经纶说:"算了吧,随缘吧。再说现在单位里人少事多,整天忙里忙外的,即使现在有女朋友,也没时间跟人家谈,过两年再说吧。"

郭浩和王瑞香结婚那天,魏经纶五点多钟就起床,洗澡、打扮。

看着魏经纶那认真的样子,魏经纶母亲忍不住唠叨道:"跟人家小郭差不多年龄,人家都结婚了,你还整天像个小孩子似的。"

"什么跟我差不多年龄?他比我大五六岁呢!"魏经纶纠正母亲道。

"人家郭浩虽然结婚晚,可人家有对象好几年了。你什么时候也给妈领回来一个?"魏经纶母亲问道。

魏经纶一边系着领带,一边说:"那还不容易?说不定今天就能给你领回来一个。"

"你小子干什么我都放心，就是找对象我不放心。我看你们单位的那个李冬冬就挺好的，让你主动点你就是不听话。"魏经纶母亲数落道。

魏经纶嘟哝道："妈，你烦不烦？人家李冬冬都有对象了，我能去抢人家？"

魏经纶母亲一听急了："李冬冬跟谁了？是不是你们单位的那个小付？我让你主动点、主动点，你就是不听。都二十四五岁了，怎么就不知道着个急？"

魏经纶系好领带，穿上西服后，说道："走了，在家让您老人家叨唠死了！"

"吃完早饭再走嘛，一大上午，不吃饭怎么能行呢？"魏经纶母亲说。

"不吃了，您老人家不是催着我快去找对象吗？"魏经纶说完，推开门骑上自行车就走了。

"五一"节那天天气非常好，婚礼进行得十分顺利。

等参加婚礼的二十桌客人都走后，郭浩、王瑞香招呼魏经纶、两个伴娘及其他跑前跑后没顾上吃饭的人一起进了好运来大酒店的夜来香厅。

七八个人依次坐好后，郭浩把每个人一一作了介绍，其中两个伴娘，一个魏经纶认识，是王瑞香还在读高中的妹妹，另一个是王瑞香的同事，叫柳叶。

几个人一边喝着酒，一怕嘻嘻哈哈地闲聊着。

过了一会儿，郭浩好像忽然想起什么似的问道："经纶，今天像照得怎么样？不会再出现上次全曝光事件吧？"

魏经纶故意逗郭浩说："难说，不排除全曝光的可能。"

郭浩说："要是再出现上次那种情况，不跟你玩命才怪呢！"

王瑞香也有些担心地问："小魏，不会吧？要真是那样可就惨了！"

魏经纶笑着说："放心吧，你们还不相信我老魏的实力？说不定这次还能照出一批千古不朽的经典呢！"

郭浩一副轻蔑的神情说道："经典就不指望了，要是你魏经纶能照出经典来，那些专业摄影师都得失业了，能有几张像模像样的就知足了。"

柳叶插话道："魏主任平时还喜欢摄影？"

魏经纶谦虚地说："瞎照，浪费几张胶卷罢了。"

"小魏是个才子，不仅摄影作品获过奖，还经常在报刊杂志上发表文章呢！他手里的这部照相机就是用稿费买的。"王瑞香夸奖道。

"来，魏主任，帮我跟新娘子照一张合影。"柳叶说着朝王瑞香身边靠了靠，摆出了几个不同的姿势。

王瑞香结婚的第六天，柳叶来王瑞香家里玩。

"结婚照冲洗出来了没有？快拿出来让我看看。"一进屋柳叶就催促道。

王瑞香把影集从橱子里拿出来，谦虚地说："照得还可以。"

柳叶一边翻看着影集，一边夸奖道："你别说，人家那位魏主任摄影技术还真不错，怪不得人家能获奖呢！"

王瑞香说："要是觉着小魏技术还行的话，你结婚的时候，我让他也去给你当摄影师。"

柳叶苦笑着说："结婚？跟谁结婚？"

王瑞香说："你这家伙，跟我还不说实话。跟你那位高中同学啊！"

柳叶说："早吹了。你还不知道？"

王瑞香惊讶地问："真的假的？"

柳叶说："三四个月了吧。"

王瑞香说："你怎么没跟我说起过呢？"

柳叶说："你最近又忙着结婚，又忙着外出学习，哪给我机会向你汇报啊！"

王瑞香问："谈了一两年了，怎么说散就散了？"

柳叶说："那家伙最近跟别人合伙赚了点钱，不知道姓什么好了。我就看不惯他那种人！"

王瑞香说："暴发户都是那德性，手里有两个钱就炫耀不开了，那种人成不了什么大气候。"

柳叶说："一个班上学的时候，觉着挺老实的一个人，怎么现在变成那么市侩了？真让人受不了！"

王瑞香说："不用急，凭咱柳叶要学历有学历，要模样有模样，还怕名花无主？"

柳叶说："找对象还是得找有点爱好、有点文化涵养的，好沟通，也不会太低俗。"

王瑞香说："社会上优秀的男孩多得是，缘分来了，谁也挡不住，缘分不到，急也没有用。"

柳叶说："各方面条件都不错的人，也不是那么好找的。像你王姐这么有福气的人没有几个。"

　　王瑞香说："郭浩可没你们想象得那么好。党政部门的人，都很死板。"

　　柳叶说："像上次见过的那位魏主任，单位好、又懂得生活的人现在社会上是越来越少了。过日子，还得找像郭科长、魏主任那样稳成的人。"

　　王瑞香眼睛盯着柳叶，笑着问道："你这家伙是不是看上人家小魏了？"

　　柳叶红着脸说："说什么呢？像人家魏主任那样各方面条件都好的人，周围不知道有多少姑娘早盯上了呢！"

　　王瑞香说："小魏现在还真没谈上。你还别说，细瞅瞅你们两个还真有点夫妻相呢！"

　　柳叶故作恼怒地说："都给人家当媳妇了，还这么没正经。人家单位那么好，年纪轻轻的就当上办公室主任了，还能瞧得上咱这穷教师？"

　　王瑞香说："保险公司单位是不错，在社会上有地位，收入又高，可咱教师是天底下最神圣的事业，哪个有知识有文化的人不是咱们这些老师教出来的？过两天我给你们撮合撮合。"

　　柳叶装着看照片没听见的样子："这几张我带回去了，有机会得谢谢人家那位魏主任。"说着站起身来要走。

　　王瑞香说："赵市长今天有活动，郭浩跟着去了，上午不回来了。别走了，上午让我好好请请你这位伴娘，谢谢你帮我送走了姑娘时代。"

　　柳叶含笑说道："听你这口气好像不愿意把自己嫁出去似的。小姐，别让幸福冲昏了头脑啊！"

　　王瑞香把柳叶送到门口："回家等着吧，我会当正事办的。"

　　柳叶装作听不懂的样子："等什么？"

　　王瑞香笑了笑，目送柳叶的自行车拐进另一条胡同。

　　魏经纶与柳叶的关系进展得很顺利，很快就到了谈婚论嫁的程度。

　　听到魏经纶与柳叶确立了恋爱关系后，李冬冬在家偷偷大哭了一场。

　　一年后，在付晓滨的苦苦追求下，李冬冬最终嫁给了付晓滨。

十

　　时光如梭，很快又到了年底。
　　元旦一过，省公司对滨城公司领导班子进行了调整：王宪管调任省公司工会主席，进入了省公司领导班子行列；副总经理刘明退居二线；马自力调任省公司人事处副处长，到滨城接替王宪管职务的是省公司国际保险处处长陈醒目。因为滨城是沿海城市，国际保险业务资源相对丰富，省公司任命陈醒目为滨城公司党委书记、总经理，目的就是为了进一步拓展国际业务。与陈醒目一起到滨城任副总经理的，还有省公司年轻的团委书记桑奇。原有的两名班子成员滕慧慧和姚东风虽都荣升为副总经理，但排名都在桑奇之后。
　　对于工作变动，王宪管早有思想准备。在省公司正式任命书下达的前一两个多月里，王宪管对公司部分人员的职务进行了调整：魏经纶任办公室主任兼人事科科长；闫利、王明分别被提升为业管科科长和客服科科长，杨山坡为业管科副科长兼公司团委书记；刘大奎任城区支公司经理，刘征、林琳等人也都相应安排了股长之类的职务。
　　陈醒目到任后，对班子成员重新进行了分工：组织、人事、财务自己亲自分管；桑奇分管办公室、客服科、群团等工作；滕慧慧协助陈醒目抓财务工作，并分管业管科；姚东风负责业务推动、工会和县区公司管理工作。
　　陈醒目到任后没多久，在科室设置问题上就与姚东风发生了争执。陈醒目认为，滨城是一个沿海城市，船舶和货物运输业务资源相对丰富，自己在省公司工作时就任职国际业务处处长，如果到任后，国际业务没有多大起色的话，不仅公司内部干部员工不服气，而且也不好向省公司领导交代。姚东风认为，在公司整体保费收入中，国际业务仅有六七百万元，占比只有五六分之一，而同期非车险业务和车险业务在总体保费收入中的占比都接近了百分之四十，当务之急首先应该先设立非车险科和车险科，这样更有利于业务推动和发展。

在班子成员分工问题上，滕慧慧也对陈醒目有一些看法。滕慧慧认为，过去自己在财务管理方面基本上是"当家作主"，定了的事跟王宪管打个招呼就通过了。陈醒目到任后自己由主管变成了协管，明显是对自己不放心。更为重要的是，自己虽在保险公司工作了多年，但从来没主抓过业务工作。陈醒目到任后，让自己分管业务管理，很明显就是想让自己淡出财务工作。陈醒目虽然在业务管理方面比较专业，但由于缺乏基层工作经验，在一些问题的处理上不够灵活，到任没多久，班子内部就传出了不和谐的声音。

桑奇跟陈醒目在省公司共事五六年，自己又是陈醒目找省公司领导要到滨城公司担任副总经理的，从哪个方面讲，桑奇都必须无条件地跟陈醒目站到一条线上。姚东风之前虽然与滕慧慧关系一般，但两人都是滨城本地人，在社会关系上有千丝万缕的联系，面对共同的压力或者说出于同样自我保护的本能，他俩自觉不自觉地在一些问题上看法一致，形成了"默契"。

陈醒目到滨城公司任职后组织召开的第一次总经理办公会议，研究的主题就是全年工作会议内容和当年奖金发放数量及发放标准。陈醒目认为，滨城公司业务规模同比虽增长较快，但利润同比却有较大幅度的下降，且行政办公费用出现了超支，建议当年的年终奖同比减半。滕慧慧和姚东风认为，公司年终奖历来是逐年递增，这是上一届领导班子定下的一条原则，已经成为公司多年来一条不成文的规定，即使整体经营较差的年份，这一不成文的做法也没有改变。新的领导班子刚成立，就大量削减年终奖，公司的干部员工恐怕难以接受。同时，滕慧慧和姚东风都认为，陈醒目和桑奇来公司不久，工资关系还在省公司，奖金发与不发与己无关，反对降低年终奖励。经过激烈的讨论，陈醒目最终还是做出了妥协，决定当年的奖金不增不减，维持上一个年度的每月三百元的数额不变。

关于全年工作会议的安排，姚东风跟陈醒目的看法也有很大差异。姚东风认为，讲话稿最终要传到省公司存档，因此，会议要多讲成绩，少讲问题，哪有自己往自己头上"扣屎盆子"的？陈醒目认为，成绩要讲，但关键要找准问题，现在不把问题摆明，以后出现了算是上一届班子的还是这一届班子的？虽然总经理办公会议最终确定了既讲成绩、也讲问题、重点部署、突出管理的原则，但陈醒目从此对姚东风产生了好出风头、个人有野心的看法。

总经理办公会议召开当天，远在省城的王宪管就对会议研究的内容一清二楚。第二天一上班就把电话打到了魏经纶的办公室，嘘寒问暖地谈了一些无关紧要的问题以后，话锋一转问魏经纶全年工作会议的讲话稿写得怎么样了？写好后第一时间传一份让他"学习学习"。

魏经纶放下电话后陷入了两难境地。关于工作会议主题报告，总经理办公会议后陈醒目专门找他进行了交代，明确提出了工作会议上他的讲话稿要突出"三个一定原则"：总结一定不能太具体，问题一定要说透，安排部署一定要有分量。王宪管提出讲话稿写好后传一份让他先过目，那么讲话稿总结就不能写得太简单，问题就不能分析得太透彻，而这与陈醒目的"三个一定原则"相违背。

魏经纶花费了整整一个晚上的时间梳理了写作要点和每部分在讲话稿中所占的比重，最后确定总结部分不漏事但也不拔高，能两句话表述清楚的，不用三句话来表述，以确保在讲话稿中不占用过多的篇幅；问题部分多谈宏观，少说微观，只说现象，不究原因；工作部署突出一些新思路，但不能出现与上一届领导班子相违背的原则。

讲话稿写好后，魏经纶通过内部网络传给王宪管的同时，也送给了陈醒目，然后就是焦急地等待，因为陈醒目要求总经理办公会召开后的第四天，就要召开全年工作会议，领导留给他会议材料准备的时间只有三天四夜，他没有把讲话稿推倒重写的时间。

讲话稿传过去的当天，王宪管就打来了电话，第一句话就是今年的讲话稿写得不如往年，高度不够，主要有两个方面的问题：一是总结部分不全面、不具体、不深入，没有把公司的经营成果取得的原因、员工大干快上的精神风貌、总经理室的高屋建瓴完全展现出来；二是问题找得不科学，客观条件描述得不够，主观因素找得太多。最后王宪管很艺术性地说："这只是我个人的看法，仅供参考，具体怎么写，还主要看新领导班子怎么要求的。"

陈醒目看完讲话稿后，把魏经纶叫到了办公室，很亲切地说："在省公司工作时就知道咱们滨城公司有个满腹经纶的人，文章写得不错，是个才子。宪管主席未调任省公司之前经常提起你，对你很器重，让你一个人兼任公司两个最重要的岗位。新一届领导班子成立以来，对你本人的能力和办公室的工作也是比较满意的，希望你不要辜负领导们对你的信任。关于全年工作会议上我的讲话稿，我粗略地看了一下，总体符合总经理办公会议确定的调子，但需要进一步充实和完善。讲话稿的总结部分，篇幅和论述我看还可以，就不要做大的调整了。关键第二部分,问题找得不算少,但太宏观不具体,没有挖掘问题存在的根源,有些比较明显的问题没有进行剖析,如国际业务发展速度不快、与当地资源不相匹配问题,干部员工工作作风不够扎实、工作热情不够高涨问题等等。工作部署部分需要进一步突出新的班子成立后确立的新思路、准备采取的新举措等。后天就要召开大会了,今天晚上再加加班,争取明天上午党委会上过一下,看看大家还有什么看法。"

魏经纶从陈醒目办公室出来后,跟林琳简单交代了一下,就找了一个房间封闭起来,专心致志地修改讲话稿。

全年工作会议如期召开,会上,陈醒目发表了上任以来的首次施政演说。讲到激动处,陈醒目脱稿讲了大半个小时。

对于陈醒目在全年工作会议上的主题讲话,公司内部人员褒贬不一。赞成的人说报告实事求是,问题找得准,措施制定得实;反对的人说报告有抑人扬己之嫌,有哗众取宠之虞。作为前任班子的成员,滕慧慧和姚东风虽对陈醒目讲话中的有些提法持保留意见,但总体上是认同的,认为讲话还是比较客观实际的。但王宪管认为,陈醒目的讲话成绩总结得太少,问题挖掘得太深,把本该归于客观方面的原因分析成主观方面的因素。特别是听了个别"自己人"添油加醋的报告后,王宪管更加对陈醒目感到不满,认为他有踏着别人肩膀上位的企图,对前任有些不够尊重。对滕慧慧、姚东风以及魏经纶等人,王宪管也有一些看法,认为他们不坚持原则,不能够理直气壮地维护前任领导、目前仍是更高位置上领导的权威。

三千多元的年终奖终于在春节放假的前两天发放了,虽然奖金数量没有增加,但能在春节最需要钱的时候发放下来,对大多数人来说还是值得高兴的事。

陈醒目与桑奇家住省城,春节前三天就回省城了。临走的时候,陈醒目召集班子成员开了一个碰头会,安排了一下春节值班和安全问题,并委托姚东风和滕慧慧代表总经理室把公司发放给王宪管和马自力的福利及奖金送到两位领导的家中。

主要领导一走,公司里每天除留有少量人员值班外,基本上算是放假了。

闫利闲来没事,慢腾腾地走进了姚东风的办公室,东一句西一句地聊了半天,最后聊到了年终奖励的事。

闫利问:"姚总,今年业务收入比去年增长了近千万元,奖励怎么跟去年一样没增加？王总在的时候，领导们不是承诺奖金每年都有所增长吗？领导换了，政策也跟着变了？"

姚东风装出一副严肃的样子说："亏你还是个中层干部，怎么觉悟混同于一般群众？今年业务虽然增长了，但效益下来了，年终奖能及时发放而且没降，已经很不错了！按陈总最初的想法，今年奖金按去年的一半发放，为这事，在总经理办公会议上我跟陈总还差点吵起来了。"

闫利双手抱拳，做出了一个作揖的动作："我代表公司基本群众谢谢我们敬爱的姚总了，领导的东风刮得太及时了！"

姚东风笑笑说："别跟我贫嘴了，该干吗干吗去。"

闫利嬉皮笑脸地说："领导怎么跟黄世仁似的，都干了一年了，也该让我们这些长工们歇歇了。"

闫利跟姚东风正在耍着贫嘴，王宪管推门进来了。

"什么好事把你俩高兴成这样？"王宪管问道。

姚东风说："没有什么好事，闫利这小子正在跟我耍贫嘴。王总，您什么时候从省公司回来的？"

王宪管说："昨天晚上司机把我送回来的，到家都八九点了。"

"刚才我还想给您打个电话问问您什么时候回滨城，闫利进来耍开贫嘴就没完没了。"姚东风说着，看了闫利一眼。

闫利附和道："是啊，刚才我跟姚总还说起您呢。"

王宪管说："是吗？亏你俩还记得我。"

闫利讨好地说："领导您说哪里话？别说您现在是省公司的领导了，就是以后退休不干了，您也是我们的领导，我们怎么会忘记您呢？"

"闫利现在是越来越能说了。"王宪管说着，看了姚东风一眼，问道，"公司里怎么没几个人了？我这还想早赶回一天看望看望大家呢。"

姚东风说："昨天公司里就开始轮流值班了。过年了，公司里基本上也没什么事了，让大家都忙活忙活自己的事吧。"

听说老领导回公司了，各科室值班人员呼啦啦都聚到了姚东风的办公室里，大家嘘寒问暖，让王宪管很感动。

王宪管说："到省公司工作的这一两个月，感触很深。虽然现在职位比原来高了，工作也轻松了许多，但我总感觉空落落的，对咱们滨城公司、对公司的每一位干部员工总有点割舍不下的感觉。七八年前，我从人民银行调到咱们公司的时候，公司基本上连像样的规章制度都没有，一年的保费收入还不如咱们现在一个季度的收入多。那时候我就想，如果有一天公司年收入达到五千万以上的规模，砸锅卖铁也要给员工再盖一至两栋面积不低于八十平方米的宿舍楼，眼看这一目标就要付诸实施了，可我又调走了！"

"王总，您在省公司干个年儿半载后再回来兼咱们滨城公司的总经理吧，我看刚来的这两位领导不行。"客户服务科的刘洋说。

王宪管看了刘洋一眼，批评道："小刘，这话怎么能随便讲呢？陈总和桑总都是省公司重点培养的人才，很有能力和水平，否则的话，上级公司也不会把滨城这么大个家业交到他们手里。他们初来乍到，情况还不太了解，大家要多理解和支持，影响领导威信的话不能随便说。"

姚东风嘴角微微翘了一下，心想："县官就是县官，冠冕堂皇的话越来越会说了。"

说着说着，大家的话题又扯到了年终奖金上。

王宪管说："今年业务增幅不低，奖金按道理讲应该发放的再多一些。但这已经不错了，你们可以到市里其他单位打听打听，有几个单位奖金比咱们保险公司更高的？说句实在话，咱们仅年终奖一项，就比市里很多单位职工一年的工资还要高。"

姚东风站起来对大家说："大家先回去值班吧，我有事还要跟王总再汇报汇报，十一点半的时候，大家楼下集合，一起陪王总吃顿饭，算是提前给老领导拜年了。"

大家散去后，姚东风把公司近来的一些情况跟王宪管进行了详细的汇报。王宪管神情凝重地说："你跟慧慧要多发挥发挥作用，一定要保证公司正确的发展方向。"

春节上班第一天，陈醒目再次召集班子成员开会，研究部门设置和部分人员岗位调整问题。

陈醒目说："春节前，我跟桑总提前回省城把滨城公司近几年的经营发展情况和干部员工队伍建设情况跟省公司领导作了系统全面的汇报，同时也把我们全年工作会议召开的情况以及下一步的工作打算，跟领导们一并进行了汇报，省公司的领导在对滨城公司前几年的工作给予肯定的同时，也对我们下一步的工作安排给予了支持。春节期间，我认真地对滨城公司目前的情况和下一步的工作进行了分析和反思，感觉公司发展的潜力还很大，业务规模和经营效益都有很大的上升空间。问题的关键是下一步我们应该怎么运作，怎样调动现有干部员工工作热情和工作积极性。"

陈醒目对正在往自己杯子里倒水的林琳点了点头，继续说道："春节期间，听了省公司和各处室的领导对下一步保险市场的分析判断后，感觉很受启发，也很有压力。目前国内全国性的财产保险公司已经发展到三四家了，这些公司在全国比较大的城市或地区设立分支机构的步伐很快，保险已经进入了竞争时代。虽然其他几家公司在产品开发、人才队伍、机构网络等方面目前还无法与我们公司相比，但他们在机制、体制等方面具有明显的先天优势。更为重要的是这些公司没有我们目前已经存在着的诸如人员多等方面的包袱。鉴于目前的形势，省公司领导要求全省干部员工要认清形势，统一思想，加快发展，巩固市场。"

陈醒目喝了一口茶水润了一下嗓子，接着讲道："滨城作为全省的一家重要机构，我们应该未雨绸缪，提前布局。在从省城回滨城的路上，我跟桑总交流了一下看法，我们两人都认为滨城公司有必要在管理体制上进行一下改革，走专业化管理的路子。今天我们议一议，看看这篇大文章应该怎么写法。"

桑奇首先进行了发言："随陈总来滨城工作两个多月了，我们滨城公司在王宪管主席的带领下，各项工作都不错，每年都得到省公司的表彰。刚才陈总说下一步要在管理体制和专业化管理方面下下工夫，我看很有必要。要把滨城公司这面旗帜保持下去，不改变干部员工队伍中普遍存在着的作风不扎实、优越感太强、危机意识较差等问题，公司发展可能就会大打折扣。所以，对公司下一步的发展与管理，我看需要解决两个方面的问题：一是通过组织劳动竞赛或下达每位员工年度任务指标等形式，提高干部员工队伍的危机意识和发展意识。二是应该进一步加快专业化管理步伐，在现有科室基础上再增设如国际业务科、非水险业务科等科室。"

滕慧慧说："刚才听了两位领导的发言，我个人认为有些问题提得很尖锐也很实际。目前公司干部员工队伍中确实普遍缺少危机意识，但整体上公司的工作还是比较有序的。提高干部员工队伍的危机意识有一定的必要性，但个人认为，每年给员工下达一定的任务指标并且跟个人的工资、奖金挂起钩来，我看不妥。虽然今年有两个公司准备在我市设立机构，但在他们缺人才缺产品缺市场的情况下，短期内不可能对我们公司构成什么威胁。近几年，公司基本上都保持两位数的增长，且增长幅度远高于当地的经济增速，去年业务收入接近五千万元。在这种情况下，没有必要搞得人人自危。"

姚东风接着说道："听了陈总、桑总以及滕总的发言，我很受启发。其他保险公司进驻滨城市后，可能对公司造成一定的麻烦，但不会形成多大的冲击，至少三五年之内是这样。因为这些公司即使今年在滨城地市这一级成立了分公司，在县区建立起比较完整的机构网络至少需要三至五年的时间。我赞成刚才桑总讲的，可以通过工会组织开展生产竞赛活动，但每人下达任务指标并且跟每个人的工资挂起钩来，我看没有必要。至于加快专业化管理问题，年前班子开会时，陈总曾提出过设立国际业务科的设想。春节期间，我对这一设想进行了思考和分析，认为还是有必要的，一则可以发挥滨城沿海国际业务资源丰富的优势，促进国际业务规模的提升；二则经过近几年的发展，滨城公司业务已基本达到了五千万元的规模，业务规模虽然大了，但科室及机构设置基本没变，与五年前相比较，只增加了城区支公司。公司有很多同志思想觉悟、业务技能都不错，但受科室设置的影响，一直得不到升迁的机会，在一定程度上影响了这部分人的工作积极性。因此，我个人认为，公司除增设国际业务科外，应该同步增设车险业务科和非水险业务科，这样可能更有利于业务发展和干部安置。"

姚东风话音刚落，滕慧慧马上赞成道："姚总说得很有道理，我个人也觉得有必要同步设立车险科和非水险科，形成业务发展三足鼎立的局面，这样可以更好地调动干部员工的工作热情。"

桑奇瞟了一眼陈醒目，说道："刚才姚总和滕总虽然说得都很有道理，但新班子成立没多久，就这么大幅度地增设科室、提拔干部，我看有些不妥当。是不是应该按部就班，循序渐进？"

桑奇讲完后，会议室里一片寂静。桑奇、滕慧慧和姚东风三个人的眼睛一直盯着陈醒目，魏经纶也停下手中记录的笔，看着陈醒目。

陈醒目沉思了一会儿后，说道："你们三个人讲得都有道理，我个人原则上同意同时成立非水险科、车险科和国际业务科，待我向省公司领导汇报后，咱们再开会商定。在未商定之前，各位不要将此事公布出去，这是一条纪律。"

春节过后正式上班的第二天，陈醒目就由魏经纶陪同，利用一周的时间到除城区支公司之外的四个县区公司进行了一次调研。城区支公司因为成立较晚，在成立初期实现的二三十万元的业务收入中，百分之八十以上的业务是从市公司的老客户转保过去的，用支公司经理刘大奎的话说，是市公司给新成立的城区支公司投入的一个"火种"。在其他四个支公司中，业务规模最大的是天王支公司，年业务收入也只不过五百多万元，其他三个支公司业务收入大都在三四百万元左右。

在去最后一家支公司的路上，陈醒目问魏经纶："我们已去了三家支公司了，三家支公司给我的共同印象是人多而且是老弱病残的多，人均业务收入比较低。经纶，你是搞行政人事工作的，接触面广，来公司时间也不短了，对公司的情况比较了解，你说说看，为什么会出现这种状况？"

魏经纶回答道："我虽然来公司时间不短了，但从事人事方面的工作只有几个月的时间，且主要精力还是放在办公室工作上，人事上的事情我还不能算是十分了解，但基本情况还是掌握的。公司刚分业的时候，只有三十多名干部员工，产寿险分业经营的这一年多时间里，几乎每月都有几个人从市内其他单位调进来或从学校毕业、部队转业分配进来，公司干部员工数量迅速实现了翻番。"

陈醒目问："这些人都是什么来头？到公司后整体表现如何？"

魏经纶说："应该说这些人来公司后整体上还是要求上进的，但有些人调来公司时年龄就比较大了，加之学历不高，来公司之前又没接触过保险业务，调入公司后工作比较吃力。大家之所以都想方设法地托关系、走门子调进来，无非是公司收入高点、单位在社会上还有一定的地位。同时，这几年业务发展较快，也确实需要增加人力。"

陈醒目说："适度增加人力是必要的，但不能什么样的人都增进来。保险条款都看不懂的人，来公司能干什么？昨天我们去的那两家支公司，一二十号人，人均业务收入不高，我看平均年龄倒挺高！魏主任，回去后，你把公司的干部员工花名册再详细地汇总汇总，除了干部员工的基本信息以外，还要把各科室、各支公司干部员工的平均年龄、人均业务收入、学历水平以及调入公司前的主要经历给我提供一份。"

魏经纶说："好吧，回去后我马上汇总报您。"

一晃一季度过去了。陈醒目赴省城参加完省公司的一季度业务分析会后回到滨城，立即召集召开总经理办公会议，传达省公司的会议精神，研究加快专业化经营进程问题。

陈醒目说:"这次赴省公司开会时,我把上次我们党委会确定的事项跟省公司的领导们专题进行了汇报,省公司的领导们对我们的初步设想十分认同,认为加快滨城公司组织架构搭建势在必行。为什么这样讲呢?我认为有两个因素:一是滨城公司发展步伐需要加快。今年一季度全省业务收入增幅整体达到百分之十五,而我们滨城公司增长幅度只有百分之十二,落后于全省增长,尤其是具有较大资源优势的货物运输险,与去年同期相比基本持平,这很不应该啊!二是人浮于事的问题需要解决。春节后,我到四个县公司走了走,跟市公司的部门负责人也普遍谈了一次话,大家都认为,公司人浮于事问题十分突出,人不少,但真正干事的人比例不高。有些同志调来公司后,基本上就是只拿工资不干事,而且拿少了还不行。从今年开始,年终奖要按群众评议得分发放,不能干不干的都拿一样的钱,这对人家一线的同志、业务骨干是不公平的。三是上次商量未定的科室设置问题需要尽快启动。国际业务科、非水险业务科、车险业务科三个科室能一起成立就一起成立,如果大家认为时机还不够成熟的话,个别科室也可以先缓一缓再成立。"

陈醒目说:"科室成立后,科室负责人的选拔任用是最重要的问题。科室成立起来了,如果没有合适的负责人,工作开展起来可能就会有问题。上次总经理办公会议召开后,公司里有几名同志不知从哪里得到公司要增设科室的消息,通过各种途径找到了我,要求在科室增设的时候给予适当考虑。每个人要求上进是好事,无可厚非,但前提是个人素质高,业务能力强。如果你政治觉悟不高,业务能力不强,当上干部不能先干一步,或者当上领导不会领导,这样的人不管找到什么关系,也不应该照顾。"

陈醒目扫了大家一眼,继续说道:"关于各科室负责人的人选,这几天我把公司的干部员工档案调出来详细地看了看,认为有几个还是比较合适的,提出来大家议一议。"

陈醒目对正在埋头记录的魏经纶说:"魏主任,下面的部分不用记录了,你先回避一下。"

魏经纶走出会议室后,陈醒目解释说:"因为涉及魏经纶个人问题,让他先回避一下。现有的干部中,有两个比较适合担任新成立部门的负责人。一个是杨山坡,一个是魏经纶。"

滕慧慧和姚东风诧异地抬起头看着陈醒目。

陈醒目有些歉意地对滕慧慧和姚东风说:"因为感觉考虑得不够成熟,事先没跟两位商量。现在这房间里就我们班子四个人了，大家商量一下，看看是否合适。"

姚东风问："魏经纶现在身兼办公室、人事科两职，工作已经很吃力了，让他再兼任一个科室的负责人，不仅身体吃不消，公司里其他人也会有意见。"

滕慧慧也附和道："是啊，魏经纶虽然素质较高，挺能干的，但兼职多了，对工作不利，对人家个人也不负责任。"

陈醒目笑着说："非水险业务占公司整体业务规模的百分之四十多，可以说是公司的第一大险种业务，具有举足轻重的地位，这个科室的负责人一定要整体素质高、各方面资源比较丰富的人去担任。我权衡再三，认为魏经纶去当这个科室的负责人最合适。"

陈醒目说："魏经纶去非水险业务科当科长后，办公室和人事科就兼任不了了。办公室由工会的王大朋来当主任，他现在是工会副主席，资历老，政治觉悟高，理论素质也不错。姚总，你觉着怎么样？"

姚东风迟疑了一下，说道："王大朋是个老同志，副科七八年了，也应该提拔提拔了。但他本人快五十岁了，总感觉当办公室主任年龄好像稍微大了一点。再说王大朋到办公室工作后，工会那边就没其他人了。"

陈醒目说："王大朋干办公室主任年龄是稍微大了点，但经过这几个月的接触，我感觉为人比较公正，办事也比较稳当。到办公室工作后，工会的有些工作，他也可以兼顾一下，好在平时琐碎事不多，大的方向，还有你姚主席。你说呢？"

姚东风心里虽然不痛快，因为他跟王大朋关系处得不太好，但嘴上又无法反对，只好装出很同意的样子说："挺好的，挺好的。"

陈醒目说："魏经纶工作调整后，人事科科长的位置还空缺，我看让办公室的林琳去人事科，副科长主持工作，大家看合不合适？"

桑奇、滕慧慧和姚东风都表示同意后，陈醒目接着说："国际业务科科长人选，我认为目前业管科副科长杨山坡比较合适。对杨山坡本人，大家都十分了解，大学本科毕业，专业能力和实际操作能力都较强，工作也积极肯干。除了杨山坡外，大家看还有没有比他更合适的人选。"

大家你一言我一语地说了半天，内容无非是杨山坡个人素质高，专业能力强，是国际业务比较适合的人选，但刚提拔为副科长没几个月，接着就提拔为科长是不是太快了？商量来商量去，大家一致认为，任命杨山坡为国际业务科副科长，主持工作还是比较合适的。

对于任命谁担任车险科的科长，大家意见不一，议论了半天，也没有确定出一个合适的人选。

看到大家莫衷一是，意见不一，陈醒目说："既然目前还没有十分合适的人选，我看车险科要么暂时先不成立，要么成立后让姚总先兼任一段时间。"

最后大家还是认为车险科跟国际业务科和非水险业务科一起成立比较好，这样有利于业务发展，也有利于形成业务发展的竞争格局。

陈醒目最后总结说："几个人职务任命问题，公司还要上报省公司，在省公司未审批通过之前，大家暂时先不要和他们本人讲。"

省公司的人事任命通知很快到达了滨城公司，班子成员分头找魏经纶、杨山坡、王大朋和林琳四个人进行了任前谈话，陈醒目负责跟魏经纶谈。

魏经纶虽然对公司的任命有些不理解，但考虑到去业务部门后可以有机会熟悉一下业务，对自己今后的发展可能会有帮助，也就勉强同意了。

在省公司的审批通知未到达滨城之前，姚东风就已经把公司对王大朋的下一步工作安排告诉了他，并强调说自己在会前如何为他做工作的。王大朋虽然对姚东风的话半信半疑，但也认为在自己工作调整这个问题上，姚东风至少应该没有"使绊子"，心里还是比较感激的。

把魏经纶从办公室调到非水险业务科，公司内部很多人认为新领导到任后"清理"前任的人，培植"自己人"。而姚东风认为，陈醒目让跟自己关系不好的王大朋担任办公室主任，很明显是想通过王大朋制约自己。

姚东风把魏经纶叫到自己的办公室，安慰道："经纶，想开点，凭你老弟的能力，不管在哪个科室干，肯定都干不孬！办公室是个伺候人的活，风险大，不干也罢。别人咱不说，就说牛山歌吧，跟他一年当科长的，现在哪个不比他职务高？"

魏经纶宽厚地笑了笑，说道："姚总，您放心，到非水险业务科后，我会尽快适应新的工作岗位的，但还需要您领导多给我一些指点。"

姚东风说："过去在业务科室干了多年，现在又主要分管业务科室，在业务发展及管理方面，我还是有发言权的。以后有什么事，你尽管说，跟我你可千万别客气。"

从市公司部分科室和县区支公司抽调了七名员工，分别充实到新成立的三个科室中,魏经纶和杨山坡把属于自己的物品,从这间办公室搬到另一间办公室,三个科室就算正式挂牌成立了。

　　国际业务科和非水险业务科在同一层办公楼上,杨山坡和魏经纶有事没事的常凑在一起,商量如何发展业务、管理科室,还经常一起去拜访客户,干得风声水起。对杨山坡来说,一个羊倌的儿子,在各方面资源都很缺乏的情况下,短短两年的时间就成为公司主要领导高度重视的科室负责人,没有理由不拼命干好。对魏经纶来说,虽然从事业务工作不是自己的专长,干非水险业务科科长并非所愿,但从证明自己综合能力的角度来说,也应该在新的工作岗位上干出点样子来。

十一

　　进入四月份以来,从省城相继传来永泰、永平两家保险公司准备在滨城设立分支机构的消息。听到消息后,姚东风马上找魏经纶询问是否知道此事,魏经纶说前不久好像听我舅舅说起过此事。姚东风试探性地问魏经纶有没有什么想法,魏经纶以开玩笑的口气反问姚东风是不是有想法。

　　办公桌上的电话叮铃铃地响了起来,魏经纶拿起电话问是哪一位,很大一会儿才听清楚是宋珂打来的。

　　魏经纶问:"宋总,您电话噪音怎么那么大?"

　　宋珂说:"我刚配了个'大哥大',可能信号不太好。"

　　魏经纶说:"啊哟领导,配上'大哥大'了?祝贺祝贺!"

　　宋珂说:"有这东西是方便,但就是信号不好。你们领导是不是也都配上了?"

　　魏经纶说:"陈总好像配上了,其他领导配没配不太清楚。领导找我有什么指示?"

　　宋珂笑呵呵地说:"岂敢指示。晚上有安排吗?没安排的话一起坐坐?"

魏经纶说："单位里倒没什么事，就是今天感冒了，有点发低烧，正准备去医院看看，这不您领导的电话就来了。"

宋珂说："发低烧那可不能大意，快去医院看看，以后咱再约时间吧。"

魏经纶说："可能是昨天晚上着了凉，应该没什么大碍。"

说着说着，宋珂那边又没信号了。

过了好长时间，电话终于又接通了。宋珂自嘲地说："这破电话，真把自己当'大哥大'了。找你其实也没什么大事，就是想问问你，听没听赵市长说起永泰、永平两家保险公司来滨城设机构的事。"

魏经纶说："前几天听他说起过，具体情况我也不太了解。"

"随便问问，过两天我再跟你联系吧。"宋珂说完就把电话挂断了。

永泰、永平两家省公司的领导相继到滨城拜会赵明，表达了在滨城设立分支机构的愿望，并请求当地党委、政府在各方面给予支持，当务之急就是尽快推荐几名懂管理、有魄力的干部。

赵明代表滨城市委、市政府对两家公司到滨城设立分支机构表示欢迎，并承诺马上跟组织部门打招呼，请他们帮助物色一批干部，确保两家公司年内完成筹建，并正式开门营业。

争取成为永泰、永平两家公司筹备领导小组负责人的竞争愈演愈烈，先后有十多人加入了竞争者的行列。

竞争者中有市政府部委办局的干部，保险行业的从业人员，也有厂矿企业的负责人，他们八仙过海，各显神通。有找市五大班子领导说情的，有找税务部门的负责人推荐的，有找两家省公司领导自荐的。宋珂和姚东风两人都加入了竞争者的行列，并且是具有一定实力的竞争者。

宋珂和姚东风跟赵明本来就认识，加上跟魏经纶这层同事关系，有比别人更容易找赵明"汇报工作"的机会。赵明答应在两家公司设立机构时，以当地党委政府的名义，对两人进行重点推介，至于结果如何他也不能保证，因为市委市人大几位领导都很"关注"这件事。

在保持与赵明"汇报"频率的同时，宋珂通过省政协的一位处长亲戚，找到了省永平公司的总经理马驰骋，多次"沟通交流"后，马驰骋答应把宋珂作为永平滨城公司筹备领导小组负责人第一人选。为保险期间，宋珂又通过其他途径做通了省永平公司的两位副总经理的工作，大有势在必得之势。

在宋珂密集公关的同时，姚东风也在马不停蹄地忙碌着。对于姚东风来说，这是一个千载难逢的机会，成则皆大欢喜，自己不仅可以成为能够与陈醒目平起平坐的地市级公司总经理，而且对自己来说也是一种解脱，因为两人关系一开始就没处好；败则地位不保，不仅可能会被扣上不安心工作、对公司不忠诚的"罪名"，而且可能会因此失去现有的位子，造成既得利益不保。姚东风认为，要想在永泰滨城公司筹备领导小组负责人的竞争中占据有利位置，关键的一点就是如何想方设法取得永泰上级公司领导的赏识，最好是总公司领导的赏识。经过多方努力，姚东风终于跟永泰总公司车险部的赵经理挂上了钩，又通过这位赵经理找到省永泰公司总经理徐国栋，徐国栋答应把姚东风列为筹备领导小组负责人名单。为确保成功率，姚东风多方疏通、答谢宴请，一个多月的时间，家里的积蓄就花掉了大半，为此，老婆徐凤一睹气回了娘家。

永平、永泰公司相继公布了滨城中心支公司筹建领导小组组成人员名单：永平滨城中心支公司筹备领导小组组长宋珂，副组长韩东洋，成员中还有牛山歌的名字。永泰滨城中心支公司筹备领导小组组长是原滨城市建委副主任刘苏，因刘苏同"留苏"谐音，有人给他起了个外号叫"大洋人"。"大洋人"多年来一直在城建系统工作，仅在滨城市建委副主任的位置上就干了七八年，但在干部知识化、年轻化的大背景下，实际只有高中文化程度的刘苏想在建委系统更上一层楼已无可能，市委市政府极力推荐对金融知识几乎一无所知的刘苏担任滨城永泰中心支公司筹建领导小组的负责人，除了发挥他本人工作能力较强的优势外，更多的是考虑给刘苏一次机会。

拿到永泰滨城中心支公司筹备领导小组人员名单后，姚东风万念俱灰。为争取成为滨城永泰公司筹备领导小组负责人，耗时耗财不说，更重要的是陈醒目多次对自己进行"善意的提醒"，在许多方面给自己设防，工作中已不把自己当公司的人了，可最终的结果仅仅是个筹备领导小组的副负责人，而另一位副负责人却是资历和从业经历无法跟自己相提并论的魏经纶。姚东风开始后悔自己当初做出的决定。

筋疲力尽的姚东风回到家，一屁股坐在沙发上就懒得起来，感觉自己像得了一场大病似的，头昏脑涨，浑身酸痛，一点气力也没有。

妻子徐凤做完饭后，连喊了三声吃饭，姚东风都没有应声。

徐凤从厨房里气呼呼地走出来，大声呵斥道："你耳朵聋了？吃饭还得请你八百趟？"

姚东风眼睛瞪得跟牛眼睛似的，大声说道："谁让你请了？你别没事找事！"

徐凤把围裙往沙发上一摔，气愤地说道："是我没事找事还是你没事找事？在单位里干得好好的，不愁吃不愁喝的，你安稳日子不过，非得去筹建什么永泰公司。这倒好，腿也跑断了，钱也花光了，人也得罪完了，到头来什么也没捞到，净让人家捡了个大笑话。有多少能耐你自己不知道？"

姚东风正要发作，可转念一想，人家说得没错，自己在公司里已经是副总经理了，只要自己不主动犯错误，谁也不能把自己怎么样，要车有车，要地位有地位。如果现在答应去当永泰筹备领导小组的副组长，新公司筹建完成后，刘苏不可能把总经理的位置让给自己，跑来跑去，自己还是个副职，而且是一个吉凶未卜公司的副职。如果现在主动找陈醒目认个错，请求他的原谅，副总经理的位置可能保住了，但脸面是保不住了。是要官还是要脸，姚东风陷入了苦闷中。

苦思了一夜的姚东风决定第二天再去一趟省城，找徐国栋谈一谈，问一问究竟是怎么一回事。

徐国栋热情接待了姚东风："你不来，我也想明后天去趟滨城找你呢。你来了，就省下我再跑一趟了。"

"徐总，我这次来省城，主要是为了处理个人的一点私事，顺便过来看看您。"姚东风说。

徐国栋笑笑，说道："有没有需要我帮忙的？如果有的话，不用客气，我们都是一家人了嘛！"

姚东风说："一点小事，我自己能处理，不麻烦领导了。"

徐国栋说："滨城公司筹备领导小组公布前，本想派个工作组跟你们三位组长谈一谈，可你们市委市政府的领导要求跟永平公司的筹备班子一起公布，省公司人事处的张处长突然生病住院，另一位副总在外地封闭培训还没有回来，所以省公司没来得及进行集体谈话，只让刘苏同志一个人来省公司简单地交流了交流，交代了一下工作。工作组成立后，近期我想亲自带队去滨城，坐下来跟筹备领导小组的每一位同志聊一聊，分析分析市场，看看下一步应该怎样开展工作。"

看到姚东风没说话，徐国栋接着说："滨城是个沿海港口城市，具有较强的区位、港路和资源优势，下一步国家和省市肯定会在滨城加大投资建设力度，经济发展潜力很大。永泰、永平两家公司之所以同时在滨城设立分支机构，就是看中了滨城巨大的保险业发展潜力。姚总你在保险行业干了多年，公司现在缺少的就是像你这样有专业知识、有实际管理经验的人才。所以在公司发展初期，省公司总经理室还是很仰仗像你这样年富力强的同志的。"

姚东风微微一笑，说道："徐总夸奖了，我可不是什么人才。再说我现在还不能算是咱们永泰公司的人，因为手续还没有办到永泰公司，能不能办过来还很难说。听我们公司的陈醒目总经理讲，各地市公司申请去永泰、永平公司的人不少，省公司正在研究哪些人该放，哪些人不该放。即使以后调到我们永泰公司了，我也只是能起到一个辅助作用，大主意还得刘苏同志拿。"

徐国栋说："关于滨城筹备领导小组负责人人选问题，起初省公司是把你列为第一人选的，可你们滨城市委市政府坚决要求把刘苏列为第一人选，特别是你们滨城市政府的赵市长，还亲自给我打了两次电话，表达了滨城市委市政府的意见。你知道，在滨城设立分支机构，如果没有当地党委政府的支持，那是寸步难行的。刘苏同志虽然工作经验丰富，在当地有一定的影响力，但专业管理知识相对缺少一些，且年龄也五十多岁了，滨城公司的未来还得靠你们这些同志，尤其是你姚东风同志。因此，省公司和我本人都希望你尽快把手续办过来，集中精力投入到公司筹建和管理工作中。"

姚东风平静地说："我本人非常理解领导的难处，也尊重组织的安排。回去后我会尽快办理调动手续，好好配合刘苏同志工作，争取赶在永平公司开业前开业。"

在从省城返回滨城的路上，姚东风暗暗地想："按说个人在赵明身上没少下工夫，他也承诺把自己作为第一人选推荐，为什么到了关键时刻却把劲用到了刘苏身上了呢？是市委市政府的意见还是他个人的意思？如果是组织上的决定，那也应该由组织部门跟公司商谈，如果不是组织上的意见，赵明也应该不会打着市委市政府的旗号三番五次地给永泰公司打电话。"

走了一路，姚东风想了一路，他最后认定在滨城永泰公司主要负责人人选问题上，一定是赵明从中作了梗，否则的话，省公司不会选择一个不懂业务、快要退休的人去担任这么重要的一个职务。

"这个老王八蛋！"姚东风心里恶狠狠地骂道。

滨城市区不大，方圆不过七八平方公里，政府各部委办局和主要商业区都集中在滨城大道两边。筹建工作一开始，永泰、永平两家公司第一时间就在滨城大道最繁华的地段选择了一处办公地点，且两家办公地点相距不过二百米。其中，永泰公司租赁的是滨城市建委的一栋旧办公楼，因刘苏曾在建委系统当了七八年副主任，市建委为了表示对刘苏工作的支持，象征性的收了点租金。

永泰、永平公司筹建工作紧锣密鼓地进行着。两家公司几乎同时在《滨城日报》刊登了公司筹建信息和员工招聘启示，正式挂牌开业的时间都确定在元旦前。

魏经纶很快办妥了调动手续，但姚东风的工作调动却遇到了麻烦。

一天，姚东风又一次找到了陈醒目："陈总，我工作调动的事领导们研究得怎么样了？我报告都打上去一个多月了，公司怎么也得给我一个明确的说法吧？人家那边今天还催我呢！"

陈醒目说："你工作调动的事省公司可能还没有开会研究，但我个人觉着难度很大。"

省公司领导没开会研究的说法显然无法让姚东风满意："我和魏经纶一起提交的调离申请报告，他的申请已经批了，我的怎么可能到现在还没开会研究呢？"

陈醒目说："你怎么能跟魏经纶相提并论呢？你是党委委员、副总经理，而他魏经纶只不过是一个业务科室的科长，在公司中的分量不一样，审批的难易程度能一样吗？"

看着姚东风闷闷不乐的样子，陈醒目劝说道："老姚，我始终不明白，在公司里干得好好的，为什么非要去永泰公司不可呢？如果永泰公司是一个比咱们强的公司，或者是一个有着相当实力的大公司也就罢了，而它仅仅是一个成立没多久、全年业务收入不过几个亿的新生公司。退一步讲，如果你去永泰公司当总经理或者是主要负责人我们也容易理解，可你去那里还是干副职，而且可能是手下无兵无卒的'光杆司令'，你不觉着有些让人费解吗？"

姚东风不自然地笑了笑，说道："陈总说得没错。一个人一生中可能会做出许多决定，有些决定可能是对的，因此改变了一个人的人生；有些决定可能是错的，一个人因此迷失了前进的方向，人活在世上，就是在矛盾和不断取舍中度过的。说句心里话，在公司我也算是老员工了，对公司是有感情的，但既然已经选择了离开，那就请陈总网开一面，早日放行，这样对公司好，对我个人也是一个支持。"姚东风双手抱拳，使劲地在胸前晃了晃。

陈醒目摆了摆手，说道："能不能放你老姚走，什么时候放你走，是省公司领导决定的事，不是我陈醒目所能决定的，因为你是省公司管理的干部。但从公司目前的状况和发展的角度出发，如果你是省公司的领导，也一定会慎重考虑的。一招不慎，公司不仅可能失去了一个培养多年的人才，而且可能树立了一个强劲的竞争对手。"

姚东风说："陈总说笑了。永泰刚开始筹建，发展前景如何，谁也说不准。况且我去永泰还是干副职，决策权在主要负责人手里，不会对公司造成什么大的影响，更谈不上丢失了一个人才或者是树立了一个强劲的竞争对手。"

陈醒目说："在是走是留这个问题上，我请姚总再慎重考虑一下，别急着做决定。在省公司正式决定做出之前，我建议你还是先不要去永泰公司上班，更不要参与永泰公司的决策和筹建工作，免得以后被动。"

姚东风说："我还是请陈总在省公司领导那里帮忙做做工作，都到了这个份上了，如果留下不走了，咱公司的人不仅笑话我，永泰公司的人也会说我言而无信，这无论如何对我来说都不是件光彩的事情。"

陈醒目说："公司的人笑话你什么？"

姚东风说："他们肯定会认为我没干上一把手，所以不去了。"

陈醒目说："是公司不放你走，又不是你自己不愿意去。别那么多顾虑了，还是留下来踏踏实实地干工作吧！"

因为省公司一直不放行，姚东风无法去永泰公司上班，滨城永泰公司筹备领导小组一开始实际上只有刘苏和魏经纶两个人。刘苏负责外部事务协调，魏经纶负责人员招聘、管理制度制订等工作，幸亏市人民银行干部管理科科长于为民没多久就加入筹备领导小组，否则的话，刘苏和魏经纶两个人还真跑不过来。

招聘启示发出去后，来公司报名的人不少，但真正适合公司管理或一线销售的人员并不多。

在每日的碰头会上，魏经纶汇报道："从这两天的报名情况看，社会上很多人对保险公司还是挺向往的，但作为一个新建公司，要尽快步入正常经营轨道，应该把人才招聘的重点放在现有专业人才的引进上，换句话说，就是'拿来主义'。如果我们从现有的财寿两个保险公司中引进一部分人才，作为公司发展的骨干力量，公司开业后，就能迅速步入正轨。

刘苏赞赏地点了点头："经纶说得很有道理。对现有的两家保险公司，你比我了解，好好策划一下，尽可能多的引进几个专业能力强、社会资源较为丰富的人来公司。最近几天，市里的领导也给我推荐了几个人选，个别人我还认识，素质都不低，可以考虑先引进来，帮助我们把工作启动开来。在筹建这个问题上，我们一定不能落后于永平公司。"

魏经纶说："要是姚总近期能把手续办过来的话，业务管理、客户服务方面的工作就可以先启动开来，这方面他比我有经验。"

刘苏说："明天我再去找市里的领导帮助做做工作，让他们给陈醒目施加点压力。公司成立起来以后，不仅有利于当地经济发展，增加税收；而且也有利于竞争机制的形成，促进劳动就业率的提高，我想市领导应该会给予支持的。"

魏经纶说："财险公司那边的人我不太好意思大张旗鼓地去做工作，总归在那里工作了好几年，公司对我不薄，但做通个别人来永泰公司，陈总应该不会太责怪。"

于为民说："人才流动是中央提倡的，也是市人事局鼓励的，但作为公司的主要负责人，出于本公司利益角度考虑，就不会这么想了。挖他们一两个人和挖他们四五个人没有多大区别，暗地里都会骂你魏经纶是'白眼狼'，你根本没必要太在意他们如何评价你。"

刘苏说："各为其主，天经地义。陈醒目那里，山大柴广，走一两个人，对他公司不会造成多大影响，相反还可能给他解决了一些难题，说不定他还感激你呢。"

魏经纶说："眼下我想先从寿险公司那里挖几个人过来，一个是付晓滨，军人出身，这几年在客户服务方面积累了一些经验。另两个人一个是吴秀丽，一个是梅胜利。梅胜利比我到保险公司还早好几年，现在在寿险公司干得不太顺心。他俩来公司后，主要还是负责寿险业务拓展和管理方面的工作，但在职务方面公司应当给予适当安排。财险公司那边，也有几个比较合适的人选，这两天我抽空约约他们，探探他们有没有来永泰公司的意向。"

宋珂接到负责筹建永平公司的第二天，就主动找付晓滨和李冬冬谈了话，邀请他俩随他一起去永平公司工作，并承诺在职务、待遇等方面给予考虑，但当魏经纶邀请付晓滨来永泰公司工作时，付晓滨想都没想地答应了。在付晓滨的意识中，宋珂这个人有些"阴"，不阳光，办事让人琢磨不透，跟这样的人干，不仅累，而且有风险。而魏经纶就不同了，跟自己同一天进的保险公司，相互之间也比较了解，特别是在处理与李冬冬的关系问题上，付晓滨老觉着欠魏经纶一个天大的人情。

付晓滨半开玩笑半认真地说："你老弟当领导了，又这么礼贤下士，亲自发出邀请，愚兄我岂能不去？"

魏经纶笑着说："那就先谢谢老兄赏脸了。不过我得给你提个建议，以后别领导、领导的，特别是就我们两个人在一起的时候，听着感觉特别别扭。"

付晓滨开门见山地问道："我到永泰后，公司准备怎么安排我？"

魏经纶说："我的意思还是让你负责客户服务工作，在这方面你点子多、有经验、办事利索。回家后你们两口子商量商量，征求一下李冬冬的意见，我希望她也跟你一起来永泰，我们这里还缺一个管理寿险业务的经理。"

付晓滨说："国家的政策真难琢磨，当初要求公司财寿必须分业经营，现在又允许这些新成立的公司可以财寿兼营。我来永泰了，冬冬就别让她来了，两口子在一个单位干不方便。"

魏经纶反问道："有什么不方便的？当初你去寿险公司的时候，我们怎么劝都劝不住，那时你怎么不说不方便？"

"当初不是有想法吗？要是不追得紧，冬冬说不定……"付晓滨瞟了一眼魏经纶，马上转移话题道，"我回去后跟她好好商量商量，就说魏领导要你去永泰公司上班。"

魏经纶纠正道："我没那么大的面子，是永泰公司诚邀天下优秀人才加盟永泰。"

送走付晓滨后，魏经纶立即拨通了杨山坡办公室的电话："杨大科长，还在忙呢？"

一听是魏经纶打过来的，杨山坡马上嘻嘻哈哈地说："啊哟，是魏老总啊，今天怎么有空想起我这个小老百姓了？"

魏经纶一本正经地说："别跟我贫嘴了。人家老付两口子都到我这里报到了，四缺一，你不过来帮帮我？"

杨山坡装作听不懂，问道："老付和李冬冬去你那里干什么？你请客？"

魏经纶说："别装蒜了。永泰成立了，承保、业务、管理等各条线上都缺人，你不过来帮帮？"

杨山坡有些为难地说："今天我们公司刚召开了会议，陈总在会上说了，凡是跳槽去其他保险公司的，公司一律不放行，执意要走的，公司不会给提取人事档案。没档案，那跟'黑孩子'有什么区别？我可没那个胆量。"

魏经纶说："陈总也就是说说罢了，真到了那一步了，他也不会那么绝情。听说永泰、永平在滨城设立机构时，市委市政府领导都答应在人才流动方面给予相应的支持，要求现有的两家保险公司在不影响正常经营的情况下，适当放宽人才流动的限制。只要你答应来，调动手续我帮着你办。"

杨山坡说："说实话，前些日子宋珂也给我打过电话，让我去他那里，并且给我作出了很多承诺，但我回家跟白雪一说，白雪死活不同意。老婆大人不点头，我哪敢自作主张啊！"

魏经纶说："人家白雪可不是那种不通情达理的人，你别找借口了。"

杨山坡认真地说："你也不是不知道，白雪是一个思想非常传统的人，不愿意冒风险，就是想安安稳稳地过日子。"

魏经纶说："白雪是不是担心我们公司刚成立，怕发不出工资吃不上饭？"

杨山坡说："有那么一点。你到永泰后，我就想到你会找我的。有一天我问白雪，如果魏总邀我去永泰干，你同不同意？她说，'好哥们不一定非得在一个单位里不可，你在公司现在也是中层干部了，工作比较稳定，收入也不错，领导们对你也很器重，新成立的这两家公司以后到底怎么样，谁也说不准。别这山看着那山高了！'"

魏经纶说："电话里说不清楚，抽时间带上白雪一起吃顿饭？"

杨山坡说："这事我回家跟白雪再商量商量，吃不吃饭没关系。"

杨山坡回家后，把魏经纶找他去永泰公司的事跟白雪和夏立平一讲，白雪马上反对道："哪里也别去，就在现在的单位给我好好待着。别安稳日子不过了！"

夏立平也在一边帮腔道："白雪说得没错，现在的公司太不值钱了！前两天我去了一趟百货大楼，路上遇上三四个放鞭炮的，一打听才知道是新公司开业。有人形容说，从楼上掉下一块砖头砸了四个人，一问三个是经理，一个是副经理。"

白雪咯咯笑着说："老妈，我怎么发现你越来越幽默了，听谁瞎白话的？"

夏立平一本正经地说："虽然是个笑话，但也说明现在的公司泛滥成灾了，放支鞭炮就成立公司了，印张名片就成为经理了。山坡，凡事要多考虑考虑，别轻易作决定。"

白雪说："你现在是科长，手下有五六个人，去了永泰公司也是干科长，又不是去当总经理，说不定手下一个人也没有，头脑有毛病的人才那么干呢！"

杨山坡说："经纶说付晓滨和李冬冬都答应去他那里，我不去感觉不好意思。"

夏立平说："小魏是个明理人，你就是不去他那里，我相信他也不会怪你的。"

白雪说："魏经纶在单位又不是当一把手，有些事他可能说了也不算，万一他们班子闹不团结，活该倒霉的还不是你们这些人？"

杨山坡说："魏经纶说抽时间请咱俩人吃饭，去不去？"

白雪说："去不去到时候再说吧。"

过了一个多月，魏经纶又把电话打到杨山坡家里，问杨山坡来永泰公司的事跟白雪请示得怎么样了？晚上没事的话带上白雪一起坐坐？

杨山坡说："你就省点钱吧，白雪不会同意的。"

魏经纶说："权当没那回事，老哥们吃顿饭总该可以吧？"

杨山坡支吾了半天，不说行也不说不行。

魏经纶有些生气地说："大老爷们怎么学得跟娘们似的？你让白雪接电话！"

白雪接过电话："魏总，恭喜啊！"

魏经纶说："白雪，你现在可以啊？连面都不愿意见了，我什么时候得罪你白雪了？"

白雪咯咯笑着说："谁说的？我们不是怕你领导忙嘛！"

魏经纶说："给个面子，晚上出来见见？"

"领导你晚上有时间？"还没等魏经纶回答，白雪自问自答地说，"没时间就算了吧！"

魏经纶说："晚上六点在你们家附近的臭鱼烂虾沙锅店见，可要准时啊！"

魏经纶跟柳叶提前十分钟到达臭鱼烂虾沙锅店的时候，看到杨山坡跟白雪已经到了。

寒暄过后，四个人在一张小圆桌上坐了下来。

杨山坡问："公司筹备工作进展得怎么样了？现在招聘了多少人了？"

魏经纶说："政府部门和银行系统过来了七八个人，寿险公司那边来了三四个人，现在总共有十五六个人吧。筹建阶段，用不了多少人。"

杨山坡问："我们公司还有谁准备去你们永泰公司？"

魏经纶说："不瞒你说，也有四五个人找我要调过来，我没有松口。我跟我们刘总商量，暂时先不从你们那里挖人，等姚总和你调过来以后再说。如果动作大了，把陈总惹急了，说不定谁也不好办。"

杨山坡说："我听说姚总的手续办得很不顺利，省公司领导不点头，陈总不会轻易把档案给姚总的。你多亏有赵市长帮忙，否则的话也不会那么顺利。"

魏经纶说："早晚的事。寿险公司那边卡得不怎么紧，老付的事办得差不多了。"

魏经纶看了一眼白雪，问道："怎么样？让山坡过来帮帮我？"

白雪搪塞道："这事别问我，你得问他自己。不过即使山坡去了，我相信他也给你帮不上什么忙。"

魏经纶端起酒杯接话道："山坡，听到了没有？白雪已经同意了。来，咱们干一杯祝贺一下。"

白雪马上阻止道："我可没说同意。"

魏经纶说："这么快就反悔了？"

白雪说："魏总，一下子又成立了两家保险公司，能行吗？滨城就巴掌大的地方，哪有那么多保险要做？"

魏经纶说："中国保险业实际上刚刚起步，市场潜力很大，之所以没挖掘出来，一是目前人们的保险意识不强，不知道通过保险规避风险；二是缺少竞争机制，坐门等客的经营模式不利于保险市场的孕育和发展。两家公司成立后，对经济的保障作用和保险业的发展是有利的。"

杨山坡说："竞争是避免不了了，过去那种悠闲自在的日子肯定到此为止了。"

魏经纶说："竞争也没什么不好的。听说香港那么大个地方，保险公司就有一二百家。大陆地域广阔、人口众多，再怎么竞争，也应该不会激烈到哪里去。"

杨山坡问："你们计划什么时候开业？大体时间定下来了？"

魏经纶说："永泰和永平都想赶在对方的前面开业，具体开业时间双方都还没有最终确定下来。"

柳叶说:"开个业有什么好竞争的,早一天晚一天还不一样?"

魏经纶说:"那可不一样。早一天成立,那也是咱滨城第二家成立的保险公司。第二和第三是有差别的。"

柳叶说:"现在滨城已经有财寿两家保险公司了,早成立也只能算是老三了。"

魏经纶反驳道:"财寿险原来是一家公司,前几年分开那叫分家,像弟兄两个分家过日子一样。永泰和永平就不同了,是新成立的。"

过了一会儿,魏经纶又问杨山坡:"来永泰的事你们两个回去再合计合计,别拖时间太久了。不来也没关系,不会影响兄弟们感情的,但我还是希望你能来。"

杨山坡说:"你要是总经理,我二话不说明天就去你那里报到。公司里已经走了两个人了,我再提出来要走,陈总可能不会同意。更重要的是我对你们那个刘总不了解,换一个新单位要从头开始,不容易。"

白雪说:"陈总对国际业务科很重视,对山坡也挺关照,业务发展得很好。山坡去了永泰公司以后,还是当科长,魏总你觉着有必要吗?"

魏经纶说:"那可不一样。你现在来永泰公司,你是公司成立后的第一批员工,是永泰滨城公司的'元老'。再说新成立的这两家公司,机制都挺灵活,以后可能机会多一些。"

杨山坡说:"新公司成立后,头三脚难踢,业务能不能发展起来,还是个未知数。"

"业务应该不是问题。永泰公司虽然现在还没有正式开业,但有两个大单业务正在商谈着,市里领导明确表示给予支持,估计差不多。这事回公司就别宣传了,总归你还不是我们永泰公司的人。"魏经纶笑着说道。

趁白雪又去洗手间的时候,柳叶偷偷地问杨山坡:"小杨,白雪是不是有了?我记着她以前愿意吃排骨,今天特意给她点了一个,怎么一块也没动,老是往洗手间里跑。"

杨山坡说:"可能已经两三个月了。"

魏经纶说:"你小子是不是没买票就先上了车?结婚前是不是就已经有了?"

杨山坡笑着说:"柳叶你看看你们家老魏,当领导了还那么没正经。白雪那么传统的人,她能让我不买票?"

魏经纶说:"咱们是一天结婚的,这才不到三个月?哪能那么快就有了?"

柳叶笑着说:"小杨是大学生,干什么都有窍门。没找人看看是个 boy 还是 girl?"

正说着,白雪回来了,看到三个人都在笑,奇怪地问道:"你们笑什么?"

魏经纶说:"没笑什么。刚才山坡说,他得好好赚钱,将来带你出国旅游。"

柳叶说:"别再胡说了,抓紧吃点饭让山坡陪白雪早点回去休息吧。"

筹备工作紧张地进行着,那段时间,魏经纶几乎没按时下过一次班,没休过一个囫囵礼拜天。除了负责人员招聘、培训等工作外,魏经纶还要制订公司的各项规章制度、参与部分协调工作。

十月份,省公司下发了关于永泰滨城中心支公司组织架构、人事任命的红头文件,具体挂牌日期也在文件中进行了明确。按照省公司的意见,新成立的滨城永泰中心支公司设立办公室、计划财务部、业务管理部、客户服务部、财产险部、人寿险部和资金运用部七个部门。任命刘苏为永泰中心支公司党组书记、总经理;魏经纶为党组成员、副总经理兼办公室主任;于为民为党组成员、总经理助理兼资金运用部经理。文件同时任命李秀珍为永泰中心支公司计划财务部经理;付晓滨为客户服务部经理;梅胜利为业务管理部副经理;吴秀丽为财产险部副经理;董梅为人寿险部副经理。由于姚东风迟迟未办理好调动和档案转移手续,所以省公司的红头文件未对姚东风进行职务任命,但承诺一旦办理好有关手续,会单独下发文件进行任命。

文件下发的当天,刘苏、魏经纶和于为民与新任命的各部门负责人进行了集体谈话。集体谈话结束后,刘苏和魏经纶单独把付晓滨留了下来。

刘苏说:"听魏总说你在部队里当过连长,办事干练、工作有思路。客户服务工作头绪多,是公司的出口,岗位很重要。希望你把部队的一些好传统、好习惯带进公司来,并发扬光大,切实把客服工作抓好,把出口抓紧。另外,公司刚成立,专业人才稀缺,虽然要求调入我们公司上班的人很多,有的还找到市里领导帮助做工作,但目前省公司只给我们批了三十个编制,僧多粥少,总经理室的意见是尽量控制非专业人员进入,把有限的编制留给公司急需引进的专业人才或者是资源较为丰厚的销售人员。听说你爱人这几年一直从事寿险管理工作,干得不错,公司总经理室欢迎她加入我们永泰公司,不知你和你爱人有没有这个意向?"

魏经纶说:"我把李冬冬的情况跟刘总汇报后,刘总很重视。人寿险部的董梅同志是从银行系统调过来的,在银行工作时就从事保险业务代理,也算是对保险业务比较了解的人,公司之所以没有直接任命她为人寿险部的经理,是有特别用意的。同时,公司没有把有一定寿险管理经验的吴秀丽安排在人寿险部工作,而是安排她到财产险部任副经理,其目的都是为了把人寿险部经理的位置给李冬冬留下来。"

付晓滨有些激动地说:"我首先代表李冬冬对总经理室的厚爱表示感谢!李冬冬虽然在寿险公司干了几年,有一定的管理经验和固定客户,但也不是什么不可或缺的人才,公司能这么看重她,我和她都十分感激。不瞒两位领导说,当初之所以不想让她来永泰,主要是出于方便和安全两个方面的考虑。我回去后跟李冬冬再商量商量,让她再认真考虑考虑。"

刘苏说:"过去保险是独家经营,大家对收入问题不担心,现在一下子又冒出两个公司来,人员增加了两三倍,大家私下里议论最多的是收入会不会下降。这个问题我在全体员工大会上已经讲过,永泰虽然刚成立,没有基础,但只要大家有信心,齐心协力干好工作,大家的收入和福利待遇只会上升,不会下降,不存在大家担心的安全问题。在这方面我是有足够信心的,相信魏总、于总及公司大多数干部员工也有足够的信心。"

魏经纶说:"刘总说得没错。公司还没有正式开业,就有一两个大项目正在洽谈,并且希望很大,不存在大家担心的吃不好饭的问题。李冬冬有学历,又好学,在寿险公司工作的这几年进步很大,业务比较精通,公司非常需要她这样专业管理型的干部。虽然冬冬在业务管理方面出类拔萃,但在现在的公司里,比她资历老的人多得是,估计三五年内还轮不上她担任科长这一级的干部,到咱们公司里来,对她来说也是一次机遇。回去后你们两个人再好好合计合计。"

魏经纶看了一眼刘苏,接着说:"财产险部暂时还没有合适的经理人选,虽然杨山坡比较合适,但他在那边已经担任科长职务了。来永泰公司的事,之前我跟他也提起过,他一直在敷衍我,希望你帮助做做工作。"

付晓滨说:"李冬冬我尽量说服她,估计问题不大,但杨山坡我就说不准了,我只能尽量帮助做做工作。"

刘苏说:"杨山坡的说服工作不要放弃,要让小杨同志明白,来我们公司虽然不是提拔,但他管辖的范围比在现在的公司大多了,毕竟国际业务仅是财产险业务的一部分。另外要让他相信,永泰公司虽然起步较晚,但实行股份制经营,机制灵活,有较强的后发优势。只要是人才,在我们公司一定会有前途的。"

在永泰公司到处网络人才的同时,永平公司也在马不停蹄地在全市范围内招兵买马。

在还未被正式任命为永平公司筹备领导小组主要负责人之前,宋珂试探过李冬冬,问她将来新公司成立后,有没有兴趣换一个新的工作环境,当时李冬冬认为宋珂只是随便问问,没有正面回答他。正式任命文件下发后,宋珂邀请去永平公司的第一批人员名单中,就有李冬冬的名字。对宋珂来讲,李冬冬虽然年龄不大,但聪明好学,又有一个当校长的父亲,社会资源较为丰富。更重要的是,自李冬冬分配到保险公司后,她所在的科室就一直由自己分管,不仅对李冬冬的能力比较了解,而且对李冬冬还有一种莫名其妙的好感,李冬冬自然就成为宋珂极力想从原来的公司带到永平公司的少数几个人选之一。宋珂承诺,只要李冬冬答应来永平公司,科室她可以随便挑,条件成熟时,他还可以帮助她更上一层楼。

对是否去永平公司,李冬冬确实认真思考过,也跟付晓滨商量过好几次,但付晓滨坚决不同意。在寿险公司工作的近两年里,付晓滨感到宋珂对李冬冬有些太过热情,超出了上级领导对下级员工的关心程度。

离开现在的公司去新成立的两家公司中的任何一家,对李冬冬来说确实是一次机会,但她对是否去永泰公司又十分矛盾,因为她曾经心仪过且现在仍然心存好感的男人就在永泰公司担任领导。她清楚地明白,如果有一天自己对现在的感情生活感到厌倦、对自己的婚姻感到不满意的话,任何一点外力的影响,都有可能引起感情纠葛,对自己、对家庭、对双方当事人都会造成难以挽回的影响。"逃避可能是最好的办法。"李冬冬不止一次地这样想过。

对付晓滨来说,他不担心李冬冬到永泰公司后与魏经纶有再续前缘的可能,因为他相信魏经纶不会因为一个过去曾主动放弃的女人而影响自己的前程和家庭。把李冬冬放在自己身边,工作中可能会有些不便,但不失为一种安全的措施。

经过再三权衡,李冬冬最终回绝了宋珂的邀请,决定去永泰公司担任人身险部的经理。

得到李冬冬决定去永泰公司的消息,宋珂感觉很失望、很生气。他不仅感到自己这些年来对李冬冬的关心和爱护没有得到应有的回报，更重要的是他认为李冬冬欺骗了自己，因为二十多天前，李冬冬还信誓旦旦地对自己说，她要么不离开现在的工作单位，如果离开现在的工作单位重新选择的话，她会毫不犹豫地选择永平公司。犹言在耳，情况却发生了根本性的变化，宋珂感到难以言状的羞辱和愤懑。

放弃李冬冬后，宋珂把主要精力转移到杨山坡身上。他答应杨山坡在来永平公司担任主要业务部门负责人后，不仅在费用报销方面给予一定的特殊政策，而且还承诺三年之内帮助解决职务升迁问题。虽然宋珂这位过去的老领导开出的条件远优厚于魏经纶这位过去的老同事答应的条件，但杨山坡还是非常客气地拒绝了。因为魏经纶不仅亲自三番五次地邀请他到永泰公司，而且还多次委托付晓滨和李冬冬对自己进行游说，在这种情况下，如果自己答应宋珂去了永平公司，虽不至于失去昔日的三位同事、好友，但至少在个人感情上会大打折扣。杨山坡向宋珂明确表示，自己虽然不考虑来永平公司，但也不会考虑去永泰公司工作。

十二

经过研究讨论，永泰滨城公司筹备领导小组原则确定九八年元旦正式挂牌开业。请示上报的第三天，省公司以正式文件的形式给予了答复，全文如下：

永泰滨城中心公司筹备领导小组：

《关于永泰滨城中心支公司开业的请示》收悉，经省公司研究，答复如下：

经过五个多月的紧张工作，永泰滨城中心支公司的各项筹备工作进展良好，办公场所完成了装修，人员基本到位，具备了开业的条件，省公司总经理室原则同意筹备领导小组提出的元旦举行开业典礼的请求。为确保开业典礼顺利进行，特提出以下三点要求：一是要密切关注永平滨城中心支公司筹备进展情况，确保我司在其开业典礼举行之前正式挂牌营业；二是要充分发挥筹备领导小组成员的主观能动性，广泛邀请社会各界特别是滨城市五大班子领导、各部委办局领导、滨城市大中型国有企业负责人及滨城市有影响的人士参加开业典礼，切实把开业典礼办成一个鼓舞士气、扩大影响、强化宣传、促进发展的盛典；三是利用开业前一个多月的时间，加强与滨城电厂、滨城港务局两个拟签项目的沟通，力争在开业典礼举行之日签订战略合作协议。为组织筹备好开业盛典，省公司特拨付专项资金三十万元。

接到省公司正式批复文件的当天晚上，刘苏召集部门经理以上人员召开会议，安排部署落实措施。

刘苏说："省公司已对永泰滨城中心支公司的开业请示进行了批复，原则同意我司在元旦之日举行开业典礼。为充分做好开业前的各项准备工作，自今日起至开业前的三十五六天的时间里，公司中层以上人员原则上礼拜天不再休息，有特殊情况需要请假的，要直接跟我打招呼。为进一步明确各小组的职责，我把分工情况再重申一下：联络组由我牵头，主要负责邀请参加开业典礼的社会各界人士；会务组由魏经纶副总经理牵头，主要职责是筹划开业典礼日程、领导讲话稿的起草、文艺演出的商谈安排、礼品的购置、会场的布置及邀请函的制作等事宜；于为民总经理助理主要精力放在两个拟签项目的沟通和战略合作协议的起草上，力争两个在谈项目合作协议能够在开业典礼上签订。各个小组在做好本职工作的同时，要腾出一定的精力关注一下永平公司的开业筹备进展情况，一旦知道他们开业的具体时间，立即向我汇报。"

刘苏讲完后，各筹备小组负责人分别汇报了下一步的工作思路和具体措施，表示在全力以赴做好本职工作的同时，拾遗补缺，确保筹备工作不出大问题。

省公司关于开业典礼正式批复文件下达的第二天，刘苏就带着魏经纶和于为民两人来到两个月前刚升任为滨城市代理市长的赵明办公室，汇报永泰滨城公司筹备工作情况和公司开业方案，请示能否以市政府的名义下发一个文件，要求市各部委办局及市内规模较大企业的主要负责人参加永泰公司的开业盛典。

赵明说:"如果省里或市委没有重要会议的话,你们开业那天我可以去参加一下。另外,我可以让市政府办公室给市各部委办局发一个函件,告诉他们一声,但正式邀请你们还是要发一个的。"

刘苏忙不迭地说:"那是一定的。谢谢市长关照!"

赵明笑笑说:"这是我代理市长后参加的第一个开业活动,典礼上我要讲两句,你们先拿个初稿,提前送给郭浩副秘书长审核一下。"

刘苏激动地从沙发上站起来,紧紧握着赵明的手说:"回去后我们马上安排人起草,争取这几天就送郭秘书长审阅。"

赵明说:"永平公司什么时候开业?你们两家不冲突吧?"

魏经纶说:"永平公司可能还没有确定具体开业日期,估计开业时间应该在元旦之后。"

赵明说:"永平公司开业的时候,我就不一定去讲话了,让王市长去讲讲就行了。你们开业的具体时间及日程安排,要尽快以书面的形式上报市政府办公室,有什么问题可以直接找郭浩副秘书长联系。"

刘苏说:"谢谢市长!我们会尽快按规范流程上报市政府。"

在回公司的路上,魏经纶汇报道:"刘总,开业典礼上的演出曲目基本确定下来了,以市歌舞团的节目为主,还聘请了一名影视演员和一名歌唱演员,但两人名气一般。市歌舞团的孙团长说,请名气大一点的演员也没问题,但出场费较高,每人至少两三万元。"

刘苏说:"按现在的标准,演出费用大约多少钱?"

魏经纶说:"市歌舞团费用倒不高,主要是外聘演员和器械租赁费用高一些。聘请的两名演员每人出场费六七千块钱,连器械租赁费加起来估计也就三四万块钱。如果您没有什么意见的话,我们就尽快跟他们确定下来,因为这些演员本身也有演出任务,出来'走穴'也得看他们时间能不能安排开。"

刘苏说:"市歌舞团的节目单我就不用看了,还是那帮人,搞不出什么新花样了。外请的演员是否再增加一个或者换一个影响力大一点的?"

魏经纶说:"有些名演员不一定好邀请,他们出来演出比较谨慎,但可以让孙团长再帮助联系一下,看看能不能请得到。"

刘苏说:"演出的事差不多就定下吧,只要总体费用别超过六万块钱就行。但演出票怎么发放,到时候咱们要好好商量商量。市五大班子领导、市直部门及市内大中型企业的负责人要尽量保证。"

永泰公司开业庆典日程安排上报市政府办公室的第二天下午，郭浩就打电话跟魏经纶说，刚才永平公司也到市政府汇报开业庆典的事了，他们初步确定12月31日举行挂牌仪式，邀请市政府主要领导及有关领导出席庆典并讲话。

魏经纶问："市政府哪位领导可能参加？"

郭浩说："如果赵市长那天没什么特殊安排的话，他可能会参加。如果不参加永平公司的庆典，第二天市长也无法参加你们公司的庆典，否则的话，人家会说领导厚此薄彼。"

魏经纶说："我马上跟刘总汇报一下，有什么变化我会第一时间报告你。谢谢郭秘书长了！"

郭浩说："你小子少跟我虚头巴脑的，当了副总，连顿客也不请。"

魏经纶装出可怜兮兮的样子说："几个月没发工资了，我都忘记了money长什么样子了。"

放下电话，魏经纶快步走进了刘苏的办公室。

"刘总，永平公司的开业典礼计划在十二月三十一日举行。"魏经纶汇报道。

刘苏把手中的红蓝双色铅笔往桌子上一扔，问道："听谁说的？消息可靠？"

"市政府郭秘书长刚给我打过电话，他说宋珂、韩东洋刚从市政府汇报完离开，他们也要求市政府主要领导参加永平公司的开业典礼。"魏经纶回答道。

"还没开门做业务，宋珂这小子就跟我们永泰掰上了？"刘苏一边说着，一边拨通了于为民办公室的电话。

不一会儿，于为民急匆匆地走了进来。

刘苏说："永平公司计划在我们公司举行开业典礼的前一天举行挂牌仪式，你认为我们应该怎么办？"

于为民吃惊地问道："不可能吧？前两天还听说他们准备春节后再开业，这还有不到一个月的时间，他们能筹备完吗？"

刘苏说："筹备工作没有个完不完，明天开业明天就准备完了，再拖一个月可能还觉着很多事情没准备好。"

于为民有些为难地说:"关键是开业时间省公司已经批准了,日程也上报市政府领导了,再改是不是有些困难?"

"公司内部好说,省公司的红头文件也明确要求我们要赶在永平公司挂牌之前举行开业典礼,现在的主要问题是开业典礼日程安排已经报到市政府了,如果提前举行的话,怎么跟市政府领导解释?"刘苏眼睛盯着魏经纶说。

魏经纶尴尬地笑了笑,说道:"确实不太好说。如果他们知道我们是为了抢在永平公司之前更改开业日期的话,他们会说我们不大气。再说举行开业庆典是件大事,日期不能说改就改,怎么也得找个明白人看看。"

刘苏问:"你们二位的意思是日期不变了?"

魏经纶说:"如果元旦前能找到一个老百姓说的那种黄道吉日的话,我个人的意见还是尽量提前。"

刘苏说:"这样吧,我先给省公司徐国栋总经理打个电话汇报一下,听听徐总是什么意见。"

刘苏拨通了徐国栋办公室的电话,没人接。

"杨一鸣的电话是多少?"刘苏问魏经纶。

魏经纶说:"杨主任办公室的电话是5454388。"

于为民小声说道:"电话号码背得挺熟练的呀!"

魏经纶笑着说:"一天请示好几次,再笨的脑子也记住了。"

在两人窃窃私语的时候,刘苏拨通了杨一鸣的电话:"杨主任,我是滨城刘苏啊,我想问一下,徐总在不在公司啊?噢,去人民银行开会去了。杨主任您知不知道领导什么时候回公司啊?我有点急事想向徐总汇报一下。"

杨一鸣说:"要是着急的话,您直接打徐总的手机就可以了。徐总的手机号码您知道吗?"

刘苏说:"我原来记过,要不您再跟我说一遍?"

刘苏挂断杨一鸣的电话后,直接拨通了徐国栋的手机。

半分钟后,电话那头才传来徐国栋低低的声音:"我正在开会,有什么事?"

刘苏急促地说:"徐总,您能不能从会场上出来一会儿,我有个重要情况要尽快向您汇报。"

徐国栋还是压低声音说:"稍等一会儿。"

"老刘,有什么十万火急的事?"电话那头传来徐国栋正常说话的声音。

徐国栋静静地听完刘苏的汇报后，问道："你们是什么意见？"

刘苏说："刚接到信息，还没有最终形成一致意见，但大家基本倾向于提前举行。"

徐国栋十分干脆地说："我同意你们的意见。尽快形成一个方案报上来。"

刘苏有些为难地说："关键是我们已经把日程安排报到市政府了，不知道更改日期能不能行。"

徐国栋说："更改日期肯定不好跟市政府解释，但赶在永平公司之前开业是省公司总经理室定的基本原则，你们再做做工作吧。"

刘苏放下电话，跟魏经纶和于为民通报道："徐总态度比较坚决，要求更改开业日期。魏总，你跟郭秘书长联系一下，看看市长哪天有时间，我们再跟他汇报一次。"

魏经纶说："我们是不是先确定好具体时间，报省公司领导同意后，再跟市政府联系？"

于为民说："滨城师专我有个姓文的朋友，是研究周易的，晚上我让他帮忙给查一查，看看元旦前哪一天还比较合适。"

刘苏说："别等到晚上了，你现在就跟他联系，看看能不能马上定下来。"

于为民说："要不这样，你们两位领导先研究着其他事情，我直接去他单位找他。"

刘苏说："你赶紧去吧，我们两个人就在这里等你。"

大约一个半小时，于为民从师专回来了。

刘苏和魏经纶急切地问道："怎么样？哪一天还比较合适？"

于为民一边脱着外套，一边说："文老师说，元旦前还有两个日子适合公司开业，十二月二十六号最好，十二月十七号也行。"

魏经纶说："十七号肯定来不及了，二十六号跟元旦提前不了几天，倒来得及。"

刘苏说："我马上跟徐总汇报一下，如果可以的话，我个人意见就确定二十六号这天。"

刘苏把三个人研究的意见跟徐国栋简单汇报后，徐国栋问如果把开业时间提前到十二月十七号，准备工作能不能完成。

刘苏有些为难地说："十二月十七号仅有半个多月的时间了，比较仓促，准备工作可能完不成。"

徐国栋说："我个人的意见最好定在十二月十七号这天。你想，如果我们定在二十六号，永平公司再提前的话，那我们只能比他们晚开业了，我们总不能再改一次吧？当然了，如果准备工作确实完不成的话，比他们晚开业几天也没有什么大不了的。"

刘苏稍微思考了一下，干脆地说："就定十七号这天吧，准备工作我们尽量往前赶。"

徐国栋说："你们尽快跟当地政府进行汇报，请他们给予理解和支持。"

刘苏说："徐总您尽管放心，我们马上就去找市政府领导汇报，尽量把负面影响降低到最低限度。"

魏经纶从沙发上站起来，拿起刘苏刚放下的那部电话，一边拨号，一边问："咱们预约明天什么时候去市政府汇报？"

刘苏说："领导什么时候有时间，咱们就什么时候去汇报。越早越好！"

电话拨通了很长时间，那头才传来郭浩的声音。

魏经纶说："秘书长，怎么这么长时间才接电话？"

"我锁死门刚想下班回家，就听到电话铃响了。这么晚打电话，准备请客？"郭浩打趣道。

魏经纶说："想请也没时间了。明天刘总想去领导那里再汇报一次，还是关于公司开业的事，你给安排一下？"

郭浩说："上次不是汇报完了吗？还汇报什么？"

刘苏站起来对魏经纶说："我跟郭秘书长讲。"

"喂，郭秘书长，我是刘苏啊。不好意思耽误您下班了。"刘苏客气道。

郭浩说："刘总，您别客气。有什么指示，您说。"

刘苏说："指示不敢。关于举行公司开业典礼的时间，我们准备提前到十二月十七号进行，想跟市长再汇报汇报，您费心再给安排一下？越早越好。"

郭浩说："明天市长日程安排得很满。上午九点半要会见日本客人，下午两点书记召开常委会，晚上还有活动……"

沉思了一会儿，郭浩说："要不这样吧，我马上跟市长汇报一下，看看九点半前有没有时间。"

刘苏说："如果明天能跟市长汇报上那最好了，您知道，现在时间很紧了，可以说是早一天是一天，早一时是一时啊！"

郭浩说："理解，理解。过会儿我给您回话。"

三个人又重新围坐下来继续开会。

刘苏说:"咱们把开业典礼的事再顺一顺,部门经理们能办的事情,就放手让他们去办,咱们三个人腾出精力协调主要重大事项。"

"能不能让姚东风这几天过来帮一下?他要是能来的话,把两个项目沟通和战略合作协议商讨的事交给他,于总腾出手来重点抓晚会和贵宾邀请的事。"刘苏提议道。

魏经纶说:"昨天我给老姚打过电话,他说这几天陈醒目给他安排了很多工作,后天还准备让他去总公司学习。听老姚的口气,他可能放弃调动了,我看他那边就别指望了。"

于为民说:"这事我也听说了。合作协议基本上起草完了,虽然只是个战略合作意向,但交给一个外人确实不合适。梅胜利、付晓滨他们自始至终都参与了这两个项目的协调和沟通工作,这事让他俩具体靠上就行了,重大问题还得刘总您亲自出马。我腾出时间和精力靠一靠晚会和其他的事情。"

三个人正讨论着,郭浩打来电话说,赵市长同意明天八点半在办公室再听一次他们的汇报。

第二天,刘苏和魏经纶提前二十分钟就到达了市政府办公室。八点三十五分左右,赵明到了办公室。

"听郭浩说你们开业时间提前了?为什么?是不是因为永平公司开业时间比你们原来定的时间早的缘故?"赵明开门见山地问。

刘苏有些不自然地笑了笑,说道:"有那么一点因素,但也不全是。"

赵明坐下后,刘苏和魏经纶也在赵明办公桌前的椅子上坐了下来。

赵明说:"还没开业你们两家就掐上了,要是开始经营了,那还不打得头破血流?"

赵明一边看着当天的活动日程安排表,一边问:"现在定在什么时间了?跟你们省公司领导汇报了没有?"

刘苏说:"省公司徐总让我们先跟您汇报一下,要是您同意的话,典礼我们想改为十二月十七号上午举行。"

赵明笑着说:"时间我不让你们改你们就不改了?把申报表拿回去再重新报吧。"

刘苏感动地说:"市长您日理万机,我们还给您添乱,真不好意思。开业那天,市长您一定要到现场讲话啊。"

赵明摆了摆手，说："我会的，如果没有其他特殊安排的话。"

刘苏和魏经纶从郭浩那里取回前两天刚上报的开业典礼申报表，重新填了一份，很快又报到了市政府办公室。

永平公司听说永泰公司把开业时间提前到十二月十七号后，马上请示了省公司，也把开业时间改为十二月十七日，并把典礼正式开始时间定为十点十八分，比永泰公司定的十一点十八分整整早了一个小时。

郭浩把永泰和永平两个公司的开业申报表呈报到给赵明后，赵明扫了一眼，声音不大地说道："相差一个小时？刘苏和宋珂还真掐上了！"

郭浩笑了笑，没有吭声。

赵明问："郭浩你说，这两个公司开业，我是都去讲讲呢还是都不去讲了？"

郭浩说："永平和永泰成立，也是滨城市的一件大事，永泰和永平省公司的一把手都会来滨城参加开业庆典，市长要是能安排开的话，去讲讲话最好，好在两个公司相距很近。"

赵明说："你先按照我能参加安排吧。要告诉永平公司，我的讲话要尽量提前一些，结束时间最晚不能超过十一点五分，否则的话，再去参加永泰公司的典礼就很紧张了。"

郭浩说："最好十一点前能结束，怎么也得腾出十分钟的时间会见一下永泰公司的徐总吧？"

赵明说："这事你统筹安排吧。"

十七日早晨七点刚过，永平公司的全体员工就集中到了公司门前，牛山歌站在队伍前边，对着花名册点完名后，跟宋珂报告道："宋总，公司二十六名员工全部到齐，请您讲话！"说完带头鼓起掌来。

宋珂说："同志们，今天是咱们永平滨城中心支公司成立的日子，也是滨城公司全体干部员工大喜的日子，这一天将随着公司的发展而载入永平保险的史册！再过几个小时，永平滨城中心支公司就将宣布成立了，各位都将随同我见证这一历史时刻。希望大家在庆典前还有三个小时不到的时间里，各司其职，把庆典的各项准备工作完成好。下面，请党组成员、办公室主任牛山歌同志把每个小组的任务再详细地布置一下。"

牛山歌讲完后，各个小组开始分头行动，不到一个小时，滨城大道两侧彩旗飘扬，每面红黄蓝绿彩旗上，都喷有"永平保险，永保安平"的字样，七八米高的红色大型拱门上方,"热烈庆祝永平保险滨城中心支公司成立"的十七个金黄色的大字格外醒目,三十多个悬挂着各类标语的彩球,飞扬在天空,十二门礼炮整齐地摆放在拱门前面……

八点钟左右,永泰公司的人也陆续到达了公司门口,组织动员会还未开始,永平和永泰公司的部分员工就发生了冲突。原来永泰公司的两名员工,发现写有永平公司宣传标语的彩旗,插到了距公司专门搭建起的典礼台子不到五十米远的地方,二话没说上前拔出来扔到了一边。永平公司的人发现刚插好的彩旗被人拔出来扔到一边后,冲上前来就跟永泰公司的两名小伙子争吵了起来。

永平公司的人说:"马上把拔出来的彩旗给我们插好,否则我们就不客气了!"

永泰公司的人说:"谁让你们插到我们这边来着?没把你们的旗子折断就便宜你们了,给你们插上,门都没有!"

永平公司的人说:"哪是你们的地方?滨城大道是滨城人民的,我们的彩旗愿意插到哪里就插到哪里,谁也管不着!"

永泰公司的人说:"今天你们开业,我们也要举行大典,我们也有二百多面彩旗要插。你们的彩旗插摆到我们这边来,我们的彩旗往哪里插放?"

永平公司的人说:"你们愿往哪里插往哪里插,把我们的彩旗拔了就不行。"

正在两边人员你来我往互不相让的时候,刘苏、魏经纶和于为民坐着同一辆车到了。

"你们在这里吵闹什么?"刘苏质问道。

付晓滨说:"我们让永平公司的人把他们的彩旗插得离我们公司的典礼台远一点,他们不听。"

负责永平公司彩旗插摆的小组负责人说:"你们公司的人二话不说就把我们的彩旗拔掉扔到一边,我们上前阻止,他们不听,还有人想动粗。"

永平公司的人还没说完,两个公司的人又争吵成一团。

刘苏说:"都别吵吵了。你们也不怕老百姓笑话咱们保险公司的人没素质。以后咱们是邻居了,低头不见抬头见,你们把旗子再往后撤一撤,让我们也插上几面。"

永平公司负责彩旗插摆的人有些为难地说:"领导让我们每隔三米插一面

彩旗，要两边对称着插，这边往后撤了，那边怎么办？"

付晓滨讥笑道："你两边插对称了，我们怎么办？"

魏经纶说："你们往后撤十面旗子的距离吧，我一会儿找你们宋总说说，他不会责怪你们的。"

永平公司的人把彩旗后撤三十米后，喷有永泰公司标志的彩旗迅速插上了。两边的彩旗连在一起，东西绵延了四五百米远，整个滨城大道好像成了一片彩旗的海洋。

不一会儿，写有"热烈庆祝永泰滨城中心支公司成立"和"预祝滨城永泰保险公司成立文艺晚会圆满成功"的两个大型拱门吹气而起，三十六个彩色气球也陆续飞上了天，把整个天空装扮得五颜六色。

九点钟，永平公司一边锣鼓喧天，高跷队、秧歌队伴随着喇叭、唢呐声欢快地跳了起来，把围观的群众都吸引了过去。

九点一刻左右，永泰公司会场一边，乐队开始了演奏，舞狮队也正式舞了起来，围观的人群呼啦一下子又都跑到了永泰公司这边来。西边永平公司的高跷队、秧歌队和东边永泰公司的舞狮队时而在两家会场的中间地带会合，时而又朝两个不同的方向舞去。

"西边发纪念品了。"人群中不知谁喊了一声。

围观的群众呼啦啦全都跑到永平公司的会场前，拼命地往前面挤，领取印有永平公司宣传标语的纸扇、挂历、钥匙扣之类的纪念品，有的人被挤倒了，有的人被挤哭了，整个场面混乱不堪。

看到几个年轻人领着纸扇从里面挤出来，一个烫了大爆炸式头的小伙子不屑地说："这么冷的天发扇子，永平的人有病啊！"

一个上了年纪的老汉抬头看了看刚才说话的那个大"爆炸头"，问道："你是那边的吧？你们那里发不发纪念品？"

"爆炸头"说："发，一会儿就发。我们不仅要发纪念品，而且晚上还有一场大型晚会，听说请来了不少大明星。"

"爆炸头"正说得起劲，不远处一个三四十岁看起来像个干部的人大声喊道："卷毛，不快回来干活，站那里干什么？"

"爆炸头"朝老汉努了努嘴，快步跑了回去。

老汉拽了一把旁边老太太的衣角，小声说："走，咱上那边去。"

老太太瞅了一眼拽他衣角的老汉，嘴里嘟嘟囔囔地说："让你挤进去领点纪念品，你可好，还没进去就让人给挤倒了，在这里过过眼瘾还不行吗？"

老汉笑嘻嘻地说："你个死老婆子，有本事你挤进去领份纪念品让我看看，说不定连什么东西还没看到，你那'钻头小脚'就让人家给踩烂了。"

老太太说："我要不是裹脚子，早挤进去把东西领出来了。当年我在娘家为闺女的时候，一百多斤的担子挑起来走个一二里路都不歇一歇。"

老汉不服气地说："你说当年你能挑二百斤谁也没见过，吹呗！"

老太太正要反驳，老汉把嘴贴近她耳朵小声嘀咕道："听说那边一会儿也发纪念品，咱先过去占个地方等着，去晚了可别说我没本事挤进去。"

老太太一听，乐呵呵地说："老东西，你怎么不早说？"说完，抬起小脚就往东边永泰公司的方向赶。

距永泰公司的会场还有二十多米远时，永泰公司的高音喇叭里就传来了一名男主持人浑厚的声音："各位市民请注意，为庆祝永泰滨城中心支公司成立，公司筹备委员会特别订制了三百把雨伞，无偿赠送给市民使用，有需要者，请前来领取。"

主持人话音刚落，永平公司会场前挤成一团的人群，呼啦一下子散开了，朝着永泰公司会场方向奔来。

老汉和老太太一拐一跛地跑了起来，等跑到永泰公司的纪念品领取处领到雨伞后，老太太已经累得嘴唇发紫，一屁股坐在地上起不来了。

大口大口喘着粗气的老汉瞟了一眼瘫坐在地上的老太太，调侃道："你刚才不是说挑一百多斤重的担子走二三里路大气都不喘一口吗？怎么跑了这么几米就站不起来了？"

老太太白了老汉一眼，气喘吁吁地说："去你的吧。谁说现在了？我是说五十多年前我在娘家当闺女的时候。"

喘过气来的老太太对着老汉说："这雨伞看来还不错，就是有点花哨，这上面写着什么字？"

老汉也打开自己手里的那把雨伞，看了看说："永泰保险，保您永泰。"

老太太说："这雨伞一把怎么也得五六块钱。你个老东西，这一次算是让你看准了。把你那把留给孙子上学用，这一把我们留着自己用。多年没用雨伞了，也不知这雨伞耐用不耐用？"

老汉说："反正是人家送的，没花钱，耐用不耐用的了。"

九点五十分左右，赵明等人的车子陆续到达了滨城大道，宋珂及省永平公司的领导一起迎上去，与赵明等人热情握手问好后，相拥着一起进了会议室。礼仪小姐快步走到每位领导的面前，给每位领导左胸前佩戴上标有贵宾字样的胸花。

十点十八分，锣鼓声戛然而止，西装革履、笑容满面的宋珂走到站立式麦克前，大声宣布："永平保险滨城中心支公司成立大会现在开始。参加今天盛会的市领导有：滨城市委副书记、代市长赵明先生，市人大常委会常务副主任王纪先生、市政协副主席刘海先生……"宋珂把参加会议的市领导、市各部委办局领导们介绍完后，又把参加会议的省永平公司的各位领导一一作了介绍。

大会进行第一项："鸣礼炮。"

礼炮、鞭炮响过后，宋珂继续宣布道："大会进行第二项，请省永平公司党委书记、总经理马驰骋先生讲话。"

马驰骋夸夸其谈地讲了近二十分钟时间，内容无非是保险的重要意义，永平公司的基本情况，省永平公司为什么要在滨城设立分支机构的原因以及公司成立后对滨城市委、市政府和全市人民的巨大意义等。

马驰骋快讲完时，郭浩抬起左手看了看表，时间快过了半个小时了。他走到宋珂身边低声说："宋总，时间你可要掌握好，别耽误了市长等五大班子领导们到那边去啊！"

宋珂说："还不到半个小时，下一个就是市长讲话了，不会耽误的。"

郭浩说："市长自己讲完了没有用，整个日程不结束，领导们肯定走不了。"

马驰骋讲完后，宋珂重新走到麦克前，主持道："刚才，马总代表省永平公司党委、总经理室发表了热情洋溢的讲话。下面，让我们以热烈的掌声有请滨城市委副书记、代市长赵明先生讲话。"

赵明从口袋里拿出讲话稿扬了扬，说道："办公室给我准备了一份很好的讲话稿，在这里我就不一字一句地念了，因为讲话稿明天还要在《滨城日报》上刊登。今天是十二月十七号，对滨城来说是一个好日子、喜日子，因为今天有两家国内知名的保险公司同时在我们滨城设立分支机构，两个公司的建立不仅将为滨城经济社会事业的发展提供风险保障和财力支持，而且也将为滨城人民提供了一个风险规避选择的机会。在此，我代表滨城市委、市政府及四百万滨城人民，对永平保险滨城中心支公司的成立表示热烈的祝贺！保险是现代经济发展到一定阶段的必然选择，是为经济社会发展提供必要风险保障的必要手段……"

永平公司成立大会一开始，永泰公司就安排了三四组人马不停地来回传递信息。赵明一上台讲话，一组人马回来报告说，赵市长已经开始讲话了，估计很快就到我们这边来了。站在会场前等候迎接市五大班子领导的刘苏等人，焦急地盯着手表，真希望时针停止不走了。

距永泰公司确定的典礼开始时间还有六分钟左右的时候，另一组人马跑回来报告说，永平公司的庆典结束了，市领导们已经朝我们这边来了。

刘苏说："于总，你陪着徐总等几位领导，我跟魏总往前迎一迎，让领导们快一点过来。"

刘苏和魏经纶往前没走多远，就看见宋珂陪着赵明等人沿着滨城大道由西向东走来。虽然当天滨城大道实行了交通管制，但马路两边看热闹的人太多，车子无法行驶，所以赵明率参加永平开业典礼的市五大班子领导直接步行走了过来。

刘苏和魏经纶快步迎上前去，徐国栋和省永泰公司的其他几位领导也紧跟着迎了上去。

赵明跟徐国栋等人边走边说："时间有点紧，客套话就别说了，会议结束后再细谈，马上开始吧！"

参加会议的贵宾们没有更换新的胸花，有的还没有走上主席台，刘苏就匆匆宣布永泰滨城中心支公司成立大会正式开始，时间比预定的十一点十八分晚了整整十分钟。

典礼结束后，徐国栋和刘苏陪着赵明等人直接开车去了市政府招待所，参加永泰公司安排的答谢宴会。因为市长参加永泰公司的宴会，所以原来计划参加永平答谢宴会的部委办局和受邀企业的主要负责人也都纷纷改变计划，参加了永泰公司的宴会。

看到宾客数量超过了预期，魏经纶把付晓滨、李秀珍、梅胜利等几位部门经理叫到一边，小声吩咐道："告诉大家，上午人多，原来准备公司员工坐的两桌，大家都不要坐了，让出来让领导们坐。宴会结束后，我们再安排个地方吃。上午的宴会时间应该不会太长，大家再坚持一下。"

宴会开始十多分钟，徐国栋就带领刘苏等人一桌一桌地敬酒，等二十多桌都敬完后，徐国栋等人重新回到自己座位上坐了下来，很歉意地朝赵明等人笑了笑:"让领导们久等了,我敬市长及在座的各位领导一杯酒。"

在永泰公司答谢宴会人满为患的同时,永平公司的酒会场面就显得过于冷清了。预订的十五桌只坐满了五桌,其中三桌还是参加永平公司开业庆典的省公司人员和滨城中心支公司自己的员工,坐在一号桌主陪位置上的马驰骋一脸的不悦,坐在主桌副陪位置上的宋珂也一脸的尴尬。

各部委办局的领导及各企业的主要负责人都相继来到一号桌给赵明、徐国栋等人敬酒,赵明对敬酒的人半开玩笑半认真地说:"晚上永泰公司组织了一场文艺晚会,还请来了大牌明星,各位如果没有什么特殊安排的话,晚上我请大家看演出。"

众人都附和道:"市长请客,一定到场。"

宴会结束后,徐国栋、刘苏把赵明等参加宴会的客人一一送上车,每位人手里都提着一个带有"永泰公司开业庆典"的磁化杯。

第二天,《滨城日报》用一个版面的篇幅报道了永泰公司和永平公司开业庆典盛况,刊登的五组照片中,有四组是关于永泰公司的,其中最大的两组照片,一组是赵明会见省永泰公司总经理徐国栋的,另一组是赵明和市人大、市政协领导会见参加永泰公司开业庆典文艺演出全体演艺人员的。

看到当天的《滨城日报》,心情极度郁闷的宋珂,牙咬得咯嘣嘣直响,发誓要与永泰公司誓不两立,斗争到底。

十三

徐国栋等一行返回省城的当天,刘苏就组织召开了公司全体干部员工大会。大会上,刘苏提出了"三年打基础、六年上台阶、九年大发展"的"三六九"宏伟目标,并确定了"盯住对手、盯紧项目、盯好服务"的"三盯"发展策略。

刘苏说:"两家公司成立后,竞争不可避免,三足鼎立局面早晚会形成。

对于永泰公司来讲，当务之急是尽快把业务开展起来，开好头，起好步，夯实好基础，做到这一点的关键，是加强对两个在谈大项目的公关。为此，公司决定成立由总经理室成员任正副组长、有关部门主要负责人任成员的重大项目公关领导小组，全力做好在谈两个重大项目的沟通协调与组织落实工作，工作小组人员组成名单，会后办公室会以正式文件的形式下发。"

刘苏环视一周后继续讲道："虽然在开业庆典上，我们与两个在谈大项目方签订了战略合作协议，但那仅是个合作意向，他们在与我们签订合作意向的同时，也与其他公司签订了战略合作意向。最近一段时期，大家都忙着筹备开业庆典的事情，在项目合作的具体环节上，与两家公司沟通得少了一些。滨城电厂项目，国家计委已经批复了，马上就要开工建设了，建设期间的工程保险，我们要势在必得，它不仅关系到公司基础打得是否牢固，而且也关系到公司将来的发展走向。永平公司跟我们公司是同一天成立的，跟我们处在同一个起跑线上，具有可比性。因此在业务发展和经营管理方面，我们决不能输给他们，尤其在大项目拓展方面，我们一定要树立起自己的品牌优势。"

在永泰公司多次召开会议研究经营发展策略的同时，宋珂也在密集召集会议，研究市场竞争对策。

宋珂说："永泰、永平公司成立后，保险市场竞争的格局已经在滨城形成了。永平公司刚成立，在人才储备、客户资源、专业能力等方面，暂时跟我们的'老东家'还不在一个起跑线上，还不具备竞争的条件和能力，但跟永泰公司相比，我们在管理体制、保险产品等方面还是具有一定的竞争优势的。按照上级公司的要求，结合当前的实际，总经理室决定在公司上下推行全员目标责任制，每个人都要承担一定的业务指标，业务指标的完成情况与个人的工资挂钩。当然了，在制定业务指标的时候，我们不能搞一刀切，可以根据每个岗位的特点划分内勤人员和外勤人员。管理岗位上的人员业务指标可以少一些，业务岗位上的人员任务指标要相对重一些。给每个人身上压压担子，是让每个人明白'千斤重担众人挑，人人肩上有指标'的道理，坐门等客的日子已经一去不复返了！"

宋珂说："永泰公司公开喊出了大项目立司的经营指导思想，并在市内个别大项目拓展上摆出了势在必得的架势。大项目对提升公司形象，增加公司的凝聚力、向心力有促进作用，但大项目拓展投入多、竞争力强、专业要求高，对于我们这些刚成立的公司来讲，各方面条件不占优，所以我们永平公司在经营发展方面不要好高骛远，要脚踏实地，一步一个脚印地发展。总经理室经过多次开会讨论研究，最终确定了立足常规业务、参与大项目业务的经营指导思想，对市内的一些较大项目，我们要积极参与，量力而行，但决不孤注一掷。鉴于此，同时借鉴其他公司的一些做法，总经理室决定成立由班子成员为主体的大项目拓展领导小组，积极参与市内一些重大项目的公关和拓展工作，力争在重大项目的承保上有所收获，决不能让永泰公司轻轻松松地就把市内的一些项目承保过去。"

转眼公司成立一个多月了，于为民去人民银行开会时，顺便把全市保险业一月份的统计数据带了回来。刘苏看了一眼，顺手摸起电话把魏经纶叫到了自己的办公室。

"一月份的保险业务收入数据出来了，永平公司一月份的业务收入三十六点九万元，我们公司只有不到三十万元，比永平公司少七万多元。"刘苏有点不服气地说。

魏经纶从刘苏手里接过统计报表看了看，又默默地放到了刘苏的办公桌上。

于为民说："一个月的数据说明不了什么，如果一季度都这种格局的话，那我们就得坐下来好好研究研究了。"

魏经纶说："永平的机制比较灵活，他们实行人人扛指标的做法值得我们借鉴。"

刘苏说："对滨城电厂项目我们应该再加大一点协调力度。据姚东风讲，最近陈醒目带着几个人跑省进京好几趟，可能就是为了这个项目保险的事。"

于为民说："目前看，这个项目竞争很激烈，不仅当地三家保险公司都参与了竞争，而且听说外地也有两家保险公司想参与这个项目的招投标。"

刘苏说："明后天我们三个人分头各带一个小组跑一跑，把各个层面的工作都要做好。过会我跟省公司徐总联系一下，看看这几天徐总在不在省城，如果领导不出发的话，我跟李秀珍去趟省公司专题汇报一次。一是争取省公司拨点专项资金用于该项目公关；二是请省公司领导一起再去拜访一次省电力局的领导。魏总你去跟赵市长做一次汇报，请市长关键时候给说句话。这个项目虽然上级电力部门直管，但总归坐落在咱们滨城辖区内，关键时刻市长给说上一句话，可能比咱们跑十趟都管用。"

刘苏把脑袋转向于为民："滨城电厂项目是个国外贷款项目，需要银行系统的支持。于总你是从银行出来的干部，在银行融资方面比较有经验，明天你再约白宗桦见个面，一是探探白总的底细，二是看看我们能不能在项目融资、工程建设方面给提供点支持。用真情感动人家，这样我们以后的工作可能好做一些。"

于为民说："我明天一早就去找白总，听听白总在电厂保险服务方面的要求和想法，在制订项目承保、客户服务方案时，可能会有的放矢。"

刘苏赞许地点了点。

第二天一上班，于为民就跟付晓滨、梅胜利去了电厂工地。自去年十月份前国家计委正式批准滨城电厂项目建设方案后，该项目筹备领导小组办公室的大部分人员就把办公场所迁到了工地现场，白宗桦白天大部分时间都会在现场指挥部办公。

"小王，白总今天没来这里上班吗？"于为民礼貌地询问筹备领导小组办公室秘书王小莉。

自从于为民调入永泰公司负责电厂项目沟通协调后，他基本每周都要到电厂筹备领导小组办公室来，碰上天气不好的时候，也会约上领导小组办公室的人员到附近的一家小饭馆吃上一顿，但次数不多，因为公司成立时，省公司只拨付了几十万元的开办费，除了购买办公桌椅、日常办公用品外，剩余的部分全部用到了开业典礼上了，所以于为民来电厂拜访时，基本上都是八九点钟前赶过来，十点半前就离开，为的是尽量避开中午吃饭的时间。来的次数多了，自然就跟项目办公室的人熟络了。

王小莉客气地说："于总，您来的不巧，白总今天可能不过来了。"

于为民问："为什么？我昨天给白总打电话时他还说今天要来现场指挥部开会的，如果有事可以直接来现场指挥部找他。"

王小莉说："昨天晚上省电力局领导打来电话，让白总今天去省局开会，白总今天一早就走了。"

于为民半开玩笑半认真地问："我就是昨天晚上给白总打电话约好的，他没说今天要到外地开会啊？小王你不会跟我开玩笑吧？"

王小莉有些不自然地说："于总您真会开玩笑，我怎么敢跟领导说谎呢？白总去外地开会的事，我也是今天上班后才知道的。"

于为民友好地笑了笑："小王，你别误会，我是跟你开玩笑的。这样吧，等白总开会回来后我们再来拜访他。"

上车后于为民问付晓滨和梅胜利："我今天怎么发现王小莉说话吞吞吐吐的,她是不是有什么事瞒着咱们?"

付晓滨说："我感觉白宗桦就在指挥部,没去外地开会。他会不会在有意识地躲避咱们?"

梅胜利附和道："我觉着老付判断得对,白宗桦应该就在滨城。"

于为民问："你们两个觉着应该怎么办好?"

付晓滨说："我们应该马上跟刘总汇报一下,让他到省城后打听打听省电力局今天是不是真召集开会了,如果没有的话,说明白宗桦在躲避我们,项目的事可能有点麻烦。"

于为民问："你认为会有什么麻烦?"

付晓滨说："我判断有三种可能。一是保险的事找的人多了,白宗桦心里烦,不想见;二是保险的事白宗桦根本说了不算,所以不愿见;还有一种可能就是保险的事已经确定了,所以无法再见。这只是我个人的猜测,不一定对。"

于为民若有所思地说："我估计第三种情况的可能性比较大。前两天,我听老姚说,他们省公司的业管部经理和客服部经理陪同咱们滨城一个项目单位的人外出学习去了,据说是去了国外,不知是真是假。"

梅胜利说："如果是陪同咱们市里项目单位的人员外出学习的话,姚总应该知道,总归他还是班子成员。"

于为民说："陈醒目现在可能不太信任他,一些重要的事情特别是与永泰公司有关的事情,不一定让他知道。"

梅胜利说："找人帮忙把姚总快调过来算了,人家都不信任他了,在那里干得也别扭。"

付晓滨说："你以为他不想早点调过来?人家那边既不信任你,也不重用你,但还不放你走。这就叫我弃之不用,也不能让你用。"

于为民说："咱们先回去吧,等刘总到省城后打听打听再说。"

十一点左右,刘苏把电话打到魏经纶的办公室。

刘苏说："我还在路上的时候,于总给我打了个手机,信号不好,听不清,我告诉他到省公司后再联系。我刚才打他办公室的电话,他不在,出去了?"

魏经纶说："刚才于总还来我办公室一趟，应该没走远，我一会儿让他给你回电话。刚才于总说，他今天上午去了一趟电厂指挥部，没有见到白宗桦，他们办公室的人说白宗桦到外地开会去了，可于总他们认为白总没外出开会，而是有意识地在躲避我们。"

刘苏问："赵市长那里你去汇报了？"

魏经纶说："我昨天晚上去他家里了，我舅妈说他昨天到广州参加一个商品博览会去了，两三天以后才能回来。他回来后，我马上去找他，他那边应该没问题。"

正说着，于为民走了进来，魏经纶马上把话筒递给了他。

于为民把上午跟付晓滨、梅胜利去电厂指挥部的事从头到尾地叙述了一遍，把他的担心和猜测也跟刘苏讲了。

刘苏想了想，说："徐总还在开会，散会后我马上把这个情况跟领导们反映一下，看看能不能从省电力局这里得到点信息。另外，明天你们再去一趟电厂指挥部，见到白宗桦更好，见不到白宗桦的话就约约他手下的两个副总指挥，看看能不能从他们那里得到点信息。"

于为民说："今天我们三个人开着车在工地上转了好几圈，也没有看到那两个副总指挥的影子。明天我们再过去趟。"

刘苏说："这个项目我已多次跟省公司领导汇报过，也当面拍过胸脯保证过，不能有闪失啊！你跟魏总再商量商量，看看还有没有其他办法。"

于为民说："今天上午我突然想起一件事。前两天，老姚说他们省公司的两个部门经理，陪着咱们市里的一个项目组人员外出学习去了，学习地点很可能是英国或者是德国。但他只是听说，不确定。我从电厂现场指挥部回来后，反复琢磨了一下，咱们滨城市现在能值得去国外学习的项目没有几个，电厂是个国外贷款项目，国外银行对保险又很重视，极有可能就是这个项目。如果真是这个项目的话，那可就有点麻烦了！"

刘苏说："我马上请省公司的领导们帮忙打听一下，一有信息马上通知你们。"

下午，李秀珍从省公司打来电话，告诉于为民说："刘总和徐总下午去省电力局了。刚才省公司财产险部的叶总给打听清楚了，老姚说的那个事是真的。他们公司确实有两个人陪着省电力局的一位处长和咱们滨城电厂的一位副总指挥一起赴国外培训去了，可能是去了德国，十有八九就是为电厂项目保险的事。刘总让你们两位领导先等一等，等他去电力局了解清楚了以后再说。"

于为民慢慢放下了电话，他感到事情有些复杂了，担心这么长时间的工作可能白忙活了。

看到于为民失落的样子，魏经纶安慰道："他们外出学习也不一定就是为了滨城电厂项目去的，说不定是为了其他项目呢。退一步讲，就算是为了滨城电厂这个项目去的，那也不能说明咱们一点机会都没有了。好事多磨嘛！"

于为民有些悲观地说："都出国培训了，说明事情已经定了，否则的话，这个时候他们不会千里迢迢地跑到国外去。再说到国外培训，不是十万八万能办得了的事。不见到兔子，他们能把鹰撒出去吗？除非他们都是傻子！"

魏经纶拍了拍于为民的肩膀，很牵强地笑了笑。

在魏经纶和于为民苦思冥想下一步如何做白宗桦等项目组人员思想工作的同时，远在省城的刘苏等人也在马不停蹄地活动着。

对刘苏来说，滨城电厂项目能否做得下来，对自己、对刚刚成立的滨城中心支公司都至关重要。因为滨城电厂这个项目不仅在省公司已被列为当年全省两大重点公关项目之一，而且在总公司也被列为全系统十大重点拓展项目，他本人也多次跟上级领导拍胸脯承诺，滨城电厂这个项目只要在滨城投保，永泰公司就有把握做下来，即使不能独家承保，主承保那是百分之百没问题。听到项目组人员与其他保险公司赴国外培训的消息，刘苏差点昏了过去。如果公司连参与的机会都没有，那他"大洋人"不得一个"永泰马谡，言过其实"的名声才怪呢！

徐国栋与刘苏坐在省电力局的会客室等了整整一个小时，分管风险管理的李志杰副局长才慢腾腾地走了进来："实在不好意思，让两位久等了！整天开会，把人都快开疯了！"

徐国栋与刘苏慌忙起身，满面笑容地与李志杰握手、让座。

"还是为滨城电厂保险的事来的吧？你看你们都跑了多少趟了。干你们这一行也确实不容易！"李志杰装出一副非常体谅人的样子。

"李局长，咱们滨城电厂工程保险的事定了吗？我怎么听说咱们项目组的两位领导跟其他保险公司的人一起赴国外进行保险培训去了。"刘苏迫不及待地问道。

李志杰惊讶地问道："这件事连我们局里的一些中层干部都不知道，你们是从哪里得到信息的？"

刘苏着急地问道："李局长，我可不可以这样理解，咱们项目组的领导跟其他保险公司的人外出培训，说明项目保险的事已经定了，我们已经出局了？"

李志杰说："也不能说你们一点机会就没有了。为滨城电厂项目保险的事，你们来过多次，部里汪处长也跟肖局长和我打过招呼，为此事局党委办公会议也研究过多次。但考虑到这个项目比较特殊，是个国外贷款项目，国外贷款银行对风险管控非常重视，对保险供应商的要求又很高。为尽快落实好国外贷款事宜，局党委原则上决定由国内实力最强、专业水平最高的保险公司承保。这个项目如果我们合作不了的话，以后还是有合作机会的。"

一直未说话的徐国栋终于沉不住气了："李局长，滨城电厂项目特殊，对保险公司的要求比别的项目要求高，这些我们都能够理解。虽然永泰公司成立时间短，但我们在大项目承保、服务和专业管理方面，一点也不比其他公司差。所以还请李局长再考虑一下，无论如何给我们一个学习参与的机会，顺便你们也检验一下永泰公司有没有承保大项目的能力。"

李志杰面露难色地说："这件事情局党委会原则上已经确定了，这么大的事情我一个人也决定不了啊！"

李志杰从沙发上站起来，分别跟徐国栋和刘苏握了握手，敷衍道："我一会儿还要召集一个会，这件事我再跟肖天局长和其他几位局长碰碰头，商量商量。估计难度很大！"

徐国栋和刘苏一前一后走出了电力局办公大楼。

刘苏问徐国栋："要不要再去找找肖局长说说？"

徐国栋说："先回公司商量商量再说吧。"

"老刘，你觉着这个项目还有多大胜算？"一进办公室，徐国栋就问刘苏道。

"现在我也有些说不准了。"刘苏神情黯然地回答道。

徐国栋看了看情绪不高的刘苏，安慰道："没关系，工程险做不了，以后想办法做后边的运营险，这个险种风险小。"

刘苏长叹了一口气，说道："工程险如果做不了的话，后面的运营险可能更难做工作了。这个项目我们不能就这样放弃了，晚上我再去肖局长家里找他谈谈。"

徐国栋想了想，说："也行。不过他家里能不能进得去还是个问题。"

刘苏说："管不了那么多了。吃完晚饭我就去他家门口等着，他晚上不可能不回家睡觉吧？"

徐国栋说："晚上让我的驾驶员跟你一起去吧，他去过肖天家。"

刘苏说："不用了，他家我也去过几次，位置我记得。"

徐国栋从书柜里拿出四条中华烟，放到刘苏面前："肖天是个大烟鬼，把这几条烟带上吧。"

刘苏说："不用了，我来时准备了点海产品，下午去电力局时我让驾驶员放到了李局长车上了一些，还剩了点，顺便给他送过去就行了。"

徐国栋说："把这烟一起拿给他吧，放我这里，我也抽不着。"

"那也行。"刘苏说着把四条中华烟用报纸包了包，又重新放回刚才那个塑料袋子里。

徐国栋说："我车上还有几瓶好酒，下班后我叫上几个部门负责人陪你一起喝两口？"

刘苏说："酒就别喝了，我还是早去他们家门口守着吧，他要是一下班就回家了，我就可以早见到他，兴许今晚上还能睡个安稳觉。事办成这个样子，还有什么脸喝酒啊！"

徐国栋说："业务不可能件件都能办成，十之二三就不错了。很多情况下，感觉很有把握的事情可能就是办不成；感觉希望不大的事情可能办得出奇顺利。"

刘苏说："但愿今晚上借领导的吉言，事情能峰回路转。"

六点多钟，刘苏就到了肖天住的玫瑰园小区。

玫瑰园小区是省电力局的职工宿舍区，共有四栋宿舍楼，其中一栋为四层建筑，住的大部分为处长以上干部，号称"干部楼"；其余三栋为六层楼建筑，住的大都是普通职工或者是"乌纱帽"较小的人员。肖天就住在"干部楼"东单元的二楼，面积足有一百七八十平方米。三个月前，刘苏的表弟汪立志曾带他去过肖天的家。

"明子，今晚上有机会的话，你去肖局长的家里看看，那才叫豪华。我在咱们滨城建委系统干了二十多年，也算是见过世面的人了，反正在咱滨城市没见过那么好的房子。"

被称为明子的人叫叶明，原在滨城市建委下面的一个建筑公司开车，刘苏看他办事机灵，就把他从建筑公司调过来专门为自己开车。

刘苏让叶明找了个视线比较好、又比较隐蔽的地方把车停好。刘苏从车子里走出来，抬头看了看肖天住的那个单元，没有亮灯，知道他还没有回来，点燃一支烟刚抽了几口，就用脚把烟搓死，钻进了车里。

"刘总，怎么不抽了？外面是不是很冷啊？"叶明问道。

刘苏说："最近跑电力局跑多了，很多人都认识，让他们看见了不好。"

叶明问："肖局长没回来，他媳妇怎么也不在家？"

刘苏说："听我表弟讲，肖局长是从天津调来省电力局担任局长的，他媳妇没跟着一起过来。"

"刘总，您表弟在部里还是当处长？是不是又提拔了？"叶明问道。

刘苏说："听他的口气，今年应该能动一动。"

两人正聊着，一辆轿车开了进来，两个戴眼镜的人从车上走下来，朝肖天住的那个单元望了望，其中一个人看了看手表跟另一个人说："快九点了，肖局长怎么还没回来？"

另一个人问："局长，咱们是先回宾馆住下呢还是在这里再等会儿？"

那个被称为局长的人说："先回宾馆住下吧。跑了六七个小时，都累散架了。过会儿我再跟肖局长联系联系，要是领导回来的早，咱们再过来，要是领导回来的晚，明天再说，反正明天咱们又回不去。"

那辆轿车调了头，开出了玫瑰园。

"也是春节来走访的，看来路途不近啊！"叶明无话找话地说。

"你盯紧了，我打个盹。"刘苏叮嘱叶明道。

刚眯了一小会儿，一辆轿车又开了进来，一个干部模样的人下车后，提着公文包，噔噔噔地上了楼。

刘苏看了看不是肖天，又重新闭上了眼睛。

十一点多钟，一个黑色的轿车在"干部楼"前停了下来。刘苏一看车牌号，知道是肖天回来了，就迅速从车上下来，快步走到一边下车、一边穿外套的肖天面前。

"肖局长，您才回来？"看到突然冒出来的刘苏，肖天先是一愣，继而问道："你怎么在这里？"

刘苏说："快过春节了，带了点土特产过来看看领导。"

"大老远的跑什么了？"肖天一边开着楼道门，一边说，"上来坐会儿吧。"

刘苏提着四条中华烟，跟着肖天上了二楼。叶明搬着两个箱子也跟着上了楼。

肖天看了看叶明手里搬的箱子，摆了摆手说："别搬上来了，我一个人在这里工作，平时自己又不做饭，你们拿这么多东西没地方放啊！"

刘苏说："都是些干货，坏不了。"

刘苏从门口的鞋柜上拿起一双拖鞋换上，跟着肖天进了房间。

叶明把两个箱子放在门口后，又回到车里提上来几个纸袋。

刘苏把箱子和纸袋一件一件地从门口往后面的储藏间搬。肖天说："老刘，先放那里吧，一会儿我自己收拾。"

搬完东西，刘苏洗了洗手，在肖天对面的沙发上坐了下来。

"我听李局长说下午你跟你们那个徐总一起去局里了？"肖天开门见山地问。

刘苏说："听李局长说保险的事局党委会基本上确定了。"

肖天说："原则上定了，但正式协议可能两三周以后才能签订。"

刘苏哀求道："局长，能不能考虑让我们永泰也参与一下。我们虽然是一家成立时间不长的公司，但经营管理水平和专业能力一点也不比其他公司差，只要领导您给我们一个机会，我们一定把这个项目做成精品工程。"

肖天说："为这个项目你们前前后后跑了很多趟，立志处长也专门给我打过好几次电话，之所以最后没把你们纳入进去，主要还是害怕你们公司的实力不够、知名度不高而影响贷款进程。"

刘苏说："肖局，我们公司虽然成立时间较短，但我们也参与过许多重大项目的保险，跟国外许多知名的保险公司建立了密切的合作关系，公司的服务和实力您大可放心。"

肖天说："今天时间不早了，你们先回去，我明天让业务处跟外方再沟通一下，看看他们还有什么想法。"

刘苏很知趣地站起来，边往外口走边说："这件事，还得请肖局多给帮帮忙，无论如何给我们一个机会。如果您给我们机会了，我们没那个实力竞争，我们也无怨无悔了。"

刘苏一边跟肖天打着招呼，一边往楼下走，刚迈下第一个台阶，突然眼前一黑，摔倒在地。

失去重心的刘苏，从楼梯的第二个台阶，一直滚到了二楼的最后一个台阶才停下。

肖天来不及换鞋，快步走下楼梯。

"怎么样？没事吧？"肖天关切地问道。

叶明听到声音，快速跑进来，帮着肖天把刘苏从地上扶了起来。

肖天跟叶明说："你抓紧拉刘总去医院拍个片子，看看伤得怎么样。没事最好。"

"肖局，您没穿外套，赶快回屋吧，外面挺冷，别感冒了。"刘苏说着，扶着叶明的肩膀，一瘸一拐地下了楼。

叶明把刘苏扶进车后排座位上后，直接把车子开进了附近的一个部队医院。

诊断结果很快出来了：左脚骨断裂，需要马上治疗。

用石膏给刘苏固定好左脚后，值班的"黑脸"医生一边开着处方，一边说："回家静养，按时吃药，需要拄拐，三个月不能活动。"

刘苏拄着双拐一边往汽车停放的方向走，一边自嘲地说："真他妈的晦气，新年第一次进省城就加入了残联。"

第二天一早，徐国栋打来电话问刘苏昨天晚上见没见着肖天。

刘苏说："想见的人倒是见上了，但不该发生的事却也发生了。"

徐国栋问发生了什么不该发生的事。

刘苏有些沮丧地说："别提了，从楼梯上摔下来，脚骨裂了。"

徐国栋急切地问："你现在是在医院里还是在宾馆里？"

刘苏说："在宾馆里。"

徐国栋放下电话后，跟办公室主任杨一鸣驱车来到了刘苏住的东郊宾馆。

一进刘苏和叶明住的房间，徐国栋就问道："怎么样？伤得严重吧？"

刘苏有些吃力地坐了起来。

"不算严重，一两个月应该就能正常走路。"刘苏回答道。

"哪能那么快？伤筋动骨一百天，怎么也得三个月！"徐国栋说着，扭头对杨一鸣说："一会儿给刘总换一个大床的单人间，一个人住静一点。"

刘苏摆了摆手，说："不用，不用，这样挺好的。"

徐国栋说："虽然公司费用不宽裕，但也不差那三百二百元，你在这里安心养两天再回滨城，工作上的事不着急。"

刘苏说："我今天想去趟北京，电厂项目的事一刻也不能再耽误了。"

徐国栋拍了拍刘苏的手说："你这个样子怎么去北京？身体要紧，大不了这个业务放弃不做了。"

刘苏说："昨天晚上肖局长说正式合作协议可能就在这两三个周内签订，只要还有一点希望，我们就不能放弃。死马当活马医吧！"

徐国栋说："业务再重要，也不如你老刘的身体重要。你就在这里好好地休养几天再说吧。"

刘苏说："骨头不是心脏，没事。你跟杨主任来之前，我跟北京我表弟汪立志打电话约好了，我表弟说分管电厂建设的张司长昨天下午从外地出差回北京了，上班后他帮忙约约，看看他能不能见见我们。"

徐国栋想了想，说道："要不这样，我今天陪你一起去趟北京，把情况跟部里的有关领导汇报汇报。"

刘苏高兴地说："如果您能一起去的话，那最好不过了。"

徐国栋对坐在一边的杨一鸣说："你马上去准备三至四份礼品，让财务部再准备四五万块钱，吃完早饭我们一起去北京。"

杨一鸣从椅子上站起来，问道："准备点什么礼品好？"

徐国栋说："快过春节了，准备点海参、烟酒之类的东西就行。第一次见面，其他东西张司长也不一定能收。"

九点多钟，杨一鸣带着一辆商务车来到了东郊宾馆。

徐国栋、刘苏、杨一鸣相继上了商务车。杨一鸣把前窗玻璃摇下来，跟叶明说："你在宾馆里休息等着刘总吧。"

路上，刘苏给汪立志用手机打了个电话，说省公司的徐总也一起来北京了，问张司长那边约好了没有。

汪立志说他已经跟张宏司长约了，张司长说如果晚上部里没有任务的话，可以一起吃顿饭。

刘苏说："那你抓紧帮忙定个吃饭的地方，定好了以后跟我说一声具体地址，我跟徐总直接去饭店等你们。"

汪立志说："如果你们先到的话，可以先点着菜。张司长不太喜欢吃肉，少点几个肉菜就可以了。"

徐国栋一行四点多钟就到达了汪立志早已订好的酒店，点好了菜，杨一鸣要了一壶龙井茶，四个人围坐在一起，边喝茶边商量如何跟张宏汇报。

五点半左右，杨一鸣说："估计汪处长他们快到了，我先到楼下等等他们。"

"一起下去接接他们吧。"徐国栋喝完杯子里的茶水，站起来一起下了楼。

徐国栋、刘苏、杨一鸣三人在酒店一楼大厅里等了大约二十多分钟，汪立志陪着张宏就到了。三个人马上起身迎了上去。

相互介绍、握手、交换名片后，徐国栋、刘苏、杨一鸣陪着张宏和汪立志上了二楼的包房，五个人围桌而坐。

汪立志问刘苏腿怎么了，刘苏就把昨天晚上的事情又详细地叙述了一遍。

汪立志开玩笑道："盖了二十多年楼房没伤着腿，刚当上老总就成了残疾人，这就叫该伤的时候没伤着，不该伤的时候倒伤着了。"

刘苏说："谁说不是呢，真是出师不利。"

张宏说："刚受了伤，应该在家好好休息休息，不应该这么着急来北京。"

徐国栋说："我也这么说，可刘总非要今天来见您张司长不可。没办法，我只好陪着来了。"

汪立志说："我要是知道你受了伤，说什么也不会让张司长见你们。"

刘苏装出可怜兮兮的样子说："没办法，要是滨城电厂项目连参与的机会都没有的话，老刘是个'牛皮匠'的帽子肯定就戴牢了。厚道了一辈子，可不能晚节不保啊！"

张宏虽然酒量不大，但为人很爽快，四两酒下肚后，话就明显多了起来："我跟立志共事了多年，关系很好，是哥们，他求我办的事，我肯定会尽力帮忙的。"

徐国栋说："滨城电厂项目虽然是永泰公司在我省设立机构以来参与的第一个大型电力保险项目，但永泰总公司在全国已经承保了二十多个电厂项目，具备了一定的特殊风险管理经验。如果张司长把滨城电厂保险项目交给我们管理，我们一定会倾全公司之力，把这个项目做成保险精品工程，决不会给司长添麻烦的。"

张宏说："实事求是地讲，永泰公司无论在实力、品牌影响力，还是在大型保险项目方面有许多可提高之处，这是由于永泰公司成立时间短所决定的，所以省电力局委托老公司、实力更强的公司进行风险管理的决策是对的。但新建公司机制灵活、对项目的重视程度可能更高，服务未必比成立早的公司差。所以，对电力系统的保险项目，我一向主张展开有效的竞争，谁的方案质量高、谁的服务意识强，我们就应该选择谁。"

汪立志讨好地说："张司长是风险管理方面的行家，在风险管理方面很有见地，他的一些论述，在系统内和国家的一些重要刊物上都发表过，是部里少有的多面手。"

徐国栋表现出敬佩的样子说："是吗？司长工作繁忙，还能挤出时间著书立说，真是不容易！来，司长，我敬您一杯！"

张宏放下酒杯，谦虚地说："著书立说谈不上，我这个人喜欢把平时工作中的一些想法随手记下来，过一段时间总结总结，可能就是一篇不错的文章。这样做对工作有利，对个人也是一个提升。"

汪立志说："张司长善于学习、善于总结，并注重实践，在司局级以上干部中是不多见的，这一点我非常佩服。"

张宏说："其实我们汪处长也是一个大才子，深得领导赏识。在座的都不是外人，我可以给大家先透露一点消息，立志同志近期很有可能前进一步。"

汪立志谦虚地说："只是有可能，但不知道猴年马月。如果真的进步了，那也离不了领导大哥的栽培和指导。来，我敬大哥一杯，您随意喝。"汪立志端起大半杯酒一饮而尽。

刘苏让服务员把自己的酒杯倒得满满的，吃力地扶着椅子站了起来："张司长，立志是我的表弟，他在我面前不知多少次提起您，可以说对您是既敬佩又感激。我们这一家子给您添麻烦已经够多的了，这次又给您出难题，我自己都觉着不好意思了。我这满满一杯酒想向您表达三层意思：一是感谢，感谢您对立志、对我刘苏的支持和帮助；二是祝福，祝您工作顺顺利利，事业更上一层楼；三是希望，希望您抽时间带上弟妹、孩子到我们滨城去看一看，我们那里虽然地方小，但空气好、气候好。"

刘苏说完，一手端着酒杯，一只手拄着拐杖，朝张宏走去。

张宏摇摇晃晃地站起身，看起来有些醉了："大哥，你太客气了。我跟立志是哥们，你又是立志的大哥，那你就是我张宏的大哥。放心，滨城电厂保险的事我一定帮你办。"

刘苏激动地说："全拜托您了！"

刘苏把自己杯子里的酒一饮而尽后，又把张宏杯子里的大部分酒倒进了自己的杯子里。

"兄弟替哥办事，哥理应替兄弟喝酒。"刘苏说着又把大半杯子酒一口喝了。

汪立志说:"别让张司长喝了,他今晚上已经超水平发挥了!"

徐国栋说:"对,别让司长喝了。老弟咱们再喝一个?"

徐国栋和汪立志轻轻地碰了一下杯,各自把杯子里的半杯酒喝光了。

吃过饭后,徐国栋对张宏和汪立志说:"这次来北京比较突然,没来得及准备,只带了点家乡的土特产,请司长尝尝,如果觉着还可以的话,我负责供应。"

把张宏扶上车后,徐国栋跟刘苏说:"你腿脚不方便,在酒店里先等一会儿,我跟一鸣把张司长和汪处长送回家,一会儿再过来接你。"

汪立志说:"我跟张司长住在一起,我把张司长送回家就行了,你们都不用去了。"

徐国栋说:"要不这样,让杨主任送送两位领导,我陪刘总打个出租回去。"

回到酒店后,徐国栋跟刘苏说:"这项目可能还有峰回路转的希望。明天一早我们就赶回省城,立即成立由总公司、省公司和滨城支公司三级公司组成的服务领导小组,尽快制订出一个完善的服务方案。总公司方面,我负责沟通;滨城那边,你让小魏和于为民全力靠上。你腿脚不方便,事情让他俩去办,你当好后台老板就行了。"

估计汪立志应该到家了,刘苏摸起电话,拨通了他家里的电话。

"立志,到家了?晚上酒喝得怎么样?"刘苏关切地问道。

汪立志说:"我没事,张司长有点喝多了。"

刘苏说:"张宏酒量确实不怎么样,不过人看起来挺实在的。"

汪立志说:"你们明天一早回去就行了,我估计张宏明天会给肖天打电话的。过两三天后,你们再去东南电力局做做工作,应该还有希望。"

刘苏说:"立志,这件事你必须给我操操心,需要我做什么,你跟我说,我办不了的,还有我们徐总。"

汪立志说:"你刚到永泰公司,不干出点成绩来很难服众。这个忙,我肯定会帮的。"

第二天下午回到省公司后,徐国栋把滨城电厂公关情况通过电话跟永泰总公司分管业务的史英明副总经理汇报后,史英明非常重视,当即表态说:"这个项目本来就是总公司的十大重点拓展项目,自上而下都很重视。我马上召集业管部和财产险部的负责人召开会议，让部门各选择一至两名专业骨干，连夜乘飞机赶到你们东南，三天之内务必制订出一个科学合理的承保服务方案。关于你提出的成立滨城电厂项目领导服务小组的建议，很好，我马上跟胡必成总经理汇报，请胡总亲自担任这个小组的组长，让他们真正感受到我们的诚意和实力。"

跟总公司的领导汇报完后，徐国栋又召集省公司各专业部门负责人，连夜召开项目研讨会议。

徐国栋说："昨天我跟刘苏总和办公室杨主任去了一趟北京，主要是为滨城电厂项目的事。这个项目是总公司重点督办的十大重点项目之一，也是我们省公司今年重点公关的第一项目，分量不言而喻。自滨城公司开始筹建那天起，在人员少、经费紧张、专业力量比较薄弱的情况下，克服种种困难，做了一个很好的铺垫，但由于永泰公司成立较晚，品牌影响力不高，加上省公司前期重视程度不够，在该项目的竞争中，我们已经处于十分被动的地位，情况十分危急。为争取获得一张能够参与这个项目的'入场券'，刘苏同志连日奔波劳累，昨天晚上去拜访客户时，摔倒在楼梯上，造成脚络骨折。"

徐国栋看了看坐在旁边的刘苏，对参加会议的人员继续说道："大家都看到了，老刘同志这次伤得不轻，上下车都很困难，但就是在这种情况下，硬是拄着双拐，来回坐了十多个小时的车去北京做工作，一方面说明滨城电厂项目的重要；另一方面也说明该项目已经到了关键时刻。今晚十一点左右，总公司的几位领导就到我们东海省公司，具体指导、参与制订滨城电厂项目风险管理方案。散会后，各有关部门要把前期收集到的该项目有关资料先汇总一下，安排专业能力强的人员全力靠上，配合总公司切实制订出一个科学合理、具有可操作性的投保服务方案，在形势已经不利的情况下争取主动，尽最大努力挽回我们在滨城电厂项目竞争中的不利局面。"

省公司专题调度会一结束，刘苏立即打电话把跟徐国栋一起去北京的公关情况和调度会议的精神，传达给了魏经纶和于为民。

刘苏说："目前这个项目出现了转机，存在着一线希望，但没有把握。你们在滨城一定不要放松，要想办法跟项目组的人员多接触、多沟通，把他们在保险方面的要求和想法弄清楚，这样制订的方案才更具有针对性。"

魏经纶说："您走这两天，我跟于总分头找有关部门和人员做了一些工作。于总这一组昨天晚上在白棕华家门口等了一晚上才见上了白总，他答应跟省局领导汇报一下我们的想法和要求。我这一组这两天分别找了市政府和电力系统的有关领导，他们也都表示帮忙给做做工作，争取给永泰公司一个公平竞争的机会。"

刘苏说："今天我跟省公司徐总和办公室杨主任刚从北京回来，总公司的有关领导今晚上也将到达省公司，明天一早我跟徐总准备再去省电力局找找几位局长。"

于为民从魏经纶的手中接过电话，跟刘苏汇报道："昨天我们去电厂工地时，闲聊中了解到上个月刚从西北电厂调来该项目组的刘工，孩子想到我们一中读书，这件事我们已经安排李冬冬去办了，应该不会有问题。今天上午我跟魏总合计了一下，滨城电厂项目组的大部分人员都是从外地调过来的，项目建成运营后，这些人肯定要把家属、孩子接到我们滨城来，以后孩子入托、上学的事肯定少不了，我们想把李冬冬纳入这个项目领导小组里来，专门负责电厂项目组人员的孩子入学入托问题。另外，您回滨城后，是否以公司的名义去一中找找李校长，让他在孩子上学方面给开个口子。"

刘苏说："这事没问题，我跟李校长和教育局王大锤都是多年的朋友，教育局办公大楼和职工宿舍楼，都是我在建委当副主任的时候一手给操办的。李校长那边更没问题了，女儿女婿都在永泰公司当部门经理，咱不说他也不会不考虑。马上起草文件，让李冬冬参加滨城电厂项目领导小组。"

滨城电厂保险方案研讨会热火朝天地召开着，杨一鸣轻轻地推门进来，附在徐国栋耳边小声说："省电力局办公室打来电话，让您和刘总去一趟，他们想再了解一下情况。"

徐国栋拍了拍刘苏的肩膀，刘苏会意地站起来跟着徐国栋走出了会议室。

"可能张司长给肖天打电话了，他们想再听听我们在滨城电厂风险管理方面的一些看法，让咱们过去一趟。"徐国栋说。

刘苏说："肯定张司长打电话了，否则的话，他们不会主动找咱们的。"

徐国栋说："让总公司财产险部和业管部的秦健和秦玉锋两位经理一起去，他们是业务方面的专家，承保方面的事比咱俩明白，其他人继续开会研究。"

看到徐国栋等人走进来，李志杰热情地招呼道："来来来，徐总、刘总，这么快就到了？"

徐国栋指着秦健和秦玉锋跟李志杰介绍道："这是我们总公司财产险部和

业管部的秦健总经理和秦玉锋总经理,昨天晚上快十二点了才从总公司赶过来。我跟老刘在专业方面是外行,这两位秦总可都是专家,保险系研究生毕业,既有理论知识,又有实战经验。"

李志杰站起来跟秦健和秦玉锋握了握手,说道:"专家来了,什么事都好办了。"

李志杰说:"昨天晚上,张司长给肖局打电话了。张司长要求滨城电厂的保险最好通过招标的形式安排,这样可能更有利于风险保障服务。肖局长让我跟你们两家公司再沟通沟通,把我们对这个项目的保险要求跟你们两家公司再交代一下,后天我们将组织专家组对你们制订的保险方案进行评审,然后再决定由哪家公司来承保。下面,请电厂管理处的蒋大同处长跟大家具体介绍一下。"

李志杰讲完,站起来对徐国栋等人说:"具体细节你们再聊聊,我还有一帮客人等着我。不好意思啊!"

徐国栋客气地说:"李局,您忙,过两天我们还要专程来拜访您。"

李志杰走出会议室后,徐国栋跟旁边的秦健小声嘀咕了几句,就跟刘苏出了会议室。

看到刘苏拄着双拐和徐国栋一前一后进来,肖天关心地问道:"怎么样?伤得挺厉害吗?"

"没什么大事,就是脚骨摔裂了,一两个月就能恢复。"刘苏轻描淡写地说。

肖天说:"你可不能小看这骨裂,恢复不好的话,真有可能影响以后的生活。"

刘苏说:"谢谢局长提醒,我会注意的。"

"昨晚张宏司长给我打了个电话,说你们去北京了。滨城电厂项目保险的事,本来局党委会原则上定了,外出学习培训的几个人马上也快结束学习培训回国了,在这种情况下,应该不会再考虑其他因素了,但鉴于你们参与该项目的愿望强烈,工作很执著,上级领导又有指示,我跟其他几位局长商量了商量,决定还是给你们永泰公司一个竞争的机会。至于具体细节,我相信李局长和蒋处长已经跟你们交代清楚了。这个项目最终由谁来承保,决定权可以说是一半掌握在你们自己的手里,谁的实力强,谁的服务方案、服务措施到位,我们就选择谁。"肖天说。

徐国栋说:"我首先代表永泰公司全体干部员工感谢肖局长和局党委给我们这次机会,我们一定会竭尽全力把工作做好,不辜负领导对我们的信任。"

肖天说:"针对这个项目,我们前前后后交流了很多次,滨城项目组的几位负责人也跟我多次提起过你们永泰公司,都认为你们永泰公司的人有一个共同特点:办事执著,工作敬业。因为这个项目,刘总还负了伤,付出了血的代价,这一点让我们很佩服。至于一个公司经营能力、专业水平怎么样,一定程度上与一个公司的发展历史有很大关系,但不是决定因素。我个人还是比较希望我们之间有机会合作。"

刘苏说:"我在滨城建委系统干了二三十年,建设方面的事,我不敢说自己是个专家,但应该说是个'明白人',对建设过程中可能出现的问题、应该关注的风险点,我可以说是一清二楚。如果我们永泰公司有幸为这个项目提供风险管理的话,建设期内,我个人可以腾出百分之五十以上的精力用在这个项目上。"

徐国栋说:"虽然滨城电厂是滨城市今年的一个重点建设项目,上下都很关注,但在实际建设过程中肯定会遇到这样那样的问题需要协调。老刘在滨城建设系统干了二三十年,可以说是德高望重,一些问题他出面帮助协调的话,肯定会有利于这个项目建设。当然了,即使这个项目我们最终无缘提供服务,在工程建设过程中,有用得着我们永泰公司的地方,我们也会义不容辞地给予力所能及地支持和帮助。"

肖天说:"建设过程中能不麻烦你们的就尽量不麻烦你们,协调沟通方面的问题,当地电力局应该有这个能力,实在需要贵司出手相助的时候,可不要保留啊。"

刘苏说:"肖局开玩笑了,只要用得着我们,我们肯定会全力以赴的。"

在回省公司的车上,刘苏对徐国栋说:"徐总,我准备到省公司拉上单证就回滨城,昨天晚上魏经纶和于为民打电话说,他们准备今天晚上约市政府领导和白宗桦等现场指挥部的人一起吃饭,顺便再沟通一下这个项目的一些情况。"

徐国栋说:"现在已经到了吃饭的点了,吃了午饭再走吧。"

刘苏说:"我们在路上吃点就行了。到滨城后,有什么情况我会及时给您汇报的。"

"那你就别去省公司拉单证了,从这里出城少耽误二十分钟的时间。"徐国栋说着，拍了拍司机的肩膀，"直接去东郊宾馆。"

到了东郊宾馆，刘苏坐上叶明的车，直奔滨城方向而去。

下午五点多钟，车子开进了滨城好运来大酒店。

看到刘苏挂着拐杖下了车，候在酒店门口的魏经纶、于为民等人十分诧异。

"刘总，您的腿怎么了？"付晓滨上前一把扶住有些站立不稳的刘苏，好奇地问。

"出师不利，光荣负伤了。"刘苏苦笑着说。

"白总他们几点到？"刘苏一边往酒店大堂里走着，一边问道。

魏经纶说："我们跟他们约好是五点半开始。"

"刘总，您这腿怎么了？昨天打电话的时候您怎么没跟我们提起这事？"于为民又问道。

刘苏说："崴了一下，骨裂了，不算严重。"

到了酒店大堂后，刘苏说："你们在这里迎迎白总他们，我先上去了。这里熟人多，见了多说很多话。"

魏经纶用右手拍打着自己的左手，有些惋惜地说："坏了，早知道订一楼的房间就好了，省得刘总上下楼困难。"

刘苏问："订了几楼的房间？"

魏经纶说："订了三楼最大的一个房间。"

刘苏说："不就三楼嘛，不用调了。"

梅胜利、叶明扶着刘苏上楼没多久，刘大奎、闫利陪着桑奇也走进了酒店的一楼大堂。

魏经纶、付晓滨等人连忙站起来打招呼："桑总，今晚也有客人？"

桑奇一看是魏经纶和付晓滨，眉头皱了一下，语气有些怪怪地问："你们也来这里请客？总部来人了？"

魏经纶说："没有。请了几个朋友过来坐坐。"

"是吗？看来魏总业务做得不错啊！"桑奇一脸坏笑地说。

魏经纶害怕白宗桦到来后遇上桑奇他们，用手轻轻催了一把桑奇的肩膀，催促道："一楼挺冷的，桑总先上去吧，过会儿我去给领导们敬酒。"

刘大奎拍了一下付晓滨的后背，说道："我们在二八八房间，一会儿过来喝杯酒。"

付晓滨笑了笑，也拍了一下刘大奎的肩膀。

"他们收的保费，够付一顿酒钱？"前面不知谁说了一句，接着传来一阵低低的笑声。

看着桑奇等人远去的背影，于为民恨恨地说："牛什么？有让你们笑不出来的那一天！"

看见魏经纶、于为民簇拥着白宗桦等人进入三楼包房，刘苏扶着沙发扶手吃力地站了起来。

白宗桦一进房间就跟刘苏开玩笑道："几天不见，刘总怎么四条腿走路了？怎么了？"

刘苏开玩笑道："我刘苏成了残疾人，你白总脱不了干系。"

白宗桦哈哈笑着说："刘总腿瘸了，但嘴不会瘸的。是不是出去干坏事让人给废了？"

刘苏说："我可没有你白老弟那么好的身体。要是你把你们电厂业务让我们永泰做，我也不会把腿弄断了。这事归根结底还是你白总的原因。"

开过玩笑后，刘苏就把脚伤的前因后果跟大家介绍了一遍。

"看着我残疾人的份上，你白总也不好意思不把你那个项目交给我来做。"刘苏说。

白宗桦说："一开始我就想跟你们永泰合作，不说别的，弟兄们坐在一起有说有笑的，多开心？可上级领导说你们永泰是个新公司，经验少、实力弱。咱老白官小位卑，说话没分量啊！"

刘苏说："算了吧，你是项目组的组长，只要你同意了，基本上就八九不离十了。是不是为民？"

于为民嘿嘿笑着说："白总确实也给我们帮了不少忙。"

"你说你老刘这次又去省城，又跑北京，搅了个翻江倒海，搞了个满城风雨，真有当年哪吒的气魄呀！"白宗桦说。

"我有那个本事就好了。你白总要是不把项目交给我干，我不把你老白搅得整天睡不着觉才怪呢。"刘苏开玩笑道。

白宗桦笑嘻嘻地说："那我还真得帮你多说几句好话，争取让你们永泰公司承保。如果你们竞争不上的话，那你老刘就别怪我不帮忙了。"

刘苏哈哈大笑："说点正经的，这次跑省进京确实有一定的收获，最起码领导们同意让我们参与电厂项目的竞标了。具体细节，你白总还得多给我们指指方向，无论如何你也得让我们参与进去，否则的话，我这苦头不是白吃了？"

白宗桦说："电厂项目的工程险业务风险较大，谁承保也不一定能赚钱，但如果一开始进不来的话，后边的其他业务做起来可能更难了。在这个项目的保险安排上，我们重点关注的有两点：一是风险点是否找得准、管理措施是否硬；二是扩展服务范围是否广、是否实。这两点抓准了，我个人觉着竞争力就大了。"

刘苏一拍桌子，大声说道："不愧是电力方面的专家，问题看得尖锐。晓滨、胜利，把白总的话记牢了，做标书的时候，一定要把这两个方面突出出来。"

酒喝了一半的时候，魏经纶跟刘苏说："桑奇他们在二楼，来的时候在大厅里遇见我们了，我跟老付过去敬个酒。"

刘苏说："你们俩去吧，但不要让他们过来了。"

魏经纶和付晓滨端着酒杯来到了二八八房间，刚要敲门进去，就听到房间里有人问道："桑总，现在电厂保险的事定了吗？是我们公司承保吧？"

桑奇说："那不是板上钉钉的事吗？这个项目如果我们不做，永泰、永平公司能做得了吗？"

"听说那两个公司也在极力争取这个项目，尤其是永泰公司。"刘大奎说。

"就是把这个项目给他们，他们知道怎么做吗？"房间里有人说道。

付晓滨小声跟魏经纶说："是闫利这小子，估计又喝多了。"

"永泰和永平的实力，哪能跟你们公司比，把项目交到他们手上，晚上睡觉都不会踏实。"一个声音沙哑的人说道。

"孙处长说得对。保险还得找像我们这样有实力的公司，找小公司投保，万一出个大灾大难的，他们也赔不起。孙处，你们港务局的企业财产保险准备什么时候办？"闫利问道。

"不光是企业财产保险，船舶、车辆都要投保。到时候桑总你要多给我们点优惠政策。"那个被称为孙处的人说道。

桑奇说："放心吧。只要让我承保，其他的事情都好商量。不谈业务了，喝酒，喝酒。"

魏经纶跟付晓滨点了一下头，两人敲门走进了房间。

"桑总，我跟老付一起给大家敬杯酒？"魏经纶跟桑奇商量道。

桑奇有些吃力地站起来，看样子酒喝得不少。

"我给介绍一下，这位是咱们滨城口岸办的王欣主任，我的好朋友，上周刚从省城调来咱们滨城。"桑奇指着坐在主宾位置上一位五十岁左右的男子介绍道。

魏经纶和付晓滨客气地跟王欣握了握手。

"这一位我就不用介绍了，你们两位都、都认识。"桑奇指了指坐在副宾座位上的另一位说道。

魏经纶说："认识，认识。咱们港务局的孙处长。"

桑奇又把魏经纶和付晓滨一一介绍给两位客人。

"来来来，坐下来一起喝两杯。"桑奇拉着魏经纶的手，热情地招呼道。

魏经纶说："不用了，桑总，我跟老付敬两杯酒就回去了。"

"再过十天，新年就要到了，这第一杯酒给在座的各位领导提前拜个早年，祝大家身体健康，家庭幸福！"魏经纶说完，带头把杯子里的酒喝了一口。

"这第二杯酒祝咱们公司新年新气象，生意蒸蒸日上！"魏经纶继续说道。

桑奇又摇摇晃晃地站了起来："说得对。今年公司发展形势很好，一月份保费就突破了千万元。还有，还有，咱们电厂项目马上也要签单了。"

魏经纶走到桑奇座位旁边，把桑奇轻轻地按倒在椅子上，说道："桑总，那我们先给您预祝一下，预祝滨城保险第一单早日签订！"

桑奇又颤悠悠地站了起来："大项目签订的时候，我一定请你们喝酒。香槟酒早就准备好了！"

魏经纶和付晓滨分别跟王欣和孙处长喝完一杯酒后，告辞道："王主任、孙处长、各位，慢慢喝，我们回去了。"

刘大奎和闫利把魏经纶和付晓滨送到房间门口。

刘大奎问："你们在哪个房间？过会儿我们也过去敬杯酒。"

付晓滨说："我们已经上饭了，酒已经结束了。你们好好陪陪领导们吧，都是自己兄弟，不用客气。"

刘大奎说："那我们就不过去敬酒了，改日我安排个场合给你老弟祝贺祝贺！"

魏经纶笑了笑，跟付晓滨一起上了楼。

滨城电厂保险安排评审会如期召开。评审小组共有七人组成，其中电力局、滨城电厂项目小组人员四人，其他三人分别为电力设计院候院长、东海建工学院建筑系田教授和财政学院金融系董副教授。

李志杰首先做了个开场白："各位专家，再有一周就是大年三十了，这个时候请大家来，主要是有一项比较急迫的任务需要在座的各位帮助把把关、定定调。大家都知道，滨城电厂项目是我省第一个无政府担保的贷款项目，总投资超过了35亿美元，是目前为止投资额最大的电力项目。该项目建成后，将极大的缓解我省电力供应紧张问题。对这个项目，省市领导十分重视，分管电力、金融的两位副省长相继做出重要批示，要求各相关部门和单位密切合作，建立促进项目建设的绿色通道，务必在今年三月底前开工建设，后年元旦前正式投入生产。目前大部分准备工作已经完成，只有风险管理安排还没有最终落实。对风险管理国外贷款银行十分重视，提出了很高的要求。为尽快落实好风险保障计划，我们委托两家保险公司编制了风险管理及客户服务方案。今天把各位请来，就是对两家公司提报的方案进行客观公正的评价，好中选优。电力处蒋处长是评判小组的组长，各位有什么问题，多跟他沟通沟通。过会儿，我还要去参加省政府召集的一个会议，就不陪大家了。"

李志杰走后，蒋大同又把方案评审的基本要求和规则讲了一遍。他说："各位在评审时，重点要看五个方面：一要看公司的整体实力；二要看公司在电力项目承保方面的经验；三要看公司的重视程度和整体专业水平；四要看费率水平；五要看售后服务能力。大家在通读两家公司竞标方案的基础上，对两家公司的风险管理方案做出评价，打出分数，好中选优。"

下午三点多钟，蒋大同将自己和其他六位评委的评审报告收集了起来，并将两家公司的最终分数进行了公布，永泰公司最终评审分数为八十九分。

休会一个小时后，肖天、李志杰和七名评审继续开会。

肖天说："七位评审给两家公司确定的最终分数统计出来了，说实话，这个结果有点出乎我们的意料。按道理讲，永泰公司刚成立不久，专业能力、技术水平、管理经验都比较欠缺，为什么最终分数高于另一家公司十分之多呢？我想听听各位的高见。"

李志杰补充道："肖局的意思就是想听听大家对两个公司提报的风险管理方案优缺点的评判，详细了解一下哪一个方案更切合实际，更具有可操作性。"

蒋大同看了看两位领导，用征询的口气问道："肖局、李局，我先说说？"

得到两位领导的同意后，蒋大同说："两份方案我都认真进行了阅读，互有所长，各有千秋。论整体实力、专业能力，永泰公司相对较弱，但从重视程度来看，永泰公司显然考虑得更周到一些，工作做得更细致一些。但我个人认为，风险管理除了看重视程度、承保前的准备工作做得如何外，更应该重视公司的实力和承保经验。说句不中听的话，假如该项目在建设过程中出现一个大的责任事故，公司实力不强的话，赔付可能都是问题。就目前来讲，永泰公司在整体实力、专业能力、管理水平、承保经验等方面，还不太具备承保像滨城电厂这样大的项目。所以，我个人倾向于把滨城电厂项目交给整体实力更强的公司来管理。"

蒋大同的话音刚落，建工学院的田教授马上反驳道："蒋处长的发言，我不敢苟同。风险管理重在管理，如果建设过程前和建设过程中，能把风险点都管控住，不出现大的赔案，岂不既保护国家财产免受损失，又不耽误建设工期吗？"

蒋大同说："我同意田教授的意见。公司实力强弱的一个重要标志是风险管理能力，而风险管理能力是由实力、专业能力等诸多要素组成的。一个整体实力不强的公司，他们管控风险的能力肯定不会比整体实力强的公司高，这应该是个最基本常识。假如建设过程中真的出现重大赔付案件，负责风险安排的公司又没有赔付能力的话，岂不真的耽误项目的建设工期吗？"

还没等田教授讲话，董副教授马上开口道："有句话叫做态度决定成败。仅从对该项目的态度来讲，我认为永泰公司对待该项目的态度是认真的。在方案中，他们对每一个风险点都进行了实际考察、研究、论证，对可能出现的问题都进行了仔细的评估，对可能出现的风险都制订了预案，特别是他们在服务内容的扩展方面考虑得十分周到。这对于一个成立时间较短，承保电力项目尤其是承保像滨城电厂这样一个投资额超过250亿元人民币的重大项目经验不多的公司来讲，难能可贵。无论从他们的工作态度，还是从方案科学合理程度来讲，都应该有能力为这个项目提供好风险管理。"

设计院的候院长接着说道："以上三位的发言都有一定的道理。风险管理需要实力，也需要态度。从设计学的角度讲，如果一个设计本身就存在着很大缺陷的方案，那无疑为以后管理工作埋下了重大安全隐患。就永泰公司为滨城电厂建筑安装工程保险项目设计的方案来看，我认为有非常值得借鉴的地方。所以我给他们的设计方案打了一个比较高的分数。"

省电力局安全处的苏副处长开口讲道:"我谈一点可能不太成熟的看法。就这两个方案整体情况来讲,我个人也认为永泰公司设计的保险方案有许多超乎寻常的地方。比如说,在工程开工建设前,他们将聘请有关专家进行安全知识培训;在工程建设过程中,他们将聘请三至四名工程专家二十四小时进行现场监督。再比如,他们对外地调入滨城电厂工作人员的子女入托、入学这些看似与风险管理无关的问题都进行了详细的考虑和安排,确实说明他们在设计服务方案时花了心思,动了脑筋。我个人认为,他们的整体方案之所以设计得比较到位,主要原因是因为他们认为自己整体实力较弱,竞争处于相对劣势,如果不在细节和后期服务方面多做做文章,那他们肯定摆脱不了被淘汰出局的命运。但风险管理仅靠这些是不够的,风险管理重要的是看实际操作过程中有没有管理风险的经验和能力;有没有在实际风险管理过程中,让每一个施工人员理解和接受风险防范的经验;有没有在出现特殊情况下,有快速反应、快速理赔的实力。在这方面,我同意蒋处长的意见,不能把纸上的东西作为评价的唯一标准,而要实际分析为什么出现这种现象的原因。"

候院长有些不耐烦地说:"苏处的意思是两家公司的风险管理方案之所以存在着一定的差距,主要原因是因为永泰公司认为自己竞争力不强,缺少取胜的把握,所以,在设计方案时尽了全力。而认为该项目风险管理非我莫属的公司,有些掉以轻心,因此在方案设计时没有尽到全力。方案设计合理的公司,本身不具备安排特大风险的能力。相反,方案设计存在诸多不确定因素的公司,实际风险管理过程中可能做得更好。我认为这个观点是极端错误的,是一种偏见,可以说是谬论。一个在外人看来实力较弱、根本不具备条件的公司,能把方案设计得如此科学合理,这本身就是一种实力的象征。难道不是吗?"

双方唇枪舌战各不相让时,肖天跟李志杰嘀咕了几句,开口说道:"这样吧,我们把每位专家的评估报告再认真地研究一下,形成一个初步意见后,再反馈给各位审议通过。"

李志杰说:"今天这个评审会开得很好、很热烈,各位专家对两个方案表达了不同的意见和建议,对这些诚恳的意见和建议,我们将认真吸取、加以采纳。今晚肖局长还有其他公务活动,委托我跟大家一起吃顿便饭,咱们边吃边探讨,好不好?"

根据评审小组的最终评审结果，省电力局党委会研究，决定滨城电厂保险项目安排由招标改为议标，并确定由永泰公司负责该项目的保险安排和风险管理。

收到省电力局的正式函件后，永泰公司上下奔走相告、一片欢腾，总经理刘苏更是激动不已。想想从听到该项目的保险安排"原则上交由其他公司负责"消息的近一个月里，自己五去省城、两去北京，行程近一万公里，平均每天睡眠不超过五个小时，禁不住热泪纵横。

魏经纶轻轻地走了进来，对陷入沉思的刘苏小声说道："刘总，各部门负责人都在小会议室等您，他们想跟您一起分享这一令人激动的时刻，并请您安排下一步的工作。"

刘苏赞赏地看了看魏经纶，起身轻轻地拍了拍魏经纶的肩膀。

刘苏、魏经纶一出现在小会议室门口，围坐在会议桌两边的部门负责人齐刷刷地站了起来。会场里爆发出一阵雷鸣般的掌声。

魏经纶满怀激情地说："今天是个好日子，是滨城永泰公司值得纪念的日子。经过公司上下的共同努力，我们成功打败竞争对手，顺利拿到了截止目前滨城最大的保险项目——滨城电厂建筑安装工程保险承保权，这对于一个从筹建算起来只有八个月、正式开业时间也只有两个月的公司来讲，是一个奇迹，这个奇迹属于在座的各位，属于滨城中心支公司全体干部员工，也属于整个永泰公司。我再次提议，让我们以热烈的掌声，对我们成功赢得滨城电厂项目承保权表示祝贺！"

办公室打字员刘梅急匆匆地走了进来，将一份传真电报交到魏经纶手上。魏经纶扫了一眼，把传真电报交给了刘苏。

大家停止了掌声，静静地看着刘苏。

"好，经纶，给大家念一下！"刘苏说着，把传真电报又递给了魏经纶。

魏经纶接过传真电报，朝大家扬了扬："刚刚收到的省公司徐国栋总经理的亲笔祝贺信。"

"刘苏总经理并滨城中心支公司全体干部员工：惊悉滨城中心支公司成功获得滨城最大的保险项目——滨城电厂项目承保权，我谨代表永泰保险股份有限公司东海分公司党委、总经理室，对永泰滨城中心支公司全体干部员工表示热烈的祝贺和衷心的感谢！滨城电厂是省内重点建设项目，也是目前全省电力系统最大的建设项目，总投资超过了250亿元人民币。在竞争十分激烈、各方面条件都不占优的情况下，滨城中心支公司全体干部员工在总公司的支持帮助下，在分公司党委、总经理室的正确领导下，在滨城中心支公司党组、总经理室的直接带领下，不畏艰难、勇往直前，用踏实的工作、真挚的感情、无私的奉献，感动了客户，赢得了信任。希望滨城中心支公司全体干部员工，戒骄戒躁，扎实工作，切实为滨城电厂建设提供好保险服务，把滨城电厂保险项目做成精品工程。为表彰滨城中心支公司在滨城电厂项目拓展工作中取得的成绩，经分公司党委、总经理室研究，决定给予滨城中心支公司现金奖励五十万元。"

魏经纶话音刚落，会场上又响起了雷鸣般的掌声，经久不息。

待掌声完全停止，魏经纶说："下面，我们请党组书记、总经理刘苏同志做重要讲话。大家欢迎！"

刘苏说："再过两天就要过春节了，在辞旧迎新之际，我们又成功争取到了滨城电厂项目的承保权，对滨城公司来说是双喜临门。自昨天开始，市直大部分单位都已经开始轮流值班了，忙活了一年，大家都想早一天休息休息，停下来跟家人、朋友聚一聚，可对于在座的各位来讲，今年的春节可能没时间休息了，因为我们目前有一项非常重要、非常急迫的工作要在春节前后完成。大家都知道，滨城电厂项目正月初八要举行开工奠基仪式，要在开工建设之前完成各项风险管理工作安排，我们只有四五天的有效工作时间了。所以今年这个春节，大家没有更多的闲暇休息、放松，尤其是在座的各位。会后，各部门立即分头召集部门人员，就我们在滨城电厂项目竞争方案中提出的关于承保、理赔、客户服务等方面的内容，进一步进行细化、充实，把服务措施、责任人落实到位，把我们招投标时向客户做出的承诺落到实处。"

刘苏说："建安工险仅是滨城电厂项目的一种保险，这个保险是一次性的，不具有延续性，项目建成后运营方面的保险，才是我们更应该值得重视的。我们成功争取到项目建设过程的保险，但也可能为争取以后运营过程中的保险增加了难度。大家试想一下，老大哥公司在人才、技术、经验、资源等方面都具有明显的比较优势，他们一定会认真总结这次'大意失荆州'的教训，调集一切资源合力公关。永平公司之所以没有参与这次竞标活动，主要原因是他们认为自己不具备竞争的条件，对自己没有信心。我们的成功，在给自己增加更大信心的同时，也给了永平公司信心，相信他们在两年后的运营险业务竞争中，一定会积极参与的。所以，从现在开始，大家要充分发挥我们先入为主的优势，宁愿其他业务不做或少做，也要集中精力把这个项目的各项服务工作做好，确保我们成为电厂永远的选择。"

刘苏扭头跟旁边的魏经纶和于为民小声嘀咕了几句，然后说道："大家原地不动，有件事我们三个人简单商量一下，一会儿就回来。"

十五分钟后，刘苏、魏经纶和于为民重新回到了会议室。

魏经纶说："刚才，总经理室成员开了个短会，商量了几件事。第一件事，在电厂保险项目拓展过程中，公司上下都付出了艰辛和努力。为此，总经理室决定公司全体员工每人普奖两千元钱，项目小组人员的特别贡献奖待各项承保工作完成后再研究确定。散会后，计财部李经理安排一下，争取今明两天把奖金兑现到每个人手中。"

"第二件事，最近大家十分辛苦，又恰逢春节来临，今晚总经理室跟大家一起吃顿饭，也算是年夜饭吧，地点在市政府招待所。"

"第三件事，刚才刘总讲了，春节前后我们有很多工作要做。但春节是中国人最大的节日，还是应该放几天假，让大家走走亲、访访友。正式假期从腊月三十开始，正月初三结束，正月初四集中开会研究电厂服务方案落实措施。放假前我们就不再集中开会了，今天的会议也算是个春节前的最后一个会议。"

正月初八，滨城电厂举行了盛大的开工奠基仪式，省政府分管电力的副省长、人大副主任，国外贷款银行、设备供应商代表及滨城市五大班子主要领导参加了奠基仪式。徐国栋和刘苏作为嘉宾应邀参加了奠基典礼。

奠基典礼开始前，徐国栋和刘苏将滨城电厂项目建筑工程一切险和安装工程一切险正式保单，交到了白宗桦的手上。

白宗桦用手拍了拍装有保单的档案袋说："有了这个东西保驾护航，我就可以开足马力大干了。两位放心，第一期四百万元的保险费，我会按合同约定按时支付给你们的。"

项目开工建设后，围绕如何为项目提供高效服务，永泰公司成立了两个服务小组。一组由于为民牵头，付晓滨具体负责的现场服务小组，二十四小时提供现场风险管理、咨询服务；另一组由魏经纶牵头，梅胜利具体负责的风险管理培训小组，负责组织风险管理专家、防灾防损专家对项目人员进行定期不定期的风险管理培训，为项目顺利建设提供力所能及的支持。

十四

四月上旬的最后一天，滨城市人民银行如期公布了全市一季度保险业发展情况报告，全市一季度实现保费收入三千八百六十万元，其中，永泰公司保费收入达到一千二百八十五万元，比同一天成立的永平公司多七百多万元。看着面前的成绩单，刘苏有些喜形于色。

"省公司一季度经营发展情况，大家前天就已经知道了，我们滨城公司取得的成绩可以用辉煌来形容。今天，市人民银行又公布了一季度的全市保险业经营发展数据，我们滨城公司的保费收入占到全市保费收入的近三分之一。为了更好地总结公司成立这几月的成绩，鼓舞全体干部员工的士气，我决定本周召开公司全体人员大会，这个会议可以说是一季度业务分析会议，也可以叫二季度工作会议。今天咱们班子成员商量一下，顺便把几件事情再定一定。"刘苏满面春风地说。

于为民说："刘总说得对。我们滨城公司自去年十二月十七号正式成立至今，只有不到四个月的时间，如果连筹建阶段也算上的话，也只有区区十个月的时间，在这么短的时间里，我们就取得了如此辉煌的成就，不能不说是奇迹。这一成果的取得，是与省公司的支持、全体员工的努力，特别是刘总的运筹帷幄是分不开的。所以，一季度经营分析会议一定要开，而且要开得轰轰烈烈，借此宣传成绩，鼓舞士气。"

刘苏笑着说："为民说得对，开会只是个形式，目的是为了宣传公司，鼓舞士气。除此之外，我还想借这次会议把公司的经营指导思想再进一步明确一下，给公司的下一步发展定好调子。"

刘苏看了于为民和魏经纶一眼，接着说道："公司的发展思路，我基本想好了，就十个字：大项目建业、大项目兴业。"

"大项目建业、大项目兴业。"于为民重复道。

刘苏进一步解释说："所谓大项目建业、大项目兴业，就是要把发展大项目作为兴业之基、立司之本，通过持续不断地抓好重大项目的拓展，把滨城公司树立成全省的一面旗帜。"

于为民说："抓大放小，这个思路完全正确，我举双手赞成。就拿我们滨成公司来讲，如果我们在成立晚、人手少的情况下，不把主要精力放在大项目发展上，就不会在这么短的时间内取得如此大的成绩，引起社会的广泛关注。所以，大项目建业、大项目兴业应该成为公司今后发展的指导思想和基本原则。"

"经纶，说说你的看法。"看着魏经纶一直低头做记录，没有说话，刘苏问了一句。

魏经纶停下手中的笔，犹豫了一下，说道："制定正确的指导思想和发展思路，对公司的健康发展至关重要。至于经营发展指导思想应该怎么定，我还没有完全想好，但我觉着在突出重大项目发展的同时，也要多关注一下常规性业务的发展。大项目对快速提高市场份额和影响力固然重要，但如果重大客户业务不持续，常规性业务发展又不理想的话，公司可能会出现业务发展忽高忽低的问题。"

"你说的重大客户业务不持续指的是什么？"刘苏皱着眉头问道。

魏经纶说："像电厂这样保费超过一千多万元的大项目不是每年都有，如果今年有明年没有了，而车险、企财险这样分散性业务又做得不好的话，业务可能就会出现起伏现象。"

刘苏说："滨城是一个沿海开放城市，三来一补项目很多，我对滨城下一步大项目发展的前景十分看好。电厂项目公关工作结束后，我们下一步的工作重点是港务局项目。我让梅胜利算了笔账，滨城港务局目前仅企财险、车辆险、货物运输险业务，一年保费收入也得千八百万元，目前看，我们在这个项目的拓展上也具备了一定的优势。退一步讲，即使这个项目我们只承保了一部分，电厂建成后，它本身的运营险业务保费收入就得超过千万元。另外，市里还有六七个比较大的项目正在或即将开工建设，这些项目我们不可能一个也做不下来。这就是我为什么提出大项目建业、大项目兴业的依据。"

魏经纶说："刘总，您说的这些我都明白。电厂项目成功承保后，我们永泰公司在滨城的地位和影响力一下子大了起来，公司的同志们都说，出去做业务、拜访客户时，明显感觉底气足了，自豪感强了。我的意思是说，我们在突出重大业务发展的同时，也要适当考虑中小项目、分散性业务的拓展。"

刘苏说："这个问题会后大家再讨论，如果没有什么大的原则性问题的话，先这样提出来，以后可以再补充完善。下面我们先讨论几个具体的问题。一个是一季度工作会议时间和日程。我个人的想法是宜早不宜迟，会后大家分头准备，后天下午就把会开下去。大家看怎么样？"

魏经纶和于为民都点头同意。

刘苏接着说："会议还是由魏总主持，主要日程就两项，于总通报一季度公司整体经营情况，宣导二季度业务发展目标和措施。于总讲完后，我再具体强调强调，整个会议不超过两个小时。如果大家没什么意见的话，这事就算定下来了。第二件事，就是关于人员招聘和业务培训的问题，这个问题让魏总具体说一说。"

魏经纶说："公司成立时，省公司给了我们三十个编制，目前还有七个空编，其中两个编制是留给姚东风和杨山坡的，目前实际上公司还空着五个编制。电厂项目做下来后，有三四个人主要靠在工地现场进行项目维护和服务，人手不够的问题比较突出。"

刘苏打断魏经纶的话说："电厂项目做下来后，省公司领导十分满意，如果编制不够的话，我们可以再让省公司追加几个，不会有问题，但在我们还有编制未用完的情况下，再向省公司申请编制，省公司肯定不会审批的。这样吧，一季度会议后，我再跟姚东风谈一谈，让他尽快把手续办过来，如果实在办不过来的话，编制我们也不能无限期地保留下去，总经理室成员的那个空缺，我们也不能再给他保留了。杨山坡那边，魏总你再去做做工作，他那个层级的，只要提出来，陈醒目不会不放的，如果还拿不定主意的话，我们就只能放弃了。现在公司不是刚筹建的时候，多少人想来咱还不要，他还端什么架子？"

魏经纶说："对杨山坡我们还是尽量做做工作，如果他能调过来，肯定会对公司国际业务的发展有一个大的促进。目前，公司在国际业务发展方面还没有实现零的突破。电厂项目取得重大突破后，财产险业务发展可以说是有了良好的基础，但寿险业务发展不理想。一季度，公司寿险业务只做了五六十万元，与产险业务飞速发展形势不相匹配。前几天我跟李冬冬聊起寿险业务发展问题，她说产险业务和寿险业务不同，产险主要以团体客户为主，而寿险主要以个人客户为主。团体客户讲的是人脉，也就是社会资源是否丰厚；

个人客户讲的是人数。就目前寿险业务部三四个人的力量,想把寿险业务尽快发展起来确实很难。所以,她希望公司在现有人员基础上,再给寿险业务部增加三四名员工,这些人除了展业以外,还要对公司全体员工进行人寿险业务培训。目前公司的大部分员工只能做做车险业务,国际业务、企财险业务基本上不会做,相对复杂一点的寿险业务就更做不了了。"

刘苏说:"会后,我们两人一起和李冬冬聊一聊,听听她具体想法是什么。刚才你提到培训问题,我觉着这是一个非常急迫的问题,现在公司里很多员工连保险的基本原理都讲不出来,怎么做业务?这件事,魏总你要好好组织策划一下。"

于为民说:"一季度虽然账面上的业务收入是一千二百八十五万元,但实际入账保费只有六百多万元,因为电厂一期保费只交了五十万美元,折合人民币四百多万元,这些钱目前只能存在银行里。因为人手不够,资本运营暂时还启动不了,是不是考虑给资金运营部增加一至两个编制,把我们收到的这部分资金尽快运作起来,钱存在银行里总归收益小。"

刘苏说:"资本运用问题,这几天我也在琢磨。于总你先负责拿出一个详细的方案,季度会结束后咱们再专题研究,尽快把这部分钱运转起来。收入多了,才有条件给大家增加工资、提高待遇。"

按照一季度工作会议确定的"大项目建业、大项目兴业"的经营指导思想,公司立即启动了滨城港务局、滨城化工厂、滨城棉纺织厂等市内较大项目的公关拓展工作,并分别成立了由三名班子成员担任组长的项目工作小组,全力组织项目公关协调工作。

配合经营指导思想的落实和大项目拓展工作的开展,公司围绕电厂项目承保服务、公司企业文化建设、产品险种等重点,在《滨城日报》、滨城广播电台连续进行了宣传报道,公司还制作了一批《快速发展的永泰滨城中心支公司》宣传画册,通过各种途径发放了下去,收到了很好的宣传效果。

永泰公司大张旗鼓的宣传活动,引起了永平等其他两家公司的高度关注。永平公司迅速召开总经理办公会议,研究应对措施。

宋珂说:"永泰公司近来动作频频,这对我们来说不是一件好事。永泰公司侥幸取得滨城电厂建设期间的保险业务后,公司在当地的影响迅速扩大,他们借承保大项目大力炒作虽属正常,但肯定会对我们永平公司造成很大的负面影响。大家都知道,永平和永泰是一天成立的,成立时两家公司还因为开业典礼的事闹得不愉快，结下了'梁子'，现在他们又在当地报纸电台高调宣传，如果我们永平公司没有所反应的话，那很可能会在当地党委政府和老百姓心目中造成永平公司没实力、无法与永泰公司竞争的印象。最大限度地消除不利因素的最好途径就是大力发展业务、扩大对外宣传。"

韩东洋说："永泰公司成立前后，在大项目公关尤其是在滨城电厂项目公关拓展方面，做得比较到位，他们的胆识和精神值得我们学习和借鉴。从人民银行一季度公布的数据看，永泰公司保费收入虽然达到了近一千三百万元，但他们的常规性业务只有不到二百万元，除去寿险业务，常规性财产险业务只有一百多万元，不及我们公司的三分之一，结构不合理的问题显而易见。大项目能提高公司的影响、促进业务规模的快速膨胀，但保险公司生存的基础还是常规性业务，否则的话基础就不牢。从这个方面讲，我们的发展更稳妥，更应该坚持。因此，在业务发展方面，我们还是要一如既往地抓好常规性业务，同时尽最大努力拓展几个较大规模的项目，以此来提高士气，扩大影响。"

宋珂说："韩总讲得很对。永平公司自成立那天起，我们就制定了稳扎稳打的发展策略，我们跟老大哥公司在市场竞争方面目前还没有可比性，我们的目标就是永泰公司。永泰公司不是提出'大项目建业、大项目兴业'的口号吗？那我们就提出'立足常规业务、抓好大项目业务'的口号，对永泰公司参与的每一个重大项目，拟开拓的每一个重大客户，我们都要积极参与，展开竞争，起码在气势上不能输给对手。"

韩东洋说："宣传方面我同意宋总的意见，加大力度，但要突出一下自己的特点。比如说公司推出的一些新产品、公司的整体发展形势等等。宣传方面，我不内行，牛主任有经验，牛主任可以牵头好好组织策划一下。"

牛山歌说："开业时我们在当地广播电台和报刊杂志上做了几期宣传，主要是向社会通告公司成立的一些信息，但考虑到公司刚成立，资金比较紧张的现实，宣传方面不如其他两家公司做得到位。最近几天，我认真地梳理了一下，初步形成了一个方案。除了对公司新近推出的'幸福千万家'这一款产品进行重点推介外，我想围绕优质服务、勇担社会责任这两个主题，策划一个宣传活动。"

宋珂说："公司虽然费用比较紧张，但宣传还是要搞的，不能悄无声息。昨天我见到了市工会张主席，他说他们正在组织筹备'五一'节大型表彰活动,市里领导都可能参加。刚才牛主任说起勇担社会责任问题时,我忽然想到这么个问题,如果我们围绕为劳动模范无偿提供风险保障做一下文章的话,应该能收到很好的社会效果。"

牛山歌说:"这个提议不错。明天我就去市工会找张主席把这件事确定下来,借此把永平公司好好地宣传一下。"

宋珂说:"最近听说永泰公司正组织人员做港务局的工作,想在大项目承保方面再放一颗卫星。在港务局项目拓展方面,我们决不能再等闲视之,要全力以赴。独家承保做不到,但至少要参与进去。"

韩东洋说:"永泰独家承保电厂项目后,陈醒目很是恼火,煮熟的鸭子飞了不说,连赴国外考察的费用也没有赚回来。为报失去电厂项目那一箭之仇,据说陈醒目在港务局项目上已明显加大了公关力度,发誓坚决不让永平公司参与进这个项目。我们是不是利用一下他们之间的矛盾?"

宋珂一拍桌子,大声说道:"英雄所见略同。对港务局这个项目,我们要两条腿走路。老韩,明天你带上承保、客服部门的人员去趟港务局,找找你那个远房亲戚,他是党委副书记,保险的事他不会不参与意见,让他帮忙给出出主意,关键时候给说句话。你可以直接告诉他,不管事情成功与否,我们都不会忘记他的。明天,我联系一下陈醒目,跟他见个面,看看他有没有跟我们联手共保的意思。在港务局业务保险方面,我的态度很明确,我们做不了的,也不能让'大洋人'做成。"

韩东洋从港务局回来后,提着包直接进了宋珂的办公室。

"回来了?见到苏书记了?"看到韩东洋进来,宋珂热情地招呼道。

韩东洋说:"见到了。苏书记说昨天下午港务局刚召开了局长办公扩大会议,主要议题有四个,保险是其中一个主要议题。"

"是吗?这么巧?苏书记是怎么说的?"宋珂急切地问道。

"苏书记说,会上定的基本原则有三条:一是通过议标的形式安排这个项目的保险;二是保险的范围除企业财产、车辆、船舶等财产保险外,还可能给港务局的每一位职工购买一份人寿保险;三是保险责任部门是港务局计财部和办公室,计财部负责牵头。"

宋珂想了想,说:"你让苏书记给引见一下财务部和办公室的负责人,有必要的话,先期可以先投入一点。"

韩东洋说:"我已经跟他说了,他说找个时间帮忙约约。陈醒目那里你去过了？"

"他上午有个会，约好了下午去。"宋珂说。

"港务局财务部的孙处长是从省城调来的，跟桑奇关系不错，据说他们经常聚在一起吃吃喝喝，有时候还跟桑奇坐一个车回省城。"韩东洋说。

宋珂说："这样吧，这件事下午我见了陈醒目以后再说。"

下午两点钟，宋珂准时来到了陈醒目的办公室，对那间办公室他是十分熟悉的。

看到宋珂推门进来，陈醒目热情地迎了上来："宋总可是稀客啊！今天怎么想起来故地重游了？"

宋珂笑着说："公司没业务，快吃不上饭了，想来老大哥这里讨碗粥喝。"

陈醒目说："永平公司在你老弟的英明领导下，业务突飞猛进，收入月月增长，肉都吃不过来了，哪还需要喝粥啊。倒是我这里僧多粥少，快揭不开锅了。老弟不会是来救济的吧？"

宋珂哈哈大笑："陈总真会开玩笑。你们公司家大业大，要是揭不开锅的话，我们这些小公司早就关门了。"

陈醒目说："公司的情况你又不是不了解，一百多号人，退休的、有病不能坚持上班的就占了六分之一。永平、永泰公司成立后，公司吃饭的人没少，业务倒被你们抢走了不少，饭虽然暂时还能吃上，但只能喝点稀饭了。"

宋珂说："我们永平公司业务规模小，只是捡了点你老兄扔下不要的业务，对你老兄构不成什么影响。永平公司成立就是为了给你老兄当个绿叶，衬托你这朵大红花更加鲜艳的。不像人家'大洋人'的永泰公司，发展势头挺猛，可能对你老大哥造成了一定的影响。"

陈醒目说："岂止是影响，简直是毁灭性打击。说句实在话，'大洋人'还真有两下子，我到嘴的肉他都能扒拉了去。"

"不是'大洋人'本事有多大，是你老兄太厚道、太善良了。就拿电厂那个项目来说吧，协议都快签订了，培训也完成了，还是让他硬生生地夺了去，不太厚道。"宋珂显得很气愤的样子说。

陈醒目说："这事也怪咱自己太大意了，以为人都派出去培训了，还能有什么问题？可就是感觉有把握的事情，最终没有办成。教训深刻呀！"

宋珂说："人在社会上混，谁都有阴沟里翻船的时候。可没有像'大洋人'那样的人，业务做了就做了吧，还到处败坏你老兄，显摆自己有能耐。"

陈醒目问:"'大洋人'败坏我什么了?"

宋珂故作惊讶地说:"你不知道?不知道我就别说了,说了心里还堵得慌!"

陈醒目生气地说:"老刘干了那么多年党政干部,素质不应该那么低。他不讲究,那我们以后也就不客气了!"

宋珂说:"你跟他客气,他可不会领你的情。最近他又到处宣传说,市里的大项目非他永泰公司莫属,别的公司没有那个能力做。听说港务局项目他们要势在必得。"

陈醒目说:"港务局这个项目,这次我们不会让他轻易得手的。"

宋珂说:"港务局班子昨天刚开了会,研究了四项工作,其中就包括一揽子保险的事。"

陈醒目瞪大了眼睛,问道:"是吗?这事你是怎么知道的?老孙怎么没告诉我们?"

宋珂说:"我们公司的韩总跟港务局的苏书记是亲戚,他也有意让永平公司参与这个项目。你刚才说的老孙,是不是财务处的孙处长?他昨天突然拉肚子去了医院,没参加会议。"

陈醒目说:"你们还知道哪些事?不介意的话一起分享分享?"

宋珂说:"虽然我们是两家公司,严格意义上来说还是竞争对手,但我跟你老大哥没有什么不能说的,要是不能说的话,我今天就不会来找你了。会上,他们定了三条原则,其中两条是关于招标形式和保险内容的。港务局这个项目不小,一揽子保险中不仅包括企财险、车辆险、船舶险,还包括职工人寿保险。这个项目这么大,我们永平公司没有独吞的想法,也没有那么大的胃口。在港务局保险项目上,咱们两家是不是合作一下?项目做下来后,至于我永平公司份额多少,不是主要的,只要不让'大洋人'参与进去就行。要是他把这个项目再做下来,那还不飞到天上去?"

陈醒目说:"只要永泰参与不进来,我们两家份额怎么分配,那都是好商量的。"

宋珂说:"这件事咱们就这么说定了。苏书记和办公室主任的工作,我们都已经做好了,你老兄重点做好孙处长的工作就可以了。只要咱两家公司联起手来,他'大洋人'有天大的本事也没有用。"

陈醒目说:"在港务局项目上我们要共进退,全力阻止永泰公司,决不让

'大洋人'插手!"

宋珂说:"'大洋人'那家伙什么鬼点子都有,我们可要提防着他点,关键时候我们也要用点计谋。这就叫以其人之道,还其人之身!"

君子协定签订后,陈醒目和宋珂分头密集做相关人员的工作,并安排人到处散布说,港务局保险的事,领导们已经私下确定由永泰公司承保,据说永泰公司为争取这个项目破了"血本"。听到这个消息后,负责港务局招投标的部门和人员都胆战心惊,唯恐惹火上身。

一个多月后,港务局正式下达了邀标通知书,滨城市三家财产保险公司中,唯独永泰公司没有收到邀标函。

得到消息后,刘苏和魏经纶第一时间找到了港务局的几乎所有领导和负责保险安排的计财处、办公室负责人,得到的答复几乎是一致的,而且态度很坚决:永泰公司只有不到三十名员工,滨城电厂一个项目就占用了大量的人力物力,如果再参与这个项目保险服务的话,不仅会影响对电厂项目的服务质量,而且肯定会降低对港务局项目的服务要求。因此,局领导研究决定,这次港务局一揽子保险安排就不再邀请永泰公司参加了。

刘苏跟魏经纶又跑到市政府找到赵明,希望他出面帮助协调一下。

赵明说:"上一次参加你们两家公司开业典礼时,就有人说我一碗水没端平,明显偏袒你们永泰公司。人家邀标通知书昨天下午就已经发了,我今天再要求人家给你们补发一个,你们觉着合适吗?"

刘苏说:"关键是陈醒目和宋珂两个人勾结在一起背后捣了鬼,否则的话,我们永泰公司不可能参与不进去。"

赵明说:"你们两个回去以后也应该好好检讨检讨,找找原因。本来都是竞争对手,为什么人家两家公司联合起来对付你们一家?"

魏经纶说:"主要是因为我们承保了电厂项目后,他们两家都不服气。这就叫木秀于林,风必摧之。"

赵明瞅了魏经纶一眼,面无表情地说:"关键是你们永泰公司这棵树还没有秀起来的时候,这风就来了。把这件事当作一次教训吧!"

收到邀标通知书的当天,宋珂找到陈醒目商量道:"陈总,港务局这个项目经过咱们两家的共同努力,算是拿下了,对港务局一揽子保险业务的管理和保险标的的划分,咱们是不是应该坐下来好好商量一下?"

陈醒目说:"应该商量一下。今天两家公司的项目小组人员正好都在,一会儿商量一下?"

项目小组人员都集中到了陈醒目办公室隔壁的会议室,陈醒目与宋珂客气一番后首先讲道:"港务局一揽子保险,经过在座各位的共同努力,到今天为止可以说是大功告成了,下一步的工作重点就是尽快完成保险管理方案正式文本的完善。前期我们跟港务局沟通协商时,已经搞了一个基本的框架,主要内容都已经有了,但保额划分、保费分割、后期服务如何协调等问题还没有最终确定。这几天大家再辛苦一下,尽快把这几个问题确定下来,一并写入正式保险服务方案里面。"

宋珂说:"刚才陈总已经讲了,他的讲话代表了我们两家公司总经理室的意见,我完全赞成。大家都知道,在港务局项目协调公关过程中,两家公司都尽了全力,配合得很好。在这个项目的承保和后期服务管理方面,我个人的意见还是由老大哥公司牵头,做主承保。作为主承保方,保费比例适当高一些是应该的。份额应该怎么确定比较合理呢?我看就按五十一比四十九或者五十二比四十八来划分吧。您说呢,陈总?"

陈醒目狡黠地笑了笑:"两家公司共同承保一个项目,这在滨城保险业还是第一次,在全省保险业可能也是首创,没有经验可借鉴。刚才陈总说让我们做主承保方,这也是我们两家跟港务局谈判协商时港务局明确要求的,总归我们公司成立时间长、专业能力强一些。作为主承保方,在前期公关、谈判以及后续的服务管理方面,都要承担更大的责任,按照承担的责任和项目投入的多少进行保费分配是必须的。当然了,我说的这个投入不仅仅指资金投入,还有技术、时间以及服务等方面的投入。港务局项目如何承保,是在一个大保单项下分险种由两家公司单独承保,还是把所有的险种统在一起承保,这个问题大家要作为一个重点进行研究。"

陈醒目看了看旁边的闫利、王明和杨山坡,问道:"你们三个人全程参与了这个项目,你们觉着怎么办既符合客户的要求又有利于客户服务?"

闫利说:"我个人认为,分险种各自承保比较好,因为捆绑在一起承保,这样的业务咱们以前没做过,保费划转也不方便。"

王明说:"我同意闫经理的意见。如果各险种捆绑在一起承保的话,某一个标的一旦出了险,客户服务、责任划分、赔款支付可能都比较麻烦。"

杨山坡说:"客户也倾向于分险种承保,这样责权利清晰。两家公司共保一个项目,在滨城以前没有过,客户害怕出险后,两家公司协调起来不顺畅,出现都管都不管问题。"

宋珂说："客户的担心可以理解，但有些多余。咱们两家公司前期公关配合得不就很好吗？贵司是主承保方，也就是牵头公司，只要两家标准确定出来了，我们一定会配合好贵公司的，他们完全没有必要担心。"

韩东洋说："分险种单独承保也可以，但四个投保险种保额不一样，费率有差别；出险的概率也不尽相同，怎么分配更合理，大家还要好好商量商量。"

闫利说："四个险种中，一家各保两个险种比较合适。"

桑奇说："宋总、韩总，你们看这样分配行不行。港务局六百多人的人寿保险和船舶险，由永平公司承保，其他两个险种，我们承保。"

韩东洋拿过计算器算了算，笑着说："桑总账目算得挺精的呀，六百多人的人寿保险按每人平均七百元保费计算，才四十多万元的保费；七八条船舶，按每条船最高七八万元保费计算，也就五六十万元，且风险在所有承保的四个险种中是最高的，而这个项目总保费六百多万元，才百分之十五六的比例？"

桑奇说："账不能那么计算，人寿险每年都有保费入账，十年期保费累计就超过了四百多万元。船舶险风险虽然高一些，但人寿险风险低啊！"

韩东洋说："我们永平公司成立得晚，在船舶险管理方面人才少、经验不足，我看船舶险你们公司承保，车辆险由我们承保。"

宋珂说："这个提议不错，陈总你看呢？"

陈醒目说："咱两家公司就别再为几百万元的保费争来争去的了。我看把我们的方案提交给港务局，让港务局牵头部门来决定吧。咱先把细节研究好，大后天就正式签订合同了，怎么也得给人家一天的时间审核合同，别耽误了。"

宋珂说："这件事就别麻烦人家孙处了，你老大哥定定就行了，什么你多我少的。"

陈醒目说："还是让他们给当个裁判吧。桑总，你给孙处打个电话，看看他能不能来公司一趟，今天正好宋总、韩总和弟总们都在，让他过来一起乐呵乐呵。"

桑总出去打电话了。

陈醒目跟宋珂说："细节让他们慢慢商量，我还有点好茶，一直没舍得喝，走，到我办公室里去品尝品尝。"

港务局财务处的孙玉河一进门，就大呼小叫开了："叫我来有什么事？我那边忙得要死！"

"领导再忙也得吃饭呀！今天弟兄们都在我这里商量服务方案的事，想让领导过来与民同乐同乐。"陈醒目一边跟孙玉河握着手，一边笑着说。

孙玉河说："桑奇这家伙说有重要事情要商量，早知道吃饭我就不来了。家里的活堆成了山，确实忙不过来。"

宋珂说："桑总没开玩笑，确实有件事要跟领导请示请示。"

孙玉河说："都定了由你们两家公司承保了，还有什么可商量的？"

宋珂说："本来不想麻烦您了，我说让陈总定定就行了，可陈总非让领导您出面不可。让您来，主要还是想见您一面。"

孙玉河问："什么事还没定下来？后天我那边的领导就要审核合同了，可别耽误了啊！"

桑奇说："合同肯定会按时提交的，让领导来，主要是想让您帮我们分配一下业务份额，免得以后我们服务跟不上，给你们主管部门添麻烦。"

孙玉河故作严肃地说："服务跟不上可不行，你们要兑现你们的承诺。要是服务真跟不上，明年业务到期我们就拜拜了。至于份额如何分配，上次领导小组开会的时候，定了一个基本原则，那天我也简单跟你们讲了。领导小组的意见是，整个项目的服务要以陈总公司为主，企业财产方面的保险由陈总来安排。船舶保险风险比较高，专业技术方面的要求也相对高一些，领导小组的意见也由陈总来安排。人寿方面的保险大家都倾向于由宋总公司承保，总归人寿保险麻烦少一些，风险也小一些。宋总你别误会，不是说人寿方面的保险风险小，怕出事后你们赔不起，而是考虑到永平公司成立时间短，人手也不足，尽量给安排风险小、麻烦少一点的业务。"

宋珂双手抱拳，夸张地做了一个行礼的动作："感谢港务局领导的关怀！感谢孙处长的关照！"

"宋总，你也不用客气。既然我们合作了，以后就是朋友了，相互理解和照顾也是应该的。"孙玉河说。

"车辆方面的保险，领导们有没有一个主导意见？"宋珂迫不及待地问道。

"噢，对了，还有车辆保险的事，我差点忘了！港务局目前有一百二十三四辆车，大货车居多，小轿车、工具车、面包车一共三十五辆，最近可能还要提三台车回来,加起来小型车也不过四十辆。我们的意见是,两个公司一家一半,也可以是运输车辆归一家公司,小车归一家公司。"孙玉河建议道。

还没等孙玉河讲完,宋珂就迫不及待地打断了他:"孙处,企财险、船舶险都由陈总来做,我同意,但这一百多台车的保险就别两家子分了,都让我做算了。陈总家大业大,不差那点业务。老大哥你说呢?"

陈醒目笑着说:"不缺业务是假的,我现在日子不如你老弟和'大洋人'好过。就按孙处说的办吧,两种车型,你可以先挑。"

"老兄,你就高抬贵手吧,我今年可就指望港务局这笔大业务了!"宋珂装出一副可怜兮兮的样子哀求道。

"领导小组定的这个大原则,你们两位老总最好别改了,至于一些小的细节,我们就不管了,你们两个自己商量着办吧。"孙玉河放下手中的茶杯,说道,"今天我就不跟你们一起吃饭了,家里还有好几拨人等着我。"

"都这个点了,简单吃两口再走吧,回去你不也得吃饭?"陈醒目看了一下手表,拉住孙玉河的手说道。

宋珂也拉住孙玉河的另一只手说:"不喝酒,简单吃点饭,用不了多长时间。"

孙玉河有些为难地说:"正式合同签订完以后,咱们三家再好好吃一顿吧,今天确实没时间吃了!"

陈醒目放开孙玉河的手跟宋珂说:"看来孙处今天确实有事,这顿酒我跟宋总先给你记着,改天我们再补上。"

宋珂说:"改天我做东,好好谢谢孙处。"

陈醒目说:"刚才你喝的那茶还行吧?我还给你留了一斤呢!"

孙玉河说:"茶确实不错!是西湖龙井吧?"

陈醒目竖起大拇指,夸奖道:"一看就是行家。喝着好,我再让人给你带。"

孙玉河一走,宋珂立即拉住陈醒目说:"陈总,那几辆车你就别再跟我争了,都让我做算了。"

陈醒目说:"人家孙处都说了,咱就别再改了。"

两人一边争论着,一边又回到了陈醒目的办公室。

"喝茶。过会儿看看那些弟兄们忙完了没有,忙完了我跟你老弟好好喝两口。"陈醒目说道。

宋珂说:"酒我请,车辆保险的事你再让一让。如果一百辆车你老兄再做一部分去,保费可能还不如那几艘船多呢!"

陈醒目说:"那八九十辆大车全给你,每辆车保费就算六千块钱,加起来也得五六十万元。可以了,老弟。"

看到陈醒目不肯让步,宋珂说:"要不这样,现有的那三十五台小车你承保,以后新来的车辆都归我。"

陈醒目说:"港务局业务发展很快,一年说不定来几十台车,而且新购买的车一辆比一辆好,辆均保费高。"

宋珂说:"行了吧,你就让让吧!"

两个人你一句我一句争论了半天后,陈醒目说:"那我们还得跟人家港务局说明一下。"

"这事就不用麻烦你老兄了,我负责去跟孙处他们解释。"宋珂一边笑着,一边心里骂道,"你这只老狐狸,老子可能被你和孙玉河给耍了!"

宋珂走出陈醒目的办公室,走进了隔壁的会议室。

"把孙玉河送回去了?"看到桑奇从外面进来,陈醒目从老板椅上站起来,重新坐回了刚才坐的那个单人沙发上。

桑奇在陈醒目对面沙发上坐下后,笑着说:"送回去了。孙玉河这小子还挺会演戏的。"

陈醒目说:"你这事办得漂亮,戏导得不错。宋珂这小子哑巴吃黄连,有苦说不出来!"

桑奇扑哧一声,把刚喝到嘴里的茶水喷了出来。

桑奇一边用手绢擦着嘴,一边说:"那家伙真没有个数,能让他参与这个项目就不错了,还狮子大开口了!最后车辆保险怎么定的?"

陈醒目说:"大车都给他了,咱只留下了三十五辆小车。"

桑奇拍着手说道:"港务局的车辆出险率很高,弄不好他们把裤子都赔进去了。"

陈醒目说:"宋珂急着上规模,给他那三十五辆小车,他还不愿意要。"

桑奇说:"宋珂是干业务出身的,按道理讲,他应该明白哪个业务质量好哪个业务不好的呀!"

陈醒目眼睛眨巴了两下,阴沉着脸说:"跟我玩,他可能还嫩点!"

最后一次谈判非常顺利,桑奇和韩东洋分别把方案中新增加或细化的部分进行了进一步说明后,港务局分管财务和安全的郑副局长简单提了几点要求,三方代表及有关见证人员走到另一间早已布置好的会议室,举行了一个简短但相当正规的合作签约仪式。《滨城日报》和滨城电视台的记者现场进行了采访和报道。

按照最后确定的保险标的和保险金额,港务局一揽子保险的总保费为六百三十九万元。其中,人寿险保费五十八万元,车辆险总保费七十八万七千八百元。虽然陈醒目承保的三十五辆车保费只有十四万七千块钱,但相对于宋珂承保的八十九辆大货车,业务质量好多了。

虽然在近六百四十万元的保费中只拿到了五分之一的份额,但永平公司上下还是很满足的。宋珂心里明白,永平公司现阶段无论是公司实力、专业能力、社会资源还相对较弱,要不是陈醒目急于想围堵"大洋人"的话,他绝对不会让自己参与这个项目的。

"还好,总算在大项目承保方面迈出了一大步!"宋珂自言自语地说。

十五

看到电视和报纸关于港务局保险项目签字仪式的报道后,刘苏一连几天都闷闷不乐,本来很愿意开会的他,连话都不愿意讲了。

魏经纶安慰他说:"刘总,港务局保险的事你就别再考虑了,一年很快就过去了,明年到期后,咱再想办法争取过来就是了,即使争取不过来,咱不还有电厂项目吗?它两个港务局不才赶上咱们一个电厂收的保费吗?"

刘苏说:"我不是说港务局这个项目一定咱们承保,哪个公司也没有十成的把握。远的不说,就拿电厂保险来说吧,他陈醒目把香槟酒都买好了,咱硬是没让他把酒打开。我不明白的是,陈醒目和宋珂这两个老小子是怎么勾结起来的,狼狈为奸对付咱们也就罢了,千不该万不该到处造谣生事,搞得咱们很被动。"

魏经纶说:"只要存在着竞争,什么事都有可能发生。以后咱们也不能太君子了。"

刘苏说:"宋珂这小子在港务局这个项目上借陈醒目狐假虎威给我提了个醒,在有些项目的竞争上,退让一步可能取胜的把握更大一些。对港务局这个项目,我们不能放弃,从现在开始就靠上做工作,必要的时候也得学着用点离间计。我就不相信,陈醒目那个'鬼子'和宋珂那个'猴子'能是铁板一块?"

魏经纶说:"昨天我约杨山坡谈了谈,杨山坡看到咱们公司成立后,业务发展不错,公司的氛围也挺好,收入也不低,有点动心了。但他还是有顾虑,担心陈醒目不放行,到头来像姚东风一样走又走不了,不走人家又不用你。姚东风我也跟他见了一次面,看样子他是彻底灰心了。"

刘苏说:"姚东风的事咱就别再费心了。之前之所以一直帮着他做工作,主要考虑到筹建时他也出了力,在公司里处境又很尴尬。既然他自己放弃了,咱也没有必要再去得罪陈醒目了。杨山坡的工作我们还是要继续做,必要的时候请市里领导给说个话,一定把他调过来。一是公司现在缺他这样的人才;二是也给陈醒目这老小子来个釜底抽薪。"

魏经纶说:"以前主要是他自己下不了决心,他要是愿意,让郭秘书长给打个招呼就可以了,陈醒目不会因为一个科级干部驳郭浩的面子。"

刘苏说:"这事你全权办理就行了,不用再商量了。"

魏经纶说:"前些日子冬冬那个部门新招聘了几个人,经过培训以后,都上岗了,目前看,新招聘的几个人做业务都是好样的,这两个月寿险业务上得挺快。昨天,梅胜利、付晓滨都到办公室找我,说随着业务量的逐步增加,部门现有的人员忙不过来,要求增加人手。"

刘苏问:"业管部和客服部现在都有几个人?"

魏经纶说:"业管部三个人,客服部虽然比业管部多一个人,但付晓滨和李鹏飞基本上靠在电厂工地上。其他几个部门虽说没要求增加人,但现有的人手也只能是疲于应付,矛盾很突出。"

刘苏想了想,说:"除了寿险业务部人员稍微多一些外,其他部门的人员都不是太多,需要增加。问题是省公司审批的编制基本用完了,能用的只有原来给姚东风预留的那一个了。"

魏经纶说:"虽然李冬冬那个部门已经有六七个人了,但还远远不够。寿险业务都是些散单业务，一个新单跑七八趟不一定能做下来，好不容易做下来了，保费可能也就是三五百块钱。寿险业务需要用'人海战术'。"

刘苏说："永平公司寿险业务做得比咱们好，没了解一下他们是怎么做的？"

魏经纶说："永平公司现有员工数量与咱们差不多，也是三十多个人，但寿险一个部门员工数量就超过了十个人。听说港务局业务做下来后，他们又给省公司打了报告，要求增加人员编制。"

刘苏说："年底的时候我们给省公司打个请示，无论如何也得让省公司再给增加部分编制。"

魏经纶说："估计省公司能给我们增加部分编制，但应该不会增加太多。前几天我找姚东风和杨山坡见面的时候，问他们是怎么解决这一矛盾的，他们给我出了个主意，我觉着挺好。"

刘苏问："什么主意？"

魏经纶说："咱现在每天都有保费入账，这些保费只能存在银行里长点利息，如果能把这些资金运转起来，不仅可以增加公司的收入，提高员工的待遇，而且还能有效解决人员编制少的问题。"

"把这些资金运用起来是可以增加公司的收入，但也可能加剧人员不足的矛盾。你想，资金运用部真正运转起来后，没有三五个人怎么能行呢？这个办法不可行。"刘苏摇着头说。

魏经纶说："咱们能不能跟市里的一些单位联营，名义上人是他们的，实际上是我们公司的员工。"

刘苏想了想，说："这件事你跟于总再论证论证，也了解一下其他公司是怎么做的，过几天咱们专题研究人事方面的事。"

十一月份快结束的时候，刘苏召集魏经纶和于为民开会。

刘苏说："十一月份结束后，这一年基本就算过去了。昨天晚上我没睡好觉，考虑了大半宿，觉着有几个问题很急迫，需要班子开会尽快确定下来。十七号就是公司成立一周年了，对一年来取得的成绩，我们应该认真地反思反思，好好地总结总结。一周年纪念日前后，咱们是不是应该举办一个庆祝活动？"

魏经纶说："举办公司成立一周年庆祝活动，这个问题我也考虑过，也跟于总和个别部门经理私下里聊起过，大家都认为很有必要。公司成立这一年来，可以说是艰难中起步，竞争中发展，业务规模超过我们的预期，应该搞一个庆祝活动。"

于为民说："我同意刘总、魏总的意见。元旦前后，是业务发展的黄金季节，借举办公司成立周年庆祝活动的机会，把业务往上促一促。"

刘苏说："保费为大，庆祝活动肯定不能影响业务发展，而是要以促进业务发展为目的。活动规模不宜过大，可以是茶话会的形式，也可以是座谈会或文艺晚会的形式，只要达到鼓舞士气、增强员工自豪感和凝聚力的效果就可以了。"

魏经纶说："借公司周年庆祝活动，我们可以对一年来成绩比较突出的部门、个人或者是团队表彰一下，比如说年度销售明星、客户服务标兵、优秀业务团队等等。"

刘苏说："魏总的想法很好，我同意。销售明星按保费数量选前三名，销售团队就定电厂项目团队吧。至于客户服务标兵，我看选两个就行，你们觉着谁比较合适？"

三个人权衡再三，决定当年的客户服务明星授予付晓滨和梅胜利。

刘苏说："明星和标兵除了精神奖励外，也适当给予一定的物质奖励。个人先进每人奖励五百块钱，团队三千块钱，大家看怎么样？"

魏经纶和于为民都说奖励多点少点不重要，主要是通过这种形式对工作比较突出的团队和个人予以肯定就可以了。

刘苏说："这件事就这么定了。魏总，会后你安排办公室起草个通知，让各部门早准备准备，都出个节目，开会的时候让气氛好一点。"

"第二件事就是人员编制问题。公司发展离不开人才，在生产力诸要素中，人是第一要素。公司发展需要人，但不是需要闲人，而是需要能干事、会干事的能人。公司成立初期，省公司给我们批了三十人编制，现在只剩下预留的两个了。昨天我跟省公司人事部门沟通了一下，也跟徐总口头申请了，徐总答应再给增加一部分，但不会太多，满足不了业务发展的需要。那天魏总给我提了醒，这几天我也认真地琢磨了琢磨，也跟于总议论过，形成了一个初步意见，让于总给大家讲一讲，大家讨论讨论是不是合适。"刘苏说道。

于为民说："公司一成立就设立了资金运用部，但一直没正式运作，主要是因为缺资金、缺人才。经过一年的发展，我们已具备了资金运作的条件。针对保险行业的特点，经过考察论证，我们认为，现阶段投资一些比较大的项目，我们还做不到，投入部分资金建一个中型汽车修理厂应该是比较合适的。一方面，公司经营车险业务，客户资源得天独厚；另一方面，修理厂建成后，我们可以以修理厂的名义，招聘一批员工，充实到各部门，以有效解决各部门人手不够的问题。"

魏经纶说："建修理厂应该是一个不错的选择，不仅解决了客户出险后车辆维修问题，提高了服务效率，而且也能大大降低赔款支出，创造一定的经济效益。但修理厂建成后需要懂经营的管理人才、懂技术的专业人才，这些条件我们目前都不具备，所以投资新建不现实。"

于为民说："魏总说得不错。最近这两周，我跟老付转了很多家修理厂，了解了行业的一些情况，我们也认为新建不太现实，投资盘活一家修理厂可能是最好的选择。经过考察，我们感觉育英路上一个叫南来北往修理厂的比较合适。据修理厂的负责人介绍，这家修理厂成立以来，经营效益一直不太理想，外欠较多，濒临倒闭。如果我们注入部分资金，把它确定为永泰公司的定点修理厂，起死回生应该是一件比较容易的事。至于与南来北往修理厂的合作方式、需要注入资金的数额、资金运用的效益等，我们在可行性研究报告中都进行了详细的论证，请两位领导抽时间看一下，帮助提提意见，充实充实。"

刘苏说："与南来北往修理厂的合作及运营方案，会后于总牵头组织部分人员再进一步进行论证完善，对合同条款尤其是经营效益、服务质量、对我们承保事故车的优惠幅度等问题，要尽量制订的细致一些。与这家修理厂合作，我们注入资金，提供客源，参与财务管理，他们负责经营。合同可以先签订一年，如果达不到我们理想的目标，就中止合作。合作协议签订后，我们以这家修理厂的名义招聘十至二十名员工，充实到缺员的部门。对于能力较强、表现较好的员工，我们可以逐步帮助解决编制问题。"

魏经纶点了点，说道："这个方案不错，既能解决编制不足的问题，又不让大量的保险资金闲置'睡大觉'。"

吃过叶明从外面买回来的快餐后，刘苏等人重新续了一杯茶，继续开会。

刘苏说："关于明年业务如何发展问题，会前已经布置了，魏总牵头组织计财部、业管部、财产险部、人寿险部等主要业务部门开会进行了研究，形成了一个初步意见，今天下午咱们集中精力再议一次，没什么大问题的话就尽快定下来。魏总，你说说吧。"

魏经纶说："明后两年尤其是明年是公司业务发展的关键年，基础牢不牢，这两年很关键。在制定明年业务发展计划前，我专门请示了刘总，并召集有关业务部门征求了意见。大家一致认为，明年的竞争是全方位的，不仅表现在大项目承保方面，也会表现在常规业务发展方面。为了应对这种竞争形势，明年业务发展我们准备采取三项措施：一是实行全员目标责任制，每个人都要承担一定的任务指标，包括我们总经理室成员。具体标准是内勤人员全年必须完成十二万元的财产险业务、五万元的人寿险业务；销售一线人员全年必须至少完成四十万元的财产险业务、十万元的人寿险业务。因为大项目需要动用公司整体资源，靠一两个人难以实现，因此，我们定的这项任务指标，主要是指常规性业务。二是加大考核力度。如果一个人这两项任务指标都超额完成了，除足额发放全年工资外，年终奖比例也相应的提高。如果两项任务指标有一项没有完成，就要按比例扣减年终奖。如果两项任务指标都没有完成，除取消当年奖励外，还要按比例扣减全年工资。对于那些没有编制而任务指标完成好的人员，总经理室应该优先考虑给予解决编制问题。三是加大各类项目的拓展。成立由刘总亲任组长的大项目公关领导小组，对全市所有比较大的企业财产险项目进行列表排查，明确责任部门、责任人，全力靠上做工作，力争明年有三至四个保费超过百万元的大项目到我司投保。在做好大项目的同时，我们应该抓好中小项目、分散性业务和人身保险业务的发展，力争明年保费收入同比增长百分之三十。为完成上述任务指标，我们确定明年的整体工作思路是'抓牢大项目业务，抓好常规性业务，抓紧合作性业务'。"

　　刘苏说："明年业务收入整体增长百分之三十，任务目标十分艰巨。今年电厂一个项目就收取了保费一千多万元，明年电厂建安工险没有了，运营方面的保险后年才能投保，除了填平这一千多万元的窟窿外，整体还要增长百分之三十，压力确实不小。明年竞争形势肯定比今年严峻，大家要有充分的思想准备。当前比较紧迫的工作主要有三项：一是把全年的工作思路、任务目标、考核办法进一步充实完善后，下发到各部门学习讨论，并要在全年工作会议上大张旗鼓地进行宣导。二是要加大拟引进人才的工作力度。明年船舶险、货运险等水险业务和家庭财产保险以及总公司新推出的少儿保险等一系列寿险业务要有一个大飞跃。三是与南来北往汽车修理厂的合作项目马上启动，第一期先注入资金五十万元，购买、更换一批新设备。与修理厂的合作事宜，散会后，于总负责起草一个详实的报告，上报省公司。"

散会后，于为民把付晓滨从电厂工地上调回来，两人直接去了南来北往修理厂。

回到办公室，魏经纶把李冬冬叫了进来。

魏经纶说："十月份以来，寿险业务发展势头不错，这两个月你一个人就收了十四五万元的保费，刘总在办公会上还表扬了你。这两天我怎么发现你气色不太好，是不是身体不太舒服？"

李冬冬叹了一口气，勉强地笑了笑，说道："最近老觉着身心疲惫，食欲也不行，可能是被任务压的。"

魏经纶说："今年给你定的任务指标可能有点高了，但不要为了完成任务就不顾身体了。身体好才是第一位的。"

"不光是工作上有压力，生活上……"李冬冬欲言又止。

魏经纶问："生活上有什么困难吗？"

李冬冬低着头说："两个人都干保险这份求人的工作，付晓滨又白天黑夜地靠在电厂工地上，不是今天有事，就是明天有应酬。唉，没办法！"

"老付是个工作认真的人，找个时间我跟他谈谈，再怎么忙，也不能冷落了我们李经理啊！"魏经纶故作轻松地开玩笑道。

李冬冬神情黯然地说："算了吧。就那么着吧。"

过了好大一会儿，魏经纶又说："下午下班后，我问问杨山坡有没有事，如果没什么事的话，咱们三个人约他见个面？"

李冬冬说："她媳妇生孩子没多久，就别让他出来了，咱们一起去他家里看看孩子吧。"

魏经纶说："对对对。孩子刚出生的时候我跟柳叶去过一次，现在不知长什么样子了，过会儿我跟山坡打个电话，告诉他晚上我们一起过去。"

吃过晚饭，魏经纶跟柳叶去百货大楼给小孩买了一套衣服，柳叶骑着她那辆女式摩托车驮着魏经纶直奔城关中学。因为白雪生孩子后，杨山坡一家人一直住在白雪父母家里。

还没到学校门口，魏经纶就远远看见李冬冬一个人站在学校门口了。

"怎么就你一个人？老付呢？"魏经纶从摩托车后座上下来，问李冬冬。

"他说跟于总一起去修理厂了，晚上没回家吃饭。"李冬冬回答道。

听到说话的声音，杨山坡跟白雪打开房门迎了出来。

"小宝宝呢？已经睡了？"一进屋李冬冬就问道。

白雪说："吃完奶就睡了。一天睡二十多个小时，过一会儿我叫醒他。"

柳叶说："听说几个月的孩子就是整天睡，睡觉越多，长得越快。"

白雪咯咯笑着说："你们两个还不抓抓紧，差不多一起结的婚，你们可已经落后了啊！"

柳叶说："晚有晚的好处，到时候你把育儿经验传授给我们，我们不就省事了？"

过了一会儿，夏立平把孩子从房间里抱了出来："来，宝宝，让伯伯阿姨们看看。"

柳叶把宝宝抱在怀里，看了看说："白雪，宝宝长得像你。"

白雪说："是吗？有人说长得像山坡。"

"孩子叫什么名字？"李冬冬问。

"小名叫杨杨，大名还没起好。魏总，你是大才子，你给杨杨起个名字吧？"白雪笑着说。

魏经纶说："得了吧。他爹是大学生，还需要我们这些文盲给起名字？"

杨山坡说："我说把我们两个人的姓合起来就行，白雪不同意，说杨白不好听，叫顺了嘴弄不好叫成杨白劳了。"

几个人哈哈大笑。

夏立平和白大庆抱着孩子进了房间后，魏经纶说："山坡，来永泰公司的事你准备考虑到什么时候？该下决心了吧？"

杨山坡说："你们两个公司成立后，确实对我们公司造成了很大的冲击，公司里有些员工特别是感觉政治上没多大希望的员工，都活动着想去你们两家公司，陈总现在压力很大。"

魏经纶说："新建公司最大的优势是机制灵活，没什么包袱。目前看，新成立的这两家公司发展势头都不错。"

杨山坡说："永泰、永平刚成立时，大家不以为然，你们承保了电厂项目后，大家才真正感觉到了压力。下一步大项目竞争肯定会十分激烈，在这种情况下，抓好常规业务对确保业务稳定发展至关重要。"

魏经纶说："我跟你的看法一致。不瞒你说，明年的业务发展思路我们已经确定了，除做好大项目拓展外，业务发展的重点就是小险种业务、水险业务。所以，在工作调动这个问题上，我还请你尽快下决心。上次召开总经理办公会议的时候，我们原则上已经确定原来留给姚总的那个编制，不再留了，财产险部经理的位置我们也不可能无限期的空下去。这个月内，你一定给我一个明确的答复，否则的话，刘总那头我也不好再说了。"

李冬冬说："虽然工作压力大，但公司的氛围还是非常好的，凭你的能力和工作态度，在永泰公司发展的空间肯定会很大。"

柳叶说："经纶说你们四个人一起来公司的，感情很好，很合得来，如果你们四个人一起干点事的话，一定能干出点名堂来。"

杨山坡偷偷地瞄了白雪一眼，言不由衷地说："我主要还是担心办理手续时有阻力。姚总不就是一个活生生的例子吗？"

魏经纶看着白雪，一脸坏笑地说："算了吧，别找借口了。是不是女皇不点头，你不敢做主啊？"

白雪争辩道："他的事我可不管，可别把这事懒到我身上啊！"

魏经纶笑着说："是吗？山坡敢不听你白雪的话？"

杨山坡说："你再给我一个星期的时间，我再考虑考虑。"

四个人谈着谈着，又把话题转移到了孩子身上。

白雪说："冬冬，最近你怎么这么瘦？是不是也有了？"

李冬冬说："整天被业务压得喘不过气来，哪有时间考虑生孩子的事。"

白雪和柳叶都劝李冬冬抽时间到医院检查检查，没什么问题就放心了。

看看时间不早了，魏经纶问柳叶和李冬冬："聊够了没有？天不早了，回去吧？"

杨山坡和白雪把三个人送出大门后，魏经纶跟柳叶和李冬冬说："你们两个骑摩托车先走着，我骑冬冬的自行车随后就到。"

李冬冬执意自己骑自行车回家，柳叶说："天这么冷，这个时间路上行人又少，你自己骑自行车经纶不放心。你快上来吧！"

魏经纶说："到了冬冬家后，你们在门口等我一会儿，我最多比你们晚到五六分钟。"

两个人骑着摩托车刚到李冬冬家住的小区门口没多会儿，魏经纶骑着自行车也到了。

李冬冬让魏经纶和柳叶到家里坐一会儿，柳叶说："这么晚了，就不进去坐了，改天再来吧。估计你们家老付这个点也该回来了，看到漂亮媳妇没在家，肯定会着急的。"

李冬冬鼻子哼了一声，没有说话。

在回家的路上，柳叶问魏经纶李冬冬和付晓滨结婚后两人感情怎么样，魏经纶说："你看你这话问的，他们两人感情怎么样我怎么能知道？"

柳叶有些酸溜溜地说："你们俩以前不是有过那么一段吗？该关心的时候还是要关心的。"

魏经纶从后面轻轻地用手拍了一下柳叶的脸，没有说话。

十六

元旦后上班的第一天，公司连续下发了一号、二号、三号文件。一号文件对公司班子成员分工重新进行了调整：刘苏主持公司全面工作，分管办公室、计财部及工会、纪检监察等工作；魏经纶协助刘苏抓好办公室工作，分管业管部、财产险部、人寿险部和两个业务销售部门；于为民协助刘苏抓好计财部工作，分管客户服务部、资金运用部。二号文件成立了业务销售一部和业务销售二部，免去了魏经纶办公室主任职务，任命前不久刚从市建委调入公司的安山为办公室主任，杨山坡为财产险部经理，同时将原财产险部副经理吴秀丽和人寿险部副经理董梅，调任新成立的两个销售部门担任经理。三号文件下达了公司和各部门全年业务发展目标以及奖惩考核办法。

红头文件下发当天，魏经纶召集业管部、财产险部和人寿险部三个分管部门副经理以上人员召开会议。

魏经纶说："今年公司确定的任务目标十分艰巨，能不能完成，就看在座的各位了。业管部在全面做好业务风险管控的基础上，要腾出一定的精力进行市场调研，服务大项目拓展，同时还要做好全员险种业务培训。公司成立后，虽然我们也组织了几次比较大的培训活动，但受人员、条件等因素的限制，培训工作还不够到位，还远远不能满足业务发展的需要。如果员工对每一个险种都不了解，不知道它的特点是什么，消费群体是哪些，就无法去开展业务拓展市场。因此，业管部要把培训工作作为今年的一项重要工作突出出来。杨山坡同志来公司虽然只有十多天的时间，但进入状态非常快，制定的全年财产险业务发展计划非常切合实际，尤其是对公司目前业务结构、薄弱环节的分析和下一步各险种拓展策略的制定都很有针对性。为了调动大家拓展企业财产保险、家庭财产保险、货物运输保险和总公司年前新推出的人身险业务产品的积极性，一季度，公司将组织开展'首季开门红业务竞赛活动'，我们三个部门一定要做好配合和业务指导、服务工作，确保一季度下达的任务目标超额完成。人寿险部今年乃至今后几年的工作重点就是如何通过营销这种方式，把寿险业务做大。大家都知道，自一九九三年美国友邦保险公司率先在上海把寿险代理营销方式引入中国后，保险营销逐步被国内各保险公司所接受，随着一九九六年中国人民银行《保险代理人管理暂行规定》的颁布，营销方式开始走向制度化和规范化轨道。对下一步我们如何发展营销业务，我想请李经理把她的一些想法给大家介绍介绍，一是为了让大家知道营销是怎样的一种销售方式，二是为了便于今后工作的配合与协调。"

李冬冬说："受人员编制的限制，寿险业务的发展一直落后于产险业务的发展。寿险部目前只有七个人，假如每个人平均两天发展一个客户，一年才发展一百八十个客户，每个客户年均保险消费两千元的话，一个人一年也只有三四十万元的保费收入。第二年、第三年再按这个速度递增，上两年度的客户一个也不流失，保费全部续收上来，那么三年每个人也不过一百多万元的保费，况且平均两天能不能发展一个客户，还是个未知数。即使能达到这个目标和速度，到第三年的时候，一个人能把这一百多个客户维护好就不错了，不可能有更多的精力去拓展新的业务。解决这个问题的唯一途径就是发展营销业务。"

梅胜利说："发展营销业务，关键的一点就是营销员的招聘、组织、培训和队伍稳定问题，管理的任务很重，我们用什么办法把这些与公司没有劳动人事关系的人组织好呢？"

李冬冬说："营销员都很实际，衡量的唯一标准就是效益，谁的佣金高，就给谁代理业务。因此，我们招聘营销员的时候，除了考虑其资源是否丰厚外，还要充分考虑本人的综合素质，尽量招聘一些文化素养高的人员。在管理方面，除了保证佣金具有一定的竞争力外，还要实行亲情化引导、人性化管理，靠企业文化稳定队伍，提高产能。"

"冬冬，请说得再详细一点。"魏经纶很感兴趣地看着李冬冬。

李冬冬说："营销员招聘来后，一是要加强培训，让每一个人对公司常用险种条款、费率及保障的范围心里明白，外出拓展业务时，能跟客户解释清楚。这是一项最基本的工作，也是一项最重要的工作，需要业管部梅经理的支持和配合。二是要注重凝聚好人心，让每一个人都拥护这个集体，关心集体中的每一个人，积极参与集体组织的每一项活动。这需要总经理室、每一个部门的关心和爱护。为了让营销员尽快建立起兄弟姐妹般的情谊，我准备在营销业务部建立每天晨会制度，交流大家在展业过程中的收获和体会、遇到的困难和问题；每周的周三和周六举办两次活动，这个活动可以是演讲比赛，可以是座谈会，可以是文艺活动，也可以是户外活动，形式尽量丰富多彩一些，不拘一格。请魏总给协调一个会议室，作为营销员活动室。"

魏经纶说："这个没问题。公司现在有一大一小两个会议室，小一点的会议室也可以容纳五十多个人，这个足够了吧？"

"今年应该没有问题，以后队伍庞大了，说不定也容纳不下。"李冬冬一本正经地说。

梅胜利扑哧笑出了声："如果像你刚才说的那样，三年后，每人每年有一百万元业务的话，那么光寿险业务就超过五千万元了，这怎么可能呢？"

李冬冬说："五六十个营销员可能完不成五千万元的业务，但如果队伍真的扩大了，营销规模达到了二百人或三百人的话，完成五千万元也不是不可能的。"

杨山坡说："对营销这种方式，之前听说过但没有详细研究过。今天听了李经理精彩的一课后，我深受启发。刚才我在想，营销既然适合寿险业务代理，那也应该适合财险业务代理。如果营销队伍建立起来后，让每一个营销员既代理寿险业务，也代理产险业务的话，那我们今年制定的一些险种业务目标就应该能够提前超额完成。"

李冬冬说："营销方式之所以最初从寿险业务开始，主要是因为寿险业务针对的对象是个人或家庭，业务分散，需要搞人海战术。而财险业务以团体客户为主，有很多业务靠一个人是做不下来的，但有些分散性财险业务肯定也可以通过营销这种方式来获得。"

杨山坡说："营销员在拜访客户时，对客户的家庭状况就会有一定的了解，与客户建立起信任关系后，客户的各方面保险业务都会交给已经取得信任的营销员帮助办理，这不仅可以给客户提供更全面的服务，而且也增加了营销员的业务量和业务提成，收到事半功倍的效果。我们不应该把营销员代理的产品仅仅局限在寿险产品。"

魏经纶赞许地点了点头："山坡分析得很有道理，家财险这些产品确实很适合营销员代理。"

"不只是家财险，车险也很适合营销员代理。这几年搞运输、商品交易的个体工商业者越来越多，这些人不仅是寿险业务的潜在客户，也是车险、家庭财产保险的潜在客户。"杨山坡分析道。

魏经纶说："关于营销代理方式、代理的产品，你们两人再详细地研究研究，尽快形成一个完整的方案。营销员招聘问题，可以通过媒体招聘，也可以通过召开说明会招聘，哪种办法有效就用哪种办法。人招聘来之后，李冬冬牵头，业管部、财产险部配合，马上组织进行业务知识和营销技巧培训，争取让他们在最短的时间内上岗。"

李冬冬说："除了通过媒体招聘外，我们也可以让公司里的每名干部员工帮助介绍，也可以让营销员招聘营销员。"

魏经纶说："这件事我跟刘总汇报以后，就可以马上展开。不管用什么办法，只要把人招来就行。"

连日来，滨城主要媒体连续三天发布了永泰公司招聘营销员的广告，公司内部员工也积极介绍熟人、亲朋好友来公司报名。一时间，公司内门庭若市，参加报名面试的人络绎不绝。

李冬冬、杨山坡和吴秀丽、董梅每个人带着一个组，对参加报名的人员进行面试。面试的内容主要集中在三个方面：一是个人和家庭成员对保险的认识及对保险的了解程度；二是家庭状况、社会关系以及个人的业务发展目标；三是本人的基本情况、团队精神、吃苦耐劳精神和沟通协调能力。四个小组整整面试了三天才结束，最终从参加报名的一百三十多人中招聘了五十人。

面试工作开始的第二天，吴秀丽找到了李冬冬："李经理，昨天我面试的人中，有两个女同志我觉着很有潜力。一是本人沟通协调能力很强，个人素质较高，年龄都在三十五岁左右；二是她们的家庭背景和社会关系较广，有很丰富的社会资源。这两个人来公司培训上岗后，人均一年做三四十万元的保费，绝对是很轻松的事情。我想让这两个人去我部门，你面试的人员中如果有比较好的,也给我介绍几个,你知道,今年公司给业务一部下达了四百多万元的任务指标,没有人我怎么完成?"

李冬冬说:"参加我那个小组面试的人当中,也确实有几个比较出色的,这些人将来都有可能成为公司的业务骨干。你刚才说让那两个比较好的人去你部门的事,我虽然说了不算,但我可以把情况汇报给领导,让领导们定。目前最大的问题是公司没编制,这些人进公司后,短期内就解决编制可能有难度。"

面试工作结束的当天,董梅也找到了李冬冬,提出了跟吴秀丽同样的要求,李冬冬也答应把情况跟领导们反映反映,尽量给她们多争取几个名额。

李冬冬把三天面试的情况汇总起来后,形成了一个书面材料,报给了魏经纶。魏经纶看完后,马上又报告了刘苏。

魏经纶说:"这次营销员招聘出乎我们的意料。一是没想到报名的人这么多,二是没想到报名的人中还有这么多适合做保险的。对这次营销员招聘的情况,李冬冬汇总了一下,形成了一个报告,提出了一些建议,抽时间我们是不是研究一下?"

刘苏说:"一会儿你通知于总,让他把修理厂的事也准备准备,一起在会上研究。我手头上还有几件事需要先处理一下,半个小时后咱们召开一个总经理办公扩大会议,让李冬冬等有关人员列席一下。"

总经理办公扩大会议第一个议题就是由李冬冬代表招聘工作小组把近日来营销员报名、招聘及面试情况进行了汇报。

李冬冬说:"营销员管理工作比较复杂,因为这些人与公司仅存在一个业务代理关系,哪个公司代理佣金高,他们就会给哪个公司代理业务。对这些人的管理,我们初步形成了一个方案,对那些综合素质较高、保费收入达到一定规模的人员,建议转为公司正式员工,这样做可以充分调动营销员拓展业务的积极性,稳定营销员队伍,避免业务流向费用点相对较高的公司。对招聘活动中涌现出来的表现较好、在可预见的将来业务很快达到一定规模的部分人员,建议纳入新成立的两个业务部门管理。对新招聘的这五十多名业务人员,我们将制定出台管理规程和办法,尽快提升他们的专业技能和团队精神,力争大部分人短期内有业务收入。"

刘苏说:"这次营销员招聘工作做得很好,工作小组的同志在冬冬的领导下做了很多工作。营销员队伍建立后,如何把这个队伍管理好、把这部分人的力量凝聚起来，对公司业务发展特别是寿险业务发展影响很大。我同意把这次招聘过程中发现的有培养潜力的人员纳入业务一部和业务二部管理，如果年底时这部分人表现确实很突出，我们就想办法调入公司。以后营销员队伍中有表现好的，我们随时把他们的劳动人事关系转入公司，成为公司正式员工。"

李冬冬汇报完走出会议室后，刘苏说："营销员队伍建设和管理工作，请魏总多关注一下。今天会议的第二个议题实际上跟刚才我们研究的营销员队伍建设和管理问题是分不开的。在省公司编制控制很严的情况下，要把表现突出的业务人员也包括管理人员吸引进公司来，必须得想办法解决人家的身份问题，最起码得考虑人家的养老问题。通过资金运用这条途径把这些人招进公司没问题，这些人进来后，怎么解决他们的工资、养老等问题是难点。大家看这样行不行，咱先把修理厂的事定下，再研究人员招入问题。于总你先说说？"

于为民说："上次总经理办公会议后，我们跟修理厂又谈了多次，也征求了行业内部部分人员的意见，大家一致认为，走双方合作这条路不太可行，无法管控，风险很大。经过论证，我们倾向于公司独立经营。具体办法是将南来北往修理厂整体收购，负责人和三四个技术骨干劳动关系调入公司，其他人员全部为临时聘用人员。这个修理厂隶属于向阳街道，这两年基本上处于停工半停工状态，街道办事处急于脱手，除了想尽快收回投资外，更重要的是在企业盘活后，能给当地做点贡献，所以提出的销售价格比较合理。经过多次商谈，基本同意作价一百八十万元出售。修理厂收购后，需要更新、购置部分设备。修理厂运转后，需要配套成立一个配件商场，还将需要投入资金一百万元左右。修理厂正常运营后，可以以修理厂的名义招聘五六十名管理、业务人员，这样以来我们就有二三十个人的调控余地。按行业正常利润估算，像南来北往这么大规模的修理厂，一年可实现利润一百万元左右，三年之内就能收回全部投资。"

魏经纶说："随着公司的发展，事故车绝对量呈快速上升趋势，在客户资源方面我们具有得天独厚的优势。但管理修理厂也不是一个轻而易举的事情，否则的话，很多修理厂也不会经营不下去。因此，在制订修理厂经营管理制度的时候，我们一定要尽可能考虑得周到一些，把各类管理制度制定得详实细致一些，在保证资金安全的前提下，努力提高资金产出效益，千万别成了

'无底洞'。"

于为民说:"公司投入的资金不会有什么风险,总归我们有实物在那里,正常经营后不赚钱,但也绝不会赔钱。过去一些修理厂之所以出现亏损甚至倒闭现象,主要原因是因为缺少客户资源,而这恰恰是我们的优势。"

刘苏说:"对盘活南来北往汽车修理厂,总经理办公会议讨论过五六次了,于总在这个问题上也花费了不少的脑力和精力,谈到现在这个程度已经很不容易了。我个人的意见是再跟街道办事处谈一谈,看看还有没有更优惠的政策。如果一百八十万元是最低价格了的话,能不能让他们在税收、业务发展方面给予一定的优惠政策。"

总经理办公会议一结束,于为民跟付晓滨直接去了向阳街道办事处,经过进一步的商谈,双方最终确定的销售价格为一百七十六万元。向阳街道办事处负责人承诺,如果双方合作成功,办事处将要求辖属站所车辆全部到永泰公司投保。

南来北往汽车修理厂收购协议签订的当天,公司就下发文件,将修理厂更名为"永泰汽车修理厂",任命于为民兼任修理厂厂长,叶明为副厂长,并确定修理厂当年的利润指标为六十万元,以后三年内按每年百分之三十五的速度递增。

永泰汽车修理厂正式挂牌营业的当天,就有十辆车进厂维修保养,虽然大都是喷漆、换保险杠之类的"小活",总营业额也不过一万多块钱,但对于永泰公司正式收购前就在该厂工作的工人师傅们来说,开业当天就有十单生意,足以让人对永泰修理厂的未来充满了憧憬。

对修理厂一开业就"顾客盈门",于为民和叶明心知肚明。十单业务中,当天发生交通事故需要维修的车辆只有两辆,其他八辆车,要么是公司自己的车辆,要么就是开业前就已经发生交通事故早该需要进行维修的车辆。

"虽然我们有一定的客户资源,但仅靠维修公司承保的车辆是远远不够的,还必须面向社会,想办法承揽一些社会业务。"开业当天,刘苏到修理厂视导时,对陪同在身边的于为民和叶明说道。

于为民说:"目前全市修理厂有上百家,跟我们规模差不多的也有六七十家,竞争十分激烈。为了提高市场竞争优势,我们要在确保公司承保的事故车百分之百在我们自己的修理厂维修处理外,还要利用公司的客户资源,争取尽可能多的社会车辆来永泰修理厂维修保养。对社会上来厂维修保养的车辆，我们将通过打折、赠送小礼品等方式进行促销。总经理室确定的六十万元的年度利润指标一定要完成。"

刘苏笑着说："虽然今年已经过去了两个多月的时间了，但六十万元的目标必须要完成。营销队伍建立后，公司实际用工人数已经超过了一百多人，这一百多号人仅一年的福利就不是个小数目，这些钱都要从资金运作利润中产生。大家的福利好不好，能不能每年都有所增长，就看你们两位了！"

叶明说："元旦后新招来的那批营销员，每天又喊口号又唱歌的，看起来挺活跃的，不知道做业务行不行，别弄来一群人，只领福利不干活。"

刘苏瞪了叶明一眼，批评道："你现在孬好也是一级领导了，手下也管理了四五十号人，思想觉悟怎么老是跟不上形势的发展呢？营销模式是一种先进的销售管理模式，欧美等保险业发达的国家都在推行这种管理模式，效果很好。我们这些做领导的要接受、支持这种新生事物，要做新生事物的促进派，不要做新生事物的否定派。"

于为民拍拍叶明的肩膀，开玩笑道："叶厂长，给刘总服务这么多年，领导的思想精髓还是没有完全学到手啊！革命尚未成功，同志还须努力啊！"

刘苏说："我对营销这种模式还是很看好的，对我们公司新招聘的这支营销队伍还是抱有很大希望的。为期一周的培训活动明天就结束了，明天下午要召开结业大会，魏总要求大家都要参加一下，还要让我去讲讲话，你明天有时间吗？"

于为民说："修理厂刚开业，还没完全正常经营，汽车零配件门市部下周才能开门营业，事情比较多，第一期营销员培训班结业大会，我就不去参加了吧！"

刘苏说："也行。你集中精力办这两件事吧。"

结业大会安排在下午三点举行。二点多钟，魏经纶走进了刘苏的办公室。

"刘总，下午的结业大会是这样安排的：我主持一下会议，让李冬冬总结汇报一周来的学习培训情况，您给大家讲讲话、提提要求后，让几个营销员团队的负责人谈谈体会、表表态。下午的这个会议可以叫做营销员培训结业大会，也可以叫做营销业务启动动员大会。"魏经纶汇报道。

刘苏说："下午的会议让各部门负责人也参加一下，这样也好让各部门负责人了解一下营销业务，顺便也让各营销团队跟各部门负责人熟悉熟悉，以后总归要打交道的嘛！"

魏经纶说:"上午我让办公室安主任给各部门下了个电话通知,原则上要求部门负责人没特殊情况的话,尽量参加下午的会议。"

刘苏说:"下午的活动安排在大会议室还是小会议室?"

魏经纶说:"原来想安排在大会议室,但大家都认为在小会议室召开气氛会好一些。公司把小会议室作为营销员活动室后,她们就在培训期间把活动室重新布置了一下,到别的地方开,他们认为找不到'家'的感觉。"

刘苏笑着说:"这些人真能掰!在小会议室挤挤巴巴不舒服不说,还可能影响会议效果,不如在大会议室宽敞。既然她们愿意挤巴,那就在小会议室召开吧。"

三点钟,魏经纶陪同刘苏准时走进了营销员活动室。

刘苏前脚一迈进活动室门口,四五十号人齐刷刷地站了起来,双手有节奏地拍打出"拍拍拍、拍拍拍"的声音。刘苏先是一愣,继而不自觉地随着大家的节奏"拍拍拍、拍拍拍"地拍起手来。

掌声停止后,魏经纶说:"经过一周紧张的培训,永泰保险滨城中心支公司第一期营销员培训班今天正式结束了,这不仅是我们营销员职业生涯中的一件大事,也是我们滨城中心支公司业务销售方式趋于多元化的一个标志。今天除个别领导和个别部门负责人因事没来参加我们这次培训班结业大会之外,大部分部门负责人都到齐了,这充分说明公司对我们营销业务的重视和支持。下面,我们先请人寿险业务部经理、营销员管理办公室主任李冬冬同志,总结汇报这次培训班学习培训情况。"

在李冬冬充满激情地总结汇报时,刘苏偷偷环顾了会议室的四周:对面墙壁的最上方,悬挂着写有"永泰滨城公司第一期营销员培训班结业汇报大会"的横幅,横幅下方是"学员培训学习体会栏",墙壁左右两边上方分别是红纸黑字标语,左侧墙壁的上方标语是"比一比、看一看,谁英雄、谁好汉";标语下方是"打擂台好望角"。右侧墙壁上方的标语写着"发展营销业务,加快永泰腾飞";标语下方是"目标就在前方栏",目标栏里清晰地标注着各队季度和年度发展目标。身后的墙壁是"业务观察前哨",是公司近期业务发展的重点险种或公司新近推出的险种产品……刘苏一边观察着,一边思索着,脸上露出欣喜的微笑。

掌声过后,魏经纶继续主持道:"刚才,李经理把前一阶段培训班的学习培训情况进行了总结发言,言简意赅,重点突出,很有见地,我个人听了以后很受启发,也很受鼓舞。下面,我们请刘总作重要讲话。大家欢迎!"

刘苏站起来,给大家深深地鞠了一躬,声音有些颤抖地说:"很长时间没这么激动过了,即使在绝处逢生时成功取得电厂项目承保权的时候也没有今天这么激动过。这种激动是发自内心的,是被大家满腔热情的精神、乐观向上的态度感染的。刚才李经理在进行总结汇报时,我开了一个小差,仔细地观察了被大家亲切地称为'有家的感觉'的会议室,很受启发。从我走进会议室的第一刻起,我就坚定了大力发展营销业务的信心和决心。我坚信不远的将来,在座的各位一定会成为永泰公司业务销售的明星!我们这支团队一定能成为攻难克艰的中坚力量……"

刘苏滔滔不绝地讲了近半个小时后,四个营销团队代表分别进行了表态发言。

第一个发言的是"龙之队",团队负责人是一个四十岁左右的男子:"大家好,我叫万全,是'龙之队'的队长。我们这个团队之所以取名为'龙之队',是因为我们是炎黄子孙,龙的传人,是龙就要强大,是龙就要腾飞。我们的目标是保费当年突破四百万,三年总体翻一番。"

"大家好,我叫武松林,是'虎山行'队的队长。大家之所以推举我为这个队的队长,完全是因为我爸爸给我取了一个威武的名字。多年前,好汉武松在景阳岗的树林里打死了一只猛虎,所以我们这个团队就取名为'虎山行'——明知山有虎,偏向虎山行。"武松林一讲完,会场上的人哈哈大笑。

第三个发言的是一位大约三十多岁的女子:"我叫梅花,是我们这个团队的队长。我们这个团队之所以取名为'八俊队',是因为队中八个人都是属马的。"还没等梅花讲完,会场上嘘声一片。

梅花会意地笑了笑,说道:"我们这个团队中,最大的四十四岁,最小的只有二十岁。有句歌词唱得好,骏马奔驰在辽阔的草原……保险业就是一片辽阔的草原,任我驰骋任我奔。我们这幅'八俊图',一定会像徐悲鸿先生的'八俊图'一样,永远是最棒的!"

"大家好,我是向前,是'九匹狼'队的狼头。我们队之所以取名为狼队,是因为狼是团结的象征,无论在三九严寒的冬季,还是热浪逼人的酷暑,狼都会同舟共济,团结向前。我们狼队的九个人一定会发扬狼之精神,团结一致,永远向前!向前!"

会场上再次响起了雷鸣般的掌声。

各团队长表态发言结束后，魏经纶说："刚才，刘总说他一踏进这个会场就被周围的一切感动了，在场的每一个人何尝没有同样的感受呢？虽然我们这支营销大军刚刚成立，还没有真正踏进竞争激烈的市场，但我仿佛听到了龙腾虎啸、俊马奔腾、野狼吼叫的声音，假以时日，我们一定会创造出令人震惊的业绩。"

魏经纶话音刚落，李冬冬马上接口道："刚才俊马队的梅队长和野狼队的向队长跟我提了个建议，两个女同胞率领的团队向两个男同胞任队长的龙之队和虎之队发出了挑战，比一比，看一看，谁的保费最靠前。龙之队和虎之队敢不敢接受挑战？"

龙之队和虎之队的二十名队员齐刷刷地站了起来，一边挥舞着双拳，一边高声应道："龙虎队，最勇敢，定让马狼抱头窜！"

俊马队和野狼队的十七名队员也高声回应："野狼叫，俊马腾，吓跑老虎吓死龙。"

过了一会儿，刘苏好像突然想起什么似的，把嘴巴靠近李冬冬的耳朵问道："当初不是招聘了五十名队员吗？这四个队加起来不才三十七个人吗？"

李冬冬说："培训时，发现部分人基本素质不高，缺少爱心和团队精神，不适合做营销业务，我们劝其离开了。还有几个人，分别被吴秀丽和董梅两位经理选去做直销业务了。"

刘苏连声说："好，好。"

十七

虽然组织开展了为期一周的综合素质培训活动，但龙、虎、马、狼四个队的队员外出展业时，还是遇到了不少麻烦。有的营销员条款解释不清楚，有的营销员投保单不会填写，有的营销员展业技巧缺乏，引起了客户的反感。为了尽快让每位营销员做成第一单业务，增强发展业务的自信心，李冬冬和几个队的队长,轮流陪同一些年龄较大或条款掌握不好的人员外出拜访客户、拓展业务,有时候上午陪同张三去,下午陪同李四去,或者是同时带上几名队员陪同一名队员去拓展业务,让陪同的队员尽快掌握拜访技巧、展业术语。各队队员下班回家后,李冬冬还要把当天各队汇总起来的情况进行整理,以便第二天晨会时,让其他营销员及时分享团队的成果。

前三次晨会都是李冬冬讲其他人听,缺少互动,不利于调动大家的激情。第四次晨会的时候,李冬冬想改变自己唱独角戏的做法。

"各位兄弟姐妹,前几天的晨会都是我讲大家听,从今天开始,咱们每天的晨会改为大家轮流讲。讲话的形式不拘一格,可以讲成功的经验,可以讲失败的教训,也可以讲展业的体会。实在没什么可讲的话,也可以读报纸、讲笑话,唱歌跳舞也行,大家说好不好?"李冬冬提议道。

"好!"三十七个齐声应道。

"那咱们今天的晨会谁第一个讲?"李冬冬问道。

大家你看看我,我看看你,互相起着哄,但都没有主动站起来先讲的。

李冬冬笑着说:"大家都别不好意思。咱们每天都去拜访客户,体会和收获肯定不少,讲出来让兄弟姐妹们共同分享一下。"

过了一会儿,不知谁喊了一声:"向经理要讲。"

向前朝着声音传过来的方向问道:"谁说的?找刺啊?"

众人一齐起哄道:"向前,向前,快快向前!"

向前红着脸站了起来:"讲就讲。"

向前说:"自从加入我们营销团队后,我已经做了五六单业务了,其中两单业务是在培训期间做的。昨天我去拜访一个客户,他是搞个体运输的,家里有两台跑运输的客车。他问我,你们公司除了保车辆险外,还有没有其他适合我们这个消费群体的险种?我说有啊,可具体哪一款险种适合他们又说不出清楚,感觉很难为情。所以,公司平时应该在险种培训方面多下点工夫,特别是那些适合我们营销员代理的常用险种。如果我们既能为客户提供财产保险服务,又能提供人寿保险服务,那我们不仅可以密切与客户的关系,而且还能提高我们个人的业绩。"

向前一讲完,武松林就从座位上站起来:"刚才听了向经理的发言,很受启发。跟向经理相比,我就没那么幸运了。人家向经理来公司没多久就做了五六单业务,我直到昨天下午才'开了张'。为做成这张三千块钱的车险保单，客户那里我跑了七八趟，鞋子差点磨破了，嘴唇都要磨薄了，还好，腿总算没白跑。通过这一单业务，我认识到，做业务需要锲而不舍，半途而废终会一事无成。"

李冬冬说："刚才两位经理讲得很好，我听了以后很受鼓舞。向经理和武经理在市场营销过程中遇到的情况，在座的每一位都有可能遇到，有效规避这些问题，避免在销售过程中少走弯路，除了树立信心、切实摸清客户的消费心理和消费需求外，还要加强学习，尽可能多地了解一些保险知识，掌握保险产品的特点、适宜消费的人群，只有这样才能提高签单率。"

环视了一周后，李冬冬继续讲道："今天是周五，本周马上就结束了，我们营销团队成立后的第一个周冠军最终被哪个队获得，就看今天各队的签单量了。各队有没有信心？"

各队队员齐声喊道："有！"

周六上午下班后，李冬冬把一周营销业务数据统计好，报到了魏经纶的办公室。

"魏总，本周营销业务数据出来了，三十七个人中，二十九个人有保费入账，八个人没有实现零的突破。本周四个团队一共实现保费收入十三万六千元，其中，财产险业务十万八千元，人寿险业务两万八千元，整体效果比预想的要好。"李冬冬汇报道。

魏经纶看了一眼李冬冬递过来的报表，高兴地说："不简单！没想到你们一个周保费就超过了十万元，照这样发展下去，一年保费收入突破千万元大关是完全有可能的。"

李冬冬说："这十三多万元的保费，实际上是两个周的业绩。上一周大家都在公司培训，有几笔业务没能出单。"

魏经纶说："即使算两个周的业绩也不错了！自公司决定组建营销员队伍到现在也不过一个月的时间，在这么短的时间内能达到现在这个程度，已经相当不错了！上午我还跟刘总说，冬冬因为营销员队伍建设的事，没白天黑夜的忙，家也顾不上，人也瘦了不少，为此老付还找我提了好几次意见，公司应该在个人收入方面适当考虑一下，刘总基本同意我的看法，让我尽快制订营销员业绩考核管理办法，不知你有何建议？"

李冬冬说："付晓滨为这事真找过你？"

"他找我不是很正常吗？谁的媳妇谁不心痛？"魏经纶开玩笑道。

李冬冬阴沉着脸说:"他把自己的事情管好就行了,我的事用不着他瞎操心。真是吃饱了撑的!"

魏经纶静静地看着李冬冬,有些不知所措。

李冬冬不自然地笑了笑,说:"不好意思!在营销员队伍管理方面,我也没什么经验,摸索着干。你是分管领导,站得高看得远,不到位的地方还得请你多提醒多指导,只要不把领导交办的事情办砸了就行,至于待遇高点低点,无所谓,你就别为我操心了,钱多少是多?"

魏经纶说:"多劳就应该多得,否则的话,就无公平公正可言了。这件事总经理室基本达成了一致,修理厂经营管理办法和营销业务考核办法,公司要进一步修订完善,尽量制定得科学合理一些。"

李冬冬说:"对现有的这些营销员,公司除了要在生活上关心、工作上照顾以外,还应该在物质奖励和精神鼓励方面多考虑一下,尤其在精神鼓励方面公司要多投入一些。第一周营销业务整体做得还不错,从本周开始,我准备把周明星、月冠军、年第一的评选活动纳入常态化管理,每个时段都要评出一个冠军团队、冠军个人。第一周的明星团队和个人颁奖活动,我想请你分管领导参加一下。给明星们颁颁奖,讲两句话,效果可能会更好一些。"

魏经纶说:"活动什么时候搞?奖品是什么?"

李冬冬说:"每个周的颁奖活动,我们准备放在下一个周的周一晨会上举行。团队就是发放流动红旗,个人发本证书就行了,费用我们从部门管理费用中出,反正又花不了多少钱。"

魏经纶说:"我跟刘总商量一下,如果他能参加的话最好,如果他参加不了的话,我听你调遣。发奖品花得那部分费用不用从部门费用中出了,一年就那么三万两万的费用,留着搞别的活动用吧,这部分钱公司里出。"

李冬冬笑着说:"不需要刘总参加,你参加规格就够高的了。"

魏经纶说:"参加你们的晨会能学不少东西。上次我跟刘总参加完你们培训班结业汇报会后,好几天刘总还啧啧称赞。我跟刘总、于总商量好了,准备把晨会这种模式在全公司推广。"

魏经纶看了李冬冬一眼,表情有些不自然地说:"冬冬,有句话我不知道该不该问,我怎么感觉你跟老付最近好像有点问题?"

"没什么。我们两人就那样!"李冬冬像是回答魏经纶,又像是喃喃自语。

魏经纶说:"需要我帮忙的话,千万不要客气,我们都是朋友。"

李冬冬低着头好大一会儿没说话。

"如果没什么事的话，我先回去了。"李冬冬说完，快步走出了魏经纶的办公室。

望着李冬冬远去的背影，魏经纶突然感觉她瞬间好像苍老了许多。

杨山坡静悄悄地走了进来："领导，都下班走了，您老人家怎么还不回家？是不是在外面惹了事，被嫂子知道后不敢回家了？"

魏经纶有些不耐烦地说："去去去，没时间跟你胡扯！"

杨山坡有些惊恐地问："怎么了，谁惹你领导了？"

魏经纶说："谁也没惹我，我正想有事找你呢！"

杨山坡一屁股坐在沙发上，嘟囔道："请客我可没时间去。今天老丈母娘过生日，我得回去好好表现表现。"

魏经纶说："没人想请你，别自作多情了！"

杨山坡呲着大牙笑道："那我就放心了。今天总书记请我吃饭，我也不会给面子了，什么事也没有拍好丈母娘的马屁重要啊！"

魏经纶笑着瞪了杨山坡一眼："白雪不在身边，看把你自己牛的！这话你敢当着白雪的面重复一遍？"

杨山坡说："别把我们家白雪想得跟母老虎似的，我们家白雪还是很温柔的。领导找我有什么事？"

魏经纶说："最近我发现李冬冬情绪有点不对头，她跟老付不会有什么问题吧？我不好直接去问他俩，你从侧面了解一下，如果没什么事最好，如果有事的话，咱俩得帮帮他们。"

杨山坡说："我也发现他俩最近好像有点问题。老付为人不错，工作也很认真，就是文化层次稍微低一些。我觉着他们俩人脾气不太对付。"

魏经纶担心地说："李冬冬那人外强中干，又很要面子，有事喜欢自己心里藏着，父母都不一定告诉，时间长了，容易出问题。"

"她们两人的事，一开始李冬冬家人就反对，李冬冬自己也觉着她们俩不合适，可她又抵挡不住老付的猛烈进攻。要是当初……"杨山坡盯着魏经纶的眼睛，没有再说下去。

魏经纶知道杨山坡想说什么，但装出若无其事的样子说："咱们四个人是最要好的朋友，你我都不希望他俩出什么事情。这两天你找个机会，找他俩聊一聊，看看他俩之间到底有什么事。"

杨山坡说:"放心吧,这两天我就找他俩谈谈,如果需要的话,你领导也得出面啊!"

过了两三天,电厂工地施工人员因电气焊操作不当,引起灼伤事故。得到消息后,公司立即派付晓滨、杨山坡和梅胜利三个人代表公司去了解情况,顺便到医院看望受伤的两名工人。

事情很快处理完了,杨山坡跟梅胜利说:"有事你先回去吧,我跟老付再去电厂工地转一转,看看还有没有其他问题。"

付晓滨跟杨山坡围着工地转完一圈,就到下午五点多钟了。杨山坡说:"晚上别回家吃饭了,这些日子你不是靠在工地上就是跑修理厂,很长时间没一起好好说说话了,我把李冬冬叫出来,咱们一起吃顿饭。"

付晓滨说:"李冬冬就不要叫,咱们问问经纶有没有时间吧。"

杨山坡说:"魏总就别叫他了,人家当领导的,工作忙,应酬多,肯定没时间。再说,咱跟人家领导一起吃吃喝喝的,让别人看见了,还以为咱们搞小团体主义呢。"

付晓滨说:"领导跟员工们一起吃吃饭不是很正常的吗?以前也不是没一起吃过。"

杨山坡说:"魏总今天就别叫了。在公司旁边的健康路上,去年底刚开了一家韩国菜馆,挺不错的,晚上我带你过去尝尝。"

付晓滨说:"这一年靠在电厂工地上,整天跟尘土、噪音打交道,基本上与世隔绝了,哪里有什么好吃好喝的都不知道了。"

杨山坡笑着说:"得了吧,这一年你老付又当监理,又开修理厂,'革命小酒天天有',脸整天喝得像关公似的,哪里有个好饭馆,还有你老付不知道的?"

付晓滨说:"这一年酒确实没少喝,但大都在电厂工地附近的地摊上、羊肉馆里喝的。你想,天天靠在工地上,风里来雨里去的,公司还时不时地抓差干这干那的,整天累得够呛,没有个酒支撑着,身体怎么能受得了?"

到了韩国菜馆后,杨山坡跟付晓滨说:"你先点着菜,我给冬冬打个电话。"

过了五六分钟,杨山坡回来了,跟付晓滨说:"冬冬说她妈在家包了水饺,打电话让她回家吃水饺,今晚上来不了了。"

付晓滨眼睛盯着菜单,头也没抬:"我已点好三个菜了,你再点上一个就行了。"

两个人一边喝着滨城特曲,一边东一句西一句地聊着。

杨山坡说:"最近怎么感觉冬冬越来越瘦了,没跟她去医院检查检查?"

"她整天逞个能的,公司里好像就她本事大似的。一个寿险业务部就够她忙活的了,还组建什么营销团队?跟那一帮子'神经病'白天黑夜地跑这儿跑那儿,不瘦才怪呢!"付晓滨愤愤地说。

杨山坡说:"老付你这话说得就不对了。发展营销业务是公司的一项战略任务,这么重要的工作不安排一个能干的人,领导怎么能放心呢?就像公司把电厂这个特大项目风险管理工作交给你老付一样,你不干能行吗?"

付晓滨说:"干好工作咱没意见,拿人家的工资,不干好人家安排的工作到哪里也说不过去。可问题是男人在外面应酬,比如说陪客户吃吃饭、喝喝酒、打打牌之类的,这也是工作需要,女人在这些事上怎么能太挑呢?"

"老付,在公司里咱们是最好的朋友了,跟亲兄弟没什么区别。你是大哥,有句话我得问问你,你和冬冬最近是不是闹别扭了?你跟我说实话。"杨山坡眼睛盯着付晓滨问道。

付晓滨一脸无辜地说:"没有啊!听谁说的?"

杨山坡说:"没有最好。你和冬冬都是我的好朋友,当初你在死命追人家李冬冬的时候,我还在后面又造舆论又撮合的,你老付要是对人家李冬冬不负责任的话,不仅你对不起我杨山坡,也对不起人家魏经纶,我们三个人都对不起人家李冬冬。"

付晓滨故作轻松地说:"哪那么严重?两口子拌个嘴、搞个冷战很正常。我就不相信你杨山坡跟白雪就没有磕磕碰碰的时候。"

杨山坡嬉皮笑脸地说:"我在我们家里,那堪称是模范丈夫,又洗衣服又做饭,还兼着照顾孩子,可能干了。不信你去问问我们家白雪。"

"别吹了,快喝酒吧。"付晓滨一边说着,一边端起酒杯,跟杨山坡的酒杯碰了一下。

杨山坡喝了一口酒,继续说道:"你老付比人家李冬冬大好几岁,又是军人出身,你可要表现出军人和大哥的风范啊!"

付晓滨有些不快地问道:"你小子原来不是请我喝酒的,是来给我当老师的啊?你是不是听到什么事了?"

杨山坡说:"那倒没有。你老付是我哥们,我才愿意磨点嘴皮子,别人的事，我才懒得管呢。"

付晓滨说："兄弟，我保证我们俩什么事都没有。你放心了吧？"

一瓶滨城特曲喝完后，付晓滨说再开一瓶，杨山坡阻止道："要开你自己喝，我可不能再喝了。"

付晓滨说："一瓶酒我喝了六两，你才喝了四两，刚有感觉，怎能不喝了呢？"

杨山坡说："打开喝不了，多浪费？"

"喝不了剩下的咱不会带回去？花钱买的，哪能浪费了！"付晓滨说着，又让服务员拿过来一瓶。

杨山坡说："改天咱再喝吧。李冬冬去她妈家了，晚上路上不安全，早结束你回去接接她吧。"

"她天天去她妈家，我还能天天去接？"付晓滨说着，就把酒瓶打开了，把自己的杯子咕咚咕咚倒满后，又往杨山坡的杯子里倒。

杨山坡一边捂着杯子，一边说："给我倒三分之一杯就行了，我的酒量你又不是不知道！"

付晓滨说："怎么也得倒一半。"

杨山坡说："我现在都成孩子他爹了，不能再像刚参加工作的时候那样没节制地喝了，那样对孩子不好。"

付晓滨说："咱们三四个月没坐在一起喝酒聊天了，好不容易凑在一起，不喝个痛快怎么能行呢？"

看着付晓滨杯子里的酒喝得差不多了，杨山坡把酒瓶子盖拧死，用手握着酒瓶子，跟付晓滨说："喝完杯子里这些，咱吃点饭回家。"

付晓滨把杯子里的酒喝完后，看了看杨山坡手中的酒瓶，用舌头舔了一下嘴唇，说道："不吃了！走吧！"

九点多钟杨山坡回到家的时候，杨杨已经睡了。

杨山坡把嘴凑到杨杨的脸上刚想亲一口，就被白雪的胳膊挡了回来："喝得醉醺醺的，离他远一点。跟你说过多少遍了，喝酒后离杨杨远一点，你就是不听，要是把他熏傻了怎么办？"

杨山坡有些醉意地说："酒怎么能把孩子熏傻了呢？你这是什么理论？"

白雪瞪了杨山坡一眼，问道："晚上又跟谁一起喝的？喝了多少？"

杨山坡说："本来想喝完一瓶就行了，可付晓滨那家伙非要再喝点，又多喝了半杯。"

白雪说："没事你们俩喝什么酒？"

杨山坡说："魏总让我去当间谍，不喝点酒怎么能把情报套出来？"

白雪惊奇地问道："你们跟老付不是哥们吗？从他那里套什么情报？"

杨山坡就把魏经纶交代给他的任务，以及他如何去落实领导交办的任务一股脑地跟白雪讲了。

白雪说："魏经纶那么关心人家，为什么他自己不直接去问呢？"

杨山坡说："老婆大人怎么忽然糊涂了？老魏过去跟人家李冬冬有过那么一段历史，这事他自己怎么能问得出口呢？"

白雪笑着说："要不人们怎么都说初恋的感情是最真挚的，魏经纶这么本分的人对初恋情人都这么念念不忘，其他人更可想而知了。"

杨山坡说："老婆怎么这么善于总结啊。其实魏经纶和李冬冬也算不上什么初恋情人，只是相互有好感而已，因为他俩还没开始恋上，就让老付那家伙先下手为强了。"

白雪说："李冬冬当初要是跟魏经纶结婚的话，肯定比现在强。人家魏经纶要才有才，现在又当了领导，哪样不比付晓滨强？这事成不了都怪魏经纶，在跟李冬冬这个问题上，魏经纶不太爷们！"

杨山坡一脸坏笑地说："人这一辈子谁跟谁老天爷早就给安排好了，我做梦也没想到，咱两人能在一个被窝里睡觉，还把小杨杨给搞出来了。"

白雪一把把杨山坡推倒在床上，故作生气地说："以后孩子大了，别开口就胡咧咧。"

杨山坡龇着牙笑道："我儿子要是现在能听懂咱俩说什么话的话，那不知比他爹强多少倍了。说实话，我二十多岁了还不知道媳妇是干什么的。"

白雪说："越说越没正经了。你侦察到老付什么情报了？"

杨山坡说："他俩应该没什么大事。不过，我发现老付最近酒好像喝得和原来不一样了，有点馋。今晚上要是我不把酒瓶子早攥起来的话，说不定现在我们还没结束呢！"

白雪说："女人就烦男人喝起酒来没完没了的。更可恶的是，有的人喝完酒后耍酒风，回到家后又打老婆、又骂孩子的。"

杨山坡说："这样说来，我老杨还是很有酒德的。咱喝完酒后，别的毛病没有，就是眼皮打架，想睡觉。我喝醉了酒睡觉的时候，你没虐待我吧？"

白雪说:"我看你就是欠虐待。以后你要是再喝醉了酒,我跟儿子抬着把你扔到大街上去,看你以后还敢喝醉不?"

杨山坡看了儿子一眼,幸福地说:"我儿子才不会那么干呢!"

"哎,对了,刚才你说老付喝酒跟原来不一样了,有些贪杯,他会不会有酒精依赖症啊?我听说人一旦产生了酒精依赖,对谁都没感情了,只对酒有感情。要是那样的话,那李冬冬可就惨了!"白雪不无担心地说。

杨山坡想了想,说道:"你还别说,老付看酒瓶子的那个眼神和喝酒的那个亲切劲,还真有那个可能。不行,过两天我得想办法问问李冬冬。"

白雪说:"你好意思问她?找机会还是我问问她吧。"

第二天,杨山坡把头天晚上跟付晓滨喝酒的经过和跟白雪的分析,跟魏经纶叙述了一遍。

魏经纶说:"白雪分析得很有道理,我看十有八九是那么回事。这事咱俩没法问老付,问他他也不会承认。这样吧,过两天,让白雪和柳叶找李冬冬谈谈,我估计,李冬冬能跟她俩说实话。"

杨山坡与白雪孩子百日的前一天,柳叶打电话问李冬冬明天有没有时间,如果有时间的话,一起再去看看杨杨,小家伙明天过百日了。

李冬冬说:"上午可能不行,我部门的张姐病了,今天住院了,我跟其他同事约好了,明天上午一起去医院看她。另外,一个很重要的客户约我们明天上午见面。要不咱明天下午或晚上过去?"

柳叶说:"孩子过百日,他爷爷和奶奶肯定要来看孩子,上午去也不太方便。下午你有时间?"

李冬冬说:"下午没问题。三点咱在城关中学门口集合。"

下午三点左右,柳叶和李冬冬一起来到了白雪家。

"你们两个真是的,让你们上午一起过来吃饭,怎么不来呢?"白雪一边说着,一边从柳叶和李冬冬的手里接过俩人给孩子带的礼物,"不要每次来都给孩子买这买那的了,那么个小不点,给他买那么多东西干什么?"

李冬冬说:"宝宝过百日,我们这些当姨的,不给小家伙买点东西怎么能行呢?一点小东西,花不了多少钱。"

三个人在沙发上坐下后,柳叶问:"杨杨他爷爷和奶奶今天没来?"

白雪说:"天不亮老两口子就坐车来了,吃完午饭后,山坡把他俩送到车站让他俩坐车回去了,刚走没多会儿。"

李冬冬说:"白大叔和夏阿姨上班去了?"

"上班去了。可能一会儿就回来了。自从有了杨杨后,老两口子工作也不那么积极了,尤其是他姥姥,一会儿回来看看,一会儿打个电话问问,好像我是后妈似的。"白雪咯咯笑着说。

李冬冬说:"人们不都说隔辈亲嘛,尤其是我们杨杨又长得虎头虎脑的,谁见了不喜欢?"

白雪说:"她奶奶一来,抱着就不撒手了。她儿子说孩子睡了不能抱着,抱着睡对孩子不好,影响孩子发育,老太太听了还不高兴了。"

三个女人叽叽喳喳地聊着聊着,就聊到李冬冬身上。

白雪拉着李冬冬的手说:"听山坡讲,你最近很忙,再忙也得注意身体啊。"

李冬冬说:"最近公司里的事确实不少,领导给我下达的任务指标又很重,感觉压力很大。"

白雪说:"有了杨杨以后,我才体会到女人的不易。既要照顾孩子,又要操持家务,自己还要工作,如果样样都要求干得很出色的话,那身体怎么能吃得消?我不像你们俩,事业心强,工作上的事,我的态度是过得去就行。"

柳叶笑着说:"我可没你说得那么敬业,只要说得过去别下了岗就行了。退一步讲,即使有一天下岗了,他们做男人的也得养着我们。"

李冬冬说:"人家魏总和杨经理不仅有能力,还会体贴人,我可没你们那么有福气。"

白雪笑着说:"人家老付也不错啊!在单位里领导倚重,在家里也应该错不了。哪个男人家里有这么一个又能干、又漂亮的小媳妇,不当宝贝似的供着、养着?"

李冬冬神情黯然地说:"不奢望把咱当宝贝供着养着,他能把自己身上的那些臭毛病改掉就谢天谢地了!"

柳叶说:"付大哥那人平时看着挺好的,他能有什么坏毛病?"

"表面上看着挺好的,谁知道他能那样?"李冬冬说着,眼泪吧嗒吧嗒地往下滴。

柳叶和白雪急忙问道:"冬冬,老付他对你怎么了?"

李冬冬接过白雪递过来的毛巾,一边擦着眼泪,一边说:"不怕你们俩笑话,我们俩人结婚后,基本上就没消停过。"

柳叶握着李冬冬的手说:"说说怎么回事,看看我们能不能帮帮你。"

"以前只知道他能喝点酒,但谁知道他是个'酒鬼',一顿离了酒都不行。刚结婚的时候,我想他每天既要去工地,还要跑理赔现场,挺辛苦的,晚上喝点酒解解乏也未尝不可,可谁想他依赖上那东西后,每喝必多,喝多了有时还骂人。好话狠话都说过,就差下跪求他了,可他就是戒不了。我爸妈也找他谈过几次,每次他都说一定改一定改,可就是不改。我想跟他离婚,他说跟他离婚,他就死给我看。我爸妈都是那种很传统的人,也不同意我们离婚,他们说丢不起那个人。你们说,这日子我怎么过?"李冬冬说着,嘤嘤地哭了起来。

白雪说:"看着老付整天嘻嘻哈哈的,又在部队里干了那么多年,不应该是一个这么不负责任的人。"

李冬冬说:"部队里纪律严明,想喝也没有那个条件。转业来保险公司后,有条件了,他自己又不注意,时间一长,就上瘾了。我逼着他去了几趟医院,医院的大夫说,他这是酒精依赖症,依赖程度厉害的,一不喝酒,腿走路都没劲,有的还大小便失禁。"

柳叶说:"我有个亲戚在人民医院当副院长,晚上我去找找他,让他给出个主意。"

李冬冬说:"我爸爸也有很多学生在医院里工作,他们说如果再厉害的话,就要强制戒酒。可付晓滨自己没毅力戒,又怕别人知道后丢了面子,死活不去强制戒酒。"

白雪说:"不能老依着他,该强制戒就必须强制戒!"

李冬冬说:"这件事你们两人知道就算了,千万别再跟别人讲。他不怕丢人,我还得要脸。"

白雪说:"都影响家庭正常生活了,还顾虑那么多干什么?再这样捂着掖着,不仅家庭完了,你一辈子的幸福也毁了,老付他自己的身体也垮了。不行,这件事我们不能光听你的,得让山坡他们一起商量商量,看看怎么把这件事情解决好。"

十八

春节放假前,魏经纶就分别跟付晓滨、李冬冬、杨山坡打好了招呼,不管去哪里过春节,正月初二正式吹"集结号",三个家庭要在当天上午十点前在他们家集合,一切"特殊情况"不予考虑。

接到通知后,杨山坡假装生气地跟魏经纶"抱怨"道:"领导现在是越来越霸道了,还一切特殊情况不予考虑。正月初二是看丈母娘的日子,去你家算什么事?"

站在一边的李冬冬不出声,一个劲地抿着嘴笑。

魏经纶故作严肃地说:"论年龄,我是大哥;论职务,我是领导,领导的话你可以不听,大哥的话,你也敢不听?"

杨山坡不服气地说:"你比我才大几天?还使开了大哥的权威了。初二那天需要我做点什么?"

魏经纶说:"什么也不需要,把小家伙给我带了去就行了。"

杨山坡嬉皮笑脸地问:"你想干什么?抢劫呀?我告诉你老魏同志,即使你把杨杨抢了去,我们家杨杨长大了以后也会自己跑回家去,他知道我跟他娘造他不容易。"

魏经纶抬起脚做出要踢杨山坡的动作,杨山坡笑着跑开了。

"老付最近怎么样?怎么发现他现在越来越不愿意说话了。"杨山坡走后,魏经纶问李冬冬。

李冬冬长叹了一口气:"还能怎么样?酒瘾越来越大了!"

魏经纶说:"上次我们一起跟他谈了以后,不是说好多了吗?怎么又加重了呢?"

李冬冬说:"经纶,你能不能帮我想想办法,暂时把他从工地上调回来,哪怕是一个月两个月也行。让他在那里,跟工地上的那帮酒鬼天天混在一起,他能戒了酒才怪呢！"

听到李冬冬第一次直呼自己的名字，魏经纶心里有说不出的滋味。

两个人面对面地坐着，五六分钟没说一句话。过了好大一会儿魏经纶才开口道："春节期间，你多跟他沟通沟通，让他树立起信心。春节是喝酒的日子，一点酒不让他喝也不现实，尽量控制他一下，让他少喝点。"

李冬冬神情忧伤地说："这些日子，我也咨询了很多人，他们说付晓滨虽有酒精依赖，但还不是最严重的，那些依赖严重的，别说是上班了，生活都不能自理。付晓滨总归在部队里待了十年，自制力比一般人强一些，白天他怕酒瘾上来影响工作，就拼命地在工地上跑来跑去，这样可以转移一下注意力，可一闲下来，就往往控制不住了，到了晚上那直接就是放纵了。为此，我们俩人不知吵了多少次架，酒瓶子我也不知给他摔了多少个。"

魏经纶深情地望着李冬冬，一阵酸楚涌上心头："冬冬，对不起！"

李冬冬望着魏经纶那复杂的眼神，顿时热泪盈眶。

魏经纶从口袋里掏出一块手绢递过来，李冬冬迟疑了一下，还是接了过去。

李冬冬擦拭干眼泪，低着头不停地将手绢在手指上缠来缠去。

魏经纶声音低低地说："冬冬，你不用着急，老付酒瘾那毛病，我们一定想办法帮他戒掉，希望你一定要树立起信心！"

魏经纶说："上次柳叶和白雪跟你谈过之后，我跟山坡商量过好几次了，也找人帮忙打听哪里能治好这个病。听说滨东市中医院有个老中医，研制了一种中草药，服用后能有效控制病人的酒精依赖幻想，如果病人意志强一些，主动做好配合工作的话，十天半月就能消除酒精依赖。如果你愿意，初二大家一起聚一聚后，我们把老付送过去治疗一段时间，应该能治好的。"

李冬冬说："那怎么跟刘总请假呢？刘总在全年工作会议上不是说春节一上班，港务局项目公关小组成员就要靠上做工作，没特殊情况不准请假吗？付晓滨是项目小组成员，这假怎么跟刘总请呢？"

魏经纶说："咱这里的风俗你也不是不知道，正月十五之前，哪个单位有正儿八经上班的？从初二到春节假期结束，还有四五天的假期，再跟公司请四五天假就差不多了。回去后，你跟老付好好谈一谈，如果谈通了的话，让他明天就去找刘总请假，就说家里老人身体不舒服，春节后你们两人陪着老人到外地去看一看。刘总很通情达理，外出看病他不会不批的。你们回来后，我再跟刘总说说，以老人身体不好，需要人照顾为由，把老付从电厂工地上调回来，让他脱离那个环境一段时间。只要巩固住戒酒成果，就应该不会再有问题了。"

李冬冬用感激的眼神看着魏经纶，声音哽咽地说："谢谢！"

魏经纶不自然地笑了笑，说道："今天别的事先放一放，回去先把老付的思想做通，让他打消顾虑，树立信心，无论如何要把他这个毛病改掉。"

李冬冬走后，魏经纶又把杨山坡叫了进来。

魏经纶问："今年你还回老家过春节吗？"

杨山坡说："老家条件不好，今年冬天又比往年冷，孩子回去肯定受不了。今天我把单位里的事处理完后，回去给杨杨他爷爷和奶奶送点年货，顺便告诉他们一声今年不回老家过年了。"

魏经纶从桌子抽屉里拿出两双鞋和一箱酒，跟杨山坡说："过年了，我没时间过去看老人，你把这鞋和酒带回去，顺便替我给两位老人拜个早年。"

杨山坡刚要开口推辞，魏经纶一下子把他堵了回来："别跟我那么多费话了！不就是借你条腿用用吗？"

杨山坡龇着牙说："我替他们说一声谢谢都不行吗？"

"初二聚会时你得演主角，把戏演砸了，我可跟你没完！"魏经纶把刚才跟李冬冬说话的意思跟杨山坡又重复了一遍。

杨山坡竖起大拇指，说道："领导运筹帷幄，我尽力配合就是了，但主角还是由你领导亲自来演，我给你当配角。"

魏经纶纠正道："主角还是你来唱，我不方便演主角。"

杨山坡装出忽然明白的样子，一拍脑袋瓜子说："你看我这榆木脑袋，让你领导演主角确实不合适，演不好，让柳小姐吃了醋，那年就不用过了。算了，为了领导的旧爱，我杨山坡不下地狱谁下地狱？"

魏经纶有些生气地说："不靠谱的话别再乱讲了，万一让人听见了，还不知生出多少口舌来。都当爹了，怎么还这么不正经！"

杨山坡哈哈笑着说："好了，好了。初二你准备好酒，我替你把戏演好就是了。"

晚上，李冬冬给魏经纶打电话说，她跟付晓滨下午找刘总请假了，刘总很痛快地就批准了。

初二天刚亮，柳叶就要起床准备。

魏经纶把坐起来准备穿衣服的柳叶又按倒在被窝里，埋怨道："怎么越来越沉不住气了，都是自己人，搞几个清淡的菜就行了，那么着急干什么？"

柳叶用手轻轻地拍了一下魏经纶的脸，说道："过春节，大家好不容易凑在一起，怎么也得搞得丰盛一点。"

魏经纶说："凑在一起还不容易？你要是愿意，每年正月初二我都邀请他们来咱们家。"

柳叶又重新躺回被窝里，扭着魏经纶的鼻子问道："你是不是觉着我占了她的被窝，想把她再请回来？"

魏经纶假装听不明白道："你说的她是谁啊？"

柳叶说："刚结婚的时候，我觉着你对我没太有感觉，一打听才知道你们俩之间还有那么一段历史。当时我就想，如果当初不给王瑞香当伴娘，可能就不会认识你魏经纶，不认识你魏经纶，你和她可能就成了。想来想去，还真觉着抢了人家的东西，对不起人家呢！"

魏经纶把柳叶一下子揽住，质问道："你说什么？你把我比喻成东西？你是不是想找揍了？"

柳叶在魏经纶的怀里转来转去，咯咯笑个不停。

魏经纶言不由衷地说："说实话，当初我也觉着辜负了人家，刚开始确实有逃避的成分，结婚以后，感觉还是你柳叶好。柳叶一飘，不就预示着春天来了吗？"

柳叶说："别再编话骗人了！你的心思我还不知道？说真心话，李冬冬确实有些可怜，从小娇生惯养，按她个人的家庭和条件，找一个比老付强的男人，一点问题都没有，可她偏偏遇上了老付这么个人。无论是作为同事，还是朋友，你都应该帮帮她，况且你又是她的领导，还是……"

魏经纶一边用手胳肢柳叶，一边说道："我再让你胡说，我再让你胡说。"

九点半多一点，杨山坡和白雪抱着杨杨就到了。魏经纶一边用围裙擦着手，一边说："今天小杨同志应该值得表扬，来这么早，是不是想让大家见识见识你的厨艺？"

杨山坡说："我可不会炒那玩意儿，况且今天我是应邀嘉宾，哪有让客人下厨房的道理？"

魏经纶说："那天你不是跟我说，在家你堪称是模范丈夫，又会炒菜，又能洗衣，还兼顾着照顾孩子，简直把自己说成是完美之人了。"

杨山坡哈哈笑着说:"那都是别人那么表扬我的,我这么低调的人,还能那么不谦虚?"

柳叶一边把孩子接过来,一边跟白雪说:"他两人一见面就打,好像前世有仇似的,怎么整?"

白雪笑着说:"让他们打去吧,反正你们家魏总又吃不了亏。"

柳叶微笑着说:"我是怕你们家山坡吃了亏。喂,你们两个别光动嘴皮子了,抓紧动手吧,今天中午的饭菜就你们哥俩的事了,我们现在的任务就是看宝宝了。"

没多大工夫,付晓滨和李冬冬也到了。

大家围坐在一起边喝茶,边逗孩子玩。

付晓滨问:"电厂厂房基建工程基本完成了,估计年底前正式运营没什么大问题。机器转起来后,电厂的运营险业务不知公司能不能做下来。"

魏经纶说:"估计问题不大。目前公司跟电力系统的上上下下关系都不错,尤其是这一年多来,以你老付为首的现场服务组人员跑前跑后,对项目建设的顺利进行提供了支持。前几天跟电厂的白总聊起来的时候,白总还说,电厂项目之所以开工建设进展顺利,没出现什么大的问题,与咱们现场工作人员严格管理、及时发现纠正一些违规操作问题有很大关系。在项目施工现场派驻监察服务人员的做法,得到了省公司的充分肯定,省公司作为一条经验还上报总公司了。"

付晓滨说:"大家都以为我们平时在工地上没什么事可做,就是喝酒聊天拉家常,浪费时间,浪费人力,实际上不是那么回事。天天在工地上转来转去的,体力消耗大不说,精神压力非常大,就害怕出现大的事故,让公司里的人说我们这帮人只拿工资不干事。"

魏经纶说:"实际上你是多虑了,公司里没人这么认为的,倒是有人说你们在现场不容易,整天水里走泥里行的,应该给予一定的补贴。"

杨山坡说:"老付他们整天靠在施工现场确实不容易,公司应该每月给他们发一点补助,补助再高,反正我也不会去干的。"

白雪说:"你就别吹了!公司里派你去,你敢不去?"

杨山坡嘿嘿笑着说:"说说过过嘴瘾罢了,你非得揭穿我干什么?看我回家怎么收拾你!"

众人哈哈大笑,魏经纶更是笑得不行了。

魏经纶用手拍着杨山坡的肩膀，说道："我发现山坡同志现在是越来越出息了，自当上杨杨他爹后，底气怎么这么足？"

杨山坡装出一脸不屑的样子，说道："那是。有儿子在后面撑着腰，我感觉腰杆子硬了不少。过去你们两位经常欺负我，现在你们还敢吗？所以，要找回自信，就必须学我赶紧生个小宝宝。"

白雪说："人家两位大哥一心扑在事业上，不像你那么没出息。"

杨山坡说："说实话，没生杨杨的时候，两个人自由自在的，没感觉出有多大压力。自从有了杨杨后，感觉责任重了，压力也大了许多。做女人难，做男人也不易啊。"

柳叶说："男人就应该承担起责任，要不我们嫁给你们干什么？嫁给你们就是为了找个依靠，依靠不住，还不如自己过！"

付晓滨低着头，一言不发。

柳叶说："快十一点了，你们先喝着茶，我跟经纶去厨房把菜整出来，一会儿就好。"

大家都站起来要去厨房帮忙，魏经纶说："都是现成的，动火的菜没几个，大家都坐着别动。"

白雪说："刚才柳姐不是说上午吃喝的事他们三个人负责吗？我们姐仨好不容易凑在一起，还有很多话没说完呢。"

魏经纶说："放心吧，有你们家山坡这么能干的人在，我和老付都靠不上边，还用得着你们女同胞动手？"

白雪装出生气的样子说："不能只让我们家山坡一个人干，要是累坏了，等我们家杨杨长大后，可跟你们没完。山坡，过来喝茶，咱不去厨房。"

李冬冬说："白雪真能逗，你看你还是辞职来公司干营销员吧，说不定一年能拉个百儿八十万的保费呢。"

三个男人在厨房里边干边聊，三个女人在客厅里嗑着瓜子，吃着糖果，叽叽喳喳地说个不停。

菜端上桌后，魏经纶打开了一瓶茅台酒，一边往每个人的杯子里倒着酒，一边说："今天我就准备了两瓶酒，咱六个人一起消灭它，多了一点也不喝。"

白雪说："我还得照顾宝宝，给我瓶饮料吧。"

李冬冬说："我也不喝白酒，也给我瓶饮料。"

杨山坡反对道："俺老婆照顾孩子，有原因，你有什么理由？"

李冬冬说："我给照顾杨杨，让白雪喝酒。"

杨山坡说："那可不行。过年了，没特殊情况的，一律喝白酒。"

李冬冬说："你怎么知道我没特殊情况？"

"你有什么特殊情况？难道有了？"杨山坡看着付晓滨问道，"老李现在有情况了？"

柳叶说："山坡，冬冬不喝就别逼她了。我看这样，我们姐仨个喝饮料，你们哥仨喝白酒，谁愿喝什么就喝什么。"

魏经纶说："谁愿喝什么就喝什么，那不犯了自由主义吗？第一杯酒大家统一都喝白酒，这可是国酒，都尝一尝，一杯过后，你们三个女同胞随意。"

柳叶用征询的目光看着李冬冬和白雪："那也行。"

每个人的杯子里都盛满酒后，魏经纶第一个端起杯子："今天的酒，能喝的多喝点，不能喝的就少喝点，没有任务指标。按照咱们滨城的风俗，东道主应该敬三杯酒。今天我们是家庭聚会，一半又是女同志，喝三杯是不可能的，那我就敬大家三口酒吧。"

"这第一口酒，祝大家在新的一年里，身体健康，工作顺利，家庭和睦！"魏经纶说完，六只杯子碰到了一起。

"这第二口酒，感谢各位一年来对我的关心、支持和帮助，谢谢大家！"

大家都端起杯子，象征性地抿了一小口。

看到白雪没端杯子，柳叶问："白雪，你怎么不喝？"

白雪说："魏大哥敬一年来给他关心支持和帮助的人，我既没支持，更谈不上帮助了，所以，魏大哥敬的这口酒不包括我。"

魏经纶笑着说："你怎么没支持帮助？你批准杨山坡来永泰公司工作，这是直接支持帮助；辛勤操持家务、照顾孩子，让山坡安心工作，这是间接支持帮助。依我看，在我们这些人里面，你最辛苦，支持最大。"

大家一边笑着，一边催促白雪要多喝点。

魏经纶看了付晓滨和李冬冬一眼，说："今天咱们聚会，还有一个重要议题是给付大哥送送行。吃完这顿饭后，付大哥就要去滨东市中医院接受一段时间的治疗，我们希望你从滨东回来后，给大家一个惊喜。"

看到付晓滨低着头不好意思的样子，魏经纶安慰道："今天在座的都是自家人，你也没有必要觉着不好意思，很丢面子。如果你不下决心戒掉酒精依赖那毛病的话，不仅面子真的没有了，而且你自己身体也垮了，你和冬冬好不容易建立起来的家庭也就毁了！"

杨山坡说："老付，刚来公司的时候，我最佩服的就是你了。工作有经验，办事干练，敢作敢为。当初你追求李冬冬的时候，我们都替李冬冬高兴，认为你老付是一个有责任心的人，李冬冬嫁给你后，有安全感，能成为一个幸福的人。可自从染上酒瘾那毛病后，精神状态一天不如一天，工作也大不如从前，再这样下去，你自己身体垮了不说，李冬冬也跟着垮了。你看看李冬冬现在是什么样子了。当初要是知道你老付是个酒鬼的话，说什么我们也不会让李冬冬嫁给你！"

看着杨山坡越说越激动，白雪偷偷地踢了杨山坡一脚。

杨山坡瞪了白雪一眼，说道："你不用踢我，老付愿意听我也说，不愿意听我也得说。老付，在咱们一天来公司报到的四个人当中，你最大，李冬冬最小。说句你可能不愿意听的话，依你当时的条件，根本配不上人家李冬冬，可你硬是死磨硬缠地把李冬冬娶回了家，你不能得到了就不珍惜了呀！咱们四个人中就我条件最差，是农村孩子，靠我爹放羊供我读完了大学。我常常想，如果我不好好工作，不珍惜今天的生活，不仅对不起社会，更对不起家人。这些事我都想到了，像你付大哥这样一位有着十几年工作经历的人，不可能想不到吧？"

"别光顾着说话了，咱再喝一口酒，菜都凉了。"柳叶想缓和一下气氛，招呼大家道。

看到李冬冬低着头吧嗒吧嗒掉眼泪，柳叶拿了一块热毛巾递给了李冬冬。

李冬冬擦着眼泪跑进了魏经纶和柳叶的卧室，柳叶和白雪都站起来跟了进去。

魏经纶说："山坡虽然说得有些言重，但句句发自肺腑，换作别人，他不会这么讲的。"

杨山坡说："对我来讲，咱三个人跟亲兄弟没什么两样，谁不希望自己的兄弟姐妹生活愉快、家庭幸福？"

魏经纶说："这次你去滨东治病，别人都不知道，我跟刘总也说是你家老人身体不太好，你们俩陪她去外地治疗一段时间。说实话，现在单位里有些人知道你酒有点上瘾，但还不太清楚你已经到了依赖的程度，这一点我还是很佩服你的。换作别人，酒瘾一上来，哪管白天黑夜，上班不班的。所以，治疗这种病，药物仅是一个辅助，关键还得看个人的意志和毅力。老付，你在部队里干了十年，意志和毅力应该比每个人都强，只要你常想想李冬冬，常想想家里的老人，你就能增强治好病的信心和毅力。"

过了一会儿，柳叶和白雪陪着李冬冬重新回到饭桌上坐了下来。

李冬冬红着眼圈说："老付，大家今天说的这些话，都是为了咱们好，咱不能辜负了大家。你得这个毛病，我也有责任。刚开始的时候，觉着你工作忙，压力大，喝点酒能解除疲劳，所以你平时喝酒，我也没怎么拦挡你；你上瘾了以后，又跟你赌气放任你。你如果觉着咱两人还能过下去的话，那你下决心把酒戒了。你看人家山坡比你小好几岁，都有杨杨了。如果你觉着咱两人没法再过下去了，咱们也好合好散，以后我们还是朋友。"

柳叶说："冬冬，说哪里话？付大哥虽然对酒有些依赖，但还没到戒不了的程度，只要有决心和毅力，完全戒掉是没有问题的。"

魏经纶说："柳叶说得没错。听说有的人比你老付厉害多了，甚至都到了生活不能自理的程度，人家都能戒掉，你老付还能戒不了？"

看到付晓滨一直低头不语，李冬冬有些火了："大家说了半天，你难道一句没听进去？想喝，你就放开喝吧，爱喝多少喝多少！"李冬冬气呼呼地拿起刚才打开的那瓶酒，砰的一声放到付晓滨面前。

付晓滨抬头看了一眼李冬冬那张满是泪水的脸，羞辱和惭愧一齐涌上心头，眼泪在眼圈中打了几个转后，终于没能忍住。

"首先，我对不起大家！在咱六个人当中，我年龄最大，做大哥的本该照顾当弟弟妹妹的，没想到反让大伙为我这个当大哥的操心了。其次，我对不起冬冬你。近一年多来，因为喝酒，让你担了很多心，生了很多气，影响了夫妻感情，而且把家都喝穷了。刚才山坡说的话对我刺激很大，我是身在福中不知福，没有尽到一个做丈夫的责任。今天当着大伙的面，我表个态。下午去滨东后，我一定配合医生做好治疗工作，如果这次不能彻底把酒瘾戒掉，我就坚决不回滨城，到时候，你们要在领导和同事们面前帮我多打打埋伏。"付晓滨诚恳地说。

魏经纶说："老付，只要你下定决心把病治好，其他的事情都好处理。"

"今天是正月初二，元宵节之前，我争取把病治好回来，大家一起去我家过元宵节。"付晓滨信心坚定地说。

大家不约而同地鼓起掌来。

"嗯啊，嗯啊，……"杨杨可能被鼓掌声惊醒了，大声哭了起来。

三个女人一齐站起来，朝卧室里跑。

白雪喂完杨杨奶水后，小家伙又睡着了。

杨山坡问付晓滨："老付，你这酒瘾是怎么得的？"

付晓滨有些不好意见地说："具体从什么时候开始的，我也说不清楚。转业来保险公司后，韩东洋整天领着我们这些人今天去这个单位喝酒，明天去那个单位交流感情。刚开始的时候还觉着酒量大是一种优势，从不自我控制，所以酒就越喝越多。对冬冬有那个想法后，我天天沉浸在恐慌和不安中，想说又不敢说，害怕被拒绝后让别人知道成为笑谈，不说又控制不住自己，所以每次都想喝点酒为自己壮壮胆。那天晚上咱们喝完酒我送冬冬回家的路上，借着酒劲跟冬冬挑明了，可冬冬不仅婉拒了，还每天想方设法躲着我。那些日子，我几乎是每天必喝，每喝必醉。从那以后，一天不喝酒，就觉着空落落的，好像心神不宁似的。刚结婚时，还极力控制住，可到了电厂工地上后，就自我放纵了。天天跟电厂工地上的那几个头头，有事没事地泡在旁边的那几个小酒馆里，喝着喝着就上了瘾。"

杨山坡笑着说："冬冬，搞了半天，老付这酒瘾的毛病还是因你而起的呢。要是当初你主动提出跟老付好，老付就不会那么惶惶不安了，也就不用借酒壮胆了。老付提出跟你好后，你痛快地答应人家，别老是躲着人家，老付也就不用借酒浇愁了。老付，以前我总认为你天生心理素质好，胆子大，敢想敢干，搞了半天跟我差不多啊，晚上什么都敢想，太阳一出来，胆子就晒化了，什么也不敢干了！哈哈哈……"

魏经纶一边笑着，一边说："这方面，付连长的办法确实不如人家大学士多。人家大学士名义上去看夏老师，实际上去打人家白雪的主意。哈哈哈……"

杨山坡一脸无辜地说："我第一次去老丈母娘家的时候，真不知道人家还有个闺女，去了以后，才知道她们家还有一个叫白雪的。我一想，反正白雪也没有男朋友，我也没有女朋友，两个个体户组成个联合体不正好吗？"

众人哈哈大笑。白雪气得使劲踢了杨山坡一脚，痛得杨山坡嗷地喊了一声。

柳叶说："你还别说，人家山坡虽然年龄小，从校门出来也没几年，但人家社会经验可比你们两人多多了，尤其是找媳妇的水平，那是响当当的。像白雪这样优秀的姑娘，多少小伙子排着队跟在后面，可人家就是不答应，非等着杨山坡不可。这可能就是人们所说的缘分吧?"

白雪说:"柳姐太夸张了,哪有小伙子排着队跟在后面的?不过我还是挺相信缘分的,缘分来,谁也挡不住。你比如说魏总和柳姐,给人家郭秘书长和王老师当回伴娘,两个人就能伴在一起。"

魏经纶说:"说着说着怎么说到我们这里来了?那时候我跟柳叶都是大龄青年了,如果不想办法'生产自救'的话,可能就要打光棍了,所以也就凑合在一起了。"

杨山坡说:"得了吧,你们那点事我们又不是不知道。你老魏当伴郎就当伴郎吧,到了那里,又是谈诗歌,又是说摄影的,弄得人家柳大小姐神魂颠倒的,不嫁给你有什么办法?"

柳叶笑着对白雪说:"白雪,你要对你们家山坡严格管教,否则的话,他会给你惹事的。"

白雪说:"杨山坡说的这件事,滨城人民都知道。就他那个胆,惹不了什么大事。"

柳叶说:"你们两个夫唱妇随,配合得真好啊!不愧是夫妻啊!"

魏经纶看到李冬冬坐在一旁默默无语,知道她心情不好,就无话找话地问:"冬冬,正月十五去你家过元宵节的时候,你要把你家这几年的'存货'都要奉献出来啊,到时候我们要好好给老付祝贺祝贺。"

李冬冬一语双关地说:"家里存货多得是,到时候你们尽管去就是了!"

听了这话,付晓滨的头更低了。

十九

春节一上班,刘苏就召集魏经纶、于为民开会,专题研究大项目责任制问题,并正式启动了滨城港务局保险项目重点公关工作。

刘苏说:"虽然港务局一揽子保险还有四五个月才到期,港务局领导们也承诺到期后考虑把永泰公司纳入进共保体中，但我们不能掉以轻心。港务局一揽子保险是除电厂项目之外，目前我们滨城市第二大保险项目，去年保费收入达到了近六百四十万元。随着业务规模的扩大和港口货物吞吐量的快速提升，滨城港务局保险的范围和险种肯定会增多，我估计三年内，这个项目保费收入会超过千万元。这么一个有影响力的项目，我们永泰公司没有份额，不能参与承保，不仅与我们提出的大项目建业、大项目兴业的经营指导思想不相符合，也不利于公司在当地影响力的扩大和提升。对这个项目，今年我们要全力以赴，无论如何也要参与进去。这个项目还是由魏总牵头负责。"

刘苏说："滨城电厂项目，土建工程已经完成了，装修和机器设备订购工作进行得也十分顺利。这个项目到目前为止没有出现大的赔案，是与我们前期防范措施做得比较到位有很大关系。对我们的整体服务，从省电力到市电力以及电厂上下都十分满意，对我们派驻现场风险管理员的做法十分赞赏，对永泰公司在电力项目承保方面的专业能力也相当认可。估计电厂正式运营后，项目的一揽子保险继续由永泰公司承保应该是水到渠成的事情。在这个项目的竞争中，我们还有一个十分有利的条件，我表弟汪立志年前被提拔为电力司的副司长。但这并不是说我们在这个项目上万无一失了，因为市内两个公司虎视眈眈，要求实行大项目共保的意愿强烈，市外的一些公司也都积极做工作，时刻准备来滨城分一块蛋糕。对这个项目，我们的原则是坚决守住阵地，决不跟其他公司共保。这个项目，我牵头负责。"

刘苏看了一眼笔记本，继续说道："修理厂我们正式接手重新开业后，运转基本良好，去年虽没有完成全年利润指标，但与当初设想的目标差距不大。修理厂有叶明在那里盯着就行了，于总今年也要把主要精力放在业务发展和管理上，除了抓好客户服务工作外，对滨城化工厂以及新立项的几个项目也要腾出一定的精力靠一靠。这些项目，虽然没有前面那两个项目有影响，但竞争肯定也小不了。"

魏经纶说："对港务局一揽子保险项目，去年我们没能参与进去，今年要参与进去，确实存在着一些不利因素。为了把我们排挤在这个项目之外，据说陈醒目和宋珂年前组织有关人员召开会议，专门研究对付永泰公司的方案，取其名曰'海上保卫战'。但他们两个公司之间也不是铁板一块，也存在着尖锐的矛盾。陈醒目去年为阻止我们参与港务局项目的承保，拉宋珂组成了项目共保体，没能独家承保港务局项目，感觉没面子，甚至觉着有些窝囊。去年两个公司划分险种份额时,陈醒目为了独保企业财产这个份额最大、风险最小的险种,答应把运输车辆全部划分给永平公司承保。一个月前,港务局从外地新购置了五十多台车,新购置的这些车辆百分之八九十都是运输车辆,每辆车都价值不菲,这是陈醒目当初没有想到的,所以他开始后悔了。宋珂去年侥幸参与了港务局项目保险后,今年还想在去年基础上,争取更多的份额。据陈醒目手下的人讲,宋珂私下里搞了不少小动作,希望该项目到期后,把港务局的船舶保险或者是部分企业财产保险转到永平公司投保,陈醒目听说后非常气愤,曾当着众人的面说了很多狠话、重话,两家公司现在实际上是貌合神离。在这种情况下下,陈醒目极有可能希望我们参与该项目的承保,以便在电厂建成投产后,在运营险承保方面有与我们谈判的砝码,但前提是我们不影响他现有的份额。"

刘苏说:"魏总分析得很有道理,只要我们利用好他们两家之间的矛盾,参与进去非常有希望。"

于为民说:"修理厂目前经营比较正常,但个别客户对我们实行定点修理意见很大。对经营过程中发现的问题,我已经让客户服务部的人跟客户做了很多沟通说服工作,同时也对叶明他们提出了严格要求。修理厂经营趋于稳定后,我要腾出主要精力进行市场拓展,对刘总刚才提到的一些项目,要重点进行跟踪落实。"

总经理办公会议一结束,魏经纶马上召集杨山坡和梅胜利一起研究港务局承保事宜。

魏经纶说:"港务局保险再有几个月就到续保期了,到期后,刘总给我下了死命令,无论如何也要参与进港务局项目的保险。对港务局这个项目,我们应该采取什么样的拓展策略?"

梅胜利说:"陈醒目和宋珂在港务局这个保险项目的合作上虽说是成功的,但还不够默契,两个人都对对方留了一手,都想撇开对方独自跟港务局领导或责任部门进行来往。要打破他们之间的攻守同盟并不困难,除了要继续密切与港务局的关系外,最重要的一点就是给陈醒目来个下马威!"

魏经纶一愣,问道:"什么下马威?"

梅胜利说:"我对这个项目的保额和保费进行了认真的测算,感觉去年他们承保这个项目企业财产保险时,用了正常的费率,没有给港务局进行费率下浮,而企业财产保险是这个项目一揽子保险中保费最多、效益最好的一个险种。我们可以单独搞一个港务局企业财产保险方案，除了给予费率下浮的优惠外，还可以进行条款扩展，这样的话，我们在竞争中就可能会占据有利位置。"

杨山坡说："梅经理说的这个方案是一个选择，但不是最佳选择。为什么这么讲呢？下浮费率固然加大了公司竞争的筹码，增加了取胜的机率，但如果陈醒目他们也按同样的幅度进行费率调整的话，那我们也没有一定取胜的把握。就算我们靠降费承保了这个项目的企业财产保险，但由于费率下降，不仅导致保费收入减少，风险相应地提高，而且可能导致我们两家的关系从此恶化，让永平公司坐收渔翁之利。更重要的是，我们一旦开了降费的头，市场肯定会发生混乱，受害的不仅是他们两家公司，也包括我们自己。"

梅胜利说："你说的这些我都懂，但要确保参与进这个项目，目前还没有其他更好的办法。"

魏经纶说："办法我们可以慢慢研究，这个项目到保险续保期还有很长一段时间。过几天我再去找找郭秘书长，让他帮忙给协调一下，因为港务局的毛书记过去在市政府也干过副秘书长，郭浩刚去市政府工作的时候，毛书记还没有离开市政府，虽然毛书记是郭秘书长过去的老领导，但从工作分工角度看，郭秘书长现在负责协调港务局等单位的工作。你们两个人回去以后再好好地研究研究，尽快制订出一个切实可行的方案，最好两三周内我们组织有关部门研究一次。"

梅胜利回去后，魏经纶问杨山坡："老付去滨东后，我也没顾得上给他打电话问问，不知道他现在病治疗得怎么样了，你跟他们联系了没有？"

杨山坡说："我今天上午给李冬冬打了个电话，本来想把情况跟你汇报一下，看到你们三个领导一上班就开会，没来得及跟你汇报。听冬冬讲，刚开始的时候，老付有些坚持不住，连哭带叫的，有一次还想偷着跑出去买酒喝，让冬冬发现后制止了。从昨天开始，情况好像改观了许多，医生说最难熬的几天应该过去了。咱没有体验过戒酒的滋味，只是从电影里看到过瘾君子戒毒的场景，但我觉着戒酒应该比戒毒容易些。当然了，痛苦肯定是少不了的。"

魏经纶说："这个时候，老付和冬冬最需要的是支持和鼓励。晚上回家后我给他俩打个电话，有空的话你也常跟他们通通话，你说话比我说话好用。"

杨山坡笑着说："你是领导，我们是老百姓，哪有老百姓说话比领导管用的？问题的根源在于你领导有前科，让人家老付不放心。"

魏经纶狠狠地瞪了杨山坡一眼。杨山坡朝魏经纶做了个鬼脸，一转身出了魏经纶的办公室。

四天后，魏经纶收到了杨山坡和梅胜利制订的《滨城港务局财产保险承保服务方案》。方案除吸收了电厂项目承保服务过程中的一些成功做法外，还增加了许多扩展性服务条款，并在费率方面给予了百分之二十的优惠。

魏经纶看完服务方案后，跟杨山坡说："去年港务局一揽子保险方案我们都看过，与我们制订的这个承保服务方案相比，确实没有什么竞争优势，如果我们用这个条件跟他们两家竞标的话，胜算机率很大。但在不到万不得已的时候，最好不要用费率这个杠杆，因为费率这个杠杆，我们能用，别的公司也能用，一旦引发恶性竞争，最终结果是大家都受损失。"

杨山坡说："因果关系我跟梅胜利反复探讨过，但如果我们不祭出费率这个最有力的武器的话，想挤进港务局这个项目，谁也没有把握。"

魏经纶说："最好的结局是三家公司共保港务局这个项目，费率还要维持原来的水平。虽然达到这个效果有难度，但并不是完全没有希望。港务局领导方面，郭秘书长跟毛书记打过招呼了，毛书记说项目续保时，他可以关照一下。我舅舅那里，我也跟他说过，想让他在方便的时候也给说句话，虽然他不想参与企业之间的这些事，但合适的时候估计他会给说说的。如果陈醒目在这个项目上别咬得太紧，稍微松一下口的话，工作可能就容易做一些。"

杨山坡说："这几天，我们再琢磨琢磨，看看还有没有其他更好的办法。"

杨山坡回到办公室没多大会儿，姚东风就打过来了电话，家长里短地聊了半天后，话锋一转问杨山坡昨天是不是去陈老七的佳美食品公司了。

杨山坡问："领导消息怎么这么灵通啊？看来什么事都瞒不过领导您啊！"

姚东风笑着说："今天陈老七找我有事，顺便问起我永泰公司现在业务发展得怎么样，我说干得很好啊。他说昨天你找过他了。"

杨山坡知道，为了保险的事，最近一段时间姚东风也多次找过陈老七，除了要给陈老七的渔船上保险外，还要陈老七帮忙，把佳美食品有限公司的车辆、企业财产也一起给保了，这些险种算起来，估计保费收入也得二三十万元，可陈老七一直没给姚东风一个明确的答复，一会儿说那几条渔船用得时间太长了，可能用不了多久就淘汰换新的；一会儿又说最近公司资金比较紧张，过些日子再说。姚东风明白，现在滨城不是只有一家公司的时候了，陈老七这个老滑头知道自己选择余地大了，你不保一定有人会求上门来，说不定给出的条件更优惠，所以每次找他，他都拖三推四的。

姚东风说："我下午出去办事，正好路过你们公司门口，有时间的话我可能过去看看你们。刘总、魏总他们都在公司吧？"

杨山坡说："魏总下午应该在家。"

杨山坡参加完魏经纶和于为民召集的滨城新建项目分析说明会后，一边从会议室往外走，一边问梅胜利："一会儿咱再商量商量港务局保险方案的事？"

梅胜利说："行啊，待会儿你去我办公室吧。"

杨山坡说："我回办公室打两个电话后就过去。"

杨山坡一进办公室，看到姚东风正坐在自己的座位上看那份《滨城港务局财产保险承保服务方案》，心里咯噔了一下。

看着杨山坡拿着笔记本走进来，姚东风把翻开的《滨城港务局财产保险承保服务方案》合死，有些不自然地笑了笑。

"姚总来很长时间了？来了怎么不让人叫叫我呢？"杨山坡说着，故意拿了一把姚东风刚才看的那份《滨城港务局财产保险承保服务方案》。

姚东风知道自己没经过主人的同意私自翻看人家的东西，且是一份带有商业机密的东西，杨山坡肯定不满，但这样的东西摆在谁的面前，谁也不会保证不随手翻一翻。

杨山坡故作热情地说："姚总，你先稍坐一会儿，我看看刘总回来没有？"

杨山坡立即去魏经纶的办公室，把姚东风偷看港务局承保服务方案的事简要地跟魏经纶作了汇报。

魏经纶责怪道："那么重要的东西怎么不顺手锁起来？"

杨山坡说："上午从你这里拿回去后，我想下午开完会跟梅经理再商量商量，就随手放在办公桌上了，谁知道他能来？"

魏经纶说："这事先别管它了，过会儿咱再商量怎么办。姚东风现在还在你办公室？"

杨山坡说："我去把他叫过来？"

魏经纶说："走，咱一块过去吧。"

"哎呀，领导，过来应该提前打个招呼，我们也好列队在门口迎接您啊。"魏经纶一进杨山坡的办公室，就跟姚东风开玩笑道。

姚东风说:"你们散会的时候,我也刚进来。最近挺忙的?"

魏经纶说:"不忙。走,去我办公室坐坐吧。"

姚东风去了魏经纶的办公室后,魏经纶给梅胜利打了个电话,告诉他今天下午临时有点事,方案找时间再商量吧。打完电话后,杨山坡也来到了魏经纶的办公室。

姚东风说:"上午有事我去了陈老七的佳美食品公司一趟,他说山坡昨天也去找过他,是为保险的事。怎么样?跟他谈得差不多了?"

杨山坡说:"我只是过去咨询了一下,问问他们公司有没有投保的意向。"

姚东风说:"陈老七那人是个市侩,当多大的经理素质也提高不到哪里去。当初为了他那几条破船保险的事,一趟一趟地来公司找我,让我一定给想想办法给保上。那年他的一条船出了险,我费了多大的劲给他协调着赔了二三十万元。现在牛起来了,让他保险他还推三拖四的。真不是东西!"

杨山坡故意问道:"姚总找他也是为保险的事?你这么大个老总,他那点业务还劳您亲自出面了?"

姚东风说:"我找他主要不是为了保险的事。我有个亲戚做水产品生意,让我帮忙给协调几个冷库,顺便说起保险的事。"

杨山坡说:"我寻思姚总肯定不会为了保险的事去找他的。当初,陈老七为了让姚总您帮忙给他那几条渔船保险,又是请客,又是送礼的,他送给我的那条领带,可能还在我家橱子里挂着呢。"

姚东风说:"今非昔比了,现在形势反过来喽!当初他求咱,现在是咱求人家了!再说陈老七那里现在要保的险种也不少,车险、船舶险、企业财产险以及雇主责任险加起来,保费也有个二三十万元,也算是个大业务了。今年我们公司也把他列入了重点客户对待,安排闫利那个部门负责维护,我因为分管闫利的那个部门,自然少不了跟他打交道。"

姚东风看了杨山坡一眼,继续说道:"陈老七企业保险的事,闫利跟他谈得差不多了,这几天就可能签单,小杨你就别再去掺和了!你不知道,陈老七那小子巴不得咱们三家公司都去找他,那样他就可以坐收渔翁之利。小人不能太给他面子了!"

杨山坡说:"陈老七怎么跟我说他今年想来我们永泰公司投保啊?他说换换保险公司试试,看看哪个公司服务更好。"

姚东风说:"那小子真不是东西,一个姑娘找两个婆家。他那是在耍你们，你们可不能上他的当啊！"

魏经纶说："山坡，陈老七那个项目就听老领导的吧，咱不主动去找他，他要是实在想来我们公司投保的话，那姚总也会支持的。是吧，姚总？"

姚东风尴尬地笑了笑，说道："不谈这事了。我今天去别的单位办事，正好路过你们公司，顺便过来看看。"

魏经纶说："姚总，你来永泰公司的事，彻底没希望了？年前班子一起开会的时候，刘总还提起过你呢！"

姚东风说："现在你们公司兵强马壮，特别是你们班子三个人，能力都超强，你们永泰公司现在不是刚成立的那个时候了！"

魏经纶说："姚总，虽然我们现在是两个公司的人，以后说不定还会一个锅里摸勺子，山不转水还转啊！"

姚东风问："那也说不定。哎，你们俩听说过牛山歌的事了没有？"

魏经纶和杨山坡同时问道："没有。牛山歌有什么事？"

姚东风说："听说昨天让公安局给弄进去了！"

杨山坡问："为什么？"

姚东风说："牛山歌以前在咱们公司的时候，一直负责行政管理这一摊，在社会上认识的人不少，加上他跟宋珂个人关系不错，所以在永平公司班子里，宋珂让他负责资金运作。可老牛不知是糊涂了还是色迷心窍，把几十万元的资金投到了肖红的海鲜城。老牛把钱往肖红那里投的时候，就跟公司承诺，即使海鲜城不赢利，他也保证按百分之二十的年息交公司，可资金投进去以后，四五个月一分钱没拿回公司。牛山歌跟肖红是什么关系，公司里的人不是不知道，别说你把钱投进去没赢利，就是赢利了，员工也会怀疑你从中不知得到了多少好处。前些日子，公司里有人给公安局写了一封人民来信，人家公安局去肖红那里一查，才知道老牛自己仅在海鲜城请客、拿高档烟酒之类的东西送礼就花了七八万块钱，这七八万块钱公安机关认定是贪污、私吞公物。"

魏经纶有些惋惜地说："老牛真是糊涂了，钱投到哪里不好，非投到海鲜城。你投到肖红那里，即使赢利了，肖红也不会按合同跟公司分红的。商人，就是专门伤别人的！"

姚东风说："把公司几十万元钱投到海鲜城，也不一定是牛山歌愿意的，但他不愿意能行吗？上了人家的床，不听人家指挥可能吗？"

三个人聊了一个多小时后，姚东风站起来说要回公司。

魏经纶说："你老领导很长时间没来公司了，晚上在这里一起吃顿饭吧，都五点了，回去公司也下班了。"

姚东风说："公司里还有点急事，改天再聚吧。"

魏经纶说："还有一件事，这两天我想找你，正好你老领导来了。"

姚东风说："什么事？我能帮上忙吗？"

魏经纶说："港务局一揽子保险再有几个月就到期了，刘总安排我负责这个项目，你帮着给协调一下，让我们也加入你们那个共保体，份额多少无所谓，能参与进去就行。"

姚东风面露难色地说："刚才在山坡办公室里我看到你们的投保方案了，但具体内容我没看。这件事我可以跟陈醒目说说，但说服他的可能性很小。你们想，电厂项目我们没参与进去，公司上下就很恼火，好不容易把港务局这个项目做下来了，陈总怎么可能会把份额让一块给竞争对手呢？要是换了魏总你，你也不会那么做的。"

杨山坡说："今年我们肯定要参与港务局项目的竞标，如果三家能够共保的话，那最好，皆大欢喜。如果公开竞标的话，可能三败俱伤。"

魏经纶说："你可以跟陈总说一下，去年你们保的那两个险种，还是由你们自己承保，我们不想抢你们的份额。我们的意思是能不能从永平公司的份额中分一块给我们，三万五万都行。你知道，刘总想参与这个项目，一定程度上就是为了个面子，总归这个项目是咱们滨城最大的项目之一，要是真撕破脸皮竞标的话，对谁都不好。"

姚东风说："你们的要求我肯定给陈醒目讲，结果怎么样，那就不一定了。"

把姚东风送走后，魏经纶笑着对杨山坡说："山坡，我发现你《三国演义》读得不错啊！可以说是活学活用。"

杨山坡迷迷糊糊地问："你什么意思？"

"《三国演义》第十八回讲的是什么来着？"魏经纶故意卖关子道。

杨山坡想了想，问："是不是群英会蒋干中计？"

魏经纶神秘地一笑："你想，姚东风看了你和梅胜利制定的港务局承保服务方案后，他回去后不可能不跟陈醒目讲。他也知道，在这个项目上，我们也下了很大工夫，参与竞标的话，鹿死谁手还不一定呢。为了自保，他可能会牺牲永平的利益，让我们参与共保体。"

杨山坡信服地点了点，说道："领导就是领导，脑袋瓜子就是比我们老百姓转得快。这就叫山穷水尽疑无路，柳暗花明又一村！"

魏经纶说："也可以说是有心插花花不开，无心插柳柳成荫。要是这事成功了，我一定上报刘总给你杨山坡记一大功。"

杨山坡说："大功就不用记了，只要能顺利把这个项目做下来就行了。"

魏经纶说："我发现你杨山坡是个福将，干什么事都能成功，这也是当初我为什么一定要把你调来永泰公司的重要原因吧！"

杨山坡笑道："跟你领导比，咱可是小巫见大巫。"

魏经纶说："昨天晚上，老付给我打电话，说这两天他跟李冬冬就从滨东回来了，让咱们元宵节晚上别安排其他事了。"

杨山坡说："回来就好，饭就别吃了。这些日子他们两个请假没上班，单位里、家里的事不少，忙过这一阵再说吧。你说呢？"

魏经纶说："我也是这个意思。老付上班后，暂时先不让他去电厂工地现场，让他也帮着靠靠港务局这个项目。内部装修、机器安装阶段，风险相对小一些。这事我已经跟刘总说了。"

四月初，姚东风给魏经纶打来电话，说有件事想一起商量商量，魏经纶猜测可能是港务局保险的事，就满口答应了。

放下姚东风的电话，魏经纶直接去了杨山坡的办公室："刚才老姚给我打电话来了，他约我们明天去他公司，说有件事跟我们一起商量商量，我估计可能是港务局保险的事。"

杨山坡说："他约咱们明天几点过去？还让老梅或其他人一起去吧？"

魏经纶想了想，说道："我觉着其他人就别去了。港务局这个项目最后怎么处理还不知道，很有可能得私下交易，知道的人越少越好！"

杨山坡说："我也是这么想的。今天我把有关资料整理整理，明天咱直接去他们公司。"

魏经纶说："行啊。这件事暂时别跟其他人讲了，能不让知道的就别让知道了！"

第二天一上班，魏经纶和杨山坡就直接去了姚东风的公司。

姚东风笑容满面地把魏经纶和杨山坡迎进了自己的办公室："两位来得这么早？"

魏经纶开玩笑道:"老领导召唤,岂敢不提前赶到?"

三个人坐定后,姚东风开门见山地说:"上次你提到的关于港务局保险项目到期后,你们永泰公司想加入共保体的问题,我回来后跟陈总讲了,陈总很重视,要求我跟你们再沟通一下。港务局项目是滨城目前最大的保险项目之一,去年投保时,保费收入是六百三十九万元,大保单出来后,港务局又陆续购置了几十台车,统算起来,这个项目总保费大约在六百九十万元左右。从去年承保情况看,这个项目整体效益比较好,赔付率到目前为止只有百分之三十多一点,但维护费用相对较高。如果保险年度内发生一个相对大一点的赔案,出现亏损的可能性还是比较大的。所以,项目保险到期后,维持正常的费率是必要的。"

魏经纶说:"在港务局这个项目的保险上,各家公司都投入了一定的人力、物力、财力,都想参与这个项目的保险。大家都知道,作为常规业务,这个项目是咱们滨城市最大的保险项目,具有连续性和稳定性,承保这个项目,不仅能够拉动保费规模的增长,更重要的是可以提高公司的影响力和凝聚力。在港务局项目的竞争方面,我们永泰公司还是尽量想通过提高服务质量和专业水平来增强公司的竞争能力,也不想靠降费来增加公司的竞争筹码。所以我们还是想跟你老大哥商量一下,看看今年能不能把永泰公司也纳入这个项目的共保体。目前全市就三家保险公司,两家公司参与了这个项目,把我们一家公司排斥在外也不好看。"

姚东风说:"在港务局的一揽子保险中,企业财产险占比最大,出险的概率可能也是最低的。那天在你们公司看到了你们单独为港务局企业财产制定的保险服务方案,如果我没有记错的话,你们准备用去年我们承保费率的百分之八十进行竞标,如果真的用这么低的费率竞标的话,那在我市可是第一例,一旦开了这个先例,对整个行业来说都是破坏性的。"

还没等姚东风讲完,杨山坡就惊呼道:"哎哟,姚总,最核心的东西您都看到了?"

姚东风不好意思地笑了笑:"我随便一翻,正好看到了费率这一部分。其实这也不算什么核心秘密,谁不知道费率低市场竞争力就高?但关键是费率应不应该降?降了以后对行业对自己有什么危害?"

杨山坡说:"姚总您说的这些道理我们都明白,通过降低费率达到承保港务局企财险的目的,不是我们的初衷,只是表明了我们在这个项目势在必得的决心。"

姚东风说:"采取降费竞争的办法,哪个公司都可以采取,但对哪个公司都没有好处。就拿港务局这个项目来说吧,假如永泰公司按正常费率的百分之八十承保了企财险业务,那么港务局肯定会要求所有的投保险种都要享受八折优惠,如去年承保金额不变,在风险没减少的情况下,我们将少收取一百四十万元的保费。今年底你们独家承保的电厂正式投入生产后,企财险及其他险种业务,你们是不是也应该在正常费率基础上下降百分之二十?如果不下降的话,客户会不会还找你们永泰公司投保?"

魏经纶说:"下浮费率是最后的一种选择,目前看,应该不需要动用这个办法。姚总,你过去就是我们的领导,我们都很佩服你,永泰公司成立后,如果不是因为人为的因素,你现在也应该是我们的领导,有些话我们没必要跟你绕弯子。港务局这个项目,今年我们参与进去的可能性超过了百分之九十。当初公司安排我牵头负责这个项目的协调和组织工作时,我曾提出异议,我不想为了这个项目让'娘家人'都骂我不仁不义,因为没有公司的培养就没有我魏经纶的今天。但作为项目负责人,我又不能不作为。所以今天我们回公司里来,主要还是想一起商量一个万全之策,既让永泰公司加入这个共保体,又不给姚总你带来太多的负面影响。"

姚东风哈哈大笑:"魏总你这是鱼和熊掌都想兼得呀!这样的好事可能不太好办。"

魏经纶也笑着说:"熊掌我没敢想,小鱼倒是真想要一条。"

姚东风问道:"魏总有何锦囊妙计,不妨说出来听听。"

魏经纶说:"锦囊妙计倒没有,折中办法倒有一个。这个办法实际上姚总你早已想到了,只是不说而已。"

"我哪有你们年轻人脑子活?什么办法说说听听?"姚东风说道。

魏经纶说:"据我们了解,去年港务局投保的四个险种,今年会继续投保,但企业财产险保额可能比去年要增加八九个亿,因为去年有一块资产他们没有投保。港务局订购的两艘船舶,五六月份可能也要正式启用。另外,港务局领导基本接受了我们的建议,保险到期后,要追加雇主责任保险。为了不影响你们两家的既得利益,同时也为了共保体以后合作愉快,去年你们两家承保的部分,我们不去竞争,还是由你们两家承保,我们只承保今年新增的部分。我个人认为,我们这样做,于情于理都说得过去。"

姚东风想了想，说道："这样做表面上看比较合理，但不太公平。一是一个单位的企财险、船舶险，分开由两家公司承保，以后服务起来不方便，服务的标准也难以相同；二是今年新增的企财险部分，风险比我们去年承保的那部分小多了，但费率一样，也就是说风险高的保险标的全部在我们承保的这边，这不公平！"

杨山坡笑着说："正是因为风险相对低一些，所以我们想降低费率承保，可姚总您又不愿意。按同一费率承保，您又认为自己吃了亏。"

姚东风说："你们看这样行不行？今年新增加的雇主责任险，我们帮助你们做工作，让宋珂别争了，由你们承保。新增的企财险和船舶险还是由我们承保，这样服务起来方便，对人家客户也负责。"

魏经纶说："姚总账算得太精了！港务局已经为每位员工投了人身保险，他们之所以再追加雇主责任保险，完全是为了照顾我们永泰公司，这一个险种保费最多不过十万八万元，出险不出险咱另说着，这点保费够维护费用的吗？"

姚东风笑着说："你们不是说分额多少无所谓，重要的是能够参与进来吗？"

魏经纶说："八九百万元的保费，我们只拿回去十万八万的，让别人知道了，还不笑话死我们？这么大个项目，怎么也得分个百八十万吧？"

姚东风眼睛睁得老大，问道："多少？百八十万？你们两个家伙胃口还真大啊！去年就两家公司承保，永平公司也不过百八十万元的保费，今年如果三家公司共保的话，你们再拿走百八十万元，那我们就剩不了多少了！"

杨山坡说："我们只承保新增的部分，你去年收了多少保费，今年还能收多少保费，对你们两家公司一点影响也没有。"

姚东风说："要不这样，新增的企财险还是由我们来承保，雇主责任险和新增的船舶险你们承保。"

魏经纶说："姚总现在怎么变得这么斤斤计较了？加上新增的两条船，我们也增加不了几个保费啊，您就别再算计了！"

魏经纶站起身来，说道："咱先这么定着吧。我们上午还有个会议，先回去了，如果有更好的方案，咱再约时间商量。"

姚东风说："你们回去后再考虑考虑，我觉着刚才你们提出的那个方案不太现实。"

魏经纶说:"我们觉着那样做比较合理。刚开始的时候,我们还想把港务局所有的企业财产险放在一起竞标呢!"

姚东风说:"放在一起竞标也不是不可以,但对你们永泰公司来说可能更没把握。"

走到楼梯口时,姚东风小声跟魏经纶和杨山坡说:"这件事就咱们三个人知道,一定不要扩大知情面了,尤其不能让永平公司的人知道,要是让他们知道了,操作起来就难了。"

魏经纶与杨山坡会意地笑了笑,说道:"放心吧,我们再傻也不会傻到那种程度。"

在回公司的路上,杨山坡跟魏经纶说:"实际上让宋珂知道了,对我们公司来说并非是坏事,但对老姚他们公司来说,这事办得就有点不厚道了。"

魏经纶说:"如果永平公司的人知道老姚代表公司与我们签订秘密协定的话,说不定他们也会跑来与我们商谈共同对付老姚的办法呢!"

两人相视,哈哈大笑。

二十

连续两个月,营销业务发展速度出现了明显的下降,三个营销员相继提出了辞职申请,李冬冬急忙召集四个营销团队的团队长召开会议。

李冬冬说:"最近两个月,我发现咱们营销队伍的士气不如从前,业务收入增幅也大大减缓,个别伙伴还向我提出了辞职,大家分析一下到底是什么原因。"

万全说:"上个季度,我们'龙之队'完成了一百五十多万元的保费收入,按这个进度发展下去的话,完成全年五百万元的保费计划目标不会有什么大问题。可最近两个月全团队只完成保费收入六十万元,如果剔除我做的东方木器加工厂那单大业务,散单业务实际上只有不到三十万元。"

武松林说:"刚才万经理说的这些问题,在我们'虎山行'团队也同样存在。业务收入一个月比一个月少不说,队伍不稳的现象越来越明显。我了解了一下,这几个月,团队成员个人不是没有业务,而是把业务卖给了永平公司,据说永平公司的业务提成比咱们永泰公司高三个百分点。营销员不是公司的正式员工,出来做业务就是为了拿业务提成,谁的提成高就给谁代理业务,这也无可厚非。"

梅花说:"今天一上班,我们'八俊队'的李婷、李刚就跟我说干完这个月就准备不干了。实际上人家不提前跟你打招呼你也没辙,什么时候不想干了,直接走人就可以。大家之所以提前打个招呼,主要还是兄弟姐妹们平时关系不错,不提前说一声,显得不太礼貌。"

向前说:"我了解,永平公司现在的营销业务提成是百分之十二,营销员暂时把业务卖给永平公司,下一步很多人很可能就直接去永平公司上班了,如果公司不抓紧采取措施的话,我估计近几天就有去永平公司的。"

梅花说:"有些人之所以还没有走,还有一个重要原因就是季度初开展竞赛活动时,说好竞赛一结束,就组织大家外出旅游,要是没有这个旅游活动的话,说不定我们四个人中就有人已经走了。"

武松林开玩笑道:"梅经理,你是不是也把自己的业务卖给永平公司了?你要是去永平公司的话,得先跟我请示一下,我要是不同意,你不能走。你走了,我怎么办?"

众人哈哈大笑。

梅花笑着说:"老武,你想死啊?我走不走还用的着请示你啊?你以为你是谁啊?"

李冬冬说:"看来梅姐还真有走的念头了。"

梅花说:"别听老武胡咧咧。我要是想走的话,肯定会提前跟你李经理打招呼。不过话又说回来了,如果队员们都走了,我们这些人留在这里还有什么用呢?"

万全说:"老梅说的没错,大家都走了,我们肯定也得走。前五个月,我个人做了二十七八万元的业务,如果不出意外的话,我估计一年做五十万元的业务没问题,如果少拿三个点提成的话,一年下来就少收入一万五六千块钱,这可不是个小数目。所以,万一有一天我们这些人都走了,李经理你也别怪我们都钻到'钱眼子'里去了,不顾及感情。人都是很实际的呀!"

李冬冬说:"你们四个人就别打走的谱了,总经理室近期就可能研究人员编制问题。营销队伍建立起来以后,大家对公司的大部分产品基本掌握了,业务发展势头也不错,工作氛围也比较融洽,最近一个时期,由于个人的一些原因,跟大家交流的少了,活动开展得也不够频繁,所以对团队的情况及团队成员的一些思想动态掌握得不够及时全面。永平公司公开招聘营销员的事,我也知道,但没有引起足够的重视。对大家反映的情况,我会马上向总经理室领导汇报,请领导们尽快研究政策措施,在公司政策措施未出台之前,有劳各位多注意一下队员们的思想动态,加强与队员们沟通交流,尽量把队伍稳定住。"

从营销员活动室出来,李冬冬直接去了魏经纶的办公室。

魏经纶和付晓滨两人正在嘻嘻哈哈地说笑着,看见李冬冬进来,魏经纶笑着说:"说曹操,曹操就到。"

李冬冬问道:"你们俩又在说我什么了?"

魏经纶说:"你看老付现在身体多好,人也胖了,也有精神了。听说最近身体有情况了?"

李冬冬瞪了付晓滨一眼,红着脸说:"哪有的事?别听他胡说!"

付晓滨嘿嘿笑着说:"经纶又不是别人,跟他说说有什么关系?"

魏经纶说:"祝贺!祝贺!非常时期,老付同志一定要自觉把家里家外的事情承担起来,不要累着我们冬冬同志啊!"

付晓滨做出行军礼的样子,大声说道:"是。"

李冬冬对付晓滨说:"别在这里贫嘴了,我找魏总还有事。"

付晓滨走后,李冬冬把近期营销员的思想动态以及四个营销团队负责人反映的情况跟魏经纶详细地汇报了一遍。

李冬冬担心地说:"如果公司不尽快采取补救措施的话,营销队伍很有可能出现严重人员流失现象,到那个时候,再出台政策可就晚了!"

魏经纶说:"营销业务发展到现在不容易,在整体业务特别是在寿险业务发展中的作用不可低估,如果出现人员大量流失现象,不仅会影响全年任务目标的实现,而且对公司品牌也会造成一定的负影响。刘总出差明天晚上才能回来,刘总一回来我们就开会研究。"

李冬冬说:"这两天我再详细了解一下其他两家公司营销队伍建设情况,特别是业务费用政策情况,看看咱们跟人家到底有多大差距。"

魏经纶说:"有些工作不一定你亲自去跑,你部门那么多人,安排他们去干就行了。非常时期,一定要注意!"

李冬冬感激地看了魏经纶一眼,低声说道:"我会的。"

刘苏从外地一回来,就立即召集总经理办公扩大会议。

刘苏说:"参加了总公司组织的为期一周的学习培训活动,感觉收获很大。从总体情况看,今年可能会有一些影响行业发展的事件发生;从系统情况看,今年永泰公司业务增速加快,系统发展形势良好。培训会议的一些重要精神,我们抽时间再传达。今天召开总经理办公扩大会议,有几个问题需要研究一下。这几件事都很重要,也都很急迫,需要尽快研究确定。第一件事是关于港务局共保业务的问题。港务局一揽子保险马上就要到续保期了,大家都知道,去年由于各方面因素的影响,我们未能参与这个项目的承保。今年经过大家的共同努力,到今天为止可以说是取得了阶段性成果,因为前天港务局已经召开了局长办公会议,确定增加我司参与这个项目的共保,这是我们继电厂项目后,在重大项目承保方面取得的又一重大成就。具体情况请魏总介绍一下。"

魏经纶说:"经过积极运作,我们成功加入了港务局项目共保体,但具体承保哪几个险种、保费收入是多少,港务局和三家公司还没有最终确定。港务局的初步意向是我司承保车辆保险、船舶保险;职工人寿保险去年由永平公司承保,今年新增加的雇主责任险跟人寿保险标的相同,客户的意思是把这两个险种全部交给永平公司承保。对这个方案永平公司不同意,认为雇主责任保险保费较少,只有十多万元,在总保费收入有较大幅度增加的情况下,他们的保费收入同比还出现了较大幅度的下降,要求客户重新考虑份额分配问题,整体方案下个月才能确定之前,项目小组的人员绝对不能掉以轻心。"

刘苏说:"刚才魏总把大体情况简单地介绍了一下,在这个项目的拓展过程中,杨山坡、梅胜利等项目小组成员动了不少心思,用斗智斗勇来形容一点也不过分。下面进行第二个议题,关于修理厂客户投诉问题。山坡、胜利,你们两个可以退场了,让叶明进来。"

叶明进来后,刘苏继续说道:"最近有不少客户来公司投诉,说咱们永泰汽车修理厂的维修技术不过关,存在着配件以次充好的问题,个别客户情绪还比较激动。修理厂自正式开业以来,借助丰厚的客户资源,营业额不断增长,经营效益日益提高。但在经营过程中,一定要教育工人师傅们加强服务意识，注意提高技术水平，不要有维修的好坏客户都得在我们这里维修的思想，靠质量和服务打响永泰品牌。叶明你把情况给各位领导汇报一下。"

叶明说："今年以来，永泰修理厂在总经理室领导们的关心支持下，各项经营活动基本步入了正规。除了为公司承保的事故车进行维修服务外，我们还承接了许多社会上的车辆。截止到昨天，修理厂和汽车配件商场共实现经营利润四十二三万元，估计全年能够实现经营利润八十万元。最近一个时期，个别客户来公司找领导投诉，也有个别客户去修理厂投诉，说我们的修理技术不过关，产品存在着以次充好问题。据我们了解，他们说的损坏物件未更换，或更换的配件质量不过关的问题是不存在的。有些事故车，虽然某一个零部件损伤了，但还没到必须更换的程度，按照理赔原则，应该进行修复。至于客户说配件质量差的问题，就更不靠谱了。我们的配件都是从正规渠道进货，质量不可能有问题。我们了解了一下，有些客户之所以不愿意来永泰修理厂维修，有这么几个方面的原因：一是害怕在我们自己的修理厂维修，该修的不给修，该换的不给换；二是部分客户的亲戚朋友有开修理厂的，我们要求所有事故车必须在永泰修理厂维修后，他们认为我们抢了他们亲朋好友的生意；三是有些修理厂为了拉拢客户，经常给单位车辆管理员或前去维修的人员请客送礼，实际上修理厂请客送礼产生的费用，最终还是又加到了客户的身上。"

于为民打断叶明的话说："有些客户的投诉可能言过其实或者不符合事实，但我们在经营过程中肯定也存在着如服务态度不好、服务质量不过关的问题，这些问题我们一定要注意，有则改之，无则加勉，否则的话，修理厂难以持续经营。"

刘苏说："于总说得很对。回去以后，要针对客户提出的问题，认真地查一查，看看我们在服务过程中就真的一点问题也没有了吗？"

于为民说："下周找个时间，召集修理厂全体人员召开会议，对客户提出的问题认真进行查摆，到时候我去参加会议。"

刘苏说："当初我们确定修理厂利润的百分之五十用于改善员工的福利待遇，上半年修理厂经营效益不错，我们又顺利拿下了港务局这一重大项目的保险，虽然这个项目是跟其他两家公司共保的，但也不容易。我个人的想法是从修理厂上半年的经营利润中拿出十万元，给公司员工搞点福利。夏天到了，我看就以降温费的名义发放吧。各位有什么看法？"

魏经纶说:"可以。上半年虽然还有几天才结束,但从目前的经营数据来看,上半年各项经营发展指标都超过了预期,这是公司全体干部员工集体努力的结果。因此,发放上半年福利时,面要照顾到。我个人的看法是公司正式员工发整份,营销员是不是按正式员工的一半发放?至于以什么形式发放,我个人倾向于发部分物品,发部分现金。"

于为民说:"我同意魏总的看法。福利可以发放点实物,比如说降温茶、饮料之类的东西,但主要还是以发放现金为主。"

刘苏说:"正式员工每人发二斤绿茶、一箱雪碧、八百块钱;营销员每人发一斤绿茶、一箱雪碧、三百块钱。大家说怎么样?"

于为民说行。魏经纶迟疑了一下,也说可以。

刘苏对安山说:"让财务部准备好现金,办公室负责去采购东西,但钱和物都要等到上半年经营数据出来后再发放。"

刘苏说:"安山,你去把李冬冬叫进来,下一个议题是关于她的。"

不一会儿,李冬冬拿着笔记本走进了会议室。刘苏看了看李冬冬,开玩笑地说:"最近怎么觉着李经理容光焕发的,看来付晓滨这几个月没在工地,把媳妇伺候得不错呀!"

李冬冬搪塞道:"哪有的事?"

刘苏说:"不开玩笑了。今天总经理办公扩大会议,一个最重要的议题就是关于营销员队伍建设问题。未去总公司学习之前,我就发现营销业务进展不快,当时还认为业务淡季的原因,现在看来不是那么回事。李经理,你把你掌握的情况简单汇报一下。"

李冬冬把最近收集到的其他两家公司的情况以及公司业务员的思想动态简单地叙述一遍,并请求总经理室领导尽快研究制订应对措施。

刘苏问李冬冬:"情况大家都基本清楚了,你觉着应该怎么处理这个问题?"

李冬冬说:"如果我们的费用政策不调整的话,想留住这部分人很困难。对营销员的管理,除了通过组织一些活动,增强营销员的凝聚力外,近期还应该尽快采取一些措施。我大体想了想,主要有这么三方面。一是四个团队的团队长,个人素质虽然有差别,但整体素质还是不错的,工作认真负责,今年个人业务收入都应该在五十万元左右,高的估计能达到七八十万元。除了这四个人以外,还有两三个人今年保费收入也能达到四五十万元。如果公司能为这些业务量较大的人员解决编制问题的话，这部分人就稳定了。二是提高业务费用提成。我了解，两家公司最近都按百分之十二支付业务提成，我们应该随行就市，否则的话，这部分人是留不住的。三是近期我们将组织一系列活动，通过这些活动的开展，进一步增加团队成员之间的感情，以情动人，以情留人。"

魏经纶说："二季度，公司组织了竞争活动，按规定上半年营销业务达到三十万元的，公司将组织他们去云南旅游，目前看，应该有十人左右达到旅游的标准。够标准的这些人，不管他们下半年是否还为我们公司代理业务，我们都要兑现诺言，决不能失信于他们。刚才总经理室已经确定了上半年的奖励发放政策，营销员基本按正式员工的一半发放，这个信息，你也可以先告诉他们。"

刘苏说："如果一个人保费收入超过五十万元的话，即使按现在的比例提成，一年也有四五万元的收入，如果提成提高到十以上的话，收入就更可观了，比我们这些人的工资高多了，应该不错了。但市场经济就是这样，资源肯定向有利的方向流动。你刚才说给保费达到四五十万元的人解决编制问题，这没问题，我们修理厂还有八九个指标可以用。但问题是这些人解决了编制以后，他们就不是营销员了，就不应该再按营销员政策提成了，因为我们现在的正式员工有任务指标，但只拿岗位工资，没有业务提成。这部分转入公司后，收入少了，他们会同意吗？"

李冬冬说："虽然没有提成、工资少了，但他们感觉工作稳定了，在亲戚朋友面前也有面子。"

刘苏问安山："人事工作在你们办公室管理，你感觉应该怎么办？"

安山说："我觉着应该先制定一个标准，谁够了标准就给谁解决编制，不能今天按这个标准，明天又按另一个标准。"

魏经纶说："先制定考核和转入办法是对的，考核办法整体框架我们也基本制定好了，主要是保费收入定多少比较合适。"

安山说："领导们先定定今年准备转几个人进来，然后再倒推保费标准。"

刘苏说："我看把标准定得稍微高一些比较合适。会后安山和李冬冬你们两个人再具体测算一下，确定一个合适的转入标准。至于业务提成比例问题，我看也按百分之十二提吧。"

于为民说："比例提到百分之十二后，营销员的收入与公司正式员工的收入差距会进一步拉大,不利于正式员工队伍的稳定和积极性的调动。"

魏经纶说:"这个问题我们也应该充分考虑到。我个人意见,正式员工做的业务也应该按一定比例提成,这样的话,可以充分调动员工拓展业务的积极性。听说咱们系统内已有公司这么做了。"

刘苏说:"你们两个说得没错。这次去总公司学习,我跟其他兄弟公司的领导也专门探讨过这个问题,大家一致认为应该改变一下目前的收入模式。会后,让财务部门算算账,看看公司的费用能支持到多大程度,如果可以的话,下半年就采取新的分配模式。至于外出旅游问题,当初怎么定的就怎么办。这次外出,李冬冬带队,顺便与这些业务员们加深一下感情,增进增进友谊。"

二十一

进入七月份以后,滨城永泰公司连续接待了省内外十多批客人,有上级公司领导检查指导工作的,有系统内兄弟公司参观学习的。

九月二号,刘苏接到了省公司徐国栋亲自打来的电话,说总公司总经理胡必成一行六人将于九月五号到达滨城检查指导工作,并看望慰问公司全体员工,要求刘苏要全力以赴做好汇报和接待服务工作。

刘苏诚惶诚恐地问:"徐总,胡总来滨城是路过呢还是专程前来?"

徐国栋说:"当然是专程来滨城公司了。"

刘苏问:"胡总来滨城主要目的是什么?"

徐国栋说:"老刘你是真不明白还是假装糊涂?滨城公司在系统内成立不是最早的,但发展可以说是最快的,尤其是在大项目承保方面,可以说是全系统的一面旗帜。胡总这次去滨城除了到公司看望全体干部员工外,还准备去市政府、滨城电厂拜访有关领导,你们在安排接待工作时,必须提前与市政府和电厂等单位做好沟通衔接工作,有什么情况我会让杨一鸣及时跟你们联系的。"

放下徐国栋的电话，刘苏立即把魏经纶、于为民和安山叫到了自己的办公室。

刘苏说："刚接到省公司徐总亲自打来的电话，说总公司胡必成总经理五号要来咱们滨城检查指导工作。随同胡总一起来滨城的，除了业务管理部、重大客户部的有关领导外，还有办公室和宣传部门的领导。所以从现在开始，公司要进入'一级战备'状态，全力以赴做好各项准备工作。一会儿我们还要召集部门副职以上干部开会，开会之前，我们先商量一下，大体分一下工。安山，你马上安排下通知，十点钟开会。"

十点钟，各部门负责人都聚集到了会议室。

刘苏说："今天召集大家开会，有一项很重要的任务要部署。五号也就是大后天，总公司胡必成总经理一行要来咱们滨城检查指导工作，并看望慰问公司干部员工。永泰公司自成立以来，机构发展很快，在全国仅地市级经营机构就有二三百家，在这么多的分支机构中，胡总之所以选中我们滨城公司，说明我们滨城公司的各项工作得到了总公司的认可。在大项目拓展方面，继独家承保了滨城最大的保险项目——滨城电厂建安工险后，前几天，我们又承保了滨城第二大保险项目——滨城港务局的车辆和船舶险，用省公司徐总的话说，在大项目拓展方面，滨城公司是全系统的一面旗帜。在整体业务发展方面，七月份以来，我们业务以超过百分之五十的增幅发展，七月份增幅甚至还达到了百分之六十八。为了全面做好迎接总公司和省公司领导的工作，各部门要按照分工，切实负起责来，一定要把接待工作做细、做实。下面，请魏总代表总经理室把分工情况安排一下。"

魏经纶说："做好迎接上级公司领导准备工作的重要性，刚才刘总已经讲了，我就不再重复了。下面，我把分工跟大家部署一下。准备工作主要分为四部分：一是拟拜访单位的联系安排。领导来滨城后，要到市政府和电厂、港务局等部分大客户那里拜访，客户的协调安排工作，由总经理室和办公室负责。二是汇报材料的准备和分工。刘总的总体汇报材料，由办公室安主任负责准备，刘总亲自把关；营销队伍建设方面的汇报材料，由李冬冬负责；客户服务方面的汇报材料，由付晓滨负责；重大客户拓展方面的汇报材料，由杨山坡负责。上述三个材料，要在明天下午五点前全部汇总到我这里来。三是行政接待工作安排。领导来滨城后，衣食住行以及去拜访客户时需携带的纪念品等，办公室拿出整体方案报刘总同意后，再安排专人负责落实。四是其他方面的工作。散会后，各部门要进行一次卫生大扫除，并要对办公室的内务进行一次全面的整理检查，这项工作由吴秀丽和董梅负责。"

散会后，刘苏和魏经纶一起去市政府进行了汇报，赵明答应六号下午五点在市政府招待所会见胡必成总经理，并设晚宴款待胡必成一行。

从市政府办公室出来后，刘苏又分别与魏经纶和于为民一起跟港务局和电厂领导进行了联系，确定了拜访时间和地点，以及双方会谈内容等。

五日下午四点多钟，刘苏、魏经纶等人把胡必成、徐国栋一行八人迎进了滨城市最好的蓝精灵大酒店。

胡必成笑容满面地从商务车上走下来，握住刘苏的手开玩笑道："来你们东南不容易，见你刘总更难了！连乘飞机加坐汽车，折腾了六七个小时。"

刘苏双手紧紧握住胡必成的手说："盼星星、盼月亮，可把领导盼来了！"

胡必成笑着说："星星、月亮可能盼不来，我可是随时都能来。你老刘干得这么好，这么有名气，我能不常来吗？"

刘苏说："只要领导愿意来，我们随时欢迎。就怕领导日理万机，没时间来我们这偏远小城。"

刘苏把魏经纶和于为民一一介绍给胡必成。胡必成一边走，一边说："你们滨城公司的班子配备得很好，老中青结合。"

胡必成等八人滨城之行十分成功，不仅加深了对滨城电厂、滨城港务局等已保大客户的了解，提高了公司在客户心目中注重服务的形象，而且在市内重点拟建项目的合作方面，得到了赵明大力支持的承诺。

"目前看，当初选择刘苏筹建滨城公司的决定是正确的，如果换作别人，滨城公司未必有现在这样一个良好局面。"在回省城的路上，胡必成跟徐国栋说。

徐国栋说："是啊。老刘这个人在政府部门干了多年，跟当地党委政府和市内主要企业的关系都很熟，社会资源和社会经验都很丰富，唯一的缺点就是学历低点，年龄稍微大点。"

胡必成说："公司初创阶段，需要他这样的人，但公司发展到一定程度后，可能更需要专业管理能力强一些的人。所以，对省内机构特别是重点机构的班子建设工作，一刻也不能放松。那个叫魏经纶的小伙子怎么样？"

徐国栋说："小魏品质、能力都不错，比较有才华，可以重点培养一下。"

胡必成说:"昨天赵市长还专门跟我提起刘苏和小魏两个人,对两人的评价还是蛮高的,如果有条件的话,公司可以加快培养步伐。"

胡必成、徐国栋一行离开滨城的第二天,刘苏就召集班子成员召开会议,商量如何开展履约险业务试点工作。

刘苏说:"上级公司领导离开滨城前,交代了两项工作。第一项工作是要求我们在加快业务发展的同时,一定要完善制度建设,规范管理流程,提高经营管理水平。胡总说,去年底国家成立专门的保险管理机构后,市场竞争的形势和管理的幅度发生了很大的变化。在监管逐步趋于规范化的形势下,如果系统内各机构不在专业化管理方面多下点工夫,就难以更好地适应市场竞争的需要。对加强制度建设,提高规范化管理能力问题,魏总负责牵头组织有关部门,对公司成立以来的各项管理制度进一步进行梳理和完善,对经营过程中可能出现的风险做到早预防、早发现、早制止。第二项工作就是履约险试点工作。总公司正在开办履约保证保险,并针对银行车险贷款业务设计了履约保证保险产品,部分机构已经开办,效果很好。于总你在人民银行工作多年,对银行的信贷流程、保险业务代理比较熟悉,你牵牵头,安排有关部门、有关人员尽快对履约险产品进行研究,有必要的话,我们可以成立专门部门负责这项工作。"

于为民说:"履约保证保险是专门为贷款购车人提供借款担保的一款产品,具有一定的强制性。开办这项业务后,对公司规模的膨胀会有很大帮助。对如何开展履约保证保险以及履约保证保险业务开办后对整体业务的发展有何影响等问题,我会让有关部门抓紧进行研究和论证,尽快形成一个书面报告。"

两个星期后,《关于滨城中心支公司尽快开展履约保证保险可行性研究报告》送到了刘苏的办公桌上,刘苏粗略地看了一遍后,在报告的右上角上签署了意见:"报告内容充实,论点鲜明。请总经理室成员及有关管理部门认真阅读研究,并对开办履约保证保险工作提出意见和建议,以便报告修改完善。请于总牵头落实。"

各部门关于开办履约保证保险的意见和建议很快汇总到了于为民的手中。对公司是否开办车险履约保证保险,各部门基本上持赞同态度,只有杨山坡提出了相反的观点。

杨山坡在向总经理室提交的建议书中这样写道:购车履约保证保险实际

上是保险公司通过出售自己的信誉,为购车人提供借款担保、承担"连带责任"的一项业务,如果购车人不按时履约还贷义务,银行就会把车贷的风险转嫁给保险公司。由于社会信用体系尚未建立,社会信誉严重缺失,因此,开办履约保证保险风险极大。在滨城公司各方面条件都不是很成熟的情况下,建议公司暂缓开办此类业务。

看完于为民的情况汇总后,刘苏问魏经纶:"魏总,你对开办这项业务有什么看法?"

魏经纶说:"说实话,对是否开办履约保证保险业务,我也吃不准,我建议还是召开一个研讨会,广泛听取一下大家的意见。"

刘苏说:"既然开办履约保证保险有利于业务发展,且上级公司又支持我们试点这项业务,说明履约保证保险有市场、有需求、有开展的必要。各部门意见汇总报告我详细地看了一遍,感觉大家意见还是比较统一的,基本上都是赞成尽快开办这项业务,只有杨山坡提出了反对意见。保险公司就是经营风险的,如果满目都是风险的话,那我们可能什么也干不成了。在是否开办车贷履约险业务问题上,我看我们就不要再讨论了。"

魏经纶沉思了一会儿,说道:"我个人并不反对开办履约保证保险,只是想开办这项业务的时候一定要慎重,尽量稳妥一些。"

于为民说:"履约保证保险是一项新型业务,其性质跟营销业务有相似之处,只不过营销业务是通过个人代理,而履约险业务是通过银行代理的。自去年开始,部分省市公司已开办这项业务,据说效果不错。昨天,我去人民银行遇见了姚东风,他说他们公司也正在研究履约保证保险的事,估计近期就会开办。这事我们不能再拖了,再拖就被动了。"

刘苏说:"这项业务如果开展起来的话,业务膨胀的速度肯定要比营销业务膨胀的快。据银行估计,购车贷款可能成为下一步银行的主要贷款业务之一。对开展车贷险业务,我们要抓紧准备,尽快把这项业务开展起来。"

于为民说:"车贷履约保证保险跟其他直销业务不同,跟个人营销业务也有差别,这项业务有一定的特殊性。根据外地开展车险履约险业务的经验,我们应该成立一个专门从事车险履约险业务的部门,这个部门既是一个履约险业务推动部门,也是履约险业务管理部门。部门名称我们想叫它为履约保证保险部,负责人最好是了解银行管理流程或者是有一定银行关系资源的人担任。"

刘苏说:"董梅同志过去在银行工作过,对银行的业务流程比较熟悉,跟各银行也有一定的联系,我看就让她负责履约险业务管理工作吧。"

于为民说:"我个人也认为董梅是这个部门比较合适的人选,董梅的业务二部可以直接改名为履约保证保险部。"

"魏总,你什么意见?"看到魏经纶一直没发表意见,刘苏有些不满地问道。

魏经纶说:"成立专门从事履约险业务推动和管理部门,对保证履约险业务健康发展十分必要,我个人同意刘总、于总的意见,同意董梅同志改任履约保证保险部经理。但履约保证保险是一项具有一定风险的业务,对可能出现的问题我们要制订应对预案,防止业务出现大起大落或者出现风险不可控问题。"

刘苏说:"这个问题今天就算定下了,散会后,于总你负责跟董梅谈一次话,把总经理室研究的意见跟她详细地谈一谈,让她边熟悉业务边开展工作。"

十月一日,永泰公司举行了一个简短的履约保证保险业务恳谈会,滨城市工农中建四大国有银行和农村信用社、城市信用社都派人参加了恳谈会,并与永泰公司签订了合作意向。永泰公司成为滨城三家保险公司中第一个开办履约保证保险业务的公司。

履约保证保险部成立当月,就为二百六十多个客户提供了车贷保证保险,实现履约保证保险业务收入四十多万元,加上其他直销业务,履约保险部十月份的保费收入列各部门第一位。

拿到十月份的部门业绩表和工资收入表,吴秀丽非常不服气地找到了刘苏。

"刘总,能否把我们业务销售一部也改为履约保证保险部?董经理的部门开办履约险业务早,她们那个部门可以叫履约保证保险一部,我们部门叫履约保证保险二部也行啊。"吴秀丽说话的语气,带有明显的抵触情绪。

刘苏说:"履约保证保险刚开始试点,业务量还不是很大,怎么可能两个部门同时去做履约险业务呢?"

吴秀丽说:"刘总,我们不是看着人家履约保险部业务增长快眼红,我们只是要求公司在制定销售政策时也向我们业务一部倾斜一下。都是销售部门,政策不能差距太大啊!"

刘苏说:"履约险部是一个相对特殊的部门,除了要开拓履约险业务外,还有一个很重要的职能就是催收。履约险业务刚开办,需要催收的业务不多,一旦业务量上来了,或者是履约险业务开办时间长了,履约险部的主要精力就要放在催收上了,况且其他两家公司马上也要开办履约险业务,下一步履约险业务竞争的激烈程度可能一点也不比个人直销业务小。"

吴秀丽说:"竞争再激烈,履约险业务肯定也比个人直销业务好做。公司没开办履约险业务的时候,销售二部哪个月超过了我们一部?可一开办履约险业务,业务就噌噌地上来了,很多员工把履约险部称为吃财政饭的'事业单位'。"

刘苏说:"履约险业务虽然计入个人和部门业绩,但公司给履约险业务提成只有四个点,比直销业务低三个点,这本身就考虑到履约险业务比直销业务相对简单些,况且其他两家公司开办这项业务后,我们公司的履约险业务肯定会受影响。"

吴秀丽说:"虽然履约险业务个人提成比直销业务少,但公司加上支付给银行的百分之八的手续费,总支出比直销业务大多了。履约险业务量大、容易做,个人收入自然就高,所以销售一部很多人都想调到履约险部去。"

刘苏说:"从这个月你们两个部门人员的收入情况看,你们销售一部人员的平均收入水平确实低一些,这里面可能有政策制定不太合理的因素,如果政策制定得不合理,年底总经理室会适当调整的。"

吴秀丽找刘苏提意见的事不知怎么传到了董梅的耳朵里,脾气有些急躁的董梅立即找到了吴秀丽:"吴经理,我们两个部门各做各的业务,井水不犯河水,你凭什么到总经理室哪里对我们部门说三道四?"

当着销售一部全体人员的面,吴秀丽岂能示弱:"我找领导要求在业务发展方面适当给我们一部一点倾斜与你有什么关系?你装什么大尾巴狼?"

董梅说:"你找领导提要求我管不着,只要领导愿意,给你座金山我也不眼红,但你为什么拿我们履约险部作比较?又说履约险业务好做,又说履约险部是'事业单位',难道我们不去做工作,业务就能自己找上门来?"

吴秀丽说:"难道这不是事实?我即使这样讲了,也没有坏你们的意思啊!你跑这里来撒什么野?"

听到吵闹声,李冬冬挺着个大肚子从隔壁办公室走了出来:"你们两个吵吵什么?就那么点小事值得动那么大的火吗?"李冬冬一边说着,一边把董梅和吴秀丽劝开了。

吴秀丽回到办公室越想越生气，心想自己找刘苏的时候，旁边没有其他人，刘总不说，董梅怎么能知道？一定是刘苏告诉董梅的。

董梅跟吴秀丽打架的事很快传到刘苏的耳朵里，刘苏问魏经纶知不知道这件事，魏经纶说她们俩闹矛盾的时候自己并不在场，只是后来听李冬冬她们说的。

听完魏经纶的汇报，刘苏陷入了沉思："吴秀丽找自己提意见的时候，没有别人在场，只是事后跟于为民提起过此事，而于为民这几天一直在外地出发，根本不可能有机会与董梅接触，即使有机会接触，于为民应该也不会这么没原则。董梅到底是怎么知道的呢？"

魏经纶说："今天我抽个时间找她俩聊一聊，问问到底是怎么回事。"

刘苏说："董梅和吴秀丽打架虽然影响不好，但也提醒我们在制定出台政策时一定要慎重，否则的话，可能会产生一些不必要的矛盾，影响公司的稳定和员工之间的和谐。"

魏经纶说："两人闹矛盾虽然起因于吴秀丽找领导攀比车贷履约险业务政策，但实际上两人平时因为争抢业务早已积怨很深。公司未开办履约险业务前，销售一部业绩一直比销售二部好，销售二部的人心里一直不服气，销售二部更名为履约保证保险部并负责公司履约险业务拓展以后，业务发展很快，履约险业务和直销业务加起来，业绩超过销售一部，销售一部的人就认为公司在政策制定上偏袒履约险业务部，心里一直不舒服、有怨言。"

刘苏说："履约险业务本来就是一种特殊业务，试点期间给予一定的保护政策也是正常的，问题是董梅怎么知道吴秀丽找我提意见的？"

魏经纶说："这件事我也问过董梅了，董梅只说是听别人说的。"

刘苏沉思了很大一会儿，没有说话。

二十二

新年伊始，滨城中心支公司和刘苏本人就喜讯连连：一月上旬，在永泰总公司组织召开的全年保险工作会议上，刘苏被授予全系统"先进工作者"称号；一月中旬，在永泰东南省公司组织召开的全年工作会议上，滨城永泰中心支公司被授予"先进集体"称号；一月下旬，永泰滨城中心支公司成功独家承保了滨城电厂企业财产保险、机器损坏保险、利润损失保险、雇主责任保险等，总保费收入一千六百五十万元，成为永泰公司在东南设立分支机构以来，承保的最大特殊保险项目，总公司和东南省公司相继发来了贺电和贺信。为表彰滨城中心支公司在重大项目拓展方面做出的突出贡献，永泰总公司颁发总经理特别奖励三十万元，其中五万元奖励给刘苏本人。

上级公司的通知到达滨城的当天，刘苏召集魏经纶、于为民等人商量如何兑现永泰公司总经理特别奖励方案。

刘苏说："虽然上级公司在红头文件中明确规定三十万元特别奖励中，有五万元是奖励我本人的，但我觉着在电厂项目拓展方面，公司的每一位员工特别是项目小组人员都尽了最大努力，做出了巨大牺牲，所以我个人还是要求从总公司奖励给我的五万元钱中拿出两万元奖励给其他人。"

魏经纶反对道："永泰公司之所以在激烈的市场竞争中成功承保电厂项目一揽子保险，与刘总您运筹帷幄和巨大付出是分不开的，这五万元奖励您是受之无愧。如果把总公司奖励给您的这五万元钱拿出来平均分配的话，既不符合上级公司的要求，也不符合多劳多得的原则，我本人坚决反对！"

于为民也附和道："我完全同意魏总的意见，坚决不同意刘总的做法。"

刘苏不无担心地说："我自己一个人拿走了六分之一的奖励，公司的干部员工会怎么想呢？这样做是不是影响不好？"

于为民抢话道："这是上级公司的特别奖励，又不是刘总您自己给自己发的，员工们不会有什么意见的。"

魏经纶说："上级公司的文件精神，我们会通过适当的方式传达给公司干部员工，不会对刘总您产生什么不好影响的。"

刘苏说："我吃肉也不能让弟兄们喝汤，其余二十五万元奖励，公司就不再留了，全部兑现下去，兑现的比例，要根据每个人的贡献大小确定。我个人意见是三个三分之一：三分之一普奖给全体员工，包括营销员；三分之一奖励给所有项目参与人员；三分之一奖励给领导小组成员。具体奖励方案由于总牵头制订。"

奖励发放的当天，付晓滨陪着李冬冬住进了滨城市人民医院妇产科。

杨山坡从计财部领到电厂项目奖金后，直接走进了魏经纶的办公室。

"魏总，奖金拿到手了？可别让老柳同志知道发奖金的事，要是知道了，私房钱就保不住了。"杨山坡笑嘻嘻地说。

魏经纶笑着问道："山坡同志什么时候学会存私房钱了？要是让白雪知道了，不剥了你的皮才怪呢！"

杨山坡装出一副可怜兮兮的样子，说道："没办法，家里穷，不稍微存点怎么能行呢？"

魏经纶说："你照顾弟弟、孝敬老人，白雪不会不支持的，你这样藏着掖着，要是让白雪知道了，不影响夫妻感情才怪呢！"

杨山坡说："我们家白雪什么都好，就是钱抓得太紧，没办法，只能从这些外快中克扣点。电厂这个项目能够做下来，刘总可以说是居功之伟，但他在这个项目中也是受益最大的，一下子拿了七八万元的奖励。"

魏经纶说："别胡说了，哪有那么多？"

杨山坡说："怎么没那么多？从项目参与人员的三分之一中分一部分，从领导小组成员的三分之一中又领一部分，加上个人特别奖励五万元，没有七八万元才怪呢！于为民这小子真会拍马屁！"

魏经纶站起身来，把办公室房门关死，批评道："这事在外面就不要再讲了，要是传到刘总的耳朵里就不好了。"

杨山坡伸了伸舌头，说道："那是。如果人家刘总不领导我们拿下这个项目，别说是吃肉了，汤也没的喝。对了，李冬冬今天一早就住进了医院，不知道现在生了没有？"

魏经纶说："不知道啊。老付那家伙也不打个电话回来。"

杨山坡说:"要是今天冬冬生了的话,那可是双喜临门,又生孩子又生财!"

魏经纶问杨山坡:"没看看他们两口子发了多少奖金?他们两个人都是电厂项目领导小组成员,估计应该少不了。"

李山坡说:"那是肯定的。要不这样,我去财务部把奖金替他俩领出来,下班后咱们一起给送过去。冬冬住院,估计得花不少钱。"

魏经纶说:"行啊,反正今晚上咱们也得去医院看看。"

下班后,魏经纶和杨山坡一起去了人民医院。一进妇产科病房楼,魏经纶和杨山坡就看见付晓滨在产房门口焦急地走来走去。

"进去多长时间了?"魏经纶问道。

"快两个小时了。怎么还不生?真是急死人了!"付晓滨焦躁不安道。

杨山坡说:"生孩子这事,急不得慢不得,我们家白雪生杨杨的时候,也折腾了两三个小时。"

魏经纶和杨山坡坐在产科病房外面的椅子说了没十分钟的话,里面走出来一位护士小姐大声喊道:"李冬冬的家属在吗?"

付晓滨腾地从椅子上弹起来,大声应道:"在,在。"

那名护士看了付晓滨一眼,说道:"是个女孩,母子平安!准备好,病人一会儿就出来了。"

不一会儿,病房门重新打开了,两名护士小姐把李冬冬从病房里推了出来。付晓滨、魏经纶、杨山坡以及与付晓滨一起来的两个小伙子快速迎了上去。

"老付,你抱孩子,我们四个人抬。"魏经纶吩咐道。

李冬冬睁开疲惫的眼睛看了看魏经纶和杨山坡,用微弱的声音说道:"你们怎么也来了?"说完无力地闭上了双眼,眼泪顺着眼角流了出来。

把李冬冬抬进病房安置好后,魏经纶对付晓滨说:"我们俩在这里也帮不了什么忙,就先回去了,有什么事你尽管说,我俩如果没时间,可以让柳叶和白雪过来帮帮你。"

付晓滨说:"你们先回去吧,病房里没地方坐没地方站的。"

杨山坡笑哈哈地说:"好好把孩子看好了,别让我儿媳妇受了委屈。"

付晓滨笑着说:"别尽想好事了,谁给你们家当儿媳妇?"

魏经纶说:"别贫嘴了,老付现在可没时间跟你瞎扯。"

回到家后,魏经纶把装奖金的信封塞给柳叶:"大项目奖。"说完就走进了卧室。

过了一会儿,柳叶也跟了进来,看到魏经纶衣服没脱地躺在床上,问道:"怎么了?怎么不脱衣服就躺下了?"

魏经纶瞪了柳叶一眼,没有说话。

"怎么了?不舒服?"柳叶说着,上前用手摸魏经纶的额头。

魏经纶把柳叶的手从额头上拿开,嗡声嗡气地说:"没有。累了。"

"今天怎么回来得这么晚?先吃饭吧,饭都凉了!"柳叶说着,走出卧室去收拾饭菜。

魏经纶从卧室里走出来,在饭桌旁坐下:"李冬冬生了。"

"生了?什么孩子?"柳叶问道。

魏经纶说:"女孩。"

过了一会儿,魏经纶用商量的口气问道:"哪天有空再去医院检查一下,看看到底是什么原因。"

柳叶说:"不是刚检查过了吗?大夫们说没其他毛病,就是有些炎症。"

看着魏经纶低着头只顾吃饭不说话,柳叶没好气地问道:"是不是看着人家都抱上宝宝着急了?"

魏经纶面无表情地说:"没有。过两天我们还是再去检查一次吧。"

吃过晚饭,魏经纶坐在沙发上,心不在焉地看着电视,李冬冬从产房里被推出来时憔悴的脸和那复杂的一瞥,又浮现在眼前。

"你看吧,我先睡了。"魏经纶说完,独自走进了卧室。

望着魏经纶的背影,柳叶禁不住长叹了一口气。

一季度工作会议召开后不久,东南省公司党委下发了第二十九号文件,任命刘苏为永泰东南省公司党委委员兼永泰滨城中心支公司党组书记、总经理;任命魏经纶为永泰滨城中心支公司党组副书记。

任命通知下发后,付晓滨、杨山坡同时跑来给魏经纶祝贺。

"党组副书记,又不是党组书记,有什么可祝贺的?"魏经纶轻描淡写地说。

付晓滨说:"那可不一样。别说在中支公司这个层面,就是在省公司这个层面永泰公司也很少设副书记这一职位,这次破例在滨城公司设立党组副书记,组织上肯定是有用意的。"

魏经纶笑着问："老付什么时候学会搞政治了？"

杨山坡说："当着我们俩的面你就别装糊涂了！刘总虽然现在还兼任滨城公司党组书记、总经理，那也是暂时的，任命你老兄为党组副书记，那不是秃子头上的虱子——明摆着吗？"

魏经纶说："刘总虽然还兼任滨城公司的总经理，但角色跟以前不同了，所以我们说话办事更应该谨慎一些。这两年滨城公司业务发展和客户服务管理工作都比较出色，刘总和省公司管理部门对你俩的工作给予了较高的评价，越是这样，我们越要谨慎。"

四月上旬，省公司在滨城组织召开了全辖各机构和分公司主要管理部门负责人参加的会议，会议的主要议题是清理各公司开办的"三产"项目，刘苏作为东道主和省公司党委班子成员在主席台上就座。

徐国栋说："从一九八四年国务院批准从保险公司收取的保费中，扣除赔偿、赔款准备金、费用开支和税金后，余下的部分可进行资金运用以来，到现在已经有十五六个年头了，从各地资本运用情况看，由于大部分公司缺乏人才、缺少投资渠道、缺失管理规程，资本运用基本上处于不规范或者说是无序状态。投资酒店的有之，投资礼品店的有之、投资小商店的有之，有的甚至还投资理发店、小吃店。这些小商小店赚钱不赚钱咱暂且不提，偌大的保险公司净干这些小商小贩干的营生，不让人笑话才怪呢！有人做了一个初步的统计，到目前为止，投资酒店业务的，没有一个不亏本的。还好，吃饭的都是自己人，亏了反正也是自己的。"

徐国栋把头歪向主席台旁边的刘苏，问道："刘总，你办的那个修理厂怎么样？没亏本吧？"

刘苏红着脸应道："有赢利，有赢利。"

徐国栋说："像老刘办修理厂还算是正当生意，总归车险业务占我们整体业务的大头，有客户，有资源。我听说有一家公司，当然不是我们永泰公司了，办了一个中小型饭店，七八个雅间几乎天天爆满，但客人都是自己公司的人。在自己公司的饭店里招待，那还用客气？吃完了，记账，一抹嘴，走人。饭店开了不到十个月，关门了，投进去一百多万元，最终结果是干部赚了个大肚子，公司赚了一二十张桌子，一两百把椅子，一两千个盘子。"

众人大笑。

徐国栋继续说道："在各方面条件都不具备的情况下，盲目上三产项目是存在很大风险隐患的,更为严重的是,目前全国各地出现了许多违规甚至违法投资的现象。鉴于此,上级公司要求我们在确保公司利益最大化的前提下,尽快撤出各类投资项目,能转的转,能撤的撤,能卖的卖。转也转不了,撤也撤不出,卖也卖不掉的,该扔的时候也得扔。"

徐国栋把头又歪向刘苏:"老刘,虽然你那个修理厂还没出现亏损,但也不要再经营了,想办法尽快处理掉。你现在也是省公司领导了,领导,领导,一领二导。要不你先带个头,做个示范?"徐国栋说着,就让坐在旁边的王副总把麦克拿到了刘苏的面前。

"看领导的架势,我那个修理厂无法再修理下去了。"刘苏笑着说道,"好,我先表个态,算是抛砖引玉吧。既然上级公司要求我们规范投资行为,停止资金运营,我个人的态度很明确,就四个字,坚决拥护!至于滨城公司经营的修理厂如何处置,散会后,我们立刻召开会议专题研究,确保年底前完成撤转工作。"

徐国栋笑着说:"八个月时间太长,我看上半年能处置完的,就别等到年底了。"

送走省公司领导和其他参加会议的中支公司总经理们后,刘苏立即召开会议,商量如何贯彻落实省公司滨城会议精神,研究永泰公司修理厂处置方案。

刘苏说:"对于各公司的'三产',上级公司的态度很坚决,必须尽快处置,没有商量的余地。公司正式接手南来北往修理厂经营以来,在服务客户、解决公司编制不足、提高资金产出效益方面,做出了一定的贡献。但由于汽车维修行业竞争激烈、管理方面存在着一些缺陷,修理厂的效益有下滑的趋势。所以,我们要尽快制订一个切实可行的方案,下决心把修理厂的事情处理好。在省公司滨城会议上,我已经当着省公司领导和十多家机构主要负责人的面表了态,徐总也明确要求滨城公司带个头,大家商量一下,看看如何尽快把修理厂问题妥善处置好。"

魏经纶说:"虽然公司正式接手永泰汽车修理厂后,经营还算正常,但长期来看,硬性规定修理厂家,可能不利于服务质量的提高,客户意见也很大,曾发生过多起来公司上访事件,对公司品牌造成了一定的影响。所以,我个人支持刘总的意见,尽快处置,争取主动。"

刘苏说:"修理厂于总分管,各方面情况也比较了解,处理领导小组的组长还是由于总担任吧。"

于为民勉强挤出一丝笑容，感慨道："修理厂自开业以来，效益虽没有预期的好，但总归每年还有几十万元的利润，转让出去确实有些可惜了。当初盘活这个修理厂的时候，公司前前后后投进去二百五六十万元钱，现在转让出去的话，本钱全部收回来是不可能的。我个人的意见，是不是以公司的名义跟上级公司再请示请示，看看能不能再通融一下，让咱们把修理厂保留到明年？"

刘苏说："停止一切非保险经营活动，是国务院要求的，上级公司也没有通融的权力。对修理厂处理问题，我个人的原则是尽量做到不亏损，尽量上半年处理完毕，当处理速度与经济效益发生矛盾的时候，优先考虑处理速度。"

"真是政策戏弄人啊！早知现在何必当初啊！"于为民感慨道。

永泰汽车修理厂及汽车配件商店赶在六月三十号前正式签订了出售协议，虽然公司亏损了五十多万元，购买方资金也没有在协议签订前划转到公司的账户上，但刘苏还是长长地舒了一口气，总归自己在省公司会议上做出的"尽快处理到位"的承诺得到了践行，所以签字仪式一结束，刘苏就让安山把早已拟好的《关于滨城中心支公司汽车修理厂等三产处理情况的报告》报到了省公司。为此，省公司对滨城中心支公司的办事效率和执行能力给予了充分肯定，在全省半年工作会议上，刘苏还以《加强组织领导，强化执行能力，全力做好三产处理工作》为标题，在大会上做了交流发言。

省公司半年工作会议召开后没多久，永泰东南省公司党委下发了《关于于为民等同志职务任命的通知》：任命于为民为滨城中心支公司副总经理、李秀珍为滨城中心支公司党委委员。

任命通知下发后，公司上下议论纷纷。有的人说于为民自己赚了个盆尖钵满，给公司亏了几十万元，刘苏如果得不到什么好处的话，别说是让他升官了，不把他"送进去"就不错了。有的人说李秀珍整天跟在刘苏的屁股后面跑来跑去的，该干的不该干的都干了，所以也升了官。

消息传到刘苏的耳朵里，刘苏十分气愤，发誓要彻查造谣生事者。

魏经纶劝解道："清者自清，刘总没必要跟个别好事者一般见识。置之不理有时可能是最好的回击方式。"

刘苏十分委屈地说："为了公司，我可以说是呕心沥血，不指望大家说好，但也不能这么没良心啊！"

魏经纶劝慰道："树林子大了，什么鸟都有。有些人就是端起碗吃肉，放下碗骂娘，这种人你越理他，他越来劲。"

刘苏说："这件事不能就这么算了，否则的话，公司正气是很难树起来的。经纶，你私下里帮我查一查，一旦事实确凿，坚决予以打击。对这种人决不能姑息养奸。"

从刘苏办公室出来，魏经纶立即打电话把杨山坡叫到了自己的办公室。

"省公司关于于总和李秀珍职务任命通知下发后，公司里传出了一些不负责的言论，你听说了没有？"魏经纶开门见山地问。

杨山坡说："也听说了一些。有的人说于为民升官靠钱，李秀珍升官靠色。"

魏经纶说："这些话你都是从哪里听说的？你对这些言论有什么看法？"

杨山坡有些不解地看着魏经纶，问道："领导不会认为这些话是我说的吧？"

魏经纶说："你想到哪里去了？你杨山坡是什么人我还不清楚？不过有一点我有必要提醒你，一个人保证自己不说，容易做到，保证自己不听，可能比较难。同一件事情一旦听多了，难免嘴有把不住门的时候。"

杨山坡想了想，说道："领导说的也不是一点道理也没有。关于于为民和李秀珍被提拔重用的事，听说梅胜利和吴秀丽私下里议论得比较多，但这些话一开始也不一定就是他俩说的。"

魏经纶说："不管人家怎么说，我们不能随人家起舞，否则对自己没什么好处。在这方面，我觉着李冬冬分寸把握得比咱们三个人都好。"

杨山坡撇了一下嘴，笑道："冬冬小姐在经纶先生心目中的形象太好了！不过这事千万不能让老付知道，要是让老付知道了，不把醋坛子踢倒才怪呢！"

魏经纶狠狠地瞪了杨山坡一眼，生气地把脸扭到了一边。

杨山坡见状，嘻嘻哈哈地跑开了。

在全省半年工作会议上又传出年底前产寿险要彻底分业经营的消息，李冬冬十分不解地问魏经纶："九五年《保险法》出台时，要求产寿险业务分业经营，可永泰、永平公司成立时，又允许公司产寿险业务都可以做，现在为什么又要求产寿险业务分开经营呢？"

魏经纶说："在全省半年工作会议上，省公司领导也专门对这个问题进行了解释说明。国家出台《保险法》之前，国外实行严格的产寿分业经营政策，可国家制定出台《保险法》时，国外又开始流行产寿险混业经营，所以永泰、永平等公司成立时，国家没有严格要求新成立公司必须分业经营。这次应该是动真格的了，年底前完成分业可能是板上钉钉的事。"

李冬冬苦笑着说："看来我们又要分家了。这样分来分去的，真是烦死了！"

魏经纶附和道："确实是够麻烦的。但烦归烦，回去后你跟老付还是应该早商量商量，主意还是早拿定的好。"

李冬冬说："到时候再说吧，干不干还不一定呢。"

十一月底，永泰省公司将滨城产寿险分业方案和滨城产寿险公司班子组成人员名单下发到了滨城中心支公司。省公司红头文件到达滨城的当天，刘苏召集魏经纶、于为民和李秀珍等人召开了最后一次班子会议。

刘苏说："这可能是我刘苏在滨城召集的最后一次班子会议了。说是班子会议，实际上是一个散伙会，因为在座的各位，从今天开始可以说是两个公司的人了，虽然两个公司同属于永泰集团，但总公司是分开的，按当地老百姓的话说，我们现在仅仅是一个爷爷的兄弟关系。"

刘苏说："首先祝贺杨山坡、付晓滨荣升为产险公司班子成员。分业方案大家都已经看到了，不复杂。除了我以外，在座的各位都曾经历过一次分家，有经验。关于产寿险分业问题，上级公司领导只是委托我代表省公司跟大家讲一讲，因为下周我就到省财险公司报到了，具体的工作最终还是由你们几位来落实。"

魏经纶说："刘总对公司的整体情况比我们把握得准，您最好跟省公司领导们说一说，等我们把家分完了以后再去省公司上班。"

于为民说："我们寿险公司新来的老总过两天才来公司报到，新领导未来之前，我跟李总工作不好开展。刘总您还是想办法在滨城多待些日子，别急着去省里报到。"

李秀珍说："魏总这边的工作好说，杨总、付总都是公司的老人，对公司的人员、业务发展等情况都熟悉，工作起来驾轻就熟。我跟于总就不同了，新领导突然生病住院，看样子三五天之内上不了班，虽然人家在电话中说让我跟于总该怎么干就怎么干，可到底怎么干法，我们实在是吃不准。所以还是请老领导多给我们指点指点。"

刘苏笑着说："虽然昨天咱还是一家人，可从今天开始咱们就是两家人了。如果说对财险公司我还有点发言权的话，对于总和李总你们那边的事，我可就没有权力再说三道四了，总归从今天开始我们是两家公司了！"

李秀珍笑着说："您现在还是永泰滨城产寿险分业经营领导小组的组长，滨城的事没有谁比刘总您更有发言权了。"

刘苏笑着说："你们那个新领导铁路，去年刚从省永平公司跳槽来永泰公司，年初我在省公司见过他，但不是太熟悉，听说个人专业能力挺强。我个人认为，分业期间的工作按上级公司的要求该怎么干就怎么干，有事多跟人家铁总沟通、请示，没有必要顾虑太多。按照上级公司的要求，我把分业方案公布完就算完成任务了，至于以后你们怎么干法，我只能是提提意见，参谋参谋，否则的话，就是越权了！"

付晓滨说："中国人有句话叫做扶上马送一程。虽然省公司有很多事情需要您去处理，但目前滨城公司更需要刘总您给予支持和指导。"

刘苏说："有些不太好说的话，我可以帮助说一下，但绝对不能越俎代庖，否则的话，有些人又会说三道四了。"

从小会议室出来，杨山坡和付晓滨直接进了魏经纶的办公室继续开会。

魏经纶说："首先祝贺二位荣升总经理助理。刘总下周就到省公司赴任了，今明两天咱们举办一个欢送会，给老领导送送行。刘总去省公司工作后，承蒙组织上信任，把滨城公司交到咱们三个人手上，我感觉压力很大。滨城公司自成立以来，在刘总的正确领导下，各方面工作都排在全省十二家地市公司的前列，得到省公司甚至总公司领导的认可。两位现在都是班子成员了，肩负的担子、承担的责任不同了，希望尽快转变角色，在业务发展、经营管理特别是制度建设方面多帮我出出谋，把把关，确保公司持续稳定发展，决不能让一个好好的公司毁在咱们三个人手上。当前急迫的工作有两项，一是按照上级公司批准的分业经营方案，做好干部员工的思想工作，把家分好；二是尽快制订好明年产险公司的经营思路、经营目标和工作重点，确保首季开门红。"

付晓滨说："感谢魏总也感谢组织对我们两人的信任。说实话，论资历、经验、专业能力，我个人都不足以胜任目前的这个岗位，要不是魏总您极力给我们做工作，我们俩肯定干不到今天这个职位，所以我个人还是要真诚地说一声谢谢！既然上级公司让我俩给你当助理，我们俩一定会竭尽全力干好工作，齐心协力把公司经营好。"

魏经纶笑着说："二位能到今天这个位置上，除了个人努力外，还有两个很重要的因素不可或缺。一是产寿险分业，高管人员比较紧缺；二是上次提拔于总和李秀珍的时候，公司有几位干部说了一些不负责任的话，甚至是捕风捉影的话，如果没发生那个事件的话，总经理助理的位置未必就是两位的，像梅胜利、吴秀丽等部门经理，都是有力的竞争者。当然了，在两位提拔重用问题上，我跟刘总也做了一些工作，起到了一定的作用。"

杨山坡说："从学校门出来，幸运地被分配到保险公司，又很幸运地遇到两位兄长，从两位老兄身上我看到了许多，也学到了许多。魏总你虽然只比我大一岁，但为人处事、经营管理，尤其是对重要问题的观察和把握上，可能是我一辈子难以企及的。远的不讲，就说刚才提到的那件事吧，如果当时你不及时提醒我的话，我可能也跟着瞎掰了。你现在是公司的总经理，我们两个人的班长，以后更应该多批评、多提醒，有做不到位的地方，千万不要客气。就我们三个人的关系，怎么讲都不过分。"

付晓滨说："山坡讲得很实在。我虽然年龄比两位大好几岁，但在许多方面与两位比还有差距，尤其是跟经纶相比。两位不仅在工作上给予了全力支持，在生活上也给予了最大限度的帮助，如果没有你们两位兄弟的鼎力相助，我付晓滨现在可能连家庭甚至正常的生活也丧失了，我个人没有理由不珍惜目前的一切。"

魏经纶说："感情上的事不用多说了，感谢的话也不要再讲了，咱们现在要做的事就是把工作做好，把队伍带好。这两件事做好了，就对得起家庭，对得起朋友，也对得起组织了。老付，省公司的产寿险分业方案又把李冬冬分到寿险公司了，你们两口子是怎么商量的？"

付晓滨说："她家里人的意见是离开保险圈子，她个人也有这个倾向，但还没有最终确定。"

杨山坡惋惜地说："干了这么多年保险，专业、客户、经验都有了，不干了不太可惜了？"

魏经纶说："是啊，李冬冬工作十分出色，虽然这次班子调整没有她，但将来肯定会有机会的，我个人意见还是不要离开这个行业。"

付晓滨说："保险这个行业以后竞争肯定会越来越激烈，尤其是寿险业务行业。现在滨城市寿险公司虽然只有四家，据说今明两年还有几家公司要来滨城设立机构，在人们的保险意识还十分薄弱的情况下，寿险这份工作不做也好。现在社会上不是有这么个说法嘛：一人干保险，全家不要脸；一人干银行，全家跟着忙。社会上还有人说，有的业务员为了拉保险，什么招都用上了，个别人甚至'英勇献身'。保险在社会上名声不太好，她爸爸又是个'老传统'，坚决不让冬冬再从事保险这个行业了，正张罗着给她联系工作单位呢！"

杨山坡说："不否认有些业务员为了拉业务挣提成，急功近利，把风气搞坏了，把行业搞臭了，但也不至于不干了。李冬冬在管理方面很有一套，不干确实有些太可惜了！"

付晓滨说："两个人都干保险，压力太大，没有互补性。一家人干一个行业，有风险。"

魏经纶说："还是尊重冬冬个人的意见吧。趁着年轻，去尝试一下别的工作也不错。"

二十三

永泰滨城公司产寿险分业经营工作进展得十分顺利。公司中层干部中，李冬冬调到了市财政局下面的一个二级事业单位，吴秀丽带着她部门的两个人去了永泰寿险公司，梅胜利跳槽去了安达财产保险公司，协助筹建安达财产保险滨城中心支公司。员工队伍中，李冬冬手下的营销人员有的去了永泰寿险公司，有的去了永平寿险公司，还有的直接转行不干保险了。部分人员调走后，腾出来的七八个编制，解决了原来挂靠在永泰汽车修理厂部分员工的身份问题。

分家后的第二天，魏经纶主持召开了第一次总经理办公会议，研究部署下一步的经营工作。

魏经纶说:"今天这个会议是永泰滨城公司完成分业工作后召开的第一个班子会议,需要研究的工作很多。第一项工作就是把部门的职能再重新定位一下,把班子的分工再重新明确一下。"

魏经纶说:"办公室不仅有行政管理职能,还有人事管理职能,我个人的意见是把办公室改名为行政人事部,经理仍然由安山担任。寿险业务分出去以后,公司分别设立财产险业务部和人寿险业务部已没有必要了,财产险业务的职能并入业务管理部,经理由杨山坡兼任。客户服务部经理还是由付晓滨兼任。李秀珍调到寿险公司后,计划财务部经理空缺,把刘梅梅提升为副经理,主持工作,大家看怎么样?"

付晓滨说:"其他人事安排都没问题,关键是刘梅梅担任财务部经理合不合适。财务部是一个很重要的部门,刘梅梅虽然在财务部会计岗位上干了三四年了,但管理能力一般,是不是先把她派到省公司脱产学习三至四个月后再任命更稳妥一些?"

魏经纶点了点头,说道:"有道理。原来我也有这个打算,也跟省公司财务部黄经理沟通过,她也同意让刘梅梅去省公司脱产学习几个月,可问题是财务部目前就她和小张两个人,她脱产去省公司学习了,小张一个人怎么能应付得了呢?"

杨山坡说:"原来在永泰汽车修理厂当会计的刘浪是省会计学校毕业的,能不能先调他去财务部试一试?"

付晓滨说:"我以前好像听李冬冬说起过刘浪,说她俩是一个学校毕业的,教冬冬的老师后来大都又教过刘浪,专业能力应该没问题。"

"省银行学校毕业的,专业能力应该不会差到哪里去。这次解决编制的五六个人中,有没有刘浪?"魏经纶把头转向正在记录的安山,问道。

安山说:"这次解决编制的五六个人,都是保费收入过五十万元的,刘浪不够这个条件。"

魏经纶说:"多亏了当初我们还预留了两个编制,如果刘浪能够胜任财务部工作的话,可以考虑给他解决编制问题。过些日子打个报告跟省公司再申请几个编制,新申请的编制应主要用于管理岗位上的人员。另外,五个县区我们都设立了营销服务部,目前看这五个营销服务部业务发展不平衡的问题比较明显。下一步我们工作的侧重点应该向县区倾斜,县区如果都发展起来了,整个公司的经营就会有质的飞跃。对县区五个营销服务部,我们每个人都分管一两个，有时间的话多去跑一跑，帮助他们拓拓市场，出出路子。"

"第二项工作就是如何制订明年的工作思路和考核办法问题。大家都谈一谈，看看下一步我们应该怎么办？"魏经纶说。

杨山坡首先开口道："关于业务发展和考核管理问题，这几天我进行了认真地考虑，初步形成了一些想法，但可能不成熟、不系统。业务能不能发展，关键看干部员工的潜能能不能充分挖掘出来，而能否充分挖掘每个人潜能的最重要因素之一就是考核制度是不是健全、考核是不是到位。今年进行业绩考核时，应该在给每位干部员工下达一定的任务指标的同时，还应该给每个部门下达一个计划目标，这个目标不能是部门人员最低任务指标的简单相加，而应该是部门人员最低任务指标的倍数关系。如果部门任务指标完成了，部门管理费用甚至部门所有人员的业务提成，都可以在原来的基础上增加一定的点数，这样就可以更好地调动部门人员的积极性，挖掘部门所有人员的潜能，这是其一。其二，制定今年业务提成和绩效考核办法时，可以考虑将车险、非车险业务分开考核。车险业务拓展相对简单，规模上得也快，而非车险业务保源少，单笔业务保费收入低，市场拓展难度大，如果对车险业务与非车险业务按同一个标准考核、费用管理没什么差异的话，干部员工拓展非车险业务的积极性就很难调动起来。"

付晓滨插话道："山坡，你刚才说的差异化费用管理办法指的是什么？说得再具体一些。"

杨山坡说："简单地说，差异化的费用管理办法就是不同的险种给予不同的业务提成。如家财险、货运险业务，一单业务可能只有百八十元的保费，如果提成跟车险一样，谁也不会把精力用到拓展这些业务上，而这些险种业务市场竞争力相对较弱，效益又是各险种业务中最好的，如果我们把这些小险种做好了，积少成多，就会对公司整体业务规模尤其是效益的提升有较大拉动作用。"

魏经纶说："家财险、责任险、货运险等小险种业务之所以没有发展起来，一个很重要的原因就是激励政策不到位，当大家都把注意力放在做车险业务上的时候，就自然而然地忽视了这些小险种业务的发展。今年我们要在小险种业务发展方面有所突破，就必须加大考核激励力度。关于今年的业务发展重点和考核管理办法，山坡你跟安主任再研究研究，争取本周内制订出台。马上就到一月下旬了，考核办法如果不尽快下发的话，可能会影响业务发展。"

考核办法经过多次讨论、论证总算定下来了，实施后效果果然不错，业务特别是非车险小险种业务发展很快。

魏经纶正在笑嘻嘻地看着近期业务报表，董梅急匆匆地跑了进来："魏总，三个小时以前，我们的一个履约险业务客户在城北发生了一起重大交通事故，造成车损人亡。到现场查勘事故的客服部的人说，车辆已没有修复的价值。听到这个消息后，我跟我们履约险部的王江直接去了一趟客户家，一是代表公司对死者家属表示慰问，不管怎么说死者是我们的客户；二是实际查看一下死者的家庭状况。死者家里除了有三间破平房外，再没有其他什么值钱的东西了。据死者的邻居介绍，死者购买咱们承保的那辆运输车辆时，不仅从银行里贷了二十万元款，还欠了亲戚朋友三万块钱。我们保险的二十万元履约贷款，还款期限是三年，每月一期还款，死者只还了五期就出了这次事故。"

魏经纶说："死者的那辆运输车如果作价处理的话，能偿还多少期贷款？"

董梅说："如果没有修复价值的话，那辆事故车就是一堆废铁，最多能卖三五千元钱。"

魏经纶说："再进一步了解一下死者的家庭状况，看看他们家到底还有没有其他经济来源，如果有的话，一定要想办法让死者的家人偿还银行贷款，否则的话，我们的损失就大了。"

过了一会儿，魏经纶又问董梅："迟家村那个欠款不还的案子处理得怎么样了？"

董梅说："我们去迟家村客户家里五六趟了，他母亲说只知道儿子去南方干工程去了，具体在什么地方，她也不清楚，因为她儿子半年多没回家了，春节回不回来还不一定。"

魏经纶说："你们在他村子里有没有熟人？如果没有的话，要想办法找一个人帮助盯着点，一旦发现那个人回来，立即上门催款。"

大年三十那天，董梅接到了"线人"的电话，说迟家村的那个欠款户从外地回来了，让他们立即赶过去。

董梅马上给付晓滨打电话进行了报告，因为履约险业务部由付晓滨分管。

付晓滨沉思了一会儿，说道："今天是大年三十，大家都在欢欢喜喜地准备过春节，这个时候上门催款的话，影响不好，容易让人联想到黄世仁大年三十逼杨白劳交租子。那家伙回来后，不会马上就走，正常情况下，应该过了元宵节才会外出干活。春节过后，咱们叫上几个人一起去他家里找他。"

春节一上班，董梅就带上部门的两个人直接去了迟家村那个欠款不还的客户家，她母亲说她儿子正月初三就从家里走了，是不是又去南方干活了她也不知道。三个人听了，气得牙咬得嘎嘣嘎嘣响。

恶意欠款事件越来越多，仅春节前后的两个多月里，就出现了五起连续两个月不按期还款的案件。

情况很快汇总到了付晓滨那里，付晓滨连忙叫上董梅一起去找魏经纶汇报。

"魏总，这两个月履约保证保险业务出现了一些问题，连续出现了多起不按期还款案件，银行对我们提出了质疑。"付晓滨汇报道。

"连续出现多起恶意欠款案件，你们分析是什么原因？"魏经纶问道。

董梅说："出现这种现象，我们认为有三种可能。第一种可能是春节前后，大家都忙着访亲探友、喝酒聚会，个别客户忘记了还款；第二种可能是春节银行放假，个别客户无法按期还款；第三种可能是冬天建设工程少，很多工程车窝在家里无活干，个别贷款户经济拮据，入不敷出，无力按时还款。"

付晓滨接口道："还有一种可能就是恶意欠款不还。"

魏经纶说："不管哪种情况出现，受损失的都是保险公司。下一步你们打算怎么办？有什么切实可行的办法杜绝或预防上述情况出现呢？"

付晓滨说："由于各家公司都已开办履约保证保险业务，竞争趋于激烈，年前银行已提出提高手续费的要求。元旦前后，永平公司履约险业务大幅度提高，而同期咱们公司履约险业务出现大幅下滑现象，听银行内部人员透露，永平公司答应按百分之十五的比例支付银行手续费。"

魏经纶说："按道理讲，我们提供履约保证保险，银行的贷款得到了安全保障，不收手续费都划算，原来百分之八的手续费就可以了，现在倒狮子大开口了！"

董梅说："我们独家做这项业务的时候，银行对我们提出的风险共担、独立审核、信用等级费率调控风险的要求还给予理解和肯定，其他公司一开办这项业务，他们的态度一下子来了个一百八十度的大转弯。银行分管履约险业务的领导直截了当地说，履约险业务你们永泰公司不做，其他几家公司肯定会做，而且愿意支付比你们高得多的手续费，之所以现在还跟你们永泰公司合作，主要还是顾及过去的老感情。赚了便宜还卖乖，真不是东西！"

付晓滨说："没办法，谁让咱有求于人家呢。前推十年，银行的人不也整天跑到咱们保险公司请客送礼吗？真是此一时彼一时呀！"

魏经纶说："这项业务咱们既然做了就不能停下来，问题的关键是如何规避道德风险，督促客户按期还款，只要做到了这一点，履约险业务还是有很大发展潜力的，因为现在购买车辆特别是购买私家车的人越来越多。"

付晓滨说："我跟董经理及履约险部的人研究过好几次了，也跟外省市的兄弟公司交流过，银行手续费提高后，我们承担的风险会越来越大。下一步我们准备设立履约险业务催款专员，一旦发现还款不及时的，立即跟上催收，如果出现连续三期不还款的，就采取强制扣车措施。同时，我们还准备实行履约保证金制度，客户办理履约险业务的时候，向公司交纳一定数量的保证金，如果客户在履约期内未出现还款不及时问题，履约保证期结束后，保证金如数归还；如出现一期还款不及时现象，就全部或按比例扣除保证金。"

魏经纶问："实行这种措施客户会配合吗？会不会出现违法或者违规问题？"

董梅说："外地公司都是这么干的。我们收保证金时，要跟客户签订一个协议，收取的金额又不大，客户急于贷款，应该会配合的。"

三个人正在热烈讨论着，办公室文秘管理员刘情推门进来。

"魏总，刚才省公司来通知让咱们上报今年以来的业务分析报告。"刘情说着把通知交给了魏经纶。

魏经纶看了一眼通知后继续跟付晓滨和董梅说道："你们回去后再详细论证一下，拿出一个切实可行的方案，原则上同意你们刚才提出的设立专职催款员和收取违约保证金的办法。"

董梅说："设立催款员后，公司要想办法帮助解决交通工具问题，没有交通工具，可能不太好开展工作。"

付晓滨说："先拿出一个具体方案吧，交通工具的事以后再说。"

董梅走出总经理办公室后，魏经纶摸起办公桌上的电话，把杨山坡叫了进来。

"省公司来通知了，说要近期召开一个业务分析调度会，让咱们介绍一下业务快速发展的经验。你是考核办法的总设计师，你负责归纳总结一下？"

杨山坡一边看着通知，一边开玩笑道："二月份刚过，要是后面这二十多天没业务承保进来，增长幅度还能有前两个月那么高吗？这么早就让咱们准备一季度的经验介绍，领导是不是对咱们滨城公司太过信任了？"

付晓滨说："前两个月增幅超过了百分之四十，后面这二十天稍微干干，增幅也不会差到哪里去，首季开门红已成定局，这一点领导们还是能看准的。"

杨山坡说："这么重要的任务交给我老杨能行吗？你领导满腹经纶，出口成章，我们这些人写的东西你能看上眼？"

魏经纶说："你把框架和核心内容搞出来就行了，其他的事就不麻烦大学士了。"

"今年业务发展速度确实出乎意料，我们是应该好好总结总结。我写东西不太在行，你给定个调子吧。"杨山坡跟魏经纶道。

魏经纶说："今年之所以业务发展较快，主要原因是小险种业务发挥了作用。我看经验介绍的标题就叫做'充分发挥考核的激励作用，促进小险种业务快速发展'吧。"

杨山坡说："新考核办法刚出台实施，对业务发展的激励作用比较明显，加上一季度我们又搞了一个竞赛活动，奖励力度比较大，所以才有这么好的发展速度。我担心一季度发力过大，把增幅拉上去了，二季度如果出现增幅骤然下滑的话，那我们跟省公司领导就没法交代了。"

魏经纶说："这也正是我所担心的。"

付晓滨说："从今年以来业务发展情况看，年初制定的考核办法是正确的。为持续激发各部门的积极性，一季度结束后，我们承诺的奖励一定要及时兑现。"

杨山坡说："除及时兑现竞赛活动和任务达成率奖励外，我个人认为还应该把营销员队伍再建立起来，这对保持公司业务快速发展很重要。"

付晓滨说："营销虽然对业务发展有一定的推进作用，但我个人对营销这种销售方式基本上持不支持态度。"

杨山坡笑着说："怪不得李冬冬死活不干保险了，原来是你老付在后面扯了后腿呀！看来李冬冬在家没有多少影响力，否则的话，老付同志不会对营销这种新型销售模式这么不认可。"

付晓滨说："营销模式比较适合寿险业务，财产保险不太适合这种模式。

再说营销员不是公司的正式员工，跟公司只是一种代理关系，谁给的钱多，就给谁代理业务。个别业务员为了把业务做进来，个人多拿提成，做出了许多出格的事情，有的甚至还欺骗、误导客户，对整个行业造成了很坏的影响。所以，对营销这种模式，我们还是要慎重。"

魏经纶说："营销员队伍不好管理，不仅需要经验，还需要有耐心、有敬业精神。要是李冬冬不离开公司的话，我们完全有条件把营销队伍再建立起来，她这一走，公司里还真找不出这么个人来了。"

"多亏不干保险了，要是还干的话，非成神经病不可！"付晓滨有些庆幸地说。

杨山坡不服气地问道："人家李冬冬当时干得多好，怎么就成神经病了？"

付晓滨笑着说："没干营销的时候，还算是一个文静人，自干了营销部经理以后，整天带着一帮大姑娘小媳妇，又是唱又是跳的，不知道的还以为是练的什么功呢！更让人受不了的是，自干了营销部经理后，整天是早出晚归，连正常的夫妻生活都耽误了。"

杨山坡笑着问道："现在恢复正常了？"

看着两个人说着说着又下了道，魏经纶马上制止说："别再胡扯了，说点正经事吧。营销队伍我个人还是倾向于尽快建立起来。李冬冬搞了二三年营销队伍建设，有体会、有经验，老付回家后，让李冬冬帮忙给策划一下，请她把这几年的一些经验体会详细地总结总结。"

付晓滨说："还是你亲自跟她说吧，我跟她说，她肯定不会给我干的。"

魏经纶说："冬冬走了以后，我们也没给她送送行，找个星期天，我们一起聚聚，顺便我跟她说说看看。冬冬现在是'财神爷'的人了，我说的话人家听不听还不一定呢！"

付晓滨酸溜溜地说："你说话都不好使的话，那就没人说话好使了！"

魏经纶说："营销队伍建设的事，我们以后再专题研究，年内争取建立起来，从现在开始，我们就注意物色一个合适的营销部经理。永泰公司成立至今，大项目一直是公司的强项，这一传统不能到我们三个人这里就丢了。"

付晓滨说："市政府下一步的工作重点是发展旅游业，像电厂这么大的建设项目以后不会太多了，在现有基础上很难实现大的突破。"

杨山坡说："滨城电厂、滨城港务局这两个项目的保费收入就占了公司百分之四十的份额，对这两个大项目，我们必须不断推出服务新举措，绝对不能出现任何闪失，否则的话，业务肯定会出现大的波动。有效规避业务出现波动风险的有效途径就是要努力拓展常规性业务，尽量降低这两个项目在整体业务中的占比。"

魏经纶说："这也是今年以来我们大力发展小险种业务的重要原因。在做好常规性业务的同时，总经理室要腾出大部分精力去拓展新的大项目。滨城市大项目少，我们可以想办法去外地拓展。"

杨山坡摇着头说："去外地拓展大项目，我看很难。你想，一个项目可能还没有立项，所有的保险公司就通过各种关系找上门来了，我们外地公司，要资源没资源、要条件没条件，跟人家当地公司去竞争，我看比蹬天还难！"

魏经纶说："近年来，因为项目招投标进牢房的人不少，进去的那些人早晚会把跟招投标有关系的人供出来。正因为如此，我们外地公司可能更有优势。一是我们不会像当地公司那样死缠硬磨，因为我们没那么多的时间和精力，项目组的人没必要像躲瘟疫一样躲着我们，我们可能更有机会表达我们在大项目承保和服务方面的想法和优势；二是外地公司跟当地项目组的人社会关系相对简单，这样一来，他们感觉跟外地公司打交道可能会更安全一些。上周我舅舅有一个叫齐国雄的战友，带着他们北方蓝天化工集团公司的四五个人来滨城考察，晚上一起吃饭的时候，我跟齐总聊起保险的事，他问我保险能不能异地投保，如果异地投保的话，出险后会不会影响服务时效和服务质量。听齐总的口气，他本人对异地投保并不排斥。过几天我想去北京拜访拜访他，进一步了解一下他们的需求和来滨城投资的信息。"

付晓滨说："保费超过一百万元的项目，异地投保政策是允许的，关键是他们敢不敢在外地投保。"

魏经纶说："只要我们承保政策优惠、服务方案有吸引力，跟当地公司竞争也不是完全没有希望。你们两人如果有时间的话，找找化工方面的资料先研究研究，看看能不能先做一个初步的承保服务方案，实在有困难的话，可以请省公司的有关部门支援一下。"

杨山坡说："咱们还是先了解了解再说吧，等有点眉目了，再商量也不迟。目前最要紧的是想方设法保证二季度常规业务继续保持现有的发展速度，只要常规业务保持一定的增幅，今年的整体任务就能比较轻松地完成。"

魏经纶说："这样吧，你们两人在把今年以来业务发展经验总结好的基础上，进一步充实完善二季度的业务发展方案，尽量保持住现有的增长势头。

北方蓝天化工这个项目，我重点靠一靠。"

全省一季度经营分析会议一结束，魏经纶直接从省城去了北京，很顺利地见到了蓝天化工集团公司的齐总，进一步表达了合作的意向。

齐国雄说："关于业务合作的事，上次去滨城考察时，你舅舅赵明市长也跟我提起过，让我在可能的情况下，尽量帮帮你。回京后，我让公司财务部资产管理处的人研究了一下，他们都认为异地投保虽然政策允许，但感觉办起来不顺畅。你想，滨城距北京六七百公里，又没有机场，来趟北京一天的工夫，万一公司发生了重大灾害，服务不受影响是不可能的。将来公司在滨城投资的话，保险肯定不会交给别的公司去做。"

魏经纶说："您跟我舅舅是生死战友，对我来说，您是我的长辈，在还没见到过您的时候，我就听我舅舅多次提起过您。蓝天化工集团是全国数一数二的化工企业集团，净资产就超过了千亿元，经营管理在行业内属于一流。永泰滨城公司虽然只是一个地级市公司，但我们在大项目承保方面具有很丰富的服务经验，如果我们有机会给蓝天化工公司提供风险保障的话，那对我们公司的经营管理工作都会有一个很大的促进。希望齐叔在可能的情况下，给我们永泰公司一个表现的机会。"

齐国雄笑着说："公司董事会已同意未来三年蓝天化工在全国建五个分厂的规划，其中两至三个分厂准备建在你们东南省。春节前你舅舅亲率大部队来北京找我招商了，我们合作的机会肯定会有的。"

魏经纶从提包里拿出早已准备好的承保服务方案，恭恭敬敬地递到齐国雄的手里："在省公司开会期间，我让业务部门做了一个初步承保服务方案，如果齐叔有时间的话，可抽空浏览一下，如果没时间的话，您重点看一下我们服务方面的措施，异地承保公司如何做好服务工作部分，描述的比较具体。"

齐国雄笑着说："好吧，我抽空拜读一下，顺便也了解一些保险知识和你们保险公司的游戏规则。"

一晃一年过去了，虽然滨城公司跟北方蓝天化工集团没有发生业务合作关系，但魏经纶跟齐国雄以及他的家人建立起了密切的个人关系，因为逢年过节魏经纶都要带上司机到齐国雄的老家看望他八十多岁的父母，到北京给齐国雄送点当地的土特产，夏天还专门邀请齐国雄的妻子以及公司财务部的三个处长到滨城住了一个星期，费用着实花了不少。

二十四

永泰公司产寿险分业经营的当年,财险公司保费收入同比下降了百分之三十九,全省十二家中支机构中十一家机构业务出现了不同程度的负增长,唯有滨城公司业务保持着增长。

对于公司取得的成绩,魏经纶心里十分清楚。滨城公司之所以分业当年整体业务还维持百分之三四的增幅,一是电厂、港务局两个大项目顺利续保,且保费收入同比还有一定的增幅;二是滨城公司在做好车险业务的同时,把市场竞争的重心转移到了竞争相对薄弱的家财险、责任险等分散性业务上,分散性业务当年增幅超过了百分之百;三是滨城公司自成立以来,一直是财强寿弱的格局,在全省寿险业务占总保费收入百分之五十三的情况下,滨城公司寿险业务在公司整体业务中的占比仅为百分之三十七,寿险业务剥离出去后,对公司整体业务规模的冲击相对较小。

元旦过后的第六天,东南永泰公司就组织召开了全年工作会议,这是永泰公司在东南省设立机构以来,召开时间最早、参加人数最多的一次工作会议。往年的全省工作会议,一般都是安排在一月中下旬后召开,参加人员一般局限在中心支公司班子成员,而这次全年工作会议参加人员范围,扩大到了支公司经理和市属主要业务部门负责人。

永泰东南省公司二〇〇二年工作会议由副总经理白宗仁主持,元旦前一周刚到任的总经理李梦香作主题报告。

白宗仁说:"这次会议是省公司新的领导班子调整后召开的第一个工作会议,也是东南永泰公司成立以来参加人数最多的一次工作会议。今年的工作会议之所以开得这么早、规模开得这么大,有两个方面的考虑:一是咱们敬爱的徐国栋总经理荣升为永泰财险总公司的副总经理,让大家来,就是想一起给老领导送送行。徐总去总公司当领导后,来东南的机会少了,以后大家想见老领导不会那么容易了，趁领导还没赴任，跟领导再亲密接触一次。"

参加会议的人员哄堂大笑。

白宗仁继续说道："二是新任总经理李梦香从总公司来我们东南省公司担任主要领导，让大家来参加这个会议，除了跟新任领导见个面、一睹我们总经理的风采外，还有一个更重要原因，就是请李梦香总经理给大家作一场主题报告，报告的题目是'当前经营发展形势及下一步保险发展走向'。李总是北方大学保险系的研究生，在总公司工作多年，对当前的保险市场形势很有研究。当初我们提出这个要求的时候，李总谦虚不同意，经过大家再三请求，李总最终答应借全年工作会议的机会给大家上一课，听课费大家就不用交了，晚宴的时候多敬李总几杯酒就可以了。"

参加会议的人员又是一阵大笑。

工作总结、工作安排和颁奖活动等这些历年工作会议上的必备项目，一上午就完成了，下午李梦香用了近三个小时的时间，对中国当前保险市场的形势及下一步的发展趋势进行了分析和预测。

李梦香说："现在大家都感觉保险不好干，竞争太激烈了，但真正的竞争可能还没有完全到来。加入WTO时，按照我国对世贸组织的承诺，三年后保险业的入世过渡期就要结束，中国保险业要全面对外开放。过渡期结束后，如果国外保险公司大量涌入中国大陆的话，对中国民族保险业的冲击可能是巨大的。为应对国外保险业与国内保险业的全面竞争，据说保监会正在制订应对政策，全面加快国内保险机构的审批步伐，一大批保险公司近期内即将批筹。内外夹击，真正的竞争马上就要来了。"

李梦香扫了台下二百多号人一眼，笑了笑说："大家也不用太担心，虽然暴风雨就要来了，但只要我们提前做好思想和行动上的准备，确保公司在社会上的地位还是有把握的。这是因为国内保险业刚刚起步，保险深度和保险密度在世界上排在一百位以后。保险密度是什么？保险密度是一年内人均保险费支出。保险深度是什么？保险深度是指一年内保费在国内生产总值中占多少比重。这两个指标与发达国家相比差距很大，差距大说明我们这个行业发展的潜力大。"

参加会议的许多人虽然对李梦香报告中的很多术语听不懂，但对竞争形势的严峻性还是有了一个初步的了解，心中不免产生出强烈的危机感。

会议结束后，在回滨城的路上，大家七嘴八舌、议论纷纷。

滨东营销服务部经理王二愣问魏经纶："魏总，你说滨城这么个小地方，保险公司已经有四家了，如果以后再成立的话，干保险的这些人还能吃上饭吗？"

魏经纶说："吃饭还能有问题？你没听李总讲，美国每年保险公司数量保持在四千八九百家，香港那么大个地方也有保险公司近二百家，咱中国十几亿人口、这么大个地方，到目前为止产寿险保险公司只有三四十家，再怎么成立，也不可能达到美国那么多公司，吃饭还是没问题的。"

天王支公司经理熊为明不服气地反驳道："咱中国怎么能跟人家美国比呢？人家美国人钱多了花不了，不买保险买什么？咱中国老百姓饭都吃不上，谁还有闲钱买保险？别说是对保险知识一无所知的普通老百姓了，咱们这些干保险的，有几个自己主动掏钱买保险的？就目前老百姓的收入水平和保险意识，再成立保险公司的话，干保险的这些人不喝西北风才怪呢！"

杨山坡说："老熊太悲观了。有资料显示，国内自恢复保险业务以来，除了公司刚成立的那两年保费收入增速比国内生产总值增速慢以外，其余年份保费收入增幅都远远高于国内生产总值的增速。据专家估计，至少今后十年内，保费规模肯定会以年均千亿元的速度增长。只要我们政策、管理、队伍建设跟上了，公司加速度发展是完全可能的。"

滨西营销服务部经理白守业说："业务还没发展起来，管事的人就来了。去年底省保监办来咱们滨城大检查，说我们滨西营销服务部是违规设立的，又要罚款又要追责，要是真违规的话，怎么找人说了说就没有事了？要是真像他们说的那么严重的话，我老白今天就没机会去省里开会了。"

车上的人都起哄说白守业是一个非法机构的负责人，跟汪精卫汉奸政府没什么区别。

看到大家越说越不靠谱，魏经纶严肃地打断了大家："有些话咱们自己人讲讲就算了，千万不要在外面乱讲。就拿滨西营销服务部来说吧，人家保监办来检查说咱违规一点也不假，这事别人不知道，你老白还不清楚？机构还没批筹，你不就张罗着招兵买马做业务了？我们都是一级领导，消极言论说多了，对员工积极性的发挥肯定有影响。国家加快保险机构的批筹，肯定有国家的道理。大家回去以后，好好考虑怎么加强竞争，怎么促进业务发展才是根本。公司的中层干部现在基本都在，咱们定一条纪律，以后大家要多进行正面宣传，不利于行业发展、不利于队伍稳定的言论尽量少讲，最好不要讲。"

中巴车在一家饭馆门口停了下来，付晓滨忙着招呼大家："下车后休息休息，吃完饭后上车接着吹。"

大家嘻嘻哈哈地下了车，简单地吃了午饭，上车后继续往滨城方向赶。

到达滨城后，魏经纶跟杨山坡和付晓滨说："这次参加省公司全年工作会议，大家很有感触，感觉压力很大，个别部门经理可能还有消极抵触情绪，大家要注意疏通和教育，一定不能让这种消极情绪蔓延，否则的话，可能会影响队伍稳定。今天大家坐了四五个小时的车，很辛苦，都早一点回去休息吧，明天一上班咱们开个会，把元旦前研究的几件事尽快确定一下。"

第二天一上班，魏经纶、付晓滨、杨山坡以及安山就聚到了公司小会议室。

魏经纶开门见山地说："昨天晚上我考虑了半宿，把省公司工作会议精神在大脑里过了一遍，对李总在会议上作的形势分析又认真地琢磨了琢磨，越琢磨感觉越有压力。今年的业务发展政策和考核办法元旦前我们基本敲定了，基本原则与省公司工作会议精神相吻合，充实完善后，尽快下发至各机构各部门。业务发展方面，今年要重点抓好三个方面的工作：一是要抓好大项目承保。滨城港务局今年可能要进行扩建，扩建完成后，会新增一部分保费，对这个项目我们应该盯得再紧一些。这个项目目前虽然是三家共保，但以后说不定是四家五家共保，所以在服务方面我们一定要体现出永泰的特色。"

付晓滨插话道："去年六月份，港务局的一个标的车发生了交通事故，造成了全损。标的车出险的原因是驾驶员醉酒驾驶，市交警大队事故处理报告写得非常清楚，按规定是除外责任，可港务局领导坚持要求我们想办法赔付，如果这个案子处理不好的话，可能会影响我们与港务局的关系。"

魏经纶说："托人找找交警部门，让交警部门想办法给补一个正常事故全损报告，能通过赔案赔付的尽量通过赔案赔付，赔案实在走不了的，请省公司给予通融赔付，决不能因此影响与港务局的关系。"

付晓滨说："二三十万元的车，通过公司费用赔付数额太大，最好你亲自出面跟省公司领导做做工作，能通融赔付的尽量给予通融赔付。"

魏经纶说："李总刚来，不好意思马上去找他，过两天他不会不到地市调研，来滨城时，一定让他把这个事情给办了。除了抓好已经承保的滨城电厂、滨城港务局等大项目协调服务以外，我们一定要想方设法拓展其他新的大项目，包括外地的一些大项目。第二个要抓好的工作就是银行代理。除了继续加强履约保证保险业务外，我们还应该重点加强与银行等代理渠道的合作。前几天我跟市工行和建行的几位行长一起吃饭，他们说这两年各银行都开始重视代理业务收入了，各行今年下达的代理业务指标都比较高，各行与保险公司加强合作的愿望十分强烈，我们一定要抓住机遇，提前布局，争取主动。在与银行业务合作方面，山坡你多费点心，有必要的话，也可以考虑成立一个专门拓展银行保险业务的部门。"

杨山坡说："对履约保证保险业务，我个人的意见还是有选择地做。听董梅讲，最近跟我们合作的几家银行又要调整政策，准备近期把手续费提高到百分之十八。更重要的是，履约险业务道德风险太高了，催收的压力越来越大，一两个催收员根本跑不过来。"

魏经纶说："履约险业务去年保费收入一千多万元，虽然存在着道德风险，但风险应该还是可控的。第三个要重点抓好的工作就是营销队伍建设。由于缺少人才，计划去年底重新建立起一支营销队伍的目标没有实现。据说永泰系统内有几家公司营销业务做得很好，有机会我们派人出去学习学习，上半年无论如何也要把营销队伍再建立起来。目前最关键的问题还是尽快物色一个有管理能力和营销员管理经验的人。"

杨山坡笑着对付晓滨说："你回家发道命令让李冬冬再回来？"

付晓滨说："你去给她发道命令吧。她现在舒服着了，整天一张报纸一杯茶，一天到晚磨白牙，隔三差五有人请，工资奖金不少拿。现在谁说她可能也不会再回来了！"

杨山坡说："上个礼拜天，我在百货大楼遇见了梅花，她说现在收入比原来是高了些，但觉着不如在永泰公司时心情舒畅，永平公司不如永泰公司有人情味。我问她还有没有再回永泰公司的想法，她说回去你们还要吗？我觉着做做工作，她回来的可能性还是比较大的。"

魏经纶问："梅花做业务没问题，但管理能力跟冬冬比还是有差距的。"

付晓滨说："去年你让我考虑营销队伍重建方案时，我回家跟李冬冬商量了多次，她说原来在她手下的四个团队长，除了向前管理能力稍微差一点外，武松林、万全和梅花他们三个人都还可以。梅花性格泼辣，办事不计较，如果她能回来的话，肯定能带回一批人来。"

魏经纶说："老付你找机会跟她谈谈，如果她愿意回来的话，除了给她解决编制外，还可以根据营销队伍建设情况，给予她一定的管理津贴。"

五一节之前，魏经纶接到了蓝天化工集团财务部总经理沙洲的电话，他说蓝天化工集团在东北投资二十五个亿的项目近期内准备开工建设，齐总让魏经纶尽快来北京一趟，商量一下保险安排的事。

放下沙洲的电话，魏经纶跟省公司领导简单汇报后，叫上杨山坡开车就往北京方向赶。晚上九点多钟到达北京的时候，总公司的秦健和秦玉锋两位经理已经提前到达了。

秦健说："坐飞机来多快啊，开车又累，时间又长，费用还高。"

魏经纶说："开车过来带点东西方便。齐总的妻子、沙洲等人都喜欢吃滨城海鲜，坐飞机不方便。"

驾驶员跟杨山坡一家一户送海鲜去了，魏经纶跟秦健、秦玉锋在宾馆零点餐厅要了几个菜，一边喝着啤酒，一边商量着保险方案问题。

秦玉峰说："只要客户有要求，费率、扩展条款等方面的事都好办，现在的主要问题是如何做好项目的后期服务问题。出险后，如果你们的人五六个小时才到达事故现场的话，客户肯定会认为永泰公司快速反应能力不行。"

魏经纶说："如果保费达到七八百万元以上的话，也可以考虑在项目所在地设一个办事处。"

秦玉峰说："一旦出现大的理赔案件，仅靠办事处的一两个人是应付不了的。再说，在项目所在地设办事处，又要租房子，又要配备交通工具，一年下来，费用也少不了。更重要的是你们的人去了那里，人生地不熟，遇到问题也难以处理。"

秦健说："明天见了蓝天集团的人后，我们可以先听听他们有什么要求。如果仅是要求我们在出险后第一时间到达事故现场的话，那这个问题就不难解决。一旦出了险，我们可以请当地的永泰公司先行到达现场，进行查勘或组织施救，你们给他们代查勘费就是了。"

秦玉峰说："这倒是个办法。但当地公司能不能积极配合还是个未知数。你们跑到人家地盘上抢业务，不仅让当地公司丢了面子，也丢失了提升保费规模的机会，他们心里肯定不舒服，但我们可以帮助你们做做工作，一定让当地公司做好配合工作。"

魏经纶说："我们不去做这单业务，当地永泰公司也不一定能做下来，当地公司对我们有意见是没有道理的。"

三个人正聊着，杨山坡和驾驶员回来了。

"这么快就送完了？"魏经纶问道。

"他们几个人住得不远，晚上车少路又好跑。"杨山坡一边脱着外套，一边说。

秦健给杨山坡和驾驶员一边往杯子里倒啤酒，一边问道："客户让咱们明天几点过去？"

杨山坡说："沙洲让咱们九点半以后再过去。他说明天上午一上班，他们先开一个碰头会，估计时间不会太长。"

"你没问问他们对这个项目有没有什么特别要求？"秦玉峰问道。

杨山坡说："除了费率、服务效率外，他们还关心免赔额、国际分保是否顺畅。"

秦健说："看来他们那个沙总对保险还是很有研究的。一般单位投保时，只关心费率和服务效率，很少有关心免赔额、分保问题的。大家抓紧喝两杯，回去后把这两块内容再充实充实。"

蓝天化工集团对永泰公司提交的《关于蓝天化工集团北方化工有限公司建筑安装工程一切险承保服务方案》总体上比较满意，给予了较高评价，但同时提出了四点要求：一是费率水平需要商定，还有下行的空间；二是每次事故五十万元的免赔额相对较高，需要调整；三是如果双方达成合作协议，保险要在项目所在地出单；四是提供永泰公司国外分保商及合作项目明细。

魏经纶等人回到宾馆后，把蓝天化工集团提出的修改意见通过电话跟总公司重大客户部方总进行了汇报，方总答应立即跟总公司有关部门协调，并跟分管重大客户的领导进行汇报，尽快给予答复。

两个小时后，方总打来电话说总公司对客户提出的四点建议进行了研究，形成了初步意见：一是费率水平维持不变，但服务内容可以在现有基础上进一步延伸，增加部分服务条款；二是每次事故免赔额由五十万元降低到十万元；三是在项目所在地出单，日常维护工作由永泰当地公司负责。

永泰公司与蓝天化工集团又经过三轮谈判，最终确定了双方合作方案。

跟蓝天化工集团正式签订合作协议后，东南省公司又跟项目所在地的永泰北方省公司签订了司内共保协议，双方按百分之八十和百分二十的比例，对六百二十万元保费进行了分割。

蓝天化工集团北方化工项目建安工险顺利承保后，魏经纶十分兴奋，除了有近五百万元的保费入账外,更重要的是这是自己担任永泰滨城公司总经理后承保的第一个重大项目,而且是跟化工行业的龙头企业合作的项目,其象征意义不言而喻,否则的话,总经理胡必成也不会为了一个保费只有六百多万元的项目,而推掉其他公务活动亲自参加了项目合作签字仪式,并当着李梦香的面,把魏经纶结结实实地夸奖了一番。

北方化工项目承保成功,使滨城其他同业公司倍感压力:一是担心永泰公司成为当地行业老大后,乘势而上,与其他公司的差距进一步拉大;二是部分销售精英跳槽到永泰后,会进一步引起骨牌效应,动摇公司生存和发展的根基,就连永泰寿险公司的总经理铁路都感到忐忑不安,因为他手下武松林、万全等几名业务销售明星都倒戈去了魏经纶的财险公司。

"魏总,帮帮忙啦,不要把我们寿险能干活的人都弄到你那里去啦,你们财险公司已经够强大的了。"铁路操着他那一口带有浓浓南方口音的普通话哀求道。

"铁总,武松林、万全他们是主动要求来我们财险公司的,我们绝对没有挖你们寿险公司墙角的意思,总归我们是一个集团公司的嘛!"

铁路说:"是啊,是啊,我知道是他们主动要求去你们那里的,主要是你们财险公司发展得太好了呀!如果再有人要求去你们财险公司的话,一定帮我们做做工作呀!"

魏经纶说:"铁总,您知道,咱们寿险公司很多人都是过去的老同事,他们瞧得起我魏经纶,非要哭着闹着来我们财险公司的话,我确实不好拒绝。"

铁路说:"只有咱们两家共同努力啦!"

武松林、万全、梅花重回永泰财险公司后,营销队伍马上恢复到分家之前的水平。为了充分调动三个人的工作积极性,形成有效的竞争机制,滨城公司重新成立了三个销售业务部门,分别任命梅花、武松林和万全为业务销售一部、二部和三部的经理,三个销售部门都实行"一部两制",正式在编员工做直销业务,非在编员工做营销业务,三个业务销售部成立当月就实现保费收入二百多万元。

梅花、武松林和万全的强势"回归",对董梅压力很大,因为滨城永泰公司产寿险分业后,履约险部凭借独有的竞争优势,成为公司保费收入最多的部门,年保费收入超过了千万元。保费多,在公司说话的分量就重,进班子的希望就大。梅花等三人重回永泰,公司又返聘从市工行信贷科长位置上退下来的范丽萍担任新成立的专门从事银行代理业务的中业业务部经理，竞争机制一夜形成，董梅顿感手中的资源枯竭了，说话的分量降低了。为了保住第一部门的地位，董梅招聘了部分营销人员，派驻到市内主要汽车销售公司，实行一对一"盯梢"战术，要求各销售网点派驻人员不惜一切代价，拉住任何一个履约贷款客户，一时间，永泰公司履约险业务快速增长，保费规模达到了全市履约险业务的百分之三十六七。

大项目业务、直销业务、营销业务、代理业务"四驾马车"并驱，永泰滨城公司连续两年业务增幅在市内财险公司中独领风骚，市场份额达到了百分之四十，成为当地名副其实的"行业老大"。

二十五

接掌总经理"帅印"的四年里，永泰滨城中心支公司确实发生了巨大的变化：员工队伍从分业初的不足三十人，发展到了一百多人，四年翻了近两番；市场份额不断扩大，地位跃升第一。期间，省公司党委、总经理室也曾有过调魏经纶去省公司工作的动议，权衡之后，最终做出暂不变动的决定：一是魏经纶虽然接任滨城中心支公司总经理之后，业务有了长足发展，但其年龄尚轻，资历尚浅，需要在基层进一步摔打、磨炼；二是魏经纶在当地有深厚的人脉关系和社会资源，在暂无合适接替人选的情况下，贸然将魏经纶调离滨城，极有可能影响滨城中支公司的发展，削弱公司在当地的竞争能力。对魏经纶本人来讲，自己从没有离开滨城的想法：一是自接任滨城中支公司总经理后，公司发展基本上是顺风顺水，连续三年被省公司评为先进集体，有车坐、收入高、吃喝拉撒全报销，即使在省公司担任副总经理的前任刘苏，也未必有自己实惠；二是结婚六七年了，柳叶的肚子一直鼓不起来。"天天在一起都造不出人来，要是两三个周才有一次机会的话，那种子就更种不到地里去了！"魏经纶不止一次地这样想道。眼看着与自己同时结婚、年龄比自己还小的杨山坡儿子都上小学了，魏经纶和柳叶急得三天两头跑医院、看医生，大把大把吃可能根本没什么作用的中药、西药，埋怨、猜疑、口角，使两个人的关系越来越不协调。

夫妻关系不和谐已经让魏经纶够苦恼的了，可近来公司发展不顺畅，更是让魏经纶心烦意乱。

保险业入世过渡期结束的当年，滨城相继有六家公司筹建开业，财寿险公司各三家；入世过渡期结束后不到半年，又有两家财险公司获批在滨城设立机构。一个人口只有四百万、保费规模只有四个多亿的滨城，一下子涌进这么多公司，相对平静的市场从此不再平静。

"回归"永泰只有一年多的武松林和梅花分别又去了新成立的两家寿险中支公司担任副总经理，他们离开永泰公司时，几乎带走了个人手下所有的业务人员，刚开展起来的营销业务又一次陷入了困境；董梅去了安达公司担任总经理助理，主抓银行代理业务，给永泰公司留下了一大堆难以处理的纠纷、官司；滨西营销服务部的白守业以及业务管理部的两名核保人员被姚东风策反成功，去了姚东风担任总经理的大千财险公司担任总经理助理和部门经理……一时间，永泰上下人心不稳，很多工作难以正常开展。

在梅花和董梅提出辞职的当天，魏经纶连夜召开总经理办公会议，商讨如何应对席卷行业的"跳槽潮"。

魏经纶说："今年以来，严格意义上说自去年底以来，公司有不少人跳槽去了其他保险公司，不仅给我们正常经营活动造成了一定的困难，而且也给公司品牌和队伍稳定带来诸多消极影响。今天梅花和董梅两人又向我提交了辞职报告，并且要走的决心很大，强留看来是不可能的了。大家都清楚，一旦这两人离开，不仅对公司业务发展造成很大的冲击，而且肯定也会加重员工队伍的不稳定性。在这种大背景下，我们应该采取何种措施保证业务不出现大量流失现象？"

付晓滨说："既然梅花和董梅已经提交了书面辞职报告，想让她们收回去是不可能的了，因为新成立的公司为吸引她们过去，开出的价码很有吸引力，而这些价码是我们这些老公司无法给予的。"

杨山坡说："我了解了一下，不只滨城市最早成立的这三家公司是这样，全省三家老公司都普遍面临着同样的问题。"

付晓滨说："这也难怪，一下子成立这么多公司，急需一大批管理人员、业务人员，不从老公司挖人，从哪里挖？"

杨山坡说："地市公司是这种格局，省公司这一层面也面临着严重的'人才荒'。据说正在筹建安心省公司的主要负责人，去安心公司担任筹建领导小组负责人前，是咱们'娘家公司'的一个县区支公司经理，从县区支公司经理直接去干省公司总经理，这个跨跃谁能想象到？"

付晓滨说："业管部的王益利，在咱们公司的时候，连个科长都没干过，据说去大千前，姚东风就承诺公司筹建起来以后，让他进班子。现在保险公司的经理太不值钱了，什么素质的人都可以干！"

魏经纶感叹道："一下子成立这么多公司，真正懂管理的人就那么几个，不突击提拔怎么办呢？像王总、刘总这些人，在政府部门干了那么多年，级别到了处级后才调到保险公司干总经理的，还算是重用，而现在一些新成立公司的班子成员，论资历没资历，论专业没专业，论管理才能没管理才能，从一般干部甚至是一般人员，一夜之间提拔成总经理，平步青云，提拔速度比坐飞机的速度还快。前两天，三家公司一起召开港务局项目服务座谈会的时候，我跟其他两家公司的老总聊起这件事时，陈醒目说了一句话让我感触很深。他说，过去一说你是保险公司的总经理，人们都会敬仰不已，可现在一听说你是保险公司的总经理，人家就会避而远之，要不是为了做业务方便，名片都不好意思拿出来了。"

杨山坡说："别的地市是不是这样咱不知道，就滨城保险公司现有高管人员的整体素质，行业不乱才怪呢！"

付晓滨说："永平、永泰两个公司刚成立的时候，有人感叹保险业过去那种舒心的日子一去不复返了，现在看来，舒心就别指望了，能安安稳稳地过下去就不错了！"

魏经纶说："别说这些烦心事了，咱们还是研究研究董梅、梅花这些人怎么处理吧。"

杨山坡说："我还是那句话，既然人家提出来了，放不放人家都得走。即使留住了人，也留不住人家的心。"

付晓滨说："我一直不明白，有些人跳槽是为了当官，过把官瘾，可有些业务员跳槽去别的公司还是当业务员，跳来跳去的，有什么意思？"

杨山坡说："很多新成立的公司为了争人争业务，互相攀比着提高手续费，搞得整个行业人心惶惶、跳槽盛行。有的业务员到了一家公司后，屁股还没坐热，一听说其他公司手续费高，就立即跳槽走人。"

魏经纶说："永泰公司有大项目支撑费用都感觉紧张，可有些公司刚成立，业务又不多，从哪里弄来那么多费用支付给业务员呢？"

杨山坡说："新成立的公司没有利润指标，上级公司在业务质量方面又没有明确要求，利润压力相对较小。不像我们公司这类业务不让做，那类业务要限制；今天下个文件要求调整结构，明天出个政策限制发展，咱们公司不让做的大货车、出租车，都让新成立的公司做去了。为了支付业务员越来越高的业务提成要求，稳定员工队伍，有些公司通过阴阳单、套打发票，甚至承保不入账的方式套取费用。上周听说安达公司承保的一辆大货车出险了，客户去公司索赔时，理赔人员上微机一查，说是没记录，车应该没承保，客户一听急了，当场就跟理赔人员打了起来，还拿出了盖有公司印章的保单、发票。像这种保费不入账的业务，绝对不会就这一笔。"

付晓滨问道："收了客户的保费不入账，直接入了小金库，这种违规甚至违法的事每个公司可能都存在。"

杨山坡说："不这么干，就没有钱返还客户、支付业务员佣金。最近几个月，咱们公司的业务呈直线下降趋势，除了人员流动因素外，一个很重要的原因就是返还低、手续费低。据说现在有的公司给客户保费返还比例已经达到百分之三十了，给业务员的业务提成也达到了百分之二十五六。这还不算严重的，听说有的公司直接私印保单。如果我们不尽快采取有效措施的话，业务肯定还要下降。"

魏经纶说："当前形势下，公司的首要任务是稳定好干部员工队伍，特别是那些业务骨干，人员流失现象不能再进一步发展下去了，否则的话，业务出现下滑事小，公司难以正常经营事就大了。"

杨山坡说："要想稳定住队伍，只有三条路可走。一是封官。可干部职数就那么多，你不能一个部门三个人，三个人都让他干经理吧？更何况有的人目标不是部门经理，而是班子成员。这条路我们是走不通的。二是加薪。我们可以尽量压缩行政支出，把节约出来的钱用到改善员工待遇上。但再怎么节省也节省不了多少钱，对稳定员工队伍起不了多大作用，除非跟别的公司那样，通过非正常途径操作出部分钱来，否则的话，这条路也很难走通。第三条路就是放宽核保政策。自去年上半年开始，总公司下达了加快业务结构调整的政策，严格承保条件，限制营运货车、出租车、规模五百万元以下木器加工厂等业务承保。限制出险率高、承保风险较大的业务承保，想法是对的，但实际操作起来有困难。作为普通业务员，他们不会关心公司能不能赢利，他们关心的是自己一年能拉多少保费，能赚多少提成。在公司承保条件趋严的情况下，很多业务员肯定愿意去承保条件宽松的公司工作，一系列新公司的成立，正好为他们提供了向公司要价的筹码。"

付晓滨说："承保是这样，理赔也是这样的。咱三个人刚进公司那会儿，理赔人员对客户来讲不能说是大爷，但起码也是大哥。现在别说是大爷了，连孙子可能都不是了，客户有一点不满意，轻者要求退保，重者破口大骂。有两个理赔查勘员最近跟我提出来要求调整工作岗位。"

杨山坡说："大部分客户还是通情达理的，但确实有一部分客户不讲道理。"

魏经纶说："现在是买方市场，行业内部恶性竞争又这么严重，我们只能力所能及地做好自己的工作。为了进一步稳定干部员工队伍，避免业务出现大面积下滑，有几件事需要我们尽快确定下来：一是董梅、梅花离开公司后，他们部门的人员怎么处理？二是滨西营销服务部白守业去了大千财险公司后，滨西一直没有物色好合适的人选，现在业务下滑得很厉害，应该尽快确定好人选。三是不管费用紧不紧张，奖励工资或者说是业务提成必须要进行调整，否则的话，队伍稳定难以保证。"

魏经纶继续说道："董梅、梅花走后，我想把三个销售部门合并，就叫直属业务部吧，万全担任经理，从原武松林或梅花部门中再挑选一名能力较强的人担任副经理。白守业去大千公司后，滨西营销服务部现有的四个人中，没有一个适合担任经理的。前两天，市政府郭秘书长让滨西县政府帮忙给推荐了一个人，姓孙，名百元，原是滨西县财政局副局长，两个月前刚退居二线，我了解了一下，老孙这个人很有人缘，社会资源也很丰富，如果大家没有意见的话，明后天我亲自去滨西找他谈次话，争取下一周就让他来公司上班。"

付晓滨说："对这两项人事安排，我都同意。如果孙百元能来公司的话，那滨西营销服务部的工作还是很有希望的。各家公司尤其是新来滨西设机构的公司都在物色人选，好不容易找到这么个合适的人，一定要把他引进来。"

魏经纶说："滨西县长亲自给他打电话，这点面子他不会不给。听滨西县政府的办公室主任讲，他本人没什么特别要求，只要求公司给配备一辆车。

对党政干部来讲，车很重要。"

付晓滨说："如果给他配备了车，其他县区公司经理会不会有意见？如果都提出配车要求怎么办？现在是非常时期，我们制定任何一项政策措施时都必须慎重考虑、反复论证，否则的话就可能影响干部队伍的稳定。"

魏经纶说："先给滨西配备上吧，其他几个县区公司再想办法慢慢更换，总归几个县区公司现在都还有辆车用着。购车费用中支公司跟滨西营销服务部一家一半。"

孙百元来公司的第二个月，中支公司就出资二十多万元购买了一辆排气量为二点零的帕萨特轿车。消息一传开，其他四个县区公司经理立即进行了"电话串联"，相约周六到市公司开会时，一起找总经理室领导们问个究竟。

通知八点半开会，可到了八点四十了，五个县区公司中只有滨西营销服务部的人按时到会，其他四个县区公司的人都没有按时到达。魏经纶看了看手表，皱着眉头一言不发。

付晓滨从口袋里掏出手机，分别拨通了四个县区公司经理的电话。滨东公司经理王二愣说车在半路上坏了，一时半会儿修不好；天王支公司经理熊为明说他的车在路上爆了胎，可能要耽误一会儿；滨南和城区营销服务部经理都说一会儿就到了。

看到四个县区公司的人三三两两地走进会议室，杨山坡气得宣布开会的声音都变了。

杨山坡说："今天的会议主要有两项内容。一是对总公司新推出的两款意外险产品进行培训。自保监会允许财产险公司经营短期健康保险和意外伤害保险业务以来，总公司相继推出了一批具有永泰特色的人身意外伤害保险、团体意外伤害保险以及附加医疗保险，今天我们要培训的这两款产品，是总公司刚刚推出来的新产品，具有浓厚的永泰特色和巨大的市场发展潜力，希望大家认真学习，尽快在全市推广。大家都知道，财险公司自开办意外险业务以来，意外险业务以每年超过百分之五十以上的速度递增，短短两年时间内，保费规模在财险公司中已成为仅次于机动车辆保险和企业财产保险的第三大险种业务。虽然在咱们滨城公司，意外险业务规模排在车险、企财险、建安工险、水险业务之后，居第五位，这是由于我司大项目承保数量较多造成的，不是说这一款产品市场规模小，客户对这一款产品没有需求。今年省公司给滨城公司下达了六百万元的意外险发展指标，虽然任务很重，但只要大家了解了意外险业务的特点,抓住意外险业务拓展的重点,顺利完成任务还是有把握的。今天会议的另一项内容,就是请魏总围绕当前市场形势及下一步的工作重点作重要指示。首先请魏总讲话。"

魏经纶扫了刚进会场的四个县区公司经理一眼,声音有些颤抖地说:"今天通知是八点半开会,但由于四个县区公司迟到,推迟了半个多小时,耽误了按时到会同志不少时间。今天的培训课程很重要,培训险种的专业性很强,为了不影响培训效果,我今天的讲话尽量简短一些。"

魏经纶说:"去年以来,滨城陆续设立了多家机构,全市财险公司的数量已经达到了九家。一个小小的滨城,保费规模只不过四五个亿,有这么多公司竞争,如果我们没有新举措,不持续强化人员素质和执行能力,想保住市场第一的位置是不可能的。实事求是地讲,恶性竞争已导致滨城市场各项经营指标严重恶化。去年下半年以来,全市各项经营指标与前几年相比较,费率水平下降了百分之四十,手续费水平提高了百分之六十五,保险市场呈现出了低费率、高手续的'一低一高'特点。去年,全市仅财险行业就亏损了八千多万元。"

台下发出了一片嘘声,大家交头接耳地议论着。

魏经纶喝了一口茶水,继续讲道:"为了吸引人才,有些公司特别是新设立的保险公司许以职位、薪酬、待遇,全市行业已经开始上演人力争夺战。最近,公司又有七八位同志跳槽去了其他公司,今后可能还会有人提出调走申请。对已经离开公司的,不管是出于什么原因,我们都希望他们一路走好。对于留下来与公司同舟共济、共谋发展的,我们一定会倍加珍惜。在这里我可以开诚布公地告诉大家,如果在座的哪一位将来因为职位原因要离开公司另谋高就的话,我们一定会放行,决不阻拦。虽然总经理室不愿意在座的任何一位离开公司,但职位就那么几个,不可能满足每一个人政治上的需求。如果是因为薪酬的原因要离开公司的话,我劝大家一定要慎重考虑,不要盲目做出决定。大家都知道,在滨城,永泰公司是承保大项目最多,也是费用最为充足的公司,在这种情况下,其他公司薪酬待遇不可能也不会长时间超过永泰公司,因为他们并不具备长时间支撑高工资、高手续费的条件。很多公司可能通过不正常途径操作出部分费用,暂时维持一定的竞争优势,但这种优势是建立在违规,甚至是违法基础上的。部分公司为了挖其他公司的墙角,吸引其他公司的人员跳槽,抛出了许多有吸引力的诱饵,而大部分公司开出的条件只不过是些中听难以兑现的'空头支票'。所以在去留这个问题上，大家一定要慎之又慎，千万不要盲从。这是我要讲的第一个问题。"

"我要讲的第二个问题就是业务政策调整问题。鉴于当前的市场竞争形势，经上级公司批准，公司将对营运货车核保政策适度放宽，探索承保农业保险，并大力拓展信贷意外伤害保险。为了加强市场竞争力，总经理室决定对一些出险率较低的续保私家车业务，通过一些技术手段按行政用车费率承保，这样可以降低私家车承保费率百分之十左右。由于履约保证保险出现了大量的道德风险，自今日起，公司将停止履约保证保险业务的开办，现有履约保险部的人员，除留有部分人员负责清收工作外，其他人员全部转为业务销售。培训会结束后，杨总将召集履约险部的人员开会，研究下一步的清收及人员转型工作。"魏经纶讲完后，业管部开始对全体人员进行意外险新产品培训。

培训会结束后，魏经纶和付晓滨把熊为明等四个迟到的县区公司经理召集到了会议室。

"昨天办公室通知大家今天来市公司开会时，反复强调今天的会议很重要，要求不准请假、不准迟到，可你们四个县区公司相约集体迟到，原因很简单，就是因为市公司给滨西公司配备了一辆新车，大家有意见。"魏经纶毫不客气地说。

魏经纶偷偷瞄了四个人一眼，继续说道："受白守业跳槽的影响，五个县区公司中，滨西营销服务部保费规模目前排名第五，按道理讲，市公司要给各机构配车，滨西应该排到最后。之所以优先考虑了滨西，基于两个方面的原因。一是滨西营销服务部自成立以来，市公司从没有给他们配备过任何交通工具，白守业没走的时候开的那辆桑塔纳车，是白守业自己的，算是市公司租用他个人的，他走后车肯定要一起带走。二是孙百元同志原是滨西县财政局的一名副局长，很多公司都做工作让他去，他之所以选择了濒临绝境的滨西营销服务部，主要是市领导亲自帮助做工作，否则的话，人家宁愿在滨西筹建一个新公司，也不可能愿意来一个有很多遗留问题的老公司，提出的唯一要求就是配备一辆交通工具，他个人保证年内滨西营销服务部业务规模达到或超过历史最好水平，在这种情况下，市公司才决定优先考虑给滨西公司配车，还没来得及跟各位打招呼，各位就发难了。"

看别人没有先说的意思，王二愣首先开了口："我先说两句。五个县区公司中，只有天王是支公司，且业务量也最大，去年完成保费收入五百多万元。市公司要给下属机构配车，应该先给天王支公司配，再怎么样也轮不到才来公司一个多月的孙百元呀！我个人觉着市公司的决策有问题。"

熊为明摆摆手，一语双关地说："二愣啊，二愣，你怎么又开始耍愣了？人家孙经理过去是财政局长，进出有专车，来永泰上班，连个车都没有的话，怎么上下班？再说人家已公开表示，年底滨西业务规模要达到或超过历史最好水平，你敢这样表态吗？你现在有桑塔纳车坐着，怎么还不满足？你的政治觉悟哪里去了？"

王二愣瞪了熊为明一眼，说道："我那辆破车是盗抢车找回来的，又没花钱。桑塔纳能跟人家老孙的帕萨特比吗？"

一直未说话的城区营销服务部经理时庆插话道："魏总，不是我们有意跟总经理室过不去，我们这些人基本上公司成立没多久就来公司了，没有功劳，也有苦劳吧？多少公司请我们过去我们都没有去，足以说明我们对公司的忠诚，就凭这一点，公司就不能亏待我们。"

看到熊为明等四人振振有词、得理不饶人的样子，坐在一旁的付晓滨有些受不了了，粗暴地打断了时庆："俗话说，得理不饶人，几位经理没得什么理，怎么也不饶人了？事故车也是公司的车，虽然不是直接花钱买来的，但公司已经把钱赔付给客户了。市公司给滨西配备的车，滨西也不是无偿使用的，他们也要承担一半的费用，这部分费用三年之内市公司要扣减完毕，如果大家有这个要求，总经理室可以考虑把大家正在使用的车收回，按同样的政策给大家配车。虽然目前公司在经营发展特别是干部队伍稳定方面出现了波动，但凭借永泰公司良好的企业品牌，在市场竞争中占据有利位置还是没有问题的。如果大家不愿意给永泰公司服务了，或者认为永泰公司不如其他公司，可以另选高就，不要拿这事说那事，也不要借此要挟总经理室。"

四个人你看看我，我看看你，谁也没再说话。

魏经纶打圆场道："付总刚才的话虽然说得重了些，但都是事实，希望各位以大局为重，不要在这些小事上斤斤计较，也不能因此而消极对抗，既影响工作，也影响感情。"

魏经纶跟付晓滨让四个县区公司经理留下来吃完晚饭后再走，大家都说回去还有事，夹着包匆匆下了楼。

还没走出办公楼，时庆就骂骂咧咧开了："他妈的，他付晓滨装什么大尾巴狼？老子回去就写辞职报告，我就不相信了，这么多公司，还没有老子吃饭的地方？"

看着四个人不紧不慢地走出小会议室，付晓滨气呼呼地说："一年做了三四百万元的业务，以为自己不得了了，天天把跳槽挂在嘴上，一不合心意，就拿跳槽吓唬人。有能耐跳就是了！"

魏经纶也生气地说："没办法，都是形势逼的。前推五年，他们这些人敢这样吗？公司成立没多久就来公司了，没有功劳，也有苦劳，他们也不想想当初自己都是怎么来的，现在公司遇到困难了，他们反倒觉着公司亏欠他们似的。"

"都是政策惹的祸！没有那么多人才，一下子成立那么多公司干什么？要不是行业恶性竞争，他们那些人能有那么足的底气？"付晓滨愤愤不平地说。

魏经纶拍了拍付晓滨的肩膀："走，看看杨山坡那边的会开得怎么样了？办法商量出来了没有？"

魏经纶和付晓滨一前一后来到了大会议室。

会议室里烟雾弥漫，杨山坡正在不厌其烦地解释着："停办履约险业务，公司也是迫不得已。大家都知道，受市场恶性竞争的影响，今年公司业务规模出现了萎缩，市场份额也同比下降了五个百分点，形势对我们很不利，在这种情况下，公司还下决心进行调整，原因大家比我都清楚。"

看到魏经纶和付晓滨走进会议室，履约险部的四个人都礼貌地站了起来。

魏经纶笑着说："会议开得很热烈啊。王尧，你是公司最早从事履约险业务的三个人之一，你对公司停办履约险业务有什么看法？"

王尧是履约险业务部的副经理，董梅跳槽去了安达公司以后，履约险业务部就暂时由王尧负责。

王尧说："履约险业务虽然经营效益不好，存在着一定的道德风险，但保险公司本身就是经营风险的，不能说一不赚钱就停办，这样做不利于业务发展。董梅去了安达公司以后，三番五次地邀请我们这些人过去，她说安达公司履约险业务不限制，可以继续承办。我们这些人一直从事履约险业务，其他方面的客户不多，停办这项业务后，个人的年度任务指标可能完不成，收入肯定也会受影响。"

魏经纶说："刚开办履约险业务的时候，很多客户不按期还款或者是停止还款，大多数情况下是因为各类意外事故造成客户还不起款，现在可完全不是这个概念了。很多客户不是没有能力还款,而是有意识地不履行还款义务。两年前咱们公司很多人购买了捷达牌汽车,当时购买价格加各类费用十四多万元,现在是多少钱?十万块钱都不到了。我有一个朋友三个月前刚购买了一辆私家车,花了八万多块钱,开了一个多月,车价就降了近一万块钱,要不是在我们公司办的履约保证保险,我那个朋友说不定也停止偿还借款了,大不了车让保险公司开走就是了。除了存在上述道德风险外,履约险综合赔付率达到了百分之九十九,在这种情况下,银行、车商还不断要求提高代理手续费。听说个别公司仅手续费一项就达到了百分之三十四五,如果加上业务员的提成、维护费,有些公司履约保险的综合成本率超过了百分之一百七八。你们说这样的业务我们还有法做吗?"

杨山坡说:"安达公司刚成立,为了快速膨胀规模,可能短期内仍然允许基层公司继续开办履约险业务,但只要市场竞争环境不改善,停办履约险业务是早晚的事。"

王尧说:"对于靠保费吃饭的业务员来讲,他可能不会像领导们站得那么高,看得那么长远,只要公司政策还允许,多做一年算一年。"

魏经纶说:"履约险业务停办后,你们要把工作重心转移到贷款清收上,公司会给予你们一定清收政策的,包括工资补贴。"

履约险部的刘祥波笑着说:"履约贷款一般都是三年期限的,三年后没款可清欠了,我们这些人不就失业了?"

杨山坡说:"实际上你们履约险部资源最丰富了,你们可以边清收,边抓履约险客户的续保工作,每个人一年做七八十万元的业务应该还是没问题的。"

王尧说:"董经理走时,带走了三个人,这三个人以前都是从事清收工作的。他们之所以去安达,主要还是因为看到后面的欠款都是比较难清收的欠款,有些欠款靠正常途径是清收不上来的,还必须动点手段。所以公司在制定政策的时候,一定要考虑这些因素,否则的话,肯定会影响清欠工作。"

付晓滨插话道:"这些因素总经理室会酌情考虑的。上一周,我听说永平公司为了一笔履约险业务,还请绰号叫'活阎王'的人出面了。清欠确实不是一件容易的事。"

魏经纶说:"即使有些欠款清收不上来,我们也不能跟像'活阎王'那样有黑社会背景的人有瓜葛,跟那些人交往,一点好处都不会有,只会惹火上身，对公司的品牌形象非常有害！"

王尧说："那样的人咱请不起，咱也不敢请。'活阎王'之所以帮助永平公司出头，主要是永平公司的一个清收员跟他是亲戚，那个清收员去客户那里清收时，被客户打了，'活阎王'知道后，二话没说就带上一帮人去了客户家，把那个客户一家人吓了个半死。款最后收上来，但公司品牌确实受到了很大的影响！"

魏经纶问道："欠款超过三期以上的业务，现在还有多少笔？涉及金额大约有多少？"

王尧说："我们大体统计了一下，大约还有三百三十多笔，涉及金额大概还有一千九百多万元。"

魏经纶说："你们一定要制定一个切实可行的清收方案，千方百计把这些欠款收上来，尽量减少公司的损失，需要跟公安、法院这些部门沟通交流感情的，公司会全力支持。"

王尧等四个人走出会议室后，魏经纶、杨山坡和付晓滨坐下来又开了一会儿会，把履约险清收政策确定了下来。

魏经纶看了看表，说道："这么晚了，大家都别回家吃饭了，跟老婆请个假，一起去吃'小肥牛'。"

付晓滨故意逗杨山坡说："杨山坡迁新居一个多月了，也不请哥几个去家里坐坐，今晚上你是不是应该表现表现？"

杨山坡故作生气地说："老付说话要实事求是，我发出过多少次邀请了，你们俩不是说家里有事，就是说孩子病了，整天推三推四的。我们家白雪都把我臭骂了好几回了！"

付晓滨说："你净挑大家有事的时候请，还能请得到？"

魏经纶也调侃杨山坡道："老付说得对，什么时间邀请我们这些穷人去你们那个高档社区看看？"

杨山坡装出一副可怜兮兮的样子，说道："三四十万元的贷款，我都快愁死了！哪像你老付，财大气粗，住着一套，租着一套，都快成资本家了。"

付晓滨说："虽然去年市场形势不是太好，但年薪基本没受影响。春节前年薪发放下来后，我什么也没敢买，赶紧把贷款还清了。有贷款和没有贷款，感觉确实不一样。"

杨山坡说："今年经营形势肯定好不到哪里去了，年薪估计拿不全了，但请客吃饭还是没问题的。"

魏经纶说:"虽然行业整体经营形势不好,但在这种激烈竞争的环境下,为了稳定干部队伍,公司应该不会降低高管年薪。"

三个人一边说笑着,一边下了办公楼,上了魏经纶的车。

二十六

下半年,滨城市保险市场形势更加严峻了:一是新筹建的几家保险公司全部完成筹建,开始营业;二是北京、上海的保险经纪公司相继介入滨城粮油公司、滨城港务局等市内几大保险项目的保险安排,不仅费率定的一家比一家低,而且经纪费一家比一家高。虽然滨城电厂项目暂时没通过经纪公司进行保险安排,但听说电力系统已经下发了正式文件,要求自下一个保险年度开始,所有电力项目都要通过电力系统参股的保险公司承保。魏经纶等人遇到了公司成立以来最严峻的考验。

陈醒目跳槽去了一家新成立的省级公司担任副总经理后,一个叫杨威名的来滨城接替了陈醒目的总经理职务。杨威名到达滨城任职没多久,港务局业务就到了续保期,永晨、华晨两家保险经纪公司为争夺该项目的保险安排,展开了激烈的竞争。

永晨、华晨紧锣密鼓地公关港务局项目的同时,魏经纶把三个共保公司召集在一起,商讨如何协调一致,共同对付永晨、华晨两家保险经纪公司的对策。

魏经纶说:"港务局是目前滨城最大的保险项目之一,去年保费收入达到了近一千万元,这些年港务局项目一直由我们几家公司共保,合作得不错。如果永晨、华晨参与了这个项目,不仅费率降下来了,而且还要支付大量的手续费,对参与共保的三家公司都不利。在港务局这个项目上,杨总你份额最高,受影响可能也最大,老大哥你看应该办?"

杨威名说:"我初来乍到,对滨城的情况不太了解,有些事还得仰仗两位老总多指点。企业通过经纪公司进行保险安排,虽然是一种趋势,对客户来讲省心、省力、省钱,但对保险公司来说影响可就大了。我听我们公司业管部、重大客户部的人讲,永晨、华晨在港务局这个项目上竞争十分激烈。按照一般规律,他们竞争越激烈,我们受影响的程度就越大,因为他们竞争的筹码是我们保险公司的既得利益。所以在港务局这个项目的承保方面,我们三家公司一定要团结一致,据理力争。近期我们是不是应该围绕以下三个方面做做工作?一是通过这几年积累起来的人脉,做通港务局领导特别是主要领导和具体承办部门领导的工作,让他们认识到通过经纪公司的优势和劣势,特别是在项目协调和后期服务方面可能遇到的问题;二是要做好市行业协会的工作,让协会出面跟港务局和经纪公司商谈,制止经纪公司无原则压低费率问题;三是我们要集体向港务局和经纪公司表明一个态度,如果经纪公司设置的条件对保险公司过于苛刻,我们三家一定要联合抵制,必要的时候可以放弃这个项目。如果市内三大保险公司都不参与这个项目风险管理的话,港务局和经纪公司都不可能不心存顾虑,毕竟其他保险公司目前还不具备大项目承保管理的经验和实力。"

宋珂说:"杨总说得对。如果永晨、华晨在港务局这个项目上取得了突破,那滨城其他大项目客户都会效仿,到头来损失的一定是我们保险公司,得益的是客户和经纪公司。我同意杨总的意见,我们一定要多管齐下做好各方面的工作,不能让经纪公司得逞。我个人的意见,咱们三家公司可以约港务局有关部门谈一谈,主动把费率再降低一点,把利害关系给他们讲明白,弄清楚这两家经纪公司跟港务局高层是什么关系,然后再对症下药。"

魏经纶赞许地点了点头,说道:"刚才两位领导说得很对,除了做好协会、项目单位领导的思想工作外,我们是不是也请税务局出面协调一下?"

杨威名有些茫然地问道:"这事跟税务局关系不大吧?他们以什么名义出面协调呢?"

魏经纶说:"这几年滨城保险业发展速度很快,缴纳的税收也越来越多,已成为市内重要的税收来源。你们想,如果永晨、华晨把费率降低百分之三十以上的话,我们上缴的营业税整体肯定要下降。永晨、华晨是外地公司,他们把经纪费拿走以后,本应当在当地缴纳的部分税收就会流失到外地,除了这两块税收减少了以外,所得税肯定也会减少。统算起来,这一个项目税务部门就要流失几十万元的税收，如果让这两家经纪公司在滨城实现突破了的话，其他项目效仿后，又会有大量的税源流失，在税收任务压力很大的情况下，税务部门不会坐视不管的。"

宋珂说："魏总说得有道理，可以让税务部门干预一下。这项光荣任务就交给你魏老弟去完成吧，你协调税务部门比我们有优势。"

魏经纶爽快地答应道："义不容辞，一定让他们出面帮助协调一下。"

杨威名自告奋勇道："港务局方面，我们多投入点精力和财力，协会那边，咱们一起去找杜秘书长做做工作，让协会引起重视。滨城市场现在已经够乱的了，不能再让永晨、华晨来搅和了！"

魏经纶掏出手机拨通了协会秘书长杜娟的电话："喂，杜秘书长吗，我是魏经纶啊，我跟杨总和于总有件事想跟您汇报一下，您现在有时间吗？您在协会？那我们一会儿就过去。"

魏经纶跟杨威名和于珂说："杜秘书长刚从市政府回协会，咱们现在就过去？"三个人二话没说，各自上了自己的车，直奔市协会而去。

"你们三个人今天怎么凑在一起了？"看到魏经纶、杨威名和于珂三个人从外面走进来，杜娟忙不迭地站起来，笑着问道。

宋珂说："没事的时候，我们三个人经常凑在一起吃吃饭、聊聊天，交流交流感情。"

杜娟说："是吗？要是咱滨城保险行业的老总们都跟你们三个人相处得这么好的话，什么事就好商量多了。"杜娟嘴上这么说，心里却想："你们三个人要是能搞在一起，那才怪了！"

杨威名笑哈哈地说："构建和谐行业人人有责嘛！"

杜鹃说："要是你们三巨头在原则性问题能达成一致的话，那咱们协会的工作就好开展了。"

宋珂故作惊讶地问道："杜总，您在保险行业德高望重，有您在，协会还有什么不好协调的事情？"

杜娟原是宋珂的上级领导，宋珂给王宪管当助理分管人身险业务的时候，杜娟是省公司人身险部的经理，后来杜娟从省公司人身险部经理位置上退休回滨城并被省监管局返聘为滨城市保险行业协会秘书长后，宋珂仍然称杜娟为杜总。

杜娟说："没从保险公司退下来的时候，觉着保险公司的活不好干，来协会工作后，感觉协会的工作也很难，有时候一个数据，十遍八遍电话都催不来，个别公司连几万元的会费都不想交。"

杨威名不解地问道："今年的会费还有没交的？"

杜鹃说："个别公司刚开业，业务少，费用紧张，拖几个月我们也能理解，但老拖着不交也不是么回事呀！"

魏经纶说："如果各家公司都不及时缴纳会费的话，协会怎么运转？对这样的公司，协会不能太迁就。如果连几万块钱的会费都交不起的话，还开什么公司？干脆关门算了！"

杨威名说："有些刚成立的公司，为了争抢业务，把所有的费用都贴到业务上了，有的连工资、福利都发下去了，五六万块钱的会费，对个别公司来讲，也确实不是一个小数目。"

杜鹃笑着问道："三位老总今天一起来协会有什么事吗？"

三个人你一言我一语把永晨、华晨经纪公司如何介入港务局业务、又如何准备大幅降低费率甚至以赠送险种的办法，把直销业务变成经纪业务的事，跟杜鹃详细地说了一遍。

魏经纶说："滨城保险业近几年增幅一直居全省十二个地市前三位，主要原因是企财险、建安工险等非车险业务费率高于全省平均水平。最近永晨、华晨两个经纪公司为了把港务局一揽子保险业务变为经纪业务，展开了激烈的竞争，竞争的手段无非就是大幅降低费率、无限扩展条款、免费赠送险种等，如果这次他们把港务局项目搞定了，市内的其他大项目客户肯定会效仿，其后果是滨城行业增长的目标难以维持，恶性竞争的格局进一步加剧。今天我们三个人来，就是想请杜秘书长以协会的名义出面帮助协调一下。"

杜鹃说："你们三家公司跟港务局合作了多年，上下关系都熟悉，你们就没跟他们好好地谈一谈？"

宋珂说："该说的不该说的都说了，可刚从外地调来港务局当局长的毕旭日，害怕他手下的人跟保险公司关系太密切，不好控制，坚持让中介机构介入项目风险管理，而积极参与港务局项目竞争的两个经纪公司，为了占据主动，不惜以破坏滨城保险行业发展环境、牺牲保险公司的利益为代价。"

杨威名说："永晨、华晨公司之所以主动给客户做出许多这样那样的承诺，主要是看准了滨城去年以来新成立的保险公司多，行业恶性竞争严重，即使承保条件再差，也会有保险公司愿意承保这个项目。为了促进滨城保险行业健康发展，同时也为了维护客户的最终利益，我们想借助协会的力量，阻止经纪公司染指滨城重大项目客户。"

杜鹃说："通过经纪公司参与保险安排，这在北京、上海、深圳、广州这些开放性大城市早已是一种成熟的管理模式，如果承保条件不是太苛刻或者行业、保险公司的利益都能得到有效保障的话，通过经纪公司参与风险管理，倒是对客户、保险公司和经纪公司都是一件有利的事情，但如果严重损害行业利益了，那我们就应该坐下来好好谈一谈。据我了解，永晨、华晨两个经纪公司都是行业内规模较大、专业能力较强、管理能力较为规范的公司，我想他们不可能为了一个项目而急功近利吧？"

魏经纶说："如果不太损害行业和保险公司的利益，我们倒可以考虑接受，但如果承保条件过于苛刻、承保成本过高的话，我们肯定不会轻易接受的。"

杜鹃说："这样吧，明后天我去市政府跟分管市长汇报一下，让他方便的时候给港务局打声招呼。来协会工作一年多了，还没有机会请三位老总一起坐坐，今天我做东，请三位老总吃顿饭，感谢三位一年来对协会的支持和帮助。咱事先讲好了，今天这顿饭必须协会请，谁也不许争。"

四个人相互争执谦让了一番后，就一起去了距协会不远的永恒大酒店。

宋珂、杨威名和魏经纶一面通过协会、税务局以及港务局内部人员阻止经纪公司参与项目风险管理，一面又偷偷地跟两个经纪公司接触，以免在竞争中处于不利位置，因为他们都怕被其他公司"忽悠了"。

永晨、华晨两个经纪公司也通过各种途径离间三家公司，千方百计拆散原有的"共保体"，同时又分别给三家公司承诺，如果哪家公司帮助协调下港务局这个项目，他们不仅在安排港务局项目保险时会给予最大限度的倾斜，而且在其他项目包括外地一些大项目的合作方面，也会给予适当考虑。三家公司都表示一定会充分发挥当地公司资源丰富的优势，帮助清除竞争道路上的障碍。

经过一个多月的博弈，华晨保险经纪有限公司最终战胜永晨保险经纪有限公司，赢得滨城港务局保险项目风险管理安排权。

拿到滨城港务局授权委托书的当天，华晨保险经纪公司分别打电话给杨威名、魏经纶和于珂，约定七月二十六号下午两点、三点和四点在东方大厦五楼会议室协商港务局保险安排事宜。

收到华晨保险经纪公司的正式约请后，杨威名、魏经纶和宋珂通过电话进行了沟通，确定了项目可接受底线：即保险费率下调幅度低于百分之十五、经纪费率不超过百分之八。

杨威名、闫利等人阴沉着脸从东方大厦五楼会议室一出来，杨威名就让闫利给魏经纶打电话，问他们到东方大厦没有。

闫利掏出手机拨通了杨山坡的电话："杨总，我是闫利啊，你们现在在没在东方大厦啊？"

杨山坡问道："闫总，你下午没参加港务局项目谈判会？"

电话那头又传来闫利的声音："参加了，刚结束。杨总让我问一下魏总，咱们两家是不是在东方大厦见面沟通一下？"

杨山坡看了一下手表，跟魏经纶嘀咕道："谈了半个多小时就结束了，看来谈得很顺利。"

魏经纶直接从杨山坡手中接过电话："闫总啊，你跟杨总说，我们再有五分钟就到东方大厦了，你们在一楼大厅稍微等我们一会儿。"

车子飞快开进了东方大厦，魏经纶、杨山坡等四人下车后快步来到了一楼大厅。

"怎么那么快就结束了？谈判很顺利？"魏经纶一边跟杨威名、闫利等人握着手，一边笑着问道。

杨威名说："顺利个球！"

"怎么了？"魏经纶和杨山坡几乎同时问道。

杨威名说："华晨提出的条件太苛刻了，根本无法接受。"

杨山坡问："他们都提出了什么样的条件？费率和经纪费都是百分之几？"

闫利气愤地说："还百分之几？是百分之几十！刚才我们大体测算了一下，占比最大的企业财产保险费率，跟上一个保险年度相比较，费率大约下调了百分之四十五；车辆保险要求在标准费率的基础上再优惠百分之三十五，同时还要我们赠送玻璃险。"

杨山坡着急地问道："经纪费是多少？"

闫利说："他们提出经纪费按百分之二十二收取。"

杨威名摇着头，感叹道："太黑了！这么苛刻的条件我们肯定接受不了！"

魏经纶说："这样吧，我们先上去跟他们谈谈，谈完以后，咱们再电话联系。"

杨威名说:"一会儿我给宋总也打个电话,跟他通报一下情况。"

魏经纶和杨山坡等四个人乘电梯到达五楼会议室刚一坐定,华晨经纪公司的工作人员就把《滨城港务局一揽子保险管理方案(讨论稿)》摆到了每个人的面前。

华晨保险经纪公司副总经理文明微笑着说:"今天请各位来,就是想探讨一下滨城港务局项目一揽子保险安排的事。承蒙港务局领导信任,把滨城最大的保险项目的风险管理权交给了我们华晨,这既是对华晨公司综合实力的承认,也是对我们专业管理能力的肯定。华晨经纪公司自成立以来,在全国各地牵头安排了数十个重大保险项目的风险管理,但像滨城港务局管理这么严格的客户,我们还是第一次遇到,因此在设计该项目风险管理方案时,我们充分考虑了各方面因素包括项目单位领导的意见,确定了各位手中拿到的这份风险管理方案。这个方案已经得到了港务局领导和具体管理部门领导的认可,今天我们坐下来再商讨一下,看看贵司对方案中提出的一些具体细节还有什么看法,对方案中提出的承保条件能不能接受,接受的程度有多大。"

文明讲完,点燃一支烟,慢慢地吸了起来。

魏经纶等人把华晨经纪公司的管理方案简单地阅读了一遍后,很无奈地笑了笑:"永泰公司一直是滨城港务局项目的主要承保人之一,对港务局这个项目不敢说是了若指掌,但起码算是比较了解的。应该承认,滨城港务局在制度建设、风险预防与控制等方面做得比较到位,近三年没有出现过重大赔案,但不能因此淡视重大风险存在的可能性。刚才我简单阅读了贵司设计的滨城港务局一揽子保险管理方案,感觉方案对项目风险的评估不够全面,过于乐观,厘定的费率与风险发生的概率不相匹配,一些无偿服务项目的设计过于主观,实际操作的难度非常大。"

杨山坡说:"虽然港务局制度健全、管理严格,但并非完美无缺,在制度落实、风险预防与管控等方面仍然存在着诸多漏洞。如去年发生的机房起火事件,就是由于工作人员风险意识缺乏、制度执行不力造成的,要不是市消防大队及时赶到,才未酿成大的灾难,否则的话,后果很难预料。我们大体测算了一下,近三年港务局在没有出现大灾大难的情况下,各险种综合赔付率仍达到了近百分之三十五六,如出现一次相对较大的灾难,赔付率马上就上去了。贵司制订的风险管理方案,把费率总体上降低了百分之四十多,假如本保险年度内各险种综合赔付率仍然维持在上三年的平均百分之三十五六左右的水平,仅费率大幅下调一项,就将赔付率整体拉升二十五六个百分点;如果出现一次较大风险、综合赠付率达到百分之五十以上的话,费率下调百分之四十的结果是赔付率整体提升三十到三十五个百分点,再加上贵司提出的百分之二十以上的经纪费,两项相加,综合成本率就超过百分之百,例行的风险查勘、风险培训以及正常的项目维护就很难保证了。如果加上贵司方案中提出的每人赠送五万元、总保额超过四千万元的意外伤害保险,所有机动车辆全部免费增加玻璃险的话,综合成本率至少达到百分之一百四五以上的水平,因为自保监会允许财产险公司开办短期意外伤害保险以来,很少有公司意外伤害保险赔付率低于百分之九十的,相当一部分公司都是处于亏损边缘。因此贵司方案中提出的诸如费率、经纪费、免赔额等关键性指标,都超出了任何一家保险公司正常的心理接受能力,值得商榷。"

杨山坡一讲完,华晨保险经纪公司市场部经理袁方马上接口道:"杨总刚才的话有一定的道理,但不全面。任何一个保险标的都存在着一定的风险概率,否则的话,客户就不会每年拿出大量的资金购买保险服务。但风险发生的概率是可以改变的,在一定程度上来说是可控的。如果各类风险管控措施到位,风险发生的概率就会大大降低,否则的话,就会增加。杨总刚才只分析了年内发生大的灾害、综合赔付率整体上升一个方面,没有分析管控措施到位、综合赔付率整体下降的另一个方面。华晨公司自成立以来,已参与了全国五个省市十多个电力项目的保险安排,在电力项目服务方面积累了相当多的管理经验,如果我们在进行保险安排时,把风险评估得科学一些,把预案考虑得细致一些,把培训进行得具体一些,把各类措施落实得再坚决一些,综合赔付率整体下降完全是可能的。方案中制订的每次事故免赔额有些过低问题,我们可以跟客户沟通一下,再进行适当的调整。"

魏经纶说:"华晨是国内规模最大的几家经纪公司之一,在重大项目保险服务方面有比较丰富的经验,这一点我们坚信不疑,但就滨城港务局这个项目的保险安排来看,我们认为确实有许多值得商榷的地方。如扩展条款过多、费率水平太低等,不仅对保险公司不利,而且对贵司也是不利的。我们希望贵司对保险方案特别是方案中的部分条款、费率、免赔额等内容再进一步进行修订完善,否则的话,可能会影响项目的保险安排。"

文明说:"魏总刚才说得没错。跟往年相比,方案的某些条款内容有些严格,费率下降幅度较大,这不仅对你们保险公司有影响,而且对我们中介公司也有很大的影响，毕竟我们的经纪费少了，保险安排也更困难了，但这也是无奈之举。一是近两年市场竞争异常激烈，用残酷形容实不为过，恶性竞争导致市场整体费率水平平均下降百分之三十以上；二是港务局这个项目是滨城目前最大的保险项目之一，滨城市内甚至滨城市外的许多保险公司都想参与这个项目，有些公司甚至愿意以更低的费率承保。不瞒在座的各位，我们来滨城的这几天里，陆续接待了市内外六七家保险公司的主要负责人，他们都希望我们在安排港务局保险项目时，充分考虑共保体的广泛性，即使费率再低一些他们也愿意接受；三是滨城港务局领导明确要求我们在进行保险安排时，要把费率水平整体下降一半，服务内容要进一步扩大完善，方案中的许多内容，我们也是在跟港务局有关部门沟通了多次后才确定下来的，有些条款包括费率水平都是在我们做了多次说服工作后，港务局领导才勉强同意的，目前来看，要对方案进行'大手术'是很困难的，甚至可以说是不太可能。希望贵司在港务局项目保险安排时给予必要的理解和支持，这毕竟是我们两家第一次合作。"

　　杨山坡说："虽然市场竞争不理性，但任何一个公司在明显感觉亏损的情况下，都不会不对承保条件进行研究，对保险项目进行取舍的，永泰公司是这样，其他公司也应该是这样。所以我们还是希望文总等各位领导把方案再完善一下，把承保条件再放宽一些，把费率水平再提高一些，把经纪费水平再降低一些，这样在保险安排时才可能会更顺畅一些。"

　　文明笑着问道："依杨总看来，费率、经纪费应该定在什么水平上比较合理？条款应该放宽到什么程度贵司才有能力接受？"

　　杨山坡像是在开玩笑又像是在赌气："当然条款越宽松越好，费率维持在原来的水平上最好。"

　　袁方明显带有挑衅的口吻说道："贵司的想法很好，但有些幼稚！现在市场变了，竞争环境也变了，再维持原来的承保条件杨总不觉着有些荒唐吗？刚才我们文总跟各位交代得应该很清楚了，这个方案是港务局跟我们华晨公司共同商量制订的，很多内容是在我们做了很多工作以后港务局领导才勉强同意的，要进行'大手术'你们觉着可能吗？反正我觉着不可能！"

　　杨山坡红着脸说："我们的想法可能有些幼稚，但符合常理。我承认港务局内部有些人对保险市场有所了解，对保险市场形势也比较清楚，但他们对风险的评估绝对不会比我们这些专业保险、经纪公司专业。如果贵司不是为了在这个项目的竞争中占据主动,就是对这个项目的风险评估不够科学、客观。"

看到杨山坡与袁方你来我往,唇枪舌战,情绪越来越激动时,魏经纶打断了杨山坡:"文总,这样吧,对贵司制订的方案我们回去后再进一步的学习研究,同时也希望贵司对我们提出的意见和建议进行认真的考虑,抽时间我们再坐下来进一步论证和商讨,您说好吗?"

文明说:"对贵司提出的意见和建议我们不仅会认真考虑,而且还会把这些意见和建议反馈给港务局领导和有关部门。希望贵司在这个项目上给予我们华晨公司必要的理解和支持,以便为今后双方的更深度合作奠定基础。"

文明率先从座位上站起来,一边跟魏经纶等人握手,一边说道:"跟下一个公司商谈的时间也快到了,有什么问题,我们再约个时间谈吧。"

魏经纶等人一走出会议室,就立即跟杨威名及永平公司通报了情况,并约定共保的几家公司要进一步统一意见。

三家公司的总经理室成员及业管部经理五点多钟都聚集到了永泰公司的会议室,因为永泰公司五月初迁入新租赁的建行大厦后,距东方大厦最近,只有不到三公里的路程。

宋珂等人一进入会议室,就跟魏经纶开玩笑道:"行啊,魏总,装修得不错啊!准备在建行大厦长期待下去?"

魏经纶笑着说:"自己没有窝,租人家的地方,人家什么时候让咱走,咱不得赶紧把地方给人家腾出来?别的地方基本没动,就会议室稍微装修了一下。"

宋珂说:"是啊,保险公司为什么在社会上没地位、人家客户不信任咱们,一个很重要的原因就是整天搬来搬去的,要不怎么社会上都说保险公司是游动公司,打一枪换一地方。搬来搬去的费钱劳力不说,人家客户上门承保也不方便,总让人家感觉没实力,像'皮包公司'似的!"

魏经纶说:"自公司成立以来已经换了两个地方了,每换一个地方,就要扔进去六七十万元的装修费,现在我们就盼着什么时候有自己的办公场所,尽快结束寄人篱下的生活。"

宋珂说:"咱们两家公司算是不错了,成立了十年,只换了两个地方,听说大千公司、安达公司明年都要搬家。"

杨威名说:"大千和安达才成立几天呀?这么快就要搬家了?"

宋珂说:"人家不租给他们了,不搬家能行吗?"

"老姚他们公司不是跟人家签了三年合同吗?这才一年多怎么就要搬家?"杨山坡有些不解地问道。

"弄了一群'疯子'天天在楼上又唱又跳不说,客户整天上门又打又闹的,弄得人家没办法办公,再增加多少钱人家也不租给他们了。"

魏经纶说:"为了膨胀规模什么业务都要,服务又跟不上,客户不上门闹你才怪呢!听说滨城大千公司成立后,他们上级公司除了给配备五六台微机、两辆查勘车以外,其他什么东西都没给配备,就这样的硬件条件,服务质量能上去才怪了!"

杨威名说:"微机这些东西配备不齐还好说,总归还有几台,大家先凑合着用着。办公场所是公司的脸面,公司实力的象征,不能随便找间房子就行了。你看去年刚成立的那几家公司,门头大小咱暂且不说,跟洗头房、洗脚房搞在一个楼上,我都替他们寒碜!"

宋珂开玩笑道:"跟洗头房、洗脚房搞在一起方便啊!新成立的公司要钱没钱,要业务没业务,只要房租便宜就行了,还要什么脸面?不像你杨总,自己有一栋大楼,不用跟我和魏总那样整天搬来搬去的,多舒服啊!"

杨威名笑着说:"前人栽树后人乘凉。老实交代,为什么跟华晨公司谈了这么久?你老宋是不是缴械投降了?"

宋珂一本正经地说:"得了吧,杨总,我听华晨的文总说,他们提出的条件你基本上都同意了。港务局业务你占大头,你老大哥都同意了,我们还能说什么呢?是吧,魏总?"

魏经纶坐在一边嘿嘿直笑不吭声。

闫利神情激动地说:"宋总,你可冤枉我们杨总了,他们提出的大部分条件,我们杨总几乎想都没想就拒绝了,一点面子没给他们留,您可别听那个文明胡咧咧!"

杨威名附和道:"要是我都同意的话,怎么也得跟你宋总一样谈它个一个半小时,不会半个小时就结束了。"

宋珂说:"正是因为你杨总答应得痛快,所以谈得时间才那么短,不像我们跟他们又打又争的,所以把时间都耽搁了。"

魏经纶说:"别开玩笑了,谈点正事吧,别耽误了喝酒啊。宋总,华晨公司给你答应了什么条件?"

宋珂说:"文明答应在费率、免赔额等方面跟港务局再沟通沟通,争取再提高一下。经纪费他们也答应再降一降,但我感觉不会有什么大的变化。你们想,华晨公司之所以在当初永晨公司占有绝对优势的情况下脱颖而出,如果他们不拍着胸脯给人家港务局领导保证点什么,人家能把项目交给他们?除非他们还用了其他什么高招!"

杨山坡说:"当初华晨公司认为滨城市场竞争激烈,市内几乎所有的公司尤其是那些小公司都主动跟他们去套近乎,所以他们认为提出什么条件我们都不可能不答应。你看他们那个市场部经理说话的口气,快牛死了!"

魏经纶说:"山坡分析得有道理,当初他们确实就是这么认为的,这在时间安排上就能看得出来,否则的话,这么大个项目每家公司只安排一个小时的时间。第一个跟杨总谈,他们就感觉有点麻烦,这也可能是跟杨总只谈了半个多小时,跟我们谈了近一个小时,跟宋总你谈了一个半小时的主要原因吧?"

杨威名赞同地点了点头:"你还别说,还真那么回事。不管怎么说,在港务局这个项目上,我们的态度非常明确,就现有的条件,我们肯定不会接受。不知各位有什么高见?"

魏经纶说:"对永泰公司来说,港务局的业务,占大头的是车险,经纪公司没参与的时候,还有一定的承保利润,如果费率在原来的基础上下降百分之三十的话,别说是还要赠送险种、交纳百分之二三十的经纪费,即使他们不要经纪费,就费率大幅度下降一项,我看我们都很难接受。"

杨山坡说:"港务局这个项目的承保条件苛刻是一方面,更重要的是如果我们接受了这个'不平等签约',那整个滨城保险市场的形势就会全面改变了,不仅大的客户会跟进,就连那些散单客户、哪怕是只有一两辆车的客户,也会要求使用港务局的承保条件,这是最可怕的!"

韩东洋笑着说:"如果真的出现这种局面的话,我们这些人别说是粥喝不上了,就连西北风可能也没的喝了。我个人的意见是断然不能接受华晨提出的条件,否则的话,我们就可能成为滨城保险业的罪人!"

宋珂试探道:"港务局项目是滨城最大的项目之一,其他几家小公司对这个项目觊觎已久,为了扩大在滨城及至在他们各自系统的影响,一些小公司很有可能会不惜一切代价争抢这个业务。听说老姚在他们内部会议上公开讲过,要不计成本、不讲条件地抢占市场,扩充规模。如果华晨在承保条件方面做出一定让步的话，我们还是不要轻易把市场拱手让出去。"

杨威名说："项目让那些新成立的公司争抢过去，肯定不是我们愿意看到的，但如果他们的承保条件维持现在的条件不变，或者条件变化很小的话，我们只能放弃。对港务局这个项目，我们的意见是费率下降超过百分之二十、经纪费率超过百分之十五的话，承保有没有利润咱暂且不说，总公司给我们的正常费用，连经纪费都不够，拿什么去维护？这些年港务局负责保险业务的人胃口越来越大了，一年没有个五六十万元，根本玩不转。亏本赚吆喝的生意没法做！"

闫利说："为了维护好与客户的关系，仅春节、中秋节等几个大节走访，每年就要花不少钱，这还不算平时这个让你给安排顿饭，那个让你给处理个单子。"

韩东洋说："现在的保险公司真是任人宰割的羔羊了，别说是港务局这样的大客户了，就是两三辆车规模的客户，每年的几个大节日都要去走访，走晚了还不高兴。七八年前，谁能想到保险公司会沦落到现在这个样子？真是事过境迁呀！"

魏经纶深有感触地说："谁说不是呢！出现这种状况，咱们不能只怪政策，也要找找咱们行业内部的原因。为了一笔业务，公司之间互相贬低，员工之间互相败坏，个别人甚至做出了有辱人格的事情，难怪社会上很多人瞧不起这个行业。在滨城，咱们是最早成立的三家公司，也是目前市场上份额最大的三家公司，只要咱们三家在一些原则性问题上团结一致了，滨城的市场秩序就不会乱到哪里去，协会的作用可能也会发挥得更充分一些。"

宋珂说："如果两位领导决心已定的话，我们永平公司肯定会全力配合。虽然今年永平公司业务发展不太理想，存在着很大欠账，但为了维护整体利益，我们肯定会全力以赴的。如果华晨公司修改后的方案承保费率下降幅度仍然维持在百分之二十以上，经纪费率超过了百分之十五的话，那我们三家公司就集体退出这个项目。如果承保费率下降幅度低于百分之二十，经纪费率不超过百分之十五的话，那我们就继续维持我们这个共保体的存在。"

君子协定形成后，魏经纶以东道主的名义，请参加会议的人员一起吃了一顿晚饭，吃饭期间，杨山坡和闫利分别接到了华晨经纪公司市场部经理袁方打来的电话，内容无非都是希望双方合力把港务局这个项目的保险事宜安排好，经纪费他们可以降到百分之二十，但承保费率调整的空间不大，因为港务局领导坚持方案中设计的费率，最多在现有的基础上下降三四个百分点。

"华晨公司把牛皮跟港务局吹下了，想再改变人家，难了！我看他们现在怎么收场？"杨威名有些幸灾乐祸地说。

魏经纶说："虽然市场竞争激烈，甚至有些不够理性，但华晨公司也不能为了争取一个项目，连市场基本法则都不遵守了，给他们一个教训也是应该的！"

虽然华晨公司不厌其烦地与各家公司进行密集沟通，甚至把经纪费率降到了百分之十七，但由于他们之前跟港务局做出过公开承诺，且在他们安排的外地项目中，也有过按港务局保险方案中的条件承保的先例，更重要的是港务局主要负责人认为港务局项目自参加商业保险以来，从没有发生过大的赔付案件，即使不加入保险，出现一些小的赔付案件，港务局也完全有能力自行处理。基于这样的认识，港务局领导层认为，前几年自己花了太多的"冤枉钱"，而这样的"冤枉钱"以后不能再花了。正因为如此，港务局领导对华晨经纪公司方案中提出的费率下降百分之四十的意见十分支持，且坚持不考虑华晨公司反馈回来的三家共保公司提出的意见和建议，华晨公司开始后悔在没对滨城保险市场进行深入细致研究的前提下，贸然向项目单位领导做出了公开承诺。而杨威名、魏经纶和宋珂等人认为，如果市内最大的三家公司不参与该项目承保的话，市内其他任何一家公司都没能力承保这么大的一个项目，即使侥幸承保了，也没有能力做好风险防范和项目维护工作。

在脱保十多天后，华晨保险经纪公司终于将滨城港务局项目的保险安排了下去，形成了以滨城大千财险公司牵头，其他四家财险公司参与的新共保体，原共保体中的三家公司无一参与。

在华晨保险经纪公司与滨城大千财险公司等五家参保公司庆祝滨城港务局保险项目合作成功的当天，杨威名、宋珂、魏经纶等三人一起找到了市协会秘书长杜娟，要求协会对大千财险等参与共保港务局项目的五家公司进行处罚，因为参与共保的五家公司违反了市协会规定的代理手续费不得超过百分之十五的规定，而且承保费率在保监会批准的条款费率基础上，下降了百分之四十，违反了省保监局的监管要求。更重要的是五家公司在公关过程中，使用了大量攻击同业公司的语言，违反了"市场竞争过程中不得使用诋毁其他同业公司、影响行业形象言语"的"君子协定"。

在三家公司的压力下，杜娟承诺要对大千财险等参与共保的五家公司进行通报批评，但作为行业自律组织，市协会既不具备对违反规定单位进行经济处罚的权力，又不想让三家公司将大千财险等五家公司状告到省保监局，影响市协会在全省协会工作考核中的成绩，只好不停地劝慰正处于极度气愤中的三家公司的老总们保持冷静，不要因一个保费收入大大缩水的项目而影响行业的团结与和谐。

杨威名、魏经纶和宋珂七嘴八舌地说道："费率下降百分之四十后，港务局这个项目总保费充其量也不过只有六百多万元，除此之外，参与共保的五家公司还要支付近百万元的经纪费，这种赔钱的买卖我们三家公司肯定不会去做的，但这种大量违反行业规定、不利于滨城保险业健康发展的做法，仅给予一个通报批评是不够的，市协会应该上报省监管部门，对大千财险等五家公司进行经济和行政处罚，否则的话，协会制订出台的一些自律公约，都将无法继续实施下去。"

杜娟劝慰道："市协会仅是一个自律服务组织，不像监管部门那样有行政处罚权，制定出台的一些公约、规定只有靠各家公司自觉遵守才能发挥出作用，如果各公司都不遵守的话，影响的是大家，损失的是行业。协会最大的愿望就是希望你们三家公司在公约制订执行方面发挥更大的作用，帮助协会维持好滨城保险行业的发展，让各家公司今年都少亏损点。"

宋珂说："我跟杨总、魏总今天来协会找杜总您就是商量如何将协会制订的一些制度、办法如何贯彻下去问题，不是仅仅因为大千等公司承保了滨城港务局项目一事。这次大千等公司在承保滨城港务局项目过程中，违反了协会制订出台的规章制度和行业自律公约，我们希望协会要给予一定的压力，有必要的话，可以将这件事反映到省监管部门。如果这次不给他们点说法，那下一次他们还会那样干，滨城保险市场秩序想不继续乱下去都难！"

杜娟笑着说："只要你们三位老总稳住了，滨城保险市场秩序就乱不到哪里去，总归你们三家公司的保费规模占滨城财险市场的百分之八十。"

魏经纶接口道："虽然目前我们三家公司仍在滨城财险市场上占主导地位，但如此发展下去，别说是百分之八十的份额了，就是保住百分之五六十的份额可能都很难！现在有家公司不就公开喊出了三年超这家公司、五年超那家公司的口号吗？"

杜娟说："三年超这家公司五年超那家公司的口号，他们也就是喊喊罢了，除非他们有孙猴子七十二变的本领，否则的话，十年八年内哪家公司也没有超过你们三家公司的实力。"

杨威名说:"那也不好说。港务局这么大的项目他们都能从我们三家公司手里给抢了去,其他项目就更容易了!我们建议协会必须给参与港务局承保的五家公司一定的处罚,否则的话,姚东风那些人会更无法无天了!"

杜娟说:"下次召开协会理事长会议时我们一定要通报批评。港务局这个项目今年在他们五家公司承保,明年说不定又回到你们三家公司承保了。据说港务局上下对本年度的保险安排很不满意,华晨公司也感觉很没面子,这么大个项目,滨城规模最大的三大家公司都不参与,这本身就说明他们制定的方案有问题。至于三位提到的上报省保监局的问题,我个人的意见还是暂时不要上报了,市场不规范,市协会是有责任的。"

杨威名一脸坏笑地对宋珂说:"宋总,你现在是协会的理事长,下次召集理事会议的时候,你可要把力度拿出来,不要只在背后发黑充愣啊!"

魏经纶也起哄道:"趁你宋总还是理事长,赶紧召集理事单位开会,再开晚了,到年底轮到其他公司的老总当理事长,这事就不好办了呀!"

宋珂一脸严肃地说:"即使他姚东风当了下一任理事长,该处罚的一定也要处罚。这件事无论如何不能就这样过去了!"

杨威名说:"不知哪位高人发明了'轮流坐庄'这个办法,不管谁坐庄,都怕得罪人,所以费时费力开会协商出来的东西,到头来可能就是废纸一张。真是协会协会,协而不会。"

杜娟神情不自然地笑了笑。

二十七

进入三月份以来,围绕交强险实施后对整体经营活动的影响及如何应对问题,永泰总公司和省公司连续多次组织召开了交强险业务发展研讨会、分析会、培训会等一系列会议。为降低交强险实施后对当年业务发展造成大影响,保持业务持续稳定发展,上级公司要求永泰各分支机构要做好两个方面的工作:一是要统筹规划好业务发展目标,着力做好交强险实施之前的宣传工作,全力在七月一日交强险正式强制实施前,把尽可能多的客户变为永泰公司的客户,抢占客户资源。二是认真研究交强险实施后理赔服务和客户服务工作,着力做好交强险业务的培训工作,统筹做好理赔资源的分配与使用。

　　围绕总公司、省公司系列会议精神,滨城永泰公司总经理室连续两次召集业管部、客户服务部以及办公室、财务部等部门助理以上人员召开会议,研究制定交强险实施前后的各类应对措施,并最终推出了系列方案。宣传方面,公司投入十万元在当地媒体进行新一轮公司品牌宣传,吸引尽可能多的客户到永泰公司投保。在市场竞争方面,自三月二十日开始,在全公司开展"百日车险业务劳动竞赛活动",凡竞赛活动期间,保费收入超过五十万元的,销售费用在百分之十五基础上,再增加两个百分点的奖励费用,并参加公司组织的"新马泰七日游";凡竞赛活动期间车险保费收入超过一百万元以上的个人,销售费用在百分之十五的基础上,再增加四个点的奖励费用,同时还可以参加公司组织的"欧洲十日游"。为了全力支持业务发展,培育客户群体,公司除了把上级公司核定的车险百分之十七的费用全部补贴到车险业务上以外,还通过两条途径解决因市场竞争造成的费用不足问题,一是把非车险业务销售费用挪出一部分来补贴到车险业务发展上;二是通过一定的途径,"操作"出部分费用,用于车险客户资源的抢占。在承保方面,责成公司信息技术部把上年度七月份以后承保的客户信息从微机系统中全部提取出来,分发给业务经办人员,由经办人员通过电话、书信等形式通知车主,说明交强险实施前后投保对个人的影响,一方面给客户一定的心理接受空间;另一方面也提醒客户提前办理续保业务的好处。在客户服务特别是理赔服务方面,着重研究客户出险后,如何在交强险赔付允许的范围内,充分利用好交强险的赔款额度。

　　各项政策措施研究制定后,公司召开了由全体干部员工参加的"二季度车险业务竞赛誓师大会",魏经纶亲自主持会议并做动员讲话。

　　魏经纶说:"据可靠消息,今年七月一号开始,交强险将在全国各地实施。交强险是中国保险业第一款强制保险,实施后不仅会对中国保险业特别是车险业务的发展起到重要的推进作用,更重要的是还可以提升人们对保险重要性的认识。为了在交强险正式实施前抢占更多的客户资源,为交强险的实施奠定基础,公司总经理室经过多次开会研究,确定了集中全司人力物力和财力,打一场车险业务争夺战的思路,希望全体干部员工抢抓业务发展机遇,加大市场拓展力度,确保上半年车险业务增长百分三十的目标顺利实现,为下半年乃至明年的业务持续增长创造条件。下面请副总经理杨山坡宣导百日车险业务竞赛方案。"

杨山坡宣导完"百日车险业务竞赛活动方案"后,付晓滨、安山分别宣导了客户服务方案和品牌宣传方案,孙百元和王尧分别代表县区公司和市公司直属部门进行了表态发言,最后付晓滨代表总经理室进行了总结发言。

誓师动员大会结束后,永泰公司自上而下展开了车险业务竞赛活动,很多业务员千方百计动员续保客户提前续保,说服其他公司的车险客户提前转保到永泰公司。车险竞赛活动开展的第一周,永泰公司破记录地实现了一周常规业务保费收入超过五百万元的纪录。永泰公司开展车险竞赛活动的消息很快传到了其他公司的耳朵里,一周内全市几乎所有财险公司都相继推出了车险业务竞赛计划。有的公司推出了"打折计划",车险保费在七折基础上,再打八五折;有的公司推出了现场"返点计划",所有在某一时段到公司投保的车辆,除享受一定的折扣外,还根据车型、保费数量现场返还数额不等的现金;有的公司推出了"赠送计划",凡在七月一日前到公司投保的客户,一律获得公司赠送的如"加油卡"、"洗车卡"、"购物卡"等。很多业务员为了引诱客户提前续保,不停地向客户宣传"交强险"实施后,客户除要多缴纳数额不等的交强险保费外,公司过去一直推行的折扣政策可能全部或部分取消。一时间,各家财险公司门庭若市,很多客户提前两三个月续保,有的客户在七月一日交强险实施前退保再投保。

误导和不理性的竞争,立即引起了省保监局的关注,省保监局财产险监管处一周之内连续下发了《关于严格限制车险提前续保的通知》、《关于严厉打击欺骗误导客户的紧急通知》,要求各地财险公司引导广大消费者正确认识和理解开办交强险的意义,规范承保,杜绝恶性竞争,但收效甚微。为迅速遏制全省普遍存在的恶性竞争行为,确保为交强险的开办营造良好的社会舆论和工作氛围,省保监局从各处室中抽调人员,于五月中旬组成了三个检查组,对全省各地市进行为期一个月的业务大检查,检查的第一批地市就包括滨城市。

省保监局检查组经过一个多月的检查,最后得出了"市场混乱、自律不力、误导频发、数据失真"的结论,并相继做出对滨城市所有财险公司分别处以二十万元、十万元、五万元罚款,对滨城市行业协会进行通报批评,减少市行业协会秘书长、专职副秘书长当年百分之二十年薪的决定。

省保监局处罚决定到达滨城市行业协会的当天,杜娟召集市协会全体人员召开会议,全文传达了省局的决定,并指示办公室立即行文向省保监局写出书面检讨报告,并保证今后对市内各保险主体加强管理,加大检查,确保行业规范发展。

二〇〇六年六月十九日,中国保监会公布了"机动车交通事故责任强制保险的责任限额标准,第二天永泰省公司就通过内部网络视频的形式,对交强险具体条款进行了培训。车辆交强险赔付限额全国统一标准为六万元,根据车型,交强险的费率从最低的一百二十元至六千零四十元不等,其中家庭自用六辆以下汽车每年保费为一千零五十元。六万元赔偿限额中,死亡伤残、医疗费用以及财产损失设定了五万元、八千元和两千元的限额比例,被保险人在道路交通中无责任的赔偿限额分别按以上三项赔偿限额的百分之二十进行赔偿。对于交强险和商业三责险的不同,省公司有关人员也进行了系统的分析。主要有四个方面的不同:一是商业三责险采取的是过错责任原则,即保险公司根据被保险人在交通事故中所承担的事故责任来确定其赔偿责任。而交强险实行的是"无过错责任"原则,即无论被保险人是否在交通事故中负有责任,保险公司均将在六万元责任限额内予以赔偿。二是出于有效控制风险的考虑,商业三责险规定了较多的责任免除事项和免赔额,而交强险的保险责任几乎涵盖了所有道路交通风险,且不设免赔率和免赔额,其保障范围远远大于商业三责险。三是商业三责险是以赢利为目的,属于商业保险业务,而交强险不以赢利为目的,各公司从事交强险业务将实行与其他商业保险业务分开管理、单独核算,无论赢亏,均不参与公司的利益分配,公司实际上起了一个代办的角色。四是目前各保险公司商业三责险的条款费率相互存在差异,并设有五万元、十万元、二十万元乃至一百万元以上等不同档次的责任限额,而交强险的责任限额全国统一定为六万元,并在全国范围内执行统一保险条款和基础费率。最后省公司要求辖属各机构要在交强险正式实施前后做好条款宣传和业务拓展工作,借交强险实施的有利时机,促进保费规模的全面提升。

从交强险条款公布到正式实施前的十多天时间里,滨城市行业协会牵头组织了两次较大规模的交强险宣传活动。一是在《滨城日报》和《滨城晚报》开辟了"交强险宣传专栏",要求各公司根据各自的特点,选定一个角度进行广泛宣传;二是协会出资印制了五万份交强险宣传"明白纸",并决定在七月一日当天组织所有财险公司在市人民广场举行声势浩大的"交强险宣传咨询答疑活动",市政府、市人大、市政协的有关领导都将参加当天的活动。活动期间,杨威名准备安排公司人员将微机等设备搬到市人民广场上,举行"滨城市车辆交强险第一单出单仪式",并邀请当地主要媒体现场进行采访报道。

为了进一步扩大交强险对社会的影响,滨城市行业协会在六月二十五日对当地各财险公司发出了"利用不同的形式广泛宣传交强险业务"的通知,并把七月份确定为"交强险业务宣传月",要求各财险公司在交强险开办的当月,做到报纸上有形,电视里有影,广播里有声。宣传月结束后,各财险公司要把宣传组织情况报市行业协会,市行业协会集中汇总后报省保监局。

魏经纶问安山:"加强交强险的宣传,上级公司有要求,行业协会有任务,我们应该如何落实上级公司和行业协会的通知精神,以最小的成本达到最大的效果呢?安委员。"

五月份,永泰省公司任命安山为永泰滨城中心支公司党委委员,所以在公开场合,魏经纶一般不称呼安主任,而是以安委员相称。

安山笑着说:"交强险是国家推行的第一款强制保险,具有划时代的意义,即使省公司不要求、市协会不布置,我们也应当大张旗鼓地进行宣传,但如果各公司的宣传千篇一律,那肯定会事倍功半。据市行业协会掌握的信息,七月一日即交强险正式实施的当天,市行业协会要组织全市各财险公司上街进行宣传,有一家公司准备在活动组织的当天,举行一个盛大的滨城交强险第一单出单仪式,并承诺当天市协会组织活动的全部费用由他们公司承担。有两家公司准备在《滨城日报》、《滨城晚报》刊登交强险具体条款,因为在保监会批准使用的A、B、C三个条款中,这两家公司选用的条款是不同的。另外有两家公司准备印制部分交强险业务知识问答题,在七月一日当天,组织员工上街发放。前面四家公司的宣传方式虽然可行,但太过于平淡,没有什么特色,可能也引不起社会上多大共鸣。我个人的意见,我们公司的宣传是不是在交强险理赔服务方面做做文章,因为保监会对交强险后续服务特别是理赔服务提出了比较高的要求。"

付晓滨赞同道:"安委员的想法有创意,比较新颖。保监会及永泰总公司都对交强险的后期服务提出了比较高的要求,但如果客户很长时间内不出现赔付案件的话,那在一定程度上体现不出我们永泰公司的后续服务。如果别的公司都踊跃进行宣传,我们永泰公司十天半个月不见点动静的话,不仅行业协会那里我们交不了差,省公司那里我们也不好交代。"

魏经纶说:"交强险实施后我们在三四天内不做出反映还情有可原,如果十天半个月还没有动静的话,跟上级公司和市行业协会肯定没法交代。老付、安委员,你们再商量一下,确定一个万全之策,必要的话,可以做两手甚至三手准备,七月三四号之前一定有所动作。"

付晓滨点了点头,跟安山说道:"咱们回去后再认真想一想,明天抽时间碰一下头,把最终方案确定下来。"

安山走后,付晓滨关心地问魏经纶:"最近你俩怎么样?"

魏经纶苦笑着说:"还能怎么样?还是那样!"

付晓滨说:"老是那样也不是办法。工作压力这么大,家庭再不和谐的话,身体怎么能吃得消?有没有必要让冬冬和白雪找柳叶再聊一聊?"

魏经纶叹了一口气,说道:"王瑞香不知跟她谈过多少次了,基本上没什么效果,你就别再为难她俩了,没用!"

付晓滨说:"柳叶平时看起来挺好的,怎么现在变成这样了?没找医生咨询一下?"

魏经纶苦笑着说:"心病。"

付晓滨不解地问道:"按道理讲,当教师的有知识、有文化,整天又跟年轻人在一起,心态应该比一般人更健康才对,她有什么想不开的?"

魏经纶说:"有时想想也不难理解。跟你和山坡基本上同时结婚的,你们两家孩子都上三四年级了,我们现在一点动静都没有,谁遇上这事心情也不会太平静,尤其是女人。"

付晓滨说:"结婚十多年没孩子的不多得是?你找时间跟柳叶再好好聊聊,心情越不好,压力越大,夫妻生活就会越不和谐,怀孕的几率可能就会越低。退一步讲,即使一辈子没有孩子又有什么,人家外国人不要孩子,不也生活得很好吗?"

魏经纶说:"那是人家外国人,咱中国人对有没有孩子这事看得很重。老祖宗有句话叫作'不孝有三,无后为大'。还有一句话叫作'不生孩子的女人，不是真正的女人'。唉，没办法！"

付晓滨说："这都什么年代了，谁还信这些？别说是欧美国家了，就是北京、上海、深圳这样的大城市，现在也都兴不要孩子了。"

"一个女人如果不生孩子，她肯定就缺少安全感，尤其是咱们这些人，在公司里干了点小差事，在外面好像风光无限似的。男人在外面越风光，女人就越缺少安全感，久而久之，心病就得上了，一旦得上，想彻底治愈，可就难了！"魏经纶叹息道。

付晓滨说："理是这么个理，但只要想治，没有治不好的。当初我患上酒精依赖症的时候，不仅冬冬失去了信心，我个人也觉着治不好了，在你、柳叶还有山坡两口子的帮助下，我不也很快治好了吗？根治柳叶的心病，你必须首先保持一个健康的心态。"

魏经纶说："柳叶是个心眼很小、脾气又很固执的人，容易钻牛角尖，再加上当教师时间长了，一说话就有批评学生的味道，跟她实在是不好沟通。现在做业务难，但我感觉跟她一起过日子比做业务还要难。"

付晓滨说："事在人为，人还能有过不去的火焰山？"

魏经纶说："不说这些了。最近行业内恶性竞争愈演愈烈，过去咱们承保的三四个规模较大的续保业务都被别的公司抢走了，就连陈老七这些在我们公司投保了多年的业务都跑了。非车险业务发展不理想，就看交强险实施后车险业务发展得怎么样了，如果车险业务也不好的话，今年任务完成可就难了，任务完不成，经营效益又这么差，年薪就别指望拿囫囵了！"

"交强险实施后，车险业务保持一定幅度的增长应该没问题，但想有效益可能不太现实。咱在保险公司干了这么多年，谁见过这么不计后果竞争的？就拿陈老七那个业务来说吧，在咱们公司承保的时候，哪一年咱也得收他个二三十万元的保费，可现在有的公司按正常费率的四分之一就敢承保。花三四万块钱就能保出去的业务，谁还肯花二三十万元？业务跑了不说，陈老七那小子还对咱一肚子意见，说咱永泰公司太黑了，简直就是'黑心店'，本来三四万块钱的东西，硬是收他二三十万元，而且一收就是五六年。去年咱们公司亏损了近一千五百万元，杨威名公司也亏损了近两千万元，其他公司也好不到哪里去，即使这样，社会上还是有人说保险公司是'暴利公司'，只收不出，行业垄断。"付晓滨愤愤不平地说。

"说什么呢？"魏经纶和付晓滨正聊着，杨山坡一步闯了进来。

"回来了？这次去总公司学习怎么样？有什么大的收获？"魏经纶从老板椅上站起来，笑着问道。

"收获不小，抽时间跟大家详细通报通报。这次在总公司学习，感觉大家对当前的形势都很悲观，认为现在的保险是业务难做、队伍难管、年薪难拿。更让人头痛的是总公司的政策不稳定，老是变来变去的，搞得大家无所适从。"杨山坡说道。

付晓滨说："谁说不是呢！前两年不让做营运车业务，今年又鼓励发展营运车业务，像小孩子过家家似的，一会儿一个样，真让人受不了！"

杨山坡说："上级公司政策变来变去的，咱在基层做业务就难了。前两年不让做大货车、出租车业务的时候，客户就骂咱们唯利是图，不负责任，现在上级公司又允许发展营运车、大货车业务，咱们的业务员又去做过去一些老客户的工作，顺利的挨一顿奚落，不顺利的还让人骂出了门。"

魏经纶说："出去学习了一个周，今晚上给你接接风？"

杨山坡摆了摆手，说道："接什么风？还是各自回去吃吧，费用这么紧张，省一个子是一个子吧！"

魏经纶说："再紧张，还能连饭也不吃了？实在不行，我和老付个人掏腰包请你。"

杨山坡说："算了吧，还是省着点花吧，就今年的经营状况，年底能拿回家多少个铜板还不一定呢，别干了一年连孩子的奶粉钱都挣不出来。"

付晓滨瞪了杨山坡一眼，问道："你家白雪又有情况了？要不怎么又要给孩子挣奶粉钱？"

杨山坡哈哈笑着说："要是有情况那可就麻烦了，饭也吃不上了。"

付晓滨问："在总公司学习的时候，没打听打听其他中支公司班子成员年薪怎么样？比咱们高还是比咱们低？"

杨山坡说："我以为只有我老杨关心口粮钱，原来你老付也惦记这事呀？"

付晓滨说："废话！"

"大部分中支公司老总的年薪都在十五六万元左右，但也有还低的。在年薪方面咱永泰公司可能比不了那些新成立的小公司，据说有些小公司年薪都超过二十万元了。"杨山坡说。

魏经纶说："到底晚上还一起吃饭不？不一起吃的话我安排别的事情了？"

杨山坡嬉皮笑脸地说："领导晚上该忙什么忙什么吧。一周没见儿子了，我得赶紧回家看看，想死我了！"

付晓滨一脸坏笑地问道："不是想儿子了吧？是想儿子她妈吧？"

付晓滨和杨山坡一前一后从魏经纶房间出来，付晓滨神情严肃地说："你今天到底是怎么回事？儿子儿子的说个不停，以后当着经纶的面少提孩子的事情！"

七月一号、二号，《滨城日报》分别以《国内第一款强制保险——车辆交强险今日开销》、《千余人共同见证了滨城交强险第一单》、《永平保险滨城中心支公司积极开展交强险条款宣传》的标题，对滨城市保险行业协会和部分公司交强险业务销售准备及宣传情况进行了报道。看到系列报道后，魏经纶有些坐不住了，刚想拨打安山办公室的电话，看到安山和付晓滨拿着一摞材料走了进来。

付晓滨汇报道："我们跟《滨城日报》社联系好了，明天就刊登咱们公司关于切实做好交强险客户服务工作的报道，文章安委员已经写好了，题目初步定为《保险强制，服务不强制》。主要内容是表达滨城永泰公司认真制定交强险客户服务方案，提前做好为交强险客户提供贴心优质服务的各项准备工作。"

魏经纶皱了一下眉头，从安山手中接过了材料。

魏经纶草草浏览了一遍材料后，对安山说："围绕服务做文章，思路没错，但内容有些平淡，题目感觉有些隐晦。'保险强制，服务不强制'这个题目，明白人一眼就能看出我们在交强险服务方面未雨绸缪，不用扬鞭自奋蹄；不明白的人可能还会理解成反正是强制保险，服务好坏没关系。内容和题目你们应该再琢磨琢磨，尽量通俗易懂一些，如果有快速理赔交强险这方面的题材就好了。"

"如何快速理赔交强险出险客户……"安山重复道。

魏经纶笑着说："我只是随便说说，如果没有其他方面的素材，这样写也行。"

安山说："这样吧，我跟付总再商量商量，争取下午五点前把稿件传给报社，否则的话，明天报纸就刊登不出来了。"

七月三日，《滨城日报》以《简化程序，神速结案——永泰公司快速理赔滨城市第一例交强险案件》为标题，刊登了介绍永泰公司快速理赔滨城第一例交强险案件的报道，在滨城市引起了不小的反响。

早晨七点钟，魏经纶准时来到了办公室。半年多来，他基本上天天都是早到晚走，其中的缘故公司里大部分人都知道。

不一会儿，驾驶员小李把当天的报纸送到了魏经纶的办公室。

魏经纶一目十行地浏览完当天的《滨城日报》，摸起电话拨通了付晓滨的手机："昨天出的那个交强险案子怎么样？出没出现人伤之类的情况？"

电话那头传来了付晓滨哈哈大笑的声音，魏经纶好像明白了什么，喃喃自语道："你这家伙，尽干些出格的事情。"

交强险实施后的第一个月，各家公司生意都十分稀少，每天除了有三两个新车客户来公司购买交强险外，基本上没有续保和转保客户到公司购买保险，因为大部分非新购车辆客户早已赶在七月一日交强险实施之前，购买了下一个保险年度的保险，所以，交强险正式销售后的第一个月，滨城市车险业务出现了较大幅度的下滑。

杨山坡拿着七月份车险业务发展情况分析报告走进了魏经纶的办公室："魏总，这个月的车险业务下降幅度很大，这是预料中的事，主要是续保前置造成的，随着时间的推移，业务下滑现象逐步会得到改观。交强险实施后，客户投保第三者责任保险的意愿下降了，因为大部分客户认为购买交强险后，再购买第三者责任保险纯粹多余，而交强险死亡伤残赔付最高只有五万元，医疗费用赔付限额也只有八千块钱，如果出现一个比较大的人伤案件，这点钱肯定不够用的。一旦出现比较严重的交通事故，或者出现多人死亡伤残案件，客户不来公司闹才怪呢！前两天，一个客户来公司续保，一看保险费比去年高了好几百块钱，就大吵大闹，硬说是保险公司为了多收保费，逼着国家强行实施交强险，承保部的人怎么跟他解释也解释不通。要是保险公司有那么大的能耐，还用得着为了一点点业务跟孙子似的跟在人家客户屁股后面点头哈腰吗？"

魏经纶打断杨山坡问道："你快说你是什么意思吧？"

杨山坡说："我的意思是交强险实施后，咱们是不是应该适度提高商业三责险的销售费用，这样做有两个方面的考虑，一是力争公司第三者责任保险业务不出现下滑，同时确保客户的利益；二是交强险实施后，原来通过第三者责任保险赔付的案件，大部分通过交强险赔付出去了，第三者责任保险一定会是一个效益险种。"

魏经纶说："现在的客户都猴精猴精的，账算得比咱们这些人都好，让他们多花几百块钱,他们能干吗?"

杨山坡说:"只要销售费用提上去了,业务人员的积极性调动起来了,他们就有办法去说服客户。"

"为了跟市场保持一致,公司能拿出的费用全都拿出来了,如果按现在的费用水平拼下去,到年底费用可能要超支一千万元,如果再提高三责险的销售费用,年底形成的窟窿会更大,这窟窿怎么堵?"魏经纶不无担心地问道。

杨山坡说:"咱们可以把整体车险销售费用降低一两个百分点,因为车险业务相对好做,单笔业务保费也比较高,业务员不会因为降一两个百分点就不去做车险业务了。而第三者责任保险就不同了,单笔保费少,对规模膨胀作用小,如果没有好的政策刺激,肯定调动不起销售人员的积极性。所以,从业务发展、风险保障和经营效益等方面考虑,加大第三者责任保险的销售力度是必要的。"

魏经纶想了想,说道:"让业管部再测算一下,拿出一个详细的销售方案,下周召集各部门负责人开个会,听听他们是什么意见。"

二十八

八月一日是滨城港务局成立二十周年的日子,也是滨城港务局改制为滨城港务集团一周年的日子。为庆祝建港二十周年,滨城港务集团决定于七月三十一日举行盛大的庆祝活动,并于当晚酒会后举办烟花燃放活动,滨城市各部委办局及市内主要企事业单位都接到了正式邀请。

参加滨城港务集团庆祝建港二十周年的领导和来宾很多,市五大班子的主要领导和交通部、省交通厅等上级主管部门的有关领导都参加了当晚的庆祝酒会。

魏经纶、杨威名和宋珂三人从酒会的第二十桌,一直找到了最后第四十桌才找到了自己的桌牌,而姚东风等其他参与港务集团项目保险的五家公司总经理,被安排到了稍微靠前的第三十五桌。杨威名、宋珂和魏经纶从姚东风等人身边经过时,姚东风等人主动站起来打着招呼道:"三位领导的座次应该在前面吧?"

杨威名找到自己的桌牌后犹豫了一下,跟第四十桌的主陪——港务局办公室张秘书打了一声招呼就走了,宋珂装着到外面打电话,也没有再回到座位上,弄得魏经纶走也不是,不走也不是。

晚上九点多钟,魏经纶洗刷完毕正想上床休息,付晓滨的电话打了过来:"港务集团发生了重大火灾,你知道了吗?"

魏经纶一愣,马上质疑道:"不可能吧?我刚从港务局那里回来没多大会儿啊!"

"刚才咱们查勘员小孙看现场回来,经过港务局时亲眼看到的,现在全市的消防车都去了。我一会儿开车去接你。"

十多分钟后,付晓滨开着一辆带有永泰公司标志的查勘车到了。魏经纶一上车就问道:"什么原因引起的火灾?"

付晓滨说:"听说燃放烟花爆竹时,一发礼花炮弹打进港务局的电机房引起了爆炸。估计这一次损失小不了!"

魏经纶说:"塞翁失马,焉知非福。姚东风等人要是早知道港务局会出现这么大个事故的话,去年拿枪逼着他也不一定会承保这单业务,杨威名、于珂等人也不会因为失去这个项目而垂头丧气、捶胸顿足的了!"

付晓滨说:"如果这个项目还是由我们三家公司承保的话,也不一定会出现今天这起爆炸案件。"

事故现场浓烟滚滚,二十二层的港务综合办公大楼笼罩在一片火海中,不断有消防车呼啸着进出火灾现场。

魏经纶和付晓滨等人围绕事故现场转悠着,远远看见白守业走了过来。

付晓滨迎上前去问道:"白总,怎么回事?"

"别提了,庆祝二十周年凑在一起开个会、吃顿饭就行了,放什么烟花爆竹?这下可赔大了!"白守业埋怨道。

"燃放烟火请的不是专业公司吗?到时候找他们追偿就是了!"魏经纶建议道。

白守业说:"一般烟火燃放公司注册资本金不过三百万二百万元的,别说是没钱,就是有钱你能追偿回来?"

魏经纶问道："怎么没看到姚总？他也在现场吧？"

白守业说："打了他一晚上手机，一直不接听，可能是喝高了。"

魏经纶和付晓滨暗暗地笑了。

华晨保险经纪公司、参与港务集团项目保险的五个共保体总公司以及聘请的理赔公估公司相继到达了滨城市，专家组经过实地查勘、测算和评估，最终确认损失金额为一亿五千万元左右，其中，综合办公大楼损失约九千万元，电脑设备、办公家具等物品核定损失约六千万元。

港务集团总经理毕旭日一口气看完了五家共保公司提交的火灾损失评估报告，就迫不及待地把孙玉河叫到了自己的办公室。

"保险公司出的这份评估报告你看了没有？他们是什么意思？是不是一分钱都不想赔？"毕旭日用手拍着办公桌，生气地问道。

孙玉河说："评估报告我还没顾上看。出这么大个案子，一分钱不赔可能吗？"

毕旭日拿起报告，翻了两页，大声念道："'事故是由港务集团聘请的烟火燃放公司不规范燃放引起的，因此，此次事故造成的全部损失应该由烟火燃放公司来赔偿'。这是什么意思？明摆着是推卸责任嘛！老孙，在班子里你分管保险，兼职的财务部又是主办部门，好好研究一下，一定把赔偿这件事办扎实！"

孙玉河说："我马上让华晨公司召集五家保险公司开会，保险的时候说得天花乱坠的，出了险以后怎么就没有一个主动站出来说话的了呢？造成这么大的损失，一分钱不赔到哪里也讲不通！"

毕旭日说："你不是跟杨威名、魏经纶那些人很熟吗？找他们咨询一下，这个案子到底该不该赔。"

孙玉河一连拨打了五六遍，杨威名的手机都是处于暂时无法接通状态。

孙玉河又翻出魏经纶的手机号码拨了出去。

孙玉河一句客套话没讲，直奔主题："魏总，你站在专业角度或者第三者的角度分析，港务局爆炸案子你们保险公司该不该赔？"

魏经纶支吾了半天，问道："华晨公司是怎么讲的？难道他们的评估报告还没有出来吗？"

孙玉河说："你先别管他们是怎么讲的，你只说这个案子该赔还是不该赔？"

魏经纶说："理论上讲爆炸是烟火公司违规燃放烟花引起的，理应由烟火公司负责赔偿，但保险公司作为风险管理的主体，对此次事故的发生没有尽到提醒、预防等方面的义务，应该对案件负有一定的责任。"

毕旭日在一旁小声提醒道："问问他现在有没有时间，能不能过来一趟？"

"你现在在哪里？有时间的话咱们能不能见面详细聊一聊？"孙玉河问道。

"实在不好意思，孙总，我现在在湖北参加一个学习班，两周以后才能回去，等我回去以后再说好吗？"魏经纶客气地回答道。

孙玉河很无奈地摊了摊手，又拨通了宋珂的电话。

孙玉河把刚才问魏经纶的那些问题又跟宋珂提了出来，宋珂支吾了半天，最后推辞道："这个案子比较复杂，该不该赔我一时也说不清楚，需要把你们三方签订的合作协议书仔细研究后才能下结论。要不这样，我跟我们公司的承保、理赔部门的人员商量商量后，再给您答复。"

孙玉河很不情愿地挂断了电话，朝毕旭日努了努嘴："什么也没问到。我跟华晨及大千公司谈完了以后再跟您汇报吧，您也不用太着急。"

孙玉河嘴上这么讲，但心里比毕旭日更火烧火燎：一两个亿的案子，果真如姚东风他们提交的分析报告里说的那样，保险公司没有责任，无法赔付的话，那集团总经理室跟董事会无法交代，跟公司全体干部员工无法交代，跟市委、市政府及上级主管部门也无法交代，自己作为分管保险事务的总经理助理，能逃脱掉工作无方、办事不力的责任吗？

文明按照孙玉河的要求，又匆匆忙忙地从外地赶到滨城，这是火灾发生后第三次来滨城组织召开港务集团爆炸案件处理工作会议，可会议结果跟前两次没有多大差别：牵头承保港务集团项目的大千公司坚持应该由烟花燃放公司赔付，其他四家共保公司几乎是异口同声地说"我们听主承保公司的"。文明很无奈地摇了摇头，长长地叹了一口气。

文明等人一离开大千公司的会议室，其他四家公司的总经理众口一词地说道："姚总，港务集团爆炸案，你可千万要顶住，你要是一妥协，一点五个亿非赔出去不可。要是这一点五个亿赔出去了，我们头上的这项帽子可就是别人的了！你想想，咱们五个公司开业以来收的保费总共加起来也没有一点五个亿，况且这个案子本来就不在协议规定的赔偿范围内，凭什么让咱们赔这一点五个亿？"

姚东风也愤愤不平地说："文明这只老狐狸两头装好人！港务局那边交代

不过去，我们这边就交代过去了？当初承保的时候，他是横挑鼻子竖挑眼，一会儿说咱们承保条件太差，一会儿说咱们厘定的险种费率太高，愣是把条件抬高了，现在出险了，他让我们想办法做总公司的工作，这工作我们怎么做啊？招投标谈判的时候，毕旭日、孙玉河那些人不也喋喋不休地说，港务局这个项目根本不会出现什么大的赔案，保险纯粹是给保险公司送钱，现在他们怎么也不说这种话了？"

其他人也附和道："谁说不是呢！要是他们知道风险无处不在的话，当初他们也不会那么苛刻了！要是他们知道放个烟花爆竹也能造成一两个亿损失的话，他们也不会不把我们保险公司不当回事了！"

姚东风说："这个案子能不能赔，外人不明白，他魏经纶还不清楚吗？今天孙玉河和文明都说他们问过魏经纶和其他业内人士了，他们都说应该赔付，这不纯粹给我们使绊子吗？"

其他人你一言我一语地骂道："平时看着他魏经纶人模狗样的，还以为是个正人君子呢，搞了半天也是小人一个。不能因为这个项目不是他们永泰公司承保的，就信口雌黄，一点大局观念都没有，真不是东西！"

"不行，我们不能就这么不吭不声的，一定让他说个明白，他魏经纶到底想干什么？"姚东风说着拨通了魏经纶的手机，一连拨了三次，都没人接听。

众人齐声谴责道："不做亏心事，不怕鬼叫门，他魏经纶如果没做亏心事的话，为什么连电话都不敢接了？"

姚东风又把电话拨了过去，电话那头终于传来魏经纶不耐烦的声音："老姚，我家里有点事，咱改天再聊好吗？"没等姚东风开口，电话就挂断了。

过了不到一分钟，姚东风又把电话打了过去。

"老姚，我不是说咱改天再聊吗？你怎么这么不体谅人？"魏经纶十分不满地责怪道。

姚东风气呼呼地说："老魏，我怎么不体谅人了？你要是体谅人、体谅这个行业的话，你能不负责任地到处胡说八道？"

魏经纶明显提高了嗓门："老姚，你把话说明白，我跟谁胡说八道了？又是在哪里胡说八道了？"

姚东风毫不示弱地说道："你凭什么说港务集团的爆炸案子我们应该赔？请把你的依据拿出来。你不就是因为我们今年承保了这个项目你有意见、耿耿于怀吗？再有意见也不能不顾及行业利益、自己的人格呀！"

"姚东风，你不要血口喷人！港务局的案子你们赔不赔与我有什么关系？我姓魏的自从娘肚子里出来，还没有人说我人格有问题的，难道轮到你姚东风说三道四了？我现在没心情跟你胡搅蛮缠，找时间我跟你面对面对质！"魏经纶气呼呼地说完，就直接把手机关了。

柳叶眼含热泪地看着魏经纶，她对面前的这个男人感到越来越陌生、越来越难以理解了。她清楚地记得在郭浩和王瑞香的婚礼上她们第一次见面的情景，她感觉那时的魏经纶风流倜傥，风趣幽默，才华横溢，善解人意，可面前的这个魏经纶越来越沉默寡言，脾气也越来越难以让人接受。是工作的压力？是家庭的缘故？还是……柳叶没有再想下去，默默地走进了她已独自睡了五个多月的那个房间。

柳叶静静地躺在床上，眼睛死死地盯着天花板。虽然天还没有完全黑下来，但外面的路灯已经亮起来了，灯光透过淡黄色的窗帘照到房间，让她感觉有一丝的安稳和宁静。她喜欢拉着窗帘的房间，好像一层薄薄的帘纱能阻挡住外面的喧嚣和污秽，所以她总是在天不黑的时候就把窗帘拉得严严的，太阳出来老高了，才把窗帘完全拉开。

分居五个多月了，她不知多少次用期盼的眼光看着魏经纶，希望他说一声"搬回来吧，两个人一起睡更安全"，可魏经纶始终没有说。趁魏经纶去南方学习的时候，她偷偷搬回了她们曾经共同度过三千多个夜晚的那张床，可头脑中产生的仍然还是屈辱和悲伤。她不能理解结婚快十年了，跟她睡在一起的男人梦中还能呼唤出别的女人的名字。一想到自己仅是别的女人而且是自己非常熟悉女人的替代品，她就感到索然寡味，兴趣全无。她深深地感到横在自己心头上的障碍越来越难以逾越，唯有分开。

隔壁房间里传出了通话的声音，声音忽高忽低，听不真切，一会儿还传来低低的哭泣声，委屈中渗透着忧伤。

大约二十分钟，楼下传来了汽车鸣笛的声音。

魏经纶脚步有些沉重地下了楼，打开车门上了车。透过窗口，柳叶看到车上坐着的杨山坡。

车子一直开到了海边，在一个咖啡馆门前停了下来。

杨山坡和魏经纶在一个靠近窗口的桌子上坐了下来，一人要了一杯咖啡慢慢地喝着。

杨山坡望了一眼一语不发的魏经纶，问道："又冷战了？"

魏经纶勉强挤出一丝笑容，声音小的像蚊子："今天是'热战'！"

杨山坡说："实在过不下去的话就别凑合了，这样下去对谁都不好。"

魏经纶眼睛一直望着窗外，嘴唇动了动，没有发出声音。

"一下午没去单位就是为了'热战'？柳叶下午怎么没去上班？"杨山坡问道。

魏经纶声音低低地说："下午头痛得厉害，本想回家躺一会儿，谁知道她也回家了！"

"你平时看着脾气挺好的，有什么事不能跟她平心静气地谈一谈？人民教师就是做思想政治工作的，跟她好好谈谈，她不应该一点也听不进去吧？"杨山坡劝道。

魏经纶苦笑着说："没用，她有心理障碍。我们俩人经常是三句话没说完就戗戗起来了，真是话不投机半句多啊！"

杨山坡说："真没想到你们俩会走到今天这一步。到现在我也不明白，你们到底是为了什么？"

魏经纶说："实际上也没什么大事。咱干这份求人的工作，整天迎来送往的，本来就身心疲惫，当妻子的应该体谅才是，可她就是不理解。今天说看见跟别人上了一个车，明天说晚上睡觉喊别的女人的名字，这不纯粹是没事找事吗？"

杨山坡笑着说："谁让你小伙子长得帅，年纪轻轻就当上老总了的？人家柳叶不也是害怕你'孔雀东南飞'嘛！"

魏经纶说："我想你们家白雪不会像她那样。她老是怀疑你这怀疑你那的，搞得我整天惶惶不安，什么兴趣都没有了。不怕你笑话，我们两人差不多两年没有那个了，分居也快半年了，这样的日子你说还有法过吗？"

杨山坡说："上次我说让白雪和李冬冬找她谈谈，你死活不让。女人比较了解女人的心思，找她好好谈谈的话，说不定能帮她解开心中的疙瘩。"

魏经纶说："如果能行的话，不用你说我也早找她俩了。她已经钻进死胡同里了，越谈可能关系越僵，尤其是李冬冬更不能找她谈。"

杨山坡不解地摇了摇头："女人啊，真是难琢磨！"

魏经纶说："过两天我想去趟省公司找找李总，看看能不能把我的工作给调一调。在这个岗位上干了六七年了，再干也没什么意思了，尤其是在市场这么乱的情况下。"

杨山坡瞪大眼睛问:"你想去哪儿?"

魏经纶说:"前两年省公司要调我去干办公室主任,我考虑到两人一直没孩子,再两地分居的话,怀上的几率就更小了,所以没有答应,现在看来,当初的决定是错误的,应该答应去省公司。当初要是两人早分开的话,说不定也走不到今天这一步。"

杨山坡说:"你要是去省公司了,那滨城公司怎么办?退一步讲,公司的事情咱放一边暂且不说,柳叶本来就对你不放心,如果你再去省城工作,一两个月不回家一次,那你们俩人可能就只有一条路可走了。"

魏经纶说:"你以为我留在滨城我们还有别的路可走?实不相瞒,离婚的事我们已经谈过两三次了,虽然都是通过王瑞香转述的,但基本上都已经同意了。如果领导们同意调我去省公司工作,走之前就把离婚这件事办利索,去省公司也不会再有三牵两挂的了。"

杨山坡说:"逃避不是办法,况且省公司领导也不一定让你这个时候离开滨城。"

魏经纶说:"应该不会有问题。去省公司的事,我已经考虑了很长时间了,不仅仅是家庭的原因,也有公司的原因。"

杨山坡说:"虽然现在业务不好做,竞争激烈,经营也比较困难,但市场不会老是这个样子。一个人去外地工作,人生地不熟的,不容易。我劝你还是再慎重考虑考虑。"

魏经纶说:"市场竞争这么厉害,监管部门查得又这么严,现在干一把手不是前几年了,不仅压力大,而且风险也高。今天下午,姚东风为了港务集团爆炸案的事情,打电话找我兴师问罪,还说了许多难听的话,我正在气头上,就没给他留情面。唉,为了一点业务,多年的交情都不讲了,真不应该!老姚是咱们过去的老领导,滨城永泰公司成立的时候,又一起共苦过,当初要不是陈醒目不放他走,我现在的这个位置可能是人家的,有机会的话,你还是帮我解释一下吧。"

杨山坡说:"老姚现在也不是过去的那个老姚了,变得很世故。今天下午他也给我打电话了,啰哩啰嗦地说了一大通,到现在我也没弄明白是怎么回事。港务集团又不是咱们承保的,掺和那些熊事干什么?"

魏经纶说:"不是我愿意掺和他们的事,是港务集团孙玉河打电话问我那个案子应不应该赔,我说理论上讲爆炸案件是烟火燃放公司违规操作引起的,烟火燃放公司是赔偿主体，但保险公司作为风险管理主体，对投保人也有提醒、预防等方面的义务，仅此而已。我不知道孙玉河跟那五家公司的人是怎么讲的，传来传去，可能传变味了。"

杨山坡说："客户为了达到自己的目的，肯定净找有利于自己的话说。老姚那些人也不考虑考虑，都是圈子里的人，能不维护行业利益吗？况且他对你魏经纶的为人又不是不了解。"

魏经纶十分委屈地说："港务集团这个案子太大了，参与承保的五个公司成立后收的保费加起来也没有这个案子的损失大，他们着急也是正常的。下午，老姚电话一打过来就说我胡说八道，说我人格有问题，说我对行业不负责任……你想，我跟柳叶闹别扭正在气头上，正想找一个出气的地方，正好他的电话就打过来了。不管怎么说，咱也有不对的地方。还是找个合适的机会跟人家解释一下吧，不能因为工作，影响了弟兄们的感情。家里不和谐，外面还是尽量和谐一点，现在不都在讲和谐吗？"

杨山坡说："老姚那人有时候也犯病，不了解清楚，上来就青红皂白地指责一通，不骂他一顿就算便宜他了。过几天找个合适的机会，我得好好说说他。"

魏经纶问："很长时间没看见杨杨了，最近学习怎么样？你黑天白夜的忙，孩子的事情顾不上，全靠人家白雪和杨杨他姥姥、姥爷，对人家一定要好一点，家庭关系一定要处理好。家和万事兴，可别学我。"

"两位老人对我的工作还是挺理解、挺支持的，就是白雪有时候唠唠叨叨的没完没了，心烦的时候，真想踢她两脚，可咱哪敢呀！"杨山坡笑呵呵地说。

魏经纶面无表情地说："你可别烦，有时候有人唠叨你也是一种幸福。像我这样没人唠叨更痛苦。"

魏经纶看了看手表，催促道："回家吧，再晚了，白雪同志会不高兴的。"

杨山坡说："没事，她知道我跟你在一起。去省公司的事，我劝你还是再考虑考虑。港务集团爆炸案子的事情，你不用放在心上，不做亏心事，不怕鬼叫门，时间长了，他们会知道实情的。"

滨城港务集团爆炸案赔付谈判一直处于胶着状态，双方分歧很大。五个共保公司坚持主张损失应该由烟花燃放公司承担，而港务集团公司认为，既然公司花费五六百万元购买了保险，不管什么原因造成的损失，保险公司都要全额赔偿。港务集团领导表示，虽然港务集团项目续期已到，但在赔付方案未确定之前，决不会考虑续保问题。

眼看年底到了，港务集团脱保也三四个月了，情急之下，孙玉河亲自出面召集原三家共保公司开会，商量重新恢复合作关系问题，魏经纶借口家有急事要赴外地处理，派杨山坡参加了会议。

孙玉河开门见山地说："今天请大家来，还是让大家帮助参谋一下公司爆炸案赔付问题。按道理讲，今天找你们三家公司的老总来有悖情理，因为今年港务集团的保险不在你们三家公司，大家完全有理由拒绝参加今天的会议。大家能在百忙中来参加这个会议，一方面说明大家对港务集团这个项目的重视；另一方面也说明大家有继续合作的诚意。请各位给支个招，下一步港务集团风险管理工作应该怎么做。杨总、宋总，你们有什么高见？"

杨威名用手指了指宋珂，示意让宋珂先讲。宋珂莞尔一笑，说道："还是请老大哥先发表高见吧。"

杨威名说："为改革开放和经济社会发展保驾护航是保险的基本职能，但要真正体现出保险本身的价值，必须得到社会各界尤其是像孙总这样的大客户的支持和理解。港务集团是市内的重大项目，但在规避风险方面做得还不够，这其中有我们保险公司宣传不力的原因，也有港务集团本身认识不到位的原因。在座的各位都是滨城市最早成立三家公司的负责人，也是目前滨城市规模最大的三家公司，也应该是专业水平和管理能力最好的三家公司，但就是这样三家公司，上一个保险年度竟然会无一参与滨城市最大的保险项目的承保，这本身就是一件不太正常的事情。港务集团资产已过五六百亿元，但真正拿出来投保的只有几十亿元，按保险行业的说法叫做不足额投保，出险后也应该按比例进行赔付。更重要的是，去年贵集团通过经纪公司把费率压到了一个不正常的水平，使在座的几家公司失去了跟贵司继续合作的兴趣。所以，我建议贵公司在今后风险安排时，一定要考虑公司实力、服务能力、专业水平。至于爆炸如何赔付问题，由于我们没有对上一个保险年度的保险条款进行认真地研究，实在不敢妄加评论。"

孙玉河问："如果按前几个保险年度的承保条件，出了这个事故后，你们应该如何赔付？"

杨威名看了一眼闫利，说道："这个问题让闫总给您解释一下吧。"

闫利侃侃其谈了十五六分钟，也没有给出一个让孙玉河感觉满意的答案。

孙玉河又朝宋珂点了点头，问道："宋总，你有什么看法？"

宋珂瞅了一眼面前的笔记本，说道："我很同意杨总的意见。至于这个案子如何理赔，主要还得看承保时方案是怎么约定的。正常情况下，可以让保险公司代位求偿，但这样做保险公司就承担了相当大的风险。我的意见是除了将烟花燃放公司列为赔偿主体外，还可以将烟花生产厂家也列为赔偿主体，因为他们生产的产品没有达到质量要求。"

杨山坡接口道："宋总说得很有道理，将这两家公司捆绑在一起，让保险公司代位求偿的成功率就高一些。刚才，杨总也提到不足额投保问题，虽然港务集团公司损失金额达到了一点五亿元，但真正列入投保范围的财产可能不足一半，所以要求按损失额进行索赔，既不合理，也不现实。"

孙玉河眨巴了一下眼睛，问道："假如今年我们把公司的风险管理权再交给在座各位的话，大家对下一步的保险安排有什么建议？对已经造成的损失有什么态度？"

杨威名警觉地问道："孙总说的'对已造成的损失有什么态度'指的是什么？"

孙玉河尴尬地笑了笑："我的意思是说，如果我们再继续合作的话，三位老总能不能帮助消化部分损失？港务集团跟你们三家公司合作过六七年，从集团收取的保费累计也有四五千万元，前几年你们三家确实没怎么赔付，可以说是赚了很大一块利润，如果各位在港务集团遇到困难的时候给予相应的支持，那我们今后合作的基础可能会更牢固一些。"

杨威名态度十分坚决地说："孙总的想法很有创意，但不太可行。如果上一个保险年度是在我们公司投的保，公司的微机系统内有港务集团的代码，理论上还存在着通融的可能性，可公司的系统内连贵司的账户都没有，想人为地进行操作怎么可能呢？"

宋珂和杨山坡也附和道："别说是无法操作，就是有法操作，这么大的一个案子，谁也没有那个胆量。"

孙玉河笑着说："操作肯定能操作，只不过大家都不愿意承担风险罢了。我认识你们保险公司的一个查勘员，当然不是你三家公司的了，在保险公司工作了三年多，就在咱们市区最好的居住小区买了一套一百二三十平方的房产，最近又买了一辆帕萨特轿车。你们想，一个刚从大学校门里走出来没几年的农村穷学生，哪里有那么多的钱？听你们内部的人透露，那个人帮助客户做了不少假案子，从中分了不少提成。"

杨威名等人面面相觑，纷纷露出了惊讶和怀疑的表情。

十二月底，港务集团又把公司新一保险年度的业务承保权交给了原共保体的三家公司，费率、免赔额等主要投保条件跟上一个保险年度的投保条件基本相同，不同之处在于保额在上一个保险年度基础上有了较大幅度地增加，而且没再通过经纪公司进行保险安排，因为港务集团公司的领导们认为，华晨保险经纪公司虽然在前期投保过程中做出了很大努力，为集团公司节省了大量的费用，但在后期协调服务方面没有起到应有的作用，没有必要继续通过经纪公司进行保险安排。同时，将大千等五家共保公司告上了法庭，要求按投保份额进行赔付。没过多久，大千财险东南分公司以对滨城港务集团保险项目风险管控不力、没有很好地维护公司的核心利益、对大千公司品牌建设造成无可挽回的损失为由，一纸红头文件，解除了姚东风大千财险滨城中心支公司的总经理职务。

二十九

元旦前，魏经纶借去省公司汇报工作的机会，跟总经理李梦香提出了调整工作的请求。

李梦香有些不解地问道："前两年想调你来省公司工作，你死活不同意，现在怎么又突然想起来省公司工作了呢？"

魏经纶说："由于长期在基层工作，没机会在省公司这样的大机关学习锻炼，所以个人的专业水平和管理能力一直没有多大长进，如果有机会来省公司学习工作一段时间的话，对个人以后的工作肯定会有所帮助。请领导们酌情考虑一下。"

李梦香说："当初总经理室想调你来省公司工作，也确实出于这方面的考虑，毕竟你在全省十二家中支公司主要负责人中是最年轻的，上次总公司领导来东南视察时还提起过你。可眼下竞争形势逼人，滨城公司又在咱们东南公司中占据举足轻重的地位，在省公司总经理室还没有物色好合适人选之前，绝对不会贸然调整你，你要有充分的思想准备。"

魏经纶说："虽然目前滨城竞争环境比较恶劣，但咱们永泰公司有品牌优势，干部员工队伍的销售能力也较强，对我进行调整，不会影响大局。请领导们还是认真考虑一下我个人的请求。"

李梦香皱了一下眉头，问道："目前滨城中支公司班子成员中，哪一个已具备了干一把手的素质？依我看目前还没有。杨山坡、付晓滨两人目前还不成熟。"

"省公司人才济济，随便派一个去，可能都比我干得好！"魏经纶谦虚道。

停顿了一会儿，魏经纶问道："我们那里有一个叫姚东风的，当初曾跟刘总和我一起参与过公司的筹建工作，由于客观原因，一直没能来我们永泰公司工作，领导们是不是再考虑考虑把这个人调过来？"

李梦香问道："叫姚东风的这个人现在在干什么？"

魏经纶说："大千公司在滨城设立机构的时候，姚东风主持筹建了滨城大千财险公司，并担任总经理，去年滨城港务集团项目就是由他牵头其他四家公司共同承保的。最近，由于滨城港务集团项目续保问题，被大千财险公司解除了总经理职务。如果能把他引进公司的话，可能对加强公司的经营管理工作有很大帮助。最近又有几家公司在滨城筹建机构，像姚东风这样对业务和管理都熟悉的人，如果被其他公司作为人才引进使用的话，对永泰公司今后的发展肯定不利。"

李梦香说："你回去后可以先找他谈谈，看看他还有没有来永泰公司的意思，下一次召开党委会的时候，我可以把这件事作为一个议题提请党委会研究。"

魏经纶回到滨城的当天，就电话联系姚东风，问他有没有时间，如果有时间的话，约个地方单独见个面。

姚东风想了想，最终还是同意了。

魏经纶和姚东风见面后，就把他个人的想法告诉了姚东风，并说如果他愿意的话，他会尽量帮助做工作。

姚东风装出很平静的样子说道："能来永泰公司工作，那当然比较理想了。永泰是大公司，不像大千那些成立较晚的公司，管理不成熟，又没有品牌优势，更重要的是，港务集团爆炸案发生后，由于赔付问题惹上了官司，媒体又推波助澜，对参与共保的五家公司产生了不小的负面影响。想想这些，大千公司给咱这么个处分也不为过。"

魏经纶理解地说："小公司没有品牌优势，竞争的手段不是太多，靠拼费用、拼手续费，不是长久之计。这次我去省公司走访的时候，顺便去保监局看望了财产监管处董山处长，他说新局长上个月到任后，连续组织召开了四次会议，要求各处室三个月内制订出一套完整的市场监管方案，力争两年内扭转东南财险行业严重亏损问题。严厉监管政策和措施出台后，恶性竞争的问题估计能在一定程度上得到扼制，这对像永泰这样的公司是有利的。"

姚东风说："你再帮我做做工作，如果能调来永泰更好，如果调不来也没关系。新成立这么多保险公司，在保险圈子里找个饭碗应该还是有把握的。"

魏经纶说："像你老兄这样的老保险，多少公司求之不得，找个饭碗那还不容易？"

姚东风瞟了魏经纶一眼，有些不好意思地说："上次那件事，老兄误会你了，你可别往心里去呀！"

魏经纶笑着说："哪能啊！那天主要是我态度不好，没有把事情解释清楚。"

姚东风动情地说："你不用说了，原因杨山坡都跟我讲了。你跟柳叶一点希望也没有了？"

魏经纶苦笑着说："已经走到尽头了。结婚这么多年，两人交汇点不多，但在离婚这个问题，两人应该是想到一起了。马上过春节了，还是先让老人们安安心心地过个春节吧！"

姚东风劝说道："婚姻需要缘分，缘分来了拆都拆不了；缘分没有了，八头大牛可能也拉不回来。如果实在过不下去了，离就离了吧，好合好散。"

春节一过，魏经纶和柳叶就到滨城区民政局办理了离婚手续。

离婚前一天，魏经纶和柳叶把王瑞香、杨山坡、白雪和付晓滨都叫到了自己的家里，把婚后两人的共同财产进行了分割。

魏经纶和柳叶名下共有两套房产，一人名下一套。在柳叶名下的房产是单位房改时分配给魏经纶的；在魏经纶名下的房产，是二〇〇五年两人出资购买的，位于市区南部的滨城花园，面积一百四十多平方米。柳叶名下的房产虽然面积小、建设时间长，但位于城市中心地带，市场价格高于魏经纶名下的那套房产。

魏经纶征求柳叶意见道："虽然在我名下的那套房产面积大一些、房子新一些，但位置相对偏僻，距你上班的单位比较远，我个人的意见，在你名下的这套房产及房子里的一切设施、车辆全部归你。我昨天去银行查了一下，咱银行账户里还有十三万元钱，我昨天也以你的名字存了一年的定期，存单我放在书橱里了。如果你没什么意见的话，明天咱办完手续后，我带上我个人的物品就搬出去。虽然离婚后咱们不是夫妻了，但以后有什么困难需要我帮忙的话，千万别不好意思。我干了这么点差事，熟人比你多一点，社会资源也相对丰富一些。"

柳叶低着头，一句话不说。

王瑞香扶着柳叶的肩头说："既然你们两个人在一起感到不幸福，分开就不一定不是一件好事。如果分开一段时间后，你们两人感到彼此还需要对方的话，我还可以再给你们当一次红娘。"

白雪紧紧握住柳叶那双有些失去光泽的手，说道："我们是好姐妹，以后有需要的地方，一定给我们打个电话。"

大家你一言我一语地劝了柳叶半个晚上。

柳叶抬起头，勉强挤出一丝笑容："大家放心吧，我会好好生活好好工作的，也会好好反思这段婚姻的。"

大家散去了，魏经纶也回他父母那里去了，王瑞香执意要留下陪柳叶说说话。

王瑞香说："当初你们俩走在一起的时候，我还着实为你们高兴了好一阵子，你们俩走到今天这一步，是我没有想到的。说句你可能不愿意听的话，你们两人走到今天这一步，柳叶你应该承担主要责任。"

柳叶说："王姐，今天没有别人，就咱俩人，说句掏心窝子的话，跟他分开，我心里确实很难受。魏经纶有上进心，有事业心，在别人看来，一辈子能嫁给这样一个人，应该感到知足了，可我总是感到缺少安全感。"

王瑞香说："魏经纶这个人我比较了解，有责任心和正义感，对朋友、对单位的员工都很好，可我就是不明白，跟这样一个人一起生活，你有什么不放心的？"

柳叶说："他自从在单位当了一把手后，基本上没有一次是按时回家的，每天晚上都是深更半夜才回家，回到家，倒头就睡，两三个星期也不跟我亲热一次，有好几次睡觉说梦话，还喊出其他女人的名字。如果这个女人我不认识也就罢了，可我恰恰又认识她，而且还很熟悉！"

听了柳叶的话，王瑞香一点也没有感到吃惊，语气平静地问道："你说的这个人是李冬冬吧？"

柳叶使劲点了点头，眼泪哗哗地流了下来。

王瑞香问道："难道结婚后魏经纶没跟你谈起他跟李冬冬的事？"

柳叶一边流着眼泪，一边说："有这么一两次，他好像跟我提起过他们俩的事，可每次都是遮遮掩掩的。既然仅仅是同事关系，晚上睡觉为什么他没喊别的女人的名字？"

王瑞香纠正道："魏经纶说他跟李冬冬仅仅是一般同事关系，也对也不对。为什么说对呢？魏经纶和李冬冬是同一天进的公司，两人整天在一起学习、工作，彼此有好感，可他俩确实没有真正谈过恋爱。为什么说也不对呢？在你们俩没认识以前，李冬冬确实追求过魏经纶，魏经纶也对李冬冬有好感，可付晓滨死皮赖脸地追人家李冬冬，又当着魏经纶的面一把鼻涕一把眼泪地说他多么喜欢李冬冬，没有李冬冬他无法活在世上……魏经纶这人心眼实，认为自己在没有向李冬冬提出恋爱关系之前，付晓滨就向李冬冬求婚了，并且请他和杨山坡帮忙撮合他俩人的关系，在那种情况下，魏经纶认为自己再跟李冬冬好的话，就是不道德，不阳光。就在这个时候，你出现了。"

柳叶不服气地说："每次见面，我看到他看李冬冬的那种眼神，我就受不了！"

王瑞香笑着说："为了哥们义气，魏经纶把李冬冬让给了付晓滨，可李冬冬嫁给付晓滨后，生活得并不幸福，魏经纶从心里上感觉对不起李冬冬，所以无论在生活上，还是在工作上，魏经纶都想方设法地照顾李冬冬。"

柳叶说："自从听到他晚上睡觉喊李冬冬的名字后，我对男女那种事完全失去了兴趣，每次他死皮赖脸地要求跟我做那种事的时候，我都不同意。有几次他喝得醉醺醺地回家，硬是要我，可我一想到他把我仅仅当成了一个发泄的工具，就心情全无，无法跟他配合，久而久之，他就不提那事了，我也对那种事失去了兴趣。"

王瑞香说："这就是你的不对了！如果心里有疙瘩解不开，你可以主动找他谈谈，咱俩人一起去找魏经纶兴师问罪也行，发泄出来，心情可能就好了，他也明白是怎么回事了，可你闷在心里不说，打冷战，时间久了，夫妻有感情才怪了。有人说，夫妻感情是打架打出来的，这话不一定对，但也不是一点道理也没有。"

柳叶说："你说的确实不错。有时候我也自己劝自己，有时候感觉自己想明白了，可一见到她，想法马上又变了。"

王瑞香埋怨道："跟小魏谈不拢，你可以跟我说一说。不过这事也不能全怪你，结婚后，特别是有了孩子以后，心思全放在孩子家庭上了，没有主动过问你们俩的事。原来认为没有孩子可能是你们俩人中有一个身体有点问题，没想到你们两人搞得这么复杂！"

柳叶埋下头低声说道："这种事谁好意思说？那不是自己臭摆自己吗？"

王瑞香说："都是受传统教育的影响太深了，死要面子活受罪！"

柳叶说："今天分割财产的时候，我突然又产生出不想离婚的想法，可当时大家都在场，我没好意思说出口。你说我是不是神经有问题？"

王瑞香咯咯笑着说："恰恰说明你神经没问题。可事情到了这一步，再回头有点晚了，不如分开一段时间看看，如果你们之间还有缘分，肯定还有机会走到一起，如果你们俩人就是没有缘分了，硬绑在一起，也不会幸福的。"

聊了一会儿，柳叶催促王瑞香道："十一点了，快回去吧，要是郭领导回来见不到你，怪罪下来我可担当不起，况且我也想一个人再静静地想一想。"

走到门口，王瑞香忍不住地又回过头来叮嘱道："晚上早睡吧，别再胡思乱想了！"

王瑞香走后，柳叶回到沙发上坐下来，一遍又一遍地更换着电视频道。

墙上的挂表发出两声清脆的响声，柳叶失望地看了看窗外，长长地叹了一口气。

魏经纶和柳叶一前一后走出滨城区民政局的大门，魏经纶停下脚步想跟走在后面的柳叶道个别，可柳叶像没注意似的，径直独自走了。

经过魏经纶的努力和协调，姚东风顺利调进了滨城永泰公司。姚东风到公司报到的当天，魏经纶就组织召开了总经理办公会议，对班子成员的分工进行了调整。

魏经纶说："姚总是咱们滨城公司的初创人之一，由于诸多原因，一直未能来永泰公司工作。姚总是个老保险了，资历、阅历、工作经验都很丰富，加入我们这个团队后，必将对公司经营管理工作起到重要的促进作用。姚总来公司后，班子成员之间的分工要适当进行调整，这次调整，只是微调，原则上保持过去分工的相对稳定。承保和业务管理工作，还是由杨总具体分管；理赔和客户服务工作，还是由付总分管；安总除了要继续兼任行政人事部经理外，还要具体分管宣传和信息技术工作。现在行业协会正在筹建新车共保服务大厅，年内肯定将全市的新车保险纳入共保大厅统一管理。前几天我去协会了解了一下新车共保的流程和规则，感觉里面文章不少。在新车共保大厅筹建和共保规则制定方面，姚总被行业协会杜秘书长请去帮助工作了几个月的时间，对其中的规则十分了解，这项工作非姚总莫属。除了分管新车共保这项工作以外，重大客户工作也由姚总负责。大家都知道，由于诸多因素的影响，这两年我们永泰公司的重大项目拓展工作不够理想，希望姚总来公司后，重大客户承保和管理工作迈上一个新台阶。"

姚东风表态道："转了一大圈，今天总算加入我们这个团结和富有战斗力的团队了，这一转就是七年。重大客户承保服务是永泰公司的传统和强项，在滨城市乃至永泰系统都是一面旗帜，让我分管重大客户和新车共保工作，我感觉压力很大。关于新车共保问题，前几个月失业在家没事干，协会杜秘书长把我叫去帮助工作了一段时间，参与了新车共保大厅的部分筹建工作，对新车共保的一些规则了解的相对多一些。按道理讲，新车共保的规则和分配原则、计算办法等，在协会未正式征求意见前，不应该对外提前透露的，既然是自己人了，我不妨违反一次保密工作纪律。"

没等姚东风讲完，杨山坡抢先开玩笑道："跟自己家里人还有什么保密不保密的，再说姚总违反保密工作纪律也不是第一次了。"

大家忍不住大笑，姚东风也跟着笑了。

姚东风说："新车共保大厅建成运转后，对各家财险公司都是有利的，最起码在费用支出方面有利。大家都知道，现在各家公司车险折扣率都超过了百分之三十，手续费都超过了百分之二十，一些小公司手续费甚至超过了百分之二十七八。保监局新任局长到任后，下达了两年内全省财险行业扭转亏损的指示，力主各地市推行新车共保模式。新车共保大厅是行业协会与交警部门联合建立的，各家公司在共保大厅设立柜面，所有的新车必须要去共保大厅投保。在共保大厅里投保的车辆，最高只能享受百分之十的折扣优惠，这样一来就可以有效控制恶性竞争，保证车险的保费充足率。在新车共保的车辆，各家公司按交强险百分之四、商业险百分之八的比例支付手续费，节省的大量费用，可以用于其他业务发展。"

付晓滨问："新车共保大厅启用后，客户如何投保？是专门有人把客户分配到各柜面还是按抽号顺序安排柜面出单？"

魏经纶说："客户可以自由选择，喜欢哪家公司，就到哪家公司的柜面购买保险。但新车共保有很多限制规定，不是说客户愿意去你公司投保你就能承保了。"

安山说："只要客户愿意，协会怎么能控制住客户呢？"

姚东风说："协会会制定一个投保比例和规则。比方说甲公司当月只能承保百分之十的新车，乙公司只能承保当月百分之五的新车，超过了这个比例，新车共保大厅管理办公室就把系统给你关掉了，你系统上不去，客户想到你公司投保，你也保不了。"

杨山坡问："比例分配的依据是什么？"

姚东风说："各家公司具体份额是多少，协会还没有最终确定，但基本原则应该不会变了，就是根据上一个保险年度各公司车险市场份额多少确定。我个人认为，年底前我们应该抓住私家车销售旺季的有利时机，突击发展车险业务，争取把车险业务市场份额提高一至两个百分点，以便在新车共保政策实施后，占据有利地位。"

"姚总刚才提供的信息很重要，当务之急就是要倾全司之力大力发展车险业务，否则的话，明年我们可能在车险业务特别是新车业务发展方面处于不利地位。"杨山坡赞同道。

魏经纶赞许地点了点头："山坡，你分管承保管理工作，你说下一步我们应该怎么办？"

"无非是三个方面。一是把能调节出的费用全部放出去；二是在全司再搞一次车险业务竞赛，重奖重罚；三是放宽车险核保政策，过去限制承保的几个车型全部允许承保。只要年底前把规模冲上去，明年我们在新车业务发展方面就牢牢掌握了主动权。"

魏经纶想了想，对姚东风和杨山坡说："散会后，你们二位尽快制定出一个车险业务推进方案，方案制定和实施过程中，绝对不能出现新车共保这几个字样，否则的话，会引起同业公司的注意和行业协会的怀疑。"

滨城永泰公司"车险业务劳动竞赛"活动开展的当月，车险业务同比增幅达到了百分之五十三，第二个月增幅竟达到了惊人的百分之六十，车险业务市场份额同比上升了四点五个百分点。

十一月下旬，行业协会组织召开了"新车共保业务论证会"，滨城市十二家财险公司的总经理、分管业务的副总经理以及业管部经理参加了会议。

开会前，杨威名、宋珂等人不停地跟魏经纶开着玩笑。

杨威名打着哈哈说："魏总，这两个月你们公司车险业务怎么发展得这么快呀？前些日子都疯传你要到你们省公司工作，我还不太相信，现在看来，他们说的应该是真的了？"

"那是。以优异成绩向省公司领导献礼嘛！"宋珂附和道。

"哪天走早通知一声，哥几个怎么也得凑点钱给你送送行。"杨威名继续开玩笑道。

魏经纶一脸惊愕："去省公司？我怎么不知道？谁把我调了去的？"

"别装疯卖傻了，要是没这事，年底了你会疯了似的发展业务？谁不知道年底留点力气，明年一季度实现开门红？"宋珂说道。

杨威名说："是啊，今年规模上去了，明年任务再增加，那工作就难干了，除非明年你们公司又有什么大项目，否则的话，保增长可就难了！"

杜娟好不容易逮住机会，插话道："你们永泰这两个月业务发展有点反常，是不是真的有什么好事？"

魏经纶红着脸说："别听杨总和宋总瞎说。要是真有好事的话，我首先肯定向秘书长报告的。这两个月业务增速快，主要是过去省公司不让承保的大货车、工程车等车型都让承保了，所以增速一下子就上来了。"

杜娟半信半疑地问道："是吗？你们不是一直要求以效益为中心吗？"

杜娟清了清嗓子，说道："今天请大家来，主要是想商量一下新车共保的事。前些日子，省局领导带队去南方两个省市学习了新车共保管理模式，回来后，又连续组织召开了两次会议，专题研究部署新车共保问题，并把滨城列入全省首先开办新车共保业务的三个试点单位之一。学习回来后，协会向市政府分管领导做了汇报，并与市交警部门进行了沟通和协调，初步达成了共识。市交警部门把车管所一楼整个一层提供给我们作为办公场所，里面办公桌椅都很齐全，各公司带点微机、打印机之类的设备过去就可以办公，现在唯一还没有确定下来的就是运作流程、承保比例和管理制度问题。最近协会组织人员起草了一个管理办法，不瞒大家说，管理办法是从已经开展新车共保业务的其他省份照抄照搬来的，都是经过长时间实践完善后比较成熟的办法，今天召集大家来，就是想再征求一下大家的意见，并尽快确定下来，确保年底前正式运作。"

　　杜娟说完，协会工作人员将有关章程、规定、管理制度征求意见稿发放到参会人员的手中，大家默不作声地翻看着，有的还在关键点上用铅笔用力地作着记号。

　　杨威名一边看着文件，一边不住地歪头看一边的魏经纶，心想："这小子一定提前得到信息了，否则的话，他不会一反常态地拼命发展车险业务！"

　　宋珂抬头看到杨威名直盯着魏经纶看，心里顿时也明白了。

　　三大公司对协会起草的管理办法没提出过多的修改意见，总归三大公司车险市场份额占到了全市车险业务的百分之七十三四的比例，倒是其他小公司尤其是当年刚开业的安顺等公司提出了不同的意见。意见主要集中在比例分配问题。他们认为，按上一个保险年度车险业务占比决定下一个保险年度新车承保比例，不利于小公司尤其是新成立公司的发展，其最终结果是大公司更大、小公司更小。而三大公司认为，上一个保险年度车险占比，不是仅仅指上一个保险年度新车承保占比。近两年来，三大公司为扭转业务亏损局面，全力推进结构调整，大力发展非车险业务，车险业务在整体业务中的占比逐年递减。而新成立的公司，由于拓展非车险业务的能力不够，把主要精力放在了车险业务发展上，车险业务增速很快。实行新车共保后，受益最大的应该是小公司。

　　看着双方唇枪舌战、互不相让，杜娟只好站出来打圆场："这套办法虽然经过许多省份运作完善，比较成熟了，但也可能存在着缺陷。这样吧，你们三大公司姿态高一点，让出三个点的份额，支持一下其他公司尤其是新成立的公司，试行一年后，如果大家都觉着需要修改的话，那我们再开会研究。"

　　杨威名看了看魏经纶，又看了看宋珂，说道："预计滨城今年车险业务规模将达到五个多亿，三个点的份额就相当于一千五六百万。怎么样，两位领导？"

　　魏经纶只是傻笑不说话。

　　宋珂有些不快地说："魏总当然没意见了，他今年早把工夫做足了，少一个点两个点的没问题。我们永平公司就不同了，本来车险业务发展的就不理想，再让出部分份额，明年发展的压力就更大了。"

　　经过激烈地讨价还价，会议最终确定三大公司各让出一个点的市场份额，半年之后再研究调整。

新车共保政策实施的当月，市行业协会陆续收到了不少客户的投诉。投诉的内容主要集中在两个方面：一是各公司通过实行新车共保，强化行业垄断，巩固"霸王"地位；二是部分公司服务不够到位，客户购买保险等待时间过长，且经常购买不到自己中意公司的保险产品。

接到客户的投诉后，市行业协会立即组织人员深入共保大厅进行现场跟踪调查，并组织部分公司分管业务的副总经理召开会议，研究解决办法。

杜娟说："共保大厅正式投入使用后，各公司反映良好，目前看，这项政策的实施对行业发展是十分有利的。但最近市协会收到了多起客户投诉，投诉的重点主要集中在两个方面，一是价格问题，二是服务问题。新车共保政策实施后，折扣少了，客户自然感到价格提高了，对这个问题，各公司承保时要跟客户解释清楚，要让客户知道，新车共保后车险价格没有提高，而是恢复到了正常的水平。新车共保大厅投入使用后，各家公司在大厅内设立了柜面，安排了综合柜员，方便了客户投保，各公司借此加强对新车共保大厅人员的培训，切实提高综合业务素质，增强客户服务能力，促进行业整体服务形象的提高，确保共保大厅能够长期运行下去。今天，我们请三大公司分管业务的总经理来，就是想听听大家对共保大厅运行以来的看法，讨论解决客户对共保大厅服务等方面的投诉。"

闫利看了看杜娟，又扫了韩东洋和姚东风一眼后，说道："我先说两句，算是抛砖引玉吧。设立新车共保大厅，可以说是保险行业的一件新生事物，对有效扼制车险恶性竞争，提高车险保费充足率，降低车险综合成本率十分有利。但由于各公司派驻到共保大厅的人员素质参差不齐，专业能力和综合素质存在着很大差别，不利于共保大厅整体服务质量的提升。建议市协会下发一个通知，要求各公司把综合素质最好的员工派驻到共保大厅，并由市行业协会牵头组织几期礼仪、话术培训班，推行统一标准的服务语言，以促进共保大厅服务质量的快速提高。"

韩东洋说："闫总讲得有道理。由于各公司没有把综合素质较高的员工派驻到共保大厅，很多都是入司不久的新人，产品不熟悉、服务不规范，影响了共保大厅整体服务质量。另一方面，春节前后是车险销售旺季，大部分客户都是在春节前购买车辆，办好手续后春节能开上新车。未实行新车共保政策前，客户购买保险甚至车辆挂牌等手续都是业务员帮助办理，客户连公司都不需要去。新车共保后，客户要自己去共保大厅投保，春节前又是车险销售旺季，排队购买保险的情况存在，但绝对不会出现要排队等待一两个小时的现象，要是那样的话，我们保险公司的日子不就好过了？"

闫利说："客户就那个德性，业务员给他们上门服务，他们嫌你整天跟在屁股后面转来转去；让他们自己去公司投保，他们又说你搞行业垄断，服务跟不上。有些客户确实难伺候，稍不满意，就退保、投诉。"

姚东风说："客户到共保大厅投保等待时间长，一方面现在是业务旺季，购买保险的人多；另一个方面是因为有些客户不愿意接受大厅引导员的分流。同样的价格，客户当然愿意购买规模较大、网络体系完善公司的产品了。共保政策推行的第一周，我几乎每天都去共保大厅转转，小公司的柜台前确实是人少了些，用'门前冷落鞍马稀'形容一点也不过分。造成这种局面的原因除了我刚才说的大公司的品牌优势外，还有一个重要原因就是中国人的消费习惯：哪里的人多，他们就愿意到哪里去挤。"

杜娟插话道："这个问题我也发现了。上次我去大厅，正好遇见一个熟人，他说他在大厅里排了半个多小时的队才排上号，我问他怎么不去那些客户相对少一些的柜台办理？他们说还是购买大公司的产品比较放心，最起码他们的网络全、机构多，如果有一天在外地出了险，索赔起来也方便。"

姚东风说："我们三家公司共保比例虽然较高，但到了月末，份额就用完了，客户来投保时，我们只好说网络有问题，上不去网，客户因此就认为公司的服务质量不高，有的客户还骂骂咧咧的。长此以往，对公司的品牌肯定有损害。"

杜娟说："熟人或者老客户执意要到你们三家公司投保的话，你们总经理室成员跟我或者跟大厅负责人打个招呼，给他们承保就是了。对直接去大厅投保的客户，各公司要做好安抚和解释工作，不要把矛盾激化。如果实在遇上难缠的客户，我们也会安排大厅负责人灵活处理的。"

杜娟喝了一口茶水，继续说道："最近有人反映个别工作人员当着客户的面说了一些不负责任的话，这些话如果传到那些别有用心人的耳朵里，可能对新车共保这种新生事物造成难以估量的负面影响。希望你们回去后做好员工的教育工作。"

闫利、韩东洋和姚东风都承诺一定把会议精神传达至每位员工，尤其是在共保大厅工作的员工，自觉遵守各项规章制度和章程，配合协会把新车共保大厅建设成全省的模范厅。

三十

　　一脸愁容的杨山坡慢慢腾腾地走进了魏经纶的办公室,看了一眼正在沉思的魏经纶,一屁股坐在旁边的沙发上。

　　"怎么了?没休息好?昨天晚上是不是又接受白雪同志政治思想教育了?"魏经纶从老板椅上站起来,一边说着,一边走到杨山坡旁边的沙发上坐了下来。

　　杨山坡白了魏经纶一眼,嘟哝道:"到什么时候了,你还有心思开玩笑!"

　　魏经纶笑着问道:"什么事把你烦成这样?"

　　杨山坡说:"这几天的业务数据一天不如一天,我都快愁死了!"

　　看到杨山坡闷闷不乐的样子,魏经纶故意激他道:"看来咱们就是干市级公司老总的料,官再大一点点也干不了了,业务上不来就愁成这样,要是遇上比这棘手的问题,光愁也愁死了。"

　　杨山坡嘟哝道:"我爹是放羊的,最多的时候也就放养了二三十只羊,我现在能管理这么多人已经很不错了,哪像你领导,有远大志向。"

　　魏经纶知道杨山坡话中有话,故意气他道:"人往高处走,水往低处流,遇事谁不往好处想?"

　　杨山坡说:"恶性竞争,加上员工跳槽或转行成风,业务发展举步维艰,这个时候你那么着急上火地往省公司调干什么?能不能过一两年再说?"

　　魏经纶说:"上次我去省公司汇报工作的时候,顺便跟李总提了一句,可人家领导根本就没理咱这个茬。你替我听到什么好消息了?"

　　杨山坡说:"听刘苏讲,上周省公司召开党委会的时候,讨论过你工作调动的事,据说要求来滨城公司当总经理的人很多,省公司领导们正在平衡。"

　　魏经纶说:"礼拜天刘总回滨城的时候我还见到过他,他怎么没跟我说呢?"

杨山坡说："跟你说了你还能安心干工作？在滨城咱们兄弟三人一起干点事多好啊，为什么非得要调到省公司去呢？是不是因为公司发展遇到了困难，想逃避啊？"

魏经纶没好气地说："滨城公司一成立我们就来了，可以说是滨城公司的创立者和见证人，对公司和公司的每一位员工我们都是有感情的，虽然目前公司经营发展过程中遇到了很大的困难，但我魏经纶不是那种见困难就逃避的人。"

杨山坡不服气地说："那你为什么非得现在要走呢？如果是提拔重用还情有可原，可你去了又不是提拔。去年以来相继又有几家保险公司在省城设立了分支机构，这些机构一旦保监局验收通过，肯定会在滨城设立中支公司，这个时候你离开滨城，干部员工队伍的信心不受影响吗？"

魏经纶笑笑说："这两年在咱们滨城设立分支机构的还少吗？从三家发展到十二三家，咱永泰公司不照样发展？"

杨山坡说："业务难发展、干部员工队伍稳定是一方面，更重要的是最近公司的坏消息太多了。别的不说，光那几十笔清收不上来的履约险业务，就够咱们忙活的了。银行那些人真不是东西，当初两家合作的时候，从公司拿走了多少手续费，现在公司遇上困难了，一点面子也不留，一笔贷款催不上来，就让法院查封咱们的账户。你在滨城熟人多，遇上这样的事情还有人肯出面帮忙，你要是走了，谁还肯帮这个忙？"

魏经纶说："履约险清欠工作到八九月份就结束了，剩下的那几十笔业务估计很难清欠上来了。上次去省公司汇报工作的时候，我也重点把这事跟李总汇报了，估计省公司会想办法帮助解决。可话又说回来了，我现在还在滨城，人家不照样该起诉起诉、该查封账户查封账户吗？"

杨山坡说："市各部委办局的领导你都熟，现在办任何事情，都是看个人的面子，谁也不会看公司过去对他们怎么样。所以，我和老付都希望你在滨城再干几年，等市场形势好转了，你再去实现你的理想也不迟。"

魏经纶苦笑着问道："什么理想？我现在的情况你又不是不了解，单身一人，现在离开滨城去省公司正是时候。在这个问题上，你不应该不支持我。"

杨山坡语气有些缓和地说："跟柳叶离婚这么长时间了，也该考虑一下自己的事情了。在滨城我们熟人多，个人问题可能好解决一些，一旦去了省城，人生地不熟的，这件事极有可能就拖延下来了。快四十岁的人了，你不着急我们还替你着急呢！"

魏经纶笑着说："真是皇帝不急太监急。找老婆需要缘分，没有缘分熟人再多也是白搭。去省公司工作虽然熟人少，说不定机会更多。"

两人正聊着，楼下传来一阵吵闹声。

魏经纶摸起电话问安山出什么事了，安山说有几个人来公司上访，付总正在处理。

过了一会儿，付晓滨和安山一起走了进来。

"什么人又来公司上访了？他们因什么原因上访？"魏经纶问道。

付晓滨说："是滨东死的那个客户的家属来上访，还好只有四个人，要是再多一个人，就是群访了，群访是要上报总公司的呀！"

"客户情绪怎么样？激烈不激烈？"魏经纶又问道。

付晓滨说："刚开始情绪很激烈。四个人一来公司就吵吵嚷嚷着要见总经理，说我这个副总不够格。"

安山愤愤不平地说："有些客户太不近人情了，说什么都听不进去，动不动就要去保监会上访，真不知天高地厚！"

魏经纶皱了一下眉头，语气严肃地说："对待上访我们千万不要掉以轻心，这不仅关系到公司的声誉，也关系到行业的稳定和社会的和谐。对待客户上访特别是群访案件，上级公司、监管部门都要求各公司认真对待，能解决的尽快解决，实在解决不了的，要及时上报省公司，绝对不能出现恶性群访事件。"

付晓滨说："在滨东死亡这个客户的善后处理问题上，公司是有责任的，人都死了一两个月了，才赔人家一万元钱，没组织大批人来公司闹就不错了！"

杨山坡气愤地说："王二愣那个混账东西，为了区区五万块钱的保费，竟然背着市公司私自印刷了五千多份意外伤害保单，并且系统外承保死了的这个人。死者也是个神经病，下了那么大的雪，你去爬什么山？"

魏经纶说："这件事我们不能老是这么拖着，拖久了非出大事不可。今天正好四个人都在，有几件事我们要尽快想办法解决。第一件事就是刚才说到的系统外承保这件事。滨东支公司系统外承保出现死人事件后，我们召开会议将自查自纠工作布置了下去，据了解，时至今日仍然还有违规承保的问题。明后天组织一个检查组，由杨山坡同志带队到五个县区公司检查一下，看看上次会议之后还有没有私印保单、系统外出单的，一旦发现屡教不改的，一撸到底，决不姑息。滨东死的那个人，下周付总跟杨总抽时间去趟省公司，跟领导们再汇报一次，承认错误、寻求省公司的支持。在这件事未处理完毕之前，王二愣暂不要动他，让他在那个位置上多待几天，好好'享受'一下违规操作的害处。第二件事就是优化客户服务问题。这个问题前期付总牵头制订了一套具体方案，已经通过公司的办公平台转发给大家了，想必大家已经看到了，如果有意见或建议的话尽快提出来，力争近期全面实施。"

付晓滨说："加入WTO特别是行业准入门槛大幅降低后，入市的保险主体较多，市场竞争已达到了白热化的程度。由于中国的保险市场处于规范阶段，消费群体又很不成熟，所以各保险公司都把市场竞争的重点放在了价格战、违规战上。价格战使各保险公司亏损严重，难以招架；违规战使各保险主体付出了沉重的代价。据了解，监管部门正在制订严厉的监管措施和办法，出台后必将对违规操作行为以强大的震慑，在这种大背景下，总公司和省公司都要求系统内所有机构，认真研究改进服务质量的办法，增强市场竞争的主动权。根据上级公司的要求，结合咱们滨城公司的实际，客户服务部组织人员制订出了客户服务提升计划，简单讲就是理赔提速，流程简化，效率提升。其核心内容就是赔付金额五百元以下的案件，实行现场赔付；赔付金额超过五百元低于一千元的赔偿案件，在材料齐全的情况下，当日赔付；赔付金额一千元以上的……"

付晓滨把客户服务提升计划主要内容介绍了一遍后，姚东风首先进行了发言。他说："理赔提速，很有必要。客户出险后，如果我们手续简便、赔付快，即使少赔付，客户也会说你这家公司的服务好。反之，即使你多赔了钱，客户也会说你这家公司服务不行，续保的时候就可能选择其他保险公司，这也是各公司续保率只有百分之三四十的主要原因。大千财险公司刚成立的时候，我们也曾提出了'现场赔付'的口号，制定出台了类似的客户服务方案，之所以最终没有执行下去，主要有两个方面的原因：一是理赔资源缺乏。人手不够，理赔查勘车、照相机等器械配备不足。第二个原因是员工执行力不够，制度考核没跟上。办法制定出来以后，适当的投入是必要的，严格的考核是必须的，只要这两项措施跟上了，理赔效率就上去了。"

付晓滨说："姚总说得很对。目前公司的硬件投入不够，查勘车不足，五个县区支公司连一公司一台查勘车的最低标准都没有达到。去年底，公司给客户服务部配备了部分数码相机，但还没有达到人手一部，要尽快配足。"

魏经纶说："查勘车我们可以积极向省公司争取，让省公司尽快帮助协调配备。数码相机也是总公司集中采购的物品，不经过总公司集中采购的，入不了公司大账，只能算是账外资产。散会后，办公室立即起草文件上报，让省公司协调总公司尽快把照相器械配足。"

付晓滨笑着说："查勘车不足我们可以先凑合用着，照相机我看就别等总公司集中采购了，让办公室变通点费用自己购买算了，总公司的办事效率你又不是不知道，要等到集中采购来，不知猴年马月了。"

杨山坡说："总公司的办事效率，比党政事业单位高不到哪里去，等他们采购来，可能数码相机又落后了，况且总公司集中采购的价格不一定比咱们自己购买的便宜。快自己想办法购买吧，咱们等不起！"

姚东风提议道："查勘车不足，咱们可以通过以租代购的方式解决，没交通工具，现场查勘效率肯定上不去。大千公司在这方面是有过深刻教训的。"

付晓滨说："去年底我去省公司学习培训时了解到，不少公司都是通过以租用的形式解决查勘车不足的问题，但必须上报总公司审批，否则的话，无法在账面上体现。去年实行全省统一接报案后，省公司开始把现场查勘率作为一项重要指标进行考核，如果考核不及格的话，可能会影响公司的等级评定。"

魏经纶说："让刘浪给省公司上报个请示，在新的理赔查勘车没到位之前，先从社会上租借几辆桑塔纳、捷达之类的车用着。照相机就按大家的意见办吧。硬件上去了以后，老付你要加强对查勘员的培训和考核，尤其要加强对理赔人员的职业道德教育。去年公司开除的那个小孙，去了安达公司理赔部后，还是勾结客户进行理赔诈骗，前几天听说被公安局逮进去了。"

姚东风说："我在大千公司当总经理的时候，我手下的一个理赔查勘员听说也出事了，据说已经交代出了七八万元。大千公司去年一共做了八九百万元的保费，他一个小小的理赔查勘员不到一年的时间就搞了接近十万元，公司不亏损才怪呢！"

付晓滨说："近期我们计划办一期理赔人员专业知识培训班，其中一项内容就是职业道德教育，这些活生生的例子正好给我们提供了教育素材。"

魏经纶说："省公司的全年工作会议计划春节后召开，原来我们想在省公司的全年工作会议召开后再召开，现在看来不能再等了。一是我们制定的一系列管理制度和办法要尽快落实下去。二是近来公司内部捕风捉影的事不少，消极情绪也在不同程度上存在，队伍不稳问题表现得比较突出。通过召开全年工作会议，及早让大家吃上一粒'定心丸'，有利于公司正常经营活动的开展。会议期间，要对去年的先进集体、先进个人进行表彰奖励。先进集体我个人倾向于评选二至三个，县区公司一个，市公司一至两个。县区公司我觉着滨西支公司工作比较突出，业务规模去年突破了千万元大关，不给人家一个先进怎么也说不过去。另一个名额大家看看哪一个部门比较合适。"

经过认真研究讨论后，会议决定市公司直属部门先进集体的一个名额给客户服务部，给履约险部经理王尧一个先进个人的名额。先进集体和先进个人除给予精神奖励外，分别给予三千元、一千元的物质奖励。

魏经纶说："今天是周二，这两天大家辛苦一下，加加班，按照分工把会议前的各项准备工作做好，周六把全年工作会议开下去。"

滨城中心支公司全年工作会议总体上召开得比较顺利，但部分干部员工对会议期间出台的核保、核赔和财务由市公司统一集中管理的政策很不理解，有的还颇有微辞。县区经理们认为，核保核赔和财务集中，实际上剥夺了县区支公司经理的权力，核保、核赔权都由市公司掌控后，县区支公司经理就失去了业务发展的主动权，对业务发展不利。财务集中到市公司后，县区经理花一分钱都要来市公司申请，在这种情况下，如何协调与客户的关系？部分业务员认为，严格核保核赔政策后，手续费降低了，通融赔付的案子严格了，客户得不到好处，就不会来永泰公司投保。更重要的是过去业务提成都是通过发票报销出来，虽然到处讨弄发票甚至花钱购买发票有风险、有难处，但可以少缴纳很多个人所得税，因为有的业务员一年保费收入三四百万元，即使按百分之十五的比例提成手续费，每年仅业务提成就有五六十万元，如果这些收入不通过发票报销的话，每年仅个人所得税就要多缴纳一二十万元，把该返给客户的提成返给客户后，就没有多少钱装进自己的口袋里。会议一结束，县区公司经理和部分业务员一齐找到了魏经纶。

魏经纶开玩笑道："看样子大家是带着一肚子委屈来的，不给大家解释清楚，午饭可能也吃不成了。公司之所以出台这一系列政策措施，都是形势所逼、迫不得已。政策措施出台实施后，对大家的收入肯定会造成很大的影响，但这是发展趋势，所有的保险公司最终都必须这么办。"

魏经纶一讲完，大家你一言我一语地嚷嚷开了。听到争吵声，杨山坡、付晓滨和姚东风都从自己的办公室里走了过来。

魏经纶对孙百元、熊为明等人说："你们五位经理先去别的老总那里聊聊，一会儿我再找你们。安山，你去把刘浪叫过来，让他给大家再讲一讲有没有其他费用处理的办法。"

看到刘浪抱着一摞账本走了进来，业务员汤圆等人又吵吵嚷嚷开了："刘经理，你又不是不知道现在做业务难，好不容易做笔业务，又是请客又要送礼的，赚的那点业务提成大部分又花到客户身上了，如果业务提成都通过工资这种形式发放的话，那我们以后的业务还做不做？没有业务，大家的工资从哪里来？管理部门的奖金怎么发？"

魏经纶说："业务费用政策不是他刘浪决定的，是上级公司的要求，税务部门的规定。现在税收政策越来越严格了，如果还是按照老办法处理的话，大家可能都构成了偷漏税罪，公司也承担了相当大的风险。今年是大检查年，税务部门把保险行业确定为今年重点检查的行业，监管部门也把永泰公司确定为重点检查的公司，如果我们顶风而上，不仅现有的利益保不住，以前通过发票报销出来的资金，也极有可能要补缴少缴纳的税款，如果出现这种状况的话，吃亏的还是我们自己。"

刘浪翻开笔记本，说："公司员工一共一百多人，公务用车、个人私家车加起来不过六七十辆，可去年光燃油费就报销了五百万元，平均每辆车燃油费近十万元，这可能吗？再如办公用品这个科目，去年公司通过办公用品这个科目报销的费用超过了二百万元，人均办公用品两万多元，这些小儿科的把戏，税务部门能看不出来？所以公司现在出台业务费用报销管理办法，不是为了把大家的钱都掏出来交税，而是为了保护大家的利益。"

汤圆说："我们了解，滨城市很多收入比我们高的行业也都是通过这种办法处理的，难道他们就不怕税务部门检查？"

刘浪说："各行有各行的规定，有些行业报销的途径比咱们保险行业宽广多了，许多在别的行业可以报销的科目，在保险行业就不行。恶性竞争把客户都培养成精明的商人了，个人的车要了折扣还要手续费，业务员大部分提成又都返给了客户，可通过工资发放这条途径确实是无奈之举。如何进行合理避税呢？大家可以考虑一下营销员代理这条途径，化整为零，这样风险可能更小一些。"

魏经纶说："刘经理刚才说的办法大家可以回去考虑一下，公司也正在积极探讨有没有其他更好的规避办法，只要不违法，公司还是愿意网开一面的。"

汤圆等人走后，魏经纶把五个县区公司的经理叫了进来。

"你们五个人大小也是个干部，对公司出台的政策措施应当带头支持、不折不扣地执行才对，你们跟着起什么哄？"

孙百元说："我们也知道公司出台的政策都是着眼于公司未来的发展，但如果县区公司经理一点自主权都没有了的话，肯定不利于业务发展。"

熊为民说："县区支公司跟市公司部门不一样，也是一个小社会，需要协调当地方方面面的关系。核保、核赔以及财务管理权都集中到市公司后，我们这些人跟业务员还有什么区别？怎么在当地协调关系？"

杨山坡说："协调与当地的关系与核保、核赔没有多大联系，你总不能拿着赔款当人情吧？当然了，县区公司与市属部门确实存在着区别，当地党委政府有什么活动都要求公司参加，有的县区连招商引资任务指标都要分配给你，市公司在制订政策的时候已经充分考虑到这一点了，这也是县区公司有三个点的公共费用，市属部门只有一个点的原因。"

魏经纶和杨山坡不厌其烦地解释政策出台的背景、意义以及对整体经营活动的影响，虽然五个县区公司经理想不通，但最终也只能接受这一事实。

七月上旬，省保监局财产险监管处组织的合规经营检查组进驻到了滨城，检查的第一站就是永泰公司。

在监管部门未进驻滨城开展检查工作之前，省永泰公司就组成检查组提前到达了滨城公司，对公司的自查自纠情况进行抽查。抽查中发现了如私印单证、套打保单、系统外出单、水分赔案等违规甚至违法问题，有些问题在自查自纠中已经整改了，但有些问题即使整改了，其违规痕迹是无法抹掉的。如滨东支公司私印单证，系统外承保这件事是无论如何掩盖不过去的，因为早有人把这件事报告给了省协会和省保监局了。

省保监局检查组正式进驻滨城永泰公司后，省公司检查组除留有一名成员协助省保监局继续进行检查外，其他人员全部撤回了省公司。

保监局检查组持续检查了十二三天后，终于撤出了永泰公司，移师到永平等其他三家公司继续进行检查。

省保监局检查组在永泰公司检查前后，魏经纶等人通过各种途径进行关系疏通，因为他们深深地意识到，检查组来滨城检查是有备而来，不检查出点事来是绝不会轻易撤出滨城的。省公司总经理室也安排有关人员主动到省保监局做工作，以期大事化小，小事化了，因为滨城公司违规经营的严重程度超出了省公司的预料。

保监局检查组在滨城断断续续地检查了近两个月后才撤回省城。检查期间，被检查公司虽然表面上都表现出积极配合的样子，但私下里却想方设法地设置一些障碍，或者以有关人员病休、出差，或者故意不提供或拖延材料提报时间，使检查组检查时间大大延长了。

保监局滨城检查组回到省城后，跟提前两周回到省城的另一个地市检查组会合，交流检查情况，起草处理意见。

检查组回到省城的第二天，李梦香找到了省局分管财产险业务的郑局长，魏经纶也通过已调任省政府秘书长的赵明找到了省保监局局长罗大勇，请求省局在滨城永泰公司违规问题的处理上，尽量从轻处罚。两位局长都面带难色地表示，永泰公司违规情节比较严重，已经触碰了保监会规定的红线，如不处罚，难以服众，但鉴于当时的市场竞争环境和违规操作的普遍性、特殊性，局长办公会议在研究处理意见的时候，尽量给永泰公司相关责任人一个改正的机会。两位局长都暗示，在省局的处理决定未做出之前，永泰公司可本着保护干部的原则，自行进行内部处理，以争取主动。

在如何处理滨城永泰公司的问题上，李梦香和省公司总经理室陷入了两难境地。按照滨城公司的违规程度，魏经纶、付晓滨和杨山坡三人都应受到撤职处罚，但在当时恶性竞争十分严重的情况下，如果不进行违规操作，业务就会下滑、市场就会丢失，从维护业务发展和市场地位的角度讲，魏经纶等三人确实做了大量的工作，严厉处罚，显然对他们三个人是不公平的，李梦香和省公司班子也于心不忍。但如果省公司不对滨城班子进行严肃处理的话，省保监局领导那里无法交代，因为罗大勇和郑副局长已明确表达了省局对滨城各公司违规问题处罚的态度：严厉查处、严肃处理，决不手软。

李梦香深深地吸了一口烟，陷入了沉思："滨城公司在东南公司中具有举足轻重的地位，公司规模较大，班子整体素质高、工作能力较强，如果处理不当，必将对公司造成难以挽回的损失。"

李梦香摸起办公桌上的电话，拨通了魏经纶的手机："经纶，保监局对滨城各公司违规经营的处理意见估计近期就有结论了，正常情况下，处罚力度不会太小。省保监局检查组在滨城一共检查了四家公司，违规现象不同程度地存在，但我们公司违规的问题比较严重，尤其是滨东死人事件影响很大，在这种情况下，如果保监局仅对永泰公司从轻处罚，其他公司肯定不服。为争取主动，省公司拟对滨城公司违规问题进行严肃处理，并尽快将处理决定上报省保监局，估计省公司处罚了，省局应该不会再进行二次处罚，这样可能对滨城公司、对滨城公司整个班子都有利。我想听听你对这个问题是什么看法。"

魏经纶想也没想地回答道："省公司怎么处理，我们都没意见。滨城公司在近两年的经营发展过程中，确实存在着管理不善、违规经营的问题，尤其是滨东系统外承保，导致死亡人员难以赔付，不仅给公司造成一定的经济损失，更重要的是给公司造成了不小的负面影响，作为主要负责人，我应该承担主要责任。"

李梦香说："你虽然是公司的主要负责人，但事情都是付晓滨和杨山坡干的，我个人的意见是对他们两人进行撤职处理，最少是降职使用，对你给予行政警告处分。"

魏经纶央求道："李总，省公司如果那样处理的话，对付晓滨和杨山坡都是不公平的。滨东公司私印单证、系统外出单，他们两人事前也不知情，虽有失察责任，但我作为滨城公司的总经理，管理方面出了漏洞，首先承担责任的不应该是干副职的，而应该是我这个主要负责人。况且只处理副职，保监局肯定会认为永泰公司是'舍车保帅'，没有说服力。"

李梦香笑着说："你小子非得把自己拽进去才舒服啊？我知道你们三个人关系很好，这也是省公司一直没有调整滨城公司班子的重要原因。但在原则性问题上，你大可不必讲哥们义气，该谁承担的责任就得应该由谁承担。这样吧，这件事我跟其他班子成员再商量商量，尽量处理得完美一些，在省公司处理意见未做出之前，不要有任何思想包袱，该怎么干还得怎么干。"

魏经纶表态道："请领导放心，我们不会影响工作的。"

电话挂断后，魏经纶想了想，又拨通了李梦香的电话，把刚才自己的意见又重复了一遍。

三十一

　　源于美国的金融危机席卷欧洲大陆后,又迅速蔓延至亚洲,波及到了中国。受金融危机的影响,滨城许多外向型企业出口受阻,规模萎缩,有的还处于倒闭、半倒闭状态。在全球金融市场和实体经济遭受重创的情况下,作为金融重要组成部分的保险业,在全球金融危机中同样受到了冲击:社会消费信心降低、保费增长速度趋缓,存量资产风险加大,利润空间持续缩小,上市公司的股票大幅缩水、境外投资出现亏损,很多公司的偿付能力出现了问题。

　　杨山坡心事重重地走进了魏经纶的办公室,看了仰靠在老板椅上的魏经纶一眼,径直走到沙发上坐了下来。

　　过了好大一会儿,魏经纶才从老板椅上站起来,坐到了沙发上。

　　"今年大部分时间已经过去了,目前情况看,年初确定的预算目标肯定是完不成了!"杨山坡开口道。

　　魏经纶皱着眉头说:"也不一定,今年不还有三个多月吗?"

　　杨山坡悲观地说:"市场形势越来越不好,车市低迷,消费热点降温,外贸进出口已经连续半年负增长。这两个月,公司货物运输险同比下降幅度超过了百分之五十,能用的办法全都用上了,效果就是不明显。"

　　魏经纶说:"今年合规工作做得不好,出现了严重问题,经营指标如果也不好的话,我们就无法跟省公司交代了。"

　　杨山坡情绪激动地说:"合规工作咱是抓得不好,保监局在滨城检查的四家公司哪家没有问题?没受到检查的那些公司难道就没问题了?说不定问题更严重。完不成任务,省公司把咱们这些人全撤职就是了!"

　　魏经纶瞪了杨山坡一眼,严肃地批评道:"跟你说过多少次了,说话一定要注意,怎么就是不听?尽说些没用的,有意思吗?"

杨山坡说:"这不都是被逼急了吗?业务上不去,办法又不敢用,你说怎么办?真是愁死人了!"

魏经纶说:"光愁有什么用?去年美国出现次贷危机的时候,谁能料到会演变成这么大的一场危机,可既然让咱们遇上了,勇敢面对就是了。"

杨山坡说:"金融危机对业务的影响可能是暂时的,但对人们的消费心理、对保险行业的负面影响可能短期内难以消除。最近有人传说永泰公司投资亏损了几百个亿,已有几个客户打电话问我了,我担心有些客户心理承受能力不强,来公司退保,如果真出现这种情况的话,那后果可能是灾难性的!"

魏经纶说:"正常情况下应该不会出现这种现象,但我们也不能掉以轻心。当前形势下,我们应该着重做好两件事。一是近期搞一个业务知识和经营管理培训班,聘请专家来公司给大家讲讲经济发展形势以及合规经营知识,增强干部员工的信心和合规经营的意识。同时通过干部员工的宣传引导,消除社会上对公司的负面宣传。这件事我已经安排给安山了,让他牵头组织一下;第二件事就是全面提升客户服务问题。客户服务提升方案虽然在半年工作会议期间出台了,但实施的不够理想,明年要把客户服务提升计划的落实作为一项重点工作来做,以充分体现永泰公司的服务理念和企业文化,只有这样,才能增强客户对永泰公司的信心。"

杨山坡说:"保险作为服务行业,竞争的重点应该放在拼服务、拼效率上,可各公司都没有摆正方向,还是把竞争的着力点放在拼价格、拼手续费上,其结果是把自己搞残了,把行业搞乱了。今年监管部门加大了检查处罚力度,对亏损公司、综合成本率高的公司进行重点监控,我们只有尽快实现经营方式的转变,才能保住现有的市场地位,否则的话,没有出路。"

魏经纶说:"自从公司倡导提升服务质量、打造永泰品牌后,承保部门的服务态度有了不小的变化,我发现前台的那两个'大苦瓜脸'最近也会笑了,这些好的变化,你让承保部门好好总结总结,我们在组织召开优化服务经验交流会的时候,让她们上台介绍一下,这对她们来说也是一种激励。"

杨山坡笑着说:"承保部门服务水平还处在一个较低层次上,下一步我准备在专业素质、业务拓展技巧、礼仪接待水平以及市场研判能力、大项目公关和服务能力提升方面做做文章,争取短期内有一个质的飞跃。"

魏经纶高兴地说:"好啊。前两天我也跟老付聊了聊,他在理赔和客户服务方面的一些想法很好,只是具体实施过程中动作稍微慢了一些。你们两个人一个负责前端、一个负责后端,如果承保和理赔衔接好了,对服务效率的提高和业务的发展肯定有促进作用。"

国庆节前两天,付晓滨和杨山坡找魏经纶商量,说国庆节难得清闲,他们两个人准备带孩子们一起搞一个自驾游,希望魏经纶一起去。

魏经纶说自己假期里有安排,就不跟他们一起去了,并让他俩带孩子们走得远一点,别急着回来。

国庆节一大早,杨山坡又打来电话邀请魏经纶一起外出,魏经纶想想自己快四十岁的人了,还形单影只的,酸楚和忧伤一起涌上心头,眼泪禁不住哗哗地流了下来。

"我不是告诉你我已经有安排了吗?又打电话婆婆妈妈干什么?带上孩子快走吧,路上注意安全。"魏经纶说完就把手机关了。

百无聊赖的魏经纶从卧室走到客厅,又从客厅走回卧室。

魏经纶打开电脑笔记本进了聊天室,刚聊了没多会儿,就听到外面有人敲门。

魏经纶打开房门,一看是郭浩和王瑞香。

"你们俩不是计划要去外地玩吗?怎么还没走?"魏经纶问道。

"我有人陪没有钱,你小子有钱没人陪。"郭浩刚说了一句,王瑞香瞪了他一眼,呵斥道:"你会不会说话?"

魏经纶装出一副满不在乎的样子:"没事,我这个人抗打击能力超强。再说了,他不刺挠刺挠我,还有意思?"

郭浩一边往房间里走,一边故意问道:"里面没其他人吧?"

"有啊,进去看看吧。"魏经纶说道。

郭浩说:"这么好的金屋,也不弄个娇藏藏,真有点可惜了。"

魏经纶一边给王瑞香让座,一边回答道:"都这把年纪了,什么娇也藏不了了,也不想藏了。"

王瑞香斜愣了魏经纶一眼,问道:"你哪把年纪了?三十多岁的人,一口一个这把年纪这把年纪的,不怕人家笑话!你不会就这么过一辈子吧?"

魏经纶故作轻松地说:"有这个打算。你看这多好,星期天爱睡到几点就睡到几点,天天下馆子也没有人管。"

郭浩笑着说:"别装了,晚上没有个人搂着,睡觉就是睡得不香。"

王瑞香推了郭浩一把，生气地说："郭浩，我发现你越来越不像话了，人家党政干部哪有像你似的？"

郭浩伸了伸舌头，说道："自己哥们哪有那么多正经话说。你小子手机怎么关了？害得我老人家还得亲自跑一趟！"

"你们两位今天怎么想起来我这寒舍了？是不是害怕我没饭吃饿死了？"魏经纶笑着问道。

"你大老板还能没饭吃？不过今天还真想请你到我家吃饭。王瑞香同志知道你小子爱吃饺子，昨天就嚷嚷着让我给你打电话，让你一早就去我家一起包饺子，没想到你小子把手机关了。"郭浩埋怨道。

魏经纶说："还是嫂子疼我，要是你啊，八天不吃饭，你也不会记起我。"

王瑞香说："你们两人多亏不常见，要是天天在一起，估计嘴皮子都磨薄了！经纶，前两天柳叶去我家了，还打听你现在怎么样呢。"

魏经纶警觉地问道："她打听我干什么？"

郭浩说："一日夫妻百日恩，何况你们俩又同枕共眠了那么多年。"

魏经纶摇了摇头，幽幽地说："离都离了，还扯那些干吗？"

王瑞香说："虽然你们离了，可柳叶对你还是念念不忘，时不时地问起你。刚离婚那会儿，我还真担心她想不开。你跟我说句实话，你现在对她还有没有那种感觉？哪怕一点点也行。"

魏经纶鼻子哼了一声，说道："说不清楚。好像不怎么强烈。"

王瑞香说："柳叶对自己当初的不冷静很后悔。你们俩还有没有再走到一起的可能？"

魏经纶摇了摇头，说道："别再自寻烦忧了，我们俩不会有未来了！"

王瑞香劝道："那也不一定。你再慎重考虑考虑，再接触接触看看，说不定还能碰出火花来。柳叶那人还是挺善良的。"

郭浩说："她现在知道后悔了，早知今日，何必当初呢？"

王瑞香："女人都有一个共同的特点，越是在乎一个人，就越容易做出傻事来，柳叶就犯了这样的错误，所以我还是希望你们两个人能再走到一起。"

郭浩有些不耐烦地说："人家经纶对她不来电，你非搞拉郎配干什么？就凭经纶现在的条件，别的我不敢讲，找个黄花大姑娘，一点问题都没有。"

王瑞香气得朝郭浩直瞪眼。

魏经纶打圆场道："不是说去你家吃水饺吗？这都几点了，快回去包吧！"

郭浩说:"等你小子一起去包,今天还能吃上水饺?来之前我们就已经包好了,回家往锅里一倒就行了。"

假期后上班的第一天,省公司人力资源部经理张强打来电话,让滨城公司的所有班子成员第二天去省公司,领导们要找他们集体谈话。

魏经纶问张强什么事,张强说来了就知道了。

魏经纶把其他几个班子成员叫到办公室,把张强的电话通知告诉了大家。

付晓滨问魏经纶:"这个时候让我们去干什么?"

"可能是保监局的处理决定出来了,这次领导让班子成员一起去集体谈话,看来问题很严重,说不定一起叫去'杀头'呢!"杨山坡说着做出了一个抹脖子的动作。

付晓滨说:"即使'不杀头',处分是少不了了!"

魏经纶阴沉着脸说:"都回去干活吧,明天早晨六点半从公司里一起走。"

到达省公司后,张强安排付晓滨、杨山坡等四人在会议室休息,只把魏经纶一个人叫到了李梦香的办公室。

李梦香说:"原来想让你和姚东风来省公司谈谈就行了,但考虑再三,感觉还是集体谈一次效果会更好一些。七月份,保监局检查组去滨城四家公司进行了为期两个月的现场检查,从反馈的情况看,永泰公司的违规问题最严重。你们也知道,今年是行业合规检查年,保监会和省保监局出台了一系列政策法规,要求各公司对违规经营问题进行彻底查处和整改,决心很大。滨城公司存在着的如私印保单、系统外出单、系统外处理赔案等触碰红线的问题,虽然各公司都不同程度地存在,但永泰公司程度更严重,出现了系统外承保人员死亡现象,在这种情况下,如果我们不尽快作出严肃处理的话,一旦保监局的处理意见局长办公会议上通过了,那我们就没有回旋的余地了。出于保护干部的考虑,省公司经过慎重研究,决定对滨城公司班子进行一次大调整。"

魏经纶说:"滨城公司违规问题给公司造成了很坏的影响,无论省公司对滨城公司做出什么样的处罚决定,我们都接受。"

李梦香说:"如何对滨城公司违规问题进行处罚,大体有两种意见。一种意见是调你来省公司工作,但暂不安排职务,待保监局处理决定下发后,省公司党委再研究你的职务任命问题。如果直接任命你职务,保监局那里肯定通不过,还会追加对你的处罚。杨山坡和付晓滨降职使用,王二愣直接开除。

第二种处理意见是解聘付晓滨和杨山坡的副总经理职务，党委委员可以暂时保留；给你一个严重警告处分，给滨城公司班子集体记大过一次。这两种处罚我个人都有点下不了手，想听听你是什么意见。"

魏经纶想也没想地说："我同意第一种意见。滨城公司出现那么严重的违规问题，作为公司的主要负责人必须承担主要责任，这不仅对保监局有一个交代，对滨城公司的稳定和持续发展也有利。请领导们下决心吧！"

李梦香说："无论处理谁，我都不忍心，尤其是处理你魏经纶。这两天我一直在后悔，如果早一点把你调省公司工作就好了，那样你就可以逃过这一劫了。"

魏经纶说："我个人逃过这一劫了，但公司这一劫是逃不过的。出了问题总得有人承担，况且这些问题都是在我担任总经理期间发生的，对我个人的处理我没意见，对付晓滨和杨山坡就别降职使用了，给个行政警告处分就行了吧！"

李梦香说："就怕保监局认为我们处罚太轻，再给他俩追加处罚。过会儿我跟白总等几位领导再商量一下。"

魏经纶问："滨城公司谁去？"

李梦香说："省公司经过慎重考虑，决定暂不外派干部去滨城公司了，想让姚东风副总经理暂时主持滨城公司的工作。"

李梦香看了一眼魏经纶，继续说道："杨山坡和付晓滨受了处分，他们两人都不适合主持工作。安山现在还是总经理助理，即使他是副总经理，目前也不适合担任主要负责人。姚东风在保险行业干了多年，参与了滨城永泰公司的部分筹建工作，又在其他公司担任过总经理，让他过渡一下，可能对滨城公司的稳定和发展都有益处。你说呢？"

魏经纶说："省公司这样安排比较稳妥，我个人没有意见。"

李梦香跟白宗仁、张强等人进行简单商量了之后，就一起走进了会议室。

白宗仁把保监局对滨城公司的检查情况及可能做出的处罚决定简单进行了说明后，张强直接宣读了省公司党委、总经理室的处理决定。

张强说："省公司党委、总经理室经过多次研究讨论，决定对滨城公司严重的违规经营问题进行处罚，对滨城公司班子进行调整：免去魏经纶同志滨城中心支公司党委书记、总经理职务，调东南省公司客户服务部协助工作，享受部门正职待遇；给予付晓滨、杨山坡两位同志行政记过一次；解聘王二愣同志滨东支公司经理职务，解除与王二愣的劳动合同。魏经纶同志调省公司工作后，滨城中心支公司由姚东风同志主持全面工作。姚东风同志的职务聘任文件待上报保监局审核通过后下发。"

张强宣读完省公司的处理决定和班子调整意见后，李梦香对省公司的决定进行了解释和说明，对魏经纶在担任滨城中心支公司主要负责人期间的工作给予了充分肯定和高度评价，对班子下一步的团结协作和业务经营工作提出了要求。

会议结束后，李梦香与姚东风单独进行了谈话，白宗仁和张强也分别跟杨山坡、付晓滨和安山进行了沟通交流。

魏经纶等人回到滨城的第二天，东南永泰省公司的红头文件就通过公司的内部网络传达到了滨城公司。

红头文件下发的当天下午，魏经纶就把办公室腾了出来，并主动找姚东风交接工作。

姚东风说："魏总，省公司领导说你这个月去省公司报到就行了，这还有两三个周的时间，你这么着急干什么？"

魏经纶半开玩笑半认真地说："下台干部，怎么好意思还在公司里晃来晃去？早一天把工作交接完了，早一天卸下思想包袱，赖着不走，你不怕我影响你开展工作？"

姚东风神情严肃地说："魏总你这样想就不对了。我虽然来永泰公司时间不短了，但总归对公司的情况掌握得不如你全面，有些问题还非常需要你的指点和支持。"

魏经纶笑着说："姚总，你客气了。论资历、论经验，我们都得拜你为师。当初要是你能顺利调来公司的话，永泰滨城公司总经理可能早是你老兄了，我算是替你老兄代管了几年，现在是物归原主了。"

姚东风摆了摆手，说道："你这是在鼓励你大哥呢还是在作践你大哥？你看哪一天方便，大家一起给你送送行。"

魏经纶说："明天我就准备外出了，估计得十多天，我回来后咱再电话联系吧。"

姚东风问："要不咱今天晚上？"

"昨天郭秘书长就已经约好了，一个多小时前，王瑞香还给我打电话，让我不要答应其他人，说今晚上他们两口子请我吃饭。没想到下台干部还这么吃香！"魏经纶自嘲地说。

魏经纶回家收拾好了第二天外出需要的日常用品后，就直奔郭浩家附近一个名叫不了情的餐馆。

魏经纶一下车，市委办公室驾驶员小李就迎了上来："魏总，秘书长刚上去，他让我在这里等您。"

郭浩自从调任市委副秘书长兼市委政策研究室主任后，小李开的三十三号车，基本上固定给了郭浩使用。

"就郭秘书长和王老师两个人吗？"魏经纶一边往楼上走，一边问小李。

"除了郭秘书长和王老师外，还有一位老师我不认识，好像跟王老师是一个学校的。"小李回答道。

魏经纶停住脚步，问道："那位老师是男的还是女的？长什么样子？"

小李说："是个女的，长得白白静静的。"

魏经纶的心咯噔了一下："难道王瑞香把柳叶一起叫来了？"

"小李，你去看看我的车回没回去，我先去趟洗手间。"魏经纶躲进洗手间，拨通了郭浩的电话。

"你小子下台了架子还这么大？我们都已经等你半天了！"电话那头郭浩批评道。

"领导，你出来一下，我有急事要请示。别跟她们说我到了。"魏经纶声音低低地说。

郭浩一边打着电话，一边从房间里走了出来。

魏经纶把郭浩拉到一边问道："是不是柳叶也来了？"

"你小子怎么知道的？"郭浩问道。

"她来干什么？不会是来看我热闹的吧？"魏经纶沮丧地说。

"你小子现在怎么学会戴有色眼镜看人了？人家柳叶听说你官被抹了，很着急。人家心里一直惦记着你，你可不能没良心！很长时间没看见柳叶了吧？人家现在可比刚离开你的时候水灵多了！"

魏经纶说："见了多尴尬，我看我就不进去了吧？"

郭浩说："人家柳叶都没觉着尴尬，你一个大老爷们还不如一个女同志？"

两个人正说着，魏经纶的电话响了。

"是嫂子的电话，怎么办？"魏经纶面露难色地问道。

郭浩坏笑着说："不知道。爱咋办咋办！"

魏经纶按死了王瑞香的电话，跟郭浩一前一后进了"一世情缘"包房。

王瑞香站起来跟魏经纶解释道："下班时在学校门口正好遇上柳叶，我们就一起来了。"

魏经纶神情很不自然地问道："你还好吗？"

柳叶低垂着眼帘，声音很小地"嗯"了一声。

魏经纶故意问道："今晚这顿还是我请吧？"

郭浩说："以前都是你请我们，今晚上就给我们三个人一次机会吧。"

魏经纶毫不客气地走到主宾位置上坐下。

王瑞香一语双关地问道："你们以前没来过'不了情'？饭馆虽不大，但很有特色，让人感觉很温馨！"

魏经纶装出十分坦然的样子开玩笑道："秘书长是不是经常带嫂子来这里？"

王瑞香努了努嘴，说道："郭浩这人你又不是不了解，他哪有那么浪漫。"

郭浩让服务员打开了一瓶红葡萄酒，四个人一边喝着，一边东一句西一句地聊着。说是四个人聊，实际上就是魏经纶和郭浩、王瑞香三个人聊，柳叶只是偶尔插上一两句话。

"经纶，去省城上班后，没事的时候常回来看看，我们可都挂念着你啊！"王瑞香说着瞟了柳叶一眼。

魏经纶叹息道："我是去避难的，能不能待得住还是个问题。没事不回滨城咱能去哪儿？"

郭浩安慰道："你也别太悲观，有多少人想去省城工作还没机会呢！古人云：天将降大任于斯人也，必先劳其筋骨，饿其体肤……"

"领导，不用安慰我。天不会降大任于我魏经纶，所以古人说的话不适合我。"魏经纶纠正道。

王瑞香说："你这么年轻就已经干了七八年地市公司主要负责人了，相信在永泰公司很少有人能有你这样丰厚的资历，将来肯定还有机会。"

郭浩说："小平同志三起三落都没失去信念，你这刚一落就撑不住了？怎么会没有机会呢？"

魏经纶说："人家小平同志是多伟大的人物啊！咱一个平民百姓怎么能跟伟人比呢？"

郭浩说："我就是打个比方，说明理想和信念什么时候都不能丢。"

第二瓶葡萄酒刚喝完一半，魏经纶说："咱喝完这瓶就别开了，我明天一早还要赶飞机呢！"

"你明天出发吗？"柳叶的声音小得像蚊子。

魏经纶瞥了柳叶一眼，说道："省公司出钱让我去云贵川转一转，也算是领导对我这个下台干部的一个安慰吧。"

"那地方的女孩子可比较豪放，你可别在那里留下了，滨城可还有人惦记着你啊！"郭浩一边开着玩笑，一边端起杯子对王瑞香说："老婆，我敬你一杯！"

魏经纶和柳叶尴尬地看着郭浩和王瑞香，一时不知所措。

趁柳叶去洗手间的机会，王瑞香跟魏经纶解释道："今晚上很不好意思，让她来没提前告诉你，主要是害怕你知道后不来了。柳叶这两天找过我五六次了，她很想再回到你那里去，就看你还能不能接受她了。"

魏经纶说："算了吧。咱现在什么都不是了，又很快去省公司上班了，这个时候再去扯这个干什么？"

王瑞香说："正因为你不当总经理了，柳叶才更有信心了。我还是希望你再好好考虑考虑。"

三个人正聊着，柳叶给王瑞香打过来电话说她有点急事先走了，就不上去打招呼了。王瑞香说："人家魏总刚才还说一会儿让他的驾驶员开车送你呢，你怎么自己打车走了呢？"柳叶让王瑞香代她谢谢魏经纶，并说如果魏经纶去省城前还有时间的话，大家再一起吃顿饭。王瑞香说一定把她的意思传达到。

魏经纶和郭浩、王瑞香一边说着话，一边往楼下走。

郭浩说："过几天我准备去省城看看赵书记，你如果有时间的话咱们可以一起去。"

魏经纶说："到时候再说吧，反正以后有的是机会去看他。"

郭浩说："如果不愿意再在保险这个行业里干了，让赵书记帮着给做做工作，换一个新的工作环境也不是不可以。"

魏经纶说："不到万不得已，我不想再去麻烦老爷子了，现在哪个行业都不容易干。"

郭浩说："虽然现在保险不容易干，但收入还是挺有诱惑力的。你看我孬好也是个正处级干部了，一个月工资加起来也不过三千块钱，还不够王瑞香同志一盒化妆品钱。"

王瑞香白了郭浩一眼，问道："你什么时候舍得给我买过那么贵的化妆品了？你看人家柳叶天天用法国品牌的化妆品，看起来皮肤就是不一样。"

郭浩说："人家柳叶天生丽质，不用化妆品皮肤也挺好。"

王瑞香装出生气的样子问道："郭浩你什么意思？是不是嫌我老了？"

郭浩一脸无辜地说："我哪敢呀！我怎么发现你王瑞香现在好像也有些神经质似的！"

魏经纶笑着问王瑞香："嫂子，是不是郭哥现在官当大了，有些看不住了？"

王瑞香笑着说："人家说男人有钱就变坏，郭浩手里没钱，没条件变坏。"

郭浩故意问道："你的意思是说经纶变坏了？"

王瑞香说："经纶现在也没什么钱，钱都给柳叶了。"

下楼后，魏经纶要让驾驶员把郭浩和王瑞香送回去，王瑞香说："就几百米远，用不着坐车。"

魏经纶一边上车，一边开玩笑道："那我就不客气了。夜色阑珊，你们俩踏着夜色浪漫浪漫吧。"

看着魏经纶的车远去了，郭浩跟王瑞香说："我看经纶和柳叶还有戏。"

王瑞香说："实际上两人还是有感情的，只是当初魏经纶对柳叶关心得少了点，加上经纶经常在柳叶面前李冬冬长李冬冬短的，时间一长，柳叶就有了心病。"

郭浩说："你们女人是不是都那样？男人混不好，你们说男人窝囊废、没能耐，混好了，又怀疑这怀疑那的。真是没办法！"

王瑞香说："女人都很敏感，尤其是对像小魏那样优秀的男人！"

三十二

魏经纶去省公司报到的第二个周,东南省保监局下发了《关于对永平滨城中心支公司等违规问题的处理决定》,对滨城四家保险公司违规问题进行了严厉处罚。由于永泰公司前期做了大量的工作,并且已在公司内部对有关责任人进行了严肃处理,所以东南省保监局只给予了滨城永泰中心支公司通报批评、罚款十万元的处罚。而违规问题不如永泰公司严重的滨城永平公司受到了停止出单三个月、给予宋珂个人罚款两万元、全省通报批评的处罚。滨城其他两家公司的主要负责人更是受到了撤职、三年内不得聘任为高管的严厉处罚。

看完东南保监局的红头文件,魏经纶越发感到省公司领导的英明。魏经纶当即拨通了杨山坡的电话。

"保监局对滨城四家公司违规问题检查处理决定已经下发了,你们看到了没有?"魏经纶问道。

"没有啊,怎么处理的?"杨山坡着急地问道。

"可以说是网开一面,非常理想!"接着魏经纶把省保监局的文件精神跟杨山坡详细地叙述了一遍。

杨山坡说:"当初省公司对滨城中心支公司违规问题进行处理的时候,我跟老付都感到不理解,认为我们那些违规做法都是行业普遍存在的问题,省公司领导是小题大做,现在看来,省公司领导没忽悠咱们,确实是为了保护咱们。"

魏经纶说:"刚开始我也有些情绪,现在想想咱们的境界、眼界跟省公司领导相比确实存在着差距。那两家小公司的主要负责人被撤职、三年内不准担任高管的处罚,对滨城保险行业来说是件好事,因为那两个人可以说是直接坐着直升机上去的,根本不具备当中支公司主要负责人的资格。"

杨山坡说:"你去省公司后,我跟老付多次说起过你,感觉很对不住你。违规的事是我们俩办的,罪过让你一个人承担,真是不好意思!"

魏经纶说:"不能那样想。我是公司的主要负责人,出了事把责任全推给副职,那以后谁还愿意跟你干?况且这些责任我想推掉就能推得掉?"

杨山坡更加愧疚地说:"话虽然可以那样讲,但当初如果你把责任都推到我和老付身上的话,省公司最多给你个警告处分。"

魏经纶说:"如果那样做,我总经理的位子可能保住了,但你跟老付的'帽子'肯定被摘掉了。"

杨山坡说:"不是可能,肯定能保住。一是省公司领导们的初衷也是丢车保帅;二是赵书记的面子保监局的那些头头们不会不给的。"

魏经纶说:"这事过去就过去了,不要老记在心上了,咱们之间谁跟谁?公司现在怎么样?没什么大的波动吧?老姚那人应该还是可以的。"

杨山坡说:"不管他水平有多高,但干部员工对他的认可度无论如何是无法跟你相比较的。"

魏经纶说:"我们是滨城公司第一批员工,对公司有很深的感情,无论何时我们都希望公司健康发展。你和老付对公司比老姚了解,群众基础也比老姚深厚,我希望你们俩发挥好作用,辅佐老姚把公司经营好。"

"你稍等一下,老付过来了。"杨山坡说着把话筒交给了刚走进杨山坡办公室的付晓滨。

"经纶,去省城怎么样?还习惯吧?"付晓滨关心地问道。

"还行吧。反正一个人,到哪里有管饭的就行。"魏经纶回答道。

"在滨城有需要我们办的事情,吱一声,我和山坡大事办不了,小事还是没问题的。"付晓滨嘱咐道。

魏经纶说:"有事我会找你们的。刚才我跟山坡说了,保监局检查处理结果出来了,两个小时以前省公司办公室刚把文件从保监局取回来,估计明天就传达到滨城了。"魏经纶把保监局的处理决定跟付晓滨又重复了一遍。

付晓滨说:"咱得好好感谢党、感谢组织、感谢人家李总啊!要是像那三家公司处理得那么严厉的话,那我们可就成了滨城公司的罪人了!真是牺牲你一个,幸福千万家!"

魏经纶扑哧笑出了声:"几天不见,老付现在也学得油腔滑调了。什么牺牲我一个,幸福千万家?"

付晓滨说："这事谁也不用说，我跟山坡心里都清楚。省公司怎么安排你工作的？"

魏经纶说："你就怕我闲着闷得慌，怎么也得让我过几天清闲日子吧？"

付晓滨说："领导们没跟你谈以后怎么安排的事？"

魏经纶说："保监局的红头文件刚下发，职务的事我估计怎么也得一年儿半载以后再说了。这样挺好，工资不少拿，咱还落了个自由自在。"

付晓滨说："让你玩上三个月后你要是还能坐得住，我就算服了你了。省公司最近没什么新政策、新措施出台？"

魏经纶说："总公司一大批人在省公司，据说明年总公司要推车险电话销售业务，东南公司又是第一批试点公司，全家人最近都在忙活这件事呢！"

付晓滨问道："电话销售？总公司那帮人是不是有病呀？为一辆车，业务员跑断了腿都不一定能做得下来，打个电话就能把业务做下来的话，保险公司的工作就好干了。"

魏经纶说："电话销售便宜，客户应该会买。有的公司已经开始销售电销产品了，据说效果不错，永泰公司已经落后了！"

付晓滨说："我对车险电话销售这种销售模式不太看好。就拿新车共保这种运作模式来说吧，客户购买保险方便，各家公司省钱省心又省力，可有人却说这是霸王做法，侵犯了消费者的权益，已经投诉到消费者协会了，据说市行业协会正在研究是否把这种运作模式坚持下去。我看电话销售这种模式也长久不了。"

魏经纶说："电话销售跟新车共保不一样，对客户来讲应该很有吸引力。有时间的话还是应该好好研究研究，滨城公司在电话销售方面一定不能被其他公司落下了，否则的话，就被动了。"

付晓滨说："让山坡好好研究研究吧，反正我又不管承保的事。"

魏经纶说："不能铁路警察各管一段，一定帮老姚把业务和管理搞好，滨城公司再也经不起折腾了！"

付晓滨说："工作我们肯定会配合好，特别现在又是'戴罪时期'，可不属于我们管的事，抢着去管，人家可能不高兴。"

魏经纶说："姚东风那人我们还是比较了解的，应该属于那种能干事、想干事的人，有事你和山坡多给他提提醒。"

付晓滨说："这个你放心。你什么时候回滨城？不忙的话，抽时间回滨城一起聚聚吧。"

魏经纶说:"元旦前如果没什么特殊情况的话,我就不回滨城了,抽点时间看点书,没事来回折腾什么?"

杨山坡把电话从付晓滨手里接过来,说道:"现在回滨城都是高速公路,方便得很,有时间的话还是回来一起聚一聚吧,我们还有很多话要跟你说呢!你不会一去省城就瞄上目标了吧?"

魏经纶哈哈大笑:"这我得跟你学学,星期天没事的话也去逛逛商场,说不定也能碰上个夏大娘。"

杨山坡笑着说:"你最好还是去当伴郎,逛商场你没优势。"

"好了,我这边还有事,没时间跟你们磨嘴皮了,抽时间带我干儿子来省城旅游吧。"魏经纶说完就把电话挂了。

随着监管力度的加大,处罚的严厉程度也越来越高,东南保险市场亏损的局面得到了有效控制,近二十家财险公司中,除少数保险公司因新建或巨灾影响仍出现亏损外,其他各家公司都实现了赢利。

新年伊始,东南省保监督局以一号文件的形式,修订印发了《违规经营处罚管理办法》,加大了对违规案件的处罚,增加了上追一级、三年内不准设立机构的严厉处罚条款。

保监局一号文件下发后,永泰省公司立即召开了视频会议,全文传达了《违规经营处罚管理办法》,要求辖属十二家机构利用一个月的时间,全面进行自查自纠。同时,省公司从各部门抽调人员组成检查组,对各机构进行抽检,重点公司重点检查。

视频会议一结束,白宗仁找到魏经纶说:"今年公司各类检查很多,除了应付保监局'规范年'检查外,春节后总公司审计办也要来东南公司检查,财政部驻东南专员办今年也将选择两家保险公司进行重点检查,永泰作为省内比较大的几家公司之一,被选中的可能性非常大。所以,省公司总经理室决定立即成立合规经营检查督导组,到各地市进行检查督导,李总的意见是让你牵个头、当当检查组的组长。"

魏经纶面露难色地说:"感谢领导的信任,把这么一个重要的任务交给我,但我感觉让我当检查组的组长不太合适:一是今年之所以有这么多的检查组要进驻永泰公司检查,一个很重要的原因是去年在滨城公司检查出重大违规问题,引起了监管部门和上级公司的注意。二是我因违规被撤职,违规之人带队去检查其他公司违规问题，本身就没有说服力，检查哪家公司，哪家公司也不会服气。三是我来省公司没多久，对全省各地的情况掌握得不全面，不利于检查工作的开展，请领导三思。"

白宗仁笑笑，说道："你说的这些问题总经理室也认真考虑过，之所以执意让你牵这个头，基于三个方面的考虑：一是去年保监局检查组对滨城公司进行了近半个月的检查，他们检查的内容、重点你最清楚，检查组的大部分人，你又比较熟悉。二是让你当检查组组长，本身就是向保监局表明永泰公司查处违规问题的重视，对全辖十二家中支公司的主要负责人也是一种警示。三是你在地市公司当了七八年的主要负责人，与中支公司的班子成员、对基层公司的工作流程比较熟悉，有利于检查工作的开展。"

魏经纶正想开口解释，白宗仁制止了他："我知道你压力大，但这事总经理室已经决定了，不可能再改变了。这两天你先认真思考一下，形成一个完整的检查督导方案，下周检查组人员集合，培训一两天后就奔赴各地检查督导。"

白宗仁拍了拍魏经纶的肩膀，鼓励道："希望你放下思想包袱，扎扎实实地把这项工作做好，不辜负总经理室对你的信任！"

虽然带队去各地市组织开展合规检查并非自己所愿，但既然组织上执意这么安排，魏经纶也只能服从。

各项准备工作完成后，魏经纶带领检查组奔赴除滨城公司之外的其他十一家中支公司进行了为期五十多天的检查督导，当检查组其他成员礼拜天休息的时候，魏经纶回到省公司把检查组一周的检查情况进行总结和分析，然后反馈至被检查公司和检查组成员，直到除夕的前两天，检查组才完成检查督导，撤回省公司。

春节一过，省保监局就组织了两个检查组对部分地市公司合规经营情况进行了抽查，抽查到的永泰两个中心支公司无一问题，是所有被抽查公司中唯一一个自查整改最彻底的公司。为此，魏经纶及检查组全体成员受到了省公司总经理室的表彰和奖励。

清脆的电话铃声把魏经纶从睡梦中惊醒，魏经纶闭着眼睛随手把手机关了，嘴里嘟嘟囔囔道："天天有骚扰电话，真是烦透了！"

早晨起床后，魏经纶一打开手机，立即看到手机屏幕上有六个未接来电和四个短信提示。

六个未接来电三个是杨山坡打来的、两个是付晓滨打来的，另一个号码魏经纶不太熟悉。

魏经纶急忙拨通了杨山坡的电话，刚"喂"了一声，对面就传来杨山坡急促的声音："为什么关机了？"

魏经纶说："天天有骚扰电话，搞得人都有些神经兮兮的了，半夜里你给我打什么电话？"

杨山坡说："凌晨三点多钟，你家大娘上洗手间时，不小心摔倒了。脑出血。"

魏经纶着急地问道："情况怎么样？有危险吗？"

杨山坡说："现在还在抢救，应该没危险。四点多钟，我让小李开车去省城了，估计现在差不多也快到了，你赶紧收拾一下，跟小李一起回来看看。"

魏经纶跟白宗仁请了假，坐上小李的车直奔滨城。

到达滨城市人民医院的时候，已近中午十一点了，杨山坡、付晓滨、李冬冬都守在病床前。

"抢救了五个多小时，刚从病房里抬出来没多会儿！"付晓滨跟匆匆走进病房的魏经纶说。

魏经纶看了看有些疲惫和苍老的父亲一眼，轻声问道："怎么摔倒的？"

父亲说："你妈这几天一直感觉头晕，让她早来医院检查检查，她说等你礼拜天回滨城后再来医院检查，没想到就出事了。唉！"

魏经纶说："我们在这里陪我妈就行了，您先回家休息休息吧，您可别再累倒了！"

父亲走后，魏经纶找到心脑科的王主任，详细地了解了母亲的病情。

王主任说："你母亲的病情目前还不好判断，可能需要观察几天，如果病情不稳定的话，那就可能有危险。不过你也不用太担心，在我们这里像你家老人这样的病人，几乎每天都有，有的病人就恢复得非常好。"

王主任到别的病房去了，魏经纶和付晓滨、杨山坡等人重新围坐了下来。

付晓滨说："从今天晚上开始，咱们四个人轮流值班，每人一晚上。今晚上经纶值，明天晚上我值。"

魏经纶说："有我在晚上你们都不用过来了，有事的话，我打电话找你们的。"

付晓滨说："你就别犟了，我是大哥，这件事必须听我的。"

杨山坡附和道："这几天很关键,晚上绝对不能离开人。冬冬白天有空的话,过来看看就行了,晚上就不用过来了,三四个大老爷们在,晚上用不着你。"

魏经纶说:"公司最近搞'客户服务月'活动,大家白天黑夜不得闲,你们就不用天天往这里跑了,需要的时候我肯定打电话找你们。"

杨山坡说:"最近老付事多,我没多少事,我可以多值几天班。"

魏经纶说:"最近又搞业务冲刺,又搞电销业务竞赛,你事能少得了吗?"

李冬冬说:"公司竞赛活动一年到头不间断,电销业务有什么可竞赛的?"

杨山坡说:"你在公司干了好几年,对保险那点事又不是不了解,不搞竞赛活动好像业务就不做了似的,但竞来竞去,实际上该做多少业务还是做多少业务。"

魏经纶说:"如果把每年竞赛活动省下的钱用在提升客户服务上,效果可能会更好些。"

付晓滨说:"客户现在对理赔服务的要求非常高,有的客户理赔资料都没交齐,就嚷嚷着要赔款。前两天有一个客户,连车辆行驶证复印件都没提供,就骂我们理赔速度太慢,还让他一个当记者的亲戚把公司曝了光,在社会上影响很坏。"

魏经纶说:"那个记者没去公司了解了解情况?"

付晓滨生气地说:"要是来公司了解情况了的话,他就没法写了。"

魏经纶说:"现在有些记者确实缺乏起码的职业道德,不管怎么样,总要到公司了解清楚了再写,不了解情况,写出来的东西能真实客观?"

杨山坡说:"客观真实的稿子谁看?上次我跟一个当记者的同学一起吃饭的时候,他跟我讲,现在记者也不容易干了,除了有稿件压力外,每年还有创收任务,不写你几篇负面报道,你能在他们报刊上做广告?"

魏经纶说:"也不仅仅是为了广告的事。现在很多人正面报道不愿意看,看到负面新闻就来了精神,哪个记者不愿意读者看他写的东西?"

杨山坡说:"新车共保大厅连续被媒体报道了几次后,社会上要求关闭的呼声越来越大,市行业协会有些抗不住了,我看撑不了多久就得关门!"

李冬冬不解地问:"共保大厅不是办得挺好的吗?媒体有什么可报道的?"

"新车共保后,折扣相对少一些,加上几家大公司每月分配的指标两三个周就用完了,只能关闭系统跟客户撒谎说系统上不去、系统坏了,客户因此就认为保险公司的服务质量不好。保险公司现在是弱势群体，又是媒体关注的重点，不像你们财神爷，谁也不敢得罪。"杨山坡感叹道。

李冬冬笑着说："虽然在政府部门工作压力小，但挣得也少。现在物价这么高，每月三千两千元的工资，实在干不了什么事，否则的话社会上就不会存在那么多的房奴、卡奴。在保险公司干，虽然苦点累点、压力大点，但过得充实。"

看到王瑞香和柳叶一前一后走进病房，魏经纶慌忙站起来问道："你们是怎么知道的？"

"我有个同学在医院里当护士，她也参与了这次抢救。我那个同学你见过，忘了？"王瑞香说着，调皮地眨了一下眼睛。

魏经纶明白王瑞香说的那个同学是谁，当初王瑞香还把她介绍给过魏经纶，但魏经纶没同意。

魏经纶不自觉地瞄了一眼李冬冬，红着脸问王瑞香："她现在还在这里？"

王瑞香反问道："学的就是护理专业，不在医院里干，去哪干？不过现在已经当护士长了。"

看到柳叶和王瑞香来了，付晓滨、李冬冬和杨山坡打了个招呼，就先回去了。

柳叶一边给魏经纶母亲掖着被子，一边轻声问道："医生是怎么说的？应该没什么危险吧？"

魏经纶用感激的眼神看着柳叶，回答道："现在还不好说，可能得观察一段时间。"

"老人这一病，估计你得请些日子的假了，在省公司工作还很忙吗？"王瑞香问道。

魏经纶说："比在滨城工作时轻松多了，请几个周的假应该没问题。"

王瑞香出去找她那个当护士长的同学去了，柳叶眼睛盯着魏经纶母亲的脸，声音低低地问："你最近生活得还好吗？"

魏经纶说："还凑合着吧。"

"谢谢你能来看望老人。"魏经纶说道。

"老人一直对我不错，我还把她当作……"柳叶欲言又止。

沉默了很长一段时间后，魏经纶无话找话地问道："你们家两位老人身体还好吧？"

柳叶只是"嗯"了一声，没有说话。

魏经纶说："有机会的话，我想再去看看他们。"

柳叶低着头，一直不说话。

"柳叶来了？"魏经纶父亲提着一把保温壶，从外面推门进来。

"您回家拿饭了？"柳叶从凳子上站起来，勉强挤出一丝笑容。

"我从饭店里订了点三鲜水饺，刚出锅，你和经纶快点趁热吃吧。"魏经纶父亲一边说着，一边打开了保温壶的盖子。

"我早晨吃得很晚，现在不饿。"柳叶深情地看了一眼魏经纶，说道，"你吃吧。"

"还是少吃点吧。"魏经纶说着，把保温壶拿到了柳叶面前。

"我真的不饿。你快吃吧。"柳叶说着又把保温壶推到魏经纶面前。

魏经纶说："要不过会儿王老师回来以后咱们一起出去吃？"

看到柳叶没有推辞，魏经纶迟疑了一下，还是拨通了王瑞香的手机。

王瑞香说她跟她同学出去办事去了，就不跟他俩一起吃饭了，下午下班后，她跟郭浩再一起过来看望老人。魏经纶知道王瑞香是有意躲开他俩。

魏经纶说："王老师那个在医院工作的同学找她有事，不回来吃饭了，你看你想吃点什么？"

魏经纶父亲催促道："我先在这里守着，你们俩出去吃点吧，水饺留着晚上再吃也行，反正也坏不了。"

柳叶说："下午第一节我还有课，坐一会儿我就回学校了，中午真的不饿。"

魏经纶父亲说："下午有课不吃饭怎么能行呢？经纶，你出去给柳叶买点葱油饼、凉菜之类的，她不太喜欢吃水饺。"

魏经纶从口袋里掏出手机，一边拨号，一边说："我让驾驶员小李帮忙买点送过来。"

柳叶制止道："我快到时间了，下午上完课后我再过来。"

魏经纶跟柳叶默默地走进电梯，又默默地走下电梯。

"你回去吧。"柳叶说。

"如果忙的话，就不用常往医院里跑了。"魏经纶说。

"你别误会，我是来看老人的。"柳叶眼睛一直看着前方，说道。

"我不是那个意思。"魏经纶扭头看了柳叶一眼，心想："脾气怎么一点也没改?"

两个人又默默地往前走了一会儿。

"如果时间来不及的话,我让司机送你回学校,可别耽误了学生们的课。"魏经纶问道。

"你不是送给我一辆车吗?这么快就忘了?"柳叶问道。

"我还以为是王老师开车拉你来的呢!"魏经纶很不自然地说。

柳叶上了那辆对魏经纶来说十分熟悉的白色轿车后,转过脸对魏经纶说:"快回去吃饭吧,水饺可能不热了。"

魏经纶看着那辆远去的白色轿车,默默地回到了病房。

"走了?"父亲问道。

"嗯!"魏经纶应道。

"你们还是复婚吧。人家柳叶比你小四五岁,有什么事不能原谅人家?"父亲唠叨道。

"嗯。"魏经纶打开保温壶盖子,吃了两三个水饺后又重新盖死了。

"怎么不吃了?不可口?"父亲问道。

魏经纶说:"还行。"

"还行就多吃几个嘛!"父亲说道。

"我跟你说的话你听进去了没有?"父亲又问道。

魏经纶说:"听到了。"

父亲说:"老是这么拖着什么时候是个头?柳叶下次再来的时候,我跟她说说,让她搬回家住算了。"

魏经纶斜愣了父亲一眼:"我们又不是小孩子,我们俩的事我们自己能解决,我妈有病这个事还不够你操心的?"

父亲嘟嘟囔囔道:"谁也不敢保证你妈这病能不能好起来,要是老这么躺着,我一个人能照顾过来?别说你在省城上班了,就是在滨城上班,你能天天有时间?"

魏经纶嘴上虽不说,但心里何尝不是这样想的。要是母亲真像父亲说的那样久病不愈的话……。魏经纶不敢再往下想,只希望母亲尽快好起来,父亲千万别累倒了。

魏经纶躺在病房的另一张床上刚想打个盹,杨山坡推门走了进来。

"没下班你又跑来干什么?"魏经纶问道。

杨山坡说:"单位里没什么事,过来陪你聊聊天。"

魏经纶问:"公司最近没什么问题吧?"

杨山坡说:"大问题倒没有,就是感觉老姚那人办事有些磨叽,不像你在公司的时候,再大的事咱们几个人碰个头就定下来了。"

魏经纶说:"老姚不应该是那种办事磨叽的人,可能还是你们搭班子时间短了,再磨合一段时间可能就好了。"

杨山坡说:"也许吧。不过我总是感觉老姚对我不信任,处处提防我。"

魏经纶笑着说:"你有什么事值得他提防你?别胡思乱想了!"

杨山坡十分肯定地说:"我这个人你也不是不了解,容易相信别人,不会轻易胡思乱想的。如果你不相信,你可以问问老付。"

魏经纶说:"老姚如果连你都不相信的话,那业务推动他还能指望谁?"

杨山坡说:"我猜测可能是上次港务局招标的时候,他认为我们用假投保方案'忽悠'了他,上次他跟安山曾提起过这件事,还说过我这人别看年纪不大,花花肠子不少,四年大学没白上之类的话。"

魏经纶说:"找时间跟他好好谈谈,如果班子成员之间都互相猜疑、互不信任,那工作可就不好开展了。"

"别的咱不说,就说车险电销这件事吧,我反复跟他讲,如果不抢抓机遇全力推进车险电话销售业务的话,公司在车险业务发展方面就可能失去竞争优势。可他就是不相信!"杨山坡生气地说。

"老姚那人有时候比较自负,总认为自己从业时间长,经验丰富,习惯于传统思维,接受新生事物的能力有些欠缺。如果传统的销售方式不尽快改变的话,很可能因此失去加快发展的机遇。"魏经纶不无担心地说。

杨山坡说:"这些话我都跟他讲过了,可他说同一笔车险业务一走电销渠道,保费就下降了百分之十五,如果车险业务都走电销这条途径的话,那咱们今年的车险任务还能完成吗?更重要的是,如果车险都通过电销这种途径销售的话,那业务员队伍还能稳定吗?"

魏经纶皱了皱眉头,说道:"老姚这种想法不对,有些幼稚!你不鼓励做电销业务,不等于其他公司也不鼓励做电销业务。谁有便宜的保险不买,非得去买贵的呢?"

杨山坡说:"他爱咋办咋办吧!人家是一把手,他说做咱就做,他不提倡做,我一定要做的话,他也不会支持我。"

"上午柳叶来，你们俩没好好谈谈？我看她对你还是一往情深的，要是觉着还能在一起过的话，快复婚算了，再拖下去，有些事情就不好办了！我听说女人一过四十岁，生育的几率低，孩子患唐氏综合症的几率也高。"

魏经纶笑着说："你现在不研究业务研究生育了？你想转行去当产科医生啊？"

杨山坡一脸严肃地说："我不是在跟你开玩笑。你个人问题，需要认真考虑考虑了！"

"你觉着我们还能过到一起吗？"魏经纶收住笑容，一本正经地问道。

"怎么不能过到一起？你们在一起生活了那么多年，感情基础还是有的，要不是这样的话，你们两人离了这么长时间了，为什么谁也不找？还不都是没有找到更合适的或者是为了等对方？只不过碍于面子，谁也不愿意先提出来罢了。"杨山坡说。

魏经纶无奈地摇了摇头："说心里话，我还真没那么想。天天在一起都不放心，现在远离滨城六七百里路，一两个周回不了一次家，心里健康的人都容易出毛病，像柳叶那种心理素质脆弱的人，不得神经病才怪呢！咱还是积点德吧！"

杨山坡说："离婚后柳叶成熟了不少，对当时的冲动也后悔了，如果可能的话，还是给人家一次机会吧。不都说东西原装的好，组装的东西不耐用吗？"

魏经纶扑哧笑出了声："我发现你忽悠的功力越来越不得了了，跟赵本山差不到哪里去了！"

魏经纶收住笑容，一本正经地说："我到现在也不知道哪一位姑娘能让我魏经纶梦里思念着、大声呼唤着！"

杨山坡问道："你这么聪明的人，难道还没有猜出来是谁吗？"

魏经纶一愣，问道："你知道？你可别忽悠了！"

杨山坡说："柳叶没跟白雪说的时候，我就猜到了。柳叶也真是的，什么事如果能开诚布公地谈谈的话，你们也不会走到这一步，老在自己心里憋着，终于把自己的幸福都憋没了，这一点她就不如我们家白雪。人家白雪有事从来不过夜，不管你愿意听不愿意听，叽里呱啦地说出来，什么事就没有了。什么事不说，表面上看是修养高、有涵养，实际上是在跟自己过不去。"

魏经纶盯着杨山坡，足足看了有一分钟。

"老付最近都在忙些什么？我发现他最近好像瘦了不少，身体不会有问题吧？"魏经纶一边说着，一边走近母亲看了一眼，他感觉母亲刚才好像动了一下。

"大娘刚才是不是动了一下？"杨山坡也俯下身体，一边观察魏经纶母亲的脸色，一边小声问道。

"我也感觉好像动了一下。难道是幻觉？"魏经纶问道。

杨山坡说："那也不一定，咱们两人说话，她可能能听明白。"

医生走进病房，看了看魏经纶母亲后说道："你们两个再细心观察一下，有什么异常，马上叫我一声。"

"老付最近都在忙些什么？"魏经纶把刚才的话又重复了一遍。

"他身体没问题。当兵的人，身体可比咱们结实多了。上级公司要求咱们创新服务，他黑天白夜地忙活，累的！"杨山坡答道。

"你们两个家伙是不是又在说我的坏话？"付晓滨一步闯进来，问道。

杨山坡说："我们正在表扬你呢！说你白天亲自出现场，晚上还得去查岗。"

付晓滨长叹了一口气："这不都是让总公司给逼的吗？总公司那些鸟人，车不给配足、人没给配齐，还整天这么考核、那么暗访的。"

魏经纶说："全省统一接报案后，现场查勘率比原来高多了，现在都是GPS定位，哪辆查勘车在哪里，系统都能看得到。过去查勘员就在现场附近，他也会说离现场很远。有些工作放手让手下的人干就行了，没有必要什么事都亲历亲为。"

付晓滨说："发生大的理赔案件，你得到现场吧？大客户来了，你得陪吧？咱这个鸟活，越来越没法干了！"

魏经纶安慰道："市场规范后，保险兴许好干些。现在市场不是已经开始规范了吗？"

"大妈今天下午怎么样？"付晓滨走近魏经纶母亲病床前，关切地问道。

魏经纶说："刚才我跟山坡都发现她动了一下，医生说有些病人对自己熟悉的声音比较敏感，兴许刚才我们两个人不是幻觉。"

"老魏刚才问你为什么身体这么瘦，是不是身体不舒服，我说老付那家伙壮得像牛似的，黑天白夜地忙，不瘦才怪呢。"

付晓滨说："为了我跟山坡处分轻一些，你把自己都'牺牲'了，不好好干出点成绩来，你不是白'牺牲'了？能力大小、工作成效怎么样暂且不说，最起码不能让人家说咱耍性子，闹情绪，工作态度不好。"

魏经纶说："做好工作是对的，但无论如何也得把身体放在第一位。老人住院，你们两个没跟老姚说吧？"

付晓滨看了看杨山坡，说："我一下午没看到他，如果看到他了，不跟他讲好像又不太好。"

魏经纶说："如果他没主动问的话，就别跟他讲了。能不麻烦公司就别麻烦公司了。"

杨山坡说："有困难找公司解决也是应该的，你魏经纶对公司是有贡献的。"

魏经纶说："话虽这么讲，不到万不得已，咱还是尽量少麻烦公司。"

付晓滨说："我今晚没事，你们两人回家睡觉，我值班。"

魏经纶说："谁也不用，过会儿你们都回去。"

杨山坡说："晚上你还是先回家看看吧，一个多月没回家，估计家具都长绿毛了。"

魏经纶说："我一个人在哪儿睡都是睡，不像你们有家有室的。老娘要是在这里长期住下去的话，班有你们值的。"

看到魏经纶态度很坚决，付晓滨和杨山坡只好各自开车回了家。

三十三

魏经纶一边给母亲做着手脚按摩，一边跟她说着住院后发生的一些事情。虽然母亲慢慢恢复清醒后，腿走不了路，话也不能说，但魏经纶知道他说话母亲是能够听懂的。按照医生的嘱咐，只要多跟病人交流，每天坚持做二至三个小时的身体按摩，老人家的身体恢复还是很有希望的。

柳叶默默地走了进来，把包往床头柜上一放，熟练地给魏经纶母亲有规律地按摩着。自从母亲生病住院后，人民医院就是柳叶每天下班后的第一个去处。魏经纶心里十分清楚，虽然母亲无法表达她内心的想法，但她希望柳叶每天都来看望她，因为魏经纶注意到，每天柳叶差不多放学的那个时间，母亲的眼睛就一直盯着病房门不离开。

柳叶按摩到母亲左手的时候，母亲用力想抬起自己的右手，眼睛看着魏经纶，发出了"咿呀咿呀"的声音。

魏经纶赶紧上前抓住母亲的右手，着急地问道："怎么了？您说什么？"

魏经纶和柳叶每人握着一只手，顺着母亲用力的方向移动，当六只手相遇的时候，母亲的眼睛里露出了期盼的目光。

柳叶用一双充满了抑郁和惊慌的眼睛望着魏经纶，泪水顺着眼角流了下来。

二十大很快就过去了，省公司张强打来电话，问老人家身体恢复得怎么样了，需不需要让老人来省城医院找专家们会诊一下。

魏经纶说："不用了，老人恢复得不错，过两天我就回省公司上班。"

张强说："如果老人确实离不开的话，就在家多伺候几天吧，上班不着急。"

张强话虽这样讲，但魏经纶心里明白，省公司的领导们肯定想让他尽快回去上班。

魏经纶跟张强商量道："张经理，今天是周四，马上就到周末了，我下周一再回省公司上班，您看可以吗？"

张强说："我今天打电话主要是想问问老人的病情怎么样了，需不需要帮忙，可不是催你来上班的呀！上班不急，治好老人的病要紧。"

"虽然老人生活还不能自理，但我回去上班没问题，老人有人照顾。"魏经纶说着，看了柳叶一眼。

张强说："要是能行的话，你下周一就回来上班吧。"

"让我回去就让我回去吧，拐那么大个弯子干什么，干组织人事的，说话就是喜欢绕弯子。"魏经纶不满地说。

"这么多天没去上班，也应该回去看看了。你放心，我会把老人家照顾好的。"柳叶说话的时候，眼睛一直盯着魏经纶。

魏经纶有些动情地说："难为你了。谢谢！"

柳叶瞥了魏经纶一眼，继续给母亲按摩着手心。

"我想明天让山坡和老付帮忙给请一个保姆,别为了照顾老人影响了工作。"魏经纶像是自言自语,又像是跟柳叶商量。

"不放心我?"柳叶问道。

"不不不,有你在我最放心了。可你白天上课,晚上还要备课,老人这里白天黑夜离不开人,你跟我父亲两个人怎么能照顾过来呢?"

"不还有杨总、付总他们吗?人家保姆平时帮着洗洗衣服、做做饭还可以,端屎倒尿的活可没人愿意干。这么热的天气,不经常给老人擦擦身子,时间久了,非起痱子不可。这活别人干不了!"柳叶说。

魏经纶猛地抓住柳叶的手,许久没有松开。

一回到省公司,李梦香就亲自找魏经纶谈了话。

李梦香说:"监管力度加大后,法律合规工作越来越重要了。由于各方面原因,东南省公司一直没有设立专门负责合规管理的部门,只在财务部设立了两个法律合规岗位,现在看来已不适应形势发展要求了,设立合规专业部门已迫在眉睫。省公司党委经过长时间的酝酿和研究,决定近期成立法律合规部,想任命你为法律合规部经理。法律合规部的人员组成、工作职能等,人力资源部张经理过会儿还要具体跟你交代。你是一个很有能力的人,又有丰富的基层工作经验,省公司党委相信你上任后,一定能把全省的法律合规工作做好。"

从李梦香办公室出来,魏经纶直接去了张强的办公室。

张强说:"法律合规工作十分重要,任务也很艰巨,党委会决定让你去担任这个部门的负责人,一是看重了你的能力,二是看重了你的基层工作经验。这个部门的性质、职能我已经发到你邮箱里了,你抽时间看看。人员编制一共五个人,原来法律合规岗位上有两个人,今年省公司从刚毕业的学生中招聘了七八个大学生,其中一个是学法律专业的,我想让她去你部门。"

魏经纶笑着问道:"原来法律合规岗位上的两个人都是女同志,现在你给我配的这个大学生不会也是个女的吧?"

"也是个女同志,叫陈艳艳,东南大学法律系毕业。在上大学的时候,陈艳艳曾担任校学生会的宣传部长,人很大方,长得也很漂亮,综合素质较高。"张强一边说着,一边从办公桌一摞档案材料中抽出了陈艳艳的档案。

魏经纶一边看着陈艳艳的档案材料,一边跟张强开玩笑道:"我这不是进了女儿国了吗?"

张强说:"原来我想把这个陈艳艳分配到理赔部,这几年理赔官司很多,几乎每月都有几个案子要出庭,理赔部的钟经理也跟我说过好多次了,让我帮忙物色一个学法律专业的人才,我考虑到你部门新成立、缺人手,今年合规检查的任务又很重,就先给你了。你可要请客啊!"

魏经纶说:"找个机会我得好好请你老兄一顿。实事求是地讲,现在的法律环境确实对保险公司不利,只要客户一投诉,本来不应该赔的案子,法院百分之九十地判保险公司赔,不赔就强制执行。理赔部确实需要配一两个学法律专业的人员,最好是有律师证的。"

张强说:"下个月公司决定再搞一次招聘活动,到时候再给理赔部配备吧。"

魏经纶说:"有些案子申诉可能也没什么用处,但不申诉人家会认为咱们保险公司就应该赔,申诉了就有赢的可能。上半年直属业务部发生的那起酒后驾驶导致两死三伤的案子,如果我们不聘请律师反复申诉的话,那我们可就赔大了!"

张强问:"你部门现在还空着一个编制,下次招聘的时候是帮你招聘一个学生呢还是找一个有点工作经验的?"

魏经纶说:"还是找一个有工作经验的比较好。滨城公司有一个叫刘浪的,原来给我干过财务部经理,专业能力较好,人也挺机灵,把他调到法律合规部不知合不合适?"

张强说:"怎么不合适?过两天我让人考察一下调过来就是了。"

魏经纶面露难色地问:"从滨城调人,不会有说闲话的吧?"

张强说:"说什么闲话?刘浪调省公司工作后,滨城公司还有没有合适的财务经理人选?"

魏经纶说:"最近老姚刚从其他公司选聘来一个财务部经理,刘浪现在正好没什么事可干。"

张强想了想,说道:"那就抓紧把他调过来吧,否则的话,人家可能跳槽去别的公司了。"

母亲的身体恢复得很快,第二个月就能在人搀扶下下地了,魏经纶从心里感激柳叶。

办公室的人陆续下班回家了,魏经纶又拨通了柳叶的手机,自从母亲生病住院后,魏经纶几乎每天都要打电话询问一下母亲的病情。由于省公司实行开放式办公，部门经理跟同一部门的人一起办公，一般情况下魏经纶都是在晚上下班后才给柳叶打电话。

电话是父亲接的，他说柳叶回家做饭去了，走的时候忘记了带手机。父亲喋喋不休地说了半天，一会儿说柳叶如何如何好，为了照顾你母亲整个人都瘦了一圈；一会儿骂魏经纶不知好歹，这么好的媳妇说离就离了；一会儿又问魏经纶打算什么时候让柳叶回家，搞得魏经纶挂电话也不是，不挂电话也不是。

"魏总还没回家啊？"看到陈艳艳笑嘻嘻走了过来，魏经纶硬是把父亲的电话挂断了。

"怎么还没回家？"魏经纶问道。

"回去也没意思，还不如在办公室里干点活。"陈艳艳说着就在魏经纶办公桌前的椅子上坐了下来。

"魏总一个人在省城工作，家里有什么活需要我帮忙的话，您说一声就行了，反正我平时也没什么事。"陈艳艳说。

魏经纶说："平时家里也没什么活，需要的话会麻烦你的。小陈家是太平市的吧？回家一趟需要多长时间？"

陈艳艳说："坐大宇需要四五个小时。不过我平时不常回去，只在过年过节的时候才回去。魏总，您开车回滨城需要几个小时？"

魏经纶说："也得三个小时。我开车回滨城要经过你们太平市境内，如果以后过年过节买不到车票的话，我可以绕点路把你送回去。"

"您开车经过我们太平最北边的一个镇，要绕到太平市内的话，我估计要多绕一个多小时的路程。"陈艳艳说。

魏经纶说："春运期间车票紧张，实在买不到票的话，说一声把你送回去也多跑不了多少路程。小陈家里还有什么人？"

陈艳艳声音有些哽咽地说："在我读大三的时候我父亲去世了，家里还有我妈妈和一个弟弟。"

魏经纶用同情的目光看着陈艳艳，说道："对不起！你弟弟多大了？"

陈艳艳说："今年十六岁。"

"读高中了？"魏经纶问道。

陈艳艳眼泪汪汪地说："我父亲去逝后，他就不读书了。"

魏经纶抽出几张面巾纸递给陈艳艳："为什么不读书了？人没有文化怎么

能行呢？"

"我母亲下岗了，我父亲生病的时候又欠下了十多万块钱的债务，家里供不起他。可他身体有毛病，不读书以后怎么办呢？"陈艳艳愁眉不展地说。

"你弟弟身体有什么毛病？"魏经纶问道。

"他得过小儿麻痹症，走路不利索。"陈艳艳说道。

"那更应该读书了。"魏经纶想了想，说，"这样吧，周五下午咱们早走一会儿，我绕道去你家一趟，帮你劝说劝说你妈妈和你弟弟，无论如何必须让他再回到学校，人不读书怎么能行呢！"

周五四点多钟，魏经纶就跟陈艳艳开车往滨城太平方向赶，因为刘浪去总公司学习了，礼拜天不跟魏经纶一起回滨城。

到达陈艳艳家的时候，已经是晚上七点多钟了，陈艳艳的妈妈老远就迎了上来。

"哎呀，魏总，你这么忙还跑来看我们，真是不好意思！"陈艳艳妈妈紧紧握着魏经纶的手说道。

"我正好回滨城，也算是顺道吧。"魏经纶看了陈艳艳妈妈一眼，回头跟陈艳艳小声说："你长得像你妈。"

魏经纶一边把大米、面粉和熟食从车里往外拿，一边说："走得匆忙，没来得及准备，只给你们带了点吃的，别嫌弃啊！"

"您能来看看我们就很感激了，还带这么多东西干什么？"陈艳艳妈妈一边说着，一边热情地把魏经纶往家里让。

陈艳艳家住二楼，楼房虽然比较陈旧，面积也只有五六十平方米，但收拾得很干净。

"魏经纶在一张三人沙发上刚一坐下，一个半大小伙子就端着一把茶水壶过来倒茶。"

"这是我弟弟陈东强。"陈艳艳跟魏经纶介绍道。

陈艳艳又转过头跟弟弟介绍道："东强，这是魏总，是姐姐的直接领导。"

"我认识你们魏总。"还没等陈艳艳说完，陈东强就抢先道。

魏经纶惊讶地问："咱们又没有见过面，你怎么会认识我呢？"

陈东强说："我姐姐经常跟我们说起你，我们家有你的照片。"

陈艳艳瞪着陈东强，呵斥道："胡说些什么！咱们家怎么会有魏总的照片？"

陈艳艳神情不自然地解释道:"他可能把我的一个同学当成您了!"

陈东强还想争辩,陈艳艳用手推了他一把:"东强,你还是回学校上学吧,不上学,将来你能养活了自己?"

魏经纶问道:"跟我说一下,为什么不愿意上学了?"

"他爸这一病花了十二三万元,亲戚朋友家都借遍了,钱花了人也走了。我下岗多年,艳艳她爸一走,家里就失去了经济来源,哪还有能力让东强上学呀!唉!"陈艳艳妈妈叹息道。

"妈,再困难也不能耽误东强上学呀!我现在已经上班挣钱了,我爸治病拉下的饥荒咱们慢慢还,一年还不上咱还两年,无论如何得让东强再回学校去,不上学就他那身体以后怎么办?"

陈艳艳妈妈叹息道:"你说得倒轻巧,谁家的钱不急着用?前两天有一家上门催要了,说是儿子出国等着用钱,我这两天正愁着到哪里去借呢?东强是个懂事的孩子,他知道家里困难,自己说什么也不去上学了。昨天魏庄你二姨父打来电话说,他托人在超市里给东强找了份工作,一月八百块钱,下个周就可以去上班了。"

魏经纶说:"听艳艳说东强学习成绩不错,将来考个大学没问题,我看还是让他再回学校上学吧。艳艳现在每月也有三千多块钱的收入,将来升职后,工资还会长,十万八万元的饥荒也没什么大不了的。"

陈艳艳妈妈说:"魏总,我们这些人命轻运薄,东强这学还是不去上的好。"

陈艳艳生气地说:"妈,你怎么能那样?东强这学一定要上,上学的费用不用你操心,我不吃不喝也要供他上学。"

陈艳艳妈妈瞅了陈艳艳一眼,问道:"你爸治病欠下的钱怎么办?不还了?"

陈艳艳睹气地说:"我还,不用你还!"

陈艳艳妈妈气呼呼地说:"你拿什么还?别说些没用的了!"

看到姐姐和妈妈吵个不停,陈东强站在一旁不住地流泪。

魏经纶说:"艳艳,你别再说了。这样吧,我给五万块钱把那些急着用钱人家的借款先还上,不够的话,我再给筹措点,但前提是东强要回学校上学。"

陈东强高兴地问道:"真的吗?那我一定努力考上重点大学!"

陈艳艳妈妈感激地看着魏经纶，说道："你有家有口的，借那么多钱给我们，合适吗？谁家过日子不需要花钱？"

"阿……"魏经纶尴尬地看着陈艳艳，阿姨他实在叫不出口，因为陈艳艳母亲的年龄比自己实在大不了多少，可自己又跟陈艳艳是同事，叫人家妈妈大嫂又觉着不太合适。

陈艳艳红着脸笑着不说话。

"我家里现在不需要钱。再说我挣得多，花不着。"

陈艳艳说："妈，你别再唠唠叨叨的了，饭做好了没有？人家魏总开了三四个小时的车，你总不能让我们领导饿着肚子走吧？"

"你看看我，一说话就把正事给忘了。"陈艳艳妈妈自责道。

魏经纶站起来，说道："别忙活了，我上午吃得挺饱的，不饿。我这就走，两个小时就到家了。"

陈艳艳妈妈一把拽住魏经纶的胳膊："怎么也得吃了饭再走，这都八点多了。"

陈艳艳拽了拽魏经纶的衣袖，说："我妈都已经做好了，不饿也要吃点，这都八九点钟了。"

看着陈艳艳一家人你拽我拉的，魏经纶只好又重新坐了下来。

没多大工夫，八个菜端上了饭桌。陈艳艳拿着一条新洗过的毛巾，说道："魏总，您擦把手吧。"

魏经纶接过陈艳艳递过来的毛巾擦了擦手后，又递给了陈艳艳，轻声说道："谢谢！"

陈艳艳羞涩地笑了笑，露出了两排洁白好看的牙齿。

"妈，有酒吗？这么多菜，我跟我哥喝一杯。"陈东强说。

"不应该叫哥，应该叫叔。对吧，魏总？"陈艳艳妈妈看着魏经纶纠正儿子道。

魏经纶有些不自然地应道："叫什么都行。你这么小就会喝酒？"

"我七八岁就会喝酒了。"陈东强说着，就要打开酒瓶盖。

魏经纶制止道："有机会我得跟你好好喝喝。可今天不行，一会儿我得开车，开车是不能喝酒的。"

陈东强说："多亏了你我才又能上学了，我得感谢感谢你，不喝点酒怎么能行呢？"

魏经纶说:"等你考上重点大学以后咱们再喝吧。像你这么大的年龄是不应该喝酒的,喝酒会影响智力的。"

"咱就喝一杯。哥,咱就喝一杯不行吗?"陈东强央求道。

魏经纶看看实在没办法,只好让陈东强倒上了一杯。

魏经纶端起酒杯,说道:"这杯酒我祝你回到学校后学习蒸蒸日上,将来考上重点大学。"魏经纶说完,一口把一小杯酒喝光了。

陈东强拿起酒瓶又要给魏经纶倒,魏经纶连忙制止道:"不是说就一杯吗?"

陈东强说:"刚才那杯酒是你预祝我的,我还没感谢你呢,这杯酒是我感谢你的。"魏经纶拗不过陈东强,只好又让他倒上了一杯。

"这么小就会喝酒,跟谁学的?"魏经纶问道。

"他爸爸在世的时候,喜欢喝点酒,高兴的时候也给他倒上一小杯,时间久了就学会了。长大后可千万别成了个酒鬼!"陈艳艳妈妈看着儿子,说道。

第二杯酒喝完后,陈艳艳也拿过来一个酒杯,倒上了满满一杯,又拿起酒瓶把魏经纶的酒杯也倒满了。

"你不会也跟我喝两杯吧?"魏经纶笑着问道。

"必须敬您两杯!"陈艳艳说着端起酒杯,"魏总,到公司后有幸分到法律合规部,工作上您给了我很大的支持和帮助,我从心里感激您。今天您又亲自开车来到我们家,给我们……"话没说完,陈艳艳就泣不成声。

魏经纶赶紧把陈艳艳手里的酒杯夺出来,放到饭桌上,劝说道:"酒就别喝了,抓紧吃饭吧!"

陈艳艳苦笑着说:"无论如何我得敬您两杯酒,以表达我们对您的感激。"

魏经纶说:"别说咱们是同事了,就是客户遇到困难,大家都争先恐后的帮忙解决。我在滨城当总经理的时候,咱们承保的一个客户发生了交通事故,失了很多血,急需补充血浆,可那天正赶上医院里手术多,血浆严重不足,伤者命在旦夕、生命垂危。听到消息后,公司里很多人跑到医院,争着给他献血,才把我们的那个客户从死神那里抢救过来。"

"那我选择保险算是选择对了!"陈艳艳说着又端起了酒杯。

魏经纶说:"喝完这杯就行了,咱们一心一意一杯酒。"

"再喝一杯也不能算是一心二意啊!"陈艳艳笑着纠正道。

"不能再喝了,再喝晚上就开不了车了!"魏经纶喝完第一杯酒后,把酒杯一直攥在手里不放下。

"魏总，我虽然不会喝酒，但我跟我弟弟必须代表我爸妈敬您一杯。我们这个家庭要不是遇上您，眼前的难关无论如何是很难过去的，这杯酒您喝不喝都没关系，我们姐弟两人必须要喝！"陈艳艳一边说着，一边示意弟弟陈东强也把酒杯端起来。

四杯酒下肚，魏经纶感觉头晕乎乎的。

魏经纶赶紧吃了一小块馒头，说道："九点多了，我得赶紧走了，否则的话，十二点也到不了家了！"

陈艳艳妈妈赶紧劝阻道："喝了酒开车不安全。家里有地方睡，晚上就别走了。"

魏经纶站起来坚持要走。

"不喝酒走夜路都不安全，何况您又喝了酒，万一路上有事，我们可担待不起！家里条件差点，凑合一晚上吧！"陈艳艳哀求道。

魏经纶看了看手表，又摸了摸有些发烫的额头，说道："我出去找个旅馆住一宿就行了，明天什么时候起床什么时候走，那样也不影响大家休息。"

陈艳艳说："就别出去住旅馆了，家里就是条件差点，凑合凑合吧！"

魏经纶害怕陈艳艳母女俩多心，只好答应在陈艳艳家里住一晚上。

走进陈艳艳平时住的那间房屋，一股特别的气息迎面而来。

陈艳艳端着一盆热水进来："开了一下午车，烫烫脚吧。"

魏经纶有些不好意思地说："睡你的闺房，合适吗？"

陈艳艳笑着问道："怕我沾了你领导的灵气？"

"咱哪有什么灵气？"魏经纶一边说着，一边脱掉了皮鞋。

"多泡一会儿，我帮你把袜子洗一洗。"陈艳艳说着，拿起魏经纶的袜子就往外走。

魏经纶惊慌地站了起来，差点把洗脚盆踩翻。

陈艳艳哈哈笑着说："领导您那么激动干什么？放心，袜子洗不丢！"

魏经纶躺在硬邦邦的床上，翻来覆去睡不着，陈艳艳的模样不时浮现在眼前。

魏经纶轻轻地下了床，朝洗手间方向摸去，好在洗手间就在自己睡的那个房间对面。

"要是知道晚上在人家住下，就不喝那么多的茶水了！"魏经纶暗暗想道。

"妈，我们魏总那个人可有才了，听说不到三十岁就当上滨城公司的总经理了，是当时我们公司最年轻的地市公司一把手！"陈艳艳的声音虽然很小，但魏经纶还是能够隐隐约约听得到。

魏经纶不自觉地停下了脚步，屏住呼吸。

"魏总那人看起来是不错，可就是你们两人年龄差距太大了，他又离过婚。"陈艳艳妈妈说道。

"妈，你思想太陈旧了，现在两个人相差十多岁的不多了去了？人家杨振宁和翁凡年龄还差五十多岁呢！"陈艳艳说。

"只要你觉着合适就行，当妈的不管。"稍停了一会儿，陈艳艳妈妈接着说道，"妈觉着年龄大点倒没关系，男人大知道疼爱媳妇，可他就是离过婚！"

陈艳艳说："小说里说，离过婚的男人更懂得生活，更珍惜重新开始的婚姻。"

"你喜欢人家，不知道人家魏总喜欢不喜欢你？"陈艳艳妈问道。

"我觉着魏总对我很有好感。你不觉着你女儿长得还不错吗？"陈艳艳咯咯笑着问道。

"二十三四岁的大姑娘，怎么那么没羞没臊的？"陈艳艳妈妈批评道。

魏经纶蹑手蹑脚地退回了自己的房间，轻轻把房门关上，心怦怦地跳个不停。

心情好不容易平静下来，魏经纶突然有一种想给柳叶发短信的冲动。

魏经纶从床头上摸起手机，很快就编好了一则短信："遇上一个刚毕业的大学生，挺漂亮的，她对我很有想法，怎么办？"

柳叶那边的短信很快回过来了："这都几点了？是不是在做梦？"

"不是开玩笑，我现在就住在人家家里。"魏经纶又把短信发了回去。

"你怎么跑到人家里去了？是你对人家有想法吧？"柳叶短信问道。

"她是我的部下，她家里有事，我顺路把她送回家，谁知她和她妈都说天太晚了，晚上走路她们不放心，非让我在她们家住一宿不可。"魏经纶想了想，把刚才编的短信中的"谁知她和她妈都说天太晚了，晚上走路她们不放心，非让我晚上在她们家住一宿不可"删掉，改成"谁知车爆了胎，晚上换不了，没走成。"

"是真的还是假的？不会是有意的吧？"柳叶短信中问道。

还没等魏经纶短信回过去，柳叶的短信又回过来了："你怎么知道人家姑娘对你有想法？你问过人家了？"

"我傻啊？这种事还能去问人家？我刚才想去厕所，谁知他们家的楼房不隔音，她和她妈说话让我无意听到了。"魏经纶感觉尿憋得厉害，就尽快把短信发了出去。

魏经纶下床时故意弄出点动静，打开房门进了洗手间。

魏经纶小便完回到睡的那个房间时，故意在门口停了停，陈艳艳和她妈妈睡的房间里静悄悄的。

魏经纶上床躺下，拿起手机一看，柳叶那边又传过了两条短信。第一条短信是让魏经纶明天一早尽快赶回滨城，有一个惊喜送给他。第二则短信柳叶问魏经纶是不是睡着了，怎么不回短信。

"刚去了一趟洗手间，这泡尿我憋了近一个小时了。你有什么惊喜？"魏经纶的短信发出去没有一分钟，柳叶那边的短信又回过来了："为什么不早去洗手间？为了让未来的丈母娘知道你还行？"

"听到人家说话不又吓回来了嘛！我还有未来的丈母娘？我想我已经有丈母娘了！"魏经纶的短信发出去五六分钟后，柳叶的短信才又回过来："我真的很想你回来！"

魏经纶明白柳叶"我真的很想你回来！"的真正含义，马上给柳叶回了短短三个字："我也是！"

天快亮时，魏经纶迷迷糊糊地睡着了，醒来的时候已是早晨六点多了。

魏经纶急忙起床洗了把脸，跟陈艳艳打了声招呼就想出门。

陈艳艳妈妈立即从厨房里冲出来，拉住魏经纶的胳膊，说道："饺子已经包好了，无论如何也得吃了走。"

魏经纶说："家里有点急事，让我尽快赶回去，饺子下次再来吃吧。"

陈艳艳妈妈说："已经下锅了，再有三四分钟就好了，不吃怎么能行呢？"

魏经纶眼睛看着陈艳艳，用商量的口气问道："下次专程来吃饺子行吗？"

陈艳艳妈妈抢先回答道："要是艳艳早告诉我你爱吃饺子，昨天晚上咱们就包了。今天早上我四点钟就起床开始做，好不容易做好了，不尝尝怎么能行呢？"

陈艳艳用祈求的眼神看着魏经纶，低声说道："要是不吃就走的话，我妈肯定会骂死我。不差那十分八分钟了！"

魏经纶装出不好意思的样子说道："真是太麻烦了！"

魏经纶到达滨城的时候，已经是上午九点多了。一进父母住的那个小区大门，就远远看见母亲挂着一个拐杖，正和二楼的王老师热烈地聊着，柳叶就站在母亲不远处。

魏经纶赶紧停下车，跑到母亲面前："妈，您自己能下地走路了？"

母亲自豪地说："奇迹吧？要不是柳叶和你爸坚持让我挂拐杖，我才不愿意要'这条腿'呢！"

王老师说："你妈确实恢复得挺快。你们老魏家真是有福气，找了小柳这么个贤惠孝顺的媳妇。"

魏经纶哼哈地答应着，感激地看了柳叶一眼。

"儿子回来了，赶快回家吧，我也得出去办事了。"王老师说着朝小区大门方向走去。

"吃饭了没有？"魏经纶母亲问道。

"吃过了。"魏经纶回答道。

"在人家吃完了饭才走的？"柳叶低声问道。

"那家人太热情了，不吃饭不让走。"魏经纶说道。

看到父亲没在家，魏经纶问道："妈，我爸又到哪里去了？"

"你爸听说你今天回来，吃过早饭就出去买东西去了。这都一个多小时了还不回来，死老东西！"魏经纶母亲骂道。

"家里又没什么急事，让他出去逛去吧。"魏经纶责怪母亲道。

"家里的活都是柳叶一个人干，你爸什么活也不干。好了，你们两人好好说说话吧，我得上床躺一会儿，这都溜达了半个多小时了！"魏经纶母亲说道。

柳叶扶魏经纶母亲上床躺下后，径直走进了他们两个人过去住的那个房间。魏经纶也跟着走了进来，从后面抱住了柳叶。

魏经纶一边亲吻着柳叶的脖颈、头发，一边喃喃地说："你不是让我快回来吗？我回来了！"

柳叶一语双关地说："你回来了，可我不知道能不能回来？"

魏经纶说："你这不已经回来了吗？回来了，就不要再走了。"

柳叶右手朝后绕住魏经纶的脑袋，声音有些哽咽地说："我从来就没有想到过走，是你让我走的。"

魏经纶说："不是我让你走的，是你自己把自己逼走的。"

柳叶问:"那你为什么不把我找回来?要不是老太太有病,我是不是永远也回不来了?"

魏经纶说:"如果你心里那扇门没有关闭,你随时都有机会回来。"

柳叶说:"到今天我才发现,你不仅是个情圣,还是个诗圣。"

"要不咱怎么起了个经纶的名字呢!没有点诗情画意,怎称得上满腹经纶?至于情圣……"魏经纶猛地把柳叶的身体转了过来,四片厚重的嘴唇紧紧地粘在了一起。

柳叶躺在床上,任凭魏经纶两只大手上下抚摸,尽情享受着久违的快感,她感觉这种愉悦是以前从未有过的。

"经纶回来了?"外面传来父亲厚重的声音。

魏经纶有些沮丧地站起身来,小声嘟囔道:"这老爷子,真不会赶个时候!"

柳叶咯咯笑着说:"没买票,怎么能坐车呢?"

魏经纶不满地看了柳叶一眼,说道:"谁说我没买票?十年前我就买过了。"

柳叶说:"可你后来又退了票。"

魏经纶胳肢着柳叶说:"先上车再补票不行吗?"

柳叶说:"我这趟车必须是先购票才能上车,否则的话是上不了车的。"

魏经纶不服气地说:"你这趟车今晚上我就上定了,等我上了车,你看我怎么折腾法。"

"柳叶,经纶回来了没有?"父亲又在客厅里喊道。

"爸爸你一回来就大喊什么?不知道我妈刚睡下?"魏经纶从房间里出来,朝父亲喊道。

魏经纶父亲伸长脖子朝母亲睡的那个房间瞅了瞅,说道:"老东西,又逛累了?"

三十四

周一，魏经纶、柳叶到滨城区民政局办理完复婚手续后，分别跟杨山坡和付晓滨打了个电话，通知了一声。

杨山坡说："一开始我就说你们两个瞎折腾，你还不相信。复婚相当于新婚，赶紧摆一桌，我们受点累再给你们祝贺一次。"

魏经纶说："新壶装老酒，有什么可祝贺的？你可别闹了，已经够丢人的了！"

杨山坡说："有什么可丢人的？这叫情趣！过两天我跟我们家白雪也玩一把。"

魏经纶说："你玩吧，我正在回省公司的路上，下次回来再聚吧。"

杨山坡说："这都十一点多了，你还回去干什么？得了，你回你的省城，上午我跟白雪先请请你们家柳叶，让她给我们上一堂作文课。"

"柳叶在我车上，她可没时间收你这个学生。"魏经纶说道。

"这就舍不得离开了？你们两口子都跑到省城度蜜月，老娘谁照顾？"杨山坡装出很不高兴的样子责怪道。

"柳叶去一两天帮我收拾收拾就回来，她不在家的时候，你要值好班。"魏经纶毫不客气地吩咐道。

"看在你们俩这么长时间没同床共枕的份上，我就先替你们俩值两天班，但酒必须抽空补上。"

"不跟你胡扯了，我还得开车。"魏经纶"砰"的一声挂断了电话。

魏经纶和柳叶走了一路，聊了一路。

魏经纶问柳叶："咱们分开前的那一年多时间里，你为什么老是找我的别扭？我做什么事情好像你都看不惯。"

柳叶说："我也不知道那段时间我到底怎么了，那时我真怀疑自己是不是神经出问题了。但这也不能全怪我，谁让你对女人尤其是对个别女人那么好的？"

魏经纶说："我知道你是说李冬冬。其实我们两个人之间根本没什么。很长一段时间，李冬冬跟付晓滨过得不如意，我心里确实很矛盾，老感觉对不起人家。那段时间我一直想，要是当初不顾及老付的面子，跟李冬冬好上的话，可能人家就不会一赌气嫁给付晓滨了，也就不会跟付晓滨受那么大的罪了。当然了，要是当初娶了李冬冬，也就不会有后来经纶抚柳的故事了！"

柳叶说："女人最痛苦的事就是同床异梦。你知道，如果一个女人一旦认为自己仅仅是另外一个女人的替代品，她无论如何也难以做到若无其事。最起码我做不到！"

魏经纶说："我这个人你应该了解，不是那种拈花惹草、见异思迁的人。刚结婚那会儿，为了在领导面前好好表现，拼命地工作。当上总经理之后，为了证明自己，也为了公司上百号人吃好饭，天天围着酒桌、饭桌转，围着客户转，家庭的责任、做丈夫的义务确实没有尽到，当时自己意识不到，还感觉挺委屈。咱俩分开以后，特别是调到省公司工作以后，酒场少了，时间多了，有些事情也慢慢想开了。以前有些事做得挺过分，对不起啊！"

柳叶伸出左手轻轻地握了握魏经纶的右手，说道："女人都有弱点，脆弱、任性、敏感。可能是因为知道冬冬以前追求过你，你对冬冬也有好感，所以每次见到冬冬时，我都特别留意你的表情，越看越感觉你们俩有事，越认为你们俩有事，心里的疙瘩系得就越紧，久而久之自己也解不开了。"

魏经纶笑着说："后来你又是怎么解开的？"

"离婚的前一天，我好像忽然顿悟了似的。特别是分割财产的时候，我看到你看我的眼神跟平时你看李冬冬的眼神有惊人的相似，那时我才忽然明白你对任何一个处于弱势的女人都是一样的，说明你是一个有同情心、有责任感的人。昨天晚上你给我发短信说有一个女同事家里遇到了困难，你去了她家并且晚上住在了人家家里的时候，我吃惊地发现自己并没有以前的那种感觉。"柳叶平静地说。

"没有那种感觉是不是意味着你对我老魏的感情没有以前那么深厚了？"魏经纶故意问道。

"说明我们俩人之间的感情更真挚、更浓厚了，这种感情是建立在相互信任、相互理解之上的，是经过挫折、经受过考验的感情。"柳叶自信地说。

魏经纶连续看了柳叶几眼，他感觉面前的这个人真有些让他刮目相看了。

魏经纶说："你其实是一个非常善于沟通的人，那以前为什么不把你的想法特别是一些想不开的问题跟我沟通沟通呢？要是我们过去能像现在这样开诚布公地沟通的话，还能出现大家都不愿意看到的那种结局吗？你知道，在滨城这样一个相对落后的城市，离婚是件让人特别是父母难以接受的事情。"

柳叶说："结婚后，你连个礼拜天都没有，几乎天天晚上喝得醉醺醺的，回到家倒头就睡，偶尔早回家一次，总是心事重重的，话也懒得跟我讲，你什么时候给我过沟通机会了？说句实在话，有些问题我也是在咱俩分开以后才慢慢想明白的。我现在特别佩服王瑞香，她曾经跟我说，我们俩分开一段时间不一定是件坏事，只要缘分未尽，我们两人就还有重新走到一起的机会。"

魏经纶也不无佩服地说："她是个很有思想的人，要不郭浩怎么能在她面前那么服服帖帖的！"

到达省城的时候，已是下午三点多钟了，魏经纶开车拉着柳叶在市内转了一圈后，直接去省城最大的百花购物广场，花了三万多块钱给柳叶购买了衣服、首饰之类的物品，晚上在百花购物广场吃了一顿法国大餐。

晚上八点多钟，魏经纶带柳叶回到了租住的房屋，简单地收拾了一下后，魏经纶就迫不及待地把柳叶抱到了床上。

看到魏经纶走进办公室，陈艳艳从座位上站起来热情地跟魏经纶打着招呼："魏总，今天怎么来得这么早？"

"昨天请了一天假，今天早过来看看有没有急需处理的文件。你今天也怎么来得这么早？"魏经纶问。

"昨天感觉不舒服，下午早回宿舍了，有点活还没干完，今天早过来了一会儿。昨天请假有事啊？"陈艳艳笑着问道。

"有件私事处理了一下。昨天身体怎么了？没什么事吧？"魏经纶一边打开笔记本电脑，一边问道。

"没什么大事，就是有点感冒了。"陈艳艳回答道。

"最近感冒的人不少，一定要注意呀。吃药了没有？没吃的话，我这里有感冒药。"魏经纶说着，就从旁边的抽屉里拿出了一盒感冒冲剂。

"已经吃过了，基本上好了。经理，谢谢您！"陈艳艳说道。

"谢什么？那天去你家，给你们添了不少麻烦。"魏经纶看到没有急需处理的文件，就拿起随身携带的提包，从里面拿出了一摞资料。

一张照片从魏经纶拿出的资料中滑落在地上，陈艳艳迅速弯腰捡了起来。

"这位是谁啊？"陈艳艳看了一眼手中的照片，好奇地问道。

"是你嫂子。昨天刚在百花广场请别人帮忙照的。"魏经纶回答道。

"嫂子？您不是……"陈艳艳有些疑惑地问。

"啊，这是我前妻，也是我现在的爱人，我们昨天刚复了婚。"魏经纶假装翻看手里的文件，避开了陈艳艳火辣辣的目光。

"噢，原来是这样！那我得祝贺你们了！"陈艳艳语气中明显带着忧伤。

魏经纶不自然地"哼哈"了两声。

一连几天，魏经纶都注意到陈艳艳不怎么说话，只是埋头打着微机，感冒好像也越来越严重了。

一年中最寒冷的季节来到了，天空中飘起了雪花，一飘就是一天一夜。

清晨起床后，魏经纶洗漱完毕，踏着厚厚的积雪，步行到了公司。还好，一路上只摔了两个跟头。

魏经纶拨通了柳叶的电话，反复叮嘱她一定要小心，在道路上的积雪没有清理完毕之前，一定不要去学校上班了。自从柳叶怀孕之后，魏经纶每天早晚都要给柳叶打一个电话，询问妊娠反映情况。

复婚后，柳叶来省城小住了几天，谁曾想两人用了近十年没完成的'工程'，竟然短短几天就搞定了，对此，魏经纶大惑不解，还专门找省人民医院的王教授进行了咨询。

王教授说："这也没什么奇怪的，在我这里，这样的病例不少。"

看到魏经纶还是疑惑不解，王教授解释道："能不能成功怀孕，主要看夫妇两人精子和卵子的结合程度。如果一个人工作压力小、不良嗜好少、生活有规律，那精子和卵子的成活率就高，成功率就大。依我对你们保险行业的了解来看，主要原因应该在于你。我有一个很要好的同学，也是干保险的，业务做得不错，钱也挣了很多，就是整天忙得见不着人影，见他，比见厅长、局长都难！你那么年轻，就当上地市级公司的一把手，整天泡在酒场上，别说是没时间想那事了，就是有时间，你能保证有质量？"

魏经纶笑着问道："我们公司领导班子里其他两名成员，年龄跟我差不多，人家为什么没出现这种情况呢？平时我也没感觉有多大压力啊！"

王教授说："每个人的身体、心理和夫妻生活和谐程度各不同，再说你是主要负责人,承受的压力自然不一样,即使亲哥们,有些压力他们也是无法与你分担的。你现在在省公司工作,工作压力相对小许多,生活也比较有规律,更重要的是,你们两人重新复合后,生活和谐了,质量提高了,这可能就是你们十年未完成的任务,一朝完成的缘故吧。"

大雪导致市内交通陷入瘫痪,家住较远的员工要么很晚才到公司上班,要么给领导打个电话,干脆没来公司上班,所以那天公司显得格外冷清。

百无聊赖的魏经纶拨通了杨山坡办公室的电话,无人接。拨通了付晓滨办公室的电话,还是无人接。

"这两个家伙看来也没去公司上班。"魏经纶暗暗地想。

手机铃声响了,魏经纶掏出手机一看是杨山坡打过来的。

"下雪天不坚守岗位,跑到哪儿去了?是不是还在家睡大觉?"魏经纶开玩笑道。

"老付出事了,拉到医院就不行了!"杨山坡的声音都变了。

魏经纶愣了一下,急忙问道:"出什么事了?人现在怎么样?"

"老付今天跟一名查勘员外出查勘现场时,被背后行驶过来的一辆商务车撞上了,救护车赶来的时候,老付就已经不行了!"

"还有没有希望?需不需要从省城医院请几个专家过去?"魏经纶着急地问道。

杨山坡声音哽咽地说:"人已经进了太平间了!准备后天召开追悼会,你能赶回来吗?"

"我怎么能不赶回去呢?我今天就想办法赶回去!"魏经纶态度坚决地说。

"这么大的雪你怎么回来?老付已经这样了,你可千万别再冒险了。"

魏经纶问:"报告省公司领导了吗?"

杨山坡说:"老姚可能已经给李总、白总通电话了。"

正说着,李梦香推门走了进来。

"已经知道了?"李梦香皱着眉头问道。

魏经纶擦了擦眼泪,点了点头。

"李总,我想今天就赶回滨城去。"魏经纶请示道。

"高速公路都封了,你飞回去?别再给我添乱了。"李梦香绷着脸说道。

看到魏经纶低头不语,李梦香语气有所缓和地说:"我已经跟总公司领导汇报了,总公司领导也要去滨城参加付晓滨的追悼会,到时候我们一起走。"

"如果可能的话,我想我还是早一点赶回去。我们在一起工作了那么多年,这个时候我不能不在。"魏经纶说着,眼泪又流了下来。

"明天看看天气再说吧。"李梦香说。

李梦香去了白宗仁的办公室后,魏经纶直接拨通了赵明办公室的电话,他知道这个时候他一定会坚守在工作岗位上。

魏经纶软缠硬磨了七八分钟,赵明才答应跟高速公路管理局协调一下,看看能不能破例放他们的车子上高速。

晚上八点多钟的时候,魏经纶到达了滨城,跟柳叶打了个电话,就直接开车去了付晓滨家。

十几个花圈竖立在楼前的雪地里,寒风中发出"嗖嗖"的声音,不免让人感觉凄惨与胆寒。魏经纶失声痛哭了起来。

看到疲惫不堪的魏经纶走进来,李冬冬嘴唇动了动,泪水像断了线的珠子,从仿佛苍老了许多的消瘦的脸上撒落了下来。

魏经纶紧紧握住李冬冬冰凉的双手,心如刀割。

待李冬冬安静下来后,魏经纶询问了出事时的情形及付晓滨的后事安排情况。

杨山坡悲伤地说:"老付当时不把客户和我们的一个查勘员推开的话,他自己完全可以躲开那辆失控的商务车,可客户和查勘员就危险了。老付是为救人而死的!"

魏经纶问:"客户和查勘员现在在哪里?他俩没什么大碍吧?"

杨山坡说:"他俩都骨折了,现在都在人民医院治疗,但没生命危险。"

魏经纶说:"总公司和省公司的领导都要来参加后天的追悼会,你们是怎么安排的?"

杨山坡说:"姚总和安总两个人牵头筹备,墓地也已经跟绿苑公墓管理公司协商好了,冬冬的意思是火化后直接入葬。入土为安嘛!"

"老付家的老人是怎么安置的?"魏经纶问道。

"今天中午把老人接到医院看了老付一眼后,就把他送回家了,公司里有两个人在家里陪着他。"

"老付老妈走得早,本想老父亲有一个安详的晚年,没想到又出了这么一档子事。明天我们俩一起去看看他吧!"

追悼会在滨城市殡仪馆举行,永泰公司全体员工、付晓滨生前好友及部分客户、战友出席了追悼会。

追悼会在缓缓的哀乐声中开始，省公司党委书记、总经理李梦香亲自致悼词。

李梦香在悼词中高度评价了付晓滨在公司业务发展及经营管理工作中做出的贡献，高度赞扬了付晓滨在短短四十二年的人生旅程中取得的成就，并要求全体干部员工掀起向付晓滨同志学习的热潮，化悲痛为力量，努力学习，勤奋工作，勇于进取，再创佳绩，以实际行动告慰付晓滨同志的在天之灵。

"付晓滨同志安息吧！"李梦香最后说道。

追悼会结束后，魏经纶、杨山坡及公司的部分干部员工、生前战友一起陪同付晓滨的家人去了滨城绿苑公墓，送自己生前的好兄弟、好战友、好伙伴最后一程。

送行的人都走了，杨山坡也拉着付晓滨的女儿付迪下山了，瑟瑟的寒风中只剩下了李冬冬和魏经纶。

两个人面对付晓滨的墓碑，默默地站立了很久。

"回家吧？有时间我再陪你来看他！"魏经纶低声问道。

李冬冬无望地看了魏经纶一眼，无力地伏在了魏经纶的肩头上。

雪又开始下了。